复旦宋代文学研究书系 第二辑

王水照 主编

苏轼苏辙研究

朱刚 著

復旦大學出版社

复旦宋代文学研究书系第二辑序

王水照

2013年,我们推出了"复旦宋代文学研究书系"第一辑,这套"书系"承袭我所编"日本宋学六人集"而来,可谓"六人集"的国内版。其中选入六部中青年学者的著作,作者都是我的学生。"书系"出版后,引起学术界的关注。同年12月,我们在复旦大学召开了新书座谈会,邀请中国社会科学院、北京师范大学、南京大学、华东师范大学、华中师范大学、上海外国语大学等高校的同行,就这套书做了一次集中评议,讨论评述了"书系"的学术价值和相关问题,评议成果陆续在各类期刊发表。同时,在这次座谈会参与人员的基础上,这批中青年学者又联络同道,互相砥砺,相约成立了宋代文学同人读书会,编辑《宋代文学评论》专刊。"书系"的积极效应显现,影响力也明显扩大,获得了第十二届上海市哲学社会科学优秀成果一等奖(集体),其中两部著作又获得了教育部第七届高校人文社会科学优秀成果二等奖、三等奖。这些都说明,我在第一辑序言中许下的"精选几部著作,形成一个品牌"的愿望,得以部分实现。

当然,要真正"形成一个品牌"并不是一件容易的事情,只有坚持标准,持续发力,才可能得到大家广泛认可。我们秉持"文化—文学"的学术思路,在强调文学本位的同时,注重交叉型课题的研究,以拓宽研究视野和研究路径,期能在得出具体论断之外,也为学界提供一些研究方法和研究角度上的启示。职是之故,我们又精心遴选,推出了第二辑。本辑在学术理念上，与第一辑一脉相承。比如本辑陈元锋《北宋翰林学士与文学研究》一书，是其博士学位论文《北宋馆阁翰苑与诗坛研究》的姊妹篇，两书研究角度都聚焦于"制度与文学"这一交叉型课题。书中全面讨论了北宋翰林学士的政治文化职能，以及他们主持文坛所形成的文学图景，突出了翰林学士在文学集团中的领袖作用，拓展了我们对北宋文学的认识。他提到交叉型课题要避免使文学沦为历史文化研究的附庸，这是我在第一辑序言中也着重强调过的。又如朱刚的《苏轼苏辙研究》，是作者长期钻研唐宋八大家的重要成果，与第一辑的《唐宋"古文运动"与士大夫文学》形成互补，加深了我们对苏氏兄弟文学、文献和行迹的认识，丰富了北宋士大夫文学的面相。再如侯体健的《士人身份与南宋诗文研究》，标题拈出"士人身份"一词，这在第一辑《刘克庄的文学世界——晚宋文学生态的一种考察》中，就已是全书的关键词之一；而戴路《南宋理宗朝诗坛研究》也主要从不同的诗人身份入手，架构全文。这都充分显示出本辑和第一辑内在的延续性。

但更值得注意的是，本辑较第一辑又有一些新的变化，某种程度上反映出近年来宋代文学研究整体格局的调整，主要表现在以下三个方面：

一是研究时段后移，南宋文学逐渐被大家所重视。第一辑的研究重心在北宋，除了侯体健一书是论南宋刘克庄，其他几部都是讨论北宋的文学现象，像朱刚《唐宋"古文运动"与士大夫文学》、李贵《中唐至北宋的典范选择与诗歌因革》两部还是从中唐谈起的。本辑论题在时段上则以南宋为主，侯体健《士人身份与南宋诗文研究》、戴路《南宋理宗朝诗坛研究》、王汝娟《南宋"五山文学"研究》书名都明确标示出南宋，赵惠俊《朝野与雅俗：宋真宗至高宗朝词坛生态与词体雅化研究》也有半部涉及南宋。侯体健在引言中还提出了"作为独立研究单元的南宋文学"的理念，更是显示出作者对南宋文学的特别关注。十多年前,我曾指出宋代文学研究存在"三重三轻"(重北宋轻南宋、重词轻诗文、重大作家轻中小作家)的偏颇。经过学界同仁的共同努力,这些偏颇现在都得到不同程度的纠正,宋代文学研究格局日益合理。我认为南宋文学是我国文学史上一个独立的发展阶段,呈现出诸多重大特点:文学重心在空间上的南移,作家层级下移,文体文风由"雅"趋"俗",文学商品化的演进与文学传播广度、密度的加大等,都具有里程碑式的转折意义。我们应该在文学领域积极推动"重新认识南宋"这一课题的深入。侯体健、戴路、王汝娟的著作,可以说是对这个课题的初步探索与回应。

二是论题的综合性趋强,所涉文体论域更广。宋代是我国文学样式、文人身份、文体种类最为丰富的历史时期之一,要全面展现这个时代的文学图景,就必须多层次、多视角、多维度地观照。第一辑主要集中于以欧、苏为代表的士大夫文学,即使是刘克庄这样的文人,也多具士大夫色彩;文体上则偏重诗歌,如李贵论典范选择、金甫暻论苏轼"和陶"、成玮论宋初诗坛都是讨论宋诗之作。第二辑论题就明显广泛一些:从身份来看,除了依然关注翰林学士、苏轼兄弟之外,江湖诗人、地方文人、禅僧诗人被着重提出来讨论,在好几部书中都有不同程度的反映;从文体来看,诗文虽然仍是重点,但又添入赵惠俊关于词体雅化一书,可谓弥补了第一辑宋词缺席的遗憾,而且讨论宋代骈文的篇幅明显增加,侯体健、王汝娟的著作都有专章专节研讨"宋四六";从研究模式来看,个案研究明显减少,时段研究、专题研究增多,出现了"翰林学士与文学"、"理宗诗坛"、"五山文学"、"词的雅化"等具有学术个性的专题,等等。这从侧面反映出当前宋代文学研究已经进入新的阶段。突破个案局限,走向更具挑战性的综合研究,成为大家共同的选择。这自然也对作者的知识结构、学术视野和资料搜集解读能力,提出了更高的要求。

三是尝试提出新视角与新概念,显示出学理性建构的努力。本辑的一些研究视角，都是以前研究比较少见或多有忽视的，比如陈元锋从翰林学士角度切入讨论北宋文坛，戴路以诗人身份属性分疏理宗诗坛，赵惠俊重构词体雅化脉络等，前人都未特别措意，他们却能独出机杼，另辟蹊径，提供了有意义的研究视角。另外还有一些新概念被提出来，如王汝娟使用南宋"五山文学"，这是受到日本五山文学的影响而自创的概念。我们知道，日本之所以有"五山十刹"之称，本就是受到南宋寺庙规制影响，然而南宋禅宗文学并无专门指称，现在再"由日推中"，借用为南宋"五山文学"以代指南宋禅僧文学，是具有学理意义的。侯体健则提出"祠官文学"，以统称那些领任祠禄官的宋代士人表达祠官身份和志趣的文学作品，并认为是一窥南宋文人心灵世界的重要视角，也颇有启发意义。这些新的概念能否为大家所接受并获得进一步的讨论，自然有待时间的检验，但它们确实有助于我们思考当前宋代文学研究如何拓展视野，更新路径，以获得长足发展。

其他像陈元锋对翰林学士制诰典册的解读、朱刚对审刑院本《乌台诗案》的分析、侯体健对南宋骈文程式的讨论、王汝娟对日本所存禅宗文献的利用、戴路对晚宋士大夫诗人群体的挖掘、赵惠俊对词作的细读及"雅词"的辨析等具体的创获还很多，这里就不一一介绍了。宋代大儒朱熹有云"旧学商量加邃密，新知培养转深沉"，本辑所收著作既有对旧题的再讨论、再补充、再纠正，也有自创新题的开拓与建构，邃密深沉，两兼其美，展现出宋代文学研究领域的求新面貌和广阔前景。

本辑呈现的变化，既是大家不甘守旧、努力创新的结果，也是学界新生力量不断成长的必然。第一辑的作者以出生于60、70年代为主，这一辑则已然是80、90后占绝对优势；而且他们中间有几位是我学生的学生，戴路是吕肖奂的博士，赵惠俊是朱刚的博士，王汝娟也曾随朱刚读研。学术事业，薪火相传，这是作为老师的我非常乐意也非常期盼见到的,希望他们能够戒骄戒躁,再接再厉,百尺竿头更进一步。

最后,我还想借此机会诚邀全国优秀的中青年学者加入我们,只要认同我们的学术理念,符合我们所追求的学术品格,就欢迎加盟,以推出第三辑、第四辑、第五辑……真正让"复旦宋代文学研究书系"成为学术共同体广泛认同的品牌。

目　录

苏 轼 三 讲

一　何处不归鸿
　　——苏轼的人生与诗 ································ 3
二　庐山真面目
　　——苏轼的禅悟 ···································· 19
三　但愿人长久
　　——苏轼的处世态度 ································ 41

苏轼尺牍考辨

一　东坡尺牍的版本问题 ································ 65
　　附论：关于《欧苏手简》所收欧阳修尺牍 ············ 83
二　苏轼与云门宗禅僧尺牍考辨 ·························· 90
三　苏轼与临济宗禅僧尺牍考辨 ·························· 122
四　"小二娘"考
　　——苏轼《与胡郎仁修》三简释读 ·················· 131
五　苏轼与滕达道尺牍考辨 ······························ 142

六｜苏轼《与钱济明》尺牍考略……………………… 156

"乌台诗案"研究

一｜"乌台诗案"的审与判
　　——从审刑院本《乌台诗案》说起……………… 177
二｜审刑院本《乌台诗案》校录……………………… 195

苏辙年谱订补

孔凡礼《苏辙年谱》订补……………………………… 211

苏辙诗文研究

一｜北宋学术的终结
　　——论苏辙晚年思想……………………………… 309
二｜箪瓢吾何忧，作诗热中肠
　　——论苏辙晚年诗………………………………… 330
三｜关于麻沙本《类编增广颖滨先生大全文集》…… 353
四｜关于婺刻《三苏先生文粹》所载策论…………… 355
　　附录：苏辙佚文八篇……………………………… 367
五｜苏辙文章评析……………………………………… 374

苏轼三讲

苏轼三讲，始于2011年5月我为"中智杯上海青年人文经典读书工程"所作的"走近苏轼"系列讲座。此后，我继续用这三讲的形式，在多种场合向各类听众介绍苏轼，当然有时候不需要三讲，只选择其一，内容上则不断有所修订。第一讲《何处不归鸿——苏轼的人生与诗》以"鸿"、"牛"、"月"三个诗歌意象串联苏轼一生的感悟，其基本构思来自我的博士学位论文《唐宋四大家的道论与文学》(东方出版社，1997年)，在我与导师王水照先生合著的《苏轼评传》(南京大学出版社，2004年)中有较为详细的表述，这次收入本书，又加以扩充。第二讲《庐山真面目——苏轼的禅悟》，曾以《苏轼庐山之行及其"悟"》为题，撰成比较正式的论文，发表于《新宋学》第3辑(上海人民出版社，2014年)。第三讲《但愿人长久——苏轼的处世态度》，曾被收录于"上海青年人文经典读书工程编委会"所编的《先典新识——名家人文与经典演讲录》第一辑(上海人民出版社，2012年)，是一个经过整理的讲座记录稿。因此，这里提供的三讲文本，在语体上殊不统一，虽加修订，多仍其旧，请读者见谅。

一 | 何处不归鸿
——苏轼的人生与诗

宋徽宗建中靖国元年(1101),也就是苏轼在世的最后一年,他从贬谪之地海南岛获赦北归,五月一日舟至金陵(今江苏南京),遇见老朋友法芝和尚,作《次韵法芝举旧诗一首》:

> 春来何处不归鸿,非复赢牛踏旧踪。但愿老师真似月,谁家瓮里不相逢。①

作此诗后不久,七月二十八日苏轼病逝于常州。所以,诗里以"归鸿"自喻,读起来令我们有些伤感。但苏轼写下"何处不归鸿"的时候,似乎是喜悦的。当然除了"鸿"以外,接下来还有"牛"、"月"两个比喻。四句诗写了三个比喻,大抵直呈喻体,对喻义没有明确的阐说,这是因为苏轼相信对方即法芝和尚是能够看明白的。所以,在探讨喻义之前,我们先得搞清楚这位法芝是谁。

一、关于法芝

《苏轼诗集》注法芝"名昙秀",这个注释不是太准确。当时确实

---

① 苏轼《次韵法芝举旧诗一首》,《苏轼诗集》卷四十五,中华书局,1982年。

有一位名为昙秀的和尚,而且曾在苏轼笔下出现,那是一位禅僧,即虔州廉泉昙秀,临济宗黄龙慧南禅师的法嗣。但我们读苏轼《虔州崇庆禅院新经藏记》①一文可知,此僧在苏轼北归之前已经去世。所以这里的法芝不可能是廉泉昙秀。不过,有时候苏轼也确实把这位法芝称呼为"昙秀",有时又称为"芝上人",这样看来,他应当是名法芝、字昙秀。同时人贺铸的《庆湖遗老诗集》卷七,有一首《寄别僧芝》,自序云:

> 吴僧法芝,字昙秀,姓钱氏。戊辰(1088)九月,邂逅于乌江汤泉佛祠,将为京都之游,既相别,马上赋此以寄。②

贺铸介绍的这一位法芝,才是《次韵法芝举旧诗一首》的写赠对象,其俗姓钱氏,可能是五代十国时吴越钱王的后代,苏轼在杭州时,与钱王的后人建立了很深的友谊③。

孔凡礼先生编订《苏轼诗集》时,参校各种版本,把诗中"真似月"一语校改为"心似月"。今按苏轼《书过送昙秀诗后》云:

> "三年避地少经过,十日论诗喜琢磨。自欲灰心老南岳,犹能茧足慰东坡。来时野寺无鱼鼓,去后闲门有雀罗。从此期师真似月,断云时复挂星河。"仆在广陵作诗送昙秀云:"老芝如云月,炯炯时一出。"今昙秀复来惠州见余,余病,已绝不作诗。儿子过粗能搜句,时有可观,此篇殆咄咄逼老人矣。特为书之,以满行橐。丁丑正月二十一日。④

---

① 苏轼《虔州崇庆禅院新经藏记》,《苏轼文集》卷十二,中华书局,1986年。
② 贺铸《寄别僧芝》,《庆湖遗老诗集》卷七,《文渊阁四库全书》本。
③ 李国玲编《宋僧录》第999页(线装书局,2001年),将字昙秀与名昙秀的二僧合为一人,误。
④ 苏轼《书过送昙秀诗后》,《苏轼文集》卷六十八。

丁丑是绍圣四年(1097)，苏轼贬居惠州，法芝前来看望，轼子苏过写了一首律诗送给法芝，里面有"从此期师真似月"一句。按苏轼的说明，这是因为苏轼从前送法芝的诗里已经把对方比喻为"月"。检"老芝如云月"之句，在苏轼《送芝上人游庐山》①诗，作于元祐七年(1092)，过了五年，苏过继续用这个比喻称许法芝。这样，再过四年后，苏轼又转用苏过的诗句赠予法芝，所以，文本上应该以"真似月"为是。

"真似月"与"心似月"有什么差别呢？都是把对方比喻成"月"，但"心似月"可以是第一次作这样的比喻，而"真似月"则表明已不是第一次，这是很重要的差别。在苏轼父子与法芝之间，这个比喻被反复使用，其喻义为双方所知晓，且不断地加深领会和沟通，借助于这个简单的意象，可以达成更为复杂曲折的交流。这一点值得强调，因为诗中另一个比喻"牛"，也曾出现在苏轼赠予法芝的《送芝上人游庐山》中，也是反复使用；至于"鸿"，在苏轼的作品中出现得更频繁，其含义亦必为法芝所了解。作为赠诗的接受者，这位方外友人能够明白"鸿"、"牛"、"月"三个比喻的意思，进一步说，它们连贯地呈现在一首诗里，则除各自的喻义外，其间也必能形成一条意脉。下文的目标就是依苏轼的生平和诗歌，来追索这条意脉。

二、苏轼诗词对"鸿"的书写

苏轼字子瞻，出生于宋仁宗景祐三年十二月十九日(公元1037年1月8日)，嘉祐二年(1057)进士及第，回家乡眉州为母亲守孝后，嘉祐六年(1061)再到京城开封府，参加了该年举行的制科考试，考中三等，授签书凤翔府节度判官厅公事。他告别父亲苏洵(字明允)、弟弟苏辙(字子由)，独自去凤翔上任，途中有著名的《和子由渑池怀旧》

---

① 苏轼《送芝上人游庐山》，《苏轼诗集》卷三十五。

诗,开始了苏诗对"鸿"的书写:

> 人生到处知何似,应似飞鸿踏雪泥。泥上偶然留指爪,鸿飞那复计东西。老僧已死成新塔,坏壁无由见旧题。往日崎岖还记否,路长人困蹇驴嘶。(自注:"往岁马死于二陵,骑驴至渑池。")①

这可以视为苏轼生平中第一首影响深远的诗作,雪泥鸿爪一喻,至今脍炙人口。

然而,这雪泥鸿爪的喻义究竟为何,却费人寻思。简单地说,就是太渺小的个体不由自主地飘荡在太巨大的空间之中,所到之处都属偶然。古人注释苏诗,多引北宋天衣义怀禅师(993—1064)的名言"譬如雁过长空,影沉寒水,雁无遗踪之意,水无留影之心"②来注释此句,认为苏轼的比喻是受了这禅语的启发。从时间上看,义怀比苏轼年长数十岁,苏轼受他的影响不无可能,但嘉祐年间的苏轼是否知道义怀的这段禅语,却也不能确定。我们且不管两者之间有否渊源关系,比较而言,潭底的雁影比雪上的鸿爪更为空灵无实,不落痕迹,自然更具万缘皆属偶然、本质都为空幻的禅意。不过,从苏轼全诗的意思来看,恐怕不是要无视这痕迹,相反,他是在寻觅痕迹。虽然是偶然留下的痕迹,虽然留下痕迹的主体(鸿)已经不知去向,虽然连痕迹本身也将在时间的流逝中渐渐失去其物质性的依托(僧死壁坏,题诗不见),但苏轼却能由痕迹引起关于往事的鲜明记忆,在诗的最后还提醒弟弟来共享这记忆。所以,义怀和苏轼的两个比喻虽然相似,但禅意自禅意,诗意自诗意,并不相同。禅意是说空幻、说无常;诗意却正好相反,说虽然人生无常,在这世上的行踪也偶然无定,留下的痕

---

① 苏轼《和子由渑池怀旧》,《苏轼诗集》卷三。
② 惠洪《禅林僧宝传》卷十一《天衣怀禅师》,《续藏经》本。

迹也不可长保,但只要有共享回忆的人,便拥有了人世间的温馨。这也许受了禅意的启发,但并不是禅,而是人生之歌。

当然,"鸿飞那复计东西",此时的苏轼对于人生的感受,确是不由自主,充满偶然性的。从仕宦的实况来说,这样的感受将会延续一生,所以这个"鸿"的意象在他以后的诗词中也不断重现。直到他去世,苏辙在《祭亡兄端明文》中依然用"鸿"来比喻兄长的身世:"涉世多艰,竟奚所为?如鸿风飞,流落四维。"①我们用这几句来移注雪泥鸿爪一喻,应该是比较合适的,因为身世飘忽不定,所以一切境遇皆为偶值,无处可以长守,不能安定。而造成这种状况的原因,在于为官之人不能自主,一身随朝廷差遣而转徙,竟不知将来之于何地,则此身犹如寄于天地间,随风飘荡,而前途也如梦境一般不可预计。

人生固然是不可完全预计的,苏轼还在凤翔的时候,对他非常欣赏的皇帝宋仁宗去世了,其侄子宋英宗继位,改元治平;到治平三年(1067),父亲苏洵卒,苏轼、苏辙回乡守孝,其间宋英宗又去世了,宋神宗继位,改元熙宁;到熙宁二年(1069),守完孝的苏轼回到京城,迎面就撞见一件大事:王安石变法。

王安石变法把北宋的政界撕裂为两半:支持变法的"新党"和反对变法的"旧党"。有许多原因使苏轼选择了反对立场②,但宋神宗的支持使"新党"在"新旧党争"中占据了优势,这就使苏轼被迫离开朝廷,熙宁四年(1071)任杭州通判,熙宁七年(1074)任密州知州,熙宁十年(1077)任徐州知州,长期在地方上工作。由于作为地方官的他必须执行自己所反对的政令,心情必定是不好的,在当时所作的诗文中难免有些宣泄。这些宣泄引起了"新党"的注意,他们认为是恶意的讥讽,加以弹劾。正好王安石罢相,宋神宗改元元丰,亲自主持政

---

① 苏辙《祭亡兄端明文》,《栾城集·后集》卷二十,上海古籍出版社,1987年。
② 我曾试图对这些原因加以概括和分析,请参考王水照、朱刚《苏轼评传》第四章,第337—350页,南京大学出版社,2004年。

局,使原本反对王安石的话语读起来都像在反对皇帝了。语境的改变引起有意无意的解读错位,给苏轼带来一场牢狱之灾,就是轰动朝野的"乌台诗案"。元丰二年(1079)苏轼转任湖州知州,七月二十八日在任上被捕,八月十八日押解至京,拘于御史台,到十二月二十八日才结案出狱。其间,负责审讯的御史台对他严厉拷问,意图置之死刑,但负责法律裁断的大理寺、审刑院却认为苏轼所犯的"罪"可据朝廷历年颁发的"赦令"予以赦免,最多剥夺他两项官职就可以抵消①。最后,由皇帝圣裁,加以"特责",贬为黄州团练副使、本州安置。受其连累的苏辙也贬为监筠州盐酒税。

于是,元丰三年(1080)至七年(1084)间,苏轼贬居黄州。他在黄州所作的《卜算子·黄州定慧院寓居作》词,再次以"孤鸿"自比:

> 缺月挂疏桐,漏断人初静。谁见幽人独往来,缥缈孤鸿影。惊起却回头,有恨无人省。拣尽寒枝不肯栖,寂寞沙洲冷。②

以"鸿"自喻,本是因为必须随朝廷差遣而转徙,不能自主,感到被动不安;但此时被朝廷抛弃,不再转徙了,却又觉孤怀寂寞,有不被理解之苦,这孤鸿仍是精神上遭流落的象喻。不过,"拣尽寒枝不肯栖"的孤鸿,似乎已经有了对于主体的意识,与完全被动的随风飘荡之鸿有所不同了。——那不能不说是贬谪的打击唤醒了苏轼对主体性的自觉,大抵贬居的时候对"自我"的关心总比身任要职时期更多。

苏轼在黄州所作的诗歌中,还有一联写"鸿"的名句,曰"人似秋鸿来有信,事如春梦了无痕"③。作为候鸟的鸿,春去秋来其实是有规

---

① 详情请参考本书所收《"乌台诗案"研究》。
② 苏轼《卜算子·黄州定慧院寓居作》,龙榆生《东坡乐府笺》卷二,第202页,上海古籍出版社,2009年。
③ 苏轼《正月二十日与潘郭二生出郊寻春,忽记去年是日同至女王城作诗,乃和前韵》,《苏轼诗集》卷二十一。

律的,其境遇并非全属偶然。或者说,偶然性并不来自鸿本身,而是来自外力的迫使。人也是如此,自由之身可以与喜爱的环境反复温存,听命于朝廷的仕宦生涯才会四处漂泊。这个时候的苏轼年近五十,而坚持"新法"、亲自主政的宋神宗只有三十几岁,苏轼当然不能也不敢因为政见不同,就预想皇帝会英年早逝,他只能为仕宦生涯就此结束做好心理准备,调整心态去适应长期贬居的生活,而从中体会到获得自由之身的喜悦。

不过苏轼的仕宦生涯并没有在黄州结束。元丰七年(1084)宋神宗下诏让他离开黄州,改去汝州居住,不久又同意他改居常州。然后,元丰八年(1085)宋神宗崩,年幼的宋哲宗继位,太皇太后高氏听政,起用司马光等"旧党"官员。苏轼也在十一月起知登州,十二月召回京城。元祐元年(1086)任翰林学士,成了"元祐大臣"。就仕途而言,这是佳境,但也意味着自由之身已经失去,他又必须听命于朝廷的差遣而到处转徙,重新陷入雪泥鸿爪般的人生境遇。

元祐四年(1089),苏轼再次来到杭州,担任知州。这一回旧地重游的经历,似乎令他的人生被动、所至偶然之感有所纾解,以诗为证:

> 到处相逢是偶然,梦中相对各华颠。还来一醉西湖雨,不见跳珠十五年。①

首句实际上就是"雪泥鸿爪"喻义的直写,太渺小的生命个体在太巨大的空间里不由自主地飘荡,所到所遇无不充满偶然性,同梦境没有根本区别。但在此过程中,人生最珍贵的东西——时间,却悄无声息而冷酷无情地流逝,当老朋友重逢而彼此看到的都是满头白发时,感慨之余,是否为生命的空虚而悲哀呢?在这里,苏轼虽然没有悲叹,

---

① 苏轼《与莫同年雨中饮湖上》,《苏轼诗集》卷三十一。

可读者分明能感到一种人生空漠的意识扑面而来。

不过,让我们换一个角度来看这件事:如此渺小的个体在如此巨大的时空中飘荡,而居然能够重逢,那简直是个奇迹,足可快慰平生。所以,此诗的后两句扭转了悲观的意思,等于是在提议为"重逢"而欣喜,因了这重逢的喜悦,"雪泥鸿爪"般的人生也弥漫出温馨的气氛,驱走了空漠意识。十五年前,苏轼曾以"白雨跳珠乱入船"①形容西湖之雨,同样的情景如今再一次出现在眼前,仿佛一段悠扬乐曲中的主题重现,令人陶醉其中。如果说"重逢"是个奇迹,那么即便如何平凡的人生,原也不乏这样的奇迹,使生命具有诗意。

苏轼离杭归朝,是在元祐六年(1091),此时他的弟弟苏辙已经获得更高的官职,进入了执政的行列。所以,为了避嫌,苏轼经常申请到外地任官,先后在颍州、扬州、定州等地担任知州,中间也曾有几度在朝,所获得的最高官职是端明殿学士、翰林侍读学士、礼部尚书。这离执政的宰相只有一步之遥,所以《宋史》的《苏轼传》还为他没能当上宰相而感到遗憾。

三、"磨牛"与"黄犊"

"重逢"的喜悦固然可以遣散到处偶然的痛苦,但这样的喜悦马上被另一种痛苦所打消。在苏轼元祐七年(1092)所作《送芝上人游庐山》中,出现了另一个比喻,就是"牛":

> 二年阅三州,我老不自惜。团团如磨牛,步步踏陈迹。

所谓"二年阅三州",就指元祐六、七年间,从杭州知州被召回,又出知

---

① 苏轼《六月二十七日望湖楼醉书五绝》之一,《苏轼诗集》卷七。

颖州,移扬州。此时苏轼五十六、七岁,过了中年,渐入老境。数州皆其早年游宦经历之地,临老出守复又至此,初时虽有"重见"的喜悦,但"重见"得多了,却犹如转磨之牛,"步步踏陈迹"了。

钱锺书先生对这个"磨牛"之喻有一番分析,他引了古诗中所咏的盆中之虫、拉磨之驴、磨上之蚁,及西方文学中的有关比喻,参考阐释,谓:"生涯落套刻板,沿而不革,因而长循,亦被圆转之目。""守故蹈常,依样照例,陈陈相袭,沉沉欲死,心生厌怠,摆脱无从。圆之可恶,本缘善于变易,此则反恶其不可变易焉。"①这个分析甚为透彻精辟。与雪泥鸿爪之喻相比,磨牛之喻的喻义可以说正好相反:前者苦于到处偶然,后者则苦于人生的重复无趣。若将两者相联来看,则更觉意味深厚:从少年时感叹人境相值的偶然性,到中年后历经宦途的转徙,改为感叹人境相值的重复性,这一转变中,积累着厚重的人生阅历和久长的人生思考。雪泥鸿爪之喻中暗示的那个太大的空间,在磨牛之喻中变得太小,就此而言,即将再次降临到苏轼头上的贬谪命运,却会把他带向前所未至的岭南大地,乃至天涯海角,毋宁说是值得欢庆的。

元祐之政随着太皇太后高氏的去世而走向尾声,哲宗皇帝亲政,意图起用"新党",恢复他父亲神宗的政策。苏轼在元祐八年(1093)出知定州,次年改元绍圣,"新党"掌控政局,大规模贬谪"元祐党人",苏轼得到落两职(剥夺端明殿学士、翰林侍读学士称号)、追一官(官品降低一级)、以左朝奉郎(正六品上散官)责知英州(今广东英德)的严惩,而在他赶赴英州的路上,又继续降官为左承议郎(正六品下),追贬宁远军节度副使、惠州安置。被惩罚的还有其他元祐大臣,已经死去的司马光被追夺赠官、谥号,连墓碑都被磨毁,活着的均被贬谪远州,苏辙也在连续遭贬后,又回到他元丰时的谪居地筠州居住,真

---

① 钱锺书《管锥编》第三册,第928页,中华书局,1986年。

像做了一场大梦。

万里南迁的苏轼,在途中跟苏辙见了一面,于绍圣元年(1094)秋天翻过了大庾岭,作诗云:"浩然天地间,唯我独也正。今日岭上行,身世永相忘。"①进入岭南意味着告别了"步步踏陈迹"的被动重复之生涯,来到海阔天空之处,再次获得黄州时期那样对自我的关注。十月二日到达惠州,正值孟冬之际,他却感到"岭南万户皆春色"②。后来因为吃到了荔枝,还肯定自己"南来万里真良图"③。准备终老于惠州的他用了几乎全部的积蓄,在白鹤峰下修筑新居,还让长子苏迈带领原先寄住在宜兴的家人前来团聚。

然而,绍圣四年(1097)二月,朝廷又一次大规模贬窜"元祐党人",苏辙被贬到雷州,过了一月,苏轼责授琼州别驾、昌化军(即儋州)安置。于是,苏轼只好把家人留在惠州,在幼子苏过的陪伴下赶赴贬所。五月十一日,他在广西藤州追上了苏辙,兄弟同行到达雷州,至六月十一日告别,渡过琼州海峡,登上海南岛。这一次浪迹天涯旅途中的兄弟会聚,正好一个月,此后再未相见。

不过,朝廷的这一番折腾,也带来一个奇妙的结果,贬谪"元祐党人"的政策使岭海之间充满了逐臣,让岭南地区拥有了那个时代最杰出的史学家范祖禹、诗、词、文三种文学体裁的顶尖高手苏轼、秦观、苏辙,以及政治家刘挚、梁焘、刘安世等一大批精英人物,创造了中国历史上最高水平的"贬谪文化"。岭南地区从来不曾、也再不可能拥有如此豪华的精英队伍,这使我们不能不把宋哲宗时期看作岭南文化史的一个高峰。就苏氏一家来说,轼辙兄弟都带了幼子(苏过、苏远)相伴,加上此前来到惠州的苏迈,有五苏聚集在岭海之间。有一次,苏迈写了诗,通过渡海的船舶寄给苏过,经过雷州时,苏远

---

① 苏轼《过大庾岭》,《苏轼诗集》卷三十八。
② 苏轼《十月二日初到惠州》,《苏轼诗集》卷三十八。
③ 苏轼《四月十一日初食荔枝》,《苏轼诗集》卷三十九。

先唱和了一首，苏辙看到子侄们写得都不错，就寄书苏轼，表示庆贺，于是苏轼也次韵一首以资鼓励。在这首诗的开头，又出现了"牛"的比喻：

> 我似老牛鞭不动，雨滑泥深四蹄重；汝如黄犊走却来，海阔山高百程送。①

虽然因为年纪大了，苏轼把自己比喻为路途艰难中的老牛，但这与磨牛已不可同日而语，尤其是把儿子比作步履轻健的黄犊，跨越"海阔山高"，可见其精神上的欢快。如果不是因为身体衰老，他也能够像黄犊般不惧"雨滑泥深"的，他的精神已经是黄犊，不是磨牛了。在此诗的末尾，他提出了对子侄的期许：

> 《春秋》古史乃家法，诗笔《离骚》亦时用。但令文字还照世，粪土腐余安足梦。

只要孩子们能够继承学问和诗笔，令世人还能欣赏到苏氏的创作，则两位老人就算埋骨南荒，也无甚遗憾了。

当然，苏轼、苏辙并没有埋骨南荒。元符三年（1100）正月，宋哲宗暴崩。由于哲宗没有儿子，须从他的弟弟中挑选一位继承人。为了有利于哲宗所行政策的延续，宰相章惇主张由哲宗的母弟，即其生母朱太妃的另一个儿子来继承。但这个主张却遭到向太后的反对。原来，哲宗虽然是神宗的长子，却并非神宗正宫皇后向氏所生。这向氏虽无子，其正后的身份并不动摇，在哲宗朝也依然高居太后之位。

---

① 苏轼《过于海舶得迈寄书酒，作诗，远和之，皆粲然可观，子由有书相庆也，因用其韵赋一篇，并寄诸子侄》，《苏轼诗集》卷四十二。

如果再选一位朱太妃的儿子来做皇帝,则朱太妃的地位就太不一般,有可能威胁到向太后。所以向太后坚持认为,朱太妃的儿子与神宗其他的儿子没有身份上的区别,应该按照年龄的顺序,由端王赵佶来继承皇位。赵佶的生母已经去世,他显然是向太后眼里的最佳人选。此时章惇说了一句冒失的话:"端王浪子耳。"他说这位赵佶是个"浪子",怎么可以做皇帝?然而,"新党"中比较温和的一派首领曾布(曾巩的弟弟)在争执中支持了向太后,导致章惇失败。这样赵佶顺利继位,就是著名的"浪子"皇帝宋徽宗。他一继位,马上就在全国范围内发起一场批判章惇的政治运动。为了打击章惇所领导的政治力量,被章惇迫害的"元祐党人"便渐获起用,政局于是又一次发生逆转。苏轼、苏辙也因此得以离开贬地,启程北归。

静如处子的苏辙表现出他动如脱兔的一面,此年二月朝廷将他移置永州(今属湖南),他马上动身北上,四月又移置岳州(今湖南岳阳),他接到命令时已经身在虔州(今江西赣州),到十一月,更许他任便居住,于是他在年底之前便到达京城附近的颍昌府(今河南许昌)。其行动如此迅速,当然是要寻机归朝。相比之下,苏轼却没有那么急迫,二月份诏移廉州(今广西合浦)安置,四月份又移永州居住,而他六月份才离开海南岛。十一月朝廷许其任便居住,他接到命令时尚在广东境内的英州(今广东英德),直到此年的年底,他还没有越过南岭。兄弟二人北归的迟速不同,也许反映出他们对于政治局势的不同判断,或者对于重新卷入党争的不同态度。但这竟使他们失去再次见面的机会。而在离开海南岛时,苏轼对于这几年南国经历的表述是:"九死南荒吾不恨,兹游奇绝冠平生。"①正是这岭海之游,帮助他摆脱了"团团如磨牛,步步踏陈迹"的生涯,使年高体衰的"老牛"却具有"黄犊"般的精神气象。

---

① 苏轼《六月二十日夜渡海》,《苏轼诗集》卷四十三。

四、"月"喻

上面说了"鸿"与"牛",最后说到"月"喻。早在元祐七年的《送芝上人游庐山》诗中,苏轼就把法芝比作"月",此后苏轼贬居惠州时,法芝来探望,苏过送法芝的诗里,也有"从此期师真似月"之句,这些都已在前文说过。大体而言,用"月"喻来形容一位僧人因悟道而澄澈的心境,本身并没有太多新意。生活在宋初的临济宗善昭禅师(947—1024)早有一段名言:"一切众生本源佛性,譬如朗月当空,只为浮云翳障,不得显现。"①此后"朗月当空"常被禅家问答时取为"话头",而苏轼与许多禅僧交往密切,对此应不陌生。值得注意的是苏氏父子与法芝之间反复使用同一个比喻的方式,让我们领会到此喻既是称赞对方,也是在人生境界上对自我的期许。换言之,对话的双方都希望达到这样的境界。如果说,作为僧人的法芝本来就应该如此,那么身在仕途,经历了几番起伏的苏轼,是要在体会了人生的各种困境后,一步步追求精神的解脱。

精神的解脱指向对生命意义的觉悟,元符三年(1100)六月二十日夜里渡海北归的苏轼,正是在宣称"兹游奇绝冠平生"的同时,把自己的心境也与"月"喻相联结:

> 参横斗转欲三更,苦雨终风也解晴。云散月明谁点缀,天容海色本澄清。空余鲁叟乘桴意,粗识轩辕奏乐声。九死南荒吾不恨,兹游奇绝冠平生。②

---

① 《汾阳无德禅师语录》卷上,《大正藏》本;又见《天圣广灯录》卷十六"汾州大中寺太子院赐紫善昭禅师"章,《续藏经》本。
② 苏轼《六月二十日夜渡海》,《苏轼诗集》卷四十三。

我们可以充分体会此诗开头四句"快板"一样的节奏所流露的欢喜。与通常律诗的写法不同,这四句几乎是同样的句式,"参横斗转"、"苦雨终风"、"云散月明"、"天容海色",排比对偶而下,一气呵成。这是语词的舞蹈,是心灵随着活泼欢快的节奏而律动,唱出的是生命澄澈的欢歌。一次一次悲喜交迭的遭逢,仿佛是对灵魂的洗礼,终于呈现一尘不染的本来面目。生命到达澄澈之境时涌自心底的欢喜,弥漫在朗月繁星之下,无边大海之上。

自从绍圣四年(1097)被贬出海以来,苏轼屡次以"乘桴浮于海"的孔子自比,以坚持人格上、政见上的自我肯定,如元符二年(1099)所作《千秋岁·次韵少游》词结尾:"吾已矣,乘桴且恁浮于海。"[①]他以这样的道德守持,来对抗朝廷的迫害,立柱天南,巍然不屈。但在此时,模仿儒学圣人的这份道德守持也被超越,苏轼在大海上听到的,是中华民族的始祖轩辕黄帝的奏乐之声。来自太古幽深之处的这种乐声,是浑沌未分、天人合一的音响,是包括人类在内的自然本身的完满和谐,它使东坡老人从道德境界迈向了天地境界。因此,诗的结尾说,回顾这海南一游,乃是生命中最壮丽的奇遇,虽九死而不恨。这不仅仅是表达了一份倔强而已,心灵上真正得到了成长的人,是会真诚感谢他所遭遇的逆境的。如果没有遭受贬谪,他就不能到达"鲁叟"的道德境界,如果贬地不是这遥离中原的南荒,他也没有机会听见"轩辕"的奏乐,领略到天地境界。海南一游,确实造就了一个心灵澄澈的诗人,造就了一个海天朗月般的生命。政治上的自我平反,人格上的壁立千仞,这些已都不在话下,诗人的生命之歌唱到这里,将要融入天地自然之乐章,而成为遍彻时空的交响。

苏轼渡海后,在广东盘桓了约有半年,于宋徽宗建中靖国元年(1101)正月才翻过南岭,进入今江西境内。行至虔州时,又有一诗明

---

① 苏轼《千秋岁·次韵少游》,见《能改斋漫录》卷十七。

确地将自己的心境比喻为"月":

> 钟鼓江南岸,归来梦自惊。浮云时事改,孤月此心明。雨已倾盆落,诗仍翻水成。二江争送客,木杪看桥横。①

获得了解脱和觉悟的心灵,就像浮云散尽以后显露的明月,无论时事如何变化,都可以等闲视之。宋代的批评家胡仔对此诗颇加赞赏:"语意高妙,如参禅悟道之人,吐露胸襟,无一毫窒碍也。"②其实,这"月"喻不单是写出他"参禅悟道"的觉悟,也被他自己看作人生的圆满的完成。所以,当他继续北行,在金陵重遇法芝和尚时,就作了本文开头揭出的《次韵法芝举旧诗一首》,再现这个"月"喻。

五、《次韵法芝举旧诗一首》

最后,让我们回到《次韵法芝举旧诗一首》,将"鸿"、"牛"、"月"三个比喻联结起来看:

> 春来何处不归鸿,非复赢牛踏旧踪。但愿老师真似月,谁家瓮里不相逢。

这是东坡留下的最后几首诗之一,其诗意颇堪看作他对人生思考的总结。首句归鸿,是早年雪泥鸿爪之喻的再现,但喻义已大不相同,因为这次不是随风飘零的"鸿",而是"归鸿",虽经飘零,毕竟总会归来。在苏轼北归,经过海康时,他与贬谪在那里的秦观见了最后一

---

① 苏轼《次韵江晦叔二首》之二,《苏轼诗集》卷四十五。
② 胡仔《苕溪渔隐丛话》后集卷二十六,人民文学出版社,1980年。

面,分别时,秦作《江城子》一词相送,首句就是"南来飞燕北归鸿"①。秦观想必了解苏轼诗词对于"鸿"的书写,所以用"归鸿"喻苏轼,而苏轼此诗中的"归鸿"肯定也有自喻之意,近承秦观词句,远翻早年雪泥鸿爪之案,身世的飘忽不定和人境相值的偶然性,被这"归"字解去了。次句"羸牛踏旧踪",又是复现磨牛之喻,但这次经了"奇绝冠平生"的海外一游,便在这个比喻的前面加了"非复"二字,意谓已摆脱"步步踏陈迹"之痛苦,空间的局促和身世迁徙的重复循环也被超越了。后二句既是对法芝的期望,也是自述人生思考的心得,即谓人生的真实、本来之面目,原如皓天中的明月,永恒存在,并且能为人人所理解,因为那原是一切人类的共同底蕴。与"孤月此心明"相比,这个"谁家瓮里不相逢"的"月"似乎多了一层普遍性的含义。人生的最终的意义,归结到此"月"喻。鸿、牛、月,这三个比喻写出了苏轼人生思考的历程,而在这首诗中完全重现,仿佛生命就是这样一首诗。

这样一首诗,曾经写在我们民族的文化史上,写在人类的历史上。它的作者虽已死去很久,但诗却永生。

---

① 秦观《江城子》(南来飞燕北归鸿),《淮海居士长短句》卷上,上海古籍出版社,1985年。

二 | 庐山真面目
——苏轼的禅悟

一、缘　　起

　　依诗、禅关系研究的一般思路,把苏轼看作一个思想上深受禅宗影响的诗人,其实低估了他的禅悟境界,从而也低估了他在诗、禅高度融合方面所具有的象征意义。在禅门用来构建自身历史的"灯录"类书籍中,记载的除历代高僧外,也包括一部分像苏轼那样称为"居士"的士大夫,他们被排列到不同禅师的"法嗣"之中,厕身于所谓"传灯"的宗教谱系。毫无疑问,并非所有信奉禅宗或与之关系密切的士大夫都能进入这一谱系,即便是专以历代"居士"为记载对象的《居士分灯录》,也只收入"妙臻圣解,默契禅宗"者七十二人[①]。应该承认,编者在挑选收录对象时多少考虑了他们在俗世的成就、声望或者政治地位,但这毕竟不是首要的标准。一位士大夫作为某禅师的"法嗣"而进入"灯录",其最直接的意味是:他已被承认为"妙臻圣解",也就是对禅有所"悟",其境界已与高僧相当;而且,因为禅林具有相当浓重的宗派观念,故该士大夫还应与其所嗣法禅师的其他法嗣一起,共同构成某一宗派,体现出此宗派在思想、行事上的风格特征,即所谓"宗风"。换句话说,他不是简单地受禅宗思想影响而已,还进一

---

① 王元瑞《居士分灯录叙》,朱时恩《居士分灯录》卷首,《续藏经》本。

步以包含诗歌创作在内的诸多表达活动,参与了某一种"宗风"的构造,由此也很可能直接介入宗教事务。苏轼正属于这一类士大夫。

自南宋雷庵正受编《嘉泰普灯录》始,苏轼被列入灯录,作为临济宗黄龙派东林常总(1025—1091)禅师的法嗣①,此后的灯录也一概如此处理。其实,苏轼生前跟云门宗禅僧的交往更为频繁密切②,而与常总只有一面之缘。但禅门确定"嗣法"关系时,主要不看交往密切与否,而关注当事人的某一次具有决定意义的恍然大"悟"之经验,如果这一次经验是由某位禅师启发而致,或者当事人的某种表达获得禅师之印可,则他便成为该禅师的"法嗣"。苏轼的这次大"悟"经验,被认为是在常总禅师的启发下,发生于庐山东林寺。所以即便身为云门宗禅僧的雷庵正受,也承认苏轼的"嗣法"之师是临济宗的东林常总③。从这个角度说,苏轼的庐山之"悟"应该成为我们探寻其思想中的禅宗乃至佛学因素时最须重视的内容。然而,思想家研究的通常模式,是搜集其遗留的文字,对这些文字明确地表达出来的思想加以总结分析,而苏轼本人对他的庐山之"悟"并未留下多少文字表达,故这一次大"悟"的经验并未引起苏轼研究者的足够重视。实际上,在与禅宗相关的研究领域,类似的情形屡见不鲜:即便在禅宗思想史一类的书籍中,被禅家视为关键的那种不可言说的瞬间"顿悟",也经常只在叙述禅师生平的部分被提及,而对其思想的解析,则根据其他文字资料来进行。这也就是说,禅师生平中具有决定性的那一次大"悟",只对他本人具有意义,对今天的研究者而言几乎没有意义。当然,因为资料方面的限制,很多情况下我们也确实难以了解他究竟"悟"到了什么,但苏轼的庐山之"悟"则稍有不同,只要我们加以重

---

① 释正受《嘉泰普灯录总目录》卷上,《续藏经》本。
② 参考笔者《苏轼与云门宗禅僧尺牍考辨》,中国人民大学《国学学刊》2012 年第 2 期。已收入本书。
③ 可以顺便提及的是,雷庵正受把苏轼之弟苏辙编在云门宗禅僧的"法嗣"之中,但后来《五灯会元》(卷十八,中华书局 1984 年)等书不予认同,苏辙也被改编到临济宗黄龙派门下。

视,毕竟还有一些相关的资料可供探求,利用文学研究中的文本细读之法,我们有可能透视到他所"悟"的内容。本文即为此而作。

关于苏轼元丰七年(1084)庐山之行的经过,除了孔凡礼《苏轼年谱》简要梳理其行程外[1],日本学者内山精也亦有专文论及[2]。不过,孔先生不重视这一行程中涉及的禅僧,所述略有纰漏,本文首先要补正这些纰漏。内山先生的论文对笔者颇有启发,他全面清理了苏轼在庐山的诗歌作品,加以贯穿解释,其中最重要的,就是"不识庐山真面目,只缘身在此山中"这一名句[3]。通常,我们哲理性地阐说此句,句中的"庐山"可以被置换为别的山,乃至所有事物。如此轻视"庐山"的特殊性,引起了内山先生的不满,也确实脱离了苏轼在庐山所作全部诗歌整体上显示的思想脉络(详见下文)。他指出庐山对于苏轼的两种意义:一是禅宗之山,一是诗人陶渊明之山。就苏轼研究来说,这一论述堪称卓见。但他显然更重视庐山作为诗人陶渊明之山的方面,对"庐山真面目"的禅宗含义相对轻视。本文则专从探析苏轼禅"悟"的角度,重新处理相关的资料,以为补充。

二、苏轼庐山之行所涉禅僧

自宋神宗元丰三年(1080)起,苏轼因"乌台诗案"而贬居黄州。同年,神宗下诏将庐山东林寺改为禅宗寺院,聘请常总禅师为开山住持。到元丰七年初,神宗亲出御批,让苏轼离开黄州,改居汝州,这才有了苏轼的庐山之行,而在此之前,即元丰六年,发生了常总禅师与神宗皇帝间的一次强烈对抗。为了将越来越发展迅猛的禅宗丛林收

---

[1] 孔凡礼《苏轼年谱》中册,第617—629页,中华书局,1998年。
[2] [日]内山精也《苏轼"庐山真面目"考》,早稻田大学《中国诗文论丛》第15辑,1996年。译文见氏著《传媒与真相——苏轼及其周围士大夫的文学》,第293—329页,上海古籍出版社,2005年。
[3] 苏轼《题西林壁》,《苏轼诗集》卷二十三,中华书局,1982年。

纳到朝廷所能控制的范围,神宗亲自策划,调整了东京大相国寺的结构,开辟出慧林、智海两个禅院,诏令禅宗高僧住持。慧林院请到了云门宗的宗本(1020—1099)禅师,智海院请的就是临济宗的常总禅师。很显然,这等于由朝廷来敕封宗教领袖,是禅宗发展史上的一件大事。原来兴盛于南方的云门宗,以宗本应诏进京为标志,全面向北发展,以东京开封府为传播中心,盛况达至极点,宗本也成为禅宗史上"法嗣"最多的禅僧①。但其后果是,云门一宗几乎成为北宋政权的殉葬品,南渡后法脉断绝。与此相反的是,起源于北方的临济宗,此时却大半南下,而常总禅师也选择了颇具危险性的拒诏之路,以情愿一死的态度坚却智海之聘,留居庐山东林寺。与北宋朝廷保持较远的距离,以大江南北为主要传播区域,现在看来极具先见之明,临济宗能够成为南宋最大的佛教宗派,实赖于此。当宗本在京师忙忙碌碌,为宫廷和显贵之家大做法事的时候,常总则在庐山接待了并世最大的诗人,使庐山拥有了最具意义的一个时刻:第一诗人与"僧中之龙"②的会面。我们不难看出,使会面可能的这些前因,为两人的精神契合提供了基础,而其后果则是诗人成为禅师的法嗣。世间一切皆有缘,前因后果总灿然。

按北宋的行政区划,庐山的北麓属江南东路的江州(今九江市),而南麓属江南西路的南康军(今星子县)。据《苏轼年谱》所叙,他于元丰七年四月离开黄州,沿江东下,二十四日夜宿庐山北麓的圆通寺。《苏轼诗集》卷二十三有一诗,题云《圆通禅院,先君旧游也。四月二十四日晚,至,宿焉。明日,先君忌日也。乃手写宝积献盖颂佛

---

① 《建中靖国续灯录》和《续传灯录》(俱见《续藏经》)目录,都列出慧林宗本的法嗣达二百人。
② 苏轼《东林第一代广慧禅师真赞》称常总"堂堂总公,僧中之龙",《苏轼文集》卷二十二,中华书局,1986年。释惠洪《妙高仁禅师赞》称常总法孙华光仲仁为"岳顶风之真子,僧中龙之的孙",《石门文字禅》卷十九,《文渊阁四库全书》本。按,"岳顶风"指常总法嗣福严惟风,参考周裕锴《宋僧惠洪行履著述编年总案》第 91 页所考,高等教育出版社,2010 年。

一偈,以赠长老仙公。仙公抚掌笑曰:"昨夜梦宝盖飞下,着处辄出火,岂此祥乎!"乃作是诗。院有蜀僧宣,逮事讷长老,识先君云》,这一长题记述了当时的人事。检《建中靖国续灯录》卷十九有"庐山圆通可仙禅师",当即苏轼所云"长老仙公",而可仙正是东林常总的法嗣。

苏轼并未就此登览庐山,他转道南下,先去筠州(今高安县)探访苏辙。《苏轼年谱》引证他此时写给佛印了元(1032—1098)禅师的尺牍,正好交代了这一行踪:"见约游山,固所愿也,方迫往筠州,未即走见,还日如约。"①由于了元曾任庐山归宗寺住持,这里的"游山"被孔凡礼先生理解为游览庐山。这一点其实不能确定,据禅林笔记《云卧纪谭》载:"佛印禅师元丰五年九月,自庐山归宗赴金山之命。"②可见了元已于两年前改任金山寺住持。上引的苏轼尺牍,在《重编东坡先生外集》中也题为《与金山佛印禅师》③。那么,了元约苏轼"游山",指的应该是金山。当然指庐山的可能性也不是没有,但了元本人已不在庐山,是可以肯定的,《苏轼年谱》谓了元先向苏轼发出邀约,此后又陪同游山,是错误的。

因为"乌台诗案"的连累,苏辙贬官监筠州盐酒税,至此已过四年。苏轼到筠州后,有诗云《端午游真如,迟、适、远从,子由在酒局》④,可见他五月上旬在筠州。《苏轼年谱》叙及二苏在筠州交往的禅僧中有真净克文(1025—1102)和圣寿省聪(1042—1096),后者属云门宗,是慧林宗本的法嗣,而前者与东林常总同为临济宗黄龙派创始者黄龙慧南(1003—1069)的传人。据说,他们还确认了苏轼的前世是云门宗的五祖师戒禅师。当然,他们可能知道苏轼与师戒的法孙

---

① 苏轼《与佛印十二首》之三,《苏轼文集》卷六十一。
② 释晓莹《感山云卧纪谭》卷下"佛印谒王荆公"条,《续藏经》本。
③ 《重编东坡先生外集》卷六十九,《四库全书存目丛书》影印本。
④ 《苏轼诗集》卷二十三。

大觉怀琏(1009—1091)禅师关系密切①。

从筠州返程的苏轼大约在五月中旬自南麓登上了庐山,陪同他游山的并非佛印了元②,而是另一个云门宗禅僧参寥子道潜(1043—?)。道潜正是大觉怀琏的弟子,也是苏轼生平最重要的诗友之一。我们现在可以确认,六月九日苏轼已在江州东北的湖口,写了著名的《石钟山记》③,那么,估计他有半个月左右的时间,尽情探访庐山的名胜。不过,他为这些名胜题诗并不多,据其自述:"余游庐山南北,得十五六奇胜,殆不可胜纪,而懒不作诗。独择其尤佳者,作二首。"④这二首是《开先漱玉亭》和《栖贤三峡桥》,虽说是为了风景而作,想必也与开先寺、栖贤寺的主僧请求有关。按苏辙《闲禅师碑》有云:"元丰七年,过庐山开先,见瑛禅师。"⑤检《五灯会元》卷十七有开先行瑛禅师,乃东林常总法嗣,当即苏辙所见的"瑛禅师"。苏轼游庐山仅比苏辙略早数月,可推断其时的开先寺住持就是行瑛。这样,在见到常总本人前,苏轼已见过他的两位法嗣了(圆通可仙、开先行瑛)。苏辙元丰四年所作《庐山栖贤寺新修僧堂记》提到了"长老智迁"⑥,而《五灯会元》卷十六有栖贤智迁,乃云门宗天衣义怀(993—1064)之法嗣,应该就是此时的栖贤寺住持了。

在会见常总之前,苏轼还与另一位云门宗禅僧发生交涉,《苏轼诗集》卷二十三有诗题云《余过温泉,壁上有诗云:"直待众生总无垢,我方清冷混常流。"问人,云长老可遵作。遵已退居圆通。亦作一绝》。

---

① 苏轼与大觉怀琏及其门下弟子的密切交往,参考本书所收《苏轼与云门宗禅僧尺牍考辨》。
② 《苏轼年谱》据《苏轼文集》卷六十一《与佛印十二首》之七,谓了元与苏轼同在庐山,其实,苏轼这一首尺牍是写给东林常总的,误收入《与佛印十二首》,参考拙作《苏轼与云门宗禅僧尺牍考辨》。
③ 《苏轼文集》卷十一《石钟山记》:"元丰七年六月丁丑,余自齐安舟行适临汝,而长子迈将赴饶之德兴尉,送之至湖口,因得观所谓石钟者。"
④ 苏轼《庐山二胜》诗叙,《苏轼诗集》卷二十三。
⑤ 苏辙《闲禅师碑》,《栾城集》卷二十五,上海古籍出版社,1987年。
⑥ 苏辙《庐山栖贤寺新修僧堂记》,《栾城集》卷二十三。

检《五灯会元》卷十六有中际可遵禅师,乃雪窦重显(980—1052)之法孙,是一个略有诗名的禅僧①。

综上所述,兹将苏轼庐山之行所涉云门宗禅僧的法系图示于下:

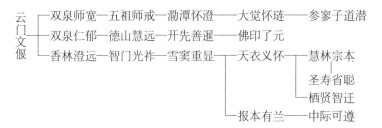

当然,本文主旨是要阐明苏轼与临济宗黄龙派禅师之关系,而据《五灯会元》所载,苏辙、黄庭坚亦为黄龙派法嗣,故与上文涉及的该派禅僧一并图示于下:

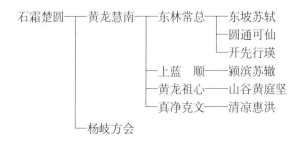

图中的黄龙慧南是黄龙派开创者,他的同门杨岐方会开创了杨岐派,乃南宋以后禅宗之主流,本文下面会谈及杨岐派对苏轼的批评。至于黄龙、杨岐的师尊石霜楚圆(986—1039),则与前辈文人杨亿(974—1020)相知。

三、苏轼庐山所作诗偈

对于元丰七年庐山之行所作诗歌,苏轼本人有一段自述,内山精

---

① 释可遵诗,详拙著《宋代禅僧诗辑考》第92页,复旦大学出版社,2012年。

也的论文已经引述,为了说明方便,仍抄录于下:

> 仆初入庐山,山谷奇秀,平生所未见,殆应接不暇,遂发意不欲作诗。已而山中僧俗,皆言"苏子瞻来矣",不觉作一绝云:"芒鞋青竹杖,自挂百钱游。可怪深山里,人人识故侯。"既自哂前言之谬,复作两绝句云:"青山若无素,偃蹇不相亲。要识庐山面,他年是故人。"又云:"自昔怀清赏,神游杳霭间。而今不是梦,真个在庐山。"是日有以陈令举《庐山记》见寄者,且行且读,见其中有云徐凝、李白之诗,不觉失笑。旋入开元寺,主僧求诗,因为作一绝云:"帝遣银河一派垂,古来惟有谪仙词。飞流溅沫知多少,不与徐凝洗恶诗。"往来山南北十余日,以为胜绝,不可胜谈,择其尤者,莫如漱玉亭、三峡桥,故作二诗。最后与总老同游西林,又作一绝云:"横看成岭侧成峰,远近高低各不同。不识庐山真面目,只缘身在此山中。"仆庐山之诗,尽于此矣。①

比照《苏轼诗集》卷二十三,可知这段自述实未收入苏轼在庐山的全部作品,但它可以帮助我们确认两点:第一,与常总禅师会面,被表述成苏轼此行的终点;第二,最初的三首五言绝句在《苏轼诗集》卷二十三被题为《初入庐山三首》,且"青山若无素"被改置第一首,而此首恰恰提到"要识庐山面"的问题,与最后《题西林壁》的"不识庐山真面目"宛成呼应,那么,正如内山先生指出的那样,对"庐山面"或"庐山真面目"的思考,伴随了苏轼此行的始终。"庐山"在这里确是特指,不可被置换。

如果相信苏轼的自述,"芒鞋青竹杖"乃是第一首。此首的大意是:我现在并无值得尊仰的身份,自费来游庐山,为什么山中的人都

---

① 胡仔《苕溪渔隐丛话》前集卷三十九,人民文学出版社,1962年。

知道我?这当然显露了作者因自己的名声而自鸣得意之情,所以马上"自晒前言之谬"。接下来的两首中,"自昔怀清赏"一首表达了他对庐山的长久向往之意,好像起到了纠正"前言之谬"的作用。不过现在看来,诗人之向往名山,与名山之有待于诗人,也正好互相呼应。"真个在庐山"表明了他们的相遇。

然而,这一次相遇的情形并不令人满意,诗人与名山之间,或者具体地说苏轼与庐山之间,并非一见如故。"青山若无素,偃蹇不相亲",苏轼觉得庐山跟他没有交情,不相亲近。"偃蹇"是倨傲不随之意,同样的词语曾出现在苏轼以前的诗句中。熙宁六年(1073)担任杭州通判的他为宝严院垂云亭题诗云:"江山虽有余,亭榭苦难稳。登临不得要,万象各偃蹇。"①意谓自然景象虽然丰富多彩,但若筑亭不得其处,登临者便无适当的观赏视角,各种景象便不会显示出符合审美期待的秩序,"美"就无法实现。作为诗人和画家的苏轼,显然不愿无条件地接受自然山水的任何形态,他希望对象随从自己的审美习惯,但初见庐山,对象所呈现的面貌却不合他的心愿。——这才是他初入庐山时,在审美方面的第一感受。此种感受想必令他苦恼,因为庐山之"美"古今盛传,是个不可怀疑的前提,那么,问题便在观赏者这一边,或者说,还是一个观赏视角的问题。《题西林壁》表明了苏轼在获取适当的视角方面付出的努力:横看竖看,远看近看。但是,结果也并不理想。

庐山突破了苏轼所习惯的审美秩序,在他面前显出倨傲的形态,不肯随从他的期待。换句话说,苏轼看不出庐山美在哪里,这个意思被他表述成对"庐山面"或"庐山真面目"的"不识"。大概这才是他在庐山不想作诗的原因。如果你看不出对象的美,怎么为它作诗呢?

---

① 苏轼《僧清顺新作垂云亭》,《苏轼诗集》卷九。山本和义对此诗有精彩的分析,见《诗人与造物——苏轼论考》第39—41页,研文出版,2002年。该书已由张剑译出,中国社会科学出版社,2013年。

当然,事实上他还是为某些景观题了诗,但他也声明"余游庐山南北,得十五六奇胜",就是说他题诗的这些景观都是局部性的。也许,有一些局部的景观符合他的审美要求,而"庐山面"或"庐山真面目"乃是就庐山的整体而言。对其整体的"不识",是一种具有象征意义的表述,除了风景外,也可以令人联想到其他方面的含义。但在字面上,首先还是指风景。怎样才能使庐山在自己眼里呈现为美的风景?苏轼设想了两条出路。

第一条诉诸时间。"要识庐山面,他年是故人",如果以后能多次造访,那就会跟老朋友重逢一般亲切了吧。第二条诉诸空间。"不识庐山真面目,只缘身在此山中",由于在山中横看竖看、远看近看都没有理想的效果,那自然就会归因于视界的局限性,设想跳出这一空间,从更大的视野去看。毫无疑问,人们对任何事物的认识,都不能缺乏适当的时间和空间条件,所以,联系《初入庐山》绝句来解读《题西林壁》,不但并不损害后者的象征意义,反而使这种意义丰满起来。更为重要的是,这些作品所具有的思想脉络,显示了与苏轼庐山之行始终伴随的一种思考,即对于"庐山真面目"的追问,以及由此引发的疑虑。他带着这样的疑虑,走到了此行的终点,步入了东林常总的门庭。可以期待的是,"僧中之龙"会帮助他解决疑虑。

据《嘉泰普灯录》卷二十三载(《五灯会元》卷十七所述略同):

> 内翰苏轼居士,字子瞻,号东坡。宿东林日,与照觉常总禅师论无情话,有省,黎明献偈曰:"溪声便是广长舌,山色岂非清净身。夜来八万四千偈,他日如何举似人。"

这里记载的一偈,在《苏轼诗集》卷二十三题为《赠东林总长老》。作为东坡的悟道之偈,其真实性从未遭受质疑,但上引的苏轼自述中却没有提到。同样未提及的,还有他对可遵禅师一绝的唱和。大概他觉得这类作品是"偈",与一般的"诗"有所区别。

灯录已经提示了解读苏轼悟道偈的背景资料,就是他与常总禅师谈论的"无情话",即唐代南阳慧忠国师的"无情说法"公案。《五灯会元》卷二将慧忠编在六祖慧能的法嗣中,但对这个公案记载简略,倒是洞山良价的语录中有详尽的转述:

> 师参沩山,问曰:"顷闻南阳忠国师有无情说法话,某甲未究其微。"沩曰:"阇黎莫记得么?"师曰:"记得。"沩曰:"子试举一遍看。"师遂举:僧问:"如何是古佛心?"国师曰:"墙壁瓦砾是。"僧云:"墙壁瓦砾岂不是无情?"国师曰:"是。"僧云:"还解说法否?"国师曰:"常说炽然,说无间歇。"僧云:"某甲为甚么不闻?"国师曰:"汝自不闻,不可妨他闻者也。"僧云:"未审甚么人得闻?"国师曰:"诸圣得闻。"僧云:"和尚还闻否?"国师曰:"我不闻。"僧云:"和尚既不闻,争知无情解说法。"国师曰:"赖我不闻,我若闻,即齐于诸圣,汝即不闻我说法也。"僧云:"恁么则众生无分去也。"国师曰:"我为众生说,不为诸圣说。"僧云:"众生闻后如何?"国师曰:"即非众生。"僧云:"无情说法据何典教?"国师曰:"灼然,言不该典,非君子之所谈。汝岂不见《华严经》云:刹说,众生说,三世一切说。"师举了,沩山曰:"我这里亦有,只是罕遇其人。"师曰:"某甲未明,乞师指示。"沩山竖起拂子曰:"会么?"师曰:"不会,请和尚说。"沩曰:"父母所生口,终不为子说。"①

洞山良价早年游方时,曾向沩山灵祐请教"无情说法话"的含义,在沩山的要求下,他完整地转述了慧忠国师与某僧的问答内容。"无情"就是无生命之物,如墙壁瓦砾之类,慧忠却认为它们都像古佛一样演

---

① 《筠州洞山悟本禅师语录》,《大正新修大藏经》本。

说着根本大法,而且从不间息,一直在说,只是一般人听不到而已。与慧忠对话的某僧以及早年的洞山并未由此得悟,但看起来沩山了解慧忠的意思,他不肯为洞山解说,只是竖起拂子,想让洞山自悟,可惜洞山的机缘并不在此。一般情况下,禅师不肯明说而以他物指代的,都是彼岸性的东西,"父母所生口"即此岸性的言语机能是决不能承担其解说任务的。慧忠的话也清晰地区划了两个世界:听到"无情说法"的是诸圣,听不到的是众生。不过,慧忠和沩山似乎可以往来于两个世界之间。

《五灯会元》卷十七记载了东林常总的一段说法,与"无情话"意思相通:

> 上堂:"乾坤大地,常演圆音;日月星辰,每谈实相。翻忆先黄龙道:'秋雨淋漓,连宵彻曙,点点无私,不落别处。'复云:'滴穿汝眼睛,浸烂汝鼻孔。'东林则不然,终归大海作波涛。"击禅床,下座。

在这里,"圆音"和"实相"指彼岸性的真理,"乾坤大地"和"日月星辰"概指一切存在,故此语的意思无异于"无情说法"。黄龙慧南话里的"秋雨"当然也是如此"说法"的"无情"物之一,它如此辛苦地说着,却没人去倾听,只好施展毒手,"滴穿汝眼睛,浸烂汝鼻孔",无非是要逼人去听。看来慧南把自己也当成了"秋雨",施展毒手倒体现出他的老婆心肠。常总却不愿如此费事,"终归大海作波涛",自己流向大海便罢。

再来看苏轼的悟道偈,"溪声"、"山色"自是"无情","广长舌"和"清净身"都是对佛的形容,指代最高真理,无疑也是"无情说法"的意思。这样,贯穿慧忠、慧南、常总和苏轼的有关言论,我们大致可以推测,这是对体现于一切存在物的最高普遍性的领悟,其哲学含义并不复杂,与所谓"目击道存"、"一物一太极"等命题相似,只是用了一种生动的说法来表述而已。不过,禅宗讲究的不是对理论的知解,而是对境界的体验,之所以要用生动的说法来暗示,或者指东道西不肯明言,就是为了避免抽象的理论话语,引导人用全身心去拥抱这样的境界,而不是仅仅在知识层面加以认识。当然,境界方面的事,被认为"如人饮水,冷暖自知",不可言说,我们这里只能指出其哲学含义而已。

重要的是,通过对"无情话"的参悟,苏轼和常总找到了思想上的契合点。而且,苏轼听到了"无情说法",一夜之间,"八万四千偈"向他涌来。按慧忠的设定,听到"无情说法"者即"齐于诸圣",领会了根本大义,换句话说就是"悟"了。禅宗的灯录将苏轼收入常总法嗣之中,等于认可了他的"悟"。夜宿东林以后的苏轼,看到"山色岂非清净身",那么"庐山真面目"是什么,对他来说应该不再是疑问了。

不过事情好像并不这么圆满,宋代的禅僧对于苏轼的悟道偈,也有不予认可者。

四、杨岐派禅僧对苏轼悟道偈的质疑

禅籍中记载的对于苏轼悟道偈的质疑,笔者看到了两条,且先抄录于下:

> 临安府上竺圆智证悟法师……乃谒护国此庵元禅师,夜语次,师举东坡宿东林偈,且曰:"也不易到此田地。"庵曰:"尚未见路径,何言到耶?"曰:"只如他道:'溪声便是广长舌,山色岂非清净身。'若不到此田地,如何有这个消息?"庵曰:"是门外汉耳。"曰:"和尚不吝,可为说破。"庵曰:"却只从这里,猛著精彩觑捕

看,若觑捕得他破,则亦知本命元辰落着处。"师通夕不寐,及晓钟鸣,去其秘畜,以前偈别曰:"东坡居士太饶舌,声色关中欲透身。溪若是声山是色,无山无水好愁人。"特以告此庵,庵曰:"向汝道是门外汉。"师礼谢。①

程待制智道、曾侍郎天游,寓三衢最久,而与乌巨行禅师为方外友。曾尝于坐间,举东坡宿东林闻溪声呈照觉总公之偈:"溪声便是广长舌,山色岂非清净身。夜来八万四千偈,他日如何举似人。"程问行曰:"此老见处如何?"行曰:"可惜双脚踏在烂泥里。"曾曰:"师能为料理否?"行即对曰:"溪声广长舌,山色清净身。八万四千偈,明明举似人。"二公相顾叹服。②

这里的"此庵元禅师"乃护国景元(1094—1146),"乌巨行禅师"乃乌巨道行(1089—1151),都是两宋之际的临济宗杨岐派禅僧,其法系图示于下:

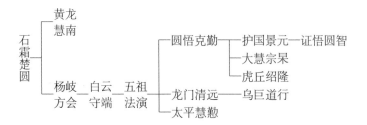

杨岐派与黄龙派初出同门,其始不如黄龙派兴盛,但至北宋末,五祖法演的弟子中有太平慧懃获朝廷赐号"佛鉴",龙门清远获赐号"佛眼",圆悟克勤获赐号"佛果",就是盛传一时的"五祖门下出三佛",使

---

① 《五灯会元》卷六。
② 释晓莹《罗湖野录》卷四,《续藏经》本。"程待制智道"当是"致道"之讹,即《北山集》的作者程俱,"曾侍郎天游"是曾开,著名诗人曾几之兄。

该派声势渐隆,尤其是克勤门下的大慧宗杲和虎丘绍隆,别开大慧派、虎丘派,先后占据南宋禅林的主流地位,故连带图示于上。南渡禅僧对苏轼悟道偈的质疑都出自杨岐派,看来并非偶然。

护国景元指责苏轼是"门外汉",但未说明理由。在他的启示下,证悟圆智法师写了一偈来斥破苏轼,似乎得到了景元的首肯。偈中说苏轼的毛病在于"声色关中欲透身",即企图借"无情说法"的话头,欲从"溪声"、"山色"等此岸性的"声色"向彼岸性超越。后面两句的意思大概是:如果对真理的领悟要从"声色"出发,那么没有"声色"怎么办?这个质疑比较费解,因为只要人有耳目,"声色"总是无所不在的,怎么会"无山无水"呢?

相对来说,乌巨道行对苏轼偈的改写,意图更清楚一些。苏轼的四句偈,始终隐含了主语"我",前两句有判断词"便是"、"岂非",自是由"我"来判断的,后面两句也是指"我"如何将夜来听到的八万四千偈转告他人。道行禅师的改写,就是把前两句的判断词删去,把后两句的隐含主语变成了真理本身,总体上扫除了"我"这个主体。由此返观上面的"无山无水"之说,恰可与此对照,意在扫除客体。那么,杨岐派对苏轼的质疑,似可归结为一点:就是苏轼的偈语显示出他还停留在主客体对立的境界,而只有消除这种对立,才能"悟"到禅的根本。换句话说,只要还有主客体对立的意识在,便无法达到真正的超越,所谓"双脚踏在烂泥里",该是此意。

我们确实应该感谢禅师的批评,目光如炬的他们以寸铁杀人的方式指明了苏轼之"悟"与他们所认为的真正禅"悟"的差异。当然,禅宗不同的派别有不同的宗风,其接人的态度也宽严不等,苏轼既被载入灯录,表明他的悟道偈也获得一部分禅师或一定程度的认可,故杨岐派禅师对其"悟"境的质疑,应理解为"悟"有不同的层次。其实苏轼本人也并非不了解禅宗的基本立场,他在熙宁年间就写过《杭州请圆照禅师疏》云:"大道无为,入之必假闻见;一毫顿悟,得之乃离聪明。"①这里说"闻见",与说"声色"无异,因为"声色"就是"闻见"的对象,"闻见"的根器是耳目,而"聪明"就形容这根器之佳,这些说法的前提都是主客体的对立。所以,苏轼的意思很清楚,他知道禅宗的"顿悟"是要"离聪明",即消除主客体对立的,但他认为,"入之必假闻见",不靠见闻声色,就没有入门的途径。这等于明确宣称禅"悟"有不同的层次。

苏轼之前,禅宗史上原也不乏从"声色"而悟道的僧人,最著名的要算"香严击竹"、"灵云桃花"两个公案,且据《五灯会元》卷九、卷四抄录于下:

> 邓州香严智闲禅师,青州人也。厌俗辞亲,观方慕道。在百丈时,性识聪敏,参禅不得。泊丈迁化,遂参沩山。山问:"我闻汝在百丈先师处,问一答十,问十答百。此是汝聪明灵利,意解识想,生死根本。父母未生时,试道一句看。"师被一问,直得茫然。归寮,将平日看过底文字,从头要寻一句酬对,竟不能得。乃自叹曰:"画饼不可充饥。"屡乞沩山说破,山曰:"我若说似汝,汝已后骂我去。我说底是我底,终不干汝事。"师遂将平昔所看文字烧却,曰:"此生不学佛法也。且作个长行粥饭僧,免役心神。"乃泣辞沩山,直过南阳,睹忠国师遗迹,遂憩止焉。一日,芟除草木,偶抛瓦砾,击竹作声,忽然省悟。遽归,沐浴焚香,遥礼沩山,赞曰:"和尚大慈,恩逾父母。当时若为我说破,何有今日之事。"……沩山闻得,谓仰山曰:"此子彻也。"

> 福州灵云志勤禅师,本州长溪人也。初在沩山,因见桃花悟

---

① 苏轼《杭州请圆照禅师疏》,《苏轼文集》卷六十二。这是苏轼在杭州通判任上时,代表地方官请宗本禅师担任净慈寺住持的请疏。

道,有偈曰:"三十年来寻剑客,几回落叶又抽枝。自从一见桃花后,直至如今更不疑。"沩览偈,诘其所悟,与之符契。沩曰:"从缘悟达,永无退失,善自护持。"

香严智闲和灵云志勤分别因瓦砾击竹的"声"和桃花盛开的"色"而悟道,都得到了沩仰宗创始人沩山灵祐的印可。值得注意的是,沩山所谓"父母未生时",正是形容主客体对立意识产生之前的境界,这种意识一旦产生,便是"生死根本",任你如何聪明灵利,知解佛法,也无从解脱生死。而且,此事的危险性还在于,主客体分别之下,你越是聪明灵利、知解佛法,你的主体意识便越是强烈,"生死根本"便被培植得越为雄厚,不可自拔地沉沦业海。这确是禅的要旨,含糊不得。但是,沩山却也承认"从缘悟达"的可能性,并不否认他的弟子们从"声色"悟道。

然而,正与苏轼的情形相似,香严智闲和灵云志勤也都曾遭到质疑。据《五灯会元》记载,沩山的大弟子仰山慧寂就不肯轻易许可智闲,要"亲自勘过",在智闲说出他击竹悟道的故事后,仰山仍然坚持:"此是夙习记持而成。若有正悟,别更说看。"他怀疑智闲的"悟"只在知识层次,未达禅家的"正悟"。灵云志勤因见桃花而悟道的故事,后来被人转告玄沙师备禅师,玄沙即曰:"谛当甚谛当,敢保老兄未彻在。"意思是,理论上是对的,但我敢保证你并未真正"悟"彻。看来,从"声色"悟道的都难免遭到质疑,身为禅僧的尚且如此,像苏轼那样的士大夫居士就更不用说了。

悟道有"彻"有"未彻",表明"悟"确有不同的层次。《景德传灯录》卷十一仰山慧寂章,也记录了他与香严智闲的一段对话:

师问香严:"师弟近日见处如何?"严曰:"某甲卒说不得。"乃有偈曰:"去年贫,未是贫;今年贫,始是贫。去年无卓锥之地,今年锥也无。"师曰:"汝只得如来禅,未得祖师禅。"①

好像仰山一直在为难香严,人家击竹悟道,他说不是"正悟",人家"卒说不得"了,这大师兄还是不满意。从香严的偈语来看,他的"悟"境是有进展过程的,"锥"可以视为对主体能力的一种比拟,"去年无卓锥之地"谓主体能力无所施展,指的是扫除客体,而"今年锥也无"则表明主体也已扫除。如此销尽了对立,一无所有了,当然"卒说不得",无从言语。这该是到了令仰山满意的"正悟"境界了吧,但仰山却又反过来说,你这是"如来禅",不是"祖师禅",意谓虽然完成了向彼岸性的真正超越,但又回不到此岸来为众生说法了。我们知道,合格的禅宗祖师是能够自由地来往于两个世界之间的。

这就是禅宗的难缠之处,你有见闻声色,他说你这是"生死根本",你没有见闻声色了,他又说你做得了如来做不了祖师。按这个思路,祖师是超越了见闻声色以后再回到见闻声色以接待众生者,这便是禅家所谓"入泥入水",且举出一例:

> 鄂州清平山安乐院令遵禅师,东平人也。初参翠微(无学),便问:"如何是西来的的意?"微曰:"待无人即向汝说。"师良久曰:"无人也,请和尚说。"微下禅床,引师入竹园。师又曰:"无人也,请和尚说。"微指竹曰:"这竿得怎么长,那竿得怎么短。"师虽领其微言,犹未彻其玄旨。出住大通,上堂,举初见翠微机缘,谓众曰:"先师入泥入水为我,自是我不识好恶。"②

我们看翠微禅师的话,可能还是莫名其妙,但清平令遵后来体会到,

---

① 《景德传灯录》卷十一,《大正新修大藏经》本。
② 《五灯会元》卷五。

这已经是"入泥入水"来指点他了。如此,联系上文所述杨岐派禅师对苏轼的批评,我们大致可以得出以下图式:

如来禅:"卒说不得"——超越"声色",不可言诠。
祖师禅:"入泥入水"——超越"声色"而重新回到"声色"以指点众生。
士大夫禅:"双脚踏在烂泥里"——被认为尚未超越"声色"。

如果这个图式大致正确,那么至少在外观上,"入泥入水"与"双脚踏在烂泥里"如何能表现出区别,就是一个大问题。也许这只好等明眼的禅师来"亲自勘过",由他说了算。无论如何,我们可以说,祖师禅与士大夫禅的交集,恰恰就在"声色"上,士大夫去参祖师,或祖师来接引士大夫,也就可以通过"声色"以寻求契合。大概这样的契合便发生在苏轼与常总之间了。

五、"声色"与"真面目"

最后,回到前文探讨的"庐山真面目"的问题。在内山先生提供的苏轼庐山作品表中,《题西林壁》是最后一首,《赠东林总长老》稍前。不过后者既然说了"山色岂非清净身",就等于直接说出了什么是"庐山真面目",那么从思想脉络上讲,我们更有理由把《赠东林总长老》即苏轼的悟道偈看作他庐山之行的最后作品,也就是他一路思索"庐山真面目"的结果。否则,这一路思索未免令人遗憾地没有结果了。

从字面上说,"真面目"无非"真相"之意,确实是个容易让人联想到哲理含义的词语,虽然内山先生更乐意讨论它跟陶渊明笔下的"真意"的关系,但他也已指出跟"真面目"相近的还有禅宗常用的"本来面目"一语。据《五灯会元》卷二载:

> 袁州蒙山道明禅师……往依五祖法会,极意研寻,初无解

悟。及闻五祖密付衣法与卢行者,即率同志数十人,蹑迹追逐。至大庾岭,师最先见,余辈未及。卢见师奔至,即掷衣钵于磐石曰:"此衣表信,可力争邪?任君将去。"师遂举之,如山不动,踟蹰悚栗,乃曰:"我来求法,非为衣也。愿行者开示于我。"卢曰:"不思善,不思恶,正恁么时,阿那个是明上座本来面目?"师当下大悟,遍体汗流。

卢行者就是禅宗的实际创始人六祖慧能,"本来面目"一语出自他的口,故能被禅家所常用。从哲理上说,这无非是"佛性"、"最高真理"一类的意思,但禅家不肯用正式的理论术语,而喜欢代之以切近日常生活的表达方式,与前文提及的"无情说法"的情形正相仿佛。不妨说,苏轼通过"无情话"而参悟的"庐山真面目",与这个"本来面目",在字面意思和理论含义上都十分接近。不过可以注意的是,所谓"不思善,不思恶",正是取消主体对客体的价值分别,亦即主客体不分的境界,如果"正恁么时"才是"本来面目",则与苏轼以"声色"来形容真理的态度,确实也可以勘出境界上的区别。虽然苏轼说的"广长舌"、"清净身"已经是指代性的词语,不同于一般的"声色",但禅师们就从他这样的表达方式中发现了他还有主客体对立的意识在。——这也是禅宗舍弃理论术语而采用日常性表达方式的原因之一,如果大家都用标准化的术语来说,可能就无法勘明这样的区别了。

然而,这样的勘辨毕竟是从禅宗的立场出发去作的,苏轼虽称"居士",也参得黄龙禅,却终究不是禅僧,我们也无法想象一个对于"声色"毫无感知的诗人。实际上,就在登览庐山之前不久,苏轼在黄州时期的名作《赤壁赋》中,就已明确表达了他对"声色"的看法:

天地之间,物各有主,苟非吾之所有,虽一毫而莫取。惟江上之清风,与山间之明月,耳得之而为声,目遇之而成色,取之无禁,用之不竭,是造物者之无尽藏也,而吾与子之所共食。①

在他看来,"声色"乃是造物(自然)对具备感知力的人类的恩赐,像用不完的宝藏那样,源源不断地供我们无偿享用,这种享用并非现实意义上的占有,与功利无关,完全属于审美的领域。可见,他习惯于在审美表象的意义上使用"声"、"色"二字,这当然已经包含了一种超越性。换句话说,他确实是"声色关中欲透身",因为享用这样的"声色",意味着不计世间得失祸福而真诚拥抱自然的人生态度。同样在黄州时期,他在写给朋友的信中说道:"江山风月,本无常主,闲者便是主人。"②这样的"主人"无疑也是审美主体。总而言之,他所追求的乃是一种审美的超越。

我们若是在苏轼黄州时期这些思想的延长线上考察他的庐山之行,就能进一步了解,他初入庐山时因青山"偃蹇不相亲"而所感的苦恼,完全是一种审美的苦恼:他准备好了"闲者"的心境,却不能马上成为庐山的"主人"!由此萌生的如何把握"庐山真面目"的问题,实在是审美主体与审美对象的关系问题。他首先想到了时间方面的因素,"要识庐山面,他年是故人",继而又想到空间方面的因素,"只缘身在此山中"。但是最后,在禅宗"无情话"的启发下,他获得了主体与对象完全契合的心境,圆满解决了令他苦恼的问题。确实,按苏轼的追求审美超越的思路,以类似"自然之美无所不在"的意思去理解"无情话",也是完全可能的。这才有了他的悟道偈,表示"庐山真面目"已显现在他的眼前。虽然禅宗灯录把苏轼当作常总禅师的法嗣,但有关记载其实并未交代常总对此偈的态度如何。后来杨岐派禅师

---

① 苏轼《赤壁赋》,《苏轼文集》卷一。
② 苏轼《与范子丰八首》之八,黄州所作,《苏轼文集》卷五十。

指责此偈表现出作者尚有主客体对立之意识,固然也不错,但在我们看来,不泯灭此种对立的意识而在审美超越的意义上"悟道",当然更适合于作为诗人的苏轼。

三 | 但愿人长久
——苏轼的处世态度

一、苏轼的"天人之辨"

苏轼的文字中有时候会有一些偏激的话,因为他的人生道路比较曲折。比如《潮州韩文公庙碑》说:

> 盖尝论天人之辨,以谓:人无所不至,惟天不容伪;智可以欺王公,不可以欺豚鱼;力可以得天下,不可以得匹夫匹妇之心。故公之精诚,能开衡山之云,而不能回宪宗之惑;能驯鳄鱼之暴,而不能弭皇甫镈、李逢吉之谤;能信于南海之民,庙食百世,而不能使其身一日安于朝廷之上。盖公之所能者,天也;其所不能者,人也。①

这是给潮州韩愈庙写的碑文,里面讲到天人之辨。不是哲学上的天人之辨,而是讲人和人之间沟通相处的困难。"人无所不至,惟天不容伪",天有时候会降一些天灾,一些有价值的东西也遭到毁灭。但是天不会做得太过分,而人什么事都干得出来。"智可以欺王公,不可以欺豚鱼",一个人有智慧,可以把地位很高的王公欺骗过去,但是

---

① 苏轼《潮州韩文公庙碑》,《苏轼文集》卷十七,中华书局,1986 年。

你欺骗不了那些小动物。"力可以得天下,不可以得匹夫匹妇之心",有力量的人可以得到天下,但是让一个小人物真心地服从你是很难的。以韩愈为例来说,"公之精诚,能开衡山之云"。这是韩愈的一个故事,他从潮州回来路过衡山,很想看看衡山的祝融峰。那天正好有大雾,看不到。他默默地在心里祈祷,难得路过这个地方,为什么不让我看看祝融峰的样子。在他的祈祷之下,雾散开了,祝融峰清晰地呈现在他的眼前。他说山神大概被感动了。但山神可以感动,皇帝却无法感动,"而不能回宪宗之惑",唐宪宗还是不原谅他。"能驯鳄鱼之暴,而不能弭皇甫镈、李逢吉之谤",也是韩愈的故事。韩愈到潮州的时候当地人传说海边有一头鳄鱼经常害人,于是他写了《祭鳄鱼文》,说鱼是鱼,人是人,我们互不相关,你还是到大海里面去吧。这篇文章投下去以后,鳄鱼从此不见了。鳄鱼是可以感动的,但是那两位奸臣是感动不了的,他们还是照样诽谤他。"能信于南海之民,庙食百世",他得到了潮州人的喜爱,潮州人给他立庙,代代传下去,但他生前一天也不能安于朝廷之上,总是有人和他过不去。"盖公之所能者,天也",天是可以感动的,但是对人没办法。这个天人之辨很有特点。

再看苏轼的《高邮陈直躬处士画雁二首》①。陈直躬是个画家,画了一幅雁鸟,让他题诗。他题的起笔四句是:"野雁见人时,未起意先改。君从何处看,得此无人态?"意思是,没人的时候,雁鸟才会呈现出自由自在的姿态,一旦有人出现,鸟类出于自我防卫的本能,就会有所警觉,怕人去捉它,随时准备飞走,那么它就不是完全自由自在的状态。可是另一方面,画家要画出雁鸟的真态,是必然要去观察的,这就产生了矛盾:因为画家是个人,他一在场,雁鸟的真态便不会展现。画家怎么能看到雁鸟的"无人态",即没人时的自在姿态呢?

---

① 《苏轼诗集》卷二十四,中华书局,1982年。

在这个关于艺术的悖论里,人是一个破坏性的因素,画家作为一个人的存在,妨碍了自由和真实的展现,把他原来想要看到并表现的对象遮蔽起来。这种意见非常偏激,苏轼有时候心理激愤的时候就会有这种想法。

但总的来说,苏轼的人生态度不是这个样子的。虽然他一直诉说着自己与"人"难缠、与"天"更为亲近,但对于"人"也并没有那么绝望。实际上,他在恩怨纷繁的纠缠之中体悟出一种处世之道。

二、苏轼的社会身份与时代的特点

我们在考察他的具体人生态度之前,先明确一下他的社会身份。一个人在社会上的存在总是和身份相符,苏轼的社会身份是通过科举考试而出仕的士大夫。

我把这种士大夫叫做"科举士大夫",相对于更早时期的"门阀士大夫"而言。中国历史上官员身份的性质在唐宋之际经历了一次巨大的变化,六朝时期的官员身份大都是由血统决定的,那个社会是贵族社会。隋唐科举制度出现,到宋代以后就基本上以考试进入官员的行列了。

这两种士大夫的性质有很大不同。门阀士大夫是贵族,其经济基础是一个很大的庄园,占据某个地方。他当官不光代表自己,他身后还有地域利益,有一部分的经济实力,甚至是军事实力,皇帝对他也要妥协。所以贵族的重要官员有一定的代表性,是一定的地域、经济、政治、军事实力的代表。科举出身的士大夫就没有这种明确的代表性。我们以前经常说,王安石代表中小地主,司马光代表大地主,这是按照他们的言论性质、行为方式分析出来的一种学说,不是事实上有人找他们做代表。科举士大夫是考试出来的,然后由皇帝任命他做官,并按照官僚制度逐级上升,他是朝廷命官,没有别人好叫他做代表。要代表的话，只能说，在老百姓面前代表皇帝，在皇帝面前代表全体老百姓。他不是某一个局部的实力集团的代表，他是公共性的代表，分享的是公共权力，对国家和皇帝负责。用他们自己的话来说也是对百姓负责，这是和以前贵族士大夫的不同。

这种性质的士大夫在政治上占据主流地位以后，与之相应的道德要求随之也会出现。比如你是国家官员，国家给你发俸禄，因此士大夫靠俸禄维持生活，最好不要经营私人产业。这一点在宋太祖时期强调得非常厉害，官员经商是要被杀的。因为你的性质是国家官员，不是以前那种贵族，只能为国家服务。又比如他要管理一些法律事务，需要判案，判案应该六亲不认。这是违反儒学的，以前的儒学不是这么说的，原始的儒学强调"亲亲"原则，按血缘关系的亲疏来区分待人的态度，是一种以家族制度为起点的道德观念，比如父亲犯了法，儿子就不可以揭发。如果要"大义灭亲"，法律面前六亲不认，这就放弃了以家族制度为起点，转而以一个统一的共同体，即国家为出发点来作道德要求了。

所以，士大夫的性质变化，会引起意识形态、社会文化状态的改变。在那种贵族和科举士大夫并存的时代，比如唐代的后期就会形成一些特殊的现象。我们知道贵族结婚必须门当户对，由此形成一个婚姻集团。婚姻集团在很长的时间里面牢固地掌握政权。但科举士大夫只有一个人，要和这些抱成团的贵族在政治上争夺资源，就出现了朋党政治。起初的朋党政治是对贵族的父子兄弟关系的模仿，依靠师生和同年关系来结党，把师生同年模仿父子兄弟关系。所谓同年就是他们同一年考上的进士，唐代人一直把同年称为兄弟，那时候每年十几个人、二十个人，还记得住，后来人多了，就会编一个同年录。北宋最多的时候有八百来个，少的时候也有三四百个，他们就编同年录。同年录把每个人的家乡、父母和家里面的情况、年岁都记好，人手一册。这种同年兄弟在政治上从唐代后期到北宋的前期一直是抱团的。科举里面的师生和同年几乎一定是政治上的同党。北宋名相寇准,有人拜访他,把名片投进来,他就拿出一本同年录来对照,对得上的请进来,对不上的就不提拔。寇准是太平兴国五年(980)的进士,这一年的进士前前后后七八个人轮流当宰相,整个北宋有几十年的时间就是在一届进士的手上。同年兄弟一定抱成团,这样才可以在政界生存,和贵族集团争夺。

同时,在更低层的人那里,武将,以及一些绿林好汉,他们也结成类似的关系,就叫结义。结义的现象在晚唐、五代的时候达到高潮,《三国演义》小说的故事就在那时逐渐形成,所以它说刘、关、张是结义兄弟。那个时候的社会流行这种做法,如果不结义就没有办法抱成一个团和人家争取资源。人家贵族都是父子兄弟,进士有同年兄弟,连和尚们都有师兄弟,武将怎么办?武将就搞结义兄弟。这种现象在五代时期非常显著,基本上几个节度使前后的武将都是结义的父子和兄弟。我们看欧阳修写《新五代史》就专门列了一个传来批判这种现象。他对此深恶痛绝,觉得这个世界上最真实的东西莫过于父子兄弟,现在连父子兄弟居然还有假的,那还有什么东西可以相信是真的?欧阳修对于这一点非常痛恨,但是在欧阳修自己的政治生涯当中,前前后后也不断得到科举考试同年兄弟的支持,如果没有这些同年兄弟支持,他做不成那么大的事业。

问题在于这套假的父子兄弟关系,等贵族衰落之后,就失去了对抗贵族的积极意义,于是就带来了很大的后果。北宋时候一直有朋党之争,北宋太祖、太宗朝的朋党之争还有一定的意义,功臣是一个党,新上来的进士是一个党,新上来的进士和功臣对抗,有一点政治意义。功臣和进士的争斗结束后,后来的两党之争,你看来看去这两党有什么不同?不同年份的进士,就好像学校里这一届和那一届的学生各自抱成一团,互相吵来吵去。再之后,到了王安石变法发生以后,同年兄弟的同党结束了,就变成支持"新法"的是一个党,反"新法"的是一个党了。同年兄弟里面有支持的,也有反对的,这是按照政治态度结党。处于那个时代的人感情上经历了很大的考验,原来同年像兄弟一样,现在同年之间变得你死我活,对于人的心态会产生很大的影响。苏轼恰好撞上这个时代。

苏轼是嘉祐二年(1057)的进士。他这一年的进士,状元叫章衡,福建人。这一年进士里面有一些人物,如曾巩、苏辙、程颢、张载、章惇、曾布、吕惠卿等。曾巩比苏轼大了将近二十岁,但是他的考运不好,一直到这个时候才考上。曾巩是王安石的老朋友,但是王安石变法的时候他并不支持,和王安石吵了一个晚上,然后离开了,在外面当地方官,很长时间不回朝廷。他的弟弟曾布是王安石的得力助手,后来宋徽宗的时候当宰相。苏辙和苏轼是同年进士。这一榜里还有哲学史上很有名的两个人物:张载和程颢。吕惠卿是王安石最得力的助手,新法大部分是他设计的,后来王安石搞《三经新义》,也是吕惠卿帮忙的。司马光反对变法,吕惠卿就和司马光反复争论;老宰相韩琦反对"新法",吕惠卿就公开驳斥韩琦。但吕惠卿后来也和王安石闹翻了。章衡这个状元政治态度不是很明显。程颢开始也是帮王安石变法的,后来反对。曾布、吕惠卿是"新党",支持变法的。

因为变法的发生,同年进士有相当大的一批人走上了不同的人生道路,政治上有几个人之间敌对得非常厉害。这样的事情,对于人的心理打击很大,所以苏轼会有一种"天人之辨",有时候觉得"天"比较亲近,"人"不好沟通,难以相处。

三、苏轼的"敌人"

苏轼如何对待人际关系,如何处世,我们接下来一个个看他的"敌人",看他和这些"敌人"之间相处的关系。

(一) 苏轼和程之才

苏轼最早结下的冤家叫程之才。苏轼的母亲姓程,他是苏轼舅舅的儿子,娶了苏轼的姐姐苏八娘。苏八娘到了程家以后日子非常难过,矛盾非常尖锐。按照苏洵的说法是被程家迫害致死,很早就去世了。当时苏洵写了一首自咎的诗①,就是责备自己,而且和程家绝交。从此,苏程两家绝交几十年。后来苏轼贬去惠州的时候,当时的宰相章惇早年和苏轼是好朋友,清楚这件事情,于是故意派程之才到广东做提点刑狱使,方便他给苏轼吃点苦头。没有想到,两个人见面后非常要好,一起游玩写诗,苏轼和程之才之间的通信,有几十封传了下来。

(二) 苏轼和胡宿

第二个就是胡宿。他是欧阳修那一辈人,对苏轼来说是长辈,苏轼和他没有太具体的政治对立,只是在苏辙考科举的时候有过矛盾。嘉祐六年(1061)苏氏兄弟参加"贤良方正能直言极谏"科考试,苏辙在对策中激烈地攻击宋仁宗,说他花在后宫的时间太多,当时司马光认为这篇文章写得太好了,应该录取为第一名,但是胡宿坚决反对,认为"不逊"。对于胡宿,苏轼兄弟并未记仇,到了元祐年间,他们和胡宿的侄子胡宗愈结成政治上的同盟,关系很好。苏辙有个外孙女,是画家文同的孙女,苏轼称呼她为"小二娘",把她嫁到了胡家②。

(三) 苏轼和王安石

讲苏轼的"敌人",从政治上说,最大的政敌自然非王安石莫属。王安石和苏轼之间的矛盾主要是关于"新法"的争论,但政治斗争中

---

① 苏洵《自尤》,见苏洵著,曾枣庄等笺注《嘉祐集笺注》附"佚诗"部分,上海古籍出版社,1993年。
② 详细请参考本书所收《"小二娘"考——苏轼〈与胡郎仁修〉三简释读》。

难免用到一些手段。苏轼的同年林希写过一部笔记叫做《野史》,里面有这样一段:

> 王安石恨怒苏轼,欲害之,未有以发。会诏近侍举谏官,谢景温建言:"凡被举官,移台考劾,所举非其人,即坐举者。"人固疑其意有所在也。范镇荐轼,景温即劾轼,向丁父忧归蜀,往还多乘舟载物,货卖私盐等事。安石大喜,以三年八月五日奏上,六日事下八路案问,水行及陆行所历州县,令具所差借兵夫及柂工讯问。卖盐卒无其实,眉州兵夫乃迎候新守,因送轼至京。既无以坐轼,会轼请外,例当作州,巧抑其资,以为杭倅,卒不能害轼。士论无不薄景温云。①

此时的林希是替苏轼说话的,讲王安石很不好。"恨怒苏轼,欲害之,未有以发",说王安石很恼火,苏轼总是反驳他的"新法",想害他,但是又没有办法。"会诏近侍举谏官",正好朝廷要推举谏官,王安石的亲家谢景温就提了个建议:"凡被举官,移台考劾,所举非其人,即坐举者。"被推荐的官员,把名单拿到御史台考核一下,如果这个人不合格,推举的人要被连坐。这建议表面似乎有些道理,但人家怀疑谢景温要干什么,是不是有什么目的?苏轼的同乡长辈范镇,推荐苏轼担任谏官。然后谢景温马上调查苏轼,发现有问题了。据说,以前苏洵去世的时候,苏氏兄弟运送苏洵的灵柩回家,在四川和开封之间,来回带了很多的货物,贩卖私盐。北宋的国家官员是不可以做这个生意的,你就算做得很规矩,作为官员也是品德不佳的表现。那么这个说法有没有证据呢?按北宋的制度,御史台其实不需要提供证据,这是御史的特权,叫做"风闻言事",他只要说"我听说的"就可以提出弹

---

① 李焘《续资治通鉴长编》卷二一三引林希《野史》,上海古籍出版社,1986年。

劾。于是王安石看到驱逐苏轼的机会来了,非常开心。熙宁三年(1070)八月五日奏上,第二天就"事下八路案问"。宋代的"路"相当于现在的省那么大,到八个路去查问,经过的州县都去查,询问有没有带货物去贩卖。查下来的结果,没有带盐,但是坐了官家的船。正好朝廷新任命了一位苏轼家乡眉州的地方官,州府派船到外面迎接新官上任,顺便把苏轼一起送出来。这个算是苏轼利用了公家的交通,坐了公船。这个罪名很小,没有办法定一个很重的罪名。但是就因为这一场风波,苏轼不能再待在朝廷里面了,只好申请到外面当地方官。

为什么呢?苏轼本来应该留在京城继续争论"新法"的,但是有一次司马光见宋神宗的时候谈到苏轼,司马光讲到苏轼怎么好,神宗却冒出一句"苏轼非佳士,卿误知之"①。司马光搞不懂苏轼为什么不好,然后神宗和他讲这件事。虽然这个卖盐没有事实,但是总归坐了公家的船,不好。苏轼通过司马光知道皇帝对他的印象已经坏了,留在京城没什么意思,就到外面当地方官去了。当时按照苏轼的资历是可以做知州的,但却让他去做杭州的通判。王安石用这么一个办法把苏轼赶出了首都。后来苏轼遭受"乌台诗案",不但旧党的官员上书救他,他的同年进士章惇也为他说话。据说王安石也反对这样做,但没有确实的依据,当时王安石的弟弟王安礼是反复地给苏轼说话,认为不能够用这个罪名杀苏轼。可能王安礼的行为有利于缓解王、苏两家之间的矛盾。

王、苏的和解发生在元丰七年(1084)苏轼从庐山下来,继续坐船经过石钟山以后到现在的南京,当时王安石退居在那里,两个人见了面。这件事情是宋人津津乐道的,有许多笔记描绘这两大政敌相见的情形。其一致之处,是说苏轼和王安石相见甚欢,两个人非常要

---

① 《续资治通鉴长编》卷二一四,熙宁三年八月乙丑条。

好;但是具体的情况,每个人的记载都不一样。我们看陈师道《后山谈丛》的记载,因为他是苏轼的学生,应该还是有点儿可靠。他说:"苏公自黄移汝,过金陵,见王荆公。公曰:'好个翰林学士,某久以此奉公。'"好一个翰林学士,我早就想你适合当翰林学士。这句话在宋朝是有典故的,据说是南唐的李后主被抓到开封,太祖皇帝善待李后主,拉着李后主的手说好一个翰林学士。王安石把这个话送给苏轼。苏轼听了这个话后给王安石讲了一个故事:

> 抚州出杖鼓䩨,淮南豪子以厚价购之,而抚人有之,保之已数世矣,不远千里,登门求售。豪子击之,曰无声,遂不售。抚人恨怒,至河上,投之水中,吞吐有声,熟视而叹曰:"你早作声,我不至此。"①

这"杖鼓䩨",我不知道是什么东西。有一个抚州人家里传下来一个杖鼓䩨,淮南的一个有钱人出高价购买,不远千里,到淮南登门求售。淮南人打了一下,打不响,就不买。抚州人只好拿回来,过河的时候把它丢在水里。没想到,它到水里却"吞吐有声"。于是抚州人叹道:"你早作声,我不至此。"这个话有点儿双关了,可能苏轼就是用这样讲笑话的方式和王安石沟通。

(四) 苏轼和沈括

苏轼遭受的文字狱最初的起因和沈括有关。苏轼的后辈王铚在《元祐补录》里面讲到:

> (沈)括素与苏轼同在馆阁,轼论事与时异,补外。括察访两

---

① 陈师道《后山谈丛》卷四,中华书局,2007年。

浙,陛辞,神宗语括曰:"苏轼通判杭州,卿其善遇之。"括至杭,与轼论旧,求手录近诗一通,归则签贴以进,云:"词皆讪怼。"轼闻之,复寄诗刘恕,戏曰:"不忧进了也。"其后李定、舒亶论轼诗置狱,实本于括云。元祐中,轼知杭州,括闲废在润,往来迎谒恭甚。①

沈括的年龄跟苏轼相差不大,曾经"同在馆阁",在史馆做过同事。但"轼论事与时异",对于政治的见解和王安石不一样,"补外",到杭州当地方官;沈括则支持"新法",受到重用。熙宁六年(1073)六月,宋神宗派沈括到浙江去考察"新法"执行得如何,苏轼正好就在那里。本来,神宗嘱咐过沈括,苏轼在杭州,你去了那里要对他好一点。没想到,沈括到了杭州,"与轼论旧,求手录近诗一通",把苏轼写的诗抄了一通,回去发现了问题,"归则签贴以进",把诗里面的有些话贴出来,注明意思,进献给神宗皇帝,说"词皆讪怼",这里面都是讽刺的话。沈括的这个做法,与后来李定等人炮制"乌台诗案"的做法是一致的。

不过,在熙宁六年,有关"新法"的争论所引起的动荡刚刚过去,朝廷好不容易获得一点平静,神宗皇帝也不愿意马上再生事端,所以没有追究。苏轼听说了这件事,"复寄诗刘恕",给他的朋友刘恕写诗的时候,开玩笑说:"不忧进了也。"这回我不担心别人进给皇帝了,因为刘恕不会告发他的。沈括是第一个指出苏轼诗歌包含讽刺朝政之意,试图从政治上加以打击的人。从他的立场来说,这样告发苏轼也不是全无道理,因为苏轼确实在反对他所支持的政策,要说"罪证",那是白纸黑字,非常明确的。而且,当时杭州出版了苏轼的诗集,后来李定等人就用出版的诗集作为罪证。从前持不同政见的人非议朝

---

① 《续资治通鉴长编》卷三百一,元丰二年十二月庚申条引《元祐补录》。

政,只在私下的场合进行表达,传播不会很广,但现在有了印刷出版,这文字一出版,影响就大了,对当时政策的执行就会造成障碍。沈括是个科学家,对出版技术的发展很关心,我国历史上对"活字印刷"的最早记载,就出自他的笔下。显然,沈括意识到了这个问题的严重性,所以告发。

但是据王铚的记载,后来"元祐中,轼知杭州,括闲废在润,往来迎谒恭甚",他们的关系看来改善了。

(五)苏轼和李定

对苏轼伤害最大的"敌人"是李定。李定字资深,在王安石变法那一年担任御史。当时很多御史都反对变法,王安石不得不清洗御史台,再找支持"新法"的人当御史,就提拔李定。他为王安石做了很大的贡献,不断弹劾反对"新法"的人。元丰二年(1079),王安石已经下台了,当时御史台的长官蔡确升任执政官,李定继任御史台的长官,然后马上弹劾苏轼。六月初弹劾,六月下旬发令去抓捕,苏轼这个时候在湖州,当场被逮捕,押到御史台,由李定负责审讯。关于这件事有一个很难得的资料,当时另外一个官员叫做苏颂,因为另一件事情也被押在御史台,他有一句诗写到"遥怜北户吴兴守,诟辱通宵不忍闻"①。说我北面的一间房子里关着湖州知州,遭遇很惨,又是骂又是侮辱,通宵不让他睡。湖州知州就是苏轼。但是也有资料说,李定因为审苏轼,而审得佩服起来,说苏轼"虽三十年所作文字诗句,引证经传,随问即答,无一字差舛。诚天下之奇才也"②。

在苏轼和王安石和解以后,元丰八年(1085)到登州做知州,做了五天,马上进京,经过青州碰到了李定。这个时候苏轼给他旧党

---

① 周必大《二老堂诗话》"记东坡乌台诗案"条引苏颂诗,《津逮秘书》本。
② 胡仔《苕溪渔隐丛话》前集卷四十二引王巩《甲申杂记》,人民文学出版社,1980年。

的朋友滕元发写了一封信,里面讲到,"青州资深,相见极欢,今日赴其盛会也"①。可见他们也和解了。

顺便提到"乌台诗案"发生时的执政官蔡确,神宗死后,蔡确从宰相位置下来了,到安州做地方官,当时心里不舒服,去安州一个叫车盖亭的地方游玩,写了几首诗。诗里面贬低武则天,被人告发,说这是在讽刺垂帘听政的太皇太后。这件事情把蔡确搞得很惨,后来被贬到岭南,一直没有放回来,死在那里。这叫"车盖亭诗案",发生在元祐四年(1089),苏轼正好要离开朝廷去杭州,临行前给太皇太后写了一封《论行遣蔡确札子》②,明确反对文字狱。他说蔡确可能确实有讽刺,但是人家写了两首诗,你把他贬到岭南,这样不对。可以让皇帝下命令追究,太皇太后再下命令免予追究,这样表示皇帝对于讽刺太皇太后是重视的,而太皇太后又是宽容的。这个办法最好,但是太皇太后没有听他。太皇太后恨死蔡确了,甚至说如果司马光还活着的话,一定不会允许这种人骂我。

(六) 苏轼和司马光

接下来我们看司马光。应该说,苏轼与司马光并不是政敌,但也产生过矛盾。苏轼的前半辈子和司马光的关系非常密切,司马光一做宰相马上起用苏轼,究其原因,一方面他们政见相近,另一方面也由于苏轼可以起到很特别的作用。这个特别的作用,后来由"新党"的章惇道出:

> 元祐初,司马光作相,用苏轼掌制,所以能鼓动四方,安得斯人而用之?③

---

① 苏轼《与滕达道六十八首》之五十二,《苏轼文集》卷五十一。
② 《苏轼文集》卷二十九。
③ 《宋史·林希传》录章惇语,第10913页,中华书局,1985年。

意谓司马光要在神宗皇帝尸骨未寒的时候全面取消"新法",推行与之相反的政策,其发布的诏令文浩必须巧妙措辞,所以起用苏轼这样的一个人,他善于作文,而且文章被大家所喜爱,这样才有利于政策的推行。确实,苏轼在这方面为司马光的"相业"立下了汗马功劳。

众所周知,元祐初年的苏轼与司马光之间也发生了一些矛盾,那主要是因为对"免役法"的意见不同。当时苏轼给他的朋友杨绘写信诉说了这一点:

> 昔之君子,唯荆是师;今之君子,唯温是随。所随不同,其为随一也。老弟与温相知至深,始终无间,然多不随耳。①

这里的"荆"和"温"就分指王安石、司马光。以前大家都听王安石的,现在大家都听司马光的,这都不好,所以苏轼和司马光经常唱反调。之后司马光生气了,想把他赶走,不过司马光马上去世了,所以苏轼又留下来了。

不管怎么样,苏轼和司马光的关系还是比他和王安石的关系要好得多,司马光去世的时候,朝廷特意任命苏轼写《司马温公行状》,这个行状写得很长。苏轼之后的"敌人"是司马光的那些学生。司马光本人活着的时候有一些事情可以和他争论沟通,他未必不能改变;但是死了以后就麻烦了,那些继承他遗志的弟子完全照搬司马光这一套,一切东西都成了凝固不变的。这个时候苏轼不肯放弃自己的主张,只好和司马光的继承者不断地争论。历史上把元祐时期的朝臣争议叫做"洛蜀党争",这其实是名不符实的。"洛蜀党争"的意思是苏轼、苏辙一伙为"蜀党",因为他们是四川人;而程颐是洛阳人,程的一伙就叫做"洛党"。实际上程颐的官很小,和二苏不能比,真正和

---

① 苏轼《与杨元素十七首》之十七,《苏轼文集》卷五十五。

他们敌对的是当时刘安世、刘挚、朱光庭这些人。这些人主要继承司马光。至于所谓的"蜀党",是政敌给他们起的名称,有时候也叫"川党"。究其实情,虽然苏轼、苏辙确实有些党羽,但里面并没有四川人。"苏门四学士"没有一个四川人。同朝的四川人政见比较一致的倒也有,范百禄、吕陶这两个比较明显,是四川人,支持苏轼。但是这两个人的资格都比苏轼老,不能说是党羽。跟苏轼的政见非常一致,也被指责为二苏之同党的,是常州人胡宗愈。因为苏轼在常州买地安家,算是半个常州人,勉强也可以说他们是老乡了。胡宗愈要当执政官的时候,引起了刘安世的反对。刘安世有一个集子《尽言集》传下来,里面反对胡宗愈出任执政官的奏章连续地上,有二十几封。反正他每天上一封,只要太后太皇不批准就继续上,理由是胡宗愈是二苏的党羽。

(七) 苏轼和刘安世

刘安世是司马光最忠实的弟子,元祐年间给苏轼带来不少麻烦,但苏轼最后成功沟通的人,也是刘安世。在宋哲宗绍圣、元符时期,"新党"主政,刘安世也被贬到岭南,而且不断地给他换地方,一会儿叫他到英州,一会儿到梅州,一会儿到化州,移来移去,想把他移死。但是刘安世是个硬汉子,虽然日子非常难过,却顽强地活着,一直活到宋徽宗的时候从南方把他放回来。这个时候苏轼也从海南岛回来,在江西碰到了。北宋的一个和尚惠洪写的《冷斋夜话》有一段记载:

> 东坡自海南至虔上,以水涸,不可舟,逗留月余……尝要刘器之(刘安世)同参玉版和尚。器之每倦山行,闻见玉版,欣然从之。至廉泉寺,烧笋而食。器之觉笋味胜,问此笋何名,东坡曰:"即玉版也。此老师善说法,要能令人得禅悦之味。"于是器之乃

悟其戏,为大笑。东坡亦悦。①

因为刘安世喜欢参禅,苏轼就跟他开了这么个玩笑。他们之前的矛盾通过这个玩笑一笔勾销了,这是最成功的一次沟通。

刘安世长寿,一直活到宣和七年(1125),晚年有弟子给他记了一个语录,叫做《元城语录》。这本语录对于苏轼评价很高,他说:"东坡立朝大节极可观。才高意广,惟己之是信。在元丰则不容于元丰,人欲杀之;在元祐则虽与老先生(司马光)议论,亦有不合处。非随时上下人也。"②这个评价还是很公正的。

(八) 苏轼和章惇

章惇是"新党"中继王安石以后最具实权的人物。苏轼的最大政敌当然是王安石,但王是他的长辈,章惇才是同辈,而且一起考上了嘉祐二年(1057)的进士③,所以两人亦友亦敌,可以说纠缠了一生,最后也和解了。

章惇在宋哲宗时期执掌朝政,把苏轼流放到了海南岛。南宋的陆游在《老学庵笔记》里说,他发现章惇贬逐元祐大臣,有个规律,苏子瞻贬到儋州,苏子由贬到雷州,刘莘老(刘挚)贬到新州,"皆戏取其字之偏旁也。时相之忍忮如此"④。这个是章惇的恶作剧。陆游是"新党"陆佃的后代,他这样说应该不算偏见。

宋徽宗上台后,章惇因为起初反对宋徽宗当皇帝,所以宋徽宗把他贬到苏辙贬过的那个地方(雷州),而当时苏轼从海南岛回来了。

---

① 惠洪《冷斋夜话》卷七,"东坡戏作偈语"条,《稗海》本。
② 马永卿编《元城语录》(《丛书集成》本)卷上述刘安世语,此书称刘安世为"先生",司马光为"老先生"。
③ 因为嘉祐二年的状元章衡在辈分上算章惇的侄子,章惇耻于处在侄子的榜下,就主动放弃了这次应试的结果,过了两年重新应试,再次考上进士。
④ 陆游《老学庵笔记》卷四,中华书局,1979年。

南宋笔记《云麓漫钞》有记载:

> 东坡先生既得自便,以建中靖国元年(1101)六月还次京口,时章子厚丞相有海康之行,其子援,尚留京口,以书抵先生……先生得书大喜,顾谓其子叔党曰:"斯文,司马子长之流也。"命从者伸楮和墨,书以答之:"某顿首致平学士:某自仪真得暑毒,困卧如昏醉中,到京口,自太守以下皆不能见,茫然不知致平在此。辱书,乃渐醒悟。伏读来教,感叹不已。某与丞相定交四十余年,虽中间出处稍异,交情固无增损也。闻其高年,寄迹海隅,此怀可知。但以往者,更说何益,惟论其未然者而已……"①

这里的"丞相"就是章惇,他的儿子叫章援,苏轼给章援回信,表达了对章惇的关心。

以上,像程之才、沈括、王安石、李定、刘安世、章惇,最后苏轼跟他们都和解,他这个人沟通能力还是比较强。从这里可以看到他的处世态度,虽然"敌人"很多,但他不断地努力,把"敌人"变为朋友。

(九) 苏轼和吕惠卿

苏轼从来没有试图与之沟通的,大概只有吕惠卿。吕惠卿是嘉祐二年的同年进士,却是苏轼兄弟最憎恨的一个人。司马光当了宰相以后要改变王安石的政策,这当然需要一个前提,就是外交方面先稳定下来,不要和外边有战争,才能着手改变内政。吕惠卿这个时候在延安,知道司马光要干什么,为了阻止司马光改变内政,就擅自攻击西夏,想挑起战争,好让你去忙外患。当然西夏也不客气了,搞得司马光非常为难。当时司马光对吕惠卿十分恼火,情愿对外割地赔

---

① 赵彦卫《云麓漫钞》卷九,中华书局,1996年。

款,也要贬掉吕惠卿。但这样一来,历史上会记载,你司马光元祐更化是以屈辱外交为前提的!像司马光那样一个追求名声完美的人,被吕惠卿这么设计一下,心里当然是恨透了。毫无疑问,支持司马光改变政策的人,也都恨吕惠卿。当时要起草贬谪吕惠卿的制书,那天苏轼不上班,但是苏轼听说后放出口风,说做了这么多年的刽子手,今天才有机会杀一个人。于是那天值班的人称病回家,把起草制书的机会让给苏轼。苏轼来顶班,马上起草贬谪吕惠卿的制书:

> 吕惠卿以斗筲之才,挟穿窬之智,谄事宰辅,同升庙堂。乐祸而贪功,好兵而喜杀,以聚敛为仁义,以法律为诗书。首建青苗,次行助役。均输之政,自同商贾;手实之祸,下及鸡豚。苟可蠹国以害民,率皆攘臂而称首……①

这是苏轼一生骂人最厉害的一篇文章,完全是深恶痛绝的口吻。

苏轼、苏辙被贬的时候,连执政的章惇、蔡卞心里也清楚,吕惠卿是不能当广东地方官的,吕惠卿到广东去的话,二苏就没有活路了。吕惠卿申请当地方官,可以去北方和湖南,广东不能去,否则要出人命。大概吕惠卿是苏轼兄弟认定的一个真正敌人,而且同时代的人也都了解这一点。我们在众多记载中没有发现他们之间有和解的迹象,不过也看不到这种敌意与哪一件私事相关,其敌对之情都围绕政见而生。按理说,吕惠卿起初不过是王安石的助手,但二苏似乎倾向于认为,王安石是被吕惠卿教坏的,然后吕又背叛了王。

四、苏轼的处世态度

我们最后读一首著名的东坡词,这首词可以反映他处世的态度:

---

① 苏轼《吕惠卿责授建宁军节度副使本州安置不得签书公事》,《苏诗文集》卷三十九。

明月几时有,把酒问青天。不知天上宫阙,今夕是何年。我欲乘风归去,惟恐琼楼玉宇,高处不胜寒。起舞弄清影,何似在人间。　　转朱阁,低绮户,照无眠。不应有恨,何事长向别时圆。人有悲欢离合,月有阴晴圆缺,此事古难全。但愿人长久,千里共婵娟。①

这是熙宁九年(1076)中秋节,喝醉酒以后,想念弟弟苏辙而作。

赏析此词有一个前提,就是须了解中国传统关于"谪仙"的说法。仙人本来在天上(或在海中仙山),不知因为什么缘故,而被谪居人间。这样的人当然与凡人有所不同,如果是女性,应该特别美貌,是男性的话就才华横溢,而无论是男是女,气质上都超尘脱俗,多少留着些仙人的气息。这当然是令人向往的,但是另一方面,他们既是"谪仙",那就多少具有跟世俗不合的倾向,在这个世界显得另类,可能被向往而不易被认同,所以大抵不可能生活得幸福安宁。唐代李白有诗云:"世人不识东方朔,大隐金门是谪仙。"②这东方朔在汉代就是以"滑稽"闻名的,比较另类,所谓"世人不识",就是不容易获得认同。当然最有名的"谪仙"是李白本人,他一到长安,就被贺知章称为"谪仙人也"。那是指他的天才,绝非凡人所能有。从此,这个称号几乎就专归了李白,直到苏轼出世,人们才意识到:又一个"谪仙"来了。我们的祖先就是以这种特有的方式,来表达他们对天才的尊重。

至于苏轼自己,肯定也接受这样的说法,他在不少作品中暗示或明说自己是"谪仙",就像这首《水调歌头》,一开头就以"谪仙"的口吻,向他原来的居所"青天"提问,想知道如今的天上是什么岁月,仿

---

① 苏轼《水调歌头·丙辰中秋,欢饮达旦,大醉,作此篇,兼怀子由》,龙榆生《东坡乐府笺》卷一,第96页,上海古籍出版社,2009年。
② 李白《玉壶吟》,王琦注《李太白全集》,第377页,中华书局,1998年。

佛一个离家的游子询问家乡的消息。"我欲乘风归去",这"归"之一字就非"谪仙"不能道,而"乘风归去"的飘然洒脱,也符合人们对于"谪仙"的一般想法:他总有一天会厌离人间,回到天上去。因为他在人间是另类,遭遇不会很如意,他的宿命是"归去",这不单是一种绝妙的解脱,也是对使他不如意者的轻蔑和嘲弄:就让你们枉自折腾去吧,我飘然归去,你们伤害不到。

一个富有才华的人应该得到的尊重,如果在人间失去,那就一定会由老天来补偿。所以,苏轼越是颠沛流离,人们便越相信他是"谪仙"。后来他被贬谪黄州,世间便产生了他白日仙去的传闻,这传闻令神宗皇帝也深深为之叹息①。毕竟,他知道苏轼是天才,这样的天才世间不常有,而居然出现在自己领导的时代,是无论如何应该珍惜的。类似的传闻在苏轼身后也被多次"证实",宋徽宗把苏轼列入"元祐奸党",禁毁苏轼的作品,但被他迷信的一位道士,却自称神游天宫,看到奎宿在跟上帝说话,而这位奎宿就是"本朝之臣苏轼也"②。这道士不会不知道宋徽宗的政策,但他更明白,自己装神弄鬼要博得别人相信,最好搬出苏轼来,因为大家早就知道苏轼"乘风归去",一定是在天上做神仙。

可是,苏轼的词意却从这里开始转折,他对"归去"的意义发生了质疑。天上虽有琼楼玉宇,似乎令人向往,但毫无人间烟火,那也就是一片凄清寒冷,若"归去"那里,恐怕也只成个顾影自怜的寂寞仙子。所以他得出的结论是:还不如留在人间。对于这一点,宋人也有传说云,神宗皇帝读到了这一句,大为放心道:"苏轼终是爱君。"③他把不愿"乘风归去"、愿意留在人间的苏轼,理解为留恋君主。

这当然也不完全是自作多情,因为类似的表达法,在诗歌史上也

---

① 《续资治通鉴长编》卷三四二,元丰七年正月辛酉条。
② 陈岩肖《庚溪诗话》卷上,《文渊阁四库全书》本。
③ 龙榆生《东坡乐府笺》第 98 页引《坡仙集外纪》。

是蔚为传统的,如谢灵运诗云:"本自江海人,忠义感君子。"①杜甫诗云:"非无江海志,潇洒送日月。生逢尧舜君,不忍便永诀。"②意谓自己本来可以潇洒江海、逍遥世外,只因为留恋君主,才决心投入政治,做个忠义的人。苏轼自己在另一首词中也说:"老去君恩未报,空回首,弹铗悲歌。"③虽然说的是"老去"而不是"仙去",但"爱君"的意思还是很明确的,清代的评论家刘熙载还专门把这几句跟"我欲乘风归去"等句对比,说不如后者写得含蓄④。看来,他对《水调歌头》词意的理解,与传说中的宋神宗的看法相近。

不过,苏轼说的明明是"人间",这"人间"当然不是只有君主一人的。他用"人间"跟"天上"对比,说明"人间"的范围很大。词是因想念苏辙而作的,关于"天上""人间"的这番思量和讨论,首先是用来安慰苏辙:这人间的生活虽然不尽如意,但天上也并非完美,而且可能情况更糟,相比之下,不如留在人间。所以,"人间"的含义首先应就具体的人生境遇而言,就眼前兄弟相离,互相思念而不能见面的生活情状而言,如果可以由此联想到君臣关系,那么也可以进一步推广到所有人世生活。

下阕写月光的移转,写象征团圆的月亮照着无眠的离人,还是发挥题中"兼怀子由"之意,也接续着"人间"的话题。留在人间就会有分离,这就是不如意、不完美之一证,但是苏轼的词意到这里又发生一转:"人有悲欢离合,月有阴晴圆缺,此事古难全。"人世生活的本来状态就是不如意、不完美的,从来如此,也会永远如此。不但不该厌弃,正当细细品尝这人生原本的滋味。所以,"但愿人长久,千里共婵娟"。他决心不去做那寂寞的神仙,情愿永远留在世间,跟弟弟共看

---

① 谢灵运《诗》,逯钦立辑《先秦汉魏晋南北朝诗·宋诗》卷三,第1185页,中华书局,1983年。
② 杜甫《自京赴奉先县咏怀五百字》,《杜诗详注》卷四,第264页,中华书局,1979年。
③ 苏轼《满庭芳》(归去来兮),《东坡乐府笺》卷二,第248页。
④ 刘熙载《艺概》卷四《词曲概》,《刘熙载集》,第144页,华东师范大学出版社,1993年。

明月,即便是在分离的两地一起看相同的明月。

这是一位不肯"归去"的"谪仙",他愿意永留人间,陪伴他的兄弟,陪伴君主,陪伴所有的世人。我们从这里听见了"谪仙"的心声,他是如此留恋人世,尽管有许多不平,尽管人世间有许多人给予他的只是打击和伤害,他依然深爱这个人间,而为人世的生活唱出衷心的赞歌。

苏轼尺牍考辨

苏轼在写作上诸体兼擅,历来都受研究者的重视,其诗、词和绝大部分文章都已获得较为完善的编年整理。在我看来,唯尺牍一类,存量极多,版本复杂,而内容又关乎其平生日常,颇为重要,但在编年整理上,目前学界还未提供理想的研究成果,尚存甚大的改进空间。故近十年中,我试图对苏轼现存的全部尺牍加以研究考订,主要是确定合适的系年。此事难度较大,我的进展非常缓慢,迄今为止只考订了很小的一部分。现将已经发表的几篇考订结果略加修补,汇集于此,以勉后续。

一 ┃ 东坡尺牍的版本问题

一、题解和先行研究

尺牍，又叫手书、手启、手简、小简等，是作者亲笔所写的短小信件。

现在看来，此种尺牍颇能反映作者的真性情，而且包含时地背景、人际关系等方面的丰富信息，在研究其生平行事，特别是编排年谱时，甚具价值。但是，古人大抵不将它视为正式的"作品"，所以一般并不收入别集。别集中收入的信件，叫做"书"或者"启（状）"，对照之下，尺牍的文体同于"书"，大抵用古文写作，但篇幅短小得多；"启（状）"的篇幅也比较短小，却用四六骈体，显得正式。

从苏轼的尺牍中，我们也不难了解尺牍与启（状）的区别，如《苏轼文集》①卷五十八《与杜道源二首》之二云：

> 某无人写得启状，即用手简，甚属简慢，想恕其不逮也。

同卷《与杜孟坚三首》之二云：

> 某乏人写大状，必不深罪。

---

① 孔凡礼编《苏轼文集》，中华书局，1986年。

同卷《与李亮工六首》之二云：

> 某乏人修状，手启为答，幸望宽恕。

这些都是因为没用启(状)而用了尺牍，故向对方致歉。由此可见，尺牍比启(状)显得随便简慢。但反过来，如果双方关系亲密，则用尺牍似乎更为合适，同书卷五十三《与鲜于子骏三首》之二云：

> 悉厚眷，不敢用启状，必不深讶。

所谓"不敢用启状"，意思是老朋友之间如果用了正式的启状，便显得生分了。

  与多数宋人别集一样，苏轼的别集(如宋本《东坡集》)起初也不收入尺牍，但一方面因为东坡名满天下，同时也因其书法优异，故其尺牍不但被大量保存下来，而且产生不少文本形态，有墨迹，有石刻，有专收尺牍的专集，也有后人所编的包含尺牍的东坡诗文集。所以，现在要清理他的尺牍，便与清理东坡集版本问题无法分离。这方面，日本学者村上哲见《苏东坡书简的流传与东坡集版本之系谱》[①]一文颇着先鞭，而且迄今为止最可推为力作。就笔者关心的部分来说，村上先生对《东坡外集》和《续集》所收尺牍之间的关系论述得最为精到。但不知何故，他对日本保存的《欧苏手简》一书反而不够重视。

  正因为清理尺牍与清理版本的问题密不可分，故刘尚荣《明版苏轼文集选本考述》《〈东坡外集〉杂考》[②]等一系列有关东坡集版本的论文，也都涉及尺牍的问题，颇足参考。孔凡礼编《苏轼文集》时，已将

[①] [日]村上哲见《蘇東坡書簡の伝来と東坡集諸本の系譜について》，《中国文学报》第 27 册，1977 年 4 月；后收入氏著《中国文人论》，汲古书院，1991 年。
[②] 皆收入《苏轼著作版本论丛》，巴蜀书社，1988 年。

尺牍专门归并为一类,其"点校说明"中交代了版本依据,以及他对现存各种版本的看法。但遗憾的是,他对几种重要版本的认识,在笔者看来有些不够准确之处,虽然这基本上不影响《苏轼文集》的编排质量,但当孔先生编辑《苏轼年谱》①,为大量东坡尺牍系年时,消极影响便呈现出来。

本文重在清理有关东坡尺牍的版本,暂不涉及具体的系年问题。不过,笔者之所以要清理版本,乃是为系年做准备工作,所以,本文也不拟对相关版本一一作介绍,而是选择了可能与系年问题发生关系的,或笔者以为值得特别提及的某些重要版本,加以考察。同时不妨指出,为东坡编辑年谱时,除了传记资料外,传统上是以编年诗为主要依据的,但若详细到孔先生《苏轼年谱》那样的程度,则尺牍便不可忽视。实际上,孔《谱》对现存东坡尺牍的使用密度,几乎不下于编年诗。然而,到目前为止,对苏轼各体作品的编年研究,恐怕是以尺牍最为迟缓落后。如果我们能更准确地认识有关东坡尺牍的各种版本,就能更合理地为尺牍系年,从而也能编订更精密的年谱。

二、东坡尺牍的现存文本类型

可想而知,东坡尺牍最原始的文本形态,就是他亲笔书写后送出的墨迹。一般情况下,他本人不留底稿,墨迹都被受书人所拥有。因为苏轼的文笔和书法俱佳,受书人多会珍藏,有时候还供人观赏。于是,宋人的文集中留下许多观赏东坡墨迹后书写的跋文,如黄庭坚《跋东坡与李商老帖》:

> 轼启:昨日辱访,且惠书教。适病,未能读。晨起,乃得详

---

① 孔凡礼《苏轼年谱》,中华书局,1998年。

览。阅味再三,悲喜兼怀。知德叟有子,不亡也。未能往谢,但写得墓盖大小两本,择而用之可也。病倦,裁谢草草。

　　东坡晚年书,与李北海不同师而同妙,汉庭皆不能出其右。泰山其颓,吾将安仰,实同此叹。庭坚书。①

前面一段抄录了苏轼写给李彭(商老)的尺牍②,后面一段是黄庭坚观赏墨迹后的跋文,所谓"泰山其颓",指苏轼已去世。黄集中还有一篇《跋伪作东坡书简》③,指出当时流行的某些苏轼墨迹是别人伪造的,可见收藏苏轼墨迹已成为一种时尚,黄庭坚感到自己有责任来做辨伪的工作。同样致力于辨伪的还有苏轼的幼子苏过。他们都认为自己在辨认东坡墨迹方面具有权威性。

禅僧惠洪也有《跋东坡与佛印帖》《跋东坡与荆公帖》④等为苏轼尺牍墨迹所写的跋文。他是个和尚,所以不受北宋末年禁止传播三苏文字的政令影响。到了南宋,禁令不再存在,士大夫也纷纷写作这类跋文,数量很可观,仅举朱熹《跋东坡与林子中帖》为例:

　　淳熙辛丑中冬乙酉,观此于衢州浮石舟中。时浙东饥甚,予以使事被旨入奏。三复其言,尤深感叹,当摹刻诸石,以视当世之君子。新安朱熹书。⑤

同样是观赏苏轼尺牍的墨迹,但朱熹的关注点不在书法,而在其中有当今为政者可以吸取的内容,因此他决心把墨迹转为石刻。不过,在

---

① 黄庭坚《跋东坡与李商老帖》,《豫章黄先生文集》卷二十九,《四部丛刊》本。
② 这一篇尺牍不见于后来的各种苏集版本,孔凡礼先生辑入《苏轼佚文汇编》卷二,题为《与李商老一首》,《苏轼文集》,第2456页。
③ 《豫章黄先生文集》卷二十九。
④ 释惠洪《石门文字禅》卷二十七,《四部丛刊》本。
⑤ 朱熹《跋东坡与林子中帖》,《晦庵先生朱文公文集》卷八十二,《四部丛刊》本。

石刻、版本等其他文本形态兴起后,对墨迹特加蒐集保存的,大抵是因为书法。留存至今的墨迹文本,绝大部分已集中在《中国书法全集·苏轼》2册(荣宝斋,1991年)里。

对墨迹进行摹刻的,有石刻,也有木刻。这种做法,在苏轼生前就发生了。比如元丰七年(1084)苏辙《题都昌清隐禅院》诗就写道:"谁道溪岩许深处,一番行草识元昆。"原注:"长老惟湜,曾识子瞻于净因,有简刻石。"①这位惟湜长老就把苏轼的尺牍摹刻上石了。当然,这仅是个别尺牍,将大量尺牍汇集摹刻的行为,还是要到南宋才臻于兴盛。这方面最具盛名的,就是汪应辰所刻《西楼帖》三十卷,其拓本至今为书家所珍视,陆游还曾从中挑选了一部分,编成《东坡书髓》十卷②。此后著名的摹刻集录,南宋有曾宏父编《凤墅帖》四十四卷,其中包含苏帖较多,明代有《雪浪斋苏帖》四卷、《晚香堂苏帖》三十五卷,清代有《观海堂苏帖》一卷、《景苏园帖》六卷等。

墨迹及其摹刻(石刻、木刻)都保留了书法形象,体量较大,就苏轼尺牍内容的存录来说,当然还以仅存文字文本的版刻为主。但在文本校录上,流传至今的这些墨迹及其摹刻有极大的价值,这一点不必赘言。下文主要讨论版刻,包括专收尺牍的专集,和编入了尺牍的苏轼诗文集。

三、东坡尺牍的专集

中国国家图书馆收藏的元刊本《东坡先生翰墨尺牍》残二卷,和清刊《纷欣阁丛书》本《东坡先生翰墨尺牍》八卷,是国内学者最为熟悉的东坡尺牍单行本。据村上论文,两者完全一致,依受书人为序编

---

① 苏辙《题都昌清隐禅院》,《栾城集》卷十三,上海古籍出版社,1987年。
② 陆游《跋东坡书髓》,《渭南文集》卷二十九,《四部丛刊》本。

集。因元刊本的存在,我们可以推知其流传甚早。

长泽规矩也编《和刻本汉籍文集》,收入了三种日本流传的东坡尺牍:该丛书第四辑所收《东坡尺牍》四卷、第二十辑所收《欧苏手简》四卷中"东坡先生"二卷、同辑所收《五老集》二卷中"东坡先生苏公小简"①,皆依受书人为序编集。据长泽先生所撰"解题",《东坡尺牍》为清人黄静所编,冈本行敏于明治十二年(1879)校定出版。《五老集》选录"东坡先生苏公"、"仲益尚书孙公"、"柳南先生卢公"、"秋崖先生方公"、"清旷先生赵公"五人的尺牍,数量都不大,原刊庆安三年(1650)。长泽先生解题,谓"仲益尚书"是孙觌,"秋崖先生"是方岳。检《宋人传记资料索引》,可知"柳南先生"是卢方春,唯"清旷先生"仍未详,大概与其他四位一样,也是宋人②。《四库全书总目》卷一九二总集类存目二,著录浙江范懋柱家天一阁藏本《群公小简》六卷,提要云:

> 不著编辑者名氏,前有成化乙未徐传序,称苏文忠、方秋崖、赵清旷、卢柳南、孙仲益五先生之所著,而第六卷乃为欧阳修作。其第一卷题五先生手简,自第二卷以下又题曰六先生手简。后有成化二十年周信跋,称出醉翁帖一帙赠徐,徐亦以此书报赠;又称捐俸命工,仍旧本重刊。则末一卷为信所增入,其改题六先生亦信所为也。盖明代朝觐述职之官,例以一书一帕赠京中亲故,其书皆潦草刊板,苟应故事,谓之书帕本,即此之类。其标题颠舛,固不足深诘矣。

据此可知,和刻本《五老集》出自明人"书帕本"。笔者寻检新版的《全

---

① [日]长泽规矩也编《和刻本漢籍文集》,古典研究会刊,第四辑出版于1977年,第二十辑出版于1979年。
② 《四库全书总目》卷一九一总集类存目一,著录永乐大典本《启札锦绣》一卷,提要云:"旧本题清旷赵先生编,不著其名,所录皆南宋人启札。"

宋文》,发现尚未采入此《五老集》所载作品,故特别提及。

至于《欧苏手简》,则为欧阳修、苏轼二人尺牍的合集,长泽先生从内阁文库借得正保二年(1645)初刻本影印,笔者所见尚有天明元年(1781)重刻本。此书有一篇署名"真止轩老人杜仁杰"的原序,抄录于下:

> 自科举利禄之学兴,则百艺俱废,此理之自然,无足怪者。夫文章翰墨,固士君子之余事,如将之用兵,苟无旗帜钲鼓,其何以骇观听哉?至于尺牍,艺之最末者也,古人虽三十字折简,亦必起草,岂无旨哉?今观新刊欧苏手简数百篇,反复读之,所谓但见性情,不见文字,盖无心于奇,而不能不为之奇也。近代杨诚斋、孙尚书启札,其铺张错综,非不缛挞,及溯流寻源,亦皆自二老理意中来。大抵意者文之帅,理者帅之佐,理意正则辞从之,牧之所谓如鱼随龙,如鸟随凤,如师众随汤武,腾天潜泉,横裂八表是也。予亦长怪乎壬辰北渡以来,后生晚进诗文往往皆有古意,何哉?以其无科举故也。学者乘此间隙,何艺不可进,又岂止简启而已。恐国朝绵蕝之后,汉唐取人之法立,则不暇及此,幸笃志焉。真止轩老人杜仁杰序。

杜仁杰之名见于《归潜志》《中州集》《遗山集》等金元之际的史料,但目前出版的《全辽金文》和《全元文》杜氏名下都未收入此序。祝尚书先生曾据序中内容,推测该书编刊于杜氏入元以后[1]。但杜氏作序的时间未必就是此书编成的时间,也许它在宋金对峙的时代就已流传于北方了。

---

[1] 祝尚书《〈欧苏手简〉考》,《中国典籍与文化》2003年第3期,收入氏著《宋代文学探讨集》,大象出版社,2007年。

以上这些单行本,皆以供人学作尺牍为出版目的,而依受书人为序编集,则反映了尺牍收集、整理过程中的初步、简单之方式。因为尺牍原不收入别集,最初编集东坡尺牍时,必是从许多受书人那里搜寻得来,呈现为一个一个帖子的形态(如上所述,宋人文集中对此类帖子的题跋甚多),基本上不能设想按作者家中所留底稿编集的情形。受书人把东坡写给他的尺牍粘贴一处,就是最原始的资料了,所以尺牍依人物归并的形态是自然出现的。至于受书人的排列顺序,《欧苏手简》仅以"司马温公"为首而已,《翰墨尺牍》则把地位高、名气大的人物都排在前面,如卷一便以"司马温公——范蜀公——苏子容——刘贡父——曾子宣——刘仲冯——滕达道——李公择"为序。可见,此类本子流传虽古,却实为俗本。不过,笔者仔细考察《欧苏手简》,却发现它有特殊的价值,这一点下文将会详述。

以受书人为序来编集尺牍的方式,对于研究作者的人际交往是有利的,但对于尺牍的系年来说,却非常不利。可能早就有人考虑到这一点,故依写作顺序来编排尺牍的专集,似乎也出现甚早。元人赵汸《书东坡尺牍后》云:

> 宋礼部尚书赠太师东坡苏公,忠义贯日月,名声塞宇宙,盖千载一人也。妙龄登高科,思以文学经济,如贾太傅、陆宣公;中岁偃蹇不偶,始留心佛乘,交友禅伯,如白乐天、柳子厚;晚节播迁岭海,遂欲阴学长年,起然退举,如安期生、梅子真。此公平生学术三变,见于手笔书疏者,具有本末也。……至正己丑秋,过倪氏黟川寓居,敬书此于其所观东坡尺牍后。①

这里对东坡"学术三变"的概括未必正确,但看来他所见的《东坡尺

---

① 赵汸《书东坡尺牍后》,《东山存稿》卷五,《文渊阁四库全书》本。

牍》大致是依写作时间编次的。《文渊阁书目》卷二著录有"东坡尺牍
一部十二册,东坡尺牍一部五册",不知是否赵汸所见者。要之,东坡
尺牍有依受书人为序编集者,也有依写作时间编次者,后者似乎更值
得我们重视。

四、《外集》所收尺牍

明刊《重编东坡先生外集》八十六卷,现有《四库全书存目丛书》
本较易见,据刘尚荣论文,编成于南宋。其中卷六十三至八十一为
"小简",共计810简,村上论文已指出,是依写作时地排列的。在笔
者看来,这是研究东坡尺牍时最值得重视的一个版本。

宋代文献中已有引及《东坡外集》者,如《经进东坡文集事略》卷
五十五《韩文公庙碑》题下注、《山谷内集诗注》卷十三《题石恪画尝
醋翁》注、《九家集注杜诗》卷十一《杜鹃》注(《文章正宗》卷二十三、
《诗林广记》卷二所引同)等。明杨士奇《东里续集》卷十八《苏东坡
文》云:

> 右苏东坡六册,录于胡祭酒若思。盖所录者《东坡集》起二
> 十四卷至四十卷,《后集》起八卷至十卷,《外集》起二十五卷至九
> 十卷。奏疏、内外制及诗皆未得录也。①

考胡若思名俨,南昌人,洪武末以举人授华亭教谕,永乐初擢翰林检
讨,与解缙等同直内阁,迁国子祭酒,洪熙元年加太子宾客致仕,家居
二十年而卒,《明史》有传。可见,明初存在九十卷本《外集》,这说明

---

① 杨士奇《苏东坡文》,《东里续集》卷十八,《文渊阁四库全书》本。叶盛《水东日记》卷二十
所引同。

《外集》确有流传渊源。

《外集》据东坡生平经历,依写作时地排列尺牍,标出21个阶段:京师、凤翔、除丧还朝、杭倅、密州、徐州、湖州、黄州、离黄州、赴登州、登州还朝、翰林、杭州、召还翰林、颍州、还朝、赴定州、南迁、惠州、儋耳、北归。这种编辑方式极具学术价值,应该成为研究尺牍系年问题时的重要依据。当然《外集》所收并不是现存东坡尺牍的全部,而且考虑到依受书人为序编集才是尺牍的原始形态,则依写作时地编次显然是历代编者整理的结果,这种整理工作自不能避免失误。但是,来源较早,并且有可能出于宋人之手的这种整理本,一般情况下是值得尊重的,因为今天的研究者显然不可能完全地掌握编者曾经拥有的一切依据。笔者曾详细比对《外集》尺牍的编排顺序和孔凡礼《苏轼年谱》所引尺牍的系年情况,发现两者符合的甚多,其不符合之处,若考究其合理性,也有不少是《外集》显得更为合理的。孔《谱》中有许多问题,就是因为对《外集》尺牍部分所反映的时地信息不够重视而引起的[①]。

五、《续集》所收尺牍

明刊东坡七集之《续集》十二卷,其卷四至卷七为"书简",约800简。《四库全书》所收清蔡士英刊《东坡全集》一百十五卷,其卷七十七至八十五为尺牍,文本上同于《续集》。村上先生曾将《续集》与《外集》所收尺牍仔细比对,其结论是:

[①] 姑举一例,《苏轼文集》卷五十六《与周开祖四首》之三("久别思渴"),孔《谱》系于熙宁七年(1074)东坡离杭州赴密州的途中,而《外集》则编排在"湖州"阶段。按,东坡原在杭州与周邠(字开祖)相熟,其离杭北上时,也确曾给周写信(即《与周开祖四首》之一),但这一首尺牍中说:"一路候问来耗……即遂面话。"与离别北上之情状不合,如系于元丰二年(1079)东坡赴湖州任时,则从北方南下,即将与前来迎接的周氏见面,如此理解似更合理。《外集》置于"湖州"阶段,应是正确的。

《续集》卷四第 165 首《谢吕龙图》至卷七末尾《与径山长老维琳》,跟《外集》卷六十三至八十一的序列大抵重合。若仔细对照,则《续集》时而有所漏落,但其漏落的部分实际上大都可在《谢吕龙图》前的 164 首中找到。换句话说,如以《外集》的序列为基准来看《续集》,就是从中随处抽出一百数十首,置于前面,而自第 165 首以下的六百余首则保持了原来的序列。

经笔者复核,村上所说完全正确。不过,其所谓抽出置前的部分(即自开始《与李方叔》至《谢吕龙图》前)含有不见于《外集》的内容,且并无时地标识,以受书人为序排列,其编辑方式与后面的部分不同,显然别有来源,今称为 A;《谢吕龙图》以下则有时地标识,大抵同于《外集》,只是把其中已见于 A 的作品除去而已,今称为 B。下面对这两个部分分别加以考察。

先看 B 的部分,与《外集》相比,标识的时地中漏落了"离黄州"、"召还翰林"等。若仔细校核,其卷四所标有:

《谢吕龙图三首》(京师)……《与杨济甫》(凤翔)……《答杨济甫二首》(除丧还朝)……《与大觉禅师琏公》(杭倅)

卷五所标有:

《答水陆通长老五首》(密州)……《与眉守黎希声三首》(徐州)……《与文与可三首》(徐州)……《答周开祖二首》(湖州)……《与乐推官》(黄州)……《与蔡景繁十四首》(黄州)……《答濠州陈章朝请二首》(黄州)

到此为止,同卷内"徐州"标了两次,"黄州"标了三次。对照《外集》,

《与眉守黎希声》在卷六十四中,自此始标"徐州",而《与文与可》则为卷六十五之开头,是因换卷而复标"徐州";《外集》始标"黄州",为卷六十五之《与朱康叔》,但《续集》已将此题抽出至 A 的部分,故在下一题《与乐推官》始标"黄州",而《与蔡景繁》乃《外集》卷六十七之开头,《答濠州陈章朝请》乃卷六十九之开头,皆因换卷而复标"黄州"。至《续集》卷六、七所标,"惠州"、"北归"皆有两次,对照《外集》,重复原因同上。可见《续集》B 的部分确实根据《外集》而来,唯《外集》是因换卷而于卷首重复标识,《续集》则在同卷中重复标识,而处于卷首的作品反无标识,其编次不善,远逊《外集》。

至于《续集》A 的部分,乃是以受书人为序编集,与 B 的性质不同。但若仔细考察受书人的排列顺序,则可发现其与《欧苏手简》存在着十分明显的关系,试比较如下:

A 的开头部分为:李方叔——陈公密——徐仲车——吴秀才——彦正判官——毛泽民推官——陈辅之——司马温公——鲁直——陈传道。

《手简》卷三的开头部分为:司马温公——李方叔——程公密——徐仲车——毛泽民推官——陈辅之——黄鲁直——陈传道。

A 的中间有这样一部分:朱康叔——胡深夫——朱行中——李之仪——冯祖仁——黄师是——广西宪曹司勋——晦夫——范梦得。

《手简》卷四有这样一部分:朱康叔——胡深夫——李之仪——曹司勋——晦夫——范梦得。

A 的结束部分为:陈怀立——孙叔静——刘贡父——曾子宣——李公择——姜唐佐秀才——傅维岩秘校——林天和长官——张朝请——汉卿。

《手简》卷四的开头部分为：程怀立——刘贡父——曾子宣——姜唐佐秀才——罗岩秘校——林天和——张朝请。

从以上这三部分来看，似乎《手简》是从 A 中选出，只是出于销售目的，将"司马温公"提到首位而已。确实，若仔细核对相同人物名下所收的尺牍，A 所录数量往往远多于《手简》，且《手简》所录者基本上以同样的先后顺序被包含在 A 中。唯"程怀立"名下，《手简》录了三首，而 A 的"陈怀立"名下只有第一首，但《手简》的后两首，A 置于"孙叔静"名下，《手简》看来是漏标了一个人名而已。所以，就以上这些重合部分来说，可以肯定《手简》是从 A 中选出的。

但是，除了这三个重合的部分外，两者毕竟还有不相同的部分，而且 A 总共才收录 41 个受书人，而《手简》多至 83 人，其范围远广于 A。

笔者寻思，这两种资料应当是残本与选本的关系。也就是说，两者有一共同之祖本，A 是其残本，而《手简》是其选本。A 虽是残本，但所存部分犹为全貌，故能包含《手简》的相关内容；《手简》有取有舍，却是从全本中选出，故大量内容逸出 A 之外。鉴于《手简》的文本成立于金元之际，大约可以推论这里设想的祖本乃是宋本，但我们现在对于这个宋本只能作出如下一个判断：它的全貌肯定不同于《翰墨尺牍》。

《续集》的编者显然对 A 比较重视，故 A 与《外集》重复的部分，他优先录 A，而对《外集》的处理则较粗疏。这也可见，当时他亦认为 A 反映了更古老的面貌。

六、《永乐大典》本《苏东坡集·书简》

现存《永乐大典》卷一一三六八"简"字下，专录北宋人孔平仲、杨亿、程颐、苏轼的尺牍（《大典》称"书简"或"手简"），是一份非常珍贵的资料。其中绝大部分是东坡尺牍,据《大典》所称,是抄自《苏东坡集·书简》。这个《苏东坡集》的情况有待考证,现在仅就所录"书简"来看,是依受书人为序编集,内容基本上与上述《续集》A 的部分相同,但也有些微差异。

上文说过,《续集》A 的开头部分为:李方叔——陈公密——徐仲车——吴秀才——彦正判官——毛泽民推官。《大典》本《书简》则从"毛泽民推官"开始,此后所录与《续集》一致,而到最后,又录李方叔——程公密——徐仲车——友人。此所谓"友人",从尺牍内容看,相当于《续集》之"吴秀才",唯《续集》的"彦正判官"不见于《大典》本。除了编排上的这点差异外,如以《续集》为标准来看,《大典》还有少量抄漏之处。但我们可以毫无疑问地判断,《大典》本《书简》与《续集》A 的部分,来源于同一种资料。上文通过与《欧苏手简》的对比,推测这一种资料的性质乃是残本,果真如此,则此残本为原本的一个局部,还是前后断裂的几个局部,仍费寻思。从《大典》本与《续集》A 在编排顺序上的差异,《大典》本的少量"抄漏",以及与《欧苏手简》重合的部分在《手简》中的不同位置来看,其为前后断裂的几个局部的可能性是更大的。那么,将这几个局部抄合时,不但会产生顺序上的小小差异乃至"抄漏",甚至也有可能发生类似错简的讹误,故我们使用这份资料时,应持非常谨慎的态度。

总之,《大典》本《书简》的存在,不仅可以进一步证明《续集》A 的部分反映了颇为古老的面貌,也为这份残存的资料提供了与 A 不尽相同的另一个抄本。

七、茅本所收尺牍

明茅维刊《苏文忠公全集》七十五卷,其卷五十至六十一为尺牍,总数近 1 300 首,从收集上讲是最为完备的。明刊《苏长公二妙集》中

《东坡先生尺牍》二十卷,据刘尚荣论文,即从茅本录出。孔凡礼编《苏轼文集》,以茅本为底本,校以传世的各种版本,写有校记。故这个文本的形态,目前以《苏轼文集》为最善。

但孔凡礼在《文集》卷首所写的《点校说明》,对东坡尺牍各种文本的认识不太正确。他说:

> 《续集》中之尺牍,一人多次出现,一次之中又不第先后。……(茅本)以人为纬,有多首尺牍者,则大体按写作时间排列。北京图书馆所藏元刻本《东坡先生翰墨尺牍》残卷,就属于此类本子……(《外集》)部分地收了东坡尺牍,其收入的部分,与底本的体例相同,排列也一样。当同出于一源。

茅本的情况确实如其所云,但元刻本《翰墨尺牍》却没有"大体按写作时间排列"的性质,而恰恰是被孔先生认为"不第先后"的《续集》,其大部分(即上文所云 B 的部分)却是继承了《外集》"按写作时间排列"的性质。孔先生没有看到《续集》与《外集》的关系,又误认《外集》的体例、排列与茅本相同,这使他过于倚重茅本而忽视《外集》,严重地影响到他在《苏轼年谱》中为东坡尺牍系年的质量。

茅本依受书人为序编集尺牍,而受书人的排列顺序与《翰墨尺牍》颇相关,如其开头部分(卷五十至五十一)为:"司马温公——韩魏公——王荆公——吕相公——张太保安道——范蜀公——范子功——范子丰——范纯夫——范元长——苏子容——刘贡父——曾子固——曾子宣——刘仲冯——滕达道——李公择……"相比于《翰墨尺牍》卷一,是在司马光后面添入几个地位相当的人物,范镇的后面添入他的儿子、侄孙、曾侄孙,曾布的前面添入他的哥哥,其余基本一致。可见茅本确实参考过类似《翰墨尺牍》那样的本子。但若仔细核对,如《翰墨尺牍》卷一《与范蜀公》(凡九帖),与茅本卷五十《答范蜀公十一首》，不但所收数量不同，具体各简的排列次序也全不一致。这是因为茅本在同一受书人名下又"大体按写作时间排列"，而《翰墨尺牍》并不具备此种性质。

因为"大体按写作时间排列"的缘故，茅本的排列顺序与《外集》也不无关系。如卷五十九《与钱世雄一首》，题下标"以下俱黄州"，此后排列《答君瑞殿直一首》《与景倩一首》《与赵仲修二首》《与何圣可一首》《与毛维瞻一首》，皆无时地标识，而对照《外集》，此数简皆属黄州阶段，且排列位置接近。又如卷六十《答王圣美一首》，题下标"以下杭州还朝"，此后排列《与王正夫三首》《答杨礼先三首》《与潮守王朝请涤二首》，皆无时地标识，而对照《外集》，皆属"召还翰林"阶段，且次序相接。同卷《与钱志仲三首》，题下标"以下俱北归"，此后排列《答王庄叔二首》《与宋汉杰二首》《答虔人王正彦一首》《答王幼安三首》《与寇君一首》，皆无时地标识，而对照《外集》，除了《答王庄叔二首》属"惠州"阶段外，其余都属"北归"阶段，且排列位置接近。可见，茅本编辑时显然参考了《外集》（茅维序中也提到《外集》），而且对茅本"以人为纬，有多首尺牍者，则大体按写作时间排列"的概括，还不太全面，因为它不光是在一人名下按时地排列尺牍，有时候也出现以时地为线索排列人物的片断。比如说，上述《与钱世雄一首》题下所标的"以下俱黄州"一语，不但针对写给钱世雄的尺牍而言，也针对排在后面的写给"君瑞殿直"等人的尺牍而言。弄清这一点，并非琐屑无聊之举，因为这意味着：当我们以茅本为底本来编集东坡尺牍时，不宜轻易调整其编排顺序，或者将他处搜集到的作品插入茅本同一受书人名下，那可能会淆乱茅本的系年顺序。还是以《与钱世雄一首》为例来说，可能因为茅维不知钱世雄就是钱济明，故茅本将此题单立，而另有写给钱济明的尺牍多首，孔凡礼先生编《苏轼文集》时，便将两题归并了。从"以人为纬"的原则看，这样的归并是合理的，但从茅本删去《与钱世雄一首》一题，却也使排在后面的几个作品失去了时地信息。所幸孔先生在相应的位置留下了校记,其处理方式堪称妥善。

笔者曾将茅本所标的时地与《外集》一一核对,可以认为基本一致。其相异之处,除了刊刻讹误外,还存在茅本有意改订的可能(不过,以改错的居多①)。茅本所收尺牍数量远过于《外集》,而对许多不见于外集的作品,也能标出时地。如《外集》第47简《答富道人》,为茅本《与富道人二首》之第二首,茅本第一首不见于《外集》,却能标出时地为"杭倅";《外集》第131简《与陈季常》乃茅本《与陈季常十六首》之第三首,其第一、二首不见于《外集》,而第一首标"以下俱黄州";《外集》第197简《与杨元素》乃是茅本《与杨元素十七首》之第二首,其第一首不见于《外集》,也能标出"以下俱黄州";与李常之尺牍,《外集》共收5简,相当于茅本《与李公择十七首》的第十二、十、十一、十六、十七首,但茅本于第一首标"杭倅",第二首标"离杭倅",第四首标"赴密州",第五首标"以下俱徐州",第八首标"以下俱黄州",这些都不见于《外集》;茅本卷六十一《与灵隐知和尚一首》也不见于《外集》,而标出"密州"。此类不知是茅本另有版本上的依据,还是主观判断的结果?像"离杭倅"、"赴密州"的标法,区分时地的方式比《外集》更显细密,看来是主观判断的结果。

从收集、整理作品的角度说,茅本综合了"以人为纬"与按时地为序的两种编辑方式,数量最为庞大,体例可称良善。但是,从系年的研究目标来说,"以人为纬"的编辑方式恰恰起到消极作用,因为它抹煞了同一时地阶段内致不同人物之尺牍的先后顺序。《外集》所提供的排列顺序,固然不可完全迷信,多少应有参考价值,这方面大大胜于茅本,值得重视。

---

① 比如《外集》第17、18《答宝月大师》二简,即茅本《与宝月大师五首》之一、二首。《外集》排在"除丧还朝"阶段内,即熙宁三、四年间;而茅本则于第一首下标"以下俱杭倅",意谓已在东坡出任杭州通判后。今观第一简中有"旦夕出京"之语,当是杭倅之命已下,而尚未离京之时(熙宁四年)。《外集》编次与茅本所标都不能算错,看来不是茅本刊刻讹误,而是编者有意改订的。但毕竟此时的东坡尚未离京,茅本作这样的改订至少并无必要。

八、结　　论

据上文的考察，作简单的总结，就是：

1. 现存苏轼尺牍的文本形态，有墨迹、墨迹之摹刻（包括石刻、木刻），是保留书法形象的；仅存文字文本的版刻，则有尺牍专集、编入尺牍的诗文集两类。

2. 版刻的文本，有依受书人为序编集，与按写作时地编次的两种编辑方式。前者比较原始，在校定文本时值得重视；后者则有利于系年研究，在根据尺牍来编辑东坡年谱之时，值得充分利用。

3. 依受书人为序编集的本子中，元刊本《翰墨尺牍》与《纷欣阁丛书》本是一个系统，《欧苏手简》与《续集》A 的部分以及《永乐大典》本《苏东坡集·书简》同源，另为一个系统。两者都来源甚早，若参以现存墨迹及其摹刻，可为一大部分东坡尺牍校定可靠的文本。

4. 按写作时地编次的本子，以《外集》所载尺牍最堪重视。《续集》B 的部分完全根据《外集》而来。

5. 茅维本（即《苏轼文集》所据底本）所载尺牍，综合了两种编辑方式，事实上也参考了《外集》和类似《翰墨尺牍》的本子，搜罗较为完备，但因两种编辑方式之间不可避免的矛盾，故在对尺牍作系年研究时，无法替代《外集》。

附论：关于《欧苏手简》
所收欧阳修尺牍

《欧苏手简》四卷，包括了欧阳修和苏轼的尺牍各二卷，书首有金元之交的文人杜仁杰所作序。此书国内不传，而在韩国、日本，则有刊本多种。据我所知，张智华《南宋的诗文选本研究》首先向国内介绍了此书的存在[①]，嗣后祝尚书先生撰《〈欧苏手简〉考》[②]，对版本、编者和编刻时期加以考证。祝先生把序言作者杜仁杰认作此书的编者，通过对杜氏生平事迹的梳理，来推测此书编刻于元灭南宋之后。对于这四卷尺牍的内容，祝先生也评价不高，认为其"所收为欧阳修、苏轼书信，单从内容论，无甚特别处，盖从欧、苏二集选录"。不过，他没有详说这"欧、苏二集"具体指的是什么样的集子。

祝先生所见的《欧苏手简》，乃日本天明元年(1781)刊本，而此书实有更早的正保二年(1645)刊本，藏在东京的内阁文库，日本著名学者长泽规矩也编《和刻本汉籍文集》，于第二十辑影印了这个正保本[③]。如果祝先生有条件拿正保本与天明本对比一下，就肯定不会作出以上的判断。天明本是按正保本重刊的，但在重刊时，将书中所收的欧、苏尺牍与通行的欧、苏别集认真比对了一番，并依据别集，将正保本的"错误"统统"校正"了。这样一来，天明本虽然留下了校记，但其正文内容却与欧、苏别集一致，确实"无甚特别处"了。可是回过头来看正保本，却实有其特别处，至少它保存着那些被天明本"校正"的"错误"，也就是它跟欧、苏别集的不同之处。下文我将考明，这些"错误"恰恰就是它的文献价值所在。

[①] 张智华《南宋的诗文选本研究》，第50页，北京师范大学出版社，2002年。
[②] 祝尚书《〈欧苏手简〉考》，《中国典籍与文化》2003年第3期。
[③] ［日］长泽规矩也编《和刻本漢籍文集》第二十辑，古典研究会，1979年。

前文已经对《欧苏手简》所收的两卷苏轼尺牍加以考辨，认为它跟《东坡续集》的 A 部分具有选本与残本的关系。换句话说，历史上曾经有过一个宋本的苏轼尺牍集，其全貌并未流传下来，只有一个残本，就是 A；而《欧苏手简》的编者，却有机会获得这个完整的宋本，从中选出了两卷苏轼的尺牍。那么，如果我们由此确定《手简》的性质乃是选本，则另两卷欧阳修的尺牍，也不妨假设为编者从某个欧集选出。然而很明显的是，这个欧集并不是我们所熟悉的南宋周必大编《欧阳文忠公集》。

周必大编欧集，最后的部分为《书简》十卷，以通行的《四部丛刊》本与《欧苏手简》比对，可以发现《手简》所录欧公尺牍全部见于欧集《书简》，但排列顺序大不相同，详见下表：

《手简》卷一	欧集《书简》	《手简》卷二	欧集《书简》
与梅圣俞 9 首	卷六《与梅圣俞》	与薛少卿公期 7 首	卷九《与薛少卿》
与滕子京侍御 1 首	卷四《与滕待制》	与王学士 1 首	卷八《与王学士》
与连庶职方 2 首	卷八《答连职方》	与曾学士 1 首	卷九《与曾学士》
与连庠郎中 1 首	卷八《答连郎中》	与张学士 2 首	卷八《答张学士》
与张职方 1 首	卷四《答张职方》	与陆学士 1 首	卷八《答陆学士》
与王郎中 2 首	卷四《与王郎中》	与颜直讲 4 首	卷九《与颜直讲》
与郭刑部 1 首	卷八《答郭刑部》	与梁直讲 1 首	卷九《与梁直讲》
与朱职方 1 首	卷八《与朱职方》	与焦殿丞 4 首	卷七《与焦殿丞》
与蔡省副 1 首	卷八《与蔡省副》	与仲大傅（太博）1 首	卷四《与吴给事》

（续表）

《手简》卷一	欧集《书简》	《手简》卷二	欧集《书简》
与吴谏院1首	卷四《与吴给事》	与苏监丞1首	卷七《与费县苏殿丞》
与李少师3首	卷四《与李留后》	与苏主簿3首	卷七《与苏编礼》 卷七《与费县苏殿丞》
与王荆公2首	卷二《与王文公》	与徐无党2首	卷七《与渑池徐宰》
与杜祁公2首	卷二《与杜正献公》	与杜大夫1首	卷四《与杜大夫》
与程文简公2首	卷二《与程文简公》	与王宣徽太尉4首	卷三《与王懿恪公》
与曾宣清(靖)公1首	卷二《与曾宣靖公》	与沈内翰1首	卷五《与沈内翰》
与孙威敏公元规1首	卷二《与孙威敏公》	与王端明4首	卷四《与王文恪公》
与余安道1首	卷四《与余襄公》	与三(王)懿敏4首	卷三《与王懿敏公》
与冯章靖公4首	卷三《与冯章靖公》	与苏子容4首	卷二《与苏丞相》 卷五《与刘侍读》
与刘原甫6首	卷五《与刘侍读》	与韩魏公6首	卷一《与韩忠献王》
与蔡君谟1首	卷五《与蔡忠惠公》	与富郑公2首	卷一《与富文忠公》
与曾子固1首	卷七《与曾舍人》	与吕正宪公3首	卷二《与吴正献公》
与范景仁1首	卷五《与范忠文公》	与吴文肃公2首	卷二《与吴正肃公》
与王子野1首	卷七《与王待制》	与赵康靖公2首	卷三《与赵康靖公》
与王深甫1首	卷七《与王主簿》	与吕申公2首	卷二《与吕正献公》

(续表)

《手简》卷一	欧集《书简》	《手简》卷二	欧集《书简》
与章伯镇3首	卷四《与章伯镇》	与丁元珍1首	卷八《与丁学士》
与王补之1首	卷九《与王补之》	与常待制2首	卷五《与常待制》
与宋龙图次道1首	卷五《与宋龙图》	答陆伸1首	卷八《答陆伸》
与王龙图胜之1首	卷五《与王龙图》	与李学士1首	卷八《答李学士》
与沈待制1首	卷五《与沈待制》		
与刘待制1首	卷四《与刘学士》		
与吴龙图1首	卷四《与吴给事》		
与谢景初1首	卷九《与谢景初》		

除了顺序不同，和少量文字上的错讹（如《书简》"吴正献公"在《手简》中误为"吕正宪公"）外，两者之间比较明显的差异是标题（即对受书人的称谓）多不一致。不过这一点很容易解释，《书简》卷十的末尾有一段编者的附言，说明："右《书简》十卷，命题以各人所至之官，故于称谓不必相应。"也就是说，周必大的编校班子，按照受书人的最高官职重新拟定了尺牍的标题，故与尺牍中原有的称谓多不一致。那么，《手简》中与《书简》不一致的标题，莫非是这些作品未经周氏等处理之前的更原始的标题？除非我们断定这些不一致的标题是《手简》编者捏空而造，否则只能如此理解。

更值得注意的当然是尺牍内容上的差异，主要有这样三处：

第一，《书简》卷四《与吴给事（名中复）》共3首，在《手简》中被分在三人名下。第一首即《手简》卷二《与仲大傅》，"大傅"应是"太博"之讹（《手简》的目录就作"仲太博"），但"仲太博"也是个子虚乌有的人物，《书简》本文的末尾有"某再拜仲庶太博执事"一句，这"仲庶"是吴中复的字,所谓"仲太博"也许是误读此句而来。第二首即《手简》卷一《与吴谏院》,"谏院"与"给事"的称谓差异,应是周必大等人处理的结果,鉴于文末有"某顿首谏院舍人执事"一句,可以相信"谏院"的称谓是更原始的,现存《五百家播芳大全文粹》也收录了此文,标题亦作《与吴谏院帖》。第三首即《手简》卷一《与吴龙图》,看起来这也是称谓问题,《手简》的编者尚未判定"吴龙图"即吴中复。这个情形让我们仿佛窥见周必大等人的编校工作之一斑,反过来也说明,《手简》反映出了未经周氏班子处理之前的欧公尺牍之面貌。

第二,《手简》卷二有《与苏监丞》1首、《与苏主簿》3首相连,而《书简》卷七也有《与苏编礼(洵,字明允)》5首、《与费县苏殿丞》2首相连,两者的关系很明显:"监丞"可能是"殿丞"之讹,"主簿"与"编礼"是对苏洵的不同称谓而已。但是,《手简》中《与苏主簿》3首的第二首,在《书简》中被编为《与费县苏殿丞》的第二首,受书人不同了。这一首尺牍究竟是写给谁的,现在还难以判明,重要的是,我们通过《手简》知道,《书简》列在某人名下的尺牍,有些是编者判断的结果,不是本来如此。

第三,《手简》卷二有《与苏子容》4首,其第一、二首在《书简》卷二《与苏丞相》中,这只是对苏颂的不同称谓问题;但其第三、四首,则在《书简》卷五《与刘侍读》中,而且题下皆有小字注:"此帖,绵、吉本误作《与苏子容》。"这两条校记实在令我们恍然大悟:原来在周必大之前流行的所谓绵、吉本欧集,也已经包含尺牍,而且与《手简》一样,把这两篇写给刘敞的尺牍"误作《与苏子容》"。那么,我们可以大胆猜想:《手简》的"误"乃是承绵、吉本而来。进一步还可以猜想:《手简》反映出来的所有比《书简》显得更原始的面貌,其来源就在于绵、吉本,或者类似的早于周必大编校本的欧集。

换一个角度来表述以上考订结果,就是《手简》的编者从某个早于周必大编校本的宋本欧集(很可能就是所谓绵、吉本)选出了两卷欧公尺牍,与他从宋本东坡尺牍集选出苏轼尺牍的情形正好相同。由于上述《手简》与周必大本《书简》的差异或"错误",在《手简》的天明重刊本中被"校正",致使祝尚书先生未能看到《手简》内容的"特别处",但正保本却保存了这些"特别处",而且这些"特别处"恰恰可与周必大等人留下的校记互相印证。

其实,从周必大编定本《书简》的其他校记中,我们也能得到类似的信息,如卷四末有"《与余襄公》又别本",校云:"此帖与本卷者大同而小异,载闽本及《京师名贤简启》中,疑有改定处。"卷十末的编者附言也说:"吉、绵本《书简》有论文史、问古事之类,已移入《外集》第十六、十七、十八、十九卷中。"这说明吉、绵本已有《书简》汇集,闽本看来也有,周必大等人在此基础上,再参考《京师名贤简启》以及其他校记中提及的《英辞类稿》《圣宋简启》等书,来编定《书简》十卷。问题是,虽然我们可以推想这样的编订过程,但由于我们无从获悉吉、绵、闽本的面貌,故也无法了解它们为周必大本《书简》十卷提供的基础已达到怎样的规模。如果本文对《欧苏手简》选文来源的推考大抵正确,则从《手简》所选的两卷欧公尺牍所涉范围来看,它所根据的吉、绵本《书简》应已达到相当规模,甚至已与周必大初编本的《书简》在容量上相去不远。当然,从上面的对照表也可以看出,两者排列尺牍的顺序只有某些局部相同,总体上差别很大。显然,周必大等按照受书人的官位或知名度重新编排了尺牍的顺序,以韩琦为首,而《手简》所据的本子,似以梅尧臣为首,作为文学研究者,我对这样的本子更有好感。

最后说明两点。第一,祝尚书先生把《欧苏手简》序言的作者杜仁杰认作此书的编者,我以为不够妥当。杜氏只写了序言,序中并未交待他自己是编者,那真正的编者,应该生活在周必大编定本欧集流行之前,或者难以获得周氏编定本的地区(如宋金对峙时期的北方),因为周必大的本子行世后,几乎将从前的欧集诸本都淘汰了,很难想象周必大以后的南宋人或南北统一后的元朝人会从吉、绵本去选录欧公的尺牍。第二，最近日本学者东英寿先生从欧集的天理图书馆藏本辑出《四部丛刊》本所无的欧公尺牍96首，自是对中国学界的一大馈赠，他考定《四部丛刊》本是周必大编定欧集的增订本之复刻，而天理本是再次增订本，这完全正确，但他认为《书简》十卷在周氏前并未成形，是周氏等初次结集，我以为尚可商榷，因为如上所考，吉、绵本已有《书简》，且达到了相当的规模。北京大学王岚女史曾对欧集的编刻、流传历史详加考论①，但对《书简》部分以及吉、绵本的情形，语之而不能详。我以为《欧苏手简》可帮助我们更详细地了解欧集形成史的这些局部。今后，若能对欧集形成史作出详密的研究，将是我们对东先生馈赠的最好报谢。

---

① 王岚《宋人文集编刻流传丛考》第十一《欧阳修集》，第81—113页，江苏古籍出版社，2003年。

二　苏轼与云门宗禅僧尺牍考辨

自《嘉泰普灯录》始,苏轼被编入临济宗黄龙派东林常总(1025—1091)禅师的法嗣①,但不可否认的是,他生前跟云门宗禅僧的交往其实更为密切。现存苏轼尺牍中,有不少是写给云门宗禅僧的,本文对这些尺牍的内容和写作时间作些考辨,在此基础上概述苏轼与云门宗禅僧的交往情形。

现在通行的孔凡礼点校本《苏轼文集》②卷六十一,也就是尺牍部分的最后一卷,集中了苏轼写给僧人的尺牍,按受书人为序编集。这个《文集》的底本是明代茅维所编《苏文忠公全集》,其尺牍部分显然经过整理。但是,茅维不是第一个以类似方式整理苏轼尺牍的人,实际上,若将《文集》卷六十一与《纷欣阁丛书》本《东坡尺牍》的最后一卷即卷八对勘,基本面貌是近似的。《纷欣阁丛书》虽刊于清代,但这八卷《东坡尺牍》却一定有很早的来历,因为中国国家图书馆所藏元刊残本《东坡先生翰墨尺牍》二卷,除少数漏页外,与《东坡尺牍》的前两卷完全相同,而且《纷欣阁丛书》本虽然外题"东坡尺牍",其每一卷的标题也作"东坡先生翰墨尺牍卷之一"等,所以,《纷欣阁丛书》编者所根据的原本,应该就是与元刊残本《翰墨尺牍》内容一致的某个完整的本子③,而

---

① 释正受《嘉泰普灯录总目录》卷上,《续藏经》本。
② 孔凡礼点校《苏轼文集》,中华书局,1986年。
③ 与国图所藏元刊残本内容相似的,还有上海图书馆藏《东坡先生往还尺牍》十卷,亦被判断为元刊本,但其内容只相当于《纷欣阁丛书》本的前四卷和第五卷的一部分,稍异其编次、拆分卷帙而已。总之,目前所知的这个系统的本子中,以《纷欣阁丛书》本为最善。

且这样的本子也必然为茅维所有,成为他整理苏轼尺牍的重要依凭,因此才会出现《文集》卷六十一与《东坡尺牍》卷八面貌近似的情况。

当然,茅维的整理工作还有另一个重要的依凭,就是在他之前已经出版的《重编东坡先生外集》和七集本中的《续集》所收的尺牍。与《翰墨尺牍》按受书人为序的编次方式不同,《外集》和《续集》的尺牍部分是按写作时地编次的,如《外集》就依苏轼生平,标出"京师"、"凤翔"、"除丧还朝"、"杭倅"、"密州"、"徐州"、"湖州"、"黄州"、"离黄州"、"赴登州"、"登州还朝"、"翰林"、"杭州"、"召还翰林"、"颍州"、"还朝"、"赴定州"、"南迁"、"惠州"、"儋耳"、"北归"21个阶段,将800多首尺牍分编在各阶段。很显然,这一方式与具体的系年成果,也为茅维所吸收,故《文集》所收尺牍,不但总数上超过《纷欣阁丛书》本《东坡尺牍》,而且每位受书人名下的尺牍,几乎都被重新排列顺序,并标出与《外集》相似的阶段名称。拿《文集》卷六十一与《东坡尺牍》卷八相校,情况也是如此;而若与《外集》相校,则其标示的阶段也基本近似的。①

这样看来,茅维综合了前人编次苏轼尺牍的两种方式,加以整理,虽然其整理的结果未必全部正确,但他把苏轼写给僧人的尺牍集中在一卷,并标出写作时地,对于我们研究苏轼与僧人的交往,乃至其生平行事,是极有裨益的。实际上,从孔凡礼所著《苏轼年谱》②就可以看出,谱主留下的大量尺牍,给《年谱》的编纂提供了多少有用信息!前人编苏轼的年谱,大抵以编年诗为主要依据,孔《谱》超越前人之处,我以为首先就在于对尺牍的比较充分的利用。反过来也可以说,孔《谱》包含了一个堪称巨大的成果,就是为大部分现存的苏轼尺牍系年。众所周知,在目前对苏轼各体作品的系年研究中,以尺牍的

---
① 关于现存苏轼尺牍各种版本的详情,请参考笔者《东坡尺牍的版本问题》一文,见《中国典籍与文化论丛》第12辑,2010年。
② 孔凡礼《苏轼年谱》,中华书局,1998年。

系年工作最为落后,幸而有《外集》、茅维、孔《谱》的成果为基础,可以继续深入考辨,以求精确。最近出版的《苏轼全集校注》[①],其文集部分就以孔凡礼校点的《文集》为底本,注释中对尺牍的系年,也大多参据孔谱,但也有一些跟孔谱不同,可以参考。

在《文集》卷六十一所列受书人中,现在可以确认有十一位是云门宗禅僧[②],以下先画出这十一位禅师的嗣法谱系(图中加框的就是受书人),再分别叙录苏轼写给他们的尺牍,间加考辨。

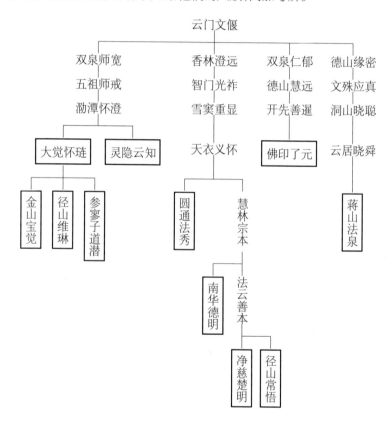

---

① 张志烈、马德富、周裕锴主编《苏轼全集校注》,河北人民出版社,2010年。
② 笔者此后继续比对资料,又发现尚有两位,补充于文后。

一、《与大觉禅师三首》

大觉怀琏(1009—1091)①禅师,字器之,曾受宋仁宗礼遇,住持东京净因禅院,晚年归老于明州阿育王山广利寺,惠洪《禅林僧宝传》卷十八有其详传②。《苏轼诗集》卷二《次韵水官诗》引云:"净因大觉琏师,以阎立本画水官遗编礼公,公既报之以诗,谓轼汝亦作,轼顿首再拜次韵,仍录二诗为一卷献之。"③孔凡礼《苏轼年谱》系此事于嘉祐六年(1061),"编礼公"就是苏洵,可见怀琏是苏洵的朋友④,他也是苏轼最早交往的禅僧。

《与大觉禅师三首》,亦见《纷欣阁丛书》本《东坡尺牍》卷八,题作《与大觉祖师》,三首排列顺序完全一致。而在《重编东坡先生外集》⑤中,都题为《与大觉禅师琏公》,第一首编在卷六十三"杭倅"阶段,第二、三首编在卷七十三"杭州"阶段,与《文集》第一、二首下标示的写作时地也完全一致⑥。

第一首的主要内容,是苏轼要将亡父苏洵生前珍爱的"禅月罗汉"即贯休所画罗汉像施舍给怀琏所在阿育王寺。其中提及:"舍弟今在陈州,得替,当授东南幕官,冬初恐到此,亦未甚的。"《苏轼年谱》

---

① 怀琏卒于元祐六年(1091)正月一日,参考孔凡礼《苏轼年谱》该年第一条。《苏轼文集》卷十七《宸奎阁碑》记其年八十三,卷七十一《跋太虚辩才庐山题名》又谓"太虚今年三十六,参寥四十二,某四十九,辩才七十四,(大觉)禅师七十六矣",可证怀琏长苏轼二十七岁,当与苏洵同龄。
② 惠洪《禅林僧宝传》卷十八《大觉琏禅师》,《续藏经》本。此传记怀琏卒年"八十二",如果不是文字讹误,就是惠洪将其卒年记成了元祐五年(1090),因为怀琏在元祐六年的第一天就离世了。
③ 苏轼《次韵水官诗并引》,孔凡礼点校《苏轼诗集》卷二,中华书局,1982年。
④ 怀琏与苏洵的交游,可能始于庆历七年(1047)苏洵至庐山时。《苏轼年谱》于此年载洵在庐山与圆通居讷(云门宗僧)、景福顺长老(临济宗黄龙派僧)交往,而据《禅林僧宝传》卷十八《大觉琏禅师传》云:"去游庐山圆通,又掌书记于讷禅师所。皇祐二年(1050)正月,有诏住京师十方净因禅院。"可见怀琏赴京前,在圆通寺为书记,可能与苏洵相识。
⑤ 本文所用《重编东坡先生外集》,为《四库全书存目丛书》影印本。
⑥ 《文集》于第一首下标"杭倅",第二首下标"以下俱杭州"。

因此而系于熙宁六年(1073),《苏轼全集校注》亦从之,盖以为苏辙熙宁三年任陈州教授,计其"得替"当在六年。但同是孔凡礼所编的《苏辙年谱》①,则从苏辙的具体事迹来推排,在熙宁五年叙述此事。相比之下,前者粗略不确,后者当然更为合理②。就苏轼方面来说,他在熙宁四年末已到达杭州通判(即所谓"杭倅")任上,也不应迟至六年,方与近在明州的怀琏通信③。

第二首是苏轼于元祐四年(1089)任杭州知州时所作,其中有"奉别二十五年"之语,故《年谱》在治平二年(1065)叙"大觉禅师怀琏乞归明州,英宗依所乞。苏轼与怀琏别"事,引此为证,且明云此首"作于元祐四年"。然而,《年谱》在元祐四年下不叙此事。其实苏轼这封信的真迹,清人犹能见之,具载于吴荣光《辛丑销夏记》卷一"宋人十札"条,孔凡礼编《文集》时,也据《辛丑销夏记》的录文补上信末"轼再拜大觉器之禅师侍者,十二月二十日"落款17字。据此,写作的日期亦可以确定。《全集校注》认为是"元祐五年十二月二十日",则差了一年。尺牍中有云:"到此日欲奉书,因循至今。"可知这是苏轼知杭州后首次与怀琏通信,他于元祐四年七月已至杭州,"因循"便至岁末,若更迟至次年末,则无礼过甚,恐不好意思再说"日欲奉书"。

第三首讲的是苏轼为怀琏作《宸奎阁碑》的事,他把刚刚撰成的初稿录示怀琏,同时向怀琏征求资料,以备修改。日本宫内厅书陵部今存苏轼亲书《宸奎阁碑》宋拓④,署"元祐六年正月",而怀琏于该月初一已去世。《文集》卷六十一《与通长老九首》之七云:"大觉正月

---

① 孔凡礼《苏辙年谱》,学苑出版社,2001年。
② 《苏轼年谱》和《苏辙年谱》关于此事的不同说法,在孔凡礼后来合编的《三苏年谱》(北京古籍出版社,2004年)中,仍然两存其说,而未疏通其间的矛盾。
③ 《文集》附录《苏轼佚文汇编》卷四,从《圣宋名贤五百家播芳大全文粹》辑得《与大觉禅师一首》。按,此首文字,在《大全文粹》中连在《文集》第一首后,而标题不作"二首",则是《大全文粹》所录文本多出一段,并非另为一首。
④ 这个宋拓本原藏京都东福寺,为入宋僧圆尔辨圆携归之物,甚可靠。影印于《书道全集》第十五卷,平凡社,1954年。

一日迁化,必已闻之,同增怅悼。某却作得《宸奎阁记》,此老亦及见之。"①看来,怀琏及见苏轼录示的初稿,但定稿上石已在怀琏身后,不过《宸奎阁碑》文中没有提到怀琏已去世,可能苏轼定稿时未闻其死讯。本首尺牍的写作时间,大概在元祐五年末,《年谱》《全集校注》亦如此系年。但由此亦可知,上面的第二首,即苏轼知杭州后与怀琏始通音问之书,决不可能作于元祐五年十二月二十日,而应该在前一年。

二、《与灵隐知和尚一首》

此首亦见《东坡尺牍》卷八,《外集》未收,但茅维却能标出时地"密州",估计是他根据书信的内容自己判断的。《年谱》系于熙宁八年(1075),则孔凡礼的判断也与茅维相同,并谓《五灯会元》卷十五的"灵隐云知慈觉禅师",就是这位"知和尚"。按,所考甚确。"慈觉"当是赐号,禅门灯录对云知禅师的记载,始于云门宗佛国惟白所编《建中靖国续灯录》卷六,只载其机缘语句而不详其生平,此后其他灯录也陈陈相因而已。但灯录的好处在于强调嗣法谱系,我们据此可知云知禅师嗣法于泐潭怀澄,是大觉怀琏的同门师兄弟。《全集校注》所考亦同此。

三、《与宝觉禅老三首》

此三首亦见《东坡尺牍》卷八,次序全同。《外集》卷六十四"密州"阶段有《答金山宝觉禅师》,即第一首。第二首不见于《外集》,第

---

① 《文集》所录《与通长老九首》之前五首,《外集》在卷三十五,题《答水陆通长老》。《文集》卷六十二有《苏州请通长老疏》,称其为"成都通法师","业通诗礼"而"自儒为佛",苏州四众请他住持"报恩寺水陆禅院"。《苏轼诗集》卷十一又有诗云"成都进士杜暹伯升,出家,名法通,往来吴中"。综合起来看,所谓"水陆通长老"应该就是这位来自成都,由进士而出家,住持报恩寺水陆禅院的法通禅师。唯《疏》中称其为"通法师",似不确,疑是"法通师"之误乙。《苏轼年谱》和《苏轼全集校注》对"通长老"都未详考,故补考之。

三首则见于卷七十三"杭州"阶段,但题作《与赵德麟》的第二首。

《文集》于第一首下标"以下俱密州",则茅维对第一首写作时地的判断是根据《外集》而来的。《年谱》和《全集校注》俱系熙宁八年(1075),判断亦同。笔者也同意这个系年。需要指出的是,《年谱》中初见宝觉禅师,在熙宁七年(1074)苏轼因转运使檄往常、润、苏、秀等州赈济饥民时,此行路过不少寺院,多与僧人交往,《苏轼诗集》卷十一就有《留别金山宝觉、圆通二长老》诗,题下录查注云:"《金山志》,宋宝觉禅师,乃育王琏禅师法嗣。"可见金山宝觉乃是大觉怀琏的弟子。但《年谱》却谓查注"恐误",因为孔凡礼查了《五灯会元》卷十五、十六,发现怀琏的法嗣中没有宝觉。按,查注实不误,《建中靖国续灯录》目录卷二列出"东京净因大觉禅师法嗣二十二人",其中就有"润州金山宝觉禅师",只因佛国惟白可能不曾收集到他的机缘语句,所以其名目只见于目录,而不见于后面的正文。此后其他灯录如《续传灯录》等,也是如此处理。宋代流传下来的汝达《佛祖宗派图》①和明人所编《禅灯世谱》(见《续藏经》),也将金山宝觉列入怀琏的法嗣,这一点应该没有什么疑问。

第二首以"圆通不及别书,无异此意"开头,"焦山纶老,亦为呼名"结尾,没有一般尺牍的起讫套语,看来是第一首的附书。《全集校注》亦系于熙宁八年。圆通长老也是金山寺僧人,已见于上引诗题,纶老是附近焦山寺的僧人,《诗集》卷十一也有《书焦山纶长老壁》。

第三首比较特别。开头是"明守一书,托为致之",即托其捎带一封信给明州的知州,后面说到大觉怀琏曾受仁宗礼遇之事,而近日却被小人所困,希望知州能予照应。最后说"某方与撰《宸奎阁记》,旦夕附去"。从苏轼为大觉怀琏写作《宸奎阁记(碑)》的时间,可以推得此首作于元祐五年(1090),但令人不解的是,金山宝觉本是怀琏弟子,对怀琏的事自然

---

① 南宋汝达《佛祖宗派图》,现存日本,其整理本见须山长治《汝達の〈仏祖宗派総図〉の構成について——資料編》,《駒沢短期大学仏教論集》9,2003年。

非常熟悉,而信中介绍怀琏情况的语气,似乎受书人与怀琏并不熟识。由此看来,此首尺牍并不是写给宝觉的,孔凡礼编《文集》时也发现了这一问题,特别在文后加了一条校记,认为像《外集》《续集》那样题为《与赵德麟》,显得更合理些。《全集校注》也同意此说。但孔凡礼在《年谱》元祐五年条下,已进一步考证,苏轼此时尚未与赵令畤交往,而《圣宋名贤五百家播芳大全文粹》卷七十五又载此首尺牍是写给毛滂(泽民)的,更为可信。按,笔者同意这一结论。信中说到大觉怀琏"今年八十三",但《纷欣阁丛书》本《东坡尺牍》以及《外集》《圣宋名贤五百家播芳大全文粹》的文本都作"八十二",依本文所考怀琏的年龄,元祐五年八十二岁是正确的。此时的赵令畤正在颍州担任签判,与知州陆佃唱和颇多,具见于陆佃《陶山集》①,应无替苏轼携书至明州之事。

四、《与径山维琳二首》

亦见《东坡尺牍》卷八,次序同。《外集》题为《与径山长老惟林》,编在卷八十一"北归"阶段,也是《外集》所收全部苏轼尺牍的最后二首。这是苏轼临终前夕所作,《年谱》和《全集校注》都系于建中靖国元年(1101),当然是正确的。

与此密切相关的苏轼作品,还有其编年诗的最后一首《答径山琳长老》②,开头云:"与君皆丙子,各已三万日。"可见维琳亦生于景祐三年(1036),与苏轼同龄。释明河《补续高僧传》(《续藏经》本)卷十八有其传,云:"宣和元年(1119),师既老,朝廷崇右道教,诏僧为德士,皆顶冠。师独不受命。县遣使谕之,师即集其徒,说偈趺坐而逝。"可

---

① 陆佃(1042—1102)以元祐五年六月出知颍州,八月到任,次年闰八月被苏轼代去,改知邓州。《陶山集》中与赵令畤唱和之诗皆此期间所作,如卷二《依韵和赵令畤三首》之二云:"更住一年方五十。"盖元祐五年陆佃四十九岁也。
② 见《苏轼诗集》卷四十五。

见他以八十四岁高龄抗议宋徽宗的宗教政策而死。《建中靖国续灯录》卷十一称为"杭州临安径山维琳无畏禅师",是大觉怀琏的法嗣,与金山宝觉同门。他是苏轼命终之际的守护僧,关系自然非同一般。

苏轼又有杂记《维琳》一条云:"径山长老维琳,行峻而通,文丽而清。始,径山祖师有约,后世止以甲乙住持。予谓以适事之宜,而废祖师之约,当于山门选用有德,乃以琳嗣事。众初有不悦其人,然终不能胜悦者之多且公也,今则大定矣。"①这是说,径山寺原为本寺老师弟子代代承传的甲乙住持制,苏轼打破了这一传统,以云门宗的维琳禅师为其住持。此事在《补续高僧传》的维琳传中,表述为"熙宁中,东坡倅杭,请住径山",孔凡礼《年谱》也系于熙宁五年(1073)通判杭州时。不过,此事多少有些疑问,南宋楼钥《径山兴圣万寿禅寺记》云:"元祐五年(1090),内翰苏公知杭州,革为十方,祖印悟公为第一代住持。"②据此,径山承天禅寺(南宋改额"兴圣万寿禅寺")被改为十方住持制,是在苏轼知杭州时,而且第一代住持是祖印常悟禅师(关于此僧的详考见下文),不是维琳。明人所编的《径山志》③卷一,把维琳列为"十方住持"的第七代,甚为牵强④,但此书对维琳的以下记叙,

---

① 《苏轼文集》卷七十二《维琳》。这是绍圣二年(1095)苏轼在惠州为僧惠诚历书吴越名僧中的一段,《东坡志林》卷二题为《付僧惠诚游吴中书十二》,王松龄点校本,中华书局,1981年。
② 楼钥《攻媿集》卷五十七,《四部丛刊》本。
③ 明天启四年刻本,影印于杜洁祥主编《中国佛寺史志汇刊》第一辑第32册,台北明文书局,1980年。
④ 日本学者石井修道根据《扶桑五山记》等资料整理了径山寺历代住持表(见《中国の五山十刹制度の基礎の研究》(三),《駒沢大学仏教学部論集》15,1984年),与《径山志》卷一所载颇有差异。石井的表中并无维琳,第七代是"广灯惟湛"。按,石井表与《径山志》相同者,有第一代祖印常悟、第二代净慧择邻、第三代妙湛思慧(1071—1145),皆云门宗法云善本(1035—1109)之法嗣。今考《嘉泰普灯录》卷十六《湖州道场正堂明辩禅师》云:"年十九,事报本蕴禅师。圆颅受具,辞谒径山妙湛慧禅师。慧移补净慈……"以下又载明辩卒于绍兴二十七年(1157),寿七十有三,则正堂明辩(1085—1157)赴径山谒妙湛思慧,当在崇宁年间,已在苏轼身后,此后思慧移补净慈寺住持,离开径山,再经第四、第五、第六代后,方由维琳任第七代住持,则苏轼墓木拱矣。故琳为第七代住持,乃决不可能之事,而《嘉泰普灯录》卷五《西京招提广灯惟湛禅师》,惟湛(亦云门宗僧)卒于建炎初,则其曾任径山第七代住持,事属可能。石井表较《径山志》显然更为合理。《径山志》又列"广灯湛"为第一代十方住持常悟之前,甲乙住持制时期的第七代住持,愈为荒唐。

却颇堪重视:"维琳无畏禅师,俗姓沈,武康人,约之后也,好学能诗。熙宁五年,苏轼通判杭州,招住径山大明。"值得注意的就是这"大明"二字。《建中靖国续灯录》卷十一《杭州临安径山维琳无畏禅师》亦云:"初住大明。"看来《径山志》编者认为"大明"即属径山。检苏辙元丰八年(1085)在绩溪有《送琳长老还大明山》诗①,诗中谓"琏公善知识,不见十九年",乃怀念大觉怀琏,又谓"不知邻邑中,乃有门人贤",则所谓"琳长老"者,当非维琳莫属。大明山在杭州昌化县,正是绩溪之"邻邑"。再检《(乾隆)昌化县志》卷九,"大明慧照寺"条下,引成化《杭州府志》云:"元祐中,无畏禅师与二苏游,留题云:手里筇枝七八节,石边松树两三株。闲来不敢多时立,恐被人偷作画图。"②由于二苏从来不曾同处杭州,故这段记载以及维琳题诗的真实性,大概有些问题,但综合以上资料来看,恐怕维琳所住并非临安县径山承天寺,而是昌化县大明山的慧照寺。不过,维琳也确实被人称为径山僧③,或许真如《径山志》表述的那样,大明慧照寺当时曾为径山下属寺院吧。

果真如此,则所谓苏轼招维琳住径山,即指其"初住大明"而言。禅僧之"初住",又称为"出世",而一位禅僧之能否"出世",决定于各级地方官是否去聘请。苏轼于熙宁五年违背众情、断然改变寺规而请年未四十的维琳"出世",究其原因,除了维琳能诗,与其气味相投外,想必也有维琳的老师大觉怀琏力荐的因素。这也可以为上文的考订提供一个补充性的旁证,就是苏轼到杭州后,不会迟到熙宁六年才与怀琏通信的。

---

① 见《苏辙集·栾城集》卷十四,中华书局,1990年。参考《苏辙年谱》元丰八年部分。
② 《(乾隆)昌化县志》卷九,乾隆十三年刊本。
③ 毛滂《东堂集》中涉及维琳的文字较多,称为"径山无畏老人"、"琳径山"等。

五、《与参寥二十一首》

参寥子道潜(1043—?)①是苏轼生平最重要的诗友之一,但禅门灯录中不载其法系。据陈师道《送参寥序》云:"妙总师参寥,大觉老之嗣。"②可知参寥与金山宝觉、径山维琳同门,亦是怀琏弟子。我们从这几个弟子身上,也不难察见怀琏的门风如何跟苏轼对路了。所以,虽然道潜初见苏轼是在元丰元年(1078)秋,当时苏轼已在徐州知州任上③,但两人一见如故,关系骤至亲密,其中也必有苏轼对怀琏的感情在起作用。

按《文集》的校记,《与参寥二十一首》茅维本原作二十首,孔凡礼发觉第八首"为二首所合",加以拆分,故增第九首,而原第九首则标为第十,以下仿此。今与《东坡尺牍》核对,则《文集》的第八、第九首在《东坡尺牍》中也分作两首,并未误合,倒是《文集》的第三、四首,被合成一首④,而第五、六、七、二十首未收入,其他基本相同,只是排列次序颇有差异。未收入的4首中,第五首孔氏校记云:"此首,《外集》卷五十四收入《题跋·游行》。又,本集卷十二入'记'类。今姑两存。"观其内容,也并非尺牍,实际上没有必要"两存"。第二十首也有孔氏校记:"此文,见《诗集》卷三十九,为诗题。今删文留题。"则此首亦属茅维误采,孔氏删之甚妥。那么茅维在《东坡尺牍》之外,所补充的其实只有第六、第七首,而这两首恰恰可以在《外集》中找到。《外集》收苏轼致参寥的尺牍共七首:卷六十四《与参寥》一首,列"徐州"

---

① 《苏轼文集》卷七十一《跋太虚辩才庐山题名》云:"太虚今年三十六,参寥四十二,某四十九。"据知,道潜少东坡七岁。参考[日]西野贞治《詩僧参寥子について》,见《平野顕照教授退休特集中国文学論叢(文芸論叢第42号)》,大谷大学1994年。以笔者所知,对参寥生平行实的详细考证,以此文发表最早。
② 陈师道《送参寥序》,《后山居士文集》卷十一,上海古籍出版社,1984年。
③ 参考《苏轼年谱》元丰元年"道潜来访,呈诗,是为始见"条。
④ 《文集》的第十一首,也被接在第四首后,但有一方框隔开。

阶段,就是《文集》的第一首,题下标"徐州",据孔凡礼云,"徐"字原被茅维误作"密",今已正;卷七十四《答参寥》二首,列"颍州"阶段,即《文集》第六、第七首,亦标"以下俱颍州";卷七十五《与参寥》一首,列"赴定州"阶段,即《文集》第八首,题下亦标"赴定州";同卷《答参寥》三首,列"惠州"阶段,即《文集》第十七、十八、十九首,亦排在标了"以下俱惠州"的第十六首之后。这样看来,茅维的收集、整理工作,据《东坡尺牍》和《外集》,是可以一一复核的。

第一首确实应作于徐州,事在参寥初访苏轼,离别之后。因其中有"某开春乞江浙一郡"语,《年谱》系元丰元年(1078)末,《全集校注》则系元丰二年正月,虽然对"开春"语理解有所不同,但相差实无几,不必强定。

《文集》于第二首标"以下俱黄州",指第二、三、四、五首,《年谱》皆系于元丰三年(1080),大致是不错的。不过具体来说,第二首有追忆昔游、感叹今日的内容,显然是苏轼贬居之后第一次与参寥通信,也许就因此故,《年谱》于苏轼初到黄州时叙述之。但细读之,其中有"到黄已半年"之语,则应在该年七八月间,《全集校注》即据此系七月。第五首就是《文集》卷十二《秦太虚题名记》,文中明示了写作时间"去中秋不十日",故《年谱》亦系于八月上旬,而第四首已提到"《题名》绝奇,辩才要书其后,复寄一纸去",那么所谓《秦太虚题名记》就是应辩才(杭州天台宗僧元净)之求而"书其后"的"一纸",且与第四首尺牍一齐寄去的。大概茅维已了解这一点,所以才会把《秦太虚题名记》列在第四首后面,当做了第五首。如此看来,第二、第四首的写作时间相隔并不久。至于列在中间的第三首,在《东坡尺牍》中本与第四首合为一首,不知茅维根据什么拆开?其首云:"知非久往四明,琏老且为致区区。"这样的口吻,也表明参寥是怀琏的弟子了。

第六、七首采自《外集》,所标时地"颍州"亦同于《外集》,《年谱》

《全集校注》皆系于元祐六年(1091)，是。第八首标"赴定州"，亦同《外集》，《年谱》《全集校注》也系于元祐八年(1093)九月，此由篇中"某来日出城，赴定州"语可证其不误。该篇又提及"近递中附吕丞相所奏妙总师号牒去，必已披受讫"，指宰相吕大防为参寥奏请了一个赐号"妙总大师"，但吕氏奏请获赐后，转让苏轼寄去，却说明这一番奏请原是出于苏轼的拜托。苏轼将此牒寄去时，必伴随尺牍一首，就是《文集》的第十首，开头略作寒暄后，马上就说："吕丞相为公奏得妙总师号，见托，寄上。"所以这第十首必作于第八首之略前，茅维标"定州"，显误，《年谱》《全集校注》改系于元祐八年七月，是正确的。颇有问题的是第九首，因为其中有"畏暑"之语，孔凡礼认为与第八首之作于九月者不同，纠正了茅维将第八、九首合并的错误，但他将第九首就系于此年的夏天，却过于草率。第八首开头说"吴子野至"，指该年吴复古至京，带来了参寥的信；第九首开头也说"吴子野至，辱书，今又遣人示问，并增感佩"，还是跟吴复古带信有关。如果这两首中的"吴子野至"是指同一件事，那么第九首应当作于第八首之后，或许茅维就根据这一点，而将两首并在一起的。孔氏则以"复古之来为夏季事"解释之，而在引证第九首文字时故意略去"今又遣人示问"语，似亦自知有所扞格，却不愿深究。其实，第九首的系年问题是不该轻易放过的，因为其中还提到另一件事："惊闻上足素座主奄化。"这是指参寥的一个弟子去世了，而此首的主要内容就是安慰参寥失去弟子的悲伤之情。"素座主"是谁呢？《文集》卷七十二有《钟守素》杂记一篇，介绍了此僧："参寥行者钟守素，事参寥有年，未尝见过失……"由此可知"素座主"姓钟，那么，尺牍第十二首所谓"钟和尚奄忽，哀苦不易"，第十五首所谓"参寥失钟师，如失左右手，不至大段烦恼否"，都指此僧去世而言。所以，第九首的系年问题还牵连到第十二、十五首，不是小事。吴复古是广东人，后来苏轼贬惠州后，复古也南归看望苏轼，《年谱》系于绍圣二年(1095)。

如果不受茅维将第八、九首误合为一的干扰,我们本来不必将两首中的"吴子野至"认作同一事,完全可以更合理地将第九首的"吴子野至"理解为吴氏至惠州看望苏轼。所以,我认为第九、第十二、第十五首都应系于绍圣二年。可以佐证这一点的还有第十二首最后所云:"宜兴儿子处支米十石,请用钟和尚念佛追福也。"苏轼南迁时留长子苏迈在宜兴安家,故可让苏迈出资为钟守素念佛追福。孔凡礼不知"钟和尚"就是"素座主",将第十二首系于"钟山泉公"(即蒋山法泉,详见下文)卒时,虽然也在绍圣二年,但"钟山泉公"断无称为"钟和尚"的道理。《全集校注》倒是注明了"素座主"就是钟守素,但不知何故,仍将第九首与第十二、十五首分系不同的年份。苏轼在尺牍中反复提到钟守素之死对参寥的打击,可见他对参寥的关心,不过详审第十二、十五首的语气,似乎这二首不是写给参寥,而是写给参寥法孙法颖的①,也可能是在致参寥的尺牍后,附带写了几句给法颖的话。

凡是不见于《外集》的尺牍,系年都有些困难,如果茅维的判断有失误,还会带来很消极的影响。上面已说了第十首标"定州"的错误,接下来说第十一首。茅维在这首标了"以下俱南迁",然后又在第十六首标"以下俱惠州",意思是第十一至十五首皆绍圣元年(1094)贬赴惠州的途中所作。《年谱》将第十一首系于四月份从定州出发时,因为信中说"弥陀像甚圆满,非妙总留意,安能及此,存没感荷也……辄已带行,欲作一赞题记,舍庐山一大刹尔",故《年谱》表述为"以道潜专人所送弥陀像随行",而《全集校注》则系于七月份行近庐山之时。按,《文集》卷二十一《阿弥陀佛赞》序云:"苏轼之妻王氏,名闰之,字季章。年四十六,元祐八年八月一日卒于京师。临终之夕,遗

---

① 法颖就是《四部丛刊三编》影宋本《参寥子诗集》的编者,苏轼《与参寥二十一首》屡及此僧,称为"颖沙弥"、"颖上人"或"颖师",《苏轼文集》卷七十二也有《法颖》一篇,就是《东坡志林》卷二《付僧惠诚游吴中代书十二》中的一段。

言舍所受用,使其子迈、迨、过,为画阿弥陀像。绍圣元年六月九日像成,奉安于金陵清凉寺。"此与第十一首中"存没感荷"(无论生者死者都感激您)一语可以对应,想必参寥曾为画像之事出力。这个佛像结果并未舍于庐山,而是在六月份舍于金陵清凉寺了,故我们可以确定苏轼此信写于六月九日之前,但说参寥在四月份派人把佛像送到了定州,却并无依据。第十三首有"垂老再被严谴"、"已达江上"语,《年谱》系六、七月间,第十四首有"衰老远徙"语,亦大约同时所作。推想当时的情形,是在苏轼行近"江上"时,得到了参寥的慰问信件,所以有这些回信。至于第十二、十五首,则并非此年作,上文已考证了。

第十六至十九首,《年谱》皆系绍圣二年(1095),这是受了《文集》所标时地的影响,其实,在《外集》为一组的是第十七、十八、十九首,而第十七首有"某到贬所半年"语,这当然可以确定在绍圣二年;但第十六首并不在这一组中,《全集校注》据其与《海月辩公真赞》的关系,考为绍圣元年十月至惠州后、十二月前,理据甚明,此不复述。《全集校注》还注明第十六、十九首中的"慧净"当作"净慧",指杭州下天竺净慧禅师思义,第十九首的"琳老"指径山维琳,"黄州何道士"当作"广州何道士",皆甚确。

第二十首是苏轼作于惠州的诗题,已被孔凡礼所删。第二十一首则明显是建中靖国元年(1101)临终前不久所作,兹不论。

六、《与佛印十二首》

佛印了元(1032—1098)也是与苏轼关系极密切的云门宗禅僧,禅门的各种传记资料对他的记载比较详细,但《东坡尺牍》卷八却没有苏轼致佛印的信件。茅维搜集的《与佛印十二首》,全部来自《外集》,故先画一表,以明其对应关系。

《文集》顺序、所标时地	《外集》次序、卷数、时地	《外集》题名	《年谱》系年	《全集校注》系年	本文系年
第一首,以下俱黄州	1,卷六十八,黄州	《答佛印禅师》	元丰三年(1080)	元丰六年	元丰五年
第二首	2,同上	又	元丰五年(1082)	元丰五年	元丰五年
第三首,以下俱离黄州	3,卷六十九,离黄州	《与金山佛印禅师》	元丰七年(1084)	元丰七年	元丰七年
第四首	4,同上	《与佛印禅师》	元丰四年(1081)	元丰五年	元丰七年
第五首	5,同上	又		元丰七年	元丰七年
第六首	6,同上	又	元丰七年(1084)	元丰七年	元丰七年
第七首,以下俱翰林	7,卷七十一,登州还朝	《答佛印禅师》	元丰八年(1085)	元丰八年	元丰八年
第八首	11,卷七十三,(杭州)召还翰林	《与佛印禅师》	元丰八年(1085)	元丰八年	元丰八年
第九首	12,同上	又		元丰七年	元祐年间
第十首	8,卷七十三,(杭州)召还翰林	《与佛印禅师》		元丰七年	元祐六年
第十一首	9,同上	又	元丰五年(1082)	元丰七年	元祐六年
第十二首	10,同上	又	元祐元年(1086)	元祐二年	元祐六年

很明显,茅维在大体依循《外集》的前提下,略微调整,而《年谱》与《全集校注》的系年则前后错落得比较厉害。为了方便读者的观览,表中预先列出了笔者的系年,以下逐一说明。

第一、二首在《文集》《外集》中都自为一组,《年谱》将第一首系于元丰三年(1080),是因为信中有"今仆蒙犯尘垢"之语,孔氏以为指其贬谪黄州,故系初至黄州之年。但是,原文是"今仆蒙犯尘垢,垂三十年",则决非贬谪三十年之意,当指身涉世故已近三十年,故《全集校注》改系于元丰六年(1083),这是从苏轼首次离家的至和二年(1055)下推了二十九年。不过,把"垂三十年"确定为二十九年,还是有点危险的。此首开头说"归宗化主来,辱书",据此可推测此时的佛印了元正住持庐山归宗寺。按《云卧纪谭》载:"佛印禅师元丰五年九月,自庐山归宗赴金山之命。维舟秦淮,谒王荆公于定林……"①那么,元丰五年已是下限。第二首《年谱》和《全集校注》俱系于元丰五年,因为其中提到的《怪石供》一文,在《文集》卷六十四,有苏轼自署之年月,判然无疑。由此考虑,第一首也以系于元丰五年,较为妥当。值得一提的是,苏轼与佛印的交往就始于此,据《禅林僧宝传》卷二十九《佛印元禅师传》云:"已而又谒圆通讷禅师,讷惊其翰墨,曰:'骨格已似雪窦,后来之俊也。'时书记怀琏方应诏而西,讷以元嗣琏之职。"可见佛印年轻时曾受圆通居讷(1010—1071)之赏识,且继怀琏任圆通寺书记,则苏轼与佛印的交往,也可能始以怀琏为介。至少,苏洵与居讷、怀琏等僧人的友谊,使苏轼对庐山僧人感到亲切。至元丰七年(1084)苏轼得以离开黄州,便沿江而东,先至庐山北麓的圆通寺,缅怀苏洵之旧游,然后赴筠州看望苏辙,回程又畅游庐山南麓。他与临济宗黄龙派东林常总的会面,就在此年。而此时的佛印已经移住润州金山寺,离开了庐山。

第三首有"见约游山,固所愿也,方迫往筠州,未即走见,还日如约"语,与苏轼元丰七年行踪符合,《年谱》和《全集校注》也据此系年。但孔凡礼认为此时佛印就在庐山,则不确,因为《外集》中这一首题作

---

① 释晓莹《感山云卧纪谭》卷下"佛印谒王荆公"条,《续藏经》本。

《与金山佛印禅师》，而佛印建议苏轼游玩庐山，是不必以其身在庐山为前提的。此事与下面的第七首有关，后文再详。

第四、五、六首在《外集》也自为一组，第五首有"梦想高风，忽复披奉，欣慰可知"语，显然是在第一次见面后所作，事在元丰七年苏轼访金山寺后。第六首提到"秀老"（即圆通法秀禅师）自真州长芦赴东京法云寺之事，《年谱》也据此系元丰七年，《全集校注》亦同。那么，第四首也以系于同一年，较为妥当。但《年谱》却系第四首于元丰四年（1081），根据是其中说到"腊雪应时，山中苦寒"，而孔凡礼认为"今年腊雪多"，故系于此年。这自然不足为据。而此首又有"一水之隔，无缘躬至道场"语，《全集校注》认为苏轼谪居的黄州和佛印住持的庐山归宗寺之间是"一水之隔"，故系于元丰五年。这样的"一水之隔"也未免过于夸张①。元丰七年佛印在金山，此年"腊雪"降时，苏轼在扬州上表乞常州居住，因未能投进，不得不继续北行，所谓"一水之隔"若指扬州与金山之间，应更合理。第六首又云："殇子之戚，亦不复经营，惟感觉老忧爱之深也。"苏轼在此年曾殇一幼子于金陵，"觉老"是佛印的字。

第七首比较特别，因为此首的受书人又作东林常总。《文集》附录《苏轼佚文汇编》卷四，据《圣宋名贤五百家播芳大全文粹》辑得《与东林广慧禅师一首》，孔凡礼在校记中已指出："此简，一见《文集》卷六十一，为与佛印第七简。未敢定为为谁作，姑互见于此。"其实，在《东坡尺牍》卷八，就有《与东林广慧禅师》三首，其第一首便是此首。茅维肯定也发现此首同于致佛印的第七首，所以《文集》卷六十一只有《与东林广慧禅师二首》，少了一首。显然，他比较相信《外集》，认为这一首的受书人是佛印。然而，正如《全集校注》所考，此首可以确认为苏轼致常总的尺牍，不是致佛印的。尺牍中说："复欲如去年相

---

① 类似的夸张确曾见于宋人的笔下，如惠洪《禅林僧宝传》卷二十九《云居佛印元禅师》云："苏东坡谪黄州，庐山对岸，元居归宗，酬酢妙句，与烟云争丽。"这里的"对岸"也斜得厉害。然而，谪居黄州的苏轼不能擅离罪籍，其"无缘躬至道场"并不是"一水之隔"的问题。

对溪上,闻八万四千偈,岂可得哉!南望山门,临书凄断。"这当然与苏轼元丰七年在庐山所作《呈东林总长老》偈中"夜来八万四千偈"[①]之句相应,而"南望"一词,指庐山也比指金山更恰切。但《年谱》却据此认为,元丰七年佛印也在庐山,曾与苏轼一起游山,而这第七首则被系于元丰八年(1085)的岁暮,因为其中有"行役二年,水陆万里,近方弛担"之语。按,此固勉强可以解释"去年相对溪上"语,但仔细琢磨,仍见矛盾。此首开头说:"经年不闻法音。"苏轼元丰八年赴登州途中曾见佛印,《文集》卷六十六《书楞伽经后》一文可证,《年谱》亦记其事,则"经年不闻"之语,若指佛印,当发于次年即元祐元年(1086),这便与"去年相对溪上"不合了。所以,这一首的受书人应依《东坡尺牍》和《圣宋名贤五百家播芳大全文粹》作常总,写作时间当然是元丰八年的岁暮,也就是苏轼刚被召回京师不久。顺便提及,《外集》虽也误题此首为《答佛印禅师》,但置于"登州还朝"阶段,就写作时间而言是正确的。在《外集》所标示的阶段中,"登州还朝"与"翰林"是区别开来的,前者始于元丰八年末,而后者则始于元祐元年九月苏轼初任翰林学士。茅维在第七首标"以下俱翰林",不如《外集》准确。

第八、九2首,与第十、十一、十二3首,《外集》各自为一组,都置"(杭州)召还翰林"阶段,也就是元祐六年(1091)。《文集》虽将这两组的顺序互易,却也都排在标了"以下俱翰林"的第七首后,可见茅维对这5首写作时间的判断,并不完全背离《外集》,只是出于某种考虑,不愿像《外集》那样明确地限定在元祐六年而已。但《年谱》和《全集校注》的系年,则完全不考虑《外集》。5首之中,《年谱》认为最早的是第十一首,因其中有"承有金山之召"语,遂与第二首同系于元丰五年。按,元丰五年佛印自庐山归宗寺移住金山,已见上文,但考周必大《文忠集》卷十五《题东坡与佛印元师二帖》云:"昔佛印元师两住金

[①] 苏轼《呈东林总长老》,《苏轼诗集》卷二十三。

山。"则不能仅据"金山之召"来判断第十一首的写作时间了。细检此首原文,为"承有金山之召,应便领徒东来……惟早趣装,途中善爱",元丰五年苏轼尚在黄州,对他而言,自庐山至金山不能表述为"东来"。《全集校注》也许考虑了"东来"一语,故改系于元丰七年苏轼至江东后,但此时的佛印已居金山,根本没有"趣装"赴任的问题。若依《外集》编次,第十首云"治行草草",是东坡元祐六年三月自杭州赴京师时语;第十一首促佛印"东来",此时不知佛印在何处,但自杭赴京途中的苏轼,是可作"东来"之语的;第十二首"某蒙恩擢置词林,进陪经幄",上句谓任翰林学士,下句谓兼侍读,《年谱》只据苏轼任翰林学士之时间而系于元祐元年,不确,轼于元祐二年八月兼侍读,此首至早可如《全集校注》那样系于二年,但元祐六年苏轼自杭州以吏部尚书召归,因苏辙升为执政,而避嫌改任翰林学士承旨,不久又兼侍读,故此语也符合元祐六年五、六月到京后之情形。如此,《外集》前一组便次序井然。该年八月,苏轼又出知颍州,闰八月已至任上。依《外集》编次,后一组(即第八、九首)当作于至颍州前,但第八首云"阻阔,忽复岁暮",第九首云"向冷",而苏轼自杭州召还至此,中间并无"向冷"的"岁暮",则《外集》此处之编次有误,确不可从,茅维改易顺序,或者就因此故。《年谱》和《全集校注》将第八首与第七首同系于元丰八年,当然受了茅维改易顺序的影响,但茅维之所以如此改易,恐怕是因为第九首有"知倐装取道,会见不远"之语,似乎与第十一首"惟早趣装"语意相接,故将《外集》的后一组移到前面去了。当然,这与元祐六年苏轼促佛印"东来"时的节气还是不合,而第七首既然并非致佛印的尺牍,则也不能成为第八首系年的参照。所以,第八、九两首的系年确实颇为困难,只能勉强作点推测。第八首有"久不至京"语,似乎近于元丰八年召回京师时的口吻,就此而言,《年谱》和《全集校注》的系年还是比较合理的。考惠洪《冷斋夜话》载:"福州僧可遵好作诗……尝题诗汤泉壁间,东坡游庐山,偶见,为和之……遵自是愈自矜伐。客金陵,佛印元公自京师还,过焉,遵作诗赠之曰:'上国归来路几千,浑身犹带御炉烟。凤凰山下敲篷咏,惊起山翁白昼眠。'"①据此,在东坡游庐山之后,佛印曾至京师,那时间,大约应在元祐年间,所以,我们或许可以推测第九首是东坡在京师等候佛印前来时所作,至于究竟在哪一年,则无法确定了。

苏轼致佛印了元的尺牍,除了《与佛印十二首》外,《文集》附录《苏轼佚文汇编》卷四还辑录了《与佛印禅师三首》,第一首只有一句,第三首是从《西楼帖》辑得的完整尺牍,孔凡礼都已注明为元丰八年之作②。第二首辑自《冷斋夜话》,却是误辑,惠洪的原文明云此首是写给"云庵"即惠洪之师真净克文的,或许因为惠洪在《禅林僧宝传》的佛印传中也叙述了此事,所以被孔凡礼误认,但传中也写明是给"真净"的。

佛印去世于元符元年(1098)正月,时苏轼贬在海外,但他去世前不久,曾至筠州访问苏辙,《续藏经》中有一卷《五相智识颂》,其末尾有绍圣三年(1096)九月苏辙跋和十月二十日佛印跋,苏辙跋明确说:"佛印元老自云居访予高安,携以相示。"因《苏辙年谱》漏叙此事,故补叙之,由此也可见佛印与苏氏兄弟的友谊终其一生。

七、《与泉老一首》

此首见《东坡尺牍》,而《外集》未收,《年谱》亦未论及,《全集校注》则以"泉老"为"不详"之僧。但《年谱》绍圣元年(1094)六月七日条云:"泊金陵。晤钟山法泉佛慧禅师,法泉说偈,苏轼有诗。"根据是苏轼本人的诗题和《罗湖野录》卷三的记事,相当可信。钟山又名"蒋

---

① 惠洪《冷斋夜话》卷六"僧可遵好题诗"条,《稗海》本。
② 《苏轼文集》1986 年第一次印刷时将第三首的写作时间注为"元祐七年",后来重印时订正为元丰八年,可能是吸收了徐无闻《成都西楼帖初笺》一文的意见,见《西南师范大学学报》(哲学社会科学版)1990 年第 2 期。

山",故灯录中一般称此僧为"蒋山法泉",亦云门宗僧,"佛慧"是其赐号。《与泉老一首》的内容是拜托对方收留一位七十六岁的穷书生,而自云"老夫自是白首流落之人",与苏轼绍圣元年的处境正相符合,故可判断此"泉老"乃是法泉。这法泉很会写诗,现在出版的《全宋诗》卷五一八①只辑了他十一首诗,但《建中靖国续灯录》《嘉泰普灯录》《禅宗颂古联珠通集》及《续藏经》中《证道歌颂》一书,录有其诗数百首,称之为"诗僧"也并不过誉。

八、《与圆通禅师四首》

此四首,题名、顺序与《东坡尺牍》卷八全同,茅维只加标时地"俱黄州"而已。《外集》录第一首于卷六十八"黄州"阶段,题为《答圆通秀禅师》;第四首于卷六十六,也属"黄州"阶段,但题为《答通禅师》。另两首不见于《外集》。《年谱》于元丰七年(1084)苏轼离开黄州时总叙之:"在黄,长芦法秀(圆通)禅师尝有简来,有答。"并云:"《文集》卷六十一《与圆通》四简叙往还之迹。"《全集校注》的系年也都不晚于元丰七年,这当然都是受了茅维的影响。

圆通法秀(1027—1090)是北宋云门宗影响甚大的高僧,上文已提到他在元丰七年自真州长芦赴东京法云寺事,则苏轼在黄州时,法秀正在长芦。第一首中自述"年垂五十","未脱罪籍",确实是黄州所作无疑。然而,此僧法名"法秀"而赐号"圆通",则可称"圆通秀禅师",而不可称"通禅师"。所以,第四首并不是写给法秀的。第一首开头说"闻名已久",又云"想望而不之见者",可知二人在此之前并不相识,而第四首径称"故人",也可以证明受书人不是法秀。另外,第二首亦称"故人",第三首云"别后",如果真的像茅维所标的那样"俱

---

① 《全宋诗》第9册第6303页"释法泉"条,北京大学出版社,1992年。

"黄州"之作,则第二、三、四3首的受书人俱非法秀。苏轼与法秀的相识,估计要到元丰末召回京师之后。

苏轼"故人"中法名为"通"的僧人,当然也是有的,如苏州报恩寺水陆禅院的法通(即《文集》卷六十一《与通长老九首》之受书人),第二、三、四首或许是写给他的尺牍,但没有资料可供佐证。

九、《与南华明老三首》

此三首,《东坡尺牍》卷八误题"与宝华明老",但内容、次第全同。《外集》录在卷七十九"北归"阶段,题为《答南华明老》,三首次第亦同。《文集》于第一首标"以下俱北归",也与《外集》合。看来,诸种资料都显得相当统一,问题首先在于,这"明老"是什么人?

据《年谱》,苏轼于绍圣元年南迁惠州时,八、九月间路过曹溪南华寺,与当时的住持重辩禅师交往。这南华重辩见《建中靖国续灯录》卷十四,是临济宗玉泉谓芳的法嗣、浮山法远(991—1067)的法孙,估计年龄跟苏轼相近。苏轼与重辩相关的文字较多,只因《五灯会元》不录南华重辩,故孔凡礼不能详其法系,却说:"《筠溪集》卷二十二《福州仁王谟老语录序》谓重辩'非凡僧'。"按,检李弥逊《筠溪集》此文云:"予旧观东坡《南华寺》诗,意明上座非凡僧。"说的是"明上座",并非重辩。《南华寺》诗见《苏轼诗集》卷三十八,诗云:"云何见祖师,要识本来面。亭亭塔中人,问我何所见。可怜明上座,万法了一电。饮水既自知,指月无复眩。"诗中用六祖慧能与蒙山道明禅师的著名典故[①],但照李

[①] 《五灯会元》卷二:"袁州蒙山道明禅师者……闻五祖密付衣法与卢行者,即率同志数十人,蹑迹追逐,至大庾岭,师最先见,余辈未及。卢见师奔至,即掷衣钵于磐石曰:'此衣表信,可力争邪?任君将去。'师遂举之,如山不动,踟蹰悚栗,乃曰:'我来求法,非为衣也,愿行者开示于我。'卢曰:'不思善,不思恶,正恁么时,阿那个是明上座本来面目?'师当下大悟,遍体汗流……曰:'某甲虽在黄梅随众,实未省自己面目。今蒙指授入处,如人饮水,冷暖自知。今行者即是某甲师也。'"中华书局,1984年。

弥逊的意思,似乎当时南华寺也实有一位"明上座",苏诗既用古典,也兼指今人。待苏轼元符三年(1100)北归,再过南华寺时,重辩已化去,新住持是"明公",见《文集》卷十二《南华长老题名记》,这就是"南华明老"了,如果李弥逊所谓"明上座"也指此僧,那么他原先就在南华寺,等重辩去世,便继为住持。

《年谱》只引苏轼文字叙述"南华明老"事,不考其法系。禅宗史家杨曾文认为:"据《嘉泰普灯录》卷十三的目录,南华明禅师是曹洞宗禅僧,上承洞山下七世芙蓉道楷——枯木法成——太平州吉祥法宣(隐静宣)的法系,是洞山下第十世。"①按,芙蓉道楷(1043—1118)的年龄已小于苏轼,枯木法成(1071—1128)更小苏轼三十余岁,计其开堂说法时已届苏轼晚年,他的法孙是断不可能与苏轼交往的。其实,若假设"南华明老"未被灯录所遗漏,则各种灯录中法名下字为"明"而曾住韶州南华寺的禅僧,都有可能,而从时间上看,我觉得《续传灯录》卷十三目录中的"南华德明禅师",可能性最大。此僧亦见于南宋汝达的《佛祖宗派图》,与《续传灯录》一样列在云门宗慧林宗本(1020—1099)的法嗣。从宗本的年龄来推算,德明禅师也许比苏轼年轻一些,但也不会太小,称为"明公"、"明老"大约是无妨的。

从《年谱》来看,苏轼重过南华寺,逗留至元符三年岁末,故《与南华明老三首》之系年,正好自元符三年跨越至建中靖国元年(1101)。第一首作于未到达时,在元符三年无疑;第二首作于离别后,苏轼已在"赣上待水",则是建中靖国元年,亦无可疑;唯第三首《年谱》和《全集校注》都系于元符三年,与原材料的序列有违,当然原材料的序列也未必准确,可不深论。值得一提的是南华德明的老师慧林宗本,乃圆通法秀的师兄,属北宋云门宗最繁荣的一派,即雪窦重显(980—1052)——天衣义怀(993—1064)的派下。宗本住东京大相国寺慧林禅院,其地

---

① 杨曾文《宋元禅宗史》第七章第四节第六部分,中国社会科学出版社,2006年。

位相当于敕封的宗教领袖,《建中靖国续灯录》和《续传灯录》列出他的法嗣达二百人,是中国禅宗史上法嗣最多的禅僧。加上师弟法秀住持东京法云寺,亦是弟子众多(《建中靖国续灯录》的编者佛国惟白,就是法秀的法嗣),可以说,正是宗本和法秀将云门宗的盛况推向了极致。在敕住慧林之前,宗本也曾住持杭州的净慈寺,恰好是苏轼担任杭州通判之时,《文集》卷六十二的《杭州请圆照禅师疏》就是代表地方官命他住持净慈寺的请疏,"圆照"是他的赐号。宗本的弟子中最受朝廷重视的是法云善本(1035—1109),原来也在杭州净慈寺,元祐六年(1091)奉旨入京住持法云寺(因其师叔法秀在上一年去世),正好也是苏轼知杭州时,《文集》卷六十二的《请净慈法涌禅师入都疏》即为善本而作,"法涌"是其赐号(后来又赐"大通")。善本继承宗本的禅风,也是弟子众多,当时称他们是"大本"和"小本"。不过,"小本"入京以后,净慈寺需另请高僧住持,这就有了下面的《与净慈明老五首》。

十、《与净慈明老五首》

《文集》卷七十二《楚明》篇云:"净慈楚明长老,自越州来。始,有旨召小本禅师住法云寺,杭人忧之曰:'本去,则净慈众散矣。'余乃以明嗣事,众不散,加多,益千余人。"据知"净慈明老"乃楚明,《建中靖国续灯录》列入法云善本的法嗣。《年谱》系苏轼请楚明事于元祐六年二月。

此五首尺牍,《文集》标"以下俱杭州",亦见《外集》卷七十三"杭州"阶段,题为《与承天明老》,五首次序全同。《东坡尺牍》卷八亦有《与净慈明老》五首,但排列次序不同。可见茅维承用了《东坡尺牍》的标题,而又遵循《外集》的次序。其实,楚明从越州承天寺受请住持杭州净慈寺,五首皆敦请语,说明尚未至净慈开堂,题称"承天明老"是更准确的。依《外集》的五首次序,可见苏轼初请、被拒绝、再请、蒙对方应允而表示欢迎,这样一个合乎情理的过程,所以茅维遵循这个次序,现在看来也是可以接受的。

十一、《与祖印禅师一首》

此首亦见《东坡尺牍》卷八,而《外集》未收。信中云:"昨夜清风明月,过蒙法施,今又惠及幽泉,珍感珍感。"可见祖印禅师与苏轼夜谈以后,次日又送去泉水,苏轼遂书此以表感谢,此外全无时地信息。《全集校注》于此首的作年和受书人都注"未详",《年谱》则于熙宁七年(1074)苏轼离开杭州通判任时,引述此信,谓苏轼"倅杭时,或与释显忠(祖印)有交往",又引《五灯会元》卷十二"越州石佛寺显忠祖印禅师"条,谓"杭、越密迩,故系其事于此"。按,杭、越虽近,身为杭州通判的苏轼恐怕也不能随意前往越州石佛寺,且于夜话后次日便回,而显忠又能立即送达"幽泉",于事理不合。实际上,我们目前并未掌握苏轼曾与石佛显忠交往的其他证据,孔凡礼推测"祖印禅师"为显忠,仅凭其赐号为"祖印"而已。这个推测很不可靠,因为当时得到"祖印"赐号的僧人还有好几位,上文曾引用南宋楼钥《径山兴圣万寿禅寺记》云:"元祐五年(1090),内翰苏公知杭州,革为十方,祖印悟公为第一代住持。"这"祖印悟公"就是与苏轼确有交往,而赐号"祖印"的禅僧。此事亦见《年谱》元祐五年末,所据为《径山志》,但只书"祖印悟禅师",未考其法名上字。检《建中靖国续灯录》卷二十五"东京法云禅寺善本大通禅师法嗣"中,有"杭州径山承天禅院常悟禅师",应该就是这位"祖印悟禅师"了。这常悟禅师在苏轼去世后,还跟苏辙交往,政和元年(1111)苏辙有《悟老住慧林》诗,乃送常悟入京担任大相国寺慧林禅院的住持[①]。就因为常悟后来担任了慧林住持,所以

---

① 苏辙《悟老住慧林》,《苏辙集·栾城三集》卷三。参考孔凡礼《苏辙年谱》政和元年"悟老住慧林,作诗"条。

《嘉泰普灯录》卷八所录法云善本的法嗣中,没有径山常悟,而有"东京慧林常悟禅师",但下面所录的机缘语句,则仍与《建中靖国续灯录》卷二十五径山常悟名下所录有部分相同,只是更为简省而已。此后《五灯会元》等书也照抄《嘉泰普灯录》,导致明人所编《禅灯世谱》将"慧林常悟"列入法云善本的法嗣,又另出"径山悟",以为法系不明,盖不知其为同一僧。唯有南宋汝达《佛祖宗派图》,于善本法嗣中不列"慧林常悟",而列"径山一世祖印常悟",与上述各种资料十分契合。

由此看来,本首尺牍的受书人"祖印禅师",可以推定为径山常悟,而不是石佛显忠。其写作时间,则在元祐五年或六年,苏轼知杭州而常悟住径山之时。

以上详细考辨苏轼致云门宗十一位禅师的尺牍,从中可见他们的交往。相对而言,苏轼与临济宗禅僧的交往就没有如此纷繁密切。这一方面是因为云门宗在北宋神宗朝以后达到极盛,其影响力颇为巨大,另一方面也因为苏轼出川后最初的社会关系是继承他父亲苏洵而来,所以他第一个交往的禅僧就是苏洵的故交大觉怀琏。苏氏兄弟可谓天性孝悌,在父亲去世后,对其故交亲如父师①,对与苏洵同龄的怀琏更是感情真挚。苏轼因怀琏而识其同门灵隐云知,其弟子金山宝觉、径山维琳、参寥子道潜等,恰好维琳又与苏轼同龄,而参寥子亦与他情如兄弟。当苏轼担任杭州地方官时,先后请维琳和参寥住持杭州的寺院;当苏轼遭受贬谪,颠沛流离时,参寥不但专程至黄州相伴,还曾准备浮海前往岭南;由此直至其临终,关切其生死大事而专程前来送行的,仍是径山维琳。苏轼与大觉一门的交情,无疑是既深且笃。很有可能也因怀琏的介绍,苏

---

① 除怀琏外,苏辙在筠州交往的上蓝顺禅师,也是苏洵的故交,而《五灯会元》遂列苏辙为上蓝顺禅师的法嗣,与苏轼同属临济宗黄龙派。不过,《嘉泰普灯录》则以苏辙为圣寿省聪的法嗣,省聪嗣慧林宗本,属云门宗。

轼于贬居黄州期间开始与佛印了元通信,然后访之于金山寺,其交往亦维持终生。当然,北宋云门宗最繁荣的一派是继承雪窦法脉的天衣门下,慧林宗本和圆通法秀并居东京,弟子众多,所以苏轼也先后与他们交往,并与宗本弟子法云善本、南华德明,乃至善本弟子净慈楚明、径山常悟等禅师有交。正如他自己概括的那样:"京师禅学之盛,发于本、秀二公。"①由于宗本和法秀将弘法的基地移至京师,与朝廷配合,故能将云门宗的盛况推向极点。苏轼正好遇到了他们的"盛世"。

不过,有资料表明,苏轼虽也称道"本、秀二公"的业绩,其实心里对他们不以为然。《文集》卷七十二有《本秀二僧》一篇云:"稷下之盛,胎骊山之祸。太学三万人,嘘枯吹生,亦兆党锢之冤。今吾闻本、秀二僧,皆以口耳区区奔走王公,汹汹都邑,安有而不辞,殆非浮屠氏之福也。"同样的文字也见于《东坡志林》卷三的"本、秀非浮屠之福"条。《志林》的这类短小札记,应来自所谓《东坡手泽》②,也就是他随手写下的零篇断简,被子孙搜集起来的。那么,这样的文字在他生前可能不曾向外发表,只是私下流露他的想法而已。但是,这倒比应付场合而写的请疏之类的文字,更能表达他真实的思想。很显然,这里的"本、秀二僧"非宗本、法秀莫属③,苏轼对他们的做法其实心怀不满。固然,禅僧们希望得到士大夫乃至朝廷的扶持,是无可厚非的,与世俗政权的靠拢也是宋代禅宗无可避免的发展趋势,因为朝廷方面也有必要掌控禅宗这个越来越显得巨大的文化资源。具有标志性的事件,首先是杨亿等高级士大夫参与编定《景德传灯录》;此后是宋神宗的新法政府在元丰六年(1083)从东京大相国寺辟出慧林、智海

---

① 苏轼《请净慈法涌禅师入都疏》,《苏轼文集》卷六十二。
② 陈振孙《直斋书录解题》卷十一著录《东坡手泽》三卷,并云:"今俗本《大全集》中所谓《志林》者也。"
③ 《苏轼全集校注》亦注"本、秀二僧"为宗本、法秀。

两个禅院,诏云门宗高僧宗本、临济宗高僧常总赴京,为第一代住持,这等于由朝廷来敕封宗教领袖。宗本的巨大影响力当然与此有关,而在正式的场合,作为朝廷官员的苏轼也不会去公开指责的。然而,并不是所有禅僧都愿意"奔走王公,汹汹都邑",在宗本受诏赴京的同时,临济宗黄龙派的常总禅师便壁立千仞,坚决拒诏,他一直留居庐山东林寺,正好接待了元丰七年苏轼的来访。如果他也应诏赴京,中国的这座名山就会失去其见证当代第一诗人与"僧中之龙"①会面的机会。虽然苏轼与常总的见面,只有这一次,但他显然与常总之间达到了更高的精神契合。以苏轼为常总的法嗣,有苏轼的悟道偈《呈东林总长老》为据,并非黄龙派的生拉硬扯,因为首先明确表述这个嗣法关系的《嘉泰普灯录》,其编者雷庵正受(1146—1209)不但不属临济宗,而且恰恰就是云门宗禅僧,如果他要把苏轼拉入自己的宗派,则根据苏轼生前的人际交往,而归之于大觉怀琏的门下,似乎也无不可。实际上,苏辙就被他编在云门宗,只是后来《五灯会元》等不予认同而已。可见,以苏轼嗣常总实出公论。

当然,云门宗内部也并非全如"本、秀二僧",善本和常悟虽也相继进京,但苏轼终生亲近的大觉门下就展现出不同的风貌。径山维琳以抗拒宋徽宗的宗教政策而死,不愧其"无畏大士"的称号,不愧为苏轼的同龄人。参寥子则受苏轼政敌的迫害,晚受牢狱之灾,乃至于一代诗僧,不知所终,良可叹息。然而曾受苏轼欣赏的参寥法孙法颖,编订了《参寥子诗集》十二卷流传至今,让我们看到了历代僧诗中第一流的作品集。

【补录】

上文考辨《苏轼文集》卷六十一所列的尺牍受书人中,有十一位

---

① 苏轼《东林第一代广慧禅师真赞》:"堂堂总公,僧中之龙。"《苏轼文集》卷二十二。

可以确认是云门宗禅僧。现继续比对资料，还可以补充确认二位，兹先将其法系图示于下，再按上文之例加以考辨：

一、《与遵老三首》

此三首亦见《纷欣阁丛书》本《东坡尺牍》卷八，标题、次序全同，《重编东坡先生外集》卷七十收入第一、二首，标题为《答灵鹫遵老》，七集本《续集》卷六则题为《答灵鹫遵老二首》。茅维大概综合了以上材料，编定为《与遵老三首》，而在题下标"以下俱杭州"。但《外集》卷七十所标时地为"离黄州"，不知茅维何故改置"杭州"阶段？也许他把"灵鹫"认作了杭州的灵隐寺。但寺名"灵鹫"者其实不止一处，据此改动《外集》的系年信息，殊不可取。

《苏轼全集校注》考证"遵老"为庐山圆通寺僧可遵，即云门中际可遵禅师。元丰七年(1084)五月苏轼游庐山时，曾在汤泉壁上见可遵一偈，随即唱和，故尺牍第一首有云："前日壁间一见新偈，便向泥土上识君。"如果尺牍作于苏轼游庐山之时，或稍后数日，那正好就在《外集》所标"离黄州"阶段，故笔者以为此考证不误。至于何以称为"灵鹫遵老"，则也许可遵曾经或将要担任某一灵鹫寺之住持，因缺乏资料，难以考定了。陆游《老学庵笔记》有云：

> 僧可遵者，诗本凡恶。偶以"直待众生总无垢"之句为东坡所赏，书一绝于壁间继之。山中道俗随东坡者甚众，即日传至圆通，遵适在焉，大自矜诩，追东坡至前途。而途中又传东坡《三峡桥》诗，遵即对东坡自言："有一绝，却欲题三峡之后，旅次不及书。"遂朗吟曰："君能识我汤泉句，我却爱君三峡诗。道得可咽

不可漱,几多诗将竖降旗。"东坡既悔赏拔之误,且恶其无礼,因促驾去,观者称快。遵方大言曰:"子瞻护短,见我诗好甚,故妒而去。"径至栖贤,欲题所举绝句。寺僧方礧石刻东坡诗,大诟而逐之。山中传以为笑。①

陆游对临济宗的禅僧是很尊敬的,这位云门宗的可遵禅师却被他形容得很是不堪。主要的原因,大概在于云门宗到南宋法脉已绝,无子孙为之主张,故士人可以毫无忌惮地斥言之。从当事人苏轼留下的尺牍来看,他对可遵的印象决不坏,陆游的记载并不可信。

不过,《与遵老三首》中,第三首是颇有问题的。先据《苏轼文集》抄录此首于下:

某启。前日辱临屈,既已不出,无缘造谢。信宿,想惟法体佳胜。筠州茶少许,谩纳上,并利心肺药方呈。范医昨呼与语,本学之外,又通历算,甚可佳也。谨具手启。不宣。

苏轼游庐山之前,先去了一趟筠州看望苏辙,带来"筠州茶少许"赠送可遵,似乎也合乎情理,《苏轼全集校注》就是这样解释的。但是,《外集》却将此首编入卷六十八"黄州"阶段,而题为《与知郡朝散》。相应地,适合于僧人的"法体佳胜"之语,《外集》的文本作"尊体万福",适合于士大夫了。在苏轼贬居黄州时期,所谓"知郡朝散",当指以朝散郎知黄州的徐大受(字君猷)②。如果这一首尺牍是写给徐大受的,那么其中所述情事似与元丰六年(1083)春季苏轼患眼疾时相应。因患眼疾,对方来看望,自己却不能外出回谢。此时苏辙贬在筠州,亦可

---

① 陆游《老学庵笔记》卷四,第55页,中华书局校点本,1979年。
② 苏轼《遗爱亭记》:"东海徐公君猷,以朝散郎为黄州。"《苏轼文集》卷十二。

能有筠州茶寄来苏轼处。姓范的医生,可能是徐大受推荐或派遣的,因为徐是当地长官,所以苏轼要夸奖这位医生,俾受赏识。这些事情,除了"筠州茶"以外,与元丰七年的苏轼和可遵都不能相应。所以,我认为《外集》的标题和系年信息更为可信。苏轼写给徐大受的尺牍,仅此而已。

二、《答清凉长老一首》

这一首的文本极为简单,题下标"扬州还朝",正文只有"昨辱佳颂见贶,足为衰朽之光,未缘面谢"一句。《纷欣阁丛书》本《东坡尺牍》不载,而见于《外集》卷八十"北归"阶段。茅维当从《外集》获此尺牍,但不知何故改标"扬州还朝"?

《苏轼全集校注》推算为元祐七年(1092)之作,根据就是"扬州还朝"一语,而茅维此语来历不明,未可遽信。但《校注》提到一个很重要的信息,就是苏轼绍圣元年(1094)南迁途中曾作《赠清凉寺和长老》一诗,这"和长老"乃金陵清凉广慧禅寺僧,《校注》判断与此首尺牍的"清凉长老"为同一人。我以为这个判断是正确的。

该僧亦见于禅门史料,佛国惟白编《建中靖国续灯录》,于卷十一"真州长芦智福祖印禅师法嗣"中录"金陵清凉广惠和禅师"法语数段①,这"和禅师"应该就是"和长老"了。既然他在建中靖国元年(1101)还住持金陵清凉寺,则《外集》将苏轼这首尺牍编在"北归"阶段,就并不龃龉,因此年苏轼从海南"北归",确实经过金陵。南迁时有诗,北归时有尺牍,苏轼与这位"和长老"的关系,仿佛就是对苏轼早年诗句的印证:"身行万里半天下,僧卧一庵初白头。"遗憾的是我们无从考证"和长老"的全名,南宋汝达的《佛祖宗派图》也只称他为"清凉和"。

---

① 《建中靖国续灯录》卷十一,《续藏经》本。

三 | 苏轼与临济宗禅僧尺牍考辨

《苏轼文集》卷六十一集中了苏轼写给僧人的尺牍,到现在为止,我们已从中考知十三位云门宗禅僧。相对而言,临济宗禅僧就少得多了,目前可以确认的只有三位,法系如下:

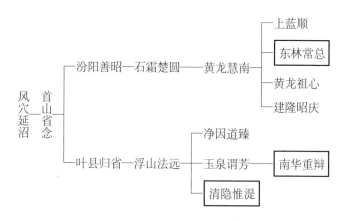

一、《与东林广惠禅师二首》

东林常总(1025—1091)禅师为临济宗黄龙派高僧,按南宋以来禅门定论,常总乃苏轼嗣法之师,但其实他们只见过一次面,就在元丰七年苏轼上庐山时。《五灯会元》以常总的师兄弟上蓝顺、黄龙祖心分别为苏辙、黄庭坚的嗣法之师,《续传灯录》又谓秦观嗣法建隆昭庆,那也是黄龙慧南的弟子。看起来,这不是常总与苏轼的关系问题,而是整个黄龙派禅僧与"苏门"士大夫的关系问题。

《重编东坡先生外集》并无苏轼写给常总的尺牍,但《纷欣阁丛书》本《东坡尺牍》有之,标题亦作《与东林广惠禅师》,当是茅维所据。不过,《东坡尺牍》录有三首,其第二、三首就是茅维所录,其第一首则被茅维录为《与佛印十二首》之第七首,这倒是根据《外集》而来的。大概茅维看到《外集》与佛印了元的尺牍中有这一首,文字与《与东林广惠禅师》之第一首相同,他判断此首是写给了元的,所以编入《与佛印十二首》,而从《与东林广惠禅师》的三首中删去这一首。他这个判断恰恰是错误的,《苏轼全集校注》已指出,笔者也于《苏轼与云门宗禅僧尺牍考辨》①一文中详论此为元丰八年(1085)苏轼致常总的尺牍,不再赘述。

从文本本身提供的信息来看,被茅维删去的一首是可以确切系年的,保留下来的两首却是谈药方、谈碑刻字体,并无系年依据。茅维在题下标"以下俱翰林",恐怕还是据删去的一首推断的。《苏轼全集校注》则考为元祐三年(1088)之作②,与"翰林"的说法相符,但其考证也大有问题。《校注》引用了黄裳《演山集》卷三十四《照觉禅师行状》,谓常总于元丰七年得赐号"广惠大师",元祐三年得诏住持东林寺,元祐四年改赐号"照觉禅师",如此确定"东林广惠禅师"的称呼当在元祐三年,而此时苏轼正任翰林学士。按,元丰七年苏轼上庐山时,已参见东林寺住持常总禅师,这在苏轼生平研究中,已为常识,何以《校注》反信黄裳之说,谓常总住持东林寺晚至元祐三年?黄裳的原文是明显有错误的,"元祐三年,神宗诏东林为禅寺……"③云云,年号与皇帝庙号不合,《校注》疑"神宗"为"哲宗"之误,实际上,从全文

---

① 朱刚《苏轼与云门宗禅僧尺牍考辨》,中国人民大学《国学学刊》2012年第2期。已收入本书。
② 《苏轼全集校注》第18册,第6791页。
③ 黄裳《照觉禅师行状》,《演山集》卷三十四,《文渊阁四库全书》本。

叙事顺序来看,应该是"元祐"为"元丰"之误,而"神宗"不误。常总于元丰三年住持东林寺,可以惠洪《禅林僧宝传》卷二十四《东林照觉总禅师传》为证。这样,因黄裳的字误(更有可能是传写之误)而引起的元祐三年之说,是并不成立的。《与东林广惠禅师二首》宜与茅维删去的那一首同系于元丰八年末或元祐元年初。

二、《与清隐老师二首》

此二首不见于《东坡尺牍》,而见于《外集》卷六十九,编在"黄州"阶段。《外集》题作《与清隐老夫》,《东坡续集》卷五标题改"夫"为"师",茅维当据此录入。题下虽无系年标注,但茅本前一题《与无择老师一首》则标明"以下俱黄州",按茅维的编辑体例,这个标注对后续的《与清隐老师二首》也是有效的①。所以,茅维对写作时间的判断,也与《外集》相同。《苏轼全集校注》则谓"疑作于元祐时期"②,但未提供根据,亦不知"清隐老师"为何许人,仅注"未详"。

孔凡礼先生却知道"清隐老师"为清隐惟湜禅师,所著《苏轼年谱》于熙宁四年叙:"在京师时,尝晤惟湜于净因。"并论证云:

《栾城集》卷十三《题都昌清隐禅院》末云:"谁道溪岩许深处,一番行草识元昆。"原注:"长老惟湜,曾识子瞻于净因,有简刻石。"都昌属江南东路南康军,今属江西。惟湜时居清隐,人以清隐称之。诗次元丰七年。轼简佚。《文集》卷六十一《与清隐老师》第二简:"净因之会,茫然如隔生矣。名言绝境,

---

① 这一点详见拙作《东坡尺牍的版本问题》,《中国典籍与文化论丛》第12辑,2010年。已收入本书。
② 《苏轼全集校注》第18册,第6806页。

痛痒不忘。"①

他将苏辙元丰七年《题都昌清隐禅院》诗的自注与苏轼尺牍第二首的内容相沟通,既考出清隐禅院的长老惟湜之名,又推知苏轼与惟湜的相识是在熙宁间京师的净因禅院。按,《五灯会元》卷十二列清隐惟湜为临济宗高僧浮山法远(991—1067)之法嗣,而法远的另一法嗣净因道臻(1014—1093)正是净因禅院的住持,苏氏兄弟熙宁初在京时屡访禅院,与道臻交往甚多②,惟湜想必曾至京师访问同门道臻,故得与苏轼相识。这样,尺牍第二首所谓"净因之会"就完全可以落实了。但此首后面又有"何时得脱缨绊,一闻笑语"之文,大概孔先生体会这是身任朝官时的口吻,故又将这首尺牍的写作时间系于"元祐在朝时"③。此推测与《苏轼全集校注》相同,但也无确切根据。

禅宗灯录对清隐惟湜的记载甚为简单,比较详细的是黄庭坚《南康军都昌县清隐禅院记》:

> 熙宁甲寅,令王师孟初得庐山僧建隆主之,遂为南山清隐禅院。乙卯、丙辰而隆卒,长老惟湜自庐山来,百事权舆,愿力成就,而僧太琦实为之股肱。于今八年,宫殿崇成……清隐出于福清林氏,饱诸方学,最后入浮山圆鉴法远之室。浮山,临济之七世孙,如雷如霆,观父可以知子矣。④

这里也提及清隐惟湜乃浮山法远的弟子。前面叙述清隐禅院的修

---

① 孔凡礼《苏轼年谱》上册,第 203 页,中华书局,1998 年。
② 苏轼曾作《净因院画记》《净因净照臻老真赞》,参考《苏轼年谱》熙宁四年纪事;苏辙曾作《赠净因臻长老》,参考孔凡礼《苏辙年谱》熙宁二年纪事,学苑出版社,2001 年。
③ 《苏轼年谱》下册,第 1113 页。
④ 黄庭坚《南康军都昌县清隐禅院记》,《豫章黄先生文集》卷十八,《四部丛刊》景宋乾道刊本。

建过程,"熙宁甲寅"是熙宁七年(1074),由僧建隆主持,经熙宁八年乙卯、九年丙辰,而建隆卒,于是惟湜"自庐山来",继续主持修建,乃至成功。由此可知,惟湜离开京师净因禅院后,去了庐山,至熙宁九年(1076)开始担任都昌县清隐禅院的住持。"于今八年",推算黄庭坚作此记当在元丰六年(1083)。该年黄庭坚从吉州太和县令解官,返家分宁,曾舟过彭蠡湖(鄱阳湖)①,当可登临湖岸的清隐禅院。此时的苏轼,则尚贬居黄州,但尺牍第一首所云,却似乎与黄庭坚此记相关:

> 黄长生人来,辱书,承起居佳胜为慰。示及黄君佳篇及山中图刻,欲令有所记述,结缘净境,此宿所愿也。但多病久废笔砚……

我以为"黄君佳篇"很可能就指黄庭坚的记文。惟湜营建禅院既已成功,就希望征集名人的文字,刻石纪念。苏轼在黄州,水路遣使便利,又是旧识,当然也在征集之列。从尺牍中可以看到,他先把已经征集到的成果寄示苏轼,想唤起对方的创作欲。除黄庭坚记文外,还有一些"山中图刻"。次年苏辙舟过清隐禅院,惟湜也不放过,这才有了上面说的《题都昌清隐禅院》诗。从此诗自注"有简刻石"来看,虽然苏轼在尺牍中表示了推辞之意,但惟湜实在太想得到苏轼的有关文字,所以把他的来信刻到石上去了,正好让苏辙看到。

如此,《外集》将苏轼这两首尺牍编在"黄州"阶段,就是完全正确的。具体地说,当在元丰六年,略后于黄庭坚的记文。所谓"何时得脱缨绊",这"缨绊"宜指贬居处境,而不是高官厚禄。

苏轼与惟湜的交往,从熙宁初在净因禅院相识开始,保持终生。

---

① 参考郑永晓《黄庭坚年谱新编》第 133 页,社会科学文献出版社,1997 年。

绍圣元年(1094)苏轼南迁,建中靖国元年(1101)北返,都经过虔州,而惟湜已任虔州崇庆禅院住持,苏轼有多篇作品与惟湜相关,已详见《苏轼年谱》①,此略。

三、《与南华辩老十三首》

这是苏轼写给临济宗禅僧的尺牍中留存最多的部分,"南华辩老"名重辩,有《苏轼文集》卷六十六《书南华长老重辩师逸事》为证。《建中靖国续灯录》卷十四以南华重辩为"荆门军玉泉谓芳禅师法嗣",玉泉谓芳与净因道臻、清隐惟湜一样,嗣浮山法远。然则重辩乃惟湜之法侄。绍圣元年(1094)苏轼南迁惠州,路过韶州南华寺,始与重辩相识,到元符三年(1100)北归,再过南华寺时,重辩已卒。二人间的尺牍联系,都发生在苏轼贬居惠州阶段,茅维在题下标"以下俱惠州",当然是不错的。

十三首中,第一至十首,及第十二首,俱见《纷欣阁丛书》本《东坡尺牍》卷八,标题、次序全同;而第一、十三、十、五、八首,则见于《重编东坡先生外集》卷七十五,题《答南华辨禅师》,亦置"惠州"阶段。茅维显然综合了以上两种资料,编定此十三首。《东坡尺牍》未收入的第十一首,其实并非写给重辩的尺牍,而是写给"学佛者张惠蒙"的一张字据,让他持此字据去南华寺参拜重辩禅师,不知茅维何从得此字据,因其内容与尺牍第十首相应(第十首有向重辩介绍张惠蒙前去参拜的内容),故编为第十一首。至于第十三首,《东坡尺牍》卷八编在开头,为《与辩才》的第一首。也就是说,《东坡尺牍》的编者认为此首的受书人是"辩才"(杭州僧元净)而非"辩老"。但茅维根据《外集》,将它判归"辩老",故编在最后。

---

① 《苏轼年谱》下册,第 1169、1380 页。

《苏轼年谱》和《苏轼全集校注》对这些尺牍都有比较具体的系年,我们先来看《外集》所收的五首。

第一首,《校注》系于绍圣二年(1095)二月,根据是尺牍中"到惠已百日"之句。按,苏轼于绍圣元年十月二日抵惠州,有他自己的文字为证①,是可以确信的,下推百日,当在次年正月中旬。但《外集》这一首的文本,作"到惠已二百日",则也可推至四月下旬。第十三首,《年谱》系于绍圣三年六月,无据,《校注》则系于二年六月,根据是尺牍中"泉铭模刻甚精"及"热甚"等语。按,《苏轼文集》"泉铭"作"银铭",不通,《校注》据《续集》改,并考此"泉铭"当指苏轼为南华寺所作《卓锡泉铭》,甚是。《外集》亦作"泉铭",可证《校注》所考不误。第十首,《年谱》与《校注》皆系于绍圣二年六月。按,上文已叙此首内容与第十一首相关联,即介绍张惠蒙前往参拜重辩,而第十一首末署明"绍圣二年六月十一日",可无疑问。接下来的第五首却颇有疑问,《苏轼文集》的文本如下:

某顿首。净人来,辱书,具审法体胜常,深慰驰仰。至此二年,再涉寒暑,粗免甚病。但行馆僧舍,皆非久居之地,已置圃筑室,为苟完之计,方斫木陶瓦,其成当在冬中也。九月中,儿子般挈南来,当一礼祖师,遂获瞻仰为幸也。伏暑中,万万为众自重。不宣。

《年谱》与《校注》皆据尺牍中"至此二年,再涉寒暑"与"九月中,儿子般挈南来"二语,将此首的写作时间系于绍圣三年六月。按,"儿子"指苏轼长子苏迈,因授仁化县令,将带家属来广南上任,确是绍圣三年事。但《外集》和《续集》此首的文本,却只到"其成当在中冬也"为

---

① 苏轼《迁居并引》,《苏轼全集校注》第7册,第4746页。

止,并无"九月中"以下部分。这当然可以认为是《外集》《续集》系统的文本有脱落,也可以认为是《东坡尺牍》、茅维、《文集》系统的文本误合两首为一,难以定论。笔者是倾向于后者的,因为"至此二年,再涉寒暑"也比较费解,从绍圣元年十月抵惠州算起,两历寒暑,自然要到三年的暑月,可是苏轼笔下对年数的表述,与宋人一般的习惯相同,都是统计首尾的,自绍圣元年至三年,他应该表述为"三年"而不是"二年"。他说"至此二年",就应该是绍圣二年的说法。至于"再涉寒暑",也许是把绍圣元年贬赴惠州的途中经历也算在里面了。还应当考虑的一点是,绍圣三年的夏天瘴疫流行,苏轼侍妾朝云亦感染,于七月五日病卒[①]。如果此首尺牍作于该年六月,则正当朝云病危之时,苏轼岂能自幸"粗免甚病"而一心去"置圃筑室"?《年谱》似乎也考虑及此,却说此首"作于伏暑,朝云未病也",甚不合情理。所以,如果不考虑"九月中"以下《外集》所无的部分,这一首尺牍的系年就可以提前到绍圣二年。《外集》最后的第八首,《年谱》系绍圣二年六月,《校注》系同年七月。按,此首提及张惠蒙回到惠州后的事,显然在第十、十一首之后,系于七月较妥。总体来看,《外集》所录的五首,叙事前后衔接,写作时间都在绍圣二年的数月之间,确实可以视为一个整体。当然,如上所述,第五首的后半部分应该割出,另成一首。

《外集》未收的另外八首,第二、三、四、九、十一首是绍圣二年作,第六、七、十二首是绍圣三年作,俱见《校注》所考,笔者无异议。需要再次强调的一个结论是:《外集》所录虽少,却有比较规整的编年顺序;《东坡尺牍》所录虽多,其排列则杂乱无序。茅维综合这两类资料,来编定苏轼的尺牍作品,总体思路是不错的,但他的工作做得粗疏,对《外集》的重视很不够,判断常有失误。由于《苏轼文集》和《苏轼全集校注》都用茅维的本子做底本,便经常受到茅维的影响,继续

---

① 详《苏轼年谱》下册,第1230页。

其错误的判断。对于目前的苏轼研究来说,这一点是有必要从方法论层面加以反思的。换句话说,我们必须摆脱茅维的影响,直接面对茅维所根据的那些更原始的资料,重新加以审核。

苏轼写给临济宗禅僧的尺牍,现在能够考定的就是如此而已。当然,这并不说明他所交往的临济宗禅僧只此三位,但无论如何,其数量不会超过云门宗禅僧,这一点毫无疑问。

四 "小二娘"考
——苏轼《与胡郎仁修》三简释读

《苏轼文集》卷六十《与胡郎仁修三首》[1],孔凡礼《苏轼年谱》系于建中靖国元年(1101)四月[2],当时苏轼从海南岛北归,到达长江下游,而离其去世于常州,亦仅数月而已。全文如下:

① 某启。得彭城书,知太夫人捐馆,闻问,哀痛不已。行役无便,未由奉疏。人至,忽辱手书。伏审攀慕之余,孝履粗遣,至慰至慰!某本欲居常,得舍弟书,促归许下甚力,今已决计泝汴至陈留,陆行归许矣。旦夕到仪真,暂留,令迈一到常州款见矣。未间,惟节哀自重。不宣。

② 某慰疏言。不意变故,奄罹艰疚。伏惟孝诚深笃,追慕痛裂,荼毒难堪,奈何奈何!比日攀号愈远,摧毁何及。伏惟顺变从礼,以全纯孝。某未获躬诣灵帏,临书哽噎,谨奉疏慰。不次。

③ 小二娘:知持服不易,且得无恙。伯翁一行并健,得翁翁二月书,及三月内许州相识书,皆言一宅康安。亦得九郎书,二子极长进。今已到太平州,相次须一到润州金山寺,但无由至常州看小二娘。有所干所阙,一一早道来。余万万自爱。

---

[1] 苏轼《与胡郎仁修三首》,苏轼著、孔凡礼编《苏轼文集》卷六十,中华书局,1986年。
[2] 孔凡礼著《苏轼年谱》,第1398页,中华书局,1998年。

对照七集本《东坡续集》卷七和明刻《重编东坡先生外集》卷八十，三简的次序与此稍有不同，第①简次第二，第②简次第一。《苏轼文集》以明代茅维编《苏文忠公全集》为底本，二简次序互易，当是茅维所为。因为①中有"未由奉疏"之语，而②看起来就是补上的"慰疏"，所以茅维调整次序也不可谓之无理，但也有可能是苏轼听说胡仁修母亲去世，先写了②慰疏，未能及时寄出，等到胡遣人送来书信，遂与答书①一起交来人带回，则《续集》和《外集》的次序也未必就错。同时交来人带回的应该还有③，其受书人是胡仁修的妻子"小二娘"，她正在为婆婆"持服"。所以，题为《与胡郎仁修三首》，其实只是依内容分为三部分，原貌很可能只是一个帖子。宋人王宗稷编的《东坡先生年谱》，于建中靖国元年条下云："又有《与胡仁修书》，云旦夕到仪真。"①所引与①相符，其真实性当无可怀疑。本文要关注的就是③的受书人"小二娘"，她与苏轼的关系显然非同寻常，因为苏轼在信中自称"伯翁"，而显然苏辙是她的"翁翁"。

不过，在考证"小二娘"其人之前，先要解决一个校勘问题。③中"亦得九郎书，二子极长进"句，"二子"字《续集》《外集》皆作"书字"，不知茅维根据什么改成"二子"？可能他看到了墨迹，因为手书时遇到连续两个"书"字，第二个往往以两点表示，形状类似"二"，而"字"与"子"行草也许难辨，故有"书字"与"二子"两读，但文意因此大异。笔者以为"书字"是正确的，这不但因为《外集》《续集》在文献上比茅本原始，也因为推考事理，不得不然。按照③全文的语脉，"九郎"应该是苏轼和"小二娘"的家人。检苏辙《栾城三集》卷二，有《同外孙文九新春五绝句》诗题②，"外孙文九"乃文同之孙、文务光之子文骥，其排行为第九。笔者判断，"九郎"当指此人。下文将考证，文骥生于元

---

① 王水照编《宋人所撰三苏年谱汇刊》，第390页，上海古籍出版社，1989年。
② 苏辙《同外孙文九新春五绝句》，苏辙著、曾枣庄等校点《栾城集·三集》卷二，上海古籍出版社，1987年。

丰七年(1084),至建中靖国元年才十八岁,不能有"极长进"之"二子"。判断"九郎"为文骥,对于考证"小二娘"其人是极为重要的。

回到"伯翁"的问题。《苏轼年谱》(第1398页)对此有解读:"简中'伯翁',苏轼自谓;'翁翁'乃(苏)辙……小二娘当为辙女,胡仁修为其婿。《苏颍滨年表》载辙五女之婿,无仁修,待考。"这里先据文意判断"小二娘"为苏辙之女,但又因为宋人孙汝听《苏颍滨年表》①备载苏辙五个女婿的姓名(文务光、王适、曹焕、王浚明、曾纵),其中无胡仁修,故又自疑其说,谓"待考"。②

《苏颍滨年表》对五婿的记载是无可怀疑的,问题出在对于"伯翁"一词的理解上。所幸苏轼笔下还出现过一次"伯翁",就在《苏轼文集》卷十《文骥字说》,自署"外伯翁东坡居士"。文骥是苏辙的外孙,苏轼对他自称"外伯翁"。由此看来,"伯翁"、"翁翁"云云,指的是祖辈而非父辈。那么,"小二娘"就应该是苏辙的孙女,而不是女儿。

可是推考苏辙家里的情况,在建中靖国元年,六十三岁的苏辙尚无达到可以嫁人年龄的孙女。苏辙有三子,长子苏迟卒于南宋绍兴二十五年(1155),见《建炎以来系年要录》卷一六八、孙汝听《苏颍滨年表》及《宋史翼》卷四《苏迟传》之记载,《宋史翼》又谓其卒时年八十余,则建中靖国元年(1101)才三十岁左右。不过这里大概有点问题,据孔凡礼《苏辙年谱》,苏辙次子苏适生于熙宁元年(1068)是可以确定的,而苏迟应该长于苏适,故推断苏迟"约生于治平(1064—1067)间",享年超过九十③。今按,治平三年四月苏洵卒,如果苏辙不至于荒唐到丧服期间生子,则苏迟长苏适还不止一岁。但是,即便估计他

---

① 此《年表》出《永乐大典》,《栾城集》附录之。
② 在《苏轼年谱》之前,清人张道《苏亭诗话》也已注意到这位"小二娘",不过他误以为是苏轼之女,曾枣庄以苏轼"平生无一女"驳之,认为应当是苏辙之女,但也因《苏颍滨年表》所载五婿中无胡仁修而自疑其说,见曾氏所著《苏轼评传》(四川人民出版社,1984年修订本),及《三苏后代考略》《三苏姻亲考》等文(俱收入《三苏研究》,巴蜀书社,1999年)。
③ 孔凡礼《苏辙年谱》,第70页,学苑出版社,2001年。

生于治平元年(1064),到建中靖国元年(1101)也仅三十八岁,按常理,还不能拥有已经嫁人之女。

孙女既无可能,称二苏为"伯翁"、"翁翁"的"小二娘"应该是什么人呢? 依人情之常,如果关系亲切,而且在日常口语中,"外伯翁"的"外"字是可以省去的。如此,还剩下"小二娘"为苏辙外孙女的可能性。苏辙《栾城后集》卷二十一《王子立秀才文集引》,是为其次婿王适的文集所作的序言,谓王适元祐四年(1089)卒,有一女,尚"未能言"。这一位外孙女到建中靖国元年也还年幼,其为"小二娘"的可能性极小。那么,所有苏辙孙辈中,惟长婿文务光之女,有为"小二娘"之可能,而苏轼《与胡郎仁修》第③简中特意夸奖"九郎"文骥,也就不难理解了,因为文骥是"小二娘"的兄弟,是她最关心的人。身为"(外)伯翁",又是对故友文同的孙女,苏轼对"小二娘"的体贴之情,是跃然纸上的。

北宋首屈一指的大画家文同,究竟有没有这样一个孙女呢?《四部丛刊》本文同《丹渊集》卷首,有范百禄所撰墓志铭,称其有五子、二女、孙男七人、孙女四人,但对孙女的情况当然并无任何记载。文同第四子即苏辙长婿文务光(字逸民),据《苏辙年谱》,其结婚在元丰元年(1078)十月或十一月,而元丰二年正月文同卒,务光夫妻结婚不久便踏上护送灵柩回归四川故乡的漫长道路。按苏辙《王子立秀才文集引》的说法,文务光"丧其亲,终丧五年而终",按宋人守制的最短时间算,终丧当在元丰四年(1081)夏,则务光之卒应在元丰八年(1085)或元祐元年(1086)。《栾城后集》卷二十有《祭亡婿文逸民文》云:"我还京师,幸将见君。一病不复,发书酸辛。女有烈志,留鞠诸孤。赋诗《柏舟》,之死不渝。"苏辙从绩溪县令以右司谏召回朝廷,是在元祐元年,不久即闻务光死讯,而苏辙长女当时仍留在文家。从"留鞠诸孤"之语可以确认,文务光的遗孤不止一人,其中应该包括"小二娘"和文骥。

《苏辙年谱》在这个问题上有一点小错误,该谱元祐三年条下记:"侄千乘、千能自蜀中来……还乡,轼作诗送之,辙次韵。时长婿文务光(逸民)已卒。"(第394页)其所据为《栾城集》卷十六《次韵子瞻送千乘千能》诗"长女闻孀居"之语,并推测"务光噩耗,当由千乘、千能二侄传来"。此是对诗语的错误理解,诗云:

> 长女闻孀居,将食泪滴盘。老妻饱忧患,悲咤摧心肝。西飞问黄鹤,谁当救饥寒。二子怜我老,辇致心一宽。别久得会合,喜极成辛酸。

苏辙的语意十分明白,"长女闻孀居"等乃是追述过去之事,现在二侄之来,"辇致"苏辙长女,遂获"会合",悲喜交加。所以,二侄不是把噩耗传来,而是把苏辙的长女带回了苏家。此后,这个长女一直跟在苏辙身边。《苏轼文集》卷十有《文骥字说》,就作于元祐三年十月,时文骥(务光子)五岁,始入苏家。毫无疑问,文骥是随着他的母亲,由千乘、千能"辇致"苏家的。文氏母子之来,必在为务光终丧之后,由此亦可反证务光之卒,至晚在元祐元年。文骥元祐三年(1088)五岁,其出生当在元丰七年(1084),宜为文务光幼子。不过,若文骥有兄长,苏轼、苏辙的文字中想必会提及,但现在毫无线索。那么,参证"诸孤"之语,只能推测他还有姐姐。到了建中靖国元年(1101),文骥已经十八岁了,他的姐姐应该可达嫁人年龄,"小二娘"非此文氏之女莫属。

苏辙长女回苏家时既然带了文骥,应该也带了"小二娘",她幼年丧父,童年想必凄楚,随母弟到了苏家,投靠"翁翁"、"伯翁"后,快乐的日子也没有几年,因为苏氏兄弟即将遭到贬谪。她的婚姻,极有可能就是苏氏兄弟为她作的主,为了证明这个猜测,下文对她的丈夫胡仁修其人略作推考。

胡仁修不见于其他任何史籍,从苏轼《与胡郎仁修三首》书简来看,他与"小二娘"夫妻住家在常州。北宋常州治所在晋陵县,当地首屈一指的望族,就是晋陵胡氏。在仁宗、神宗、哲宗时代,晋陵胡氏有胡宿、胡宗愈叔侄先后担任过执政官,欧阳修为胡宿写了《赠太子太傅胡公墓志铭》,叙其子孙情况:

> 子男五人:长曰宗尧,今为都官员外郎;次曰遵路,早卒;次曰宗质,国子博士;次曰宗炎,著作佐郎;次曰宗厚,秘书省正字,早卒。女四人,皆适士族。孙:志修,太常寺太祝;行修,守秘书省校书郎;简修,试秘书省校书郎;世修、德修、安修、奕修、慎修、益修。①

胡宿的五个儿子,除了早卒的次子遵路外,其他四子皆以"宗"字联名,再考虑到侄子胡宗愈、胡宗回②,可见胡宿子侄辈都是联名的。至于孙辈,《墓志铭》所载九孙之名,第二字皆为"修";胡宗愈也有子名胡端修,后入元祐党籍,见《元祐党人传》卷四和《咸淳毗陵志》卷十七;《咸淳毗陵志》卷三十还记载了胡宿的一个女儿,名胡淑修,是李之仪的夫人,但根据李之仪本人所撰《姑溪居士妻胡氏文柔墓志铭》③,胡淑修(字文柔)实是胡宗质之女,胡宿的孙女,故与其兄弟辈以"修"字联名。这样看来,同在常州的胡仁修,极有可能也是胡宿的孙辈族人。

晋陵胡氏与苏氏兄弟关系最为密切的,无疑是胡宗愈。元祐三年,胡宗愈从御史中丞被提拔为尚书右丞(执政官),右正言刘安世连奏二十一状反对,具载其《尽言集》卷三、四④。今检其《第二状》云:

---

① 欧阳修《赠太子太傅胡公墓志铭》,欧阳修著、洪本健校点《欧阳修诗文集校笺·居士集》卷三十四,第 911 页,上海古籍出版社,2009 年。
② 胡宗愈、宗回见《宋史·胡宿传》附传。
③ 李之仪《姑溪居士全集·文集》卷五十,《丛书集成》本。
④ 刘安世《论胡宗愈除右丞不当》第一至第二十一,《尽言集》卷三、四,《文渊阁四库全书》本。

"方陛下嗣位,太皇太后同览庶政,而苏轼撰试馆职策题,乃引王莽依附元后取汉室之事,以为问目。士大夫皆谓非所宜言,台谏官数当论奏,而宗愈不惟无所弹劾,反又劝止同列,不令上疏。"此谓胡宗愈包庇苏轼。《第八状》云:"永兴军路提刑冯如晦,欲令旧不充役贫下之家出钱,以助合役之上户,不量缓急闲剧色役,一例雇募游手充代。其论议乖缪,最害役法,而苏辙颇主其言,亟为公移,欲颁诸路。户部尚书李常曾不讲究,遽欲行下,而员外郎刘昱乃能力辨是非,不为押检。议既不合,事遂中辍。搢绅之间,莫不嘉昱能守其职,而宗愈因上雇募衙前之议,遂诋刘昱,以谓户部郎官有近来参详立法之人。护短遂非,不肯公心舍己从长,以救乡户之患,意在阿党,不顾义理。"此谓胡氏党同苏辙。至《第九状》,则明斥胡宗愈"显主轼辙之党,公肆诋欺"。与此同时,谏议大夫王觌也上疏说:"宗愈自为御史中丞,论事建言多出私意,与苏轼、孔文仲各以亲旧相为比周,力排不附己者,而深结同于己者。操心颇僻如此,岂可以执政?"①可见在当时反对者的眼里,胡宗愈与苏氏兄弟是一个"朋党",也就是所谓的"蜀党",其最为显著的政见,就是反对完全废除"免役法",这从上引刘安世的《第八状》也可看出。刘安世一般被视为"朔党",所以竭尽全力要阻止胡宗愈成为执政官。"蜀党"的名目,当然因苏氏兄弟身为蜀人而来,但其党羽未必都是蜀人,比如"苏门四学士"(黄庭坚、秦观、晁补之、张耒)就没有一个是蜀人,倒是胡宗愈跟苏轼之间,颇有地缘关系,据费衮《梁溪漫志》载:

> 东坡平生宦游,多在淮、浙间……寻上章乞居常州,其后《谢表》有"买田阳羡,誓毕此生"之语。在禁林,与胡完夫、蒋颖叔酬唱,皆以卜居阳羡为言。②

---

① 《续资治通鉴长编》卷四一一,元祐三年五月癸亥条,第3892页,上海古籍出版社,1985年。
② 费衮《梁溪漫志》卷四,"东坡缘在东南"条,上海古籍出版社,1985年。

"完夫"乃胡宗愈字。"颖叔"为蒋之奇,与东坡同年进士,也是常州人。早在常州买田以备归老的苏轼,与他们的关系已接近"同乡"了。在考察所谓"蜀党"时,这一点也是需要关注的。

《苏轼诗集》卷六有《胡完夫母周夫人挽词》①,可以猜想苏、胡两家已为通家之好。从《与胡郎仁修三首》来看,苏轼对胡仁修"太夫人"的去世,表达了相当程度的悲悼之情,大概这位"太夫人"生前跟苏轼有过交往。这样,我们甚至可以大胆地推测,此"太夫人"为胡宗愈之妻②,而胡仁修乃胡宗愈之子。至少,从"修"字联名来看,他应该是胡宗愈的子侄辈。

算起来,李之仪夫人胡淑修(文柔)应是胡仁修从姊了,这胡淑修与苏轼也颇为相知,见李之仪本人所撰墓志铭:

> 余从辟苏轼子瞻府,文柔屡语余曰:"子瞻名重一时,读其书,使人有杀身成仁之志,君其善事之。"邂逅子瞻过余,方从容笑语,忽有以公事至前,遂力为办理,以竟曲直。文柔从屏间,叹曰:"我尝谓苏子瞻未能脱书生谈士空文游说之蔽,今见其所临不苟,信一代豪杰也。"比通家,则子瞻命其子妇尊事之,常以至言妙道,属其子妇持以论难,呼为"法喜上人"。子瞻既贬,手自制衣以贻曰:"我一女子,得是等人知,我复何憾。"③

李之仪终生不叛苏氏,与这位夫人的态度不无关系。苏轼晚年北归途中曾给李之仪写信说:"朝云者,死于惠州久矣。别后学书,颇有楷法,亦学佛法,临去诵六如偈以绝。葬之惠州栖禅寺,僧作亭覆之,榜

---

① 苏轼《胡完夫母周夫人挽词》,苏轼著、孔凡礼校点《苏轼诗集》,中华书局,1982年。
② 方勺《泊宅编》(中华书局,1983年)卷四载,胡宗愈夫人丁氏,司封员外郎丁宗臣之女,善于看相。
③ 李之仪《姑溪居士妻胡氏文柔墓志铭》,《姑溪居士文集》卷五十,引文以《丛书集成》本与《文渊阁四库全书》本参校,择善而从。

曰六如亭。最荷夫人垂顾，故详及之。"①这里说到的"夫人"就是胡淑修，她对东坡的侍妾朝云最为"垂顾"。而本文所考的文氏"小二娘"，看来是她的从弟媳。

如果上文的推测可以成立，那么我们还可以进一步推测，"小二娘"会嫁入晋陵胡氏，应该就是苏轼作的主。因为文氏在文同去世后日益衰落，而且家在四川，与常州相距遥远，而元祐三年苏辙长女携带文骥回到苏家时，"小二娘"当亦随来，待其年长后，苏氏兄弟为她决定婚姻大事，也合乎情理。上文已说明，苏轼早就打算在常州安家（苏辙则看中许昌），"小二娘"嫁到常州，就等于留在他的身边。由此看来，"小二娘"是颇受这位"外伯翁"疼爱的。另一方面，她的兄弟文骥则在苏辙身边长大成人，晚年隐居在颍昌府（许昌）的苏辙，写有《外孙文骥，与可学士之孙也，予亲教之学，作诗俊发，犹有家风，喜其不坠，作诗赠之》《次韵文氏外孙骥以其祖父与可学士书卷还谢惊学士》《文氏外孙入村收麦》《同外孙文九新春五绝句》《外孙文九伏中入村晒麦》等诗②。据《苏辙年谱》（第656页），最后一首作于政和二年（1112），即苏辙去世的那年。次年，文骥在开德府（澶渊）任主簿，跟陈与义有唱和③。看来，他是为苏辙送终后才离开苏家的。这位文骥出现在苏辙诗集的末尾和陈与义诗集的开端，他奇妙地连接了诗歌史上紧邻的两座高峰。

北宋的政治是典型的文官士大夫政治，其显著的特点之一就是"朋党"的存在，历史学家对北宋"朋党"的研究已经表明，地缘和姻亲关系是士大夫组建"朋党"的重要纽带④。不过这也未必意味着他们

---

① 苏轼《答李端叔十首》之八，《苏轼文集》卷五十二。
② 见《栾城集·后集》卷四，《三集》卷一、卷二、卷四。
③ 陈与义的诗集，以《次韵谢文骥主簿见寄兼示刘宣叔》为始，作于政和三年（1113），参考白敦仁《陈与义集校笺》卷一该诗笺注，上海古籍出版社，1990年。
④ 参考[日]平田茂树《宋代の朋黨形成の契機について》，《宋代社会のネットワーク》，汲古书院，1998年。

把女孩子当作纯粹的结盟工具来使用,因为政治上的"朋党"在日常生活中也往往是亲切的朋友,其通婚也出于情感方面的原因。而且还有不少例子表明,姻亲也可能是政治上的敌手,这也就是说,日常生活中的亲情交往可与政见上的对立并存无碍。士大夫置身于种种人际关系编织的网络之中,使其情感表达变得相当复杂。

北宋的文学也是典型的士大夫文学,其显著的特点之一就是相当浓厚的政治色彩与"日常化"的倾向并存。关于"日常化",自吉川幸次郎以来,在宋诗研究的领域已经获得普遍肯定①。毋庸赘言,书简尺牍的"日常化"程度比诗歌还要高得多,特别是东坡尺牍,因为其书法和行文俱优,长期成为士大夫撰作尺牍的范本,而且现存数量庞大,从中探悉一个身处种种人际关系编织的网络之中的士大夫的情感表达,是颇具文学史意义的。当然,首先要将这张网络的原貌尽量地清理出来,而在清理过程中我们不难发现,士大夫周围的女性不但在网络的编成上不可或缺,而且她们在很大程度上引导了士大夫情感表达的"日常化"趋向。如若谈及知识水平,有些女性也丝毫不低于士大夫,比如上文提及的胡淑修,在李之仪撰写的墓志中还有这样一段:

> 上自六经、司马氏史,及诸纂集,多所综识。于佛书则终一大藏。作小诗、歌词、禅颂,皆有师法,而尤精于算数。沈括存中,余少相师友,间有疑忘,必邀余质于文柔,屡叹曰:"得为男子,吾益友也。"

可见,她不但在文学、佛学方面能与苏轼相"论难",数学方面也能与沈括相匹敌。一个女性的知识能力,竟至于合苏轼、沈括为一人,简直匪夷所思。

---

① 参考[日]吉川幸次郎《宋詩概説·序章》,《吉川幸次郎全集》第13卷,筑摩书房,1974年。

回到《与胡郎仁修三首》。其第②简是吊唁的"慰疏",比较格式化,基本上遵守四六体制,虽也抒发悼念之情,毕竟也多场面之语;相比之下,第①简就显得家常化一些,但自称"某",称苏辙为"舍弟",称对方母亲为"太夫人",仍呈现士大夫的面目;而写给"小二娘"的第③简则自首至尾,只见亲情流淌,"伯翁"、"翁翁"、"九郎"云云,纯为家人说话,特别是"但无由至常州看小二娘"一句,不呼对方为"你"(或类似的第二人称代词)而呼"小二娘",显见长辈对她的疼爱之情,亲切感人。女性对士大夫情感表达"日常化"倾向的引导,于此可窥一斑。

当苏轼给胡郎和"小二娘"写信的时候,他正准备去许昌与苏辙团聚,表示不去常州了。但是时局的发展,使苏轼终于未敢走向距离京城开封府甚近的许昌,而仍然归老常州,并于当年七月二十八日在常州去世。想必,同在常州的"小二娘"会去看望"外伯翁",并为之送终。正如她的弟弟后来为苏辙送终那样,"小二娘"的哭红了的双眼,一定亲睹了当世最璀璨的文星的陨落。

五 苏轼与滕达道尺牍考辨

孔凡礼先生以明代茅维所编《苏文忠公全集》为底本点校了《苏轼文集》①，其卷五十至六十一为尺牍，总数近一千三百首，依受书人为序编集。同一受书人名下汇编尺牍甚多的，有卷五十一《与滕达道六十八首》。滕达道（1020—1090）初名甫，字元发，后更名元发，改字达道，其年辈与司马光、王安石相近，却与苏轼为密友，书信往来，几乎无所不谈。所以，这六十八首尺牍的内容颇为丰富，研究者也经常引述其中几个带有重要信息的文本，展开各种议论。但是，这些文本的写作时间和所指情事，往往难以确认，论者据自己对北宋史实和苏轼生平的了解，比对印证，所见多有差异。比如第8首，曾被称为苏轼在政治上的"忏悔书"，朱靖华、刘乃昌、王水照、曾枣庄等前辈学者，都曾论及，而对此书的系年问题所见不同，乃至反复争论②，竟无结果。我以为，包括我的业师王先生在内的这些治苏名家，当时囿于条件*，大抵孤立地看待相关文本，而未将苏轼写给滕氏的这六十八首尺牍作为一个整体加以专门研究，从而来确定系年。此后孔凡礼校

---

① 孔凡礼点校《苏轼文集》，中华书局，1986年。
② 朱靖华《论苏轼政治思想的发展》，《历史研究》1978年第8期；王水照《评苏轼的政治态度和政治诗》，《文学评论》1978年第3期；刘乃昌《试谈有关苏轼评价的几个问题》，《开封师院学报》1979年第2期；曾枣庄《苏轼〈与滕达道书〉是"忏悔书"吗》，《文学评论》1980年第4期；王水照《关于苏轼〈与滕达道书〉的系年和主旨问题》，《文学评论》1981年第1期；张海滨《苏轼〈与滕达道书〉系年、主旨之探讨——与王水照先生商榷》，《宁夏大学学报》1981年第2期；曾枣庄《再论苏轼〈与滕达道书〉》，《苏轼评传》再版附录，四川人民出版社，1984年。

点《苏轼文集》,编纂《苏轼年谱》①,张志烈等主编《苏轼全集校注》②,都包含了全面地处理这六十八首尺牍的工作,故能发现这些文本之间存在的许多联系,但因为并未对这批尺牍的来源、编排方式等问题加以考察,并未在这样考察的基础上来作系年,故从方法上说,仍是孤立地看待文本,抽取其中信息为系年的依据,实际上还是没有把这批尺牍视为整体。确实,就单个文本来说,抽取其中信息,与相关史实、作者生平相比对,是作品系年的基本方法,但传世文献的性质、体例不同,宋人传下来的许多集部文献有编年序列,是我们熟知的事实,如果我们从整体上考察现存的文本,发现其中有一部分来自此种具有编年性质的文献,则能为其系年问题的解决增添一条重要的途径。本文即拟作此考察。

一、《与滕达道六十八首》的来源与茅维的编排方法

在茅维之前,已有两种现存的文献集中汇编苏轼的尺牍:一是中国国家图书馆所藏元刊残本《东坡先生翰墨尺牍》二卷,此本虽残,但与清刊《纷欣阁丛书》本《东坡尺牍》前二卷完全一致,故可将《东坡尺牍》视为完整的《东坡先生翰墨尺牍》之传本;二是明刊《重编东坡先生外集》卷六十三至八十一"小简"部分,这《外集》从南宋流传下来,"小简"部分与明刊东坡七集之《续集》卷四至卷七的"书简"面貌一致。③ 若与此二种资料相比对,茅维编集《与滕达道六十八首》的依据是十分清楚的。

---

① 孔凡礼《苏轼年谱》,中华书局,1998年。
② 张志烈、马德富、周裕锴主编《苏轼全集校注》,河北人民出版社,2010年。
③ 关于现存苏轼尺牍各种版本的详情,请参看笔者《东坡尺牍的版本问题》一文,见《中国典籍与文化论丛》第12辑,2010年。

《东坡尺牍》卷一收录《与滕达道》共四十八首尺牍,与《苏轼文集》卷五十一《与滕达道六十八首》比对,如下表:

《东坡尺牍》	《与滕达道六十八首》	《东坡尺牍》	《与滕达道六十八首》
1	10	25	3
2	11	26	50
3	61	27	55
4	12	28	4
5	52	29	5
6	13	30	1
7	32	31	6
8	47	32	62
9	14	33	63
10	15	34	64
11	16	35	65
12	33	36	36
13	53	37	22
14	48	38	23
15	34	39	24
16	35	40	25
17	17	41	66
18	18	42	67
19	19	43	26
20	7	44	27
21	54	45	28
22	20	46	68
23	49 + 21	47	37
24	2	48	29

表格的左右两栏是相同的文本,比较特殊的是《东坡尺牍》中的第 23 首,是由《苏轼文集》中的两首拼成,那么,如以《与滕达道六十八首》为基准而言,《东坡尺牍》实际上包含了四十九首文本。剩下来的还有十九首,而这十九首恰恰全在《重编东坡先生外集》之中。

与《东坡尺牍》按受书人为序编集的方法不同,《外集》是按写作时地编次的,故苏轼写给滕氏的尺牍,散在多处,总计二十六首。现归并于下,并与《与滕达道六十八首》的相同文本对应:

	《重编东坡先生外集》		《与滕达道六十八首》	
1	卷六十四徐州	《与滕达道》	7	第 6 首标"以下俱徐州"
2		《又》	8	
3	卷六十七黄州	《答湖守滕达道》	30	第 10 首标"以下俱黄州"
4		《又》	31	
5		《又》	21	
6		《又》	20	
7		《又》	10	标"以下俱黄州"
8	卷七十离黄州	《与湖守滕达道》	45	第 32 首标"以下俱离黄州"
9		《又》	38	
10		《又》	42	
11		《又》	33	
12		《又》	39	
13		《又》	40	
14		《又》	44	
15		《又》	46	
16		《又》	41	
17		《又》	43 + 49	第 47 首标"以下俱赴登州"

(续表)

	《重编东坡先生外集》		《与滕达道六十八首》	
18		《又》	9	
19	卷七十赴登州	《与滕达道》	60	第52首标"以下俱登州"
20		《又》	54 + 58	
21		《又》	47	标"以下俱赴登州"
22		《又》	51	
23	卷七十赴登州	《与滕达道》	59	
24		《又》	56	
25		《又》	57	
26		《又》	52	标"以下俱登州"

　　将《东坡尺牍》与《外集》所录合并，去其重复，可以得到《与滕达道六十八首》的全部文本，这便是茅维编集尺牍的来源了。如仔细比对，还可以发现茅维在文本校录上比较尊重《东坡尺牍》(准确地说，是与《东坡尺牍》一致的，类似元刊《东坡先生翰墨尺牍》那样的文本)，但其题下标注的时地信息，虽然略有出入，却仍可判断其依据的是《外集》(或者与《外集》一致的《续集》)。当然，《外集》只有二十六首，茅维按《外集》标注时地的框架，把其他得自《东坡尺牍》的文本，也都放置到这个框架里面，于是《与滕达道六十八首》便显出秩序井然的面貌：第1首标"杭倅"、第2首标"以下俱密州"、第6首标"以下俱徐州"、第10首标"以下俱黄州"、第32首标"以下俱离黄州"、第47首标"以下俱赴登州"、第52首标"以下俱登州"、第61首标"登州还朝"、第62首标"以下俱南省"、第65首标"以下俱翰林"。在这里，除了"登州"与"南省"，都与《外集》的标注方式相同，我们从上表中也可以看到，把"赴登州"与"登州"分开来，造成了茅维与《外集》在有关尺牍编排顺序上的一些差异。

那么，除了《外集》原有的尺牍外，茅维将得自《东坡尺牍》的原来并无编年顺序的文本都置入上述时地框架时，便只能按文本提供的信息来判断其写作时地，然后编入相应部分。自然，要从每一个文本中都找到这种信息，几乎是不可能的，当他找不到这种信息时，他便保留了《东坡尺牍》的文本原来的顺序，因此我们在对照表中可以看到不少连贯的段落，比如《东坡尺牍》的第 9、10、11 首，就是《与滕达道六十八首》的第 14、15、16 首，《东坡尺牍》的第 17、18、19 首，在《与滕达道六十八首》中也是第 17、18、19 首，后者的第 22—25 首，第 62—65 首，也都保留了《东坡尺牍》中的相连顺序。从编集的角度来说，这种方法也无可厚非，但这些尺牍的系年，就不能依据茅维标示的时地框架来判断了。另外，即便茅维认为他找到了时地信息而移动了顺序的那些尺牍，他的这个工作在性质上跟当代研究者关于系年的判断是一样的，也需要重新检证。

所以，虽然茅维把《与滕达道六十八首》编排成仿佛秩序井然的面貌，但我们仍应把他得自《外集》的部分尺牍与得自《东坡尺牍》的文本区分开来。既不能全然相信茅维的编排顺序，也不能一概抹煞，因为来自《外集》的部分尺牍，原本就被放置在时地框架中，而这一面貌是从南宋传下来的，即便也不可全信，比起他后来塞进去的部分，却相对可靠得多。下文先对《外集》所载的二十六首加以考察。

二、《重编东坡先生外集》所载尺牍

由于茅维在文本校录上更尊重的是《东坡尺牍》而不是《外集》，故《外集》所载二十六首，在《与滕达道六十八首》中分成了二十八首。

《外集》第 1、2 首，即《与滕达道六十八首》之第 7、8 首。第 7 首有"意谓途中必一见，得相参扣"语，第 8 首头上无"某启"一类的起首语，直接说"某欲面见一言者"，看来与第 7 首连贯，甚至就是在第 7

首后面附了一页，也有可能。要之，这两首的写作是同时的。由于第8首就是所谓"忏悔书"，其系年问题须特别谨慎，所以这里先搁置，放到后文专门论述。

《外集》第3—7《答湖守滕达道》五首，编在"黄州"阶段，即元丰三年(1080)至七年(1084)。第3首即《与滕达道六十八首》之第30首，张志烈等《苏轼全集校注》谓"元丰年间作于黄州"，未考订具体年份。按，此首有"见教如元素黜罢"语，元素指杨绘，"黜罢"实指放绝女色，事在《与滕达道六十八首》之第29首(《外集》不收)，所谓"近闻元素开阁放出四人，此最卫生之妙策"，即杨绘放弃了四个侍女。茅维想必看到了这两首之间的联系，所以编在一起。《苏轼全集校注》对第29首也只注"元丰年间作于黄州"，但此首提及"今日见报，蒲传正般出天寿院"，当是宰执被御史弹劾，不敢再居二府，搬出佛寺待罪，而考《续资治通鉴长编》，蒲宗孟(字传正)被弹劾、罢执政，在元丰六年(1083)闰六月至八月间，据此则第29首当作于此时。第30首(《外集》第3首)与此相接，也可以系于元丰六年。该年冬天，滕元发罢安州知州任，入朝，苏轼想在他经过黄州附近时，约见一面，《外集》第4首(《与滕达道六十八首》之第31首)"公解印入觐"云云，即谓此事，故《苏轼全集校注》与孔凡礼《苏轼年谱》都将此首系于元丰六年冬，甚是。《外集》第5首即《与滕达道六十八首》之第21首，因为说到自己对《论语》《书》《易》的研治，《苏轼全集校注》遂系于元丰三年，即苏轼撰成《论语说》《易传》之前。这个推论实际上并不严密，苏轼对这几部著作，有长期的修订过程，不能限在某一年以前。《外集》第6首即《与滕达道六十八首》之第20首，其内容与《外集》第4首相衔接，所谓"前事尚未已，言既非实，终当别白"，指滕氏入朝后，仍因从前牵涉赵世居谋反案而受谤。此后滕氏上书自辩(其上书乃苏轼代作)，得知湖州差遣，《长编》系于元丰七年正月，则有关活动当在六年末。《外集》第7首即《与滕达道六十八首》之第10首，因为提到杨世昌道士离开黄州的事,《苏轼年谱》和《苏轼全集校注》都系于元丰六年夏天,应该没有疑问,唯此首文本,开头"别来忽复中夏",是据《东坡尺牍》而来,《外集》和《续集》的文本并无"别来"二字,苏轼至黄州后,也一直无缘与滕氏见面。这样梳理下来,五首皆可系于元丰六年,《外集》标题为《答湖守滕达道》,可能因为滕氏不久后知湖州,整理这些尺牍的人遂称之为"湖守"。

《外集》第 8 到 18 首,标题也称滕氏为"湖守",编在"离黄州"阶段。按《外集》的体例,这是指元丰七年(1084)苏轼离开黄州至次年"赴登州"之前。《苏轼年谱》和《苏轼全集校注》也大抵将这些尺牍系于元丰七、八年间,基本正确。综合梳理一下:第 8 首云"一别四年,流离契阔,不谓复得见公",指苏、滕金山相会事,《苏轼年谱》系元丰七年八月,并考"四年"为"十四年"之误。此时滕元发知湖州,在赴任途中。第 9 首云"到此时见荆公",《年谱》系此年七月,谓东坡先至金陵(王安石住金陵),然后至金山。但此简托滕氏照顾湖州故人贾收(耘老),"愿公时一顾",似是滕已在湖州。又云:"某至楚、泗间,欲入一文字。"亦是置田常州后,十月份重新北行赴汝州时语。由此推测,东坡数月间来来往往,"时见荆公"不止在七月。第 10 首云:"闻张郎已授得发勾,春中赴上,安道公与之俱来。某若得旨,当与之联舟而南。"此张郎指张方平(安道)之子张恕,"某若得旨"语与第 9 首"欲入一文字"意相衔接,谓乞常州居住。故第 9、10 首当是相次而作。第 10 首又谈及"明年见公"之打算,揆于当时情形,当在元丰七年末作此语。第 11 首谈到为滕氏立字事,盖滕氏本名甫,字元发,后避宣仁高太后父高遵甫之讳,以字为名,故当另立一字也。考《长编》卷三五三,元丰八年三月戊午,"诏太皇太后父鲁王遵甫宜避名下一字",则滕氏改名立字,当在此后。时神宗已崩,苏轼在南都成服。第 12 首"别后不意遽闻国故",正指此事,又谓"某旦夕过江,径往毗陵",则已是四、五月间南下时语。第 13 首所说"二圣",指宋哲宗和宣仁高太后,高氏时垂帘听政，又提及四月十七日邸报，则与第12首亦相次而作。第14首云"近在扬州入一文字，乞常州住……若未有报，至南都当再一削也"，是元丰七年末过扬州而未达南都前语，第15首云"到南都，当一状申礼曹"，亦在七年，此二首编次略乱。但第16首又与第13首相衔接，"某留家仪真，独来常"，时已至常州，在元丰八年五月后。第17首的文本较特殊，相当于《与滕达道六十八首》之第43、49两首合为一首，第43首文本极简单，无系年信息，第49首则被《苏轼年谱》系于元丰五年，《苏轼全集校注》亦谓作于黄州，这都是因为其中说到一位"徐守"，被解读为黄州知州徐大受。但是，如尊重《外集》的编次顺序，则"徐守"也可作"徐州知州"理解，为元丰八年起知登州，准备北行时语，当在六、七月间。《外集》第18首文字也甚少，无可考。总体来看，此十一首在《外集》中的先后顺序，除第14、15两首稍乱外，其余可称整饬。

再来看《外集》第19到26《与滕达道》共八首（原编为两组，各四首），都编在"赴登州"阶段，即元丰八年(1085)。第19首云"久不朝觐，缘此得望见清光，想足慰公至意"，《苏轼年谱》和《苏轼全集校注》都因此牵合滕氏自安州入朝事，系于元丰六年，但此首云"屏居如昨"，若将"屏居"解读为隐退独处之意，则与黄州"谪居"有别，也可推测是元丰八年在常州之作，其时东坡有起知登州之命，滕达道自湖州移苏州，二人皆"久不朝觐"，由此或可打算途中会面，即所谓"望见清光"。如此解读，便合乎《外集》编次顺序。第20首的文本相当于《与滕达道六十八首》之第54、58两首合为一首，第54首向滕氏请求"朱红累子两卓二十四隔者"，此事以后数首反复涉及，作于自常州北行赴登州时，可无疑义（详下），但第58首因提及杨世昌道士"留此凡一年"，而杨道士元丰五年至黄州访苏轼，至元丰六年离开，故《苏轼年谱》和《苏轼全集校注》也都系于元丰六年，其实，"留此凡一年"也可理解为回顾之语，"此"相当于"我这儿"、"我身边"，不一定要身在黄州，才说此语。《外集》第21首言"登州见阙，不敢久住"，显然在赴任途中。第22首言"许为置朱红累子,不知已令作否?若得之,携以北行,幸甚",则是第20首所提之请求,已获许可,而不知对方已置办与否也。"北行"即赴登州之谓。第23首云"累卓感留意,悚怍之甚",是知对方已开始置办①。第24首云"某干求累子,已蒙佳惠……捧领讫",是已收到所请求之物。第25首寄"土物"给滕,当是已至登州。第26首云"青州资深,相见甚欢",《苏轼年谱》系元丰八年冬自登州还朝途中,甚确。此首相当于《与滕达道六十八首》之第52首,开头有"入春来,连日雨"数句,时令不合,《年谱》疑"春"字为"冬"之误,而《外集》的文本,原无此数句。以上八首皆元丰八年作,而且在《外集》中次序甚为井然。

综上所考,《外集》对于苏轼写给滕达道的尺牍,虽然收录的总数不算多,但其间顺序之编次,以及在相应时地框架中的安置,却具有相当高度的准确性。我们若将《外集》所收的其他尺牍,与《苏轼年谱》《苏轼全集校注》所作的系年相比对,也能发现高度的一致性。此二书的作者都未重视《外集》的编年体例,只据文本所含信息来考订写作时间,其结果却能支持《外集》的编排顺序,这说明《外集》本身是甚可信任的。在此基础上,我们得以重新探讨"忏悔书"的问题。

三、关于"忏悔书"

《外集》第1、2首,原来都编在"徐州"阶段,即熙宁十年(1077)至元丰二年(1079)初。第2首因为含有"某欲面见一言者,盖谓吾侪新法之初,辄守偏见,至有异同之论,虽此心耿耿,归于忧国,而所言差谬,少有中理者。今圣德日新,众化大成,回视向之所执,益觉疏矣"等语,事关苏轼政治态度之变化,故颇受学界关注,至有称之为"忏悔

---

① 《外集》第23首在《苏轼文集》中是《与滕达道六十八首》之第59首,孔凡礼校记云:"《外集》卷七十此首接本卷《与滕达道》第四十四首之后,与第四十四首为一首。"按,《外集》并不如此,校记误。

书"者。但几位前辈大抵认为这样真心的或假意的"忏悔"只能在苏轼被贬黄州之后,故对《外集》置之徐州阶段,都不予重视。比较晚出的《苏轼年谱》和《苏轼全集校注》,则联系到《与滕达道六十八首》之第31首所云"解印入觐"、途中约见之事,与此参合,判断作于同时,故皆系之元丰六年(1083)滕氏从安州入朝以求觐见时。

应该说,如果没有《外集》,仅从尺牍文本中抽取有关信息来作判断,则元丰六年之说虽不严密(滕氏并非只有这一年才有机会入朝),一般而言是可以接受的。但是,既然有《外集》存在,且如上文所考,其编次顺序甚可信任,那么我们就要充分考虑此书作于徐州是否可能?除非我们可以断定这种可能性全不存在,否则不宜抛弃《外集》的这一成说,另作系年。实际上,茅维将此二首尺牍编在《与滕达道六十八首》之第7、8首,亦属"徐州"阶段。显然,他并不否认这种可能性。

"忏悔书"有无可能作于徐州时期,我以为这问题当从两个方面加以考察:一是该期间的滕氏有否入朝之事实,二是该期间的苏轼有无"忏悔"之心情。前一方面比较简单,考《长编》卷二六三,熙宁八年滕氏(当时名滕甫)被牵涉到赵世居谋反案中,受落职处分,但此年恰遭父丧,其除服后之仕历,苏轼《故龙图阁学士滕公墓志铭》载为:"知池州,徙蔡,未行改安州。"①据《长编》卷三○五,其自池州徙蔡州在元丰三年(1079),则除服知池州当在熙宁十年至元丰元年之间,正是苏轼在徐州之时。当服除之日,滕氏正因入朝觐见。滕氏家在苏州,由苏入朝,可经徐州,苏轼欲与"面见",亦顺理成章。后一方面牵涉政见之变化,甚难确论,但我们也不妨关注一个重要的背景,就是这两年恰值"熙宁"和"元丰"两个年号之交替。在王安石罢归后,宋神宗改变年号,亲自秉政,带来政治环境的显著变化。虽然朝廷仍实行"新法",但对于旧党臣僚来说,此前反对的是王安石的"新法",此

---

① 苏轼《故龙图阁学士滕公墓志铭》,《苏轼文集》卷十五。

后再反对,就是反皇帝了。苏轼所谓"今圣德日新,众化大成",可以理解为是对此环境变化的明确意识。稍后"乌台诗案"发生时,苏辙上书为兄辩护云:"顷年通判杭州,及知密州日,每遇物托兴,作为歌诗,语或轻发,向者曾经臣寮缴进,陛下置而不问。轼感荷恩贷,自此深自悔咎,不敢复有所为。"①他承认苏轼在杭州、密州时期写有讽刺诗,但此后就已改正,不再写作,其选取的改正时间点,也正是徐州任上的熙、丰之交,意谓神宗一旦亲自秉政,苏轼就不再有"语或轻发"之举,以此委婉辩护,声明苏轼针对的只是王安石,不是宋神宗。实际上,这也说明"乌台诗案"本身就与政治环境的改变相关,熙宁前期的苏轼明确地在奏章中反对"新法",熙宁后期的苏轼在诗文中含蓄地讽刺"新法",且"曾经臣寮缴进",都未被问罪,而一到元丰时期,就都变成有罪了。所以,苏辙的辩护看上去只是可笑地从兄长的"犯罪"经历中减去了两年,其实却对这"诗案"的合法性提出了严正的质疑。他这层意思,当时身在其境的人包括皇帝在内,应该是能看明白的。由此看来,熙宁、元丰这两个年号的交替所意味着的皇帝对于其权威性的强调,是我们考虑有关问题时应该充分重视的一个背景,连带王安石的诗集为什么会以两首《元丰行》开头,也不妨从这个角度去理解。苏轼在年号交替之际,鉴于这样的形势,跟密友滕元发商议今后宜持更合适的政见、采取更合适的表达方式,并非不可理解之事。而且,不久前令滕氏遭受牵连的赵世居谋反案,实际上也跟宋神宗对其皇权的强调有密切的关系,苏轼在这个时候提醒滕氏,是非常及时的。如果到了贬谪黄州以后,苏轼才与滕氏谈及这样的话题,那就毫无政治敏感性了,此时苏轼对于"新法",连表示反对的身份也没有了,怎么去跟人商议说,"若变志易守以求进取,固所不敢,若哓哓不已,则忧患愈深"呢?

---

① 苏辙《为兄轼下狱上书》,《栾城集》卷三十五,上海古籍出版社,1987年。

综上所述，按《外集》的编次，将"忏悔书"系于徐州时期，不失其合理性。如果没有可以推翻的充分理由，我以为不宜改变其系年。

四、《外集》不收之尺牍

按照《与滕达道六十八首》的文本，《外集》所收有二十八首，已考订如上。剩下还有四十首，其文本皆来自《东坡尺牍》，而无编年顺序，我们只能读取文本中的信息，参考茅维的编排框架，进行写作时间的推断。《苏轼全集校注》做了这个工作，我以为基本上可以接受，现将其所考各首系年列为下表：

1	元祐四年	15	元丰四年	27	元丰六年	53	熙宁八年
2	熙宁七年	16	元丰年间黄州作	28	元丰年间黄州作	55	元丰八年
3	熙宁七、八年间	17	元丰五年	29	元丰年间黄州作	61	元丰八年
4	熙宁七年	18	元丰六年	32	元丰七年	62	元祐元或三年
5	熙宁七、八年间	19	元丰六年	34	元丰八年	63	元祐元或三年
6	元丰八年后	22	元丰三年	35	元丰七年	64	元祐元或三年
11	元丰年间黄州作	23	元丰年间黄州作	36	元丰八年	65	元祐年间
12	元丰年间黄州作	24	元丰七年	37	元丰七年	66	元祐年间
13	元祐元、二年间	25	元丰六年	48	元丰八年	67	元祐二年
14	元丰年间黄州作	26	元丰六年	50	元丰八年	68	元祐年间

以上系年,除如前文所考,第29首可以更具体地系于元丰六年外,余无甚可议者。这里显示的苏、滕尺牍往来,始于熙宁七年(1074),此年冬天苏轼至京东路密州任知州,而滕甫为青州知州、京东路安抚使,苏轼正在其"麾下"①。可以确定为最晚的第1首作于元祐四年(1089),时滕氏知太原府,而苏轼离京师出知杭州,次年滕便去世。

　　滕氏固然反对"新法",与王安石不和,但他与司马光的关系似也不甚密切。苏轼曾形容他与宋神宗论事,"如家人父子"②,特别亲密。其仕途之受挫,只因被捕风捉影的所谓赵世居谋反案所牵连,这与苏轼遭受"乌台诗案"的无妄之灾有相近之处,所以二人相知实深,其政治处境和态度最为一致。研究这批尺牍的意义,也就在这里了。

---

① 苏轼《与滕达道六十八首》之第四首云:"某孤拙无状,得在麾下,盖天幸也。"
② 苏轼《故龙图阁学士滕公墓志铭》,《苏轼文集》卷十五。

六 ｜ 苏轼《与钱济明》尺牍考略

建中靖国元年(1101)苏轼去世于常州,身边除家人外,尚有无畏禅师径山维琳、冰华居士钱世雄。笔者曾据苏轼尺牍,对维琳的事迹有所考辨①,本文亦参照苏轼尺牍,钩沉钱世雄生平及苏、钱交往之始末,同时对尺牍的文本来源与编排情况加以清理。孔凡礼校点《苏轼文集》卷五十三有《与钱济明十六首》②,张志烈等《苏轼全集校注》对此加以系年、注释,其注"钱济明"云:"钱世雄,字济明,号冰华居士,常州晋陵(今江苏常州)人。元祐年间,任瀛州防御推官、户部检法官。绍圣年间,任苏州通判。参见杨时《冰华先生文集序》。"③按杨时虽有此序,但《冰华先生文集》今已不存。所幸钱氏同乡好友邹浩(1060—1111)的《道乡集》四十卷今存,从中可以获知不少有关钱氏的信息,与苏轼尺牍可以互参。由于《与钱济明十六首》皆作于苏轼居黄州后,兹先据其他资料稽考二人在此前的交往。

一、苏轼与钱公辅、钱世雄父子

邹浩《道乡集》中有《为钱济明跋书画卷尾》云:

---

① 参本书所收《苏轼与云门宗禅僧尺牍考辨》。
② 苏轼《与钱济明十六首》,《苏轼文集》,第 1549—1556 页,中华书局,1986 年。
③ 张志烈、马德富、周裕锴主编《苏轼全集校注》,第 5808 页,河北人民出版社,2010 年。

> 紫微钱公,朝廷之名卿,乡邦之先生也。某从学时,公既殂矣,不及亲炙以为师,而与公之子通直为友,因得观公所书《遗教经》,以想见刚风特操之仿佛云。①

钱世雄的父亲钱公辅(1021—1072)是北宋中期的名臣,作为"乡邦之先生"而被后辈敬崇。邹浩与钱世雄为友,得见公辅手迹,故为作跋。公辅字君倚,苏轼文集里也有一篇《跋钱君倚书遗教经》云:

> 钱公虽不学书,然观其书,知其为挺然忠信礼义人也。轼在杭州,与其子世雄为僚,因得观其所书佛《遗教经》刻石,峭峙有不回之势。②

看来钱世雄不仅保存其父手迹,还曾募工刻石,如果上引文本不误,则苏轼所跋的就是拓本。他认为钱公辅在书法方面是不够专业的,但字如其人,体现了刚直的品格。这篇跋文也交代了苏轼与钱世雄开始交往,是因为在杭州同事。《与钱济明十六首》之三则透露了该跋文的写作时间:

> 曾托施宣德附书及《遗教经》跋尾,必达也……儿子明年二月赴德兴。③

苏轼长子苏迈赴任德兴县尉,是元丰七年(1084)的事④,因此《苏轼全集校注》将这一首尺牍及其提到的《遗教经》跋文,都系于元丰六年

---

① 邹浩《道乡集》卷三十二,明成化六年刻本。
② 张志烈、马德富、周裕锴主编《苏轼全集校注》,第7824页。
③ 张志烈、马德富、周裕锴主编《苏轼全集校注》,第5811页。
④ 参考孔凡礼《苏轼年谱》,第632页,中华书局,1998年。

(1083),时苏轼在黄州,托人将跋文带给钱世雄。如此,则跋文中所谓"轼在杭州",当指熙宁年间苏轼任杭州通判时。

苏轼是见过钱公辅的,熙宁四年(1071)因反对王安石变法而离京,赴杭州通判任,路经扬州时,作《广陵会三同舍各以其字为韵仍邀同赋》诗①,此"三同舍"为刘攽、孙洙、刘挚,诗中还提到一位"贤主人",就是钱公辅,时知扬州。这些人都是因为跟王安石政见不同而离朝外任的,聚在一起正好互托知己。受钱公辅招待后不久,苏轼便到达杭州,开始与其子钱世雄交往。但据《续资治通鉴长编》载,熙宁五年(1072)十一月庚申,钱公辅卒②。这样钱世雄必须回到常州家中去守制,故与苏轼同处杭州的时间并不长。

然后,苏轼于熙宁七年(1074)离开杭州,赴密州知州任,途径常州,又见到了钱世雄,并应其请求而作《钱君倚哀词》③。这篇哀词后来在"乌台诗案"中成为罪证之一,有苏轼的亲口交待被记录下来:

> 熙宁七年五月,轼自杭州通判,移知密州,道经常州,见钱公辅子世雄。是时公辅已身亡,世雄要轼作公辅哀辞。轼之意,除无讥讽外,云"载而之世之人兮,世悍坚而莫容",此言钱公辅为人方正,世人不能容……又云"子奄忽而不返兮,世混混吾焉则",意以讥讽今时之人,正邪混淆,不分曲直,吾无所取则也。④

实际上,《哀词》吐露旧党人士对政局的不满心声,仍是此前"三同舍"

---

① 冯应榴《苏轼诗集合注》,第267页,上海古籍出版社,2001年。
② 李焘《续资治通鉴长编》,第2242页,上海古籍出版社,1986年影印浙江书局本。
③ 张志烈、马德富、周裕锴主编《苏轼全集校注》,第7078页。
④ 朋九万《东坡乌台诗案》"为钱公辅作哀辞"条,《丛书集成》本。

诗的延续。苏轼与钱氏父子的感情契合,毫无疑问是以相同的政治态度为基础的。到了"乌台诗案"发生的元丰二年(1079),苏轼是在湖州担任知州,钱世雄则为吴兴尉①,正好是其下属。苏轼因"诗案"而被贬谪黄州,钱世雄就因为接受过有讥讽内容的《钱君倚哀词》,被连累罚铜二十斤。《与钱济明十六首》所体现的二人书信交往,是从苏轼谪居黄州时开始的。

二、《与钱济明十六首》的文本来源

孔凡礼校定《与钱济明十六首》的文本,是以明代茅维编《苏文忠公全集》为底本的。在茅维之前,有两种现存的文献集中汇编苏轼的尺牍:一是国家图书馆藏元刊残本《东坡先生翰墨尺牍》,其全本有清刊《纷欣阁丛书》本,依受书人为序编集;二是明刊《重编东坡先生外集》的"小简"部分(卷六十三至八十一),与明刊《东坡七集》本《东坡续集》的"书简"部分(卷四至七)面貌基本一致,按写作时地编排尺牍②。茅本《与钱济明十六首》的文本,都取自《东坡先生翰墨尺牍》卷三《与钱济明》,但排列顺序以及各篇题下对写作时地的标注,则参考《重编东坡先生外集》而加以调整,这是茅维编定苏轼尺牍的基本方法。下面列表对照:

《苏轼全集校注》第17册《与钱济明十六首》	首句	《纷欣阁丛书》本《东坡先生翰墨尺牍》卷三《与钱济明》	《重编东坡先生外集》
一(以下俱赴定州)	某启,别后至今	10	卷七十五赴定州《与钱济明》之一

---

① 参考孔凡礼《苏轼年谱》,第435页。
② 参考本书所收《东坡尺牍的版本问题》。

(续表)

《苏轼全集校注》第17册《与钱济明十六首》	首句	《纷欣阁丛书》本《东坡先生翰墨尺牍》卷三《与钱济明》	《重编东坡先生外集》
二	寄惠洞庭珍苞	11	卷七十五赴定州《与钱济明》之二
三	某启,久不奉书	12	卷六十八黄州《与钱世雄》
四(以下俱惠州)	某启,专人远辱书	15	卷七十五惠州《答钱济明》之一
五	某启,近在吴子野处	16	卷七十五惠州《答钱济明》之二、三
六(以下俱北归)	某启,去年海南	1	卷七十九北归《答钱济明》之一
七	某启,忽闻公有闱门之戚	3	卷七十九北归《答钱济明》之三
八	某启,人来	4	卷八十北归《答钱济明》之一
九	某启,得来书	5	卷八十北归《答钱济明》之二
十	某已到虔州	2	卷七十九北归《答钱济明》之二
十一	示谕孙君宅子	14	卷八十北归《答钱济明》之三
十二	居常之计本已定矣	13	卷八十北归《答钱济明》之三
十三	某启,蒙示谕	8	卷八十一北归《与钱济明》之三

(续表)

《苏轼全集校注》第17册《与钱济明十六首》	首句	《纷欣阁丛书》本《东坡先生翰墨尺牍》卷三《与钱济明》	《重编东坡先生外集》
十四	妙啜见分	9	卷八十一北归《与钱济明》之三
十五	家有黄筌画龙	7	卷八十一北归《与钱济明》之二
十六	某一夜发热不可言	6	卷八十一北归《与钱济明》之一

按茅维的编法,这十六首尺牍,时间上是从绍圣元年(1094)苏轼在定州时开始的,但第三首实被《外集》编在黄州卷,且上文已引用其中提到苏迈将赴德兴尉的事,确应作于元丰六年。不过在《外集》中,此篇的标题特异,不作"与钱济明"而作"与钱世雄"。茅维一时没想起钱世雄就是钱济明,故《苏文忠公全集》中又另出《与钱世雄一首》,即此篇,且注明为黄州之作,显然录自《外集》。孔凡礼发现这是重出,遂在《苏轼文集》卷五十九删文留题,《苏轼全集校注》亦如此处理①。孔凡礼还从《晚香堂苏帖》发现另一篇苏轼致钱世雄的尺牍,认为也是元丰六年所作②。这样我们可以读到两首苏轼从黄州寄给钱世雄的尺牍。

茅维不但未发现《与钱世雄一首》就是《与钱济明十六首》之三,且将此篇误编于定州时段,除了疏忽外,重要的原因在于他编于定州时段的第一、二、三首,原即《东坡先生翰墨尺牍》的第10、11、12首,三首本来就是连在一起的。所以这个失误跟他的操作方法有关,由

---

① 张志烈、马德富、周裕锴主编《苏轼全集校注》,第6507页。
② 孔凡礼《苏轼年谱》,第576页。

于尊重《翰墨尺牍》的文本,对于他觉得没有把握按写作时地来重新排序的尺牍,便倾向于保留其在《翰墨尺牍》中原有的序列①。另外,这一首有"吴江宦况如何,僚佐有佳士否"之问,也易引起误解。"吴江"常被用来指称苏州,而钱世雄于绍圣初,即苏轼作《与钱济明十六首》之一、二首时,正担任苏州通判,则看起来三首似可连贯。然而《外集》的文本,此二句作"吴江官况如何,僚有佳士否",我们确定该篇作于元丰六年,则钱世雄尚未脱离选调,他可能从吴兴尉调到苏州担任某一幕职,"僚有佳士否"问的是同僚,若作"僚佐"则易被理解为属下幕僚之意,仿佛钱氏已任通判了。实际上,钱任苏州通判须在元祐五年(1090)改官之后,详下文。

十六首中并无元祐年间的尺牍,但钱世雄确在这个旧党执政的时代获得改官。先是元祐二年(1087)昭雪了他受"乌台诗案"连累所蒙受的罪名,事见《续资治通鉴长编》卷三九四,元祐二年正月乙丑纪事:

> 右司郎中范纯礼奏:"瀛州防御推官钱世雄等进状,理雪受苏轼讥讽文字案后罚铜事。元案内连坐官黄庭坚、周邠、颜复、盛侨、王汾、钱世雄、吴绾、王安上、杜子方、戚秉道、陈珪、王巩受苏轼谤讪诗不缴,罚铜二十斤,王诜隐讳上书诈不实,徒二年,追两官,合牵复。昨有旨,王诜诉雪文字不得收接。未敢看详。"三省进呈,王诜以尝追官,难从矜恕,黄庭坚等并特与除落。②

此时的钱世雄,尚任瀛州防御推官幕职,上状请求昭雪,获得朝廷同意,为大批连坐官员除落罪名。这件事的政治意义,实际上就是为

---

① 这种操作方法,也见于茅维对《与滕达道六十八首》尺牍的排序,详细请参考本书所收《苏轼与滕达道尺牍考辨》。
② 李焘《续资治通鉴长编》,第3722页。

"乌台诗案"平反,但不是由贵为翰林学士的苏轼本人发起,而是从远在瀛州的一位幕职小官的诉求开始,颇见技巧。此事的成功,当然也为钱世雄的改官扫去了障碍。范祖禹《手记》有"钱世雄,元祐五年八月举,升陟,时权进奏院、户部检法官"①,可见他在元祐五年终于升秩京官。这除了历任于州县幕职所积累的劳资,还须有力的人物举荐,而起决定作用的举荐者,除了范祖禹,看来还有苏轼。

《道乡集》中有《代钱济明谢苏内翰启》《代钱济明谢敕局详定启》《代钱济明谢执政启》三篇,当为钱氏改官而作。其中反复言及:

> 久于迁调,固分所宜;跻以文阶,在恩非据……积年瑕疵,一日洗涤。乃自删修之职,获沾迁陟之荣。
>
> 荫先子之余恩,误明时之见录。纷纭百里,荐更赞佐之劳;荏苒十年,竟乏献为之效。属缺员于删定,辱诸公之荐扬。越由冗散之中,参预讨论之末……脱折腰之选调,易寄禄之新阶。
>
> 犬马虽微,岂有裨于分职;乾坤洪造,遽获改于新阶……驱驰十载之余,泯灭一毫之补。因时核实,已逃废黜之严;择士修书,旋预讨论之末。②

由此可见,钱世雄并无科举功名,是由门荫入仕,所以自熙宁以来长期沉沦选海,"久于迁调","荐更赞佐之劳",到元祐五年才获改官。当然在改官前,他已获得机会入京,参与编敕局修书。这三篇谢启,一致编敕局长官,一致执政官,自与对方的职掌相关,而另一篇所致的"苏内翰",则必是关键的举荐人。我们看文中对他的描述:

---

① 曾枣庄、刘琳主编《全宋文》第 98 册,第 290 页,上海辞书出版社、安徽教育出版社,2006 年。
② 邹浩《道乡集》卷二十四。

伏遇某官，荷天大任，为民先知。学富惠施之五车，才迈正平之一鹗。言惟救弊，妙药石之所攻；志在尊君，挺松筠之不变。缘遭回于时命，顷流落于江湖。太白溪边，邀月同醉；屈原泽畔，散发行吟。曾无憔悴之容，自适盈虚之数。属宣室之欲见贾谊，而苍生之望起谢安。遂即赐环，委以持橐。俄膺内相之选，实为真宰之储。方且汲汲求才，勤勤接士。谓来绝足，宜朽骨以先收；思得武夫，虽怒蛙而犹式。是致无用，亦皆有成。异时严君，最辱推扬之助；今兹贱息，又蒙生育之私。荣萃一门，恩深九地。①

这位苏内翰，曾因批评时政，遭受挫折，流落江湖，而行吟自得，又曾对钱世雄的父亲加以"推扬之助"。毫无疑问，就是为钱公辅写过《哀词》，后因"诗案"而贬居黄州，现任翰林学士的苏轼。因了他的荐举，门荫入仕的钱世雄才得以脱离选调，升秩京官，以北宋的选官制度为背景来看，确实是恩同生育。所以杨时《冰华先生文集序》称其"比壮，游东坡苏公之门……公以是取重于世，亦以是得罪于权要，废之终身，卒以穷死"②，当代人都知道钱世雄是苏轼门下之士。

这个时期苏轼与钱世雄相关的文字，还有孔凡礼辑《苏轼佚文汇编》卷六的一篇《题蔡君谟诗草》：

此蔡君谟《梦中》诗，真迹在济明家，笔力遒劲。元祐五年十月四日。③

这一段题跋，跟有关苏轼《天际乌云帖》的考证疑案相涉，过于复杂，

---

① 邹浩《道乡集》卷二十四。
② 曾枣庄、刘琳主编《全宋文》第124册，第258页。
③ 张志烈、马德富、周裕锴主编《苏轼全集校注》，第8738页。

此处暂不议及。可以确定的是，这里的"济明"就是钱世雄，钱家也确实收藏了蔡襄的墨迹，《道乡集》卷三十二《为钱济明跋书画卷尾》，所跋书画共有四种，除钱公辅书《遗教经》外，也有蔡襄的"遗墨四轴"。另二种是秦观书《鹤赋》①和王诜画《柳溪渔浦小景》，秦和王都是苏轼、钱世雄共同的朋友。元祐五年十月的苏轼是在杭州知州任上，钱世雄则可能在京城，也可能暂回常州家中。无论如何，经过了元祐改官，这才有了绍圣年间的苏州通判钱世雄。

三、苏州通判钱世雄

《与钱济明十六首》之第一首，提到"老妻奄忽，遂已半年"，因苏轼之妻王闰之卒于元祐八年(1093)八月，故《苏轼全集校注》系此首于绍圣元年(1094)春。尺牍中又谓"闻两浙连熟，呻吟疮痍遂一洗矣"，似钱世雄已在苏州(北宋苏州属两浙路)。接着第二首感谢钱氏"寄惠洞庭珍苞"，亦是苏州之物，苏轼回赠以亲书"《松醪》一赋"，则指《中山松醪赋》，作于定州。这二首在《外集》中自为一组。第三首应是元丰六年作，已详上文。

第四、第五首，茅维标注为苏轼惠州之作，《苏轼全集校注》都系绍圣二年(1095)。《外集》卷七十五惠州《与钱济明》题下有三首，文本上是将茅维编定的第五首拆为两首，内容一致。这也是茅维取《翰墨尺牍》文本而遵《外集》排序的一个例子。苏轼在尺牍中感谢钱氏专门派人远来问候，并送达书信。这可能不止一次，但其中有一次，所派之人为第五首中说到的卓契顺。苏轼有多篇文字涉及卓契顺②，其中《与程正辅七十一首》之七十云：

---

① 按即秦观《叹二鹤赋》，主旨是夸奖钱公辅，见徐培均《淮海集笺注》，第19页，上海古籍出版社，2000年。
② 参考孔凡礼《苏轼年谱》，第1191页。

> 苏州钱倅差一般家人,又借惠力院一行者契顺,来与宜兴通问。万里劳人,甚愧其意。①

这里明确将钱世雄称为"苏州钱倅",即苏州通判。

自第六首以下,茅维标注"以下俱北归",时间一下跳到了建中靖国元年。此前苏轼经历了从惠州再贬儋州的艰难旅程,通信愈为不便,而钱世雄也失去了苏州通判之职,乃至下狱、闲废。北宋笔记《墨庄漫录》卷一云:

> 吕温卿为浙漕,既起钱济明狱,又发廖明略事,二人皆废斥。复欲网罗参寥,未有以中之。会有僧与参寥有隙,言参寥度牒冒名。盖参寥本名"昙潜",因子瞻改曰"道潜"。温卿索牒验之,信然,竟坐刑之,归俗、编管兖州。未几,温卿亦为孙杰鼎臣发其赃滥系狱。人以为蓄人者,人必反蓄之。②

吕温卿是新党吕惠卿之弟,旧党皆目之为"凶人",而此段中被他陷害的钱世雄、廖正一、参寥子,都与苏轼关系亲切,显然成了"新旧党争"的牺牲品。检《续资治通鉴长编》,未载钱、廖之狱的详情,但在卷五〇二元符元年(1098)九月丙寅条下,则记录了淮南两浙路察访孙杰告江淮荆浙等路制置发运使吕温卿违法的事③;卷五〇三元符元年十月丁亥条下又载:

> 御史中丞安惇言:"淮南两浙察访司按察吕温卿托江都知县吕振买部民宅基等事,臣曾论奏,选官鞫治,至今未蒙指挥。"诏

---

① 张志烈、马德富、周裕锴主编《苏轼全集校注》,第 6053 页。
② 张邦基《墨庄漫录》,《全宋笔记》第 3 编第 9 册,第 16 页,大象出版社,2008 年。
③ 李焘《续资治通鉴长编》,第 4700 页。

朝请郎曾镇往扬州置司推勘。①

由此,吕温卿自己也下狱,不久便贬死舒州。《墨庄漫录》所谓"吕温卿为浙漕",当指其担任"江淮荆浙等路制置发运使"而言,此前他曾为"权发遣淮南路转运副使",见《宋会要辑稿》食货二〇:

> 绍圣元年六月十四日,权发遣淮南路转运副使吕温卿言:"监司所以纠绳郡县,而元祐初所用多昏老疲懦,是致吏事隳废,财用窘乏。齐州自元祐元年至八年终,茶盐酒税比祖额共亏四十万九千余贯。以一州推之,则天下可知。欲乞立法,考察惩劝。"诏京东路转运司具元祐元年至八年终本路盐茶酒税并课利场务等,比祖额亏欠数以闻。②

从这一条记载,基本上可以察见吕温卿担任漕使所采取的强硬手段。吕氏兄弟是新党一系列财政措施的设计人,这些措施如不严格执行,"新法"就不能达成"富国"即增加国家财政收入的效能。显然吕温卿认为,元祐以来占据各地监司守令职位的旧党官僚,"昏老疲懦",不能认真执法,以致税收比"祖额"亏欠太多。所以,在他能行使职权的范围内,势必要严加考核,如《孙公谈圃》卷中有云,苏颂"知扬州日,吕温卿出使,杖孔目官以下四十余人,公怡然一听所为"③。按苏颂乃元祐宰相,再知扬州正在绍圣年间,其僚属四十余人被杖,吕氏之严厉由此可见一斑。他连前朝宰相都不放在眼里,则苏州通判钱世雄、常州知州廖正一自然不能逃脱他的责罚。从某种角度说,财政收入的增加是"新法"效能的证明,也是新党在政治上立足的根基,因此新

---

① 李焘《续资治通鉴长编》,第4705页。
② 刘琳等校点《宋会要辑稿》,第6428页,上海古籍出版社,2014年。
③ 孙升《孙公谈圃》,《全宋笔记》第2编第1册,第153页,大象出版社,2006年。

党实际上是需要这类"凶人"去落实政策的,但"凶人"易招人怨,加上吕温卿本人也有贪赃之嫌,故也被用尽则弃,成为牺牲。

既然吕温卿下狱是在元符元年十月,则所谓"钱济明狱"当在此前。不过《道乡集》中有《祥光记》云:"绍圣三年冬,故知制诰晋陵钱公夫人文安郡君施氏卒。"①此谓钱世雄之母卒,如果此时钱尚在任上,亦须离职守制,不合"废斥"之说了。由此看来,"钱济明狱"当发生在绍圣二、三年间。自此以后,我们不再看到钱世雄任官的记载,苏州通判应是他最后的官职。《道乡集》又载《济明不预虎丘之游作此寄之》《再用前韵答济明见和》二诗,其中说济明"更携余刃佐方州",当是其任苏州通判时,又云"老奸不复潜封内,佳句终然到笔头"②,邹浩对钱世雄的政绩,评价是不错的。杨时《冰华先生文集序》更云:

> 公初在平江,虽为郡贰,而政实在公出。老奸巨猾,屏气惕息,摧伏不敢逞,而善良有所怙。已而为有力者所困,不得尽其所欲为者,士论至今惜之,而邦人之思愈久而不能忘也。③

四、"坡仙之终"

《与钱济明十六首》的第六首以下,茅维都排在"北归"时段,与《外集》大体一致,但具体文本和顺序略有差异。在《外集》卷七十九,第六、第十、第七,此三首为《答钱济明》一组,《东坡先生翰墨尺牍》也将这三首连在一起。第六首谓"去年海南得所寄异士太清中丹一丸……数日后又得迨贲来手书,今又领教诲及近诗数纸",确是元符

---

① 邹浩《道乡集》卷二十五。
② 邹浩《道乡集》卷九。
③ 曾枣庄、刘琳主编《全宋文》第124册,第258页。

三年(1100)离开海南岛后,次年即建中靖国元年所作,苏轼于该年正月翻过南岭,进入今江西境内,而钱世雄此前已屡次问候,苏轼则回信肯定他"谪居以来探道著书,云升川增",看来已了解对方的情况。"探道著书,云升川增"之语后来被杨时《冰华先生文集序》引录,作为对钱氏的定评。第十首云"某已到虔州,二月十间方离此",可见写作时尚在正月,以舟行,须待春水稍涨才能继续旅程。此时苏轼打算"决往常州居住",因此拜托钱氏为他寻觅住所。接下来第七首云"忽闻公有闺门之戚",谓钱世雄丧妻,故加以慰问,并约钱至金山相见。《春渚纪闻》卷六有"坡仙之终"一条,引录了钱世雄的一段跋文:

> 冰华居士钱济明丈,尝跋施纯叟藏先生帖后云:建中靖国元年,先生以玉局还自岭海,四月自当涂寄十一诗,且约同程德孺至金山相候。既往迓之,遂决议为毗陵之居。六月自仪真避疾渡江,再见于奔牛埭,先生独卧榻上,徐起谓某曰:"万里生还,乃以后事相托也。惟吾子由,自再贬及归,不复一见而决,此痛难堪。"余无言者,久之复曰:"某前在海外,了得《易》《书》《论语》三书,今尽以付子,愿勿以示人,三十年后,会有知者。"因取藏箧,欲开而钥失匙。某曰:"某获侍言,方自此始,何遽及是也?"即迁寓孙氏馆,日往造见,见必移时,慨然追论往事,且及人,间出岭海诗文相示,时发一笑,觉眉宇间秀爽之气照映坐人。七月十二日,疾少间,曰:"今日有意,喜近笔研,试为济明戏书数纸。"遂书惠州《江月》五诗。明日又得《跋桂酒颂》。自尔疾稍增,至十五日而终。①

---

① 何薳《春渚纪闻》,《全宋笔记》第3编第3册,第237页。按苏轼卒于七月二十八日,文末"至十五日而终",或许是"又过了十五天"的意思。

这一段跋文颇可与苏轼尺牍相参照，故全引如上。按钱世雄的回忆，约见于金山是此年四月苏轼行至当涂时的事，则尺牍之第七首作于四月。

第八、第九与第十一、第十二首，在《外集》卷八十亦为《答钱济明》一组，且以第十二首文本置于第十一首之前，合为一首。第八首的内容，主要是夸奖钱世雄寄来的诗，然后又提及金山之约，等待见面详谈。看来已获钱氏同意至金山相候，则写作时间当在第七首稍后不久。第九首没有详细的时间信息，但谈及重要的事：

> 某启，得来书，乃知廖明略复官，参寥落发，张嘉父《春秋》博士，皆一时庆幸。独吾济明尚未，何也？想必在旦夕。①

苏轼从钱世雄的信中得知，当年被吕温卿迫害的人大都获得平反，便安慰钱氏，认为他的平反也不远了。预料钱氏将被重新起用的话，第十首中也有几句，且亦问及"张嘉父今安在"，大概茅维看到这些内容与第九首相近，故将第十首移编其后。但第十首很明显作于正月在虔州时，移编于此确属失误。不妨推测，正因为苏轼在更早寄出的第十首中问到了"张嘉父今安在"，钱世雄才会在回信中特意报告张嘉父的情况，然后第九首中有了"得来书，乃知……张嘉父《春秋》博士"的说法，如此更显得顺理成章。至于第十一、十二首，则表露了苏轼的心理矛盾：苏辙要他去许州相聚，他自己则想归老常州，究竟该去何处？第十二首说"当俟面议决之"，第十一首也提及"刘道人若能同济明来会"云云，可见这两首无论是否合作一首，都应作于金山会面之前，故《苏轼全集校注》皆系四、五月间。会面之后，苏轼就决定赴常州了，从第十一首看，钱世雄已预先为他看好了一处"孙君宅子"，苏轼也表示满意。后来苏轼就卒于此宅，离他当年为钱公辅作《哀

---

① 张志烈、马德富、周裕锴主编《苏轼全集校注》，第5821页。

词》)的地方,应不甚远。

　　第十三首以下四首,都作于苏轼到常州后,在《外集》卷八十一也自为《与钱济明》一组。不过,《外集》的文本将第十三、十四首合为一首,且置于第十六、十五首之后,排列顺序正好相反。《东坡先生翰墨尺牍》卷三则将第十三、十四首分开,但排列顺序也与《外集》近同,不知茅维为何要将顺序倒转?按《春渚纪闻》所录的钱世雄回忆,苏轼六月至常州,已预感自己不久人世,见到钱世雄便托付后事。然后住进孙氏宅,钱"日往造见,见必移时",每日去探望相谈,直至苏轼离世。由此看来,第十六首除诉说病况,自开药方外,末云"到此,诸亲知所饷无一留者,独拜蒸作之馈,切望止此而已",意思是我谢绝了很多人送来的食品,独留下你的,但希望也不要再送了,显然是刚到常州时的说法。第十五首因当地旱情,取家藏画龙祈雨,要钱世雄也来烧一炷香,实际上可能是邀请来访的意思。第十三、十四首则与"日往造见"之说相应,既云"俟从者见临,乃面论也",又云"不倦,日例见顾为望",可见每天见面的情形已经延续成例。虽然这几首尺牍中都没有明确的时间信息,但从语气看,其前后顺序按《外集》那样排列是更合理的,茅维倒转之,非是。

　　这样,钱世雄的"日往造见",看来常由苏轼主动邀请。依《外集》的排列顺序,苏轼尺牍中留给钱世雄的最后一句话是:我一点都"不倦",盼你"日例见顾"。苏轼虽称谪仙,其实留恋人间,而且是一个特别喜欢跟朋友交流的人,即便大限将至,也一定不堪孤卧病榻。所以,苏轼的历代读者大多对钱世雄抱持一份敬意,感谢他陪伴了坡仙在世的最后一程。

五、苏轼去世后的钱世雄

　　有关钱世雄的记述,时间上在苏轼去世以后的,史料中还能找到

几条,附记于此。首先是何薳《春渚纪闻》卷六摘录了钱世雄祭苏轼文的一联:

> 薳一日谒冰华丈于其所居烟雨堂,语次,偶诵人祭先生文,至"降邹阳于十三世,天岂偶然;继孟轲于五百年,吾无间也"之句,冰华笑曰:"此老夫所为者。"因请降邹阳事。冰华云:元祐初,刘贡父梦至一官府,案间文轴甚多,偶取一轴展视,云"在宋为苏某",逆数而上十三世,云"在西汉为邹阳"。盖如黄帝时为火师,周朝为柱下史,只一老聃也。①

何薳看来与钱世雄熟识,不过这"邹阳十三世"的典故,他自己不解释,应该没人能懂。

陈师道祖父陈洎,留下一个诗卷,陈氏子孙请很多名人为之题跋,其中也有钱世雄的《跋陈洎自书诗卷后》:

> 世雄窃服吏部陈公之贤,与令德之孙,有以显荣其后,皆见于名卿伟人之所论载,几于成书矣,世雄不复形容其略。独念元丰壬戌年间,初识传道于松陵,获见此书,又三年,一邂逅无己于京师,今廿有二年矣,而二君皆以不遇卒。崇宁癸未端午,传道之子孝友,复抱此书泣以相过。抚卷悲怪,益以知臧孙之有后。窃意此书自是与陈氏之祖孙隐矣,疑其可自致于斗牛间者,金石所不能碍也。南兰陵钱世雄谨书。②

此篇作于崇宁二年(1103),时陈师道已卒。按钱氏自述,约在元丰末

---

① 何薳《春渚纪闻》,《全宋笔记》第3编第3册,第238页。
② 曾枣庄、刘琳主编《全宋文》第128册,第256页。

与陈师道在京师见过一面。

释惠洪也见过钱世雄,其《石门文字禅》中有诗《钱济明作轩于古井旁名冰华赋此》,按周裕锴的推测,当作于大观二年(1108)。[①]

苏轼去世后,其长子苏迈仍与钱世雄交往,《全宋文》辑录了苏迈的《题郑天觉画》:

> 郑天觉自除直殿以后,笔力骤进,无一点画工俗韵,比来士人中罕见出其右者。为冰华居士钱济明作《明皇幸蜀图》,又作《单于并骑图》,皆清绝可人。予从冰华求此一轴,以光画箧。大观三年八月十日,眉山苏迈伯达书。[②]

大观三年(1109)钱世雄尚在世。杨时作《冰华先生文集序》的时候,钱已去世,但此序未署写作时间,按杨时卒于南宋初绍兴五年(1135)推测,钱世雄大约卒于北宋末。

《冰华先生文集序》提到钱世雄有一子,名钱诩。他还有一个女儿,嫁给了同乡的胡交修,见孙觌《宋故端明殿学士左朝散大夫致仕安定郡开国侯食邑一千户赐紫金鱼袋赠左中大夫胡公行状》[③]。这胡交修,与李之仪夫人胡淑修、苏辙外孙女"小二娘"的丈夫胡仁修,当是从兄弟姊妹[④]。算起来,苏轼与钱世雄有一点点姻亲关系。

[①] 周裕锴《宋僧惠洪行履著述编年总案》,第134页,高等教育出版社,2010年。
[②] 曾枣庄、刘琳主编《全宋文》第131册,第31页。
[③] 曾枣庄、刘琳主编《全宋文》第160册,第443页。
[④] 参考本书所收"小二娘"考——苏轼〈与胡郎仁修〉三简释读》。

"乌台诗案"研究

元丰二年(1079)发生的"乌台诗案"是苏轼生平中的大事,留存的相关记录则不但对苏轼研究具有意义。我们至少还可以在两个研究领域使用这些记录:对涉案诗歌含义的审讯和交代,包含了文学解读与政治解读之间的显著冲突,理应成为文学批评史的剖析对象;对案件的审判,以及在审判过程中御史台、大理寺、审刑院等机构的不同意见,乃至皇帝对不同意见的处理,又是司法领域一个不可多得的个案。为此,对于历史上留下来的记录"乌台诗案"的多种文本,须从不同学科的观察视角出发,加以综合性的考辨、清理。换言之,挑选一种记录苏轼"口供"最详的《乌台诗案》,认为最佳,而贬低其他文本,忽略它们可能具有的另一种价值,是研究者被自己的考察视角所局限的结果。

明刊《重编东坡先生外集》卷八十六,可推考为《乌台诗案》之审刑院本,与通行的御史台本相比,略于审讯供状,而相对地详于结案之判词。根据宋代司法上的"鞫谳分司"制度来解读这份材料,可重新考察苏轼"乌台诗案"的审、判经过,及其结果。简要地说,御史台虽加以严厉审讯,但大理寺却作出了免罪的判决。御史台反对这个判决,但审刑院却支持大理寺。在司法程序上,"乌台诗案"最后的结果是免罪,苏轼之贬黄州,乃是皇帝下旨"特责"。以下考明这一经过,并校录审刑院本《乌台诗案》。

一 | "乌台诗案"的审与判

——从审刑院本《乌台诗案》说起

北宋元丰二年(1079)七月二十八日,苏轼在湖州知州任上被捕,八月十八日押解至京,拘于御史台,就其诗文谤讪朝政之事加以审讯,十二月二十八日结案,贬官黄州。史称"乌台诗案"。

无论就苏轼的传记研究,还是就北宋文学史、政治史、法制史研究而言,"乌台诗案"都是值得仔细考察的历史事件,故历代学者参与讨论甚多,成果也非常可观。但据笔者的见闻,明刊《重编东坡先生外集》①卷八十六所录有关"乌台诗案"的一卷文本,似从未引起研究者的足够关注,而我以为这是北宋审刑院复核此案后上奏的文本。由于传世的其他记录"诗案"之文本,主要是据御史台的案卷编辑的,相比之下,这个审刑院的文本就显示出它的独特性,对于我们深入了解此案有不小的帮助。所以,我把这个文本叫做"审刑院本《乌台诗案》",以此为根据,重新讨论案件的审判经过。

一、"诗案"的文本:御史台本与审刑院本

今存记录"乌台诗案"的文本,被学者们据以研究此案的,主要有

---

① 明刊《重编东坡先生外集》,有中国国家图书馆藏本,《四库全书存目丛书》集部第11册据浙江图书馆藏本影印,齐鲁书社,1997年。

以下三种:

1. 署名"朋九万"的《东坡乌台诗案》一卷;
2. 胡仔《苕溪渔隐丛话》卷四十二至四十五,共四卷;
3. 署名周紫芝的《诗谳》一卷。

这三种文本可以确定都是从宋代传下来的,此后当然还有一些根据它们而来的衍生文本,姑且不论。学者们对此三种文本多有考察,而以内山精也《〈东坡乌台诗案〉流传考》、刘德重《关于苏轼"乌台诗案"的几种刊本》①二文最为集中、详尽。据他们的结论,《诗谳》是书商牟利之作,内容简略,且署名出于伪托;胡仔的文本,出于其父胡舜陟从御史台抄录《诗案》原卷的副本,内容当然很可靠,但胡仔对它进行了节录和改编,以符合《苕溪渔隐丛话》全书的诗话体裁,故已非《诗案》之原貌;"朋九万"的《东坡乌台诗案》早见于南宋书目的记载,曾在南宋前期刊行,虽然"朋"这个姓比较奇怪,但此书是相关文献中最为详尽者,堪称"原案实录",也就是说最接近御史台案卷的原貌。

实际上,"朋九万"《东坡乌台诗案》已经成为现代学者研究"乌台诗案"的最重要史料。考察这个文本,可以发现它虽然将许多内容统编为一卷,但全书的结构仍井然可观,因为各段落前都有小标题,如"监察御史里行何大正札子"、"御史台检会送到册子"、"供状"、"御史台根勘结按状"等,"供状"之下还分出"与王诜往来诗赋"、"与李清臣写超然台记并诗"、"次韵章传"等细目②,条理非常清晰。这些小标题

---

① [日]内山精也《〈东坡乌台诗案〉流传考——围绕北宋末至南宋初士大夫间的苏轼文艺作品收集热》,日文原文发表于《横浜市立大学論叢》人文科学系列47-3伊东昭雄教授退职记念号,1996年3月;中文译文收入氏著《传媒与真相——苏轼及其周围士大夫的文学》,上海古籍出版社,2005年。刘德重《关于苏轼"乌台诗案"的几种刊本》,《上海大学学报》2002年第9期。
② "朋九万"《东坡乌台诗案》,《丛书集成》第785册据清代《函海》本排印,商务印书馆,1939年。

中有的看来不太合适(详下),似非御史台原卷所有,估计是编者加上去的。大体上,我们可以把这个文本区分为三个部分:

1. 弹劾奏章和罪证。奏章共有四篇,即监察御史里行何大正①、监察御史舒亶、国子博士李宜之、御史中丞李定的弹劾状;后面一段小标题"御史台检会送到册子",交代"诗案"的主要罪证,是杭州刊版的《元丰续添苏子瞻学士钱塘集》。

2. 供状。这部分先概叙了苏轼的简历,然后是针对许多具体作品有无讥讽之意的审讯记录,即"供状",约四十篇,此是全书主体,最后有一段小标题为"中使皇甫遵到湖州勾至御史台"的文字,简叙"诗案"的审讯经过。

3. 结案判词。这部分小标题为"御史台根勘结按状",美国学者蔡涵墨(Charles Hartman)通过细密的解读,推断其主要内容实为大理寺的判词,即根据御史台的审讯材料,由大理寺对此案所作的判决②。

以上三个部分中,最后一部分的小标题不太合适,其内容未必为御史台原卷所有,但看来也不像是大理寺判词的原貌,至少文本中并未以大理寺判词的面目呈现。所以这部分应该出于《东坡乌台诗案》的编者即"朋九万"之手,他杂取了有关资料编辑出这部分文字,用来交代"乌台诗案"的结果,使全书内容显得完整。第二部分最为详细,占了最大篇幅,可以相信是从负责审讯的御史台所存案卷或其副本过录的。至于第一部分的弹劾奏章,我们不能确定是否御史台原卷所有,但对于全书来说,为了交代"诗案"的起因,它们是必要的。

---

① 按史实,弹劾者为何正臣,《东坡乌台诗案》的《函海》本误作"何大正",清代《忏花庵丛书》本校正为"何正臣"。
② 蔡涵墨(Charles Hartman), The Inquisition against Su Shih: His Sentence as an Example of Sung Legal Practice, *Journal of the American Oriental Society*,第113卷第2期,1993年。卞东波译《乌台诗案的审讯:宋代法律施行之个案》,载《中国古典文学研究的新视镜——晚近北美汉学论文选译》,第187—212页,安徽教育出版社,2016年。

作为一个记录了案件起诉、审讯、判决之全过程的文本,以"供状"为主要部分,当然是合理的;不过"供状"之所以被过录得如此详尽,还有一个原因,就是它们包含了对涉案诗歌的权威解读,而这正是《东坡乌台诗案》的读者对此书最大的关注点。特殊的机会让苏轼这样一位大诗人必须老老实实地解说自己的作品,这当然比一般的诗话更能引起受众的兴趣,使此书迅速流行。我们由此可以推测,"供状"部分被编者删削的可能性很小,为了满足读者的期待,他应该竭其所有提供全部资料,而这资料的最初来源无疑是御史台。所以,鉴于《东坡乌台诗案》的主体部分出自御史台,我们不妨称之为"诗案"的"御史台本",尽管其"供状"之外的部分也可能有别的来源。

与此相比,明刊《重编东坡先生外集》卷八十六就是记录"乌台诗案"的另一种文本,其卷首标题如下:

> 中书门下奏,据审刑院状申,御史台根勘到祠部员外郎直史馆苏某为作诗赋并诸般文字谤讪朝政案款状。

按北宋的制度,审刑院对案件进行复核,其判决意见经由中书门下奏上。标题的文字与此制度相符,可以判断这个文本来自审刑院。其总体篇幅比《东坡乌台诗案》要小,结构上也有差异。开头部分并没有抄录弹劾奏章,而是一段苏轼的简历;接下来,主体部分也是供状,分了"一与王诜干涉事"、"一与李清臣干涉事"、"一与章传干涉事"等三十余篇,篇数和每篇的文字都比《东坡乌台诗案》所录"供状"要少,但前后次序是一致的,内容上基本重合,可以认为是御史台提供的"供状"的一个缩写本;值得注意的是最后一部分,与《东坡乌台诗案》的"御史台根勘结按状"有不少相似文字,但看起来更像一篇完整而有条理的结案判词,先简单地引用了御史们弹劾奏章的要点,然后是判决意见,最后根据皇帝圣旨记录判决结果。这样,从"供状"被缩写和结案判词显得整饬的文本特征来看,《外集》这一卷很可能就是审刑院上奏文件的忠实抄录,亦即"乌台诗案"的"审刑院本"。《外集》的最初编辑,一般认为是在南宋时代①,编者有可能获得审刑院文件的副本。

如上所述,这个"审刑院本"与"御史台本"有所差异,兹将两种文本的相异之点列为下表:

文本	御史台本("朋九万"本)	审刑院本(《外集》本)
结构	弹劾奏章(全)	弹劾奏章(无,其要点在结案判词中被简单引录)
	审讯供状(详细,接近原貌)	审讯供状(简略,缩写本)
	结案判词(简略、杂乱)	结案判词(相对详细、整饬)
性质	经过编辑的文本	可能是原始文件的抄录

应该说明的是,由于"供状"被缩写,对于把"诗案"当做诗话来看待的读者而言,这个"审刑院本"的意思也许不大,《外集》的这一卷文本历来不太受到关注,估计就是这个原因。但是,如果我们把两种本子的"供状"仔细比对,仍可以发现很有意思的现象,下文再详。更重要的是,"审刑院本"相对详细而且条理整饬的结案判词,可以帮助我们重新考察这个案件的审判情况。

二、审判程序:鞫谳分司

上文已经提到蔡涵墨对《东坡乌台诗案》中"御史台根勘结按状"部分的解读,其前提是对北宋司法制度的了解。他引述了宫崎市定、

---

① 参考刘尚荣《〈东坡外集〉杂考》,收入氏著《苏轼著作版本论丛》,巴蜀书社,1988年。

徐道邻等专家的结论①,确认"鞫谳分司"即审讯和判决由不同官署负责进行的制度,将应用于"乌台诗案"。具体来说,御史台在此案中负责"推勘"(或曰"根勘"),也就是调查审讯,勘明事实,其结果呈现为"供状";接下来,当由大理寺负责"检法",即针对苏轼的罪状,找到相应的法律条文,进行判决,其结果便是"判词"。由于所谓"御史台根勘结按状"中包含了判决的内容,因此蔡涵墨认为这些文字应来自大理寺。

蔡涵墨的这项研究,其意义是不言而喻的。与以往的相关论述主要集中于苏轼跟御史台之间的冲突不同,他指出了御史台权力的边界,该机构负责审讯,在判决方面或许可以提出建议,但真正的判决权由别的官署掌握。实际上,我们在《东坡乌台诗案》中也可以看到"差权发运三司度支副使陈睦录问,别无翻异"等文字,这说明连"供状"的定稿也必须由一位与御史台无关的官员来跟苏轼当面确认,如果愿意,苏轼还拥有在此时"翻异"的机会。这当然是北宋在司法程序上比较谨慎、细致的一种设计。历史记录方面,《续资治通鉴长编》在元丰二年十二月庚申苏轼贬黄州条下,回顾"诗案"审理的过程云:

> 初,御史台既以轼具狱,上法寺,当徒二年,会赦当原。于是中丞李定言……②

这里的"法寺"就是大理寺,御史台把审讯结果交给大理寺,然后由大理寺作出判决。《长编》的这一回顾虽然十分简单,却可以证实"鞫谳分司"的司法制度确实被应用于"乌台诗案"。当然《长编》并未详细

---

① [日]宫崎市定《宋元时代の法制と裁判機構:元典章成立の時代的・社會的背景》,《東方学報》第24集,1954年。徐道邻《鞫谳分司考》,《东方杂志》复刊第5卷第5期,1971年。
② 李焘《续资治通鉴长编》卷三〇一,第2829页,上海古籍出版社,1986年影印本。

引录大理寺的判决内容,只是概括为两个要点:"当徒二年,会赦当原。"不过这个简要的概括与蔡涵墨解读"御史台根勘结按状"的结果也可相印证,故我们有足够的理由信任他对这部分文字来自大理寺的推断。

蔡涵墨没有关注"诗案"的"审刑院本",但《重编东坡先生外集》所保存的这个文本却能有力地支持他的结论。审刑院的职责是复核案件,通过中书门下奏上判决意见,我们在该文本最后的结案判词的部分,可以看到不少与大理寺判词相似的文字,这说明审刑院重复或者说支持了大理寺的有关判决。就司法领域来说,这已经是"终审"了,当然北宋的司法程序还要给皇帝保留最后"圣裁"的权力。实际上,皇帝的"圣裁"往往包含了法律之外的比如政治影响方面的考虑,当我们从司法角度考察"乌台诗案"时,"审刑院本"提供了该案被如何判决的最终记录。

于是,我们现在有了较为充足的条件,还原出"诗案"在审判方面的基本过程,可以分为如下四个环节:

(一) 御史台的审讯

《长编》没有记明御史台把审讯结果提交给大理寺的具体时间,但《东坡乌台诗案》记得很清楚,其"御史台根勘结按状"中有以下文字:

> 御史台根勘所,今根勘苏轼、王诜情罪,于十一月三十日结案具状申奏。差权发运三司度支副使陈睦录问,别无翻异。续据御史台根勘所状称,苏轼说与王诜道……

御史台于元丰二年十一月三十日奏上审讯结果。这也就是说,从苏轼被押至御史台的八月十八日起,直至十一月底,"诗案"都处在审讯即"根勘"阶段。值得注意的是除了苏轼外,还专门提到驸马王诜,他是神宗皇帝的妹夫,属于皇亲国戚。北宋的规矩,不许士大夫跟皇亲国戚交往过于密切,所以御史台把苏轼与王诜相关的诗文当做审讯的重点,"供状"中的第一篇就是"与王诜往来诗赋"("审刑院本"作"一与王诜干涉事")。

审讯的结果就是"供状",值得注意的是"供状"的分篇情况,反映出审讯的特殊方式。每一篇"供状"都具备基本的形态,即"与某人往来诗赋"或"与某人干涉事"等,也就是说,每篇都涉及另一个人(首先是王诜,其他如李清臣、司马光、黄庭坚等),苏轼与之发生了诗文唱和或赠送的关系,这些诗文被列举出来,追问其中是否含有讥讽内容。为什么要采用这样的审讯方式呢?宋人常作反面的理解,说这是李定为首的御史台想要把更多的人牵连进去;但如果从正面理解,恐怕跟这个案件本身的追责范围有关,它要获取的"罪证"必须是苏轼写了给别人传看,从而产生了"不良影响"的作品,换言之,如果仅仅是苏轼自己写了,没有给别人看,就不作为"罪证"。实际上,"供状"并没有包括苏轼在元丰二年以前所写讥讽"新法"的全部诗文,我们现在读《苏轼诗集》《苏轼文集》《东坡乐府》可以发现更多的"讥讽"作品,但它们不属于李定等人追问的范围。如此,成为审讯对象的诗文都要与另一个人相关,故"供状"就以相关人为序,以"与某人干涉事"的形态分列了大约四十篇,而篇幅最大的就是跟王诜相关的第一篇。

然而,如果仔细比对"御史台本"和"审刑院本"的两份"供状",却能发现微妙的差异。"御史台本"的"供状"中有一篇专门就苏轼与苏辙的往来诗歌进行审讯的交代记录,而"审刑院本"把这一篇完全削除了;"御史台本"还涉及了苏轼与参寥子道潜唱和的诗歌,而"审刑院本"简写为"和僧诗",不出现"道潜"这个名字。这说明什么呢?御史台看来什么都审,审出来就当做"罪证"。但审刑院的官员似乎认为,把兄弟之间私下来往的文字当做"罪证"是不合适的,除非他们抄给别人去看;至于僧人,既已离俗出家,就没有必要去写明他的名字了。所以,无论是有意还是无意,审刑院的官员在缩写"供状"的过程中自然地保持了司法官员的专业立场,而这正是审刑院与御史台的不同之处。当然"审刑院本"的"供状"也并非完全不涉及苏辙,苏轼写给苏辙的诗,传付了王诜去看,这样的诗就算"罪证",而若只局限在兄弟之间,则在"审刑院本"中不被列入"罪证"。

把御史台的这种审讯方式理解为有意牵连更多人入案,也不是毫无根据。比如跟司马光相关的那篇"供状",视作"罪证"就非常勉强。司马光应该是御史台最想要牵连进去的人,但苏轼自熙宁四年出京外任后,与远居洛阳的司马光并无密切的文字来往,所以御史台只找到一首苏轼寄题其"独乐园"的诗,那原本并未刻在《元丰续添苏子瞻学士钱塘集》中①,而且全诗只是赞美司马光,并未明确反对别人。但审讯的结果是,赞美司马光有宰相之器,就是讥讽现任宰相不行。

(二) 大理寺的初判

大约从十二月起,"诗案"进入了判决阶段。如果陈睦的"录问"很快完成,交给大理寺,那么大理寺的初判可以被推测在十二月初。

如前所述,《东坡乌台诗案》所谓的"御史台根勘结按状",其实包含了大理寺的判词,其内容已经蔡涵墨详细解读,这里不拟复述。《长编》则将其要点概括为:"当徒二年,会赦当原。"换言之,大理寺官员通过非常专业的"检法"程序,判定苏轼所犯的罪应该得到"徒二年"的惩罚,但因目前朝廷发出的"赦令",他的罪应被赦免,那也就不必惩罚。需要注意的是,这个判决等于将御史台在此案上所下的工夫一笔勾销。

---

① 《苏轼诗集》卷十五题为《司马君实独乐园》,中华书局,1982年。《东坡乌台诗案》则称之为"寄题司马君实独乐园","供状"注明"此诗不系降到册子内",是御史们通过审讯或别的途径获得。

我们从《长编》也可以找到当时的大理寺负责人,此书记载,元丰元年十二月重置大理寺狱,知审刑院崔台符转任大理卿①。那么,次年对"乌台诗案"作出如上初判的大理寺,是在崔台符的领导下。

(三) 御史台反对大理寺

大理寺的初判显然令御史台非常不满,乃至有些恼羞成怒,《长编》在叙述了大理寺"当徒二年,会赦当原"的判决后,续以"于是中丞李定言"、"御史舒亶又言"云云,即御史中丞李定和御史舒亶反对大理寺判决的奏状。他们向皇帝要求对苏轼"特行废绝",强调苏轼犯罪动机的险恶,谓其"所怀如此,顾可置而不诛乎?"②

御史台提出对大理寺初判的反对,大约也在十二月初,或稍后。不过李定和舒亶的两份奏状并不包含司法方面的讨论,没有指出大理寺的判词本身存在什么错误,只说其结果不对,起不到惩戒苏轼等"旧党"人物的作用。从上引"御史台根勘结按状"中的那段文字也可以看出,为了增强反对的力度,御史台在"供状"定稿已经提交后,还继续挖掘苏轼的更多"罪状",尤其是与驸马王诜交往中的"非法"事实。鉴于官员与贵戚交结的危险性,御史台此举的用心不难窥见。

(四) 审刑院支持大理寺

在负责审讯的御史台与负责判决的大理寺意见矛盾的情形下,负责复核的审刑院的态度就很重要了。我们从《外集》所载"审刑院本"的结案判词可以看出,审刑院的官员顶住了御史台的压力,非常鲜明地支持了大理寺"当徒二年,会赦当原"的判决,并进一步强调赦令的有效性。对这个结案判词的解读留待后文,此处先考察一下"诗

---

① 李焘《续资治通鉴长编》卷二九五,第 2770 页。
② 同上书,卷三〇一,第 2829、2830 页。

案"发生时审刑院的情况。

据《长编》记载,就在"诗案"正处审理过程之中,元丰二年冬十月甲辰,知审刑院苏寀卒①。此后,《长编》并未记载朝廷任命新的审刑院长官,而至次年,即元丰三年八月己亥,审刑院并归刑部②,该机构不再独立存在。可见,"乌台诗案"几乎就是北宋审刑院作为独立机构处理的最后案件之一。在"诗案"的"审刑院本"被写成之时,苏寀已卒,新的长官是谁,或者有没有新的长官,都不可知。审刑院在这样的情况下不顾御史台的反对,向朝廷提交了支持大理寺的判词,体现了北宋司法官员值得赞赏的专业精神。也许,我们可以认为当时同属司法系统的大理卿崔台符对此具有影响,在转任大理卿之前,他曾长期担任知审刑院之职。

崔台符(1024—1087)《宋史》有传,评价并不高:

> 崔台符字平叔,蒲阴人,中明法科,为大理详断官……入判大理寺。初,王安石定按问欲举法,举朝以为非,台符独举手加额曰:"数百年误用刑名,今乃得正。"安石喜其附己,故用之。历知审刑院、判少府监。复置大理狱,拜右谏议大夫,为大理卿。时中官石得一以皇城侦逻为狱,台符与少卿杨汲辄迎伺其意,所在以锻炼笞掠成之,都人慑栗,至不敢偶语。数年间,丽文法者且万人。官制行,迁刑部侍郎,官至光禄大夫。③

从履历来看,他自"明法科"出身,从大理详断官、判大理寺、知审刑院,到大理卿,再到刑部侍郎,一直担任司法官员。虽然据史书的说法,他在政治上似乎属于"新党",执法方面也显得严苛,但在"乌台诗案"的

---

① 李焘《续资治通鉴长编》卷三〇〇,第2819页。
② 同上书,卷三〇七,第2876页。
③ 《宋史》卷三五五《崔台符传》,第11186页,中华书局标点本,1985年。

判决上,他所领导的大理寺和具有影响的审刑院,却能顶住御史台的政治压力,保证苏轼获得合法的处置,并不在法律之外加以重判。

遭遇"诗案"当然是苏轼的不幸,但他也不妨庆幸他的时代已具备可称完善的"鞫谳分司"制度,以及这种制度所培养起来的司法官员的专业精神,即便拥有此种精神的人是他的政敌。

三、"诗案"的结果:奉旨"特责"

"审刑院本"的存在,不仅能帮助我们了解"乌台诗案"被判决的过程(以往我们大抵只关注其审讯的阶段,而实际上在元丰二年的最后一个月,"诗案"在总体上已进入判决阶段,虽然御史台为了搜集更多"罪证",还在继续审问苏轼),根据这个文本的最后部分即结案判词,我们还可以对"诗案"的判决结果重新加以认识。传统上,我们习惯于将苏轼遭遇"诗案"以后的结果表述为"以罪贬黄州",但从司法角度来说,这个表述其实是不能成立的,因为判决结果非常明确地显示,他的"罪"已被依法赦免。

参照《长编》等史籍的记载,"审刑院本"的结案判词可以被梳理为三个要点:一是定罪量刑,苏轼所犯的罪"当徒二年";二是强调赦令对苏轼此案有效,"会赦当原",也就是免罪;三是根据皇帝圣旨,对苏轼处以"特责",贬谪黄州。以下逐次展开。

(一)"当徒二年"

这是《长编》对大理寺初判内容的概括,"审刑院本"结案判词,在概叙了御史台弹劾、审讯的过程后,列出三条定罪量刑的文字:

> 一,到台累次虚妄不实供通。准律,别制下问,报上不实,徒一年,未奏减一等。

一，诗赋等文字讥讽朝政阙失等，到台被问，便因依招通。准敕，作匿名文字，谤讪（讪）朝政及中外臣僚，徒二年。又准《刑统》，犯罪案问欲举，减罪二等，今比附，徒一年。

一，作诗赋寄王诜等，致有镂板印行，讽毁朝政，又谤讪中外臣僚。准敕，犯罪以官当徒，九品以上官当徒一年。准敕，馆阁贴职许为一官。或以官，或以职，临时取旨。

把前两条加起来，大概就得出"徒二年"的结果了。蔡涵墨解读的大理寺判词似乎在细节上比此更复杂一些，但他依据的"御史台根勘结按状"是个看上去较为错乱的文本，对具体细节加以追究颇为困难。要之，从结果来说，大理寺、审刑院在量刑方面保持了一致，与《长编》的概括也相符。

这里还有必要简单复述一下蔡涵墨的相关分析，他指出御史台最初对苏轼的指控是"指斥乘舆"，即辱骂皇帝，这在传统上属于"十恶"，为不赦之罪，可判死刑；但从实际情况看，对批评皇帝的言论如此定罪，已"有悖于宋代的法律理论与实践"。按照他对大理寺判词的解读，"大理寺的官员明显与御史台的推勘者保持着距离，他们拟定适用的法律"，也就是说，司法官员避免了笼统定性的断罪方式，他们根据专业知识，引用"律"、"敕"和《刑统》的具体条文来进行判决，得出"徒一年"、"徒二年"之类的具体量刑结果。我们在以上引文中可以看到，审刑院的官员也采取了相同的判决方式。而且，《宋史·崔台符传》中提到的，由王安石所定，被举朝反对，却获得崔台符支持的"案问欲举"法(大意是被审讯时能主动交代，可减罪二等)，也被应用于苏轼此案的判决。这也许可以解释"供状"中的某些文字，无论是御史台的记录本，还是审刑院的缩写本"供状"，大都记明所涉的苏轼诗文哪些是在"册子"(即作为罪证的《元丰续添苏子瞻学士钱塘集》)内，哪些并非"册子"原载而是犯人主动交代的。

再看上面引文的第三条。这一条文字有些费解,因为其所述苏轼的罪状与第二条基本重复。但后面的主要内容,是"准敕"说明"以官当徒"的方法,这意味着所谓"徒二年"也并不真正施行,而可以用褫夺苏轼官职的方式来抵换。

(二)"会赦当原"

这也是《长编》对大理寺初判内容的概括,但在"朋九万"《东坡乌台诗案》的"御史台根勘结按状",即蔡涵墨认为包含了大理寺判词的部分,我们找不到与此相应的具体表述,而"审刑院本"的判词中却有颇为详细的一段:

> 某人见任祠部员外郎直史馆,并历任太常博士,合追两官,勒停。犯在熙宁四年九月十日明堂赦、七年十一月二十日南郊赦、八年十月十四日赦、十年十一月二十七日南郊赦,所犯事在元丰三①年十月十五日德音前,准赦书,官员犯人入己赃不赦,余罪赦除之。其某人合该上项赦恩并德音,原免释放。

此处先确认了"以官当徒"的结果,即追夺两官,以抵换"徒二年",结果是"勒停"即勒令停职。然后,列举了自苏轼有"犯罪事实"以来,朝廷颁发过的四次赦令,以及当年十月十五日新下的德音,认为它们对苏轼一案都是有效的。所以,苏轼的"罪"已全部被赦免,应该"原免释放"。这里难以确定的是,被免罪的苏轼是不是不必再接受用来抵换"徒二年"的"追两官,勒停"之处罚,而可以保留原来的官职?或者官职和赦恩相加才抵换了"徒二年",苏轼依然被"勒停"?无论如何,

---

① 这个"三"字应当是"二"字之讹,元丰二年十月庚戌(十五日)的德音,是因太皇太后曹氏病危而发,见《续资治通鉴长编》卷三〇〇:"庚戌,以太皇太后服药,德音降死罪囚,流以下释之。"上海古籍出版社影印本,第 2820 页。

苏轼被释放时已是无罪之身,这一点应该没有疑问。

在《东坡乌台诗案》的"御史台根勘结按状"中,可以与"审刑院本"的这段文字相对照的,是如下一段:

> 据苏轼见任祠部员外郎直史馆,并历任太常博士,其苏轼合追两官,勒停,放。

这里的"勒停"后面跟个"放"字,似不相衔接,很可能中间脱去了有关赦令的叙述,而"放"字所属的文句应相当于"审刑院本"中的"原免释放"。这当然只是推测,但大理寺的初判估计是包含了"会赦当原"之内容的,这些内容无助于满足《东坡乌台诗案》的读者对苏诗解读的兴趣,故被编者删略,或者竟是文本流传过程中造成的脱简。根据"审刑院本",我们可以补出这方面的内容。

值得注意的还有"准赦书,官员犯人入己赃不赦,余罪赦除之"一句,它表明前文确认的苏轼所犯"报上不实"、"谤讪朝政"等"罪"是在可被赦除的范围内,只要苏轼没有"入己赃"即收受赃款赃物,他就没有不赦之"罪"了。这令我们回想到《东坡乌台诗案》所载元丰二年十一月三十日后御史台继续审讯苏轼的内容:

> 续据御史台根勘所状称,苏轼说与王诜道:"你将取佛入涅盘及桃花雀竹等,我待要朱繇、武宗元画鬼神。"王诜允肯言得。
> 熙宁三年已后,至元丰三年十一月十五日德音①前,令王诜送钱与柳秘丞,后留僧思大师画数轴,并就王诜借钱一百贯……

这是在"供状"定本已经提交,乃至大理寺已经作出初判后,御史台对

---

① 此处"元丰三年十一月十五日",亦当作"元丰二年十月十五日",同前注。

苏轼罪状的继续挖掘。很明显,此时御史台审问的主题不再是某篇诗文是否讽刺朝政,其调查工作聚焦在了苏轼与王诜的钱物来往。这并非"诗案"被起诉的本旨,是不是因为大理寺的判词也引用了"官员犯人入己赃不赦,余罪赦除之"的赦令,所以御史台此后便努力朝"入己赃"的方向去调查取证呢?果然如此,则为了入苏轼于不赦之罪,御史台亦可谓煞费心机矣。然而,至少负责复核的审刑院并不认为这些钱物来往属于赃款赃物。

"审刑院本"的判词强调了赦令的累积和有效性,给出了"原免释放"这一司法领域内的最终判决。虽然真正的终裁之权还要留给皇帝,但它表明了北宋司法系统从其专业立场出发处理"乌台诗案"的结果。皇帝有权在法外加恩或给予惩罚,法官则明确地守护了依法判决的原则。并不是任何时代所有法官都能做到这一点的,对于北宋神宗时代司法系统的专业精神,我们应予好评,在这个系统长期主持工作的崔台符,史书对他的酷评看来不够公正。

(三)"特责"

"朋九万"编《东坡乌台诗案》的末尾记载了皇帝最后对苏轼的处置:

> 奉圣旨:苏轼可责授检校水部员外郎,充黄州团练副使,本州安置,不得签书公事。

这个处置也被记录在"审刑院本"的末尾,但文字稍有差异:

> 准圣旨牒,奉敕,某人依断,特责授检校水部员外郎,充黄州团练副使,本州安置。

虽然后面似乎脱去了"不得签书公事"一句,但前面对圣旨的意思转达得更具体一些,"依断"表明皇帝也认可了司法机构对苏轼"当徒二年,会赦当原"的判决,本应"原免释放",但也许考虑到此案的政治影响,或者御史台的不满情绪,仍决定将苏轼贬谪黄州,以示惩罚。值得注意的是,在"责授检校水部员外郎"前,"审刑院本"有一个"特"字,透露了在法律之外加以惩罚的意思。《续资治通鉴长编》对此事的表述,也与此相同,在引述了李定、舒亶反对大理寺初判的奏疏后,云"疏奏,轼等皆特责"①。这"特责"意谓特别处分,换言之,将苏轼贬谪黄州并不是一种"合法"的惩罚,它超越了法律范围,而来自皇帝的特权。说得更明白些,这就是神宗皇帝对苏轼的惩罚。

当然,《长编》把宋神宗的这一决定表述为他受到御史台压力的结果,后者本来意图将苏轼置于死地,而神宗使用皇帝的特权,给予他不杀之恩。《宋史·苏轼传》对"乌台诗案"的表述也与此相似:

> 御史李定、舒亶、何正臣摭其表语,并媒蘖所为诗以为讪谤,逮赴台狱,欲置之死,锻炼久之不决。神宗独怜之,以黄州团练副使安置。②

照这个说法,宋神宗对苏轼"独怜之",给予了特别的宽容,才饶其性命,将他贬谪黄州。类似的表述方式在传统史籍中十分常见,其目的是归恶于臣下而归恩于皇上,经常给我们探讨相关问题带来困惑。其实这种说法本身经不起推敲。固然,与御史台的态度相比,神宗的处置显得宽容;但御史台并非"诗案"的判决机构,既然大理寺、审刑

---

① 李焘《续资治通鉴长编》卷三〇一,第2830页。
② 《宋史》卷三三八《苏轼传》,第10809页,中华书局标点本。

院已依法判其免罪,则神宗的宽容在这里可谓毫无必要。恰恰相反,"审刑院本"使用的"特责"一词,准确地刻画出这一处置的性质,不是特别的宽容,而是特别的惩罚。

二 审刑院本《乌台诗案》校录

（据明刊《重编东坡先生外集》卷第八十六）

中书门下奏，据审刑院状申，御史台根勘到祠部员外郎直史馆苏某为作诗赋并诸般文字谤讪朝政案款状。

祠部员外郎苏某，年四十四岁，本贯眉州眉山县。高祖祐①，曾祖杲，并故不仕。祖序，累赠职方员外郎。父洵，累赠都官员外郎。某嘉祐二年及进士第，初任河南府城固②主簿，未赴任间，应中制科，受大理评事，凤翔府签判。覃恩转大理寺丞，磨勘转殿中丞，差判登闻鼓院。试馆职，除直史馆。丁父忧，服阕，差判官诰院、祠部，权开封府推官。磨勘转太常博士，通判杭州，就移知密州。磨勘转祠部员外郎，就差知河中府，未到任，改差知徐州，未满，移湖州，元丰二年四月二十一日到任。历任举主：陕西运使陆诜，举台阁清要任使；提点两浙刑狱使晁端彦，举擢③任使；两浙提刑潘良翰④、京东安抚使向经，并举召还侍从；权京东二路运使王居卿、运判李察，并举不次清要；安抚使陈荐、苏澥，举升陟侍从；提点刑⑤李清臣，举不次外擢任使；提刑

---

① "祐"，《丛书集成初编》据《函海》排印本《东坡乌台诗案》作"祐"，是。以下凡此本明显错误，可据《东坡乌台诗案》校正者，出校说明；此本优于《东坡乌台诗案》，或两可者，一般不出校。
② "城固"，《东坡乌台诗案》作"福昌"，是。
③ "擢"，《东坡乌台诗案》作"外擢"，是。
④ "潘良翰"，当依《东坡乌台诗案》作"潘良器"。
⑤ "提点刑"，《东坡乌台诗案》作"提举"，按《宋史·李清臣传》，所任为京东路提点刑狱使，《东坡乌台诗案》误，此本脱"狱"字。

孔宗翰,奏乞召置禁近;运判章楶,奏乞召还侍从;安抚董廉①,乞召还显用;提刑李孝孙,奏乞召还侍从;东京路②提刑孙颀,奏乞召还近侍;运使鲜于侁,奏乞召还近侍。某任凤翔府日,为中元节不过知府厅,罚铜八斤,公罪;任杭州通判日,不举驳王文敏盗官钱不圆公案,罚铜九斤,公罪。外别无过犯。款招:某登科后,来入馆多年,未甚进擢,兼朝廷用人多是少年,所见与不同,凡撰作诗赋文字,讥讽贵显,众人传看,以某所言为当。某为与下项官员相识,其人等与某意思相同,即是为与朝廷新法时事不合,及多是朝廷不甚进用之人。某所以讥讽文字如右。

　　一与王诜干涉事。自熙宁三年,某在京差遣,以王诜作驸马后,某去王诜宅,与王诜真草写所作赋,并《莲华经》等,本人累送茶果酒食与某。当年内,王诜又送弓一张、箭三十枝、包指一个与某。熙宁四年,成都府僧惟简托某在京求师号,某遂将本家收得画一轴送与王诜,称是川僧画,觅师号,其王诜允许。当年有祕丞柳询,家贫干某,某为无钱,将古犀一株与王诜,称是柳祕丞之物,欲卖钱三十贯。王诜遂送钱三十贯与柳,某于王诜处得师号一道。当年有相国寺僧思大师告某:"于王诜处与小师觅紫衣一道。"仍将到吴生画佛入涅槃一轴,徐熙画海棠花、木芍药、梅菊雀竹各一轴,赵昌画折枝花一轴,董羽水障一床屏,朱繇、武宗元鬼神二轴。某曾与王诜说,后将佛入涅槃及花与雀竹等与王诜,其朱繇、武宗元等自收留,于王诜处换得紫衣一道与思大师。当时某将古画三十六轴,各有唐贤题名,托王诜装背,其物料、工直及黄碧绢、皂川绫并是王诜出备。当年某通判杭州,欲赴任次,王诜送到纸笔、茶药、砚墨、沙鱼皮、紫茸毡、翠

---

① "董廉",《东坡乌台诗案》作"叶廉",俱误,当作"黄廉"。据《长编》卷二八四,熙宁十年八月丙戌,诏监察御史里行黄廉为京东路体量安抚。
② "东京路",当作"京东路"。《东坡乌台诗案》所列举主,尚有"安抚使贾昌朝",但无孙颀、鲜于侁。

藤簟等。某十一月到任。熙宁五年内,王诜送到官酒十瓶、果子两篮与某。当年并熙宁六年内,游孤山作诗云:"误随弓旌落尘土,坐使鞭箠环呻呼。"以讥讽朝廷新法行后,公事鞭箠之多也。又云:"追胥伍保罪及孥,百日愁叹一日娱。"以讥讽朝廷盐法,收坐同保妻子移乡,法太急也。并戏弟辙诗云:"任从饱死笑方朔,肯为雨立求秦优。"意言弟辙比东方朔为郎,以当今进用之人比侏儒俳优也。又云:"读书万卷不读律,致君尧舜知无术。"是时朝廷新兴律学,某意非之,以谓律法不足以致君为尧舜也。又云:"劝农冠盖闹如云,送老斋盐甘似蜜。"讥新差提举官,所至苛碎生事,发摘官吏,惟学官无责。又云:"平生所惭今不耻,坐对疲氓更鞭箠。"是时多流配犯盐之人,例皆饥贫,言鞭箠贫民也,某平生所惭,今不耻矣,以讥讽盐法太急也。又云:"道逢阳虎呼与言,心知其非口诺唯。"是时张靓、俞希旦作监司,某不喜其人,然不敢与之争议,故比之为阳虎也。又吟《山村》诗云:"烟雨濛濛鸡犬声,有生何处不安生。但令黄犊无人佩,布谷何劳也劝耕?"此诗讥朝廷盐法太察不便也。又云:"老翁七十自腰镰,惭愧春山笋蕨甜。岂是闻韶解忘味,尔来三月食无盐。"此诗亦讥讽盐法太暴也。又云:"杖藜裹饭去匆匆,过眼青钱转手空。赢得儿童语音好,一年强半在城中。"此讥青苗、助役不便也。又《差开运盐河》诗云:"居官不任事,萧散羡长卿。胡不云归去,滞留愧渊明。盐事星火急,谁能恤农耕?"此诗讥讽开运盐河不当,又妨农事也。某与①上件年分内,写上件诗与王诜。熙宁六年春,某为嫁外甥,问王诜借钱三百贯文,当年秋又借一百贯文,冬又借一百贯文,自后未曾归还。熙宁八年内,王诜曾送官酒六瓶,及果药等,有书简往复。当年并熙宁九年内,某作《薄薄酒》诗,及《水调歌头》一首,并《杞菊赋》一首并引,不合云:"及移守胶西,意且一饱,而始至之日,斋厨索然,不

---

① "与",当依《东坡乌台诗案》作"于"。

堪其忧。"以讥讽朝廷新法减削公使钱太甚,厨传事事皆索然无备也。某作《超然台记》云:"始至之日,岁比不登,盗贼满野,狱讼不空。"意言连年旱蝗,狱讼如此,以讥讽新法减刻公使钱太甚。又于上件年分内,节次抄写上件诗赋寄与王诜。熙宁九年,某为一婢名秋蟾,欲削发出家,并有相知杭州僧行求祠部一道。某为王诜允许,自后来未曾示及。至熙宁十年二月到京,王诜送酒食茶果至,三月初三日送简帖,约出城外四照亭中相见。某次日与王诜会合,令云鬟六七人斟酒下食,数内有倩奴,问某要曲子,某便作《洞仙歌》《喜长春》各一首与之。次日王诜送到韩幹马十二匹共六轴,求某为跋尾。某作歌云:"王良挟策飞上天,何必俯首服短辕。"此讥执政大臣无能如王良之能御者,何必折节干求进用也。当月,某荐会传神僧于王诜写真,僧得紫衣一道。四月起任徐州,王诜差人送羔儿酒四瓶,乳糖狮子四枚,龙脑、面花、象梳、裙带、锦段之类。某觅祠部两道与相知僧,十月内,王巩书来,云王诜已诺,未示及。今年八月二十八日供,与王诜所借者钱物,并曾寄《杞菊赋》《超然台记》《题韩幹马》诗与王诜因依,隐讳不说曾作《开运盐河》诗。某于九月二十三日方实招对。其《腊假游孤山》、《戏子由》诗、《山村》诗,系元准朝旨降到诗册子内诗,其有《杞菊赋》及《超然台记》、《题韩幹马》诗、《开运盐河》诗,即不系朝旨降到册子内。

一与李清臣干涉事。熙宁九年,某写《超然台记》一本,令送与李清臣,其讥讽之意已在王诜项内声说。熙宁十年,某知徐州,七月内,李清臣因祈雨有应,作诗与某,某却作诗和李清臣,不合言:"天纵神龙懒,赤日焦九土。直须人所求,方肯霈膏雨。"以讽执政大臣不公之意,送与李清臣。熙宁十年九月内,李清臣差知国史,某作诗送李清臣云:"付君此去全书汉,载我当时旧过秦。"某于仁宗朝曾进论往古得失,贾谊,汉文帝时人,论秦之过失,作《过秦论》,《史记》载之,某妄以贾谊比意,欲李清臣于国史中载某所进论。某在台,于八月二十八日准问曰①,据某供到与人往还诗,有所未尽,某供出所与李清臣,即不系降到册子内。

一与章传干涉事。熙宁六年正月作诗云:"马融既依梁,班固亦仕窦。效颦岂不欲,顽质谢镌镂。"此诗引梁冀、窦宪,并是汉时人,因时君不明,遂跻显位,骄暴窃威福用事,而马融、班固二人皆儒者,并依托之。某诋毁大臣执政如冀、宪,某不能效班、马二人苟容依附也。其上件诗系印行册子内,准朝旨降到者。

一熙宁八年四月十一日,某作诗送刘述云:"君王有意诛骄虏,掐碎铜山铸铜虎。联翩三十七将军,走马归来各开府。"某为是时朝廷遣使诸路,点检军器,及置三十七将官,某将谓今上有意征讨胡虏,以讥朝廷及置将官张皇不便。又云:"南山斫木作车轴,东海取鼍䉉战鼓,汗流奔骇岂敢后,恐乏军需汙齐斧。保甲连村团未遍,方田讼谍纷如雨。尔来手实降新书,抉剔根株穷脉缕。诏书恻怛信深厚,吏能浅薄空劳苦。"此讥讽法令屡变,事目繁多,吏不能办。又云:"况复连年苦饥馑,剥啮草木咽黄土。今年雨雪颇应时,又报蝗虫生翅羽。忧来取酒强歌醉,尘满虚斋但空瓯。公厨十日不生烟,更望红裙踏筵舞。"注云:"近日斋头②索然可笑。"言近来饥荒,飞蝗蔽天,以讥朝廷行法,事多阙失。又言酒食无备,公厨索然,以讥讽朝廷减削公使钱太甚。公事既冗,旱蝗又甚,贰政巨藩尚如此窘迫。又云:"自从四方冠盖闹,归作二浙湖山主。"以讥执政、近日提举,所至苛碎生事可怪,故刘述乞宫观归湖州也。某在台,于八月二十日准问目,仰某具自来作过,是何文字,某说曾寄刘述吏部上件古诗因依,即不曾系朝旨降到册子内。

一任杭州通判,熙宁五年内,某逐旋所作《山村》诗,有讥讽朝廷,

---

① "日",当依《东坡乌台诗案》作"目"。
② "头",当依《东坡乌台诗案》作"厨"。

已在王诜项内声说。并《留题径山》诗,已在苏辙项内声说。及《和述古舍人冬月牡丹》绝句,已在陈襄项内声说。并接次送与周邠。熙宁六年八月,周邠作诗与某,某和赠苏舜举,诗云:"哺糟方熟寐,洒面唤不醒。奈何效蝙蝠,屡欲争晨暝。"某意以讥王庭老如训狐,不分别是非也。元丰元年六月十三日,某知湖州,周邠作诗寄某,某答云:"政拙年年祈水旱,民劳处处避嘲讴。河吞巨野那容塞,盗入穷山岂易搜。事道固应惭孔孟,扶颠未可责求由。"此诗自言迁徙数州,未蒙朝廷擢用,老于道途,并所至常遇水旱,盗贼数起,皆新法之所致,以讥讽当今所失,而执政三四大臣不能扶正其颠仆也。某在台,于九月十四日准问目,有无未尽事,某供出因依。上件诗即不系朝旨降到册子内①。

一熙宁六年八月观潮,为主上好兴利而不知害多利少,诗云:"吴儿生长狎涛渊,冒利忘生不自怜。东海若知明主意,应教斥卤变桑田。"此事知必不可得者,以讥朝廷兴水利之必不可成也。八月二十四日②到台,虚称意言明主好杀,又二十四日虚称盐法之为害等情由,逐次隐讳,不说实情。又元丰元年二月黄庭坚寄书来③,某答书"今人知子而莫能用者",讥当今进用之人,及和诗云:"嘉谷卧风雨,稂莠登我场。陈前漫方丈,玉食惨无光。"此讥世之小人胜君子,如稂莠之夺嘉禾。又云:"纷纷不加恤,悄悄徒自伤。"此讥今日进用之人多小人也。元丰二年二月三十日,某作《文同学士祭文》寄之,为黄庭坚不存故旧之义④。某在台,于九月二十三日准问目,据某供说,其间有隐讳未尽者,比蒙北京留守司根检得与黄庭坚讥讽诗,并文同祭文,于十月十三日再奉取问,方尽供答。

---

① 此条后,《东坡乌台诗案》下一条"与弟辙干涉事",此本全删去。
② "二十四日",与下文重复,或当依《东坡乌台诗案》作"二十二日"。
③ 与黄庭坚相关者,《东坡乌台诗案》另作一条。此本以"又"字连接,合为一条。
④ 此句节略太甚,致与苏轼原意违背。《东坡乌台诗案》云:"轼作《文同学士祭文》一首,寄黄庭坚看,此文除无讥讽外,云'道之难行,哀哉无徒。岂无友朋,逝莫告予',意言轼属曾言新法不便,不蒙朝廷施行,轼孤立无徒,故人皆舍之而去,无有相告语者。以讥讽当今进用之人与轼故旧者,皆以进退得丧易其心,不存故旧之义。"

一元丰元年六月，王汾寄到曾祖神道碑，求某题碑阴，某不合云："使其不幸立于众邪之间，安危之际，则公之所为，必将惊世绝俗。"意谓今时进用之人为众邪，又今时新行之法系天下安危，故云"众邪之间，安危之际"也。又不合云："纷纷鄙夫，亦拜公之像也。"某在台，于九月三日准问目，有所未尽，供答因依，不系降到册子内。

一熙宁三年三月，刘攽通判泰州，作诗送云："君不见阮嗣宗，片舌如锁耳如聋。"讥讽朝廷新法不便，不容人直言，不如耳不闻而口不言也。熙宁四年十月内，某又作诗寄攽云："去年送刘郎，醉语已惊众。如今各漂泊，笔研谁能弄？我命不在天，羿彀未必中。作诗聊遣意，老大慵讥讽。夫子少年时，雄辩轻子贡。尔来再伤弓，戢翼念前痛。广陵三日语，相对恍如梦。况逢贤主人，白酒拨春瓮。竹西已挥手，湾口犹屡送。羡子去安闲，吾邦正喧哄。"此言新法不便，日益不堪也。熙宁六年，某和刘攽诗，有"眼看时事几番新"之句，以讥近日更立新法，事尤多也。当年十二月内，刘攽作诗寄某，某和诗，不合引贺若敦以锥刺其子舌，以讥时不能容狂直之言。某于八月二十日准问目，仰具述作过文字，某供说已在前项。

一熙宁五年十二月，作诗与孙觉云："若对青山谈世事，当须举白便浮君。"此言时事多不便，更不得说，说亦不尽也。又次年寄诗云："徙倚秋原上，凄凉晚照中。水流天不尽，人远思何穷。问牒知秦过，看山识禹功。稻凉初吠蛤，柳老半书虫。荷背风翻白，莲腮雨退红。追游慰迟莫，觅句效儿童。北望苕溪转，遥令震泽通。烹鱼得尺素，好寄紫须翁。"又云："作堤捍水非吾事，闲送苕溪入太湖。"皆以时势与昔不同，而水利不便也。某在台，于九月内供状时，不合云上件各无讥讽，再蒙勘问。其诗系册子内。

一熙宁三年三月，作诗送钱藻知婺州云："老手便剧郡，高怀厌承明。聊纡东阳绶，一濯沧浪缨。东阳佳山水，未到意已清。过家父老喜，出郭壶浆迎。子行得所愿，怆恨居者情。吾君方急贤，日晏坐迩英。黄金招乐毅,白璧赐虞卿。子不少自荐,高义空峥嵘。古称为郡乐,渐恐烦敲榜。临分敢不尽,醉语醒还惊。"此言青苗、助役既行,不免用鞭箠催促,醉中道此,醒后须惊,恐得罪,以讥讽朝廷立法不便之故。元丰二年三月内,某曾将相识僧行脚色,并写书与弟辙,令送与钱藻弟驸马景臻,求祠部紫衣一道。既不识景臻,其祠部等亦不曾得。其诗系册子内。

一熙宁四年五月,某有诗寄张方平云:"无人长者侧,何以安子思?"意以子思比之。至元丰元年九月内,张方平寄诗来,某和云:"人物一衰谢,微言难重寻。清谈亦足多,感时意殊深。"此诗言晋元帝时人物衰谢,不意复见卫玠之清谈风流,如今时人物衰谢,不意复见方平文章才气,以讥讽今时风俗浮薄,人物衰谢也。又云:"荒村蜩螗乱,废沼蛙蝈淫。遂欲掩两耳,临文但噫喑。"以荒村废沼比朝廷,新法屡有更变,事多荒废,风俗浮薄,学者诞妄,蜩螗蛙蝈之纷乱,故遂掩耳,不须论文也。又云:"愿公正王度,祈招继愔愔。"意欲方平作诗讥谏朝廷阙失。某于九月三日准问目,有所未尽,即不系册子内。

一熙宁八年六月内,李常宁①寄诗与某,某答诗云:"何人劝我此间来,弦管生衣甑有埃。渌蚁濡唇无百斛,蝗虫扑面已三回。磨刀入谷追穷寇,洒涕循城拾弃骸。为郡鲜欢君勿笑,何如尘土走章台。"此诗讥讽减削公使钱太甚,及造酒不得过百石,致弦管生衣,甑釜生埃,及言蝗虫灾伤,盗贼四起,旱涝饥馑,以见政事阙失,皆新法不便之故。即不系册子内。

一元丰元年七月众僚请作《福胜院记》②,其词不可具述,大旨讥讽朝廷新法以来,减削公使,裁损当直公人,不许修造屋宇。某准问目供说,即不系册子内。

---

① "李常宁"误,当依《东坡乌台诗案》作"李常"。
② 苏轼无《福胜院记》,《东坡乌台诗案》作"《滕县公堂记》",是。

一熙宁四年十月内,赠刘挚诗云:"暮落江湖上,遂与屈子邻。"又云:"士方生田里,自比渭与莘。出试乃大谬,刍狗难重陈。"此讽生有所不遇,有若屈原也。又讥讽朝廷执政大臣大谬不可再用。上件诗系册子内。并元丰元年九月十八日写书寄刘挚,及《次韵黄鲁直》诗,有讥讽,在黄庭坚项内声说。黄庭坚字鲁直。元丰元年四月中和僧诗云①:"疲民尚在鱼尾赪,数罟未除吾颡泚。"此言民既疲病,朝廷又行青苗、助役,如密网之取鱼,鱼安得不困哉,皆讥讽新法不便,以致大小②之灾。此诗不系册子内。

一熙宁七年五月内,钱公辅之子请某作父哀辞,不合讥讽当时朝廷责降公辅,又讥讽今世之人邪正混淆不分。九月初三日准问目,系③降到册子内。

一熙宁八年,郡守而下请某作《大悲阁记》,其辞不可具述,讥讽朝廷更改科场法度不便。九月初三日准问目,供说因依④。

一熙宁三年中,与颜复作文集序⑤,讥讽朝廷更改科场法度,此不系降到册子内。

一熙宁六年《和陈襄冬日牡丹四绝句》云:"一孕⑥妖红翠欲流,春光回照雪霜羞。化工只欲呈新巧,不放闲花得少休。"又云:"当时只道鹤林仙,解遣秋光放杜鹃。谁信诗能回造化,直教霜栎放春妍。"又云:"开花时节雨连风,独向霜余烂漫红。漏泄春光私一物,此心未信出天工。"又云:"不分春光入小园,故将诗力变寒暄。使君欲见蓝关咏,更倩韩郎为染根。"此诗皆讥讽执政之人,以化工比之也⑦。

---

① 此"和僧诗",即关于道潜者,《东坡乌台诗案》另作一条。
② "小",当依《东坡乌台诗案》作"水",时徐州大水后。
③ "系",《东坡乌台诗案》作"不系"。
④ 《东坡乌台诗案》下有"不系降到册子内"一句。
⑤ 依《东坡乌台诗案》,此为熙宁七年在密州时,应颜复之请,为其父颜太初《凫绎先生文集》作序。此本节略甚,致误。
⑥ "孕"当依《东坡乌台诗案》作"朵"。
⑦ 《东坡乌台诗案》此条末尾,有"其诗系册子内"句。

一熙宁十年五月六日,作诗寄与司马光云:"先生独何事,四海望陶冶。儿童诵君实,走卒知司马。拊掌笑先生,年来效喑哑。"此言四海苍生望司马光执政,陶冶天下,以讥见任执政不得其人,又讥新法处处不便。九月三日供说,不合历称无有讥讽,再勘方招。不系册子内。

一熙宁三年内,送曾巩诗,不合云:"醉翁门下士,杂遝难为贤。曾子独超轶,孤芳陋群妍。音①从南方来,与翁两联翩。翁今自憔悴,子去亦宜然。贾谊穷适楚,乐生老思燕。那因江胗美,遽厌天庖膻。但苦世论隘,聒耳如蜩蝉。安得万顷池,养此横海鳣。"以讥近来多用刻薄之人,议论鄙隘,如蝉之鸣,不足听也。又熙宁五年十一月二十三日,某曾答曾巩书言:"赋役毛起,盐法峻急,民不聊生。"此讥新法繁碎,如毛之冗,及盐法太密,处处刑罚,下不堪命。某到台隐讳,蒙会到曾巩状,被本人申送到上件简帖,九月十七日方招。其诗在元降到册子内。

一元丰二年四月二十九日赴湖州《谢上表》云:"臣荷先帝之误恩,擢置三馆;蒙陛下之过听,付以两州。陛下知其愚不适时,难以追陪新进;察其老不生事,或能牧养小民。"某自谓在馆职多年,未蒙不次进用,故言"荷先帝之误恩,擢置三馆;蒙陛下之过听,付以两州";又见近日朝廷进用之人,多与议论不同,故言"知其愚不适时,难以追配新进",讥方今进用之人,尽是徇时迎合之辈;又云"察其老不生事,或能牧养小民",以讥方今进用之人,多是生事扰民。上件表系元准朝旨坐到事节。

一熙宁七年二月二十七日,在杭州游风水洞,留题诗,不合言"世上小儿夸疾走",意在讥讽世人多务急进,不顾大体。当年八月望游风水洞又云"世事渐艰吾欲去",意谓行新法之后,世事日益艰难,小人争进,各务谗毁,某度时势不可以合,又不可以容,故欲去官,卜隐

---

① "音",当依《东坡乌台诗案》作"昔"。

欲举,减罪二等,今比附,徒一年。

一作诗赋寄王诜等,致有镂板印行,讽毁朝政,又谤讪中外臣寮。准敕,犯罪以官当徒,九品以上官当徒一年。准敕,馆阁贴职许为一官。或以官,或以职,临时取旨。

某人见任祠部员外郎直史馆,并历任太常博士,合追两官,勒停。犯在熙宁四年九月十日明堂赦、七年十一月二十日南郊赦、八年十月十四日赦、十年十一月二十七日南郊赦,所犯事在元丰三①年十月十五日德音前,准赦书,官员犯人入己赃不赦,余罪赦除之。其某人合该上项赦恩并德音,原免释放。准圣旨牒,奉敕,某人依断,特责授检校水部员外郎,充黄州团练副使,本州安置。

---

① "三",当作"二",据《续资治通鉴长编》卷三〇〇,元丰二年十月庚戌(十五日)因太皇太后曹氏病危而发德音。

苏辙年谱订补

宋人孙汝听撰有《苏颍滨年表》,虽然简略,却包含了今日不可复得的许多原始资料。今人曾枣庄、孔凡礼先生都著有《苏辙年谱》(曾谱,陕西人民出版社,1986年;孔谱,学苑出版社,2001年),则以《年表》为基础,参考各种史籍和文集所载行事,加以考证排比。孔谱后出,最为详细,故知人论世,必以为据。我阅读有关苏辙的资料时,也经常翻检孔谱,略有异见,便附记于孔谱之侧。积以岁月,居然有了相当的分量,遂录出以为《订补》,曾发表于《新宋学》第6辑(复旦大学出版社,2017年)。今略加修订,移录于此。其间部分内容,在本书所收论文中亦有涉及,不免重复,但考虑到增订年谱的结果宜有其独立性,故未加删削。

孔凡礼《苏辙年谱》订补

宋仁宗庆历八年(1048)戊子　十岁

孔凡礼《苏辙年谱》(以下简称"谱")云：与兄轼亦尝师事乡人史清卿。

谱引《宋元学案补遗》卷九十九《苏氏蜀学略补遗·东坡师承·史先生清卿》："眉山人。东坡兄弟皆师事之。子照，字见可，官左宣义郎，博古能文，尝作《通鉴释文》三十卷。"又云："嘉庆《眉州属志》卷十一谓与兄轼师事史照。"

按，《通鉴释文》有冯时可绍兴三十年(1160)序云："见可名照。嘉祐、治平间，眉州三卿为缙绅所宗，东坡兄弟以乡先生事之，见可即清卿之曾孙也……年几七十，好学之志不衰。"据此，史照实为史清卿曾孙，其生已在苏氏兄弟之晚年，绝无被师事之理。即以史清卿论，所谓"以乡先生事之"亦不等于"师事"。陆心源《仪顾堂题跋》卷七《宋椠通鉴释文跋》已辨明此事。

宋仁宗嘉祐元年(1056)丙申　十八岁

谱云：五六月间，抵京师，馆于兴国寺浴室院，时大雨。

按，《山谷诗集注·目录》注文，称"山谷有太平兴国寺浴室院题名"，知寺名全称当作"太平兴国寺"。《隆平集》卷一"寺观"条云："太平兴国二年，改新造龙兴寺为太平兴国寺，因年号。"田况《儒林公议》卷上："太宗志奉释老，崇饰宫庙。建开宝寺灵感塔以藏佛舍利，临瘗为之悲悌。兴国寺构二阁，高与塔侔，以安大像。远都城数十里已在望,登六七级方见佛腰腹,佛指大皆合抱,观者无不骇愕。两阁之间通飞楼为御道。丽景门内创上清宫,以尊道教,殿阁排空,金碧照耀,皆一时之盛观。自景祐初至庆历中,不十年间,相继灾毁,略无遗焉。"

谱云:应开封府解,中选。

> 按,苏轼亦中选,有《谢秋赋试官启》(《苏轼文集》卷四十六)云:"观其发问于策,足以尽人之材。讲求先圣之心,考其《诗》义;深悲古学之废,讯以历书。条任子之便宜,访成均之故事……"据此可知开封府解试策题,有涉及任子、成均者,南宋婺州刻本《三苏先生文粹》卷六十五有苏辙《任子》《复成均之法》二策,当是此年所答。

嘉祐二年(1057)丁酉 十九岁

谱云:应省试。

> 按,试论一首,即《栾城应诏集》卷十一《刑赏忠厚之至论》;试策五道,《禹之所以通水之法》《修废官举逸民》《天子六军之制》《休兵久矣而国用益困》《关陇游民私铸钱与江淮漕卒为盗之由》,见南宋婺州刻本《三苏先生文粹》卷六十五(苏轼亦有此五策,见《文粹》卷三十一),其第一道《禹之所以通水之法》,策问乃欧阳修所拟,见《居士集》卷四十八《南省试进士策问三首》之一。
> 又,苏辙及第后,仅得"赐归待选"而已,见《栾城集》卷二十二《上枢密韩太尉书》。沈遘《西溪集》卷四《敕赐进士及第朱长文可试秘校守许州司户参军》制有云:"前日朕诏有司,以天下所贡士来试于廷。尔以文辞之美,得署乙科,属于吏部。吏部举限年之法,未即用也。今既冠矣,请命以官。"可见未冠登科者,吏部暂不授官,故苏辙《上枢密韩太尉书》中有"年少未能通习吏事",

"将归益治其文,且学为政"等语。

嘉祐五年(1060)庚子　二十二岁

谱云:上刘敞书。

> 谱引苏辙《上刘长安书》"辙亦得进见左右"云云,因《续资治通鉴长编》载刘敞知永兴军在本年九月,故系于此。

按,《栾城集》卷五《送刘长清敏》诗自注:"刘原甫自长安病归,余始识之。"可见苏辙谒见刘敞,不在其始知永兴军时,而在"自长安病归"时也。据《彭城集》卷三十五《故朝散大夫给事中集贤院学士权判南京留司御史台刘公行状》,刘敞自长安病归在嘉祐八年,"是年公以疾自请,八月召赴阙"。此条当系于嘉祐八年。

谱云:与兄轼寓怀远驿。

> 谱据《年表》,并引《栾城集》卷一《辛丑除日寄子瞻》诗"城南庠斋静"之句,谓"城南"或即指怀远驿。

按,《玉海》卷一七二有"景德怀远驿"条云:"景德三年十二月辛巳,作怀远驿于汴河北,以待南蕃交州、西蕃大食、龟兹、于阗、甘州等贡奉客使。"与《长编》卷六十四该日之记载合,当无误。汴河横贯北宋东京内城之南部,若以怀远驿为"城南",则内城南部也。但苏辙诗云"城南庠斋","庠"应指太学,仁宗时太学在东京内城之外,外城之南部,与内城南部、汴河北之怀远驿并非一地。盖嘉祐五年苏洵寓居雍丘(见谱),而轼、辙兄弟为应制科而进京,暂寓怀远驿,并非居宅也。此后苏辙侍父居城南(外城南部)太学附近,见下文嘉祐七年订补。

嘉祐六年(1061)辛丑　二十三岁

谱云:以苏辙为试秘书省校书郎充商州军事推官。

谱引《颍滨遗老传》上:"知制诰王介甫意其右宰相,专攻人主,比之谷永,不肯撰词。宰相韩魏公哂曰:'此人策语,谓宰相不足用,欲得娄师德、郝处俊而用之,尚以谷永疑之乎?'知制诰沈文通亦考官也,知其不然,故文通当制,有爱君之言。"据此判断云:"'宰相不足用'云云,亦苏辙答策中语,疑以此开罪宰相,宰相欲黜之也。"

按,宰相韩琦所哂者为王安石,此事不因宰相"欲黜之",只因王安石不肯撰制,遂造成波折。此实王、苏交恶之始,两年后苏洵作《辨奸论》,或亦受此刺激。吕希哲《吕氏杂记》卷下云:"初,欧阳文忠公举苏子瞻,沈文通举苏子由应制科,兄弟皆中选。时王介甫知制诰,以子由对策专攻上身及后宫,封还词头,乃喻文通为之,词曰:'虽文采未极,条贯靡究,朕知可谓爱君矣。'盖文与介甫意正相反。子由谢启云:'古之所谓乡愿者,今之所谓中庸常行之行;古之所谓忠告者,今之所谓狂狷不逊之徒。'又云:'欲自守以为是,则见非者皆当世之望人;欲自讼以为非,则所守者亦古人之常节。'"盖宋代知制诰有"封驳"之权,王安石用此权力阻抑苏辙。《吕氏杂记》所引苏辙谢沈遘启,今不见于《栾城集》,可供辑佚。辙初入仕途,即遭此波折,故终生在意。《颍滨遗老传》上又云:"是时先君被命修礼书,而兄子瞻出签书凤翔判官,傍无侍子,辙乃奏乞养亲。三年,子瞻解还,辙始求为大名推官。"知此事结局为:虽由沈遘撰制,而苏辙仍辞官不赴。名为养亲,实则抗议。

谱云:有《谢制科启》。

谱引宋人孙汝听《苏颍滨年表》为据,又谓"文已久佚"。

按,此《启》实不佚,见吕祖谦《皇朝文鉴》卷一二二《谢中制科启》,署名苏辙,首云"辙以薄材……",中云"幼承父兄之余训",

为苏辙作品无疑。但此《启》未收入《栾城集》，却被明代以来刊行之苏轼文集误收，开篇"辙"字亦改为"轼"字，而中间"父兄"字依旧，显见矛盾。苏轼亦有《谢制科启》，七集本《东坡集》卷二十六只录一篇，而今《苏轼文集》卷四十六乃录两篇，其第二篇即苏辙《启》也。

嘉祐七年(1062)壬寅 二十四岁

谱云：是岁，与黎錞(希声)邻居太学前。

谱据《栾城集》卷七《次韵子瞻寄眉守黎希声》诗自注："辙昔侍先人于京师，与希声邻，居太学前。"

按，《栾城集》卷一《辛丑除日寄子瞻》："城南庠斋静，终岁守坟籍。"此"庠"当指太学，在东京外城之南部也。知苏氏兄弟于嘉祐五年暂寓怀远驿，六年(辛丑)岁末之前已居"城南"太学附近。《栾城集》卷十一《次韵孔平仲著作见寄四首》之一云："昔在京城南，成均对茅屋。清晨屣履过，不顾车击毂。时有江南生，能使多士服。同侪畏锋锐，兄弟更驰逐。"清江三孔(文仲、武仲、平仲)分别登嘉祐六年、八年、治平二年进士第，其为太学生当在登第前，知苏辙与三孔始交，约在此时也。《栾城集》卷七《送蒋夔赴代州教授》云："忆游太学十年初，犹见胡公岂弟余。"诗作于熙宁十年，上推十年，当在治平四年或熙宁元年，但彼时辙皆不在京师(居丧在乡)，若更上推，则辙识蒋夔亦在此前后；但诗又云："遍阅诸生非有道。"对当时太学生不满，恐须下推，指熙宁太学而非嘉祐太学也，然则熙宁二年轼、辙至京后，或仍居城南太学前。

宋英宗治平二年(1065)乙巳 二十七岁

谱云：为大名府留守推官。三月到任。

按，欧阳修《居士集》卷三十四《故霸州文安县主簿苏君(洵)墓志铭》称苏辙为"权大名府推官",苏颂《苏魏公文集》卷三十有《前权大名府推官苏辙可西京留守推官》制。

谱云:侍父京师期间,与侄林有唱酬。

谱据《栾城集》卷二《用林侄韵赋雪》诗,并谓:"作于侍父京师期间。具体作时,辙编集时距作诗已二十余年,已不能详,故次于此卷之末。以下自《送张唐英监阆州税》至《送道士杨见素南游》五诗同此。"

按,《栾城集》诗歌依写作时间排列,未见讹误。卷二《用林侄韵赋雪》之前,为治平元年诗,卷三为治平二年至大名府以后诗,则依排列顺序,谓《用林侄韵赋雪》作于元年冬,以下诸诗作于元年末、二年初,于事理并无违碍,不知何须作时不详、次于卷末之推测?且卷二《送道士杨见素南游》以下,尚有《利路提刑亡伯郎中挽词二首》《亡伯母同安县君杨氏挽词》二题,谱据辙《伯父墓表》分系于嘉祐七年八月、八年六月苏涣、杨氏卒时,与《栾城集》排列顺序尤为不合,谱作以上推测,或为此故。但《伯父墓表》既明载卒时年月,则苏辙编集之时,岂能遗忘作时,而将挽词亦"次于此卷之末"?理不可通。实则所谓挽词,大抵作于送葬之时,《伯父墓表》云:"治平二年二月戊申,合葬于眉山永寿乡高迁里。"盖挽词不作于嘉祐七、八年苏涣、杨氏卒时,而作于治平二年二月合葬时,与《栾城集》编纂顺序遂密合无间。凡苏辙所作挽词,谱大抵系于所挽人物卒时,而与《栾城集》编列顺序每多不合,俱当释为送葬而作,不得以此反疑《栾城集》编纂不善也。《送张唐英监阆州税》等五诗详下。

谱云:京师侍父期间,赋诗送张唐英监阆州税。

谱引《宋史·张唐英传》:"翰林学士孙抃得其《正议》五十篇,以为马周、魏元忠不足多,荐试贤良方正,不就。"又引苏辙《送张唐英监阆州税》、文同《张次公太博归阆中》诗,推测张氏曾应制科。
按,北宋应制科,须由近臣推荐,于考前一年缴上策论五十篇,谓之"进卷"。《宋史·张唐英传》所谓"《正议》五十篇",当即"进卷",其应制科之事,可以无疑。但此"进卷"通过考评后,尚需至秘阁考试六论,六论合格后,方可参加御试对策,对策入等,才得制科出身。《宋史》叙张唐英应制科事,在"英宗继大统"前。英宗继位在嘉祐八年(1063),此年本有制科考试,因仁宗去世而停罢,所谓"不就"或指此。又,文同诗云"制诏频来试玉京",则张唐英应制科当不止一次。在嘉祐八年之后,英宗治平二年(1065)亦举行,若张氏再次获荐,则治平元年须缴纳进卷,通过考评后应诏至京,但辙诗云"答策意何阑",则张氏似已无意参加治平二年之御试对策,而就阆州监税之新选,其事当在元、二年间也。治平二年制科合格者为李清臣、范百禄二人。

谱云:作《送张师道杨寿祺二同年》诗。作《送家定国同年赴永康掾》。
谱引《全宋诗》卷六二七杨寿祺《将过益昌先寄冯允南使君》诗,出元陈世隆《宋诗拾遗》卷七。又据《送家定国同年赴永康掾》"登科已七年"之句,谓此诗作于治平元年。
按,杨寿祺诗见冯山(字允南)《安岳集》卷十一附录,题作《将过益昌先寄允南使君》,其中"苍颜白发因新选",《文渊阁四库全书》本《安岳集》作"因新选",于义为胜。《安岳集》卷十二又有《寄题合江知县杨寿祺著作野亭》诗,知杨氏入蜀,实任梓州路泸州合江知县。张、杨二人与家定国皆苏辙同年进士,其仕途之初期,若无特殊事故,则在治平元、二年间同赴"新选",于理甚合,盖轼辙兄弟亦于治平二年初得新任也。

谱云：作《送霸州司理翟曼》诗。作《送道士杨见素南游》诗。

  按，翟曼见《续资治通鉴长编》卷三五一，元丰八年死于贡院火灾。辙诗云："努力事初宦。"意翟曼于治平二年二月彭汝砺榜登第，而赴此"初宦"也。《送道士杨见素南游》诗有"黄河春涨"之语，盖同时所作。以上五诗，依《栾城集》排列次序，俱可得合理之解释。

谱云：至大名。时王拱辰(君贶)知大名府兼北京留守。强至(几圣)佐幕。安焘(厚卿)佐幕。姚孝孙(光祖)佐幕。

  按，强至《祠部集》卷三十二《跋大名县主簿石亢之东斋卷后》云："亢之，治平间与予令尉元城者也。"知强至为大名府元城县令，非幕府官。姚孝孙登皇祐五年郑獬榜进士第，见《浙江通志》卷一二三，《栾城集》卷三有《次韵姚孝孙判官见还岐梁唱和诗集》，则姚为河北路转运判官，亦不在王拱辰幕府。此数人皆在大名府，故得交往，但非全为"佐幕"也。

治平四年(1067)丁未　二十九岁

谱云：长子迟约生于治平间。

  谱据辙次子苏适生于熙宁元年(1068)，谓迟应长于适，并云："兄长弟一岁，尚不多见，长三至五岁，则属常见。"故如此推测。

  按，欧阳修撰苏洵墓志，已谓二孙迈、迟(轼、辙长子)。谱载苏洵下葬在本年十月，墓志撰成当早于是，故治平四年已有迟，可得确证。但洵卒于治平三年四月，辙不当于治平四年守制期间生子，可知迟长于适，确不止一岁。

宋神宗熙宁元年(1068)戊申　三十岁

谱云：过益昌，晤鲜于侁(子骏)。时侁漕利路。

谱据《栾城集》卷六《和鲜于子骏益昌官舍八咏》及《苏轼文集》卷六十八《题鲜于子骏八咏后》。又谓"益昌乃宋初之名,时已易名昭化,属利州路利州"。又引蒲积中《古今岁时杂咏》卷四十二录苏辙《益昌除夕感怀》诗。

按,据秦观《淮海集》卷三十六《鲜于子骏行状》,鲜于侁熙宁初为利州路转运判官,此后升转运副使。检《续资治通鉴长编》卷二二七,其升转运副使在熙宁四年十月庚申,则苏辙过利州时,侁尚为转运判官。"八咏"为"官舍"作,当在利州州治绵谷县,"益昌"乃古郡名,《栾城集》卷二十八《李括知洋州制》:"益昌诸郡,莫如梁洋。"卷二十九《安宗说知利州制》:"益昌之民,山居而谷饮。"是知苏辙笔下之"益昌",盖指利州路或利州而言,非指利州下属之益昌县(宋初改名昭化县)也。辙此年除夕在长安,《古今岁时杂咏》所录辙诗非是,此诗见唐庚《眉山集》,庚与二苏同乡,蒲氏或因此致误。

熙宁二年(1069)己酉 三十一岁

谱云:(三月)丙子(初九日),神宗批苏辙奏付中书,即日召对延和殿。

按,徐度《却扫编》卷上:"苏黄门子由,熙宁二年以前大名府推官,上书论事。神宗览而悦之,即日召对便殿,访问久之,面擢为条例司属官。故事,选人未得上殿者,自此遂为故事云。"时辙尚为选人,召对便殿乃殊遇。参熙宁十年"改著作佐郎"条订补。

谱云:秀州僧本莹来访,题其净照堂。

谱引《栾城集》卷三《秀州僧本莹净照堂》诗云:"有僧访我携诗卷,自说初成净照堂。"

按,《苏轼诗集》卷六作"静照堂",是。《至元嘉禾志》卷九:"静照堂一名寂照堂,在招提寺。"卷十:"招提院,在郡治西二里。考证：唐光启四年曹刺史舍宅为院，赐名罗汉院，宋治平四年改今名。寺有静照堂，今废。"卷二十七录苏轼、王安石等同时名公题咏静照堂诗三十余首，其中王异诗有自注云："慧空旧主精严寺，居安隐阁，经嘉祐丁酉火，鞠为煨烬。今住招提院，复创此堂。"知本莹即慧空，其所携诗卷即来京征求名公题咏所得也。吴充诗："人说招提好，师从静照来。亲携玉堂句，徐叩荜门开。"即描写其征求题咏之情形。周孟阳诗："满箧朝贤句，孤云出帝乡。"可见其征求之成果。

谱云：游净因院，寄怀琏禅师。晤臻长老。

谱引《栾城集》卷六《赠净因臻长老》诗。

按，净因道臻（1014—1093），字伯祥，福州古田戴氏子。传见《禅林僧宝传》卷二十六，为南岳下十二世，嗣法于浮山法远禅师，"北谒净因大觉琏禅师，琏使首众僧于座下。及琏归吴，众请以臻嗣焉"。

谱云：除河南府留守推官。

按，文彦博《潞公文集》卷三十八《举苏辙》，称其为"权留守推官"。

熙宁三年(1070)庚戌　三十二岁

谱云：正月九日，差充省试点检试卷官。

按，《栾城集》卷二十有《南省进士策问一首》云："昔者盖尝取经界之旧法，以为方田；采府卫之遗意，以为乡兵；举黜陟之坠典，以为考课矣。然而为方田则民扰而不安，为乡兵则民劳而无益，为考课则吏欺而难信，三者适所以为患，不若其已也。"讨论方田、保甲等法，盖此年差入贡院时所拟。

谱云：送王恪郎中知襄州，作诗。

谱据《栾城集》卷三诗题，并考王恪当为王旦之孙，王素之侄。又谓素只有一子巩。

按，张方平《乐全集》卷三十七有王素神道碑铭，称素有"九男：厚，将作监主簿，早世；固，大理评事；坚，光禄寺丞；巩、本、硕，大理评事；凝，秘书省正字；常、奥，将作监主簿"。其中王奥与苏轼有交往，见《苏轼文集》卷六十九《书王奥所藏太宗御书后》，明云其为王旦之孙，王素之子。素九男中无王恪，恪确为素侄。考王旦外孙苏舜钦《苏学士集》卷十五有《两浙路转运使司封郎中王公墓表》，乃旦长子王雍墓表，称其有"二子：恰，大理丞；整，太常寺太祝"。此"恰"当为"恪"之讹，恪为雍之子。

熙宁四年(1071)辛亥　三十三岁

谱云：代张方平论时事书。

谱据《栾城集》卷三十五《陈州为张安道论时事书》，宋人孙汝听《苏颍滨年表》系熙宁三年，而书中有"臣自到任以来，于今一岁"之语，谱改系四年春。

按，《宋名臣奏议》卷一一五录张方平《上神宗论新法》，即此书，文末注："熙宁四年五月上，时知陈州，学官苏辙代作。"

谱云：六月，兄轼除杭州通判。离京师时，李大临(才元)嘱轼向辙及张方平(安道)致意。

谱据《苏轼文集》卷五十九《答李秀才元》简，又据《东坡续集》卷五校改为"答李才元"。简中有"安道、舍弟，当具道盛意"语，谱以为"轼赴杭将取道陈州，大临欲轼向张方平及弟辙问候"。

按，孔凡礼《苏轼年谱》(中华书局，1998年)第202页，亦及苏轼此简，以同样理由，系于熙宁四年。今检《重编东坡先生外集》卷六十四,题亦作"答李才元",且简末有"即复显用,以慰士望"语,其非"秀才"甚明,谱考为李大临(字才元),甚确。但《外集》编东坡简牍有时间顺序,此简在"徐州"阶段,《苏轼文集》题下亦注:"以下俱徐州。"而张方平、苏辙同处一地,亦不仅为陈州时,熙宁十年(1077)苏轼在徐州,苏辙与张方平即同在南京应天府。"徐州"之说既不能推翻,理当尊重,改系于熙宁四年之证据不足。

谱云:九月丙申(十五日),知制诰、直学士院陈襄(述古)知陈州。苏辙有迎襄启。

谱据《长编》卷二二六所载时日,及《栾城集》卷五十《迎陈述古舍人启》。

按,陈襄于熙宁三年五月兼直舍人院(见《长编》卷二一一),故称"陈述古舍人"。除迎启外,《栾城集》卷五十尚有《代陈述古舍人谢两府启》《又代谢两制启》,亦此时代襄作。

熙宁五年(1072)壬子 三十四岁

谱云:张刍(圣民)知陈州。代刍撰到任谢两府启。

谱据《栾城集》卷五十《代张圣民修撰谢二府启》,又据《长编》熙宁七年八月有"兵部郎中、集贤殿修撰张刍为辽主生辰使"之记载,谓苏辙题中"修撰"云云乃后来编集时改定。

按,《栾城集》所录诗文,皆存原题。事关辙之历史意识与编纂态度,不可随意推测其有改定之举。检沈括《长兴集》卷十七有张刍墓志铭,叙其官历甚备,知陈州前已"以集贤殿修撰知越州",辙称"修撰"甚确,非后来改定。

谱云:吕公著罢颍守,退居于陈。苏辙从公著游。

谱据《栾城集》卷十六《吕司空挽词》自注,推测吕罢颍守居陈为本年事。

按，吕公著自御史中丞出知颍州，在熙宁三年四月，见《长编》卷二一〇；五年闰七月判太常寺，见《长编》卷二三六；八月改提举崇福宫，见《长编》卷二三七；至熙宁十年二月起知河阳，见《长编》卷二八〇。其退居陈州，当在五年八月后领祠禄时也。谱推测正确。

熙宁六年(1073)癸丑　三十五岁

谱云：四月己亥(二十六日)，文彦博自枢密使以守司徒兼侍中、河东节度使判河阳。辙有贺启。彦博辟辙为学官，辙有谢启。未赴。

> 谱引苏辙《谢文公启》："尺书自达，方怀冒进之忧；奏牍上闻，遽辱见收之请。"

按，文彦博之奏牍尚存，即《潞公文集》卷三十八《举苏辙》，题下自注："熙宁六年六月。"文云："臣念，伏蒙圣慈从欲，均逸便藩，当求时才，助宣邦教。切见权留守推官苏辙，博通经术，深知治体，见任陈州州学教授，今已岁满。欲望圣慈，就差充河阳州学教授。如臣所举不如状，及犯正入己赃，甘当同罪。取进止。"州学教授须朝廷任命，正始于此年，见《宋史·职官志七》："教授。景祐四年诏藩镇始立学，他州勿听。庆历四年，诏诸路州军监各令立学，学者二百人以上许更置县学。自是州郡无不有学，始置教授，以经术行义训导诸生，掌其课试之事，而纠正不如规者，委运司及长吏于幕职州县内荐，或本处举人有德艺者充。熙宁六年，诏诸路学官委中书门下选差，至是始命于朝廷。"此与苏辙之"未赴"相关，见下条。

谱云：改齐州掌书记。盖为李师中(诚之)所招。

> 按，谱以李师中之招解释苏辙未赴河阳(孟州)州学教授，而改任

齐州掌书记之原因。但苏辙《自陈适齐戏题》诗:"犹欲谈经谁复信,相招执钥更须从。"明云其本意仍欲为教授,而势有不可,无奈改从掌书记之招也。《宋史·选举志二》云:"初,内外学官多朝廷特注,后稍令国子监取其旧试艺等格优者用之。熙宁八年,始立教授试法,即舍人院召试大义五道。"盖"新法"之学校科举政策已付实施,须赞同王安石"新学"者,方能担当育成人才之责,"教授试法"即考查应试者对王氏新"经义"理解之程度耳。立法虽在熙宁八年,但自熙宁四年科举改革后,"新法"政府已开始严格控制学官人选,《宋史·神宗纪》熙宁四年二月,"以经义、论策试进士,置京东西、陕西、河东、河北路学官,使之教导",此即所谓"五路学官"之选,乃思想控制之渐。孟州属京西路,正在上述五路之内,自不容苏辙担任教授,故改至离京城稍远之齐州(济南)为掌书记。文彦博荐举苏辙为孟州学官之奏牍,上于六月,则至少到夏秋之际尚在谋求此任;李师中知齐州在九月(见谱),招苏辙为齐州掌书记当在其后。

谱云:在陈州,读《楞严经》。

谱引《栾城三集》卷九《书传灯录后·序》:"顷居淮西,观《楞严经》。"由此推论:"陈州属京西北路,然为淮阳郡,属淮水之西,故亦以淮西称之。"

按,"淮西"并非泛指淮水之西,而专指蔡州也。此在苏辙笔下亦有确据,如《栾城后集》卷一《蔡州壶公观刘道士·引》云:"过淮西,入壶公观。"《栾城三集》卷一《送逊监淮西酒,并示诸任二首》,谱于大观元年(1107)下引此,亦自释为蔡州。《书传灯录后·序》作于大观二年(1108),所谓"顷居淮西",指崇宁二年(1103)居蔡州事,与陈州无涉。

谱云：离陈州，赴齐州，赋诗。

　　谱依《栾城集》卷五诸诗排列顺序，在《自陈适齐戏题》前，诗中已道及秋日景象，故推测苏辙离陈至齐为秋日事。

　　按，据此可谓苏辙离陈至齐在秋日之后，未可断为秋日事也。苏辙离陈当在十月后，详下。

谱云：至齐州……陈祐甫为排保甲。

　　谱引苏辙《送排保甲陈祐甫》："君来正此时，王事最勤苦。驱驰黄尘中，劝说野田父。穰穰百万家，一一连什伍。政令当及期，田间贵安堵。"并云："排保甲云者，乃推行朝廷新法之保甲法。据诗，此法之推行，实有助于田间之安堵。"

　　按，《长编》卷二四四，熙宁六年四月甲午，"命知青州临朐县刘温恭等八人，分往齐、徐、濠、泗等十二州排定保甲"。八人中当有陈祐甫。盖保甲法先行于开封府界，自此扩展至京东、淮南也。辙诗谓保甲法徒扰乡村，令田间不得安堵，不知谱何以据此得出相反结论？殊不合苏辙政见。保甲之教阅，在冬季农闲时，此前宜须排定，故计陈氏完成工作离去，当在冬季也。按《栾城集》卷五编次顺序，此诗在熙宁六年末。

谱云：和孔武仲济南四韵。时与武仲过从甚密。

　　谱引《栾城集》卷五《和孔教授武仲济南四咏》诗。又引卷九《答孔武仲》："济南昔相遇，我齿三十六。"并云："辙今年三十五岁，云'三十六'，知熙宁七年武仲尚在济南，今并系此。"

　　按，《答孔武仲》诗明云苏、孔在齐州相遇交往之时，苏三十六岁，则是明年事也。《和孔教授武仲济南四咏》诗中，已有"雪消平野看春耕"景象，盖《栾城集》卷五自此以下，已为熙宁七年之诗，谱误系于六年。

谱云：十月，应京西北路转运副使陈知俭之请，作《京西北路转运使题名记》。

  按，熙宁五年，朝廷将原京西路分为京西南路和京西北路，而陈知俭以京西路转运副使专掌北路。故谓之"京西路转运副使"或"京西北路转运使"皆可，而谓之"京西北路转运副使"则不妥。苏辙《记》文之末自署"熙宁六年十月"，当在其离开陈州之前所作，因陈州正属京西北路也。李师中九月知齐州，苏辙应其招，在十月后赴齐，冬日在齐州送别陈祐甫：如此推算，既合情理，又合《栾城集》卷五诸诗编次顺序。谱误断至齐为秋日事，又误认《和孔教授武仲济南四咏》为本年诗，故叙事多颠倒。

熙宁七年(1074)甲寅　三十六岁

谱云：四月壬辰(二十五日)，以知青州、右谏议大夫李肃之知齐州。有代肃之撰到任谢上表。有代肃之谢二府、谢免罪。

  谱据《宋史·李肃之传》，谓其"神宗初为右谏议大夫。以过左迁，知齐州"。

  按，李肃之曾先后两次知齐州，第一次在仁宗嘉祐元年八月，第二次在本年。"以过左迁，知齐州"为《宋史》本传之原文，但指嘉祐元年事也。然本年知齐州亦有故，《续资治通鉴长编》卷二五八，熙宁七年十二月丁卯："知齐州李肃之言：'提举常平等事吴璟，体量臣前任青州违法不公。今璟收郓州官妓魏在家，及负郓州官私债数千缗。'诏转运司案实以闻。后转运司言有实，诏璟冲替。"可见李肃之从青州移齐州，亦缘被人检举"违法不公"。当时神宗特予"免罪"，故到齐州后，苏辙为其代撰谢表(《栾城集》卷四十九《代李谏议谢免罪表》)。但李肃之自感冤枉，不久后遂反咬一口。此后，李肃之获朝廷给予"昭洗"，辙代撰《谢二府启》(《栾城集》卷五十)盖为"昭洗"而谢，非到任时作也。此

《启》与谢表异,当系年末。

谱云:张正彦法曹官满罢任离齐州,有送行诗。

谱引《栾城集》卷五《送张正彦法曹》诗:"忆见君兄弟,相携谒侍郎。"推测此侍郎为张揆,并云"张正彦或为揆之子侄辈",而"辙曾拜谒揆,受其教诲"。

按,张揆为齐州历城人。张正彦在齐州任司法,苏辙诗为其离任而作,有"归资才满囊"之句,可见其并非齐州人,与张揆无关。司马光有《答齐州司法张秘校正彦书》,盖其人也。光《书》云:"足下学《春秋》,非徒诵其文,通其义而已,乃能于传注之外,凡古今治《春秋》之书存可见者,皆遍观而略记之,评其短长,靡不精当。人或杂举而猝问之,酬对无滞,衮衮焉如泉源之不穷。年未弱冠,举明经,为天下第一。"

谱云:九月,兄轼移密州。

谱据苏辙《超然台赋叙》,谓因辙在齐州,故轼求为京东路知州,乃得请密州。又谓"《苏轼文集》卷五十六与周邠(开祖)第三简亦及此"。

按,轼此简有"某忝命,甚便其私"之语,谱以为轼知密州,与辙所在齐州近,故"甚便其私"也。《苏轼年谱》(第301页)亦系此简于熙宁七年自杭州赴密州途中,理由同此。但《重编东坡先生外集》卷六十五,则置此简于"湖州"阶段。考周邠原在杭州与苏轼相熟,简云"承脱湖北之行而得乐清",则仍在浙江,又云"一路候问来耗……即遂面话",明非离杭北行情状,当是轼从北方南下,故不久可与周氏"面话"也。此简宜从《外集》,系元丰二年轼赴湖州任时。所谓"甚便其私",非就密州言也。

谱云：十一月辛亥(十七日)，有《洛阳李氏园池诗记》。

  按，《记》谓李氏家世名将，其世次为："大父济州"、"烈考宁州"、"李侯"、"其子遵度，官于济南，实从予游"。依此推考，"大父济州"为李谦溥(915—976)，宋初名将，开宝三年(970)任济州团练使，《宋史》有传；"烈考宁州"为李允则，天圣六年(1028)卒时为宁州防御使，《宋史》有传；"李侯"为李中祐，《续资治通鉴长编》卷一六一，庆历七年八月丙辰"内殿崇班李中祐副之"条注"中祐，允则子"；"其子遵度"为李昭叙，苏辙《龙川别志》卷下"予后从事齐州，允则之孙昭叙为兵马都监"，遵度盖昭叙字也。

谱云：题徐正权秀才城西溪亭。正权名遁。

  谱引苏辙《题徐正权秀才城西溪亭》诗自注，证其为石介之婿，又因诗中有"野外从教簿领疏"，推测"正权亦为僚齐州"。又谓徐正权名遁，见《龙川略志》。

  按，《龙川略志》卷二明云："有一举子徐遁者，石守道之婿也，少尝学医于卫州，闻高敏之遗说，疗病有精思。"则其为举子、医生，并非齐州僚属，"野外"之句乃苏辙自抒襟怀。

熙宁八年(1075)乙卯　三十七岁

谱云：使者自密州还，携来轼新诗。次轼病中赠提刑段绎韵。

  谱引苏辙《次韵子瞻病中赠提刑段绎》诗："京东分东西，中划齐鲁半。兄来本相从，路绝人长叹。"又，谱于熙宁九年"李常(公择)以赴历下道中杂咏十二首示辙"条下，引《苏轼文集》卷五十一《与李公择》第二简叙其熙宁七年自杭赴密事云："缘舍弟在济南，须一往见之，然后赴任。济南路由清河，而冬深即当冻合，须急去乃可行。"并云："此乃苏轼原来打算，以后未经清河。"

  按，苏辙诗正可解释苏轼未按原计划至济南之原因。考《续资治通鉴长编》卷二五二,分京东路为东西两路,在熙宁七年四月甲午,而苏轼自杭州通判移密州知州,已在九月(见谱)。盖当苏轼行近京东时,分路之令已付实施,密州属京东东路,齐州属京东西路,法不许擅至别路,故兄弟不得相见也。

谱云:次韵韩宗弼太祝送游太山。

  谱据《栾城集》卷五诗题,又考韩宗弼乃韩缜之侄。

  按,韩缜乃韩亿第六子,宗弼乃亿第四子韩绛之次子。刘攽《彭城集》卷三十九有《金华县君范氏墓志铭》云:"夫人姓范氏,尚书职方员外郎韩公绎之妻……子男四人:长宗哲,大理评事;次宗弼,太常寺太祝;次宗敏,皆前夫人所生;独幼子宗谨,夫人所出,而早死不育。"谱于本年又云"韩宗弼罢太祝,作诗送行",所据为《栾城集》卷五《送韩宗弼》诗。按,诗未云"罢太祝",盖"太常寺太祝"乃官称,非差遣也。

谱云:次韵刘敏殿丞送春。时有简与兄轼,轼欲借《法界观》。

  按,《郡斋读书志》著录:"《法界观》一卷,右唐僧杜顺撰。《华严经》最后品名曰《法界》,叙善财参五十三位善知识。经文广博,罕能通其说,杜顺乃著是书,宗密注之,裴休为之序。"

谱云:李昭叙供备燕别湖亭,次其韵。

  按,李昭叙即《洛阳李氏园池诗记》中之李遵度,考见上年订补。

谱云:作《齐州闵子祠堂记》。

  按,闵子庙成,由徐遁作《祭闵子文》,由苏辙作《祠堂记》,见辙《次韵徐正权谢示闵子庙记及惠纸》诗自注。

谱云：长清令刘敏官满罢任，作诗送行。

  谱引苏辙《送刘长清敏》诗，谓与"汝州太守"、"曹州"为兄弟，自注中又及刘敞，故推测刘敏为"敞、攽之兄弟辈或堂兄弟辈"，又云"曹州谓攽"，而"汝州太守当为攽等之前辈"。

  按，据《宋史·刘敞传》："疾少间，复求外，以为汝州。"则汝州太守即谓刘敞。《公是集》卷五十一《先考益州府君行状》称"五子"：元卿、真卿、敞、攽、放。则敞、攽之同怀无刘敏，当是从兄弟也。

熙宁九年(1076)丙辰　三十八岁

谱云：李常(公择)寄轼诗，辙次常韵。

  谱据《栾城集》卷六《次韵李公择寄子瞻》诗题。又引苏轼《次韵刘贡父、李公择见寄》，谓刘攽、李常、苏轼诗皆作于熙宁八年，时攽在曹州，常在湖州。

  按，苏轼诗凡二首，第二首与辙此诗同韵，当是和李常者，诗云："何人劝我此间来，弦管生衣甑有埃。绿蚁濡唇无百斛，蝗虫扑面已三回……"其云"此间"，无疑指密州，轼以熙宁七年移知密州，则"蝗虫扑面已三回"当在熙宁九年也。第一首盖和刘攽者，《苕溪渔隐丛话》卷四十三节录《乌台诗案》所谓"秦字韵诗"也，亦系熙宁九年。此与《东坡集》卷七编次顺序甚合，而此年李常移知齐州(见谱)，与苏辙同在一地，辙乃得及时次韵其寄轼之诗，于情理亦合。《苏轼年谱》(第316页)据"朋九万"本《东坡乌台诗案》系轼诗于熙宁八年，盖承冯应榴、王文诰注苏诗之说，未确。

谱云：李常(公择)以赴历下道中杂咏十二首示辙，辙和之。

  谱据《栾城集》卷六诗题。其第一首《泛清河》，谱谓"误次"。谱考"清河"为泗水,属郓州,而"长江以北淮南东路境内遍考之,无清河地名"。

按,宋有北清河、南清河,泗水即南清河也,其上游在今山东省境内,下游则在今江苏省境内入淮。检《方舆胜览》卷四十六,淮南东路淮安军有清河,"在淮阴县北七十里"。辙诗第二首言及"桃园",谱考在宿迁,而淮阴正居宿迁之南,李常自湖州赴齐州,由南向北,先泛清河,并非"误次"。

谱云:自齐州回程中,上书论时事,乞罢青苗、保甲、免役、市易。

谱依《苏颍滨年表》,将《自齐州回论时事书》系于十月,而以下"至京师,蒋夔寒夜见过"条推测"辙至京师,约为十二月",故有"回程中"之说。

按,回程中起草奏章,虽不无可能,但"自齐州回"意谓已至京师,至少奏章之写定上呈必在京师,此处只当考其上呈时间,其何时起草可以不论也。奏章中明云,自"易置辅相"以来,已"历日弥月"。则自王安石罢相之十月二十三日(见谱)起,"弥月"(满一月)已在十一月下旬。此是苏辙上呈奏章之时间,亦可视为其回至京师之时间也。王安石之罢相,令苏辙颇为振奋,离齐州前所作《喜雪呈李公择》,疑寓此意。

熙宁十年(1077)丁巳 三十九岁

谱云:(正月)十二日,范镇访吴缜,作诗。辙次其韵。

谱引《挥麈录·后录》卷二:"嘉祐中,诏宋景文、欧阳文忠诸公重修《唐书》,时有蜀人吴缜者,初登第,因范景仁而请于文忠,愿预官属之末;上书文忠,言甚恳切。文忠以其年少轻佻,距之。缜鞅鞅而去。逮夫《新书》之成,乃从其间指摘瑕疵,为《纠缪》一书。"并云:"诏修《唐书》乃至和元年八月戊申事,则缜登第乃皇祐中事。"又引《直斋书录解题》卷四"世传缜父以不得预修书，故为此"，考慕容彦达《摛文堂集》卷四有《朝奉郎吴缜可朝散郎制》，而彦达为中书舍人乃徽宗崇宁间事，故谓"'世传缜父'云云，亦不为无因"。

按，《全蜀艺文志》卷五十三"吴氏"氏族谱云，吴缜父吴师孟"第进士"，"王公安石当国，谓师孟同年生也，自凤州别驾擢为梓州路提举常平仓兼农田水利差役事"。则吴师孟生于天禧五年（1021），其子吴缜岂得为皇祐（1049—1054）进士？清修《四川通志·选举》列吴师孟为庆历（1041—1048）进士，吴缜为治平（1064—1067）进士，推算年岁，信得其实。吴师孟至熙宁王安石当国，始获提拔，其人是否曾谋求预修《唐书》，今不可考；但《新唐书》编修时间甚长，其进书表撰于嘉祐五年（1060），则吴缜于修书之末期申请参与，亦尚属可能，唯不得云"初登第"，而只是一年少举子耳，欧公拒之，固属自然。所谓"因范景仁而请于文忠"，则因范镇与吴氏皆蜀人，由苏辙诗可见，范镇与吴缜确有交往，且以镇身份年辈之尊，而过访吴缜，其欣赏自不待言。镇之从孙范祖禹亦有《送廷珍殿丞兄通判阆州》（《范太史集》卷一）、《寄蜀州吴廷珍太守》（同上卷二），廷珍即吴缜字，可证范、吴两家之世交也。《送廷珍殿丞兄通判阆州》首句云："十年京洛弄残书。"恐即与吴缜著《纠缪》有关。《挥麈录·后录》此条纪事后有自注："张仲宗云。"谓闻自张元幹也。但元幹亦必闻自前辈，其《芦川归来集》卷九《跋苏黄门帖》云："苏黄门顷自海康归许下安居云久，政和二年，晚生犹及识之。"则张元幹曾于政和二年（1112）拜见苏辙于颍昌府，颇疑《挥麈录》此条纪事之最初来源，乃在熟悉范、吴事之苏辙。所谓"年少轻佻"云云，固有卫护欧公之立场，颇合辙之口吻。若然，则细节容有出入，而大体当属可信。

谱云：改著作佐郎，有谢启。

　　谱引《苏颍滨年表》："辙以举者改著作佐郎。"

　　按，陈襄《古灵集》卷一《熙宁经筵论荐司马光等三十三人章稿》（谱考陈襄论荐在本年初，甚确）言苏辙"自登第及中制科，凡二十年，尚在选调，未蒙褒擢"。盖苏辙自嘉祐二年（1057）登进士第，至此已为选人二十年，方得京官，仕途升进极为滞缓。陈襄以此提醒神宗，对此番改官应甚为有力。但苏辙《谢改著作佐郎启》明云所谢者为"某官二府"，知荐举者为中书或枢密院之宰执。王安石罢相后，以吴充、王珪并相，冯京知枢密院事，就此三人与苏辙之关系而言，冯京荐举之可能性较大。

谱云：六月己丑（十一日），辙保母杨金蝉卒。

　　按，日本奈良女子大学野村鲇子教授尝著文，谓杨氏实苏辙生母（《苏轼〈保母杨氏墓志铭〉之谜》，四川大学古籍整理研究所《宋代文化研究》第十二辑，线装书局，2003年）。但苏籀《栾城遗言》云："曾祖母蜀国太夫人梦蛟龙伸臂而生公。"蜀国太夫人即苏洵妻程氏，此谓苏辙生母乃程夫人。

谱云：作诗送交待刘挚（莘老）。九月九日，与（王）巩送挚，巩作诗，次其韵。

　　谱据《栾城集》卷七诗题，又据刘挚《忠肃集》卷十八《次韵赵伯坚令铄郎中忆南都牡丹兼寄子由》诗"曾忆西轩醉两春"语，考刘挚为幕官，在南都凡二年。

　　按，《宋史·刘挚传》记其神宗时为御史，因反对王安石新法，"谪监衡州盐仓"，"久之，签书南京判官"，其后"入，同知太常礼院，元丰初改集贤校理"。检《长编》卷二二五，刘挚谪监衡州盐仓在熙宁四年七月丁酉；卷二五八，熙宁七年十二月甲戌，"太子中允监衡州在城盐仓刘挚复馆阁校勘签书判官";卷二九〇,元丰元年六月丙午,"以同知礼院太常丞馆阁校勘刘挚为集贤校理"。可见挚为南京应天府签书判官,乃苏辙之前任,所谓"交代"也。其任期,当自熙宁八年至十年,前后总计三年,但熙宁八年上任或已在夏后,故有"醉两春"之语,盖指九年、十年之春也。苏辙等送别之,在十年九月,此时刘挚当入京,任同知太常礼院。

元丰元年(1078)戊午 四十岁

谱云:鲜于侁(子骏)旋以京东西路转运使摄应天府事。

谱此条系于五月陈汝羲授南京留守知应天府后,并推测"陈汝羲就任不久即离去"。

按,《栾城后集》卷二十一《书鲜于子骏父母赠告后》:"予在应天幕府,子骏以部使者摄府事,朝夕相从也。"未言在何月。《栾城集》卷八《次韵转运使鲜于侁新堂月夜》,谱系于本年秋,诗谓"千里共清光",知此时尚未至南都摄事。本年八月十八日有《祭永嘉郡夫人马氏文》(《栾城集》卷二十六),知张方平妻马氏卒于此时(本年王巩自京师来南都,当亦为其岳母亡故而来),《栾城集》卷二十六另有《代南京留守祭永嘉郡夫人马氏文》,盖同时所作,文称"某守土于兹",不云摄守,则仍代陈汝羲作也。《栾城集》卷四十九《代南京留守谢减降德音表》有"摄守"语,谱判断为十二月代鲜于侁作,甚确。卷八《喜雪呈鲜于子骏三首》,谱系于本年岁末,诗有"卧阁雍容三月余"之句,则鲜于侁来摄府事,当在九月间也。

谱云:七月癸巳(二十一日),有《同李倅钧访赵嗣恭留饮南园晚衙先归》诗。

谱引辙诗末句"令人更愧东宫师,眷恋溪山弃华屋",推测云:"似赵嗣恭为东宫太子师,辞而归田里。"

按,东宫之师位望极隆,而赵嗣恭史籍无载,决无可能。考当时有此身份而居住南都者,实为赵槩。苏轼撰《赵康靖公神道碑》云:"以太子少师致仕,居睢阳十五年。"卒于元丰六年。睢阳即南京应天府之郡名也。苏辙所谓"东宫师"当指赵槩,赵嗣恭盖为其家人。《赵康靖公神道碑》云赵槩有孙男四人,名嗣徽、嗣真、嗣贤、嗣光,则嗣恭或为从孙。但赵槩有一婿,名程嗣恭,或者诗题有文字脱落,亦未可知。

元丰二年(1079)己未 四十一岁

谱云:轼狱中赋榆槐竹柏四首,辙次其韵。

按,《栾城集》卷九《次韵子瞻系御史狱赋狱中榆槐竹柏》,次《四十一岁岁莫日歌》后,当是明年正月在陈州见苏轼后作。

谱云:签书应天府判官期间……尝代人作《谢黄察院启》。

谱以《启》中"废退已久,惭惧靡遑"与辙不合,故判断为代人所撰。

按,《栾城集》代人之作,皆标题明确,而"废退"之语,亦未尝与辙不合。《启》文自称"进无干世之才,出为苟禄之仕,强颜未去"等,盖并未去官,所谓"废退"只是不获重用之意。《启》中又有"方河堤溃决之余,当流民纷委之地"语,谱谓此"为熙宁十年末至元丰元年初事",甚确。考《续资治通鉴长编》卷二八四,熙宁十年八月丙戌,"诏监察御史里行黄廉为京东路体量安抚",荐苏辙之"黄察院"即其人也。辙谢启称其"有霜台严肃之威而不用,有绣衣击断之势而不施",上句指其身任台官,下句指其奉旨出使,"体量安抚"也。启又云:"以东州之广,才士如林,辄先众人,岂胜厚愧。"此"东州"即指京东路,益见黄察院所"体量安抚"者为京东路,则非黄廉莫属矣。又,《长编》同卷载,熙宁十年八月甲辰,"诏内外待制以上及台谏官、发运转运使、提点刑狱、转运判官,各举文臣才行堪升擢官一员……从监察御史黄廉奏请也",则黄廉提出建议后,其本人便以苏辙为首荐也。《栾城集》此启在《贺孙枢密启》(谱系于元丰元年闰正月)与《贺赵少保启》(谱系于元丰二年正月)之间,盖元丰元年作。

补:《欧阳文忠公集》收《试笔》一卷,有苏辙跋文云:"余家多文忠公书,然比其没,余于箧中得十数帖耳。今刘君乃能致此,非笃好之不能也。元丰二年正月初吉苏辙子由题。"时在南京应天府。

元丰三年(1080)庚申　四十二岁

谱云:兄轼与王巩(定国)、朱寿昌(康叔)简,报辙来黄行踪。

谱引《苏轼文集》卷五十九《与朱康叔》第十五简:"与可船旦夕到此……子由到此,须留他住五七日。"

按,苏辙长婿文务光,扶其父文同灵柩归乡,曾过黄州,时苏轼谪居在黄,作《黄州再祭文与可文》。《苏轼年谱》(第481页)系此事于元丰三年五月苏辙抵达黄州之前,所据亦为《与朱康叔》第十五简以上文字,且云:"《栾城后集》卷二十祭务光文未云在黄相晤,知辙到黄前务光已西去。"今检《苏轼文集》卷五十九《与朱康叔》共二十简,其第十八简有附录"书《国史补》杜羔传"一段,自署元丰三年九月二十五日,作书时间最为明确,而第十五简云及"前曾录《国史补》一纸,不知到否",显然作于第十八简之后。《重编东坡先生外集》卷六十七有此二简,在"黄州"阶段,但观所录次序,则第十五简固在第十八简之后也。且《外集》第十五简文本无"子由"字,只云:"与可船旦夕到此,为之泫然,想公亦尔也,到此须留他住五七日,恐知之。"文义贯通,知《苏轼文集》"到此须留他住五七日"前误衍"子由"二字,遂与"前曾录《国史补》一纸"相抵牾也。若无此二字,则此简并非"报辙来黄行踪",不得系元丰三年五月苏辙至黄州前,而文同灵柩过黄州之事亦不在五月前,而必在九月之后,辙与文务光未在黄州相晤,固其然也。实则,《与朱康叔》第十五简之写作时间,或者更晚。依《外集》排列顺序,第二十简之后尚有两简,即《苏轼文集》之第十九、第十四简,此后续以第十五简。第二十简可据附录确定在元丰三年九月;第十九简云及"两日来武昌……冬深寒涩",考苏轼元丰三年冬曾与李常同游武昌西山(见《苏轼年谱》第491页),可推测为冬日作;第十四简、十五简皆提及张商英(天觉),而《苏轼年谱》(第501页)系张商英过黄州在元丰四年初,然则第十五简最可能之写作时间,乃在元丰四年。如此,则《外集》所录东坡尺牍,非唯文本可信,其次序亦堪依据,而文同丧过黄州及东坡再祭之文,亦以改次元丰四年较为合理也。

谱云:过江,至京口,游金山。作诗寄扬州守鲜于侁(子骏)及从事邵光。秦观有和。

谱据《栾城集》卷九及秦观《淮海集》卷三诗题云然。

按,鲜于侁亦有和作。《淮海集》卷三《和游金山》诗后,除附录苏辙原诗外,亦附录鲜于侁《子由同彦瞻游金山,子由枉诗,卒章有"使君何时罢,登览不可失"之句,因继赋一首》,署名"子骏",即侁也。其诗云:"蓬莱二神山,横绝倚鳌背。鳌倾海水动,一峰失所在。飞来大江心,盘礴几千载。化为金仙居,龙象错朱贝。凤昔爱山水,江湖不暂忘。君前或剖竹,鞄系古维扬。隐然胜绝境,旦旦遇相望。不意二君子,招携一苇航。高攀蹑雪梯,阔视瞰溟涨。潮来隐天地,万里卷白浪。波清霄汉净,澄澈迷下上。更深月正中,山影杳无象。蛟鼍四面穴,形势三州壮。融结既难穷,丹青殊莫状。苏侯韵高远,邵子雅趋尚。奇观极无边,幽寻端未放。浮生阅流水,清话造方丈。毕景趣言归,侵星摇两桨。武功真好奇,落笔扫珠玑。持语淮南守,兹游不可遗。君恩早晚东南下,一棹扁舟信所之。"北京大学古文献研究所编《全宋诗》第9册第6232页,据陈世隆《宋诗拾遗》卷六录此诗于鲜于侁名下,文字多有差异,且脱诗末数句。

谱云:过赤壁,怀古。

《栾城集》卷十有《赤壁怀古》诗,在黄州作。谱考为黄州赤壁矶,即苏轼三赋赤壁处,非三国时周瑜破曹处。

按,苏辙在黄期间,苏氏兄弟寸步不离,所有作品皆相关,辙不当独游赤壁,诗亦不当独作,疑苏轼一同往游,而作《念奴娇·赤壁怀古》词也。盖此词之作年,并无可信记载,傅藻《东坡纪年录》系元丰五年(1082),乃与前、后《赤壁赋》简单归并,系于一处而已。此后陈陈相因,非有确凿之根据也。词云"故垒西边,人道是、三国周郎赤壁",似为苏轼始游此地之情形,而词题与苏辙诗题相同,当非偶然。

谱云:至筠州盐酒税任。

按,《栾城集》卷二十四《东轩记》云:"余既以罪谪监筠州盐酒税,未至,大雨,筠水泛溢,蔑南市,登北岸,败刺史府门。盐酒税治舍俯江之滑,水患尤甚。既至,弊不可处,乃告于郡,假部使者府以居。郡怜其无归也,许之。"此所谓"部使者府",乃转运使行衙,《明一统志》卷五十七瑞州府(即北宋筠州)有"皇华馆",注云:"在府城内,宋时谓之行衙,元丰中苏辙谪居筠州,常假以居。"盖转运使在所巡路内各州皆有行衙,名皇华馆,亦常充过往官员休憩之所。《东轩记》以下又云,十二月始修复盐酒税官署,则苏辙本年至筠后,住皇华馆约半载。

谱云:州学新修水阁,王适作诗。辙次韵。

  按,辙诗云:"何幸幽居近学宫。"时辙借居转运使行衙,可知筠州州学靠近行衙。《江西通志》卷十七"瑞州府儒学"云:"学在府治西、凤山右,宋治平三年,州守董仪撤皇华馆以建,曾巩记。"盖原本以行衙之一部分改建,其事甚易也。曾巩《筠州学记》(《南丰类稿》卷十八)云:"当庆历之初,诏天下立学,而筠独不能应诏,州之士以为病。至治平三年,盖二十有三年矣,始告于知州事尚书都官郎中董君仪,董君乃与通判州事国子博士郑君蒨,相州之东南,得亢爽之地,筑宫于其上。斋祭之室、诵讲之堂、休息之庐,至于庖湢库厩,各以序。经始于其春,而落成于八月之望。既而来学者常数十百人。二君乃以书走京师,请记于予。予谓二君之于政,可谓知所务矣。"此谓数月间于空地新建一学,夸饰亦甚矣。庆历诏书颁布后二十余年,方能撤官衙之一隅,充为学校,以应士人之需求,而地方官犹欲居大其功,谨厚如曾巩者,适为其蒙蔽而已。

谱云:是岁至筠州后,从道全禅师、克文(云庵)禅师、圣寿省聪禅师游。

  按,黄檗道全(1036—1084),嗣真净克文,苏辙为其作《全禅师塔铭》;真净克文(1025—1102)号云庵,临济宗黄龙派高僧,嗣黄龙慧南(1002—1069),生平见惠洪《石门文字禅》卷三十《云庵真净和尚行状》;圣寿省聪(1042—1096),云门宗僧人,嗣慧林宗本(1020—1099),苏辙为其作《逍遥聪禅师塔碑》。

元丰四年(1081)辛酉 四十三岁

谱云:五月初九日,作《庐山栖贤寺新修僧堂记》。

谱据《记》文,谓"盖应栖贤寺长老智迁及其徒惠迁之请"。
　　按,栖贤智迁,云门宗禅僧,嗣天衣义怀(993—1064),见《五灯会元》卷十六。东明惠迁,又作"慧迁",嗣栖贤智迁,见《续传灯录》卷十二。

谱云:登郡谯,偶见姜应明(如晦)司马醉归,作诗;复作诗送应明。
　　按,程颐《上谷郡君家传》(《二程文集》卷十三)云:"夫人有知人之鉴。姜应明者,中神童第,人竞观之。夫人曰:'非远器也。'后果以罪废。"苏辙《送姜司马》诗所谓"七岁立谈明主前,江湖晚节弄渔船",正是程颐之母以为"非远器"之神童也,果以罪废而流落至此。考《玉海》卷一一六"淳化童子科"条云:"淳化二年十月十日,赐泰州童子谭孺卿出身,雍熙得杨亿,咸平得宋绶,景德得晏殊,祥符得李淑。自淳化至嘉祐三年二十七人(仁宗时童子赐出身者凡十人,宝元元年六月戊寅罢天下举念书童子)。元丰七年四月赐饶州童子朱天锡五经出身(至政和四年赐出身者七人)。"此北宋神童之总数三十四人,出姓名者仅六人,其余皆所谓"非远器"也。姜应明当是仁宗时十名神童之一,其年龄盖与程颐、苏辙相近。

谱云:六月十七日,应圣寿院僧省聪请,作《筠州圣寿院法堂记》。
　　谱引《记》文省聪"得法于浙西本禅师",谓《五灯会元》卷十六有东京慧林宗本圆照禅师,"尝居杭州净慈寺,杭为浙西,此浙西本禅师即慧林本禅师"。
　　按,慧林宗本(1020—1099)即所谓"大本",其弟子法云善本(1035—1109)为"小本",见于苏轼诗,云门宗名僧也。宗本嗣天衣义怀,曾住持杭州净慈寺。元丰六年,宋神宗在东京大相国寺创慧林、智海两禅院,命云门宗之宗本、临济宗之常总(1025—

1091)为第一代住持,常总坚拒不赴,而宗本则应命进京。苏辙作此《记》时,宗本尚未赴慧林,故称"浙西本禅师"。

谱云:七月九日,作《吴氏浩然堂记》。

《记》为"新喻吴君"而作,《栾城集》卷十一有《次韵吴厚秀才见赠三首》诗,谱系元丰三年。谱推测"新喻吴君"即吴厚。

按,《江西通志》卷三十九临江府古迹有"浩然堂",引苏辙《记》文为释,并谓"《府志》在县南滨江,宋隐士吴叔元建,黄庭坚书额",则新喻吴君盖吴叔元也。黄庭坚《山谷别集》卷十一有《书吴叔元亭壁》,可见确有其人。《范德机诗集》卷七有《题新喻吴氏浩然堂遗事》云:"传得眉山遗记在,吴家子弟更风流。"杨士奇《东里集·续集》卷二十三有《跋吴氏族谱后》云:"余每读苏文定公《浩然堂记》,思识吴氏之后世。"则新喻吴氏至元、明犹为盛族。

谱云:洞山克文(云庵)长老作诗。辙次韵。

谱引《栾城集》卷十一《次韵洞山克文长老》诗。

按,克文原诗亦存,见《古尊宿语录》卷四十五,《苏子由辟东轩,有颜子陋巷之说,因而寄之》:"才淹居亦弊,道在不为贫。未洒傅岩雨,且蒙颜巷尘。旷怀随处乐,大器任天真。半夜东轩月,劳生属几人。"此与苏辙《东轩记》(作于元丰三年十二月)一文相关,克文尚有《留题东轩》诗:"佛子异行藏,开轩亦有方。故因迎夜月,仍得待朝阳。群木烟初暖,幽兰花正芳。坐来禅性淡,蜂蝶自轻狂。"

谱云:八月,入试院,有唱酬十一首。

谱引辙诗《戏呈试官吕防》《次韵吕君见赠》等。

按,《明一统志》卷四十三衢州府人物有吕防:"龙游人,熙宁中进士,有学行。龙游士子发举自防始。累官至太中大夫。"

谱云:同月,印施《楞严标指要义》十卷赠机长老。
  谱据周必大《跋苏黄门在筠州施楞严标指》云然,又引《舆地纪胜》卷二十七,谓瑞州净觉院"在新昌县西北百十里广贤乡五峰山",旧有苏辙史夫人印施此书。
  按,《五灯会元》卷十六有"瑞州五峰净觉院用机禅师",嗣云门宗天衣义怀,即所谓"机长老"也。

谱云:同月,筠州圣祖殿修成。辙作记。
  谱释云:"圣祖谓后稷与老子。"盖据《记》文首云:"维周制天下,邑立后稷祠,而唐礼,州祀老子。"
  按,《记》文又云:"粤维我圣祖,功绪永远,肇自皇世,超绝周唐,逾千万年,威神在天,灵德在下。祥符癸丑,实始诏四方万国,咸建祠宫,立位设像,岁时朝谒。"盖后稷为周之祖,老子为唐之祖,而赵宋自有"超绝周唐"之另一"圣祖"也。《续资治通鉴长编》卷七十九,真宗大中祥符五年闰十月壬申,"诏圣祖名,上曰玄,下曰朗",癸酉,"诏天下府州军监天庆观,并增置圣祖殿",十一月庚子,"上作《圣祖降临记》宣示中外",由此炮制一位子虚乌有之"赵玄朗",以为赵氏之"圣祖",令天下祭祀也。然此实出祥符君臣之病狂,不料数十年后,知筠州毛维瞻又兴此工。盖僻远小州之长,舍此无迎合之途,但神宗颇具理性,不为所欺耳。苏辙为作此《记》,甚不可取。

谱云:十二月,作《黄州师中庵记》。
  谱据《年表》,及《栾城集》卷二十四记文。
  按,师中乃眉山人任伋,苏籀《双溪集》卷十一有《跋任氏东坡诗及所书黄门记》，此"黄门记"当即辙所撰《黄州师中庵记》，东坡书之。

谱云：与兄轼简，报平安。

谱据苏轼《与杨元素》第七简，并云杨绘(元素)时知荆南。

按，《苏轼年谱》(第526—527页)系《与杨元素》第七简于元丰四年冬，只因简中云及"笔冻"，而元丰四年有雪大天寒之记载，并无其他确凿根据。检《重编东坡先生外集》卷六十八，列《与杨元素》八简，即《苏轼文集》卷五十五《与杨元素十七首》之第二至九首，次序全同，无或淆乱也。孔编《苏轼年谱》，本不信《外集》编排有序，全凭书简所涉事迹推测写作时间，而仍将此八简大半系于元丰六年，唯其第六简(即《文集》第七简)因"笔冻"而系四年，其第七简(即《文集》第八简)因有"近于城中葺一荒园子"语，孔以为指修葺雪堂，遂系元丰五年而已。其实，若依《外集》顺序，俱系元丰六年，亦并无违碍，当以尊重《外集》为是。又，《苏轼年谱》已考明，杨绘于熙宁十年五月责授荆南节度副使，《范太史集》卷三十九《天章阁待制杨公墓志铭》谓其谪居七年，则并非"知荆南"也。

谱云：代轼作《答周郎中启》。

谱因《启》中略无时间、人物之线索，据"近岁以来，遭罹患难"之语，而判断为苏轼谪居黄州时，故系此。

按，苏辙亲编《栾城集》，诗文排列顺序颇为井然。卷五十"代人启事八首"，依次为《代子瞻答周郎中启》、《代张公安道答吕陶屯田启》(谱系熙宁三年九月)、《代陈述古舍人谢两府启》、《又代谢两制启》(以上二启谱未系年，但陈襄熙宁四年知陈州，盖其时代作，见该年订补)、《代张圣民修撰谢二府启》(谱系熙宁五年秋)、

《代齐州李谏议问候文侍中启》、《代李谏议贺郭宣徽知并州启》、《代李谏议谢二府启》(以上三启谱皆系熙宁七年,但顺序颠倒),皆依写作时间排列。最后三启,谱所次顺序颠倒,乃误认《谢二府启》在李肃之到任时(考证已见熙宁七年订补),而以郭逵知并州之时间径为贺启写作时间,其实贺启应稍后也。由此观之,《代子瞻答周郎中启》当作于熙宁三年之前。其"近岁以来,遭罹患难"之语,不必指乌台诗案,亦可指丧父返蜀,或议论"新法"等事也。颇疑此"周郎中"为周表臣,字思道,亦蜀人。《宋名臣奏议》卷一〇〇有其《上神宗论灾异不必肆赦》,注:"熙宁元年上,时通判利州。"吕陶《净德集》卷三十四有《送周思道郎中通理益昌》诗,"通理益昌"即"通判利州"也,知此时周表臣官为郎中。元祐三年周表臣知汉州,苏氏兄弟皆有送行诗,见谱。

元丰五年(1082)壬戌 四十四岁

谱云:毛维瞻致仕还乡,作诗送行。代维瞻者疑为许长卿。

谱谓维瞻去任后,至元丰六年七月,苏辙诗中始云及知州贾蕃,相隔一年半,疑毛与贾之间尚有一人。又引苏辙《龙川略志》卷四"许遵议法虽妄而能活人以得福"条,叙苏辙在齐州议论许遵事,"后十余年,谪居筠州,筠守许长卿,遵之子也",以为辙以熙宁六年(1073)至齐,元丰七年(1084)离筠,可云"十余年",故推测许知筠州,即在毛、贾之间。

按,《江西通志》卷四十六列出宋代知筠州官员名单,许长卿为"绍圣元年任"。此时苏辙亦贬筠州,谱中提及当时知州为柳平,而《江西通志》列许长卿在柳平后,可知辙到筠州不久,柳即去任,而许来代。辙所谓"十余年"乃概数,若从辙离开齐州之熙宁九年(1076)算起,则至绍圣元年(1094)亦未满二十年也。至于元丰时知筠州者,《江西通志》于毛维瞻后,即列贾蕃,中间并无他人。

谱云：景福顺长老来访，作诗赠之。

  谱引苏辙诗序，谓景福顺公"昔从讷于圆通，逮与先君游……二公皆吾里人，讷之化去已十一年，而顺公年七十四"。又引《五灯会元》卷十八，谓顺长老居洪州上蓝。又云苏轼诗中曾提及讷长老。

  按，《五灯会元》列苏辙为上蓝顺禅师法嗣，《栾城集》卷十三尚有《景福顺老夜坐道古人搊鼻语》，元丰七年作（见谱），即《会元》所引以为悟道嗣法之因缘者。《栾城后集》卷五有《香城顺长老真赞》，绍圣元年作（见谱），述其生平云："与讷皆行，与琏皆处。于南得法，为南长子。……我初不识，以先子故，访我高安，示搊鼻语。"此处"南"谓临济宗高僧黄龙慧南，"讷"即圆通居讷，"琏"谓大觉怀琏。释晓莹《罗湖野录》卷三引苏辙诗及《真赞》，解释云："盖顺、讷偕行出蜀，而顺嗣黄龙，讷住圆通，而大觉琏掌记室，则与顺同处，惟以仁慈祐物，丛林目之曰顺婆婆。公为表而出之，良有以也。虽嗣法无闻，然有公，则所谓一麟足矣。"释惠洪《林间录》卷下亦有顺禅师事迹、偈颂。圆通居讷，传见惠洪《禅林僧宝传》卷二十六、《五灯会元》卷十六，云门宗僧人。大觉怀琏见《五灯会元》卷十五，亦云门宗僧人，与三苏有交往（见谱及《订补》熙宁二年条）。

谱云：阴晴不定，作诗简唐觐并敖吴二君。
又云：唐觐离筠州，作诗送行；觐作诗送姜应明（如晦）谒新昌杜簿，辙次韵。

  谱据《古今图书集成》谓唐觐"高安人"。又据苏辙诗中"泮上讲官"语，推测姜应明为筠州州学教授。

按,《江西通志》卷四十九元丰二年(1079)进士名单中有唐觏,注"南昌人",与苏辙诗中称"豫章客"相合。姜应明已见元丰四年谱中,其官称"司马",辙《次韵唐觏送姜应明谒新昌杜簿》诗云:"夫子虽穷气浩然,轻蓑短笠傲江天。薄游到处唯耽酒,归去无心苦问田。泮上讲官殊不俗,山中老簿亦疑仙。相从未足还辞去,欲向曹溪更问禅。"全首皆就姜氏而言,谓其相从于"泮上讲官"而未足,更欲访"山中老簿"问禅也。依此推测,则"泮上讲官"当指唐觏,盖唐氏元丰二年中进士,其初任即为筠州州学教授,至此时任满离去,故不久便有苏辙兼权州学教授之事,见谱。《古今图书集成》谓唐氏"高安人",乃误以初任之地为其乡贯也。

谱云:黄庭坚(鲁直)寄书来,答书。……黄大临(元明)寄诗来,辙次韵。……黄庭坚(鲁直)寄诗来,辙次韵。……黄庭坚有《秋思寄子由》诗。

谱据《栾城集》卷十二《次韵黄大临秀才见寄》《次烟字韵答黄庭坚》,按编排顺序,皆在元丰五年,以为黄庭坚寄苏辙书与辙《答黄庭坚书》在此前,而《秋思寄子由》当在五年或六年秋也。

按,黄庭坚于元丰四年春至太和知县任,地近筠州,遂得与苏辙交往,故有关黄庭坚之诗注、年谱等,多系以上诗文于元丰四年。谱据《栾城集》编次顺序,改系五年,甚是。但黄庭坚寄辙书(谱已引录)有云:"比得报伯氏书诗,过辱不遗,绪言见及……向冷,不审体力何如,惟强饭自重。"此"伯氏"当指黄大临,则庭坚寄书已在苏辙答大临"书诗"之后也。答大临诗即《次韵黄大临秀才见寄》,诗语未及庭坚,必同时有答大临书,问及庭坚也。辙与大临为旧识,庭坚因兄长为介而通书于辙,故晚至元丰五年。辙《答黄庭坚书》末云:"渐寒,比日起居甚安,惟以时自重。"此"渐寒"与庭坚书中"向冷"语相应,当在秋深时际。"烟"字韵诗之唱和,或与书简往返同时始,而延续至次年(见谱),《秋思寄子由》则系次年较合理。

谱云:同孔武仲(常父)作张夫人诗。

谱据《栾城集》卷十二诗题,并释此诗"云张夫人以弱女子独立'身举十五丧'。诗末注文谓武仲作诗言其贤,武仲诗已佚。辙诗并据武仲之言,叙嘉祐末身为尚书郎之王某,亲死不葬,其子孙佯狂。作此诗盖彰善斥恶,意在匡俗"。

按,辙诗云:"昔有王氏老,身为尚书郎。亲死弃不葬,簪裾日翱翔。白骨委庐陵,宦游在岐阳。一旦有丈夫,轩轩类佯狂。相面识心腹,开口言灾祥:'嗟汝平生事,不了令谁当?汝身暖丝绵,汝口甘稻粱。衣食未尝废,此事乃可忘?'一言中肝心,投身拜其床。傍人漫不知,相视空茫茫。终言'汝不悛,物理久必偿。儿女病手足,相随就沦亡'。鄙夫本愚悍,过耳风吹墙。明年及前期,长子忧骭疡。一麾守巴峡,双柩还故乡。弱息虽仅存,蹒跚亦非良。谁言天地宽,网目固自张。"自注:"嘉祐末年,李士宁言王君事于右扶风,其报甚速。张夫人,南都人,孔推官常甫作诗言其贤,邀余同作。并言李生事,或足以警世云。"据此,尚书郎王某之事,乃得自李士宁,非孔武仲之言;诗中"佯狂"者乃警示王某之"丈夫",当即李士宁,而非王某子孙也。李士宁言王某事于嘉祐末,在右扶风,则是对凤翔府签判苏轼言,由轼转告辙也。

谱云:李昭玘(成季)来书。

谱引李氏《乐静集》卷十《上苏黄门书》。

按,"黄门"字,盖《乐静集》编成时追书,此时苏辙官"宣德郎",故李氏《书》中称为"筠州宣德先生"。此年五月,神宗颁布新官制,"宣德郎"与从前"著作佐郎"相当。辙于熙宁十年(1077)改著作佐郎,至此五年。其贬筠州似未削官。

元丰六年(1083)癸亥 四十五岁

谱云:七月丙辰(十三日),罢苏辙兼权筠州州学教授。

谱引《续资治通鉴长编》说明其事因,为国子司业朱服弹劾辙在州学所撰三道策题"乖戾经旨"。又引苏辙《乞罢蔡京知真定府状》提及朱服有"不孝事迹",认为"服论辙之语,未必公"。

按,朱服子朱彧撰《萍洲可谈》卷一云:"先公在元祐背驰,与苏辙尤不相好。公知庐州,辙门人吴俦为州学教授,论公延乡人方素,于学舍讲三经义。辙为内应,公坐降知寿州。"据《长编》卷四八四,朱服知寿州在元祐八年,《长编》未交待原因,朱彧之说可补史阙。"三经义"即王安石主持编修之三经新义,元祐时朱服以讲三经义得罪,而元丰时朱服弹劾苏辙策题"乖戾经旨",则谓其不合于三经义也。此事可见王氏新学与苏氏蜀学之冲突。《栾城集》卷二十有《私试进士策问二十八首》,必是辙为教授时所撰策题,其中当有熙宁时任陈州教授日所撰者,但第十四首提及朝廷改革官制事,应在元丰五年以后,则亦有兼权筠州教授时所撰者,被朱服弹劾之三道,当在其中。

谱云:时朱彦博为本路监司。

谱引《长编》所载绍圣四年蔡蹈弹章,谓朱彦博元丰中任江西监司,曾卫护苏辙;又引苏辙佚文《与某提刑》(即《式古堂书画汇考·书》卷十所录《苏子由车马帖》),推测此提刑乃朱彦博。

按,据《长编》卷三四九、三六六,可知元丰七年至元祐元年,朱彦博任江西路转运判官,其始任不知在何时,虽属"监司"官员,却非提刑。

谱云：兄轼与滕元发(达道)简,报辙平安。

谱据《苏轼文集》卷五十一《与滕达道六十八首》之六十："某屏居如昨,舍弟子由得安问。"此简又有"久不朝觐,缘此得望见清光"语,谱以为指元丰六年冬末滕入觐事,故系此年。

按,仅据"朝觐"一语,颇嫌牵合。《重编东坡先生外集》卷七十"赴登州"段,有《与滕达道》八简,其第一简即《文集》第六十简也。轼"赴登州"在元丰八年,首云"屏居如昨",可理解为常州居住之意,与黄州"谪居"有别,当是元丰八年在常州作,其时东坡有起知登州之命,滕达道自湖州移苏州,二人皆"久不朝觐",但由此或可打算途中会面,即所谓"望见清光"也。若如此解读,则《外集》编次不误,宜可尊重之。

元丰七年(1084)甲子 四十六岁

谱云：作曾布(子宣)母挽词。

谱据《栾城集》卷十三诗题,并引曾巩行状,谓巩元丰五年九月丁母忧,但巩有吴氏、朱氏二母,谱推测巩、布皆吴氏所生。

按,曾巩(子固)父曾易占,王安石为作《太常博士曾公墓志铭》云："娶周氏、吴氏,最后朱氏,封崇安县君。子男六人：晔、巩、牟、宰、布、肇。"又有《曾公夫人吴氏墓志铭》,叙其三子为巩、牟、宰。据此,则周氏生晔,吴氏生巩、牟、宰,而朱氏乃巩之继母,布、肇之生母也。朱氏元丰五年九月卒,曾巩元丰六年四月卒(见《元丰类稿》附录曾巩行状),相去不远,其下葬当在同时,故《栾城集》卷十三于《曾子宣郡太挽词二首》后,接次《曾子固舍人挽词》,皆送葬之作也。谱系《曾子固舍人挽词》于元丰六年巩卒时,未确。

谱云：在筠州时……尝撰《洞山文长老语录叙》。

按,《叙》文末云:"元丰三年,予以罪来南,一见如旧相识。既而其徒以语录相示,读之纵横放肆,为之茫然自失。盖余虽不能诘,然知其为证正法眼藏,得游戏三昧者也。故题其篇首。"可知此《叙》作于元丰三年(1080)或稍后。文长老即真净克文,《古尊宿语录》卷四十二有《宝峰云庵真净禅师住筠州圣寿语录》(弟子法深录)、《住洞山语录》,当即苏辙为之作《叙》者。

谱云:与刘平伯游。

谱引同治《瑞州府志》、康熙《高安县志》,谓刘平伯高安人,二苏兄弟曾访之。

按,《江西通志》卷三十四记新昌县有"来苏渡",注云:"宋苏辙谪筠,因兄轼过此,同访刘平伯,唤渡此地。因作唤渡亭,手书三字。今石址犹存,秋冬水涸则见,在金沙台下。"卷一三三录明陶履中《来苏古渡记》云:"海内之以来苏名其地者,实不一处。盖以眉山兄弟频遭迁谪,凡僻瘠遐荒之乡,足迹几遍也。嗟乎!当日之忌之者,惟恐其逐之不远,而后人之慕之者,惟恐其招之不来,不大可感哉。且在他处,每得其一先生见过,即诧为不朽胜迹,独此盈盈一水之滨,能并邀其兄弟,邂逅天涯,埙倡篪和。是日也,似罄眉州之所有,移而之筠州矣。江有嘉客,蜀无居人,山灵幸之,况人群乎。及读其自黄寄筠赓答数韵,则尤喜小苏以东轩长老,坐致雪堂师兄也。九京可作,余将转而质之坡公,公能不哑然作笔笃诗酬我,且以粥饭主人属清贫太守乎?因记以俟千秋之问津者。"

谱云:过都昌,题清隐禅院。晤长老惟湜。

按,惠洪《石门文字禅》卷二十三《潜庵禅师序》谓清隐寺"在大江之北,面揖庐山",而苏辙题诗有云:"北风江上落潮痕,恨不乘舟便到门。"盖本年末，辙尚在江南，并未亲至此寺，当是寄题。诗末自注云："长老惟湜曾识子瞻兄于净因，有简刻石。"黄庭坚《南康军都昌县清隐禅院记》叙熙宁七年庐山僧建隆住持此寺，始为清隐禅院，熙宁九年建隆卒，惟湜继为住持，"于今八年"。又谓惟湜"出于福清林氏，饱诸方学，最后入浮山圆鉴法远之室。浮山，临济之七世孙，如雷如霆，观父可以知子矣"。浮山法远为临济宗高僧，其弟子净因道臻在东京，与苏氏兄弟有交往（见谱及《订补》熙宁二年条），惟湜想必曾至东京净因院访同门道臻，故与苏轼相识。《五灯会元》卷十二亦列惟湜为浮山之法嗣。苏轼绍圣二年作《虔州崇庆禅院新经藏记》，有"今长老惟湜"之语，知惟湜后来又住持虔州崇庆禅院也。

元丰八年(1085)乙丑　四十七岁

谱云：至南康。时南康太守为徐师回。

　　谱据《吴郡志》等，谓师回苏州人，字望圣。

　　按，徐兢《宣和奉使高丽图经》书末附录徐兢《行状》，云"祖师回，皇任朝议大夫赠光禄大夫；祖母林氏，赠咸宁郡太夫人"。李之仪《姑溪居士前集》卷四十九有林氏墓铭。

谱云：再游庐山南麓，有诗。晤瑛禅师。

　　谱引苏辙《闲禅师碑》，谓瑛居庐山开先寺。

　　按，《五灯会元》卷十七有开先行瑛禅师，嗣东林常总，即其人也。

谱云：至绩溪，为绩溪令。……时张慎修为徽州守，江汝明为交待，江汝弼为法曹，郭愿(惇夫)为尉，汪琛为监簿。

　　按，北宋绩溪县属歙州，徽州一名乃后来改称，《栾城集》卷四十九有《代歙州贺登极表》，当是代张慎修作。"交代"谓前任绩溪县令。江汝弼、汪琛见下条。

谱云：汪琛监簿作诗见赠，辙次韵……（在绩溪）游豁然亭、翠眉亭，赋诗。豁然亭乃汪琛建。尝与汪晫（处微）游。

谱据《栾城集》卷十四诗题，及乾隆《绩溪县志》之记载。

按，汪晫（1162—1237，字处微）乃南宋人，《文渊阁四库全书》著录其《康范诗集》一卷，附录《宋汪先生世家》云："汪先生名晫，字处微，以字行，绩溪人。其先即唐越国公华，今为忠显庙神，绩溪汪氏皆华后裔。处微世居邑之城西好礼坊，国初有名戬者，以长者闻，自邑达淮泗至于东都，皆知名，于处微为七世祖。戬之玄孙激，三贡于乡，以南郊恩授文学。有王淑者贫，常给事书斋，见激所为文，亦窃为之，多有警策句。汪氏祖父参军宗臣公就教之。嘉祐二年，淑与激同试礼部，实苏、曾登第之年，淑亦登第，名偶在曾巩上。淑尝语人曰：'我压得曾子固。'后汪氏有门生诗云：'欲似君家老王淑，敢将狂语报参军。'元丰末，苏公辙高安酒官移宰绩溪，与激交游甚厚，题其家别墅诗，并所与从兄监簿公深诗，并见集中。答激手翰藏汪氏。处微以激为曾祖，再传衮儒业不衰。"附录苏辙《次韵汪文通监簿二首》（即《栾城集》卷十四《次韵汪琛监簿见赠》），注云："按家乘，汪琛一名深，字文通，宋嘉祐丁酉年进士章衡榜。迁承务郎，史馆编校。公为国子监簿归时，值黄门颍滨先生谪筠阳酒官，作宰绩溪。文通公因与之游，甚相得，家藏先生手泽尚新。"据此，汪深（琛）乃汪晫曾祖汪激之从兄，与苏辙同年进士也。《康范诗集》又附录苏辙《次韵汪法曹山间小酌》诗，注云："按家乘，宗臣字汉公，熙宁间任将作监主簿，御史蔡承禧试公详明吏理，保迁润州司法参军。"以汪法曹为汪宗臣。检辙此诗见《栾城集》卷十三，但题中"汪法曹"作"江法曹"，谱又据宋刻大字本，作"江汝弼法曹"，与《康范诗集》附录不同,难以定夺,宜两存之。

谱云:琳长老尝来访。

谱据苏辙《送琳长老还大明山》,谓琳长老乃育王山怀琏禅师弟子。

按,《续传灯录》卷十一之目录,列育王怀琏法嗣二十三人,法名为"琳"者仅有径山维琳(1036—1119)禅师。维琳与东坡交往密切,辙诗之"琳长老"当即此僧。《建中靖国续灯录》卷十一《杭州临安径山维琳无畏禅师》云:"初住大明。"大明山在杭州昌化县,检《(乾隆)昌化县志》卷九,"大明慧照寺"条下,引成化《杭州府志》云:"元祐中,无畏禅师与二苏游,留题云:手里筇枝七八节,石边松树两三株。闲来不敢多时立,恐被人偷作画图。"

又,与二苏交往密切之诗僧道潜(参寥子),亦怀琏法嗣,见陈师道《后山集》卷十一《送参寥序》:"妙总师参寥,大觉老之嗣。"怀琏赐号大觉禅师。

谱云:过京口,……晤了元(元老、佛印)。

谱引《栾城集》卷十四与了元相关诗三首,谓佛印了元住持金山寺。

按,《云卧纪谭》卷下云:"佛印禅师平居与东坡昆仲过从,必以诗颂为禅悦之乐。住金山时,苏黄门子由欲诣之,而先寄以颂曰:'粗砂施佛佛欣受,怪石供僧僧不嫌。空手远来还要否,更无一物可增添。'佛印即酬以偈云:'空手持来放下难,三贤十圣聚头看。此般供养能歆享,木马泥牛亦喜欢。'然黄门、佛印以斯道为际见之欢,视老杜、赞公来往风流则有间矣。"此所引苏辙颂,即《栾城集》卷十四《将游金山寄元长老》诗。

补：《古尊宿语录》卷四十五有真净克文《寄绩溪苏子由》诗："达人居处乐，谁谓绩溪荒。但得云山在，从教尘世忙。文章三父子，德行二贤良。却恐新天子，无容老石房。"当作于此年。

哲宗元祐元年(1086)丙寅　四十八岁

谱云：至南京……题妙峰亭。

谱引苏辙《题南都留守妙峰亭》诗，并谓元丰八年苏轼亦有《南都妙峰亭》诗，彼时留守为王益柔，而辙诗未及，推测"益柔或已离任"。又云"辙诗云及之德云师，居海上妙高山"。

按，王益柔自江宁移守南都应天府，不久卒，《长编》卷三七八记元祐元年五月"庚午，龙图阁直学士通议大夫知应天府王益柔卒"。是知苏辙诗题中之"南都留守"，必非他人。所谓"德云"，乃《华严经·入法界品》善财童子所参之德云比丘，居胜乐国妙峰山，辙诗云"我登妙峰亭，欲访德云师"，"德云非公欤，相对欲无词"，乃以德云比王益柔。

谱云：(闰二月丙午)上《乞牵复英州别驾郑侠状》。侠旋放逐。

谱据《长编》卷三六九纪事："诏英州编管人郑侠特放逐，便仍除落罪名，尚书吏部先次注旧官，与合入差遣。"

按，此条纪事，明言郑侠恢复旧官，并由吏部给与合适差遣，无"放逐"事。盖标点当作"特放逐便"，即取消"英州编管"之惩罚，可随意居住也。

谱云：(五月)哲宗驾幸亲贤宅，辙作诗赠随驾诸公。

按，亲贤宅为神宗弟(哲宗叔父)赵颢、赵頵之府第，《长编》卷三七八，元祐元年五月"己巳，扬王颢、荆王頵迁外第，太皇太后、皇帝幸其第，诏颢二子、頵七子并特转一官"。己巳盖十三日，苏轼有《扬王子孝骞等二人荆王子孝治等七人并远州团练使》制词，亦此时作。

元祐二年(1087)丁卯　四十九岁

谱云：四月一日、二日，曾肇(子开)扈从，作诗。辙次韵，轼亦次韵。轼、辙皆扈从。

　　谱自《庚溪诗话》卷下录出曾肇诗残句，又自苏颂、范祖禹集中寻得同时次韵诗。

　　按，《长编》卷三九八："元祐二年夏四月壬午朔，以景灵宫宣光殿奉安神宗皇帝神御礼毕，上诣宫行酌献之礼。癸未，太皇太后、皇太后亲行酌献，皇太妃、诸妃、大长主、长主及六宫内人等，并赴神御前陪位。"知"扈从"乃随驾至景灵宫事。陆佃《陶山集》卷一《依韵和曾子开舍人从驾孟飨景灵宫四首》，亦同时次韵诗。陆诗第一首有云："泛滥从夸雨点匀。"又有自注："是时有旨别选日。"盖因一日有雨，故太皇太后等二日出行也。

谱云：(五月)刘攽(贡父)西掖种竹，作诗。辙次韵，轼、邓润甫、曾肇(子开)、孔文仲、孔武仲亦作诗。

　　谱据查慎行《补注东坡编年诗》注，辑得孔文仲、武仲诗，并云孔文仲诗不见《清江三孔集》，"知查慎行补注苏诗时，文仲之集尚在，或所见之《清江三孔集》与今本有不同处"。

　　按，此二诗实见《文渊阁四库全书》收录三十卷本《清江三孔集》卷二十五，题为《和子瞻西掖种竹二首》，文字小异，而作孔平仲诗。

谱云：(十月)二十三日，书《御风辞》赠郑州太守观文孙公。

　　按，谱据苏辙《御风辞》附记云然，但"太守"之类乃古称，宋人虽爱用，今编宋人年谱，则当依宋制称知州为妥。此谱中类似问题不少,不一一。《长编》卷三九五,元祐二年二月"己丑,诏知河南府观文殿学士孙固、知郑州资政学士张璪两易其任",则观文孙公乃是孙固。固字和父,刘攽《彭城集》卷二十一有《观文殿学士知河南府孙固可知郑州制》。

谱云:是岁,王伯扬(庭老)卒,有祭文。
谱据《栾城集》卷二十六《祭王虢州伯扬文》推测。
按,当作"王廷老(字伯扬)"。辙与王廷老相关事,谱分系元丰元年"王廷老(伯扬)归,苏辙与游"、元祐元年"至南京,晤张方平及王廷老(伯扬)"、"王伯扬(廷老)知虢州,作诗送行"等条,但《祭文》云"亲家翁",则与苏氏联姻,而谱未及。苏籀《双溪集》卷十五有《故中奉敷文阁王公墓志铭》,乃王廷老子王浚明(字子家)之墓志,自注"代伯父侍郎作",谓以苏迟口吻叙述也,节录如下:"某之先伯东坡公、先人栾城公,夙从太原伯扬甫游,嘉祐文安公犹子也。……子家侍旁,冠而缔姻,栾城以妹氏归焉。苏宗五女,伦次季婿也。……谨按王氏本姬姓,在太原祁县者,八世祖项,为后唐辉州刺史,子孙避乱,徙居单州砀山,去应天不远。至国朝,移家于应天虞城。曾祖讳渎……祖讳纯臣……父讳廷老……公讳浚明,字子家……元祐五年任宿州司法……"据此,知王廷老字伯扬,家居南京应天府,为宋仁宗时参知政事王尧臣(谥文安)之侄,其子王浚明娶苏辙第四女。孙汝听《年表》载辙"五女,文务光、王适、曹焕、王浚明、曾纵,其婿也",与此《墓志》合。《祭王虢州伯扬文》云:"我迁于南,一往六年。归来执手,白发侵颠。遂以息女,许君长子。朋友惟旧,亲戚惟始。西虢之行,过我都城。"知联姻事在元祐元年辙归朝过南京时。史未载王廷老卒于何年,但《墓志》谓王浚明元祐五年任宿州司法,此必在终丧后,则谱推为元祐二年,是也。又,李如箎《东园丛说》卷下"坡词"条,亦记王浚明语,谓为"苏子由之婿也"。

元祐三年(1088)戊辰　五十岁

谱云:九月辛亥(初八日),以御史中丞孙觉、户部侍郎苏辙、中书舍人彭汝砺、秘书省正字张绩考试贤良方正能直言极谏科举人。辙有赠同舍诸公诗。绩作院中感怀,辙次韵。

谱据苏辙诗及自注等,考证张绩字去华,亦贤良方正能直言极谏科出身。

按,《长编》卷二一五,熙宁三年(1070)九月壬子条载,当年举制科者五人:孔文仲、吕陶、张绘中选,钱藻、侯溥被黜。此"张绘"当即"张绩"。《长编》载其举制科时为太庙斋郎,又注:"张绘不知何许人,登科记以为成都人,恐误。"但叶绍翁《四朝闻见录》卷三"贤良"条第三则,亦云张绘成都人,其所应为"才识兼茂明于体用科"。而范纯仁《范忠宣集》卷十二《比部杜君夫人崔氏墓志铭》则云,夫人第三女"适应茂材异等科张绩"。盖直言、才识、茂材皆制科名目,易混同也。

谱云:侄千乘、千能自蜀中来……时长婿文务光(逸民)已卒。

谱据苏辙《次韵子瞻送千乘千能》诗"长女闻孀居"云然,并谓务光噩耗当由二侄传来。

按,《栾城后集》卷二十一《王子立秀才文集引》,谓文务光"丧其亲,终丧五年而终"。务光父文同(与可)卒于元丰二年(1079)正月,终丧当在元丰四年(1081)夏,则元丰八年(1085)或元祐元年(1086),文务光已卒也。《栾城后集》卷二十《祭亡婿文逸民文》云:"我还京师,幸将见君。一病不复,发书酸辛。女有烈志,留鞠诸孤。"可见元祐元年苏辙归朝不久,即闻务光死讯。当时苏辙长女犹留在文家。至此时作《次韵子瞻送千乘千能》诗则云:

"长女闻孀居,将食泪滴盘。老妻饱忧患,悲咤摧心肝。西飞问黄鹤,谁当救饥寒。二子怜我老,辇致心一宽。别久得会合,喜极成辛酸。"观此语意甚明,"长女闻孀居"等乃追述过去事,今二侄之来,"辇致"苏辙长女,遂获"会合"也。《苏轼文集》卷十有《文骥字说》,作于元祐三年十月,时文骥(务光子)五岁,始入苏家,则亦随其母,由千乘、千能"辇致",可无疑也。文氏母子之来,必在为务光终丧之后,由此亦可证实务光之卒,至晚在元祐元年。

又,文骥之生当在元丰七年(1084),宜为文务光幼子,而《祭亡婿文逸民文》云"留鞠诸孤",则文骥尚有兄或姊也。考苏轼《与胡郎仁修》书简之三云:"小二娘,知持服不易,且得无恙。伯翁一行甚安健,得翁翁二月书,及三月内许州相识书,皆言一宅康安。亦得九郎书,书字极长进。今已到太平州,相次须一到润州金山寺,但无由至常州看小二娘。有所干所阙,一一早道来,万万自爱。"孔凡礼《苏轼年谱》系于建中靖国元年(1101)四月,并云书中"伯翁"为轼自称,"翁翁"为苏辙,"小二娘"当为辙女,而胡仁修乃其婿,但《苏颍滨年表》备载辙五女之婿,无此胡仁修,故又当"待考"。今按苏轼《文骥字说》自署"外伯翁东坡居士",则"伯翁"、"翁翁"云云,为祖辈而非父辈,"小二娘"非苏辙之女,而为孙女或外孙女也。但辙长子苏迟生于治平间(见谱),当建中靖国元年,尚未满四十,恐不能有已嫁之女。辙次婿王适有一女,元祐四年(1089)适卒时尚"未能言"(见辙《王子立秀才文集引》),则至建中靖国元年亦不及字人。唯长婿文务光子女,可达如此年龄。轼书中特意提及"九郎",《栾城三集》卷二有《同外孙文九新春五绝句》诗,可见文骥排行第九,"九郎"乃指文骥,则"小二娘"必为文骥之姊,当建中靖国元年,文骥已十八岁,宜有已字人之姊也。元祐三年辙长女携文骥至苏家,"小二娘"或亦随来,其所嫁胡仁修住常州,极可能为晋陵胡氏,据欧阳修《赠太子太傅胡公墓志铭》,胡宿之子名宗尧、宗质、宗炎、宗厚,孙名志修、行修、简修、世修、德修、安修、奕修、慎修、益修,胡宿侄胡宗愈与苏氏兄弟同朝交好,其子胡端修,后入党籍。胡仁修与胡宿孙辈联名,似为胡宗愈之子侄,"小二娘"嫁入胡家,当由苏氏兄弟主持,盖东坡早有安家常州之愿也。

谱云:(十二月)与兄轼同访王巩(定国),小饮清虚堂。

谱引《式古堂书画汇考·书》卷十所载苏辙《雪甚帖》《惠教帖》《晓寒帖》,皆与王巩者,以为作于此时。

按,帖称王巩为"承议使君",则巩以承议郎而为知州也。《长编》卷三七一元祐元年三月辛未载"承议郎王巩为宗正寺丞",卷四五四元祐六年正月戊寅载"右承议郎王巩用苏辙、谢景温荐除知宿州",可见王巩在此期间官承议郎(不久升朝奉郎,见《长编》卷四五九)。但元祐三年王巩自扬州通判归朝,不当称"使君",《长编》卷四二四元祐四年三月丁酉载"前通判扬州王巩知海州",称"使君"当在其后。然巩亦未至海州,六月又改密州,旋复被人攻罢,元祐五年改权判登闻鼓院,又遭朱光庭等弹击,改差管勾太平观(《长编》卷四四五、四四六),六年因苏辙荐知宿州,旋复被御史弹劾,"罢知宿州,仍旧管勾太平观"(《长编》卷四五九)。《宋史·王素传》谓巩"每除官,辄为言者所议",盖指此也。

元祐四年(1089)己巳　五十一岁

谱云:(四月)壬戌略前,辙有《乞裁损浮费札子》;壬戌略后,有《再论裁损浮费札子》。时《元祐会计录》编成。

谱因苏辙二文在《栾城集》卷四十二分别编于《论侯俦少欠酒课以抵当子利充填札子》之前后,而侯俦之事,《长编》卷四二五载元祐四年四月壬戌条,故依编次顺序云。

按,谱于元祐三年末已出《乞裁损浮费札子》,并引《宋史·食货志》为证。检《长编》卷四一九,具载裁损浮费二札,皆元祐三年闰十二月户部尚书韩忠彦、侍郎苏辙、韩宗道三人同上。至于《元祐会计录》,已被《乞裁损浮费札子》提及,则其编成亦在元祐三年也。此书分收支、民赋、课入、储运、经费五部分,《栾城后集》卷十五载《元祐会计录叙》《收支叙》《民赋叙》,自注:"此本有六篇,时与人分撰。"则尚有课入、储运、经费三叙为他人所撰。因苏辙作总叙,故后世有以此书为辙所著者,但《宋史·艺文志》则明载其编者为李常。考《长编》所载事迹,元祐元年李常为户部尚书,二年十一月苏辙为户部右曹侍郎,三年四月韩宗道为户部左曹侍郎,至三年九月,李常改任御史中丞,韩忠彦继为户部尚书,《乞裁损浮费札子》为韩忠彦、苏辙、韩宗道三人联名,但当时《元祐会计录》已编成,领衔人仍为李常。故苏辙三叙当受李常委派而作,另三叙之"分撰"者,非李常则韩宗道尔。

谱云:十月戊戌(初二日),辙进呈《神宗皇帝御集》。……戊申(十二日),翰林学士奏上《神宗皇帝御制集》。辙有《进御集表》。

按,《御集》即《御制集》,谱据孙汝听《苏颍滨年表》书前一条,又据《长编》书后一条,实则《长编》卷四三四所载,苏辙于戊戌奏上《御制集》,戊申奏上《进御集表》也。《长编》尚有注文,记新党所撰"旧录"对此书指责云:"神宗圣文神翰,其后编录至九千余道,是时所集止十分之一,余八千道不收,奸意何在?"盖以苏辙取去之间,含有奸意也。后来南宋初之"新录"则为之辩解:"圣文、神翰,岂可混而为一?圣文者,《御集》是也;神翰者,则凡御笔所书者是也。今编录《御制文集》,而乃以书翰混之,何啻九千余道?"以收录未全而指责为"奸",固甚无理,但强分"圣文"、"神翰"为二物,亦未必符合苏辙编录取去之实情。神宗御制中,有不合元祐"更化"政策者,想必为苏辙所舍弃也。

元祐五年(1090)庚午 五十二岁

谱云:(十月)乙卯(二十四日),龙图阁学士滕元发卒。辙有《乞优恤滕元发家札子》。

谱据《苏颍滨年表》及《栾城集》卷四十六所载札子云然。

按,王明清《挥麈后录》卷六:"元祐中,公(指滕元发)自高阳易镇维扬,道卒,丧次国门。先祖自陈留来会哭,朝士皆集舟次。秦少游时在馆中,少游辱公之知最早,吊毕来见先祖于舟,因为少游言其弟凌蔑诸孤状。少游不平,策马而去。翌日,方欲解维,开封府遣人寻滕光禄舟甚急,乃御史中丞苏辙札子言:'元发昔事先帝,早蒙知遇,有弟申,从来无行。今元发既死,或恐从此凌暴诸孤,不得安居。缘元发出自孤贫,兄弟别无合分财产,欲乞特降旨挥在京及沿路至苏州已来官司,不得申干预家事及奏荐恩泽,仍常觉察。'奉圣旨,令开封府备坐榜舟次。询之,乃少游昨日径往见子由,为言其事,所以然耳。昔人笃于风谊乃尔。今苏黄门章疏中备载其札子。"此所引苏辙札子,即《乞优恤滕元发家札子》,事涉秦观。王明清之"先祖"名莘,字乐道。

元祐六年(1091)辛未 五十三岁

谱云:二月癸巳(初四日),辙为中大夫、守尚书右丞。……左司谏兼权给事中杨康国不书读,诏范祖禹书读。

谱据《长编》卷四五五。

按,苏辙自御史中丞擢执政,为仕途之佳境。谱录杨康国封驳,反对辙任执政。此时反对者尚有范纯礼,《范忠宣集补编》有纯礼传云:"进给事中……御史中丞击执政,将遂代其位,先以讽公。公曰:'论人而夺之位,宁不避嫌耶? 命果下,吾必还之。'宰相即徙公刑部侍郎,而后出命。"此但云"御史中丞击执政",而《吴郡志》卷二十六范纯礼传则明云:"中丞苏辙攻右丞王存去,将用辙代存。"考王存罢执政在元祐四年六月(见《长编》卷四二九),而辙元祐五年方为御史中丞,显误。辙为中丞后击去之执政,乃许将,《长编》卷四五二,元祐五年十二月辛卯条云:"中大夫守尚书右丞许将为太中大夫资政殿学士知定州。御史中丞苏辙等屡言将过失,而将亦累表陈乞外任。"范纯礼为给事中,在元祐五年九月(见《长编》卷四四八),其徙刑部侍郎在六年正月(见《长编》卷四五四)。前后相参,知纯礼以辙击去许将而欲代为执政,故扬言欲封驳辙之任命,朝廷遂夺其给事中职也。但权给事中杨康国仍予封驳,故令另一给事中范祖禹书读。

谱云:(八月)朱服知庐州。服在庐州任中,为苏辙门人吴俦所论,降知寿州。

  谱谓"综考《长编》、《宋史》,服降知寿州,约为元祐七年、八年事,暂附于此"。

  按,《长编》卷四八四,元祐八年五月戊寅条,明载"知庐州朱服知寿州"。参考本谱元丰六年七月丙辰条订补。

谱云:(九月)乙卯(三十日),元净(辩才)卒。十月庚午(十五日)塔成,苏辙作《龙井辩才法师塔碑》。

  谱据《栾城后集》卷二十四碑文。又因碑文称苏轼为"扬州太守",疑作于元祐七年四月以后。

  按,《咸淳临安志》卷七十"元净"条下,载此碑情形:"门下侍郎苏辙撰碑,翰林学士苏轼书,集贤校理欧阳棐书额。"辙为门下侍郎在元祐七年六月,碑文作于此后可无疑。且《栾城集》编成于元祐六年,而此文编入《后集》,应非六年所作也。

谱云:十月庚午(十五日),哲宗朝献景灵宫,幸国子监。苏辙作《次韵门下吕相公车驾视学》诗。

谱据《长编》卷四六七记事,辙诗见《栾城后集》卷一。

按,明李濂编《汴京遗迹志》卷二十三录《幸太学倡和》诗,注:"篇什繁多,不能尽载,略录七八首耳。"所录有吕大防原诗,及苏颂、韩忠彦、刘奉世、范纯礼、吴安持、丰稷、李格非七人和作,共八首,用韵与苏辙诗同,即当时唱和篇什也。又,刘挚《忠肃集》卷十九《次韵和门下相公从驾幸太学》、范祖禹《范太史集》卷三《和门下相公从驾视学》、张耒《柯山集》卷十九《和门下相公从驾幸学》、陆佃《陶山集》卷二《依韵和门下吕相公从驾视学》、秦观《淮海集》卷七《驾幸太学》,皆同韵诗,此外厉鹗《宋诗纪事》卷十九顾临、卷二十二王岩叟、卷二十六李之纯、梁焘、周鼐、李师德、李阶,皆据《中州题咏集》录其《驾幸太学》诗,用韵均同。以上得一时唱和之作二十余首。

谱云:鲁有开(元翰)约卒于今年,有挽词。

谱据《栾城后集》卷一排列顺序,《鲁元翰中大挽词二首》在《滕达道龙图挽词》后,《赠司空张公安道挽词》前,考挽张之作作于元祐七年张氏下葬时,故如此推定。

按,《栾城后集》卷一诗,自元祐六年始,至《大雪三绝句》首云"闰岁穷冬已是春",是年闰八月,故为"闰岁",作诗已在"穷冬";下一题《和王晋卿都尉荼䕷二绝句》首云"春到都城曾未知",则已在元祐七年春也;《滕达道龙图挽词》排在其后,滕卒于元祐五年,但据苏轼《故龙图阁学士滕公墓志铭》,其下葬在元祐七年八月二十二日,盖《挽词》为下葬而作也;再其次为《鲁元翰中大挽词二首》,则依顺序当亦七年之作。

补:《栾城集》编成于此年。苏辙自撰《栾城后集引》云:"元祐六年,年五十有三,始以空疏备位政府,自是无述作之暇,顾前后所作至多,不忍弃去,乃裒而集之,得五十卷,题曰《栾城集》。"

元祐七年(1092)壬申 五十四岁

谱云:(八月)有《祭文与可学士文》。又有《祭亡婿文逸民文》;妻史氏甚忧伤。

谱引苏轼《与亲家母》书简:"舍弟妇自闻逸民之丧,忧恼殊甚,恐久成疾。"

按,文务光(逸民)之卒,不晚于元祐元年,已见上文元祐三年条订补。苏轼书简亦当作于元祐元年也。苏辙此时作祭文,乃为准备安葬事,《祭文与可学士文》明云:"窀穸有时,送车盈阡。千里寓词,闻乎不闻。"务光亦当随父下葬。但下葬之准确时间,则更晚至元祐九年,见文同《丹渊集》卷首范百禄所撰文同墓志:"以元祐九年二月五日,葬于梓州永泰县新兴乡新兴里。"

元祐八年(1093)癸酉 五十五岁

谱云:四月甲子(十八日),以李清臣为吏部尚书。给事中范祖禹封还诏书,进呈,不允。

五月己卯(初三日),李清臣罢吏部尚书新命,以苏辙于帘前极论之也。

谱据《长编》卷四八三记李清臣新命、罢免之月日,而据《苏颍滨年表》记范祖禹、苏辙对此事之反应,并云诸种史料皆不载范祖禹封还诏书、苏辙帘前极论事,《年表》记之为"可贵"。

按,范祖禹于元祐六年九月,自给事中迁礼部侍郎,七年为翰林学士,至八年四月,已为翰林学士久矣,焉得"给事中范祖禹封还诏书"事？考苏辙《颍滨遗老传下》："比辙为执政，三省又奏除李清臣为吏部尚书，给事中范祖禹封还诏书，进呈，不允，祖禹执奏如初。"以下即叙辙"帘前极论"之事。盖此事在元祐六年闰八月，《长编》卷四六五详叙之，本谱亦已采录矣。唯元祐八年四月复有起用李清臣之议，《年表》遂取《颍滨遗老传》之文，误系于此，不当从。范祖禹元祐六年"封还诏书"、"执奏如初"，前后二奏皆见《长编》卷四六五。

谱云：十二月八日，书孙朴(元忠)手写《华严经》后。

谱据《栾城后集》卷二十一《书孙朴学士手写〈华严经〉后》。

按，据此文，孙朴(元忠)为"开府孙公"之子，文中又提及"予兄子瞻所记"。《苏轼文集》卷六十九有《书孙元忠所书〈华严经〉后》，当即苏辙提及者。轼文称孙元忠父为"孙温靖公"，则孙固(1016—1090)也。

谱云：元祐在朝期间，苏辙有与秦秘校二简。

谱引《圣宋名贤五百家播芳大全文粹》卷五十四苏辙《与秦秘校》二简，以为辙之佚文。并云秘校乃"虚衔"，秦秘校为辙之晚辈。

按，《淮海集笺注》(上海古籍出版社，2000年)附录收入此二简，盖以"秦秘校"为秦观也。观于元祐五年六月始任"秘书省校对黄本书籍"，至元祐八年六月迁"正字"(见《长编》卷四四三、四八四)。

绍圣元年(1094)甲戌　五十六岁

谱云：正月丁丑(初五日)，诏礼部给度牒千，付东京等路体量赈济司募人入粟。

谱据孙汝听《年表》记此事，并云"当与苏辙有涉"，"惜《长编》佚去绍圣元年,不能得其详"。
  按,此是赈济灾民事。《宋史》卷六十一《五行志一》载:"(元祐)八年,自四月雨至八月,昼夜不息,畿内、京东西、淮南、河北诸路大水。"卷十七《哲宗本纪一》载元祐八年十一月"乙未,以雪寒,赈京城民饥",十二月丁巳,"出钱粟十万赈流民"。至今年正月而给度牒,可补史阙。谱于二月又记"议赈济相、滑等州流民"事,亦见《年表》。唯《年表》简略,正月、二月文相连,皆记赈济事;而本谱详细,遂令两条记事隔离耳。辙为执政官,自应关及朝廷赈济措施也。

谱云:(三月丁酉)苏辙除端明殿学士、知汝州。本日改以本官知汝州。
  按,邹浩《道乡集》卷四十《冯贯道传》云:"贯道,寿春人,举进士不偶,弃去,游京师,居相国寺东录事巷,以训童子为业。……元祐末,门下侍郎苏辙罢政斥外,平昔翕翕走其门者,皆讳悔弗顾,惟贯道朝夕往见,且受其所寓钱,及京师凡出纳之事。越七年,苏门下自岭表归许昌,贯道即日访焉,还其向所受者。视其钱,封识如故。……贯道名尧夫。"知辙离京时,以钱付冯氏保管。

谱云:(闰四月)轼旋抵汝州,与辙晤。轼题诗汝州龙兴寺吴画壁。
  按,苏辙捐资修理龙兴寺吴道子画壁,完工在五月,时东坡已离汝州赴贬地英州,《子由新修汝州龙兴寺吴画壁》一诗乃事后寄来,非当时题壁,见下引葛立方《韵语阳秋》。

谱云:(五月)乙丑(二十五日),作《汝州龙兴寺修吴画殿记》。
  按,辙文云:"游龙兴寺,观华严小殿,其东西夹皆道子所画。东为维摩、文殊,西为佛成道。"记壁画内容甚简略。葛立方《韵语阳秋》卷十四云："余时随先文康公至汝州,尝至龙兴寺,观吴道子画两壁。一壁作维摩示疾,文殊来问,天女散花;一壁作太子游四门,释迦降魔成道。笔法奇绝。壁用黄沙捣泥筑之,其坚如铁,然土人不知爱重。宣和间,先公到官,始命修整,置关锁,纳匙于郡治。后刘元忠传得东坡寄子由诗,方知子由曾施百缣,所谓'似闻遗墨留汝海,古壁蜗涎可垂涕。力捐金帛扶栋宇,错落浮云卷秋霁'是也。"此处"先文康公"为葛胜仲(1072—1144),刘元忠为刘汸,所引东坡诗即《子由新修汝州龙兴寺吴画壁》也。

谱云:六月甲戌(初五日),上官均论吕大防、苏辙,辙降左朝议大夫、知袁州。来之邵亦论辙。同日,兄轼谪惠州。

谱据《年表》引右正言上官均弹章,及林希所撰制书。

按,《宋宰辅编年录》卷十叙述经过:"自宣仁上宾,改元绍圣,三省首为上言蔡确新州之冤,累经恩赦,遂追复右正议大夫,寻再追复观文殿学士赠特进。上以章惇定策有功,召除尚书左仆射。范纯仁遂自右仆射出知颍昌府。时吕惠卿亦自建州安置复资政殿学士。于是,诏黄履为御史中丞,蔡卞为翰林学士知制诰兼侍读,林希为中书舍人。履等交章论吕大防、刘挚、苏辙,于是大防等皆降授,而苏轼亦责宁远军节度副使、惠州安置,又责授琼州别驾、昌化军安置。履等又论梁焘、刘安世、吴安诗、韩川、孙升等,皆落职降授。"此处突出御史中丞黄履之作用。辙事后作《分司南京到筠州谢表》云:"六月十二日再被告,降三官知袁州。"即从太中大夫降为左朝议大夫。

谱云:苏辙在汝州,有《汝州杨文公诗石记》及《望嵩楼》《思贤堂》诗。

谱谓辙"搜集散落诗石,刻之于石",并云思贤堂"乃皇祐中郡守王君为杨大年建"。

按,辙《记》文云:"诗石散落,亡者过半。取公《汝阳编》诗而刻之。"《思贤堂》诗云:"遗编访诸子,翠石补前废。"则是从杨亿家访得其《汝阳杂编》(二十卷,见《宋史·艺文志》),据其中诗作补刻,非搜旧石重刻也。《大清一统志》卷一七四,汝州古迹有"思贤亭",注:"在州治后。宋杨亿知汝州,有贤名,后守王珦瑜因建此亭,刘攽为记。"攽记文今不见,但据此可得"王君"之名。苏辙《记》文又曰:"仍增广思贤,龛石于左右壁。"则是将"思贤亭"拓广为"思贤堂"也。

又,《古今事文类聚新集》卷三十一引陈瓘言行录:"陈忠肃公瓘,字莹中,为太学博士,被旨奏对,论稽古造膝之言,遂明继述之义。泰陵喜所未闻,反复诘问,语遂移时。迫于进膳,公乃引退。上意感悟,约公再见,有变更时事之意。泰陵圣颜英睿,臣下奏对,往往慑于天威,少或契合。公召见,遽以人所难言,逆意开陈,辞达义明,使人主豁然感悟。由是,缙绅士夫罔不钦服。苏黄门闻之,抚几叹曰:'吾兄东坡最善论事,然亦不知出此。'以书抵公,叹誉甚至。"据《宋史·陈瓘传》,瓘为太学博士在绍圣元年四月章惇入相后,时苏辙已出知汝州,其以书抵瓘,当是在汝州事。

谱云:(七月)丁巳(十八日),降授左朝议大夫、知袁州苏辙守本官,试少府监,分司南京,筠州居住。

谱据《宋史·叶涛传》:"绍圣初,为秘书省正字,编修《神宗史》,进校书郎。曾布荐为起居舍人,擢中书舍人。司马光、吕公著、王岩叟追贬,吕大防、刘挚、苏辙、梁焘、范纯仁责官,皆涛为制词,文极丑诋。"以为辙贬筠州制当出叶涛之手。

按,哲宗朝大规模贬窜元祐党人,有前后两次,一在绍圣元年六七月间,一在绍圣四年二月。据《长编拾补》卷十四、《宋宰辅编年录》卷十等,叶涛所草乃绍圣四年制词。绍圣元年"责官"中无范纯仁,故《宋史·叶涛传》所云,亦指绍圣四年制词也。又,《栾城三集》卷一《夏至后得雨》诗,作于大观二年(1108),云"夺禄十五年",则绍圣元年贬筠州时剥夺俸禄也。

谱云:(九月)二十五日,至筠州。有谢表。时州守为柳平,平怜辙远来,吏民相与安之。

  谱据辙《古史后叙》书柳平事,又据黄庭坚《书筠州学记后》推考柳平知筠州时间。

  按,黄庭坚《江西道院赋序》云:"元祐八年,武陵柳侯子仪守筠之明年也。"则柳始任于元祐七年,至本年,辙至不久,柳即去任,继任者为许长卿,考见上文元丰五年条订补。

谱云:与聪长老游。

  谱据苏辙《次韵子瞻江西》诗自注:"予与筠州聪长老有十年之旧。"按,即圣寿省聪禅师,见前元丰三年条订补。本谱绍圣三年九月所记"逍遥聪禅师",亦此僧。

  补:刘才邵《檆溪居士集》卷十二《段元美墓志铭》云:"父赟,承议郎。承议郎字仲实,学古信道,不以毁誉得失倾其守……门下侍郎苏公谪居筠州之年,仲实登第为高安主簿,方书一考,因得抠衣,叩质疑义,大蒙赏接,至亲笔为校正《国语》《战国策》,其书至今传宝焉。"检《江西通志》卷四十九,段赟登元祐六年马涓榜进士第,则其"方书一考"之时,正值绍圣元年苏辙贬筠州时也。段赟有女,亦能读苏文,见王庭珪《卢溪文集》卷四十三《故段夫人墓志铭》:"父讳赟,字仲实,官至承议郎……承议公既登第,调筠州高安县主簿,时苏太史谪监高安酒税,一见异其材,日与论说古人制作关键,手为校正《国语》等书。承议公由是文章益进……夫人自幼习见其父出入苏黄之门,言论俊伟,遂能诵苏黄之文,皆略上口,而通其大意。"苏辙谪监酒税在元丰三年,时段贽尚未登第。盖辙两谪筠州,易致误也。

绍圣二年(1095)乙亥　五十七岁

谱云:正月甲辰(初七日),应南华辩老之请作《曹溪卓锡泉铭》。兄轼为书之。

谱据《年表》及苏轼《与南华辩老》书简。

按,苏轼另有《书南华长老重辩师逸事》,知"辩老"名重辩。考《续传灯录》卷十三,南华重辩嗣玉泉谓芳,芳嗣浮山法远,乃临济宗禅僧。又,孔凡礼《苏轼年谱》于绍圣元年八、九月间,亦叙苏轼过韶州南华寺,晤重辩长老事,并谓"《筠溪集》卷二十二《福州仁王谟老语录序》谓重辩'非凡僧'"。检李弥逊《筠溪集》此文云:"予旧观东坡《南华寺》诗,意明上座非凡僧。"云"明上座",则非重辩也。东坡《南华寺》诗云:"云何见祖师,要识本来面。亭亭塔中人,问我何所见。可怜明上座,万法了一电。饮水既自知,指月无复眴。"盖用六祖慧能与道明禅师典故,而李弥逊以为当时南华寺有一"明上座",东坡诗兼指之。考东坡元符三年北归,再过南华寺,时重辩已化去,新住持为"明公",见所作《南华长老题名记》及《书南华长老重辩师逸事》。此"明公"或即李弥逊所谓"明上座"。《续传灯录》卷十三目录有"南华德明禅师",乃云门宗禅僧,嗣慧林宗本(1020—1099),其年龄当与东坡差近。

谱云:正月十五日夜,兄轼作诗见寄。次韵。

谱据《栾城后集》卷二《次韵子瞻上元见寄》:"问我何时来,嗟哉谷为陵。"谓东坡"似询辙来惠之意,而辙云不可能"。

按,兄弟皆迁谪之人,东坡无邀辙赴惠州之理。辙诗原文云:"建成亦岩邑,灯火高下层。头陀旧所识,天寒发鬖鬖。问我何时来,嗟哉谷为陵。"此"建成"即筠州州城之古名(汉建成县,属豫章郡),以下皆言筠州事。"头陀旧所识",当指省聪禅师,则"问我何时来"乃省聪与辙语也。盖辙两度贬筠州,故地重游,故有陵谷之叹。

谱云:九月辛亥(十九日),飨明堂,大赦天下。辙有贺表。……与兄轼简,戒作诗。复有简与轼,谓永不叙复。

谱据苏轼《与程正辅》简:"近得子由书报,近有旨,去岁贬逐十五人,永不叙复。"

按,《长编拾补》卷十二载,绍圣二年八月"甲申,诏应吕大防等永不得引用期数及赦恩叙复"。以下追叙:"先是,曾布独对,既论路昌衡等,又言:'更有一事,大礼恩宥在近,去岁贬谪人不知何以处之?'上应声曰:'莫不可牵复?岁月未久,亦不可迁徙。'布曰:'诚如圣谕,蔡确五年不移,惠卿十年止得移居住处,吴居厚等十年不与知州军,此皆元祐中所起例,自可依此。兼蔡京曾为臣言,钱勰已曾来京处探问谪降人牵复消息,京答以不知。其党类日望其牵复。'上曰:'却不知也。'布又曰:'如梁惟简近押送峡州,九月中未知到否,岂可便移?'上曰:'岂有此理。'又问:'惟简此行,众颇善否?'布曰:'此举固足以警两端之人,然亦有喜有不喜者,元祐之党未免以为过当也。'"同卷又载,"九月壬寅,范纯仁在陈州,闻奉议以将近郊礼,吕大防等不当用恩赦期叙复,忧愤累日",遂上疏谏阻,反遭贬谪。盖九月辛亥有明堂之礼,当大赦,故八月预为"永不叙复"之诏,以防恩及党人也。此年苏辙诗语中曾有北归之愿,实望明堂之恩,戒轼作诗,亦与此有关,自"永不叙复"之旨出,则绝望矣。元符三年(1100)辙作《复官宫观谢表》云:"将杜其生还之路,遂立为不赦之文。"即指此。

绍圣三年(1096)丙子　五十八岁

谱云：作《寓居六咏》。

按，《栾城后集》卷二《寓居六咏》前列《东西京二绝》与《唐相二绝》，亦此年作，而谱未及。《东西京二绝》其一云："亲祀甘泉岁一终，属车徐动不惊风。宓妃何预词臣事，指点讥诃豹尾中。"此用《汉书·扬雄传》事："奏《甘泉赋》以风……是时赵昭仪方大幸，每上甘泉，常法从，在属车间豹尾中，故雄……言'屏玉女，却宓妃'，以微戒斋肃之事。"其二云："犀箸金盘不暇尝，更须石上捣黄粱。数钱未免河东旧，不识前朝大练光。"此用《后汉书·五行志一》所载京都童谣："河间姹女工数钱，以钱为室金为堂，石上慊慊舂黄粱。"指汉灵帝母永乐太后之贪鄙也。"大练"谓简朴衣服，《后汉书·后纪上》谓汉明帝马皇后"常衣大练，裙不加缘"。《唐相二绝》其一云："杨王灭后少英雄，犹自澄思却月中。已得惠妃欢喜见，方头笑杀曲江公。"其二云："朝中寂寂少名卿，晚岁雄猜气方横。心怕无须少年士，可怜未识玉奴兄。"此指唐玄宗宰相李林甫，谓其陷杨慎矜、王铁于死，尚居"月堂"思何以中伤大臣(事见《新唐书》本传)，迎合武惠妃，排斥张九龄(曲江公)，独掌政权，临终托后事于杨国忠，即"玉奴(杨贵妃)兄"也。以上四诗皆涉后妃，当非偶然。盖此年九月诏废孟皇后，《宋史·后妃传下》谓宰相章惇"阴附刘贤妃，欲请建为后"，遂与内侍同成此举。《长编拾补》卷十二载绍圣二年九月贬斥御史常安民，以下叙："及祀明堂，刘美人侍上于斋宫，又至相国寺，用教坊作乐。安民面奏：'众所观瞻，亏损圣德。'语直忤旨，章惇从而谮之。"则苏辙所谓"亲祀"之时随侍"属车""豹尾中"之"宓妃"，乃暗指刘氏，可无疑也。其谓李林甫迎合武惠妃，则暗指章惇阴附刘氏。又，据《宋史·常安民传》，安民在元祐中归朝及任御史，出苏轼、苏辙所荐，其后"董敦逸再为御史，欲劾苏轼兄弟，安民谓二苏负天下文章惇望,恐不当尔",至绍圣二年,董揭发此语,安民遂遭贬。

补:九月,佛印了元禅师携延庆子忠上人所绘《华严》变相来访,作跋。

《续藏经》中有《五相智识颂》一卷,乃延庆忠上人所绘《华严经·入法界品》变相五十三幅,及颂五十三首,末有苏辙跋:"予闻李伯时画此变相,而未见也。伯时好学,善楷书、小篆,画为今世道子。忠师未识伯时,而此画已自得其仿佛。当往从之游,以成此绝技耳。眉山苏子由题。绍圣三年九月,佛印元老自云居访予高安,携以相示。"又有佛印了元跋:"苏公谓忠师之笔仿佛李伯时,此特见其画耳。予谓忠师非画也,直欲追善才影迹,逍遥法界之间耳。后之览者,不起于座,自于觉城东际,逆睹文殊象王回旋。平生际会,南求善友,遍历百城,旷劫之功,一时参毕。所谓开大施门于末法之时,画焉能尽之。绍圣丙子十月二十日卧龙庵佛印大师(了元)跋。"

又,承周裕锴先生赐告,"延庆忠上人"为靖安县延庆寺僧,名子忠,见明嘉靖《靖安县志》卷六、清道光《靖安县志》卷十六。大观元年(1107)惠洪尝遇之,作《十二月十六日发双林,登塔头,晓至宝峰寺,见重重绘出庵主读善财遍参五十三颂,作此兼简堂头》诗,称此僧"电眸霹雳舌,咳唾成妙语。笔端撼江海,千偈浩奔注。人间有此客,自可忘百虑",见《石门文字禅》卷一。

绍圣四年(1097)丁丑　五十九岁

谱云:(二月)庚辰(二十五日),苏辙责授化州别驾、雷州安置。辙被命即行。时克文来。

谱依《年表》引录制词,并据《宋史·林希传》推测此制为林希所作。又据《栾城遗言》记克文来唁事。

按,《宋史·林希传》载希为中书舍人在"绍圣初",且谓其制词以"老奸擅国"之语阴斥宣仁高后。此"老奸擅国"见绍圣元年苏辙贬知袁州制词,实指司马光,未必阴斥宣仁,但林希所草乃绍圣元年制词,则无疑焉。据《长编拾补》卷十四、《宋宰辅编年录》卷十,绍圣四年二月贬责元祐大臣制词,皆叶涛作。苏辙在筠州被命,则为闰二月事,见《栾城后集》卷十八《雷州谢表》。克文即真净克文禅师,已见元丰三年谱,为辙方外友。释惠洪《石门文字禅》卷三十《云庵真净和尚行状》云:"绍圣之初,御史黄公庆基出守南康,虚归宗之席以迎师……三年,今丞相张公商英出镇洪府,道由归宗,见师于净名庵。明年,迎居石门。"《长编拾补》卷十三载张商英权知洪州,在绍圣三年十月丁巳朔。"石门"即洪州泐潭宝峰禅院。盖克文赴洪州前,先至筠州访辙也。

谱云:六月丁亥(初五日),至雷州,有《谢到雷州表》。……雷守张逢至门首接见。

谱引乾隆《浮梁县志》云,张逢治平二年进士,又谓通志、府志"二年"作"四年"。

按,宋人罗愿撰《新安志》卷八,治平二年彭汝砺榜下有张逢,婺源人。

谱云:(六月)六日,张逢延苏轼兄弟入馆舍。

谱据曾敏行《独醒杂志》卷四记此。

按,《独醒杂志》此条云:"东坡自惠迁儋耳,子由自筠迁海康,二公相遇于藤,因同行。将至雷之境,郡守张逢以书通殷勤。逮至郡,延入馆舍,礼遇有加。东坡将渡海,逢出送于郊。复出官钱,僦居以馆子由。"交待张逢善遇二苏事前后,最为清晰,唯不知所延入之"馆舍",究为何处。《长编》卷四九六,元符元年三月癸酉条,则明谓逢"次日为会,召轼辙在监司行衙安泊",则此"馆舍"乃转运使在各州之行衙,皇华馆也。

谱云:(六月)远作诗,次其韵。

谱据《栾城后集》卷二《次远韵》诗。诗有"兄来试讴吟,句法渐翘秀"之句,谱释为"兄轼尝教以诗法"。

按,此诗继云:"暂时鸿雁飞,迭发埙箎奏。"明谓兄弟唱酬,则"兄来"乃指苏远之兄苏迟来也。故诗末又云:"更念宛丘子,顾然何时觏。"盖因迟、远之聚,而念及仲子苏适也。时适任职于陈州粮料院(见本谱宣和四年条引适墓志),故曰"宛丘子"。本年在筠州时,辙有《次迟韵二首》,是迟来筠州省亲(见谱),而诗云"力耕当及春,无为久南方",乃命其北归也。《次远韵》谓"万里谪南荒,三子从一幼",则自筠迁雷之日,唯幼子苏远随同。但至五月轼辙相遇于藤州后,轼尝书《寄邓道士》一诗赠迟(见谱),此必迟于北归途中闻辙再贬雷州之讯而折回,伴至雷州也。

元符元年(1098)戊寅 六十岁

谱云:二月壬辰(十三日),知虔州钟正甫疏言朝廷置局编录司马光、吕公著、苏轼、苏辙等"悖逆"罪状成书。

谱据《长编》卷四九四本日纪事,并谓蹇序辰主其事。

按,《长编拾补》卷十四绍圣四年三月壬午载:"中书舍人同修国史蹇序辰言:'朝廷前日追正司马光等奸恶,明其罪罚,以告中外。惟变乱典刑,改废法度,谮毁宗庙,睥睨两宫,交通近习,分布死党,考言观事,实状具明。而包藏祸心,踪迹诡秘,相去八年之间,已有不可备究者。至其章疏文字,行遣案牍,又散在有司,莫能会见。若不乘时取索编类,必恐岁久沦失。或邪党交构,有藏匿弃毁之弊。欲望圣慈特赐指挥,选官,将贬责奸臣所言所行事状,并取会编类,人为一本,分置三省、枢密院,以示天下后世之大戒。'从之,仍差给事徐铎及序辰。"可知置局编录元祐大臣之罪状,始于绍圣四年三月。但此事至元符三年四月,则不了了之,见《长编拾补》卷十五:"癸亥,吏部侍郎徐铎奏:'准绍圣四年三月二十八日朝旨节文,塞序辰奏:窃见朝廷前日追正司马光等奸恶,明其罪罚,以告中外。乞将贬责过奸臣所言所行事状,并取会编类,仍录一本分置三省、枢密院。又准绍圣五年四月四日朝旨,塞序辰奏:昨准朝旨编类贬责过司马光等事状,俟编类毕,缮写一本进入,以备省览。今勘会编类臣僚章疏局,已准朝旨将前后编类章疏并一宗行遣尽纳入内。臣契勘上件事状,多于章疏内节出文意,类编成书,事体一同。今来合与不合依编类章疏局已得朝旨,将一宗行遣进入?'诏并进入。"此因另有一"编类章疏局",将元丰八年五月至元祐九年四月之臣僚章疏依类编录,自绍圣二年冬置局,至元符三年四月编得一千九百余册,而被中书舍人曾肇奏罢之,事见《长编拾补》卷十五。"编类章疏"之局既罢,徐铎遂上奏请示,其编类罪状之局亦停罢矣。至于元符元年二月知虔州钟正甫上疏事,不过响应附会,为编类罪状之局提供材料而已,其时并未"成书"也。钟正甫治平二年进士,后入元祐党籍,见《元祐党人传》卷八。

谱云:(二月)二十日,六十岁生日,兄轼以沉香山子寄之,作赋。辙和以答之。

谱据《年表》及《栾城后集》卷五《和子瞻沉香山子赋并引》。

按,《栾城后集》卷二《次韵子瞻寄贺生日》《次韵子瞻寄黄子木杖》,谱系于元符二年,但依《栾城后集》排列顺序,亦当是元符元年作。《次韵子瞻寄贺生日》有句云:"上赖吾君仁,议止海滨黜。"此"海滨"指雷州,若至元符二年,则苏辙已移循州矣,而循州并非"海滨"。苏轼《子由生日》及《以黄子木拄杖为子由生日之寿》二诗,即苏辙所和答者,《苏轼年谱》亦据《苏轼诗集》之排列顺序,系元符二年。《诗集》以王文诰《苏文忠公诗编注集成》为底本,而此二诗在《东坡后集》卷六及施注、查注、冯注皆编元符元年,独王文诰谓元年已有《沉香山子赋》,不当重复,遂将二诗改系元符二年。此是王文诰执意立异,不当从。元符元年为辙六十岁生日,与他年生日不同,故轼尤重视之,诗赋特多也。

谱云:(三月)癸酉(二十四日),移循州安置。
　　谱据《长编》卷四九六本日记事。
　　按,《长编》记雷州优待苏辙之人,如知雷州张逢、海康令陈谔、广西路提刑梁子美等皆获处罚。《方舆胜览》卷四十二雷州人物有"吴国鉴"条,注云:"海康人,为太庙斋郎。绍圣中苏子由贬雷州,僦国鉴宅居,为创一小阁。元符初……诏辙移循州,知州张逢以下降罚有差,国鉴编管。"知获处罚者尚有吴国鉴也。同卷"苏辙"条注云:"郡人吴国鉴特筑室以处焉。其后党锢浸密,屋亦渐废。靖康丙午,海康令买而有之,且开遗直轩,绘二公像于中。"二公谓轼、辙也。又,《长编》谓"本路提点刑狱梁子美,既与苏辙系婚姻之家,不申明回避",考《宋史翼·苏策传》:"以外祖梁子美恩,授将仕郎。"策乃辙长子苏迟子,则迟娶梁子美女也。梁子美乃梁适孙,《东都事略》卷六十六《梁适传》附其传较详。

谱云:第四孙斗老生,兄轼贺以诗。
　　谱据苏轼《借前韵贺子由生第四孙斗老》,并推测斗老为苏适子苏范。
　　按,苏轼《子由生日》诗有"儿孙七男子"之句,自注:"子由三子四孙。"上文已考明此诗为元符元年作,则此第四孙当生于该年二月辙生日前。《东坡后集》卷六亦列贺生孙诗在生日诗前。据苏适墓志（本谱宣和四年下全文引录）："子四人：曰籀，迪功郎；曰筥，早卒；曰范，承务郎；曰筑，未仕。"知适有次子筥，"筥"之字义与"斗"相关（皆容器也），推测斗老为筥，似更妥。又，据《宋史翼·苏籀传》，籀实苏迟（辙长子）之子，而为适后。此必因苏适无子，遂以籀过继也，益可证"第四孙"当是适初生子筥。

谱云：作《次韵子瞻和陶渊明拟古九首》。

谱谓第四首"夜梦被发翁，骑驎下大荒"乃指韩愈，引苏轼《潮州韩文公庙碑》"翩然被发下大荒"为证。

按，韩愈《杂诗》："翩然下大荒，被发骑骐驎。"是辙所本。

谱云：八月，至循州……倾橐易民居。

按，《栾城后集》卷二《求黄家紫竹杖》引："予于龙川买曾氏小宅。"知此民居乃曾氏宅，宅在龙川县白云桥，见苏辙《春秋集解引》及苏籀《栾城遗言》。同巷有黄氏老，藏书而不能读，苏辙常从之借阅，见《龙川略志引》及《求黄家紫竹杖》引，《栾城三集》卷三《两中秋绝句二首》引。

元符二年(1099)己卯　六十一岁

谱云：正月，眉山人巢谷(元修)自眉山徒步来访。旋卒于新州访兄轼途中。

谱据苏辙《巢谷传》。

按，《巢谷传》当作于谷卒后不久，文末提到"予方杂居南夷"，则作传时辙尚在循州也。辙次年即离循北归。

谱云：二月二十日，六十一岁生日。兄轼以黄子木拄杖为寿有诗，辙次韵。

按,此当改系元符元年,考见上文。

元符三年(1100)庚辰　六十二岁

谱云:离循州。其后,邦人以台隐名其所游净名寺之堂;隆兴元年(1163),复建苏陈堂,祠苏辙与陈次升。

谱引《舆地纪胜》云然。

按,《广东通志》卷五十三《古迹志》有"苏陈堂",注云:"在白云桥,旧名台隐堂,宋苏辙、陈次升谪惠居此。隆兴初,循守彭亿更曰苏陈,像而祠之,后废。嘉泰三年,州守赵善谭改建于县东五里,曰二贤祠,元至正间复废于兵燹。有宋王迈记。"王迈《循阳重建苏陈二公祠堂记》见天一阁藏明代嘉靖《惠州府志》卷十六,今《全宋文》第324册卷七四五八已录出。《记》云:"二公去后,邦人慕其遗风余韵,尸而祀之,于净名寺则有台隐堂,白云桥则有苏陈堂。"四库辑本陈次升《谠论集》附录元人所撰《待制陈公行实》亦云:"二公既去,邦人即其尝游玩之地,为堂祠之,名曰苏陈堂。又有台隐堂。至今循民崇奉之惟谨。"据此则台隐堂、苏陈堂为二处,后者原是辙之故居,嘉泰后则改在县东。

谱云:岁暮,抵颍昌。

按,辙北归后,冯尧夫即来访,见绍圣元年条订补引邹浩《冯贯道传》。

谱云:授朝议大夫,赐紫金鱼袋。

谱据《宋大诏令集》卷二一一《苏辙降朝议大夫制》,谓当在此年末或明年初。

按,自此年至崇宁元年确定"绍述"政策前,旧党境遇在好转中,辙于此年十一月已复官太中大夫,不应突然降贬朝议大夫。谱于崇宁元年下复引《宋大诏令集》此制,题作《苏辙降朝请大夫制》,以证崇宁元年降官为朝请大夫之事。制文相同,唯官称有别。今查中华书局1962年校点本《宋大诏令集》,题作"朝议大夫"。该书分门别类抄录诏令,但各类所录仍有时间顺序,此制前后皆为崇宁元年五月贬责旧党官员制书,且与《续资治通鉴长编拾补》卷十九崇宁元年五月乙亥条记事相合,其时间当可无疑。至于元符三年,则并无降官事。参以下崇宁元年条订补。

徽宗建中靖国元年(1101)辛巳　六十三岁

谱云:(二月)二十二日,作简,托黄寔(师是)寄与兄轼,劝轼归颍昌相聚。……(五月)兄轼真州两致简。

  谱据《苏轼文集》卷六十《与子由》诸尺牍,谓此时"兄弟音问不绝"。大抵辙决计定居颍昌府,而邀轼同往,轼初从其意,后以为"决不可往颍昌近地居",未果往。

  按,苏氏兄弟于元符三年奉旨北归,辙行甚速而轼行颇迟缓,辙于年底已至颍昌府,而轼尚未过岭也。其迟速不同,或与政治态度相关,而本年确定居处,亦当关乎朝政局势。据《长编》卷五二〇,元符三年正月乙未条,曾布对蔡卞保证:"公但安心,苏轼、辙辈未必便归也,其他则未可知耳。"《长编拾补》卷十七,建中靖国元年七月壬戌条,记曾布与宋徽宗达成共识:"今日之事,左不可用轼、辙,右不可用京、卞。"则当时庙谟可见,盖以蔡氏兄弟、苏氏兄弟为新、旧二党之极端代表人物,所谓"建中靖国"之政,即以四人同时出局为代价。轼必闻知此类信息,故决意不往"颍昌近地"也。

谱云:友人刘原之来简,答之。

  谱据《圣宋名贤五百家播芳大全文粹》(宋绍熙原刊本)卷八十苏

辙《与刘原之大夫二帖》。第一帖有"北归至许已半年余"语,故系此年。第二帖提及"太常博士宋景年、考功高士英",谱据《长编》考为元祐间事,附次于此。

按,辙集不收尺牍,刘尚荣《苏辙佚著辑考》(中华书局 1990 年标点本《苏辙集》附录)录此二帖,并推测刘原之为刘挚之子刘跂。谱不采其说。今考刘跂字斯立,有《学易集》传世,其非刘原之甚明。检《江西通志》卷四十六,曾任"江南西路都转运使"名单中有刘敦,注:"字原之,大观间任。"同书卷三十五录汪藻《石头驿记》云:"大观二年,转运使彭城刘公行府事之明年……公名敦,字厚之云。"与上条记载合,唯刘敦字作"厚之"。《文渊阁四库全书》本《五百家播芳大全文粹》卷六十四录苏辙《与刘原之大夫帖》,其第二帖中称呼对方,亦作"厚之"。李廌《济南集》卷四有《次韵刘厚之久阴未雨》诗。"厚"、"原"字形相似,易互讹,但其名为"敦",则作"厚之"近是。辙第二帖为朝廷褒奖刘氏"先公"事作,谱考其事在元祐间,甚是。彭城刘氏卒于元祐间之名臣,有刘庠,吕陶《净德集》卷二十一《枢密刘公墓志铭》云:"公讳庠,字希道,世为彭城人……嘉祐二年擢进士第。"此人是苏辙同年进士,卒于元祐元年三月,有子名敦夫。文彦博《潞公文集》卷四十《举包绶》(题下注:元祐三年十月二十七日)云:"臣伏见近奖用刘敦夫、吕由诚,皆以其父吕诲、刘庠之故。"范祖禹《范太史集》卷五十五《手记》中有"刘敦夫,元祐四年举著述科"。疑苏辙此二帖乃与刘敦夫字厚之者,后来有关记载误"厚"为"原",又脱去"夫"字。又,苏轼有《答刘沔都曹书》云:"蒙示书教,及编录拙诗文二十卷……无一篇伪者,又少谬误。及所示书词,清婉雅奥,有作者风气,知足下致力于斯文久矣……足下词学如此,又喜吾同年兄龙图公之有后也。"据吕陶《枢密刘公墓志铭》,知刘沔为刘庠孙,所谓"同年兄龙图公"即指刘庠,以庠曾任龙图阁学士也。刘沔或即刘敦夫子,其一家三代皆与苏氏关系密切,理当表出也。

崇宁元年(1102)壬午　六十四岁

谱云:(五月)庚午(十六日),诏苏轼追贬崇信军节度行军司马,其元追复旧官告缴纳;苏辙更不叙职名。

谱据《年表》云然。

按,此时庙谟已确定继述神宗新政,遂大贬元祐臣僚。其贬责诏书含司马光以下四五十人,《长编拾补》卷十九系于五月乙亥,而宋史徽宗纪、《宋宰辅编年录》卷十一皆系其事于庚午日,参《年表》,则庚午是也。《长编拾补》所载诏文,有关苏氏兄弟者曰:"朝奉郎苏轼降复崇信军节度行军司马,其元追复官告并缴纳"、"太中大夫苏辙"等"更不叙复职名",并云贬责制词"皆右仆射曾布所草定"。检《宋大诏令集》卷二一〇《故责授舒州团练循州安置追复右光禄大夫吕大防特授太中大夫、故观文殿大学士右正议大夫中太一宫使范纯仁落职余如故制》(题下注"崇宁元年五月庚午"),制文与《长编拾补》所引合,以下有《故朝奉郎苏轼降授崇信军节度行军司马制》,制文与《长编拾补》所引亦合,由此至卷二一一《苏辙降朝议大夫制》前后,盖皆五月庚午贬责制书。辙制云:"稍黜近班,犹复旧职。"以辙于绍圣元年降左朝议大夫,元符三年复太中大夫,此时仍降朝议大夫,所谓"犹复旧职",即诏文"更不叙复"之谓也。

谱云:(五月)乙亥(二十一日),诏苏辙等令三省籍记姓名,不得与在京差遣。

谱据《年表》及《长编拾补》卷十九。

按,苏辙等五十余人令三省籍记姓名,不得与在京差遣,《长编拾补》及《宋宰辅编年录》皆系乙亥,《九朝编年备要》卷二十六书此事为"籍党人",盖所谓"元祐党籍"之始也。《长编拾补》并记次日丙子诏:"应元祐以来及元符末尝以朋比附党得罪者,除已施行外,自今以往一切释而不问……令御史台出榜朝堂。"此诏亦曾布所草,《长编拾补》并附注文,引《东都事略》与《宋史》之《陆佃传》,谓曾布草诏之意乃陆佃启之也(佃时为执政)。此意本欲结定党籍,但不久陆佃、曾布相继去朝,蔡京主政,则党籍又复扩大重议矣。

谱云:闰六月癸酉(二十日),葬兄轼于汝州郏城县小峨嵋山。有兄轼墓志铭。有《再祭八新妇黄氏文》。

  谱谓"兄轼与黄氏所葬之处相邻,黄氏逝世不久,故以告之也"。按,黄氏元符二年卒于循州,当年十一月四日作《祭八新妇黄氏文》云:"五里禅室,顷所尝寓。土燥室完,密迩吾庐。权厝其间,毋或恐怖。"谓暂殡于循州城东之圣寿寺,以期将来"全柩北返,归安故土"也。《再祭八新妇黄氏文》则云"举家北返,与柩俱还",又云兄轼"返葬郏山",因"兆域宽深,举棺从之",则是从伯父葬也。又,《宋史·李廌传》云:"轼亡,廌哭之恸,曰:'吾愧不能死知己,至于事师之勤,渠敢以生死为间?'即走许、汝间,相地卜兆,授其子,作文祭之。"据此,则确定苏轼葬地,李廌与有力焉。廌祭苏轼文,为当时所传诵,其全文见《古今事文类聚》前集卷五十四、《五百家播芳大全文粹》卷八十二。

谱云:(闰六月)戊寅(二十五日),诏苏辙降为朝请大夫。有谢表。

  谱据《年表》,并引《宋大诏令集》卷二百十一《苏辙降朝请大夫制》。按,《宋大诏令集》实作《苏辙降朝议大夫制》,谱改其标题,而所引诏书正文仍作"朝议大夫"。此制当是五月庚午所降,已见上文订补。但《年表》所载闰六月戊寅降官朝请大夫,亦是事实。

《栾城后集》卷十八有《降授朝请大夫谢表》,题下注"崇宁元年";卷二十有作于崇宁三年之《遣适归祭东茔文》,亦自署"降授朝请大夫护军赐紫金鱼袋辙"。谢表云"追削者五官",是自太中大夫降至朝请大夫之谓。《年表》记降官之缘由,谓"以铨品责籍之时差次不伦故也"。"责籍"即五月乙亥所造党籍。辙自著《颍滨遗老传下》云:"朝廷易相,复降授朝请大夫。"据《宋宰辅编年录》卷十一,崇宁元年闰六月壬戌曾布罢相,七月戊子蔡京拜相。辙降官事正在其间,故《宋史·苏辙传》云:"崇宁中,蔡京当国,又降朝请大夫。"

又,谱于此条下书"鬻别业以助兄轼之子安家于许昌",引《栾城遗言》为证,但《栾城遗言》云"时公方降三官,谪籍夺俸",则自太中大夫降至朝议大夫之谓,此条当书于降授朝请大夫之前。

谱云:八月丙子(二十四日),诏司马光等子弟并不得与在京差遣。

谱据《长编拾补》卷二十所列,有司马光等二十人名单,其中含苏轼,无苏辙。

按,此是禁锢党人子弟。五月丙子已有"除已施行外,自今以往一切释而不问"之诏,但据《长编拾补》卷二十,"七月乙酉,臣僚上言:准尚书省札子,三省同奉圣旨,昨行遣裁削责降元祐人数,内轻重失当,或漏落之人,令御史谏职弹劾以闻……"盖闰六月曾布罢相后,其所结定之党籍又被复议,七月蔡京拜相,党籍渐趋扩大,八月乃有禁锢党人子弟之举,《宋史》徽宗纪云"丙子,诏司马光等二十一人子弟毋得官京师",比《长编拾补》所列名单多一人,疑所漏即苏辙也。九月乙未,"诏中书籍元符三年臣僚章疏姓名,为正上、正中、正下三等,邪上、邪中、邪下三等"(《宋史》徽宗纪文,详细名单见《长编拾补》卷二十),盖所追究之对象自元祐臣僚扩展至元符末上书人,至"己亥,籍元祐及元符末宰相文彦博等、侍从苏轼等、余官秦观等、内臣张士良等、武臣王献可等,凡百有二十人,御书刻石端礼门"(《宋史》徽宗纪文,详细名单见《长编拾补》卷二十),此即"元祐党籍碑"之第一版,其"文臣曾任执政官"者自文彦博以下,有苏辙。此后,仍陆续贬责元祐臣僚及元符末上书邪等人,至崇宁三年六月,遂以两者通为一籍,定为"党籍碑"之第二版,达三百零九人矣。

谱云:范纯礼(彝叟)来守颍昌,常来访。

谱据苏辙《祭范彝叟右丞文》"居未逾岁,亦来守邦"语。

按,此语前接范纯仁(纯礼兄)之丧,纯仁卒于建中靖国元年正月(见谱),则"未逾岁"仍当为建中靖国元年也。纯礼以该年六月罢尚书右丞,出知颍昌府,见《九朝编年备要》卷二十六、《宋宰辅编年录》卷十一、《长编拾补》卷十七等。《宋史·范仲淹传》附纯礼传云:"罢为端明殿学士知颍昌府,提举崇福宫,崇宁中启党禁,贬试少府监分司南京。"可见纯礼罢执政知颍昌府不久,即改宫观。范氏家在颍昌府,其改宫观后,当仍居此地。至崇宁元年五月庚午贬责元祐臣僚,亦含范纯礼,《宋大诏令集》卷二一一有《端明殿学士中大夫提举西京嵩山崇福宫范纯礼落职依前官差遣如故制》,此是落端明殿学士职,而宫观如故。五月乙亥造党籍,九月刻党籍碑,皆有其名。《宋宰辅编年录》卷十一记纯礼"崇宁元年十二月降授朝议大夫试秘书少监分司南京徐州居住",亦见《长编拾补》卷二十崇宁元年十二月癸丑条注文,自此改居徐州,故苏辙《祭范彝叟右丞文》又云:"我寓汝南,公旅彭城。"辙迁居汝南事见下年订补。

崇宁二年(1103)癸未 六十五岁

谱云:(正月)时迁居汝南。

谱据《栾城后集》卷三《补子瞻赠姜唐佐秀才并引》《迁居汝南》《思归二首》等，推测辙来汝南(蔡州)乃上年末。

按，苏辙元符三年北归，即定居颍昌府，而自崇宁元年末至三年初，则离家独居蔡州，其原因当详考。谱于此年"三子来汝南探视"条，据《思归二首》推测此乃"儿辈建议，为避祸也"；曾枣庄《苏辙年谱》亦据《寒食》诗"身逃争地差云静"、"耳畔飞蝇看尚在"(《栾城后集》卷三)等句，谓"迁居汝南有政治原因"，但未详述。考辙于崇宁元年闰六月受降官处罚，并未指定其居处，唯自五月造党籍至九月刻党籍碑，已相继规定籍中人及子弟不得"与在京差遣"。至崇宁二年三月，又重申"党人亲子弟，不论有官无官，并令在外居住，不得擅到阙下，令开封府界各据地分觉察"(《长编拾补》卷二十一)，则党人进京被严令禁止矣。苏辙所居颍昌府，原称许州，据《宋史》卷八十五《地理志一》云："京畿路，皇祐五年(1053)以京东之曹州，京西之陈、许、郑、滑州为辅郡，隶畿内，并开封府，合四十二县，置京畿路转运使，及提点刑狱总之。至和二年(1055)，罢京畿路转运使、提点刑狱，其曹、陈、许、郑、滑各隶本路，为辅郡如故。崇宁四年(1105)，京畿路复置转运使及提点刑狱。先是，改开封府界为京畿路，是年又于京畿四面置四辅郡，颍昌府为南辅，郑州为西辅，澶州为北辅，建拱州于开封襄邑县，为东辅，并属京畿。"可见许州(元丰三年改名颍昌府)在宋仁宗时一度隶属京畿路，后又为"四辅郡"之一，此时虽归属京西路，但仍与一般州军不同，故苏辙诗中称之为"争地"，其是否属于禁止党人居住之范围，有可争议处，遂令"耳畔飞蝇"不断也。释居简《北磵集》卷七《跋赵正字士犇帖》云："山谷贬宜州，全台攻苏黄门，元祐籍中子弟在官者黜数百人。正字赵士犇《报参寥书》中语。"此所引赵书无年月，但黄庭坚贬宜州事，《长编拾补》系崇宁二年三月，而黜元祐党籍子弟至于"数百人"者，当在崇宁三年重定党籍时。前后相参,则"全(御史)台攻苏黄门"事,恰在辙迁居蔡州时。其狼狈迁居之原因,此为一端。又,《宋史》徽宗纪崇宁元年十月戊辰,"诏责降宫观人不得同一州居住"(《长编拾补》卷二十崇宁元年十月丙子条亦提及"不得同在一州指挥"),时苏辙为"提举凤翔府上清太平宫",亦属"责降宫观人",若颍昌府有相同身份人居住,则法当相避。《栾城后集》卷三《汝南迁居》诗云:"忽闻鹊返巢,坐使鸠惊飞。"《还颍川》诗云:"东西俱畏人,何适可安者。"疑即为此而发。此当为苏辙迁居之直接原因。《山谷别集》卷十四《与元仲使君书》云:"某以避范德孺,法当迁居,辄欲就贵部,自谋一舍,不敢烦公家。但不知有责降宫观人在贵州否?"此可为"不得同一州居住"之旁证,盖范纯粹(字德孺)以崇宁元年十月罢知金州,以管勾南京鸿庆宫居住鄂州(见《长编拾补》卷二十崇宁元年十月丙子条注文),黄庭坚遂不得同居鄂州也。《山谷年谱》卷二十九崇宁二年条云:"先生是岁留鄂州。先生有四月二十二日《与张叔和通判书》云:'庭坚罢太平,即寓鄂渚,会范德孺谪来,即谋居汉阳;已而安厚卿来,遂营居九江。将登舟矣,德孺以散官安置,众议以为自下碍责降充宫观人不得同州指挥,遂定居耳。'按《国史》,正月己酉范纯粹常州别驾鄂州安置。"此以范氏失去宫观人身份,又不妨同居也,《山谷年谱》中"下碍"当为"不碍"之讹。至苏辙所居颍昌府,有范纯礼同为"责降宫观人",自亦不得同居一州,法当规避也。谱推测辙迁居在崇宁元年末,甚确。但此年十二月纯礼改居徐州,则苏辙似可归居颍昌府,崇宁二年所作《三不归行》云:"客心摇摇如悬旌,三度欲归归不成。方春欲归我自懒,秋冬欲归事自变。"计纯礼奉旨离家当在二年春,是颍昌府已无必须规避之人也。所谓"事自变"者,当指苏辙罢宫观事,见下条。辙至蔡州时,当见欧阳棐,崇宁元年五月庚午贬责元祐臣僚时,直秘阁朝奉大夫知蔡州欧阳棐落直秘阁职,差遣依旧(见《长编拾补》卷十九),五月乙亥造党籍,九月刻党籍碑,皆有其名,殆十月丙子,"朝奉大夫知蔡州欧阳棐管勾崇道宫……外州军任便居住"(《长编拾补》卷二十)。据此则棐罢蔡州而领宫祠,亦不得留此与苏辙同居一州,辙《迁居汝南》诗有云:"故人乐安生,风节似其父。忻然暂一笑,舍我西南去。"谱谓"安生,不详,其人盖为田园隐逸之士",是以"乐安生"为人名,误。此"故人"当指欧阳棐,"其父"则欧阳修也。

谱云:十月初三日,赋《将归》。时罢祠禄。

谱据《栾城后集》卷三《将归》《罢提举太平宫欲还居颍川》等诗,并云辙将续乞祠禄。

按,辙自元符三年十一月授提举凤翔府上清太平宫,至此已满三年任。《将归》诗云:"言归似有名。"必此时罢宫观,似可不被"责降宫观人不得同一州居住"之诏所困也,故《罢提举太平宫欲还居颍川》诗有云:"祠官一扫空,避就两相失。"已不必避人。又云:"余年迫悬车,奏草屡濡笔。籍中顾未敢,尔后傥容乞。"盖欲乞致仕,而身在党籍,未敢便上奏也。谱理解为"续乞祠禄",非是。同时所作《次迟韵寄适逊》诗亦云:"祠宫欲罢无同列。"其不欲续乞甚明。

崇宁三年(1104)甲申　六十六岁

谱云:正月五日,自汝南还颍川。

谱据《栾城后集》卷三《还颍川》诗自注。

按,苏辙罢祠禄,得归居颍昌府,但未敢乞致仕,故其身份较暧昧。检《长编拾补》卷二十三,崇宁三年二月"编类元祐臣僚章疏",四月甲辰尚书省勘会党人居住地,有一清单,其中"落职宫观居住人"居住京西路者,含"蔡州苏辙,提举上清太平宫"。但此时苏辙实已归居颍昌府,《栾城后集》卷四有《喜雨》诗,作于次年三月,云"夺官分所甘,年来禄又绝",则亦并未续领祠禄也,故《宋史·苏辙传》云:"罢祠,居许州。"

崇宁四年(1105)乙酉 六十七岁

谱云:施崇宁寺乡僧道和马,作诗。梦道和以北苑新茶为馈。

谱据《栾城后集》卷四《施崇宁寺马并引》《梦中谢和老惠茶》诗。

按,道和为崇宁寺禅僧,《施崇宁寺马·引》云:"西邻僧道和,禅席之盛,乡间之所奔走。"《梦中谢和老惠茶》亦称其为"西邻禅师",《栾城后集》同卷《和迟田舍杂诗九首》之六有"试问西寺僧"之句,盖亦指道和,未言其为"乡僧"也。《五灯会元》卷十六有"真州长芦道和祖照禅师,兴化潘氏子",嗣法云善本,当是此僧。

谱云:七月甲寅(十九日),诏元祐宰执坟寺特免毁拆,不得充本家功德院,并别赐敕额,为国焚修。

谱据《年表》书此条,并引《长编拾补》卷二十五本日记事为证。

按,《长编拾补》卷二十五记事云:"甲寅,御批:'元祐奸恶,即今皆有坟寺,岁度僧行,及紫衣师号等,尚如故,未曾降指挥冲改,可令从今并住罢,更不施行,以戒为臣之不忠者。'礼部勘会吕大防、韩维、司马光……苏辙、张商英、刘挚十九人所管坟寺,诏本身所乞寺额,特免毁拆,不得充本家功德院,并改赐敕额,为寿宁禅院,别召僧住持。"详其文意,是剥夺元祐宰执原赐坟寺,但不毁拆,而改作一般禅院也。故《栾城三集》卷十《坟院记》云:"又五年,前执政以黜去者,皆夺坟上刹。又二年,上哀矜旧臣,手诏复还畀之。"是为剥夺坟寺甚明,《年表》书此条文意不够显豁。手诏畀还在大观元年正月,见谱。又,《蜀中广记》卷十二载:"又有广福寺者,乃敕赐门下侍郎苏辙香火院也。宋故事,宰相得赐寺院荐福,文定入相时有赐,贬官后章、吕尽追夺之,复官手诏再赐,自为文记之。"据此,坟院名为广福寺,但谓追夺者"章、吕",盖指章惇、吕惠卿,无据。

谱云:新霜,戏作家酿,冬至盼雪,皆有诗。
　　谱据《栾城后集》卷四《新霜》《戏作家酿二首》《冬至雪》诸诗。
　　按,《戏作家酿二首》之二云:"月俸本有助,法许吏未俞。"谱疑为"新乞得祠禄",未确。苏辙于崇宁二年罢祠禄,未续乞,已见上文考明。但辙官朝请大夫,未致仕,又在党籍,身份甚为暧昧。检《长编拾补》卷二十五,此年七月在京畿四面置四辅郡,以颍昌府为南辅,九月以铸九鼎、造大晟乐成,大赦天下,许党人稍内徙,"惟不得至四辅、畿甸",其所列内徙名单中无苏辙,而辙实居颍昌府,在禁止居住之范围,却安然居之,则其待遇亦甚暧昧也。参下文崇宁五年条订补。又,《冬至雪》云:"旱久魃不死,连阴未成雪。微阳九地来,颠风三日发。父老窃相语,号令风为节。讲武罢冬夫,畿甸休保甲。累囚出死地,冗官去烦杂。手诏可人心,吾君信明哲。风频雪犹吝,来岁恐无麦。天公听一言,惟幸早诛魃。"此以停罢保甲之御笔手诏为"可人心"之风,而因未诛旱魃,故雪尚未降也。此后作《春后望雪》,则仍无雪;至次年作《喜雨》诗乃云:"历时书不雨,此法存《春秋》。我请诛旱魃,天公信闻不?魃去未出门,油云裹嵩丘。蒙蒙三日雨,入土如膏流。"崇宁五年二月蔡京罢相,知此"旱魃"当指蔡京也。

谱云:范纯礼(彝叟)常来访。
　　谱据《祭范彝叟右丞文》"我还旧庐,终岁杜门。公归访我,欣然笑言"语。

按,《长编拾补》卷二十五载此年九月党人内徙名单,有"范纯礼徐州移单州",卷二十六载崇宁五年正月庚戌追复党人官,有"静江军节度副使军州安置范纯礼叙复左朝议大夫提举鸿庆宫",此"军州"当为"单州"之讹,知纯礼崇宁四年移单州,次年复宫祠,方得归居颍昌府也。故《宋史·范仲淹传》附纯礼传云:"崇宁中启党禁,贬试少府监分司南京,又贬静江军节度副使徐州安置,徙单州,五年复左朝议大夫提举鸿庆宫,卒。"叙述甚确。辙祭文亦云:"公归访我,欣然笑言。三日不见,而以讣闻。"知纯礼于崇宁五年归居不久即去世。此条当系崇宁五年。

崇宁五年(1106)丙戌 六十八岁

谱云:正月丁未(十四日),大赦天下,毁元祐奸党石刻。

谱据《年表》云然,并云《长编拾补》卷二十六记毁石刻在乙巳(十二日)。

按,《年表》行文简略,以大赦、毁石刻同书丁未日,实则大赦在丁未,而毁石刻在前,《长编拾补》载乙巳诏书甚明,其注文并详考此事,与刘逵执政有关。《宋史》徽宗纪云:"(崇宁)五年春正月戊戌,彗出西方,其长竟天。庚子,复置江湖淮浙常平都仓。甲辰,以吴居厚为门下侍郎,刘逵为中书侍郎。乙巳,以星变避殿损膳,诏求直言阙失,毁元祐党人碑,复谪者仕籍,自今言者勿复弹纠。丁未,太白昼见,赦天下,除党人一切之禁,权罢方田。戊申,诏侍从官奏封事。己酉,罢诸州岁贡供奉物。庚戌,诏崇宁以来左降者各以存殁稍复其官,尽还诸徙者。"其逐日记事,与《长编拾补》俱可互证。《长编拾补》于庚戌条详列党人复官名单,如苏轼追复宣义郎等,但无苏辙。

谱云:(三月)辛亥(十九日),范纯礼(彝叟)卒。作祭文。

谱据《年表》。

按,《宋宰辅编年录》卷十一载:"(崇宁)五年八月,左朝议大夫提举南京鸿庆宫范纯礼卒。"与《年表》所载月份异,未详孰是。

谱云:将筑室,作诗示三子;又有《诸子将筑室以画图相示》诗。

谱据《栾城后集》卷四诗题。

按,《栾城三集》卷五《卜居赋·引》云:"既而自筠迁雷,自雷迁循,凡七年而归,颍川之西三十里,有田二顷,而僦庐以居。西望故乡,犹数千里,势不能返,则又曰,姑寓于此。居五年,筑室于城之西,稍益买田,几倍其故,曰,可以止矣。"据此,辙北归五年后有筑室益田之举,盖在崇宁四、五年间也。《栾城后集》卷四载本年所作《闲居五咏》,其四为《买宅》,买宅后当筑室。又有《泉城田舍》诗云:"泉城欲治麦禾囷,五亩邻家肯见分。"此则所谓"稍益买田"也。

谱云:叶县杨生为写真。

谱据《栾城后集》卷四《予昔在京师,画工韩若拙为予写真,今十三年矣,容貌日衰,展卷茫然。叶县杨生画不减韩,复令作之,以记其变,偶作》诗,次于秋日。

按,《栾城后集》卷五有《自写真赞》,云"秋稼登场",时令合,当是题此写真也。

谱云:外孙文骥以其祖父同(与可)书卷还谢悰,作诗,辙次骥韵。

谱据《栾城后集》卷四《次韵文氏外孙骥以其祖父与可学士书卷还谢悰学士》诗。

按,谢悰字公定,谢绛(字希深)之孙,谢景初(字师厚)之子。徐度《却扫编》卷中云:"元祐初再复制科,独谢悰中格,特赐进士出身，补大郡职官。……惊字公定，希深之孙。"谢惊应元祐三年制科，见《长编》卷四百十四。《范忠宣集》卷十三有《朝散大夫谢公墓志铭》，谓"公讳景初，字师厚……子四人：忱，知海州怀仁县；憘，郓州长寿主簿；惊，蔡州汝阳主簿，俳，假承务郎。女四人：长早夭，次适湖州乌程主簿胥茂谌，次适宣德郎黄庭坚。"《山谷外集诗注》卷四有《次韵奉送公定》，史容注："谢师厚二子，憘字公静，惊字公定。"辙诗云："南阳诸谢世有人，此邦亦自非其土。"南阳谓邓州，《朝散大夫谢公墓志铭》云："自君之考阳夏公始葬邓，今为邓人。"阳夏公即谢绛也。据辙诗，谢氏后寓居颍昌府，盖谢憘娶孙永之女，尝为颍昌府长社县尉也（见苏颂《苏魏公文集》卷五十三《资政殿学士通议大夫孙公神道碑铭》）。辙诗又云："两家尚有往还帖。"考文同熙宁四年知陵州（见《四部丛刊》本《丹渊集》卷首附年谱），时谢景初以司封郎中提点成都府路刑狱（见《朝散大夫谢公墓志铭》及《长编》卷二二〇、二三四等），陵州在其部内，故《丹渊集》卷二十九有《谢提刑谢司封启》，卷十二又有《师厚还朝》《再送师厚》诗，盖皆为谢景初作也。

谱云：《欧阳文忠公神道碑》约作于本年或稍后。

按，文见《栾城后集》卷二十三。据《栾城后集引》，此集凡二十四卷，编成于崇宁五年，其中如卷十八收录表文，有崇宁五年以后所作者，当为编集后随类增入，但其卷数总为二十四卷未变，《神道碑》在集中独占一卷，则必编集时已作成，可确定其作于崇宁五年。

又，《栾城后集》卷七至十一为《历代论》五卷凡四十五篇，为苏辙晚年力作，据卷七《历代论引》云："元符庚辰，蒙恩归自岭南，卜居颍川。身世相忘，俯仰六年。"推算年岁，在崇宁四、五年间，而五年编成《后集》，则《历代论》当完成于此年也。曾枣庄《苏辙年谱》亦系于崇宁五年,可从。

大观元年(1107)丁亥 六十九岁

谱云:李廌(方叔)建新宅,作诗。

谱据《栾城三集》卷一《李方叔新宅》诗,谓"廌之新宅不建于颍昌,或即在其住地阳翟",并据李之仪《济南月岩集序》谓廌殁后八年乃政和六年(1116),推断廌卒于大观二年(1108)。

按,颍昌府府治在长社县,然阳翟县亦为其属县也。张邦基《墨庄漫录》卷四云:"许、洛两都,轩裳之盛,士大夫之渊薮也。党论之兴,指为许、洛两党。崔鶠德符、陈恬叔易,皆戊戌生,田昼承君、李廌方叔,皆己亥生,并居颍昌阳翟,时号戊己四先生,以为许党之魁也。"是李廌居阳翟之证,但《宋史·李廌传》云:"中年绝进取意,谓颍为人物渊薮,始定居长社,县令李佐及里人买宅处之。卒,年五十一。"知李廌在长社亦有宅,不知苏辙所谓"新宅"在何处。己亥(1059)生而年五十一卒,则廌当卒于大观三年(1109),至政和六年(1116),计首尾为八年。

谱云:七月初一日,作《苦雨》诗,诉蚕妇、田夫之苦。

谱据《栾城三集》卷一《苦雨》诗,题下自注"七月朔"。

按,诗云:"出门陷涂潦,入室崩垣墙。覆压先老稚,漂沦及牛羊。"是严重水灾之记录。据《宋史·徽宗纪》载,"是岁秦凤旱,京东水,河溢,遣官振济,贷被水户租。庐州雨豆,汀、怀二州庆云见,乾宁军、同州黄河清。"灾情、祥瑞并记,实则不止京东,苏辙所在京西路亦遭水灾也。

谱云:逊赴蔡州酒官,作诗送之并示诸任。

谱据《年表》并《栾城三集》卷一《送逊监淮西酒并示诸任二首》

诗。又据《栾城遗言》谓"诸任"中当有任象先。

按,"监淮西酒"、"蔡州酒官"皆俗称,当是"监蔡州酒税"也。蔡州"诸任"乃苏洵故友任孜(字遵圣)、任伋(字师中)之子孙,伋子大防(字仲微),孜子伯雨(字德翁),伯雨子象先、申先。伯雨入党籍,且受责罚最重,崇宁二年编管昌化军,崇宁五年正月大赦,特授承务郎,许任便居住(见《长编拾补》卷二十六,《宋史·任伯雨传》亦云其"居海上三年而归")。辙作诗时,伯雨应在蔡州家中。

谱云:作诗示诸子,勉发扬裕人约己家风。

谱引《栾城三集》卷一《示诸子》诗自注:"范五德孺近语迟:'闻君家兄弟善治田。'盖取其不尽利耳。"谓范纯粹(字德孺)时当居颍昌。

按,范纯粹崇宁二年正月以散官安置鄂州,已见上文崇宁二年条订补。据《长编拾补》卷二十五,崇宁四年九月内徙党人,"范纯粹鄂州移宣州",同书卷二十六,崇宁五年正月叙复党人,"范纯粹叙复朝请郎、管勾太清宫",许在外任便居住。此后,纯粹当归居颍昌府。

谱云:是岁,蔡京再相。

谱引朱弁《曲洧旧闻》卷六,云蔡京再相,而苏辙独免外徙。

按,《曲洧旧闻》卷六云:"元祐初,蔡京首变神宗役法,苏子由任谏官,得其奏议,因论列其事。至崇宁末,京罢相,党人并放还,寻有旨党人不得居四辅,京再作相,子由独免外徙。政和间,子由讣闻,赠宣奉大夫,仍与三子恩泽。王辅道为予言,京以子由长厚,必不肯发其变役法事,而疑其诸郎,故恤典独厚也。"此谓蔡京因疑惧而优待苏辙。检《长编拾补》卷二十五,建四辅在崇宁四年七月,辙所居颍昌府为南辅,九月大赦,许党人内徙,但

"不得至四辅、畿甸",已见上文崇宁四年条订补。据此,则党人不得居四辅,早有明文,尚在蔡京罢相之前。然苏辙实居之。"恤典独厚"事见谱政和二年条,王辅道名寀,王韶子,《宋史》有传。其与朱弁议论此事,可见辙受优待事已受时人关注。《朱子语类》卷一三〇载:"刘大谏与刘草堂言:子瞻却只是如此,子由可畏。谪居全不见人,一日蔡京党中有一人来见,子由遂先寻得京旧常贺生日一诗,与诸小孙先去见人处嬉看。及请其人相见,诸孙曳之满地。子由急自取之曰:'某罪废,莫带累他元长去。'京自此甚畏之。"此谓苏辙设法钳制蔡京。刘草堂名勉之,朱熹之师,熹为作《聘士刘公先生墓表》云:"道南都,见元城刘忠定公;过毗陵,见龟山杨文靖公,皆请业焉。"谓勉之师刘安世、杨时。刘安世曾官谏议大夫,所谓"刘大谏"当指安世。刘安世为元祐党人,苏辙钳制蔡京事当由安世亲告刘勉之,而勉之又亲告朱熹,或非虚构。但以苏辙之名声地位,其受法外优待,徽宗势必与闻,非蔡京所能私自主张也。大观元年正月蔡京再相,而同月梁子美为执政(见《宋宰辅编年录》卷十二),梁乃苏辙姻亲(梁女嫁苏迟),史载其市北珠进奉而受徽宗宠信,其人固不足誉,但苏辙受优待,或因其故。《宋史翼·苏策传》云:"以外祖梁子美恩,授将仕郎。"是其荫及苏氏,而朝廷亦许之矣。

大观二年(1108)戊子 七十岁

谱云:(正月初一)徽宗受八宝于大庆殿,大赦天下。苏辙复朝议大夫,迁中大夫,皆有谢表并焚黄文。……六月戊申,诏特授苏辙朝散大夫。

谱据《年表》、《长编拾补》卷二十八、《栾城后集》卷十八《谢复官表二首》。

按,《长编拾补》卷二十八载,大观二年六月戊申:"三省检会大观二年正月一日赦书,内一项,'应元祐党人,不以存亡及在籍,可特与叙官'。勘会前任宰臣执政官见存人韩忠彦、苏辙、安焘……诏见存人与复一官……降授朝散大夫苏辙可特授朝散大夫。"据此,则赦书虽降于元日,而"勘会"落实乃在六月。《年表》因复官事缘自庆典,故并记于正月下,非谓两次叙官皆在正月也。六月准诏"与复一官",当自崇宁元年降授之朝请大夫叙复为朝议大夫,《年表》所记准确,而《长编拾补》文字错讹甚明。朝散大夫在朝请大夫下,既名复官,不应实降。其迁中大夫,则不知在何时,《谢复官表二首》皆提及"八宝",盖俱在此年也。谢表第二首又有"连锡二阶"之语,则从朝议大夫升二阶,当迁至中奉大夫。《栾城三集》卷十《坟院记》作于政和二年(1112)九月,其自署官称即为"中奉大夫"。此月苏辙转太中大夫致仕(见谱),可见其间未任中大夫一阶,《年表》误。

谱云:二月十三日,读《传灯录》,有诗示诸子,书《传灯录》后。
　　谱谓诗见《栾城三集》卷一,文见卷九。
　　按,卷九《书传灯录后》自署"大观二年二月十三日书",但卷一《读传灯录示诸子》诗,则作于大观元年冬,谱已书之,不当复出。

谱云:慨叹春无雷。
　　谱引《栾城三集》卷一《春无雷》诗,谓"当雷之时不雷,乃天时不正,天时不正,则疾病丛生,故以为言也"。又提及同卷《仲夏始雷》诗,"亦谓当雷不雷乃阴阳颠倒"。
　　按,《春无雷》诗云:"天公爱人何所吝,一春雨作雷不震。雷声一起百妖除,病人起舞不须扶。"《仲夏始雷》诗云:"号令迟遭人共怪,阴阳颠倒物应猜。一声震荡虽惊耳,遍地妖氛未易回。"二诗指斥"百妖"、"妖氛",当有寓意,不仅谓天时阴阳也。盖以天时阴阳之"号令"喻朝廷政令,谓此年受八宝、赦天下、复党人官,乃"一春雨作",但无雷声震荡,不足以扫除妖氛。"百妖"盖指蔡京集团,与崇宁四年诗中"旱魃"喻义相同。

谱云:十一月一日、冬至日均作诗。

谱引《栾城三集》卷一《十一月一日作》诗自注:"觉师识病,善用药。"谓觉师当居颍昌。

按,《栾城后集》卷四《春深三首》作于崇宁五年,第一首有自注:"僧维觉时讲《楞严》。"此"觉师"当即维觉,时居颍昌府,苏辙晚年常赖其看病。

大观三年(1109)己丑 七十一岁

谱云:程八信孺表弟知单父相过,归乡待阙,作长句赠别。

谱据《栾城三集》卷二诗题,并考苏辙外祖程浚有五子:之才、之元、之邵、之祥、之仪。之才字正辅,之元字德孺,之邵字懿叔,信孺当为之祥字。

按,诗云:"仲叔已尽季亦老,双星孤月耿独存。"据诗末自注"兄弟中,惟仆与程八、程九在耳",则"双星孤月"乃指程之祥、之仪与辙三人。《山谷内集诗注》卷首元符三年《谢应之》诗题下注云:"山谷在青神,有与眉山程信孺帖。"知黄庭坚至眉州时,与程之祥交往,《豫章先生遗文》卷一有《奉和泰亨咏成孺宅瑞牡丹前韵二首,仍邀再赋,呈成孺昆仲、汉侯贤友》诗,题中"成孺昆仲"恐指程之祥、之仪,则之仪字成孺也。又,辙诗题云"剖符单父",又云"归乡待阙",盖程之祥已除知单州,但因单州知州无阙,故须暂时归家待阙。其自京师开封府归眉州,当西行,却东至颍昌府访辙,故诗云"回车访我念衰老",程氏盖枉道专程来访也。诗又云:"君行到官我未死,杖藜便是不速宾。"望其赴任时再会晤。

谱云：逊自淮康酒官归觐。

谱据《栾城三集》卷二诗题，并云此称"淮康"，与他处称"淮西"、"汝南"、"蔡州"不同。

按，俱指蔡州也。《元丰九域志》卷一、《宋史·地理志一》皆称"蔡州汝南郡淮康军节度"。

谱云：堂成，不施丹艧，唯纸窗水屏，萧然如野人之居，偶作。

谱据《栾城三集》卷二诗题。

按，《栾城三集》卷五有《堂成》四言诗，谓"筑室三年，堂成可居"，自崇宁五年筑室城西（见上文该年"将筑室"条订补），至此满三年也。此后有《双柳》四言诗，首云"我作新堂"，此前《上巳》《上巳后》六言诗，有"春晚何日堂成"之句，盖皆此年所作。同卷《种药苗二首》，第一首言"筑室城西"而"三年杜门"，第二首云"闲居九年"，则亦此年作也。

谱云：中秋新堂看月戏作。

谱据《栾城三集》卷二诗题。

按，此诗有自注："闻都下诸家新建甲第壮丽，顷所未有。"刺徽宗朝奢侈世风。此年六月蔡京第二次罢相，《宋史·蔡京传》载太学生陈朝老"追疏京恶十四事，曰渎上帝，罔君父，结奥援，轻爵禄，广费用，变法度，妄制作，喜导谀，箝台谏，炽亲党，长奔竞，崇释老，穷土木，矜远略。乞投畀远方，以御魑魅。其书出，士人争相传写，以为实录"。次年，御史张克公论京，"辅政八年，权震海内，轻锡予以蠹国用，托爵禄以市私恩，役将作以葺居第，用漕船以运花石……凡数十事"。其罪状之一，有大兴土木，以公费营建居第。《长编拾补》卷二十八载陈朝老上书事在六月辛巳，苏辙或已耳闻。

大观四年(1110)庚寅　七十二岁

谱云：同外孙文九乐新春,上元前雪,上元雪,均有诗。

谱据《栾城三集》卷二诗题,又谓《上元前雪三绝句》之"近事传闻半是非"当指朝政。

按,文九当即文骥。"近事"指朝政,甚确。检《长编拾补》卷二十八、二十九,大观三年十一月己巳蔡京致仕,十二月戊子诏张商英乘驿赴阙,大观四年正月癸卯(初四日)诏罢铸大钱,此后因星变而大赦,解除党禁,蔡京降官出京,张商英拜相,乃徽宗朝政局变动之重大者。辙作诗时,正值蔡、张相权交替之际也。又,辙此年无生日诗,而苏过《斜川集》卷三有《叔父生日》七律四首,谱以其作年不详,附于大观元年辙生日"侄过寿诗"条,而此四律之第二首有"汉庭已致商颜叟"之句,当指张商英赴阙事,则作于此年也。

谱云：张舜民(芸叟)寄所编乐府诗。苏辙与舜民简问手战之故,答简怜辙衰病,辙作诗寄之。

谱据《栾城三集》卷二《寄张芸叟》诗引,并云张舜民于徽宗朝任吏部侍郎。

按,诗引云："张芸叟侍郎编乐府诗相示,继以书问手战之故,恳恳有见怜衰病意,作小诗谢之。"则是张舜民来书问辙手战之故也。《东都事略·张舜民传》云："徽宗即位,除谏议大夫,寻为吏部侍郎,兼侍读,以龙图阁待制知定州,改同州。坐元祐党,落职知鄂州,又责楚州团练副使,商州安置。凡五年,许自便。累复集贤殿修撰,致仕,以卒。"检《长编拾补》,舜民入崇宁元年五月乙亥所造党籍,闰六月责授散官,商州安置(卷十九),九月刻党籍碑,有其名(卷二十),崇宁二年正月"责授楚州团练副使张舜民除名勒停,房州居住"(卷二十一),崇宁三年六月重定党籍碑,有其名(卷二十四),崇宁四年九月党人内徙,"张舜民房州移虢州"(卷二十五),崇宁五年正月叙复党人官,"勒停人张舜民叙复朝散郎,管勾洞霄宫"(卷二十六),此即《东都事略》所谓"许自便"也。《瀛奎律髓》卷二十七录张舜民《次韵赋杨花》诗,方回注云:"张芸叟名舜民,关中人,娶陈后山之姊。诗学白乐天,曰《画墁集》。晚归长安,名其居曰榆门庄,又尝自号矴斋。"其与苏辙通信,当在归居长安后也。《郡斋读书志》卷四下著录"张浮休《画墁集》",晁氏解题云舜民"政和中卒"。《永乐大典》卷三四〇一有舜民《祭子由门下文》(见谱政和二年条引),则其卒在政和二年后也。

谱云:夜坐习禅。

谱据《栾城三集》卷三《夜坐》诗。

按,诗有"一阳来复夜正长"之句,乃冬至夜作。辙晚年有随节候作诗之习惯。

政和元年(1111)辛卯　七十三岁

谱云:正月初四日,题兄轼遗墨。

谱据《西楼帖》所存辙手迹,文即刘尚荣《苏辙佚著辑考》所录《与表侄程君观子瞻遗墨题后》。

按,帖称程君之父乃"懿叔龙图",则程君为程之邵子,《宋史·程之邵传》载之邵一子名唐,程君当即程唐,有名于南宋初,见史尧弼《莲峰集》卷十《宝文阁学士开国郡公程丈哀词》)。

谱云:悟老住慧林,作诗。

谱据《栾城三集》卷三诗题,又云慧林在京师。

按,元丰六年(1083),宋神宗在东京大相国寺创慧林、智海两禅院,选高僧住持(见黄庭坚《江州东林寺藏经记》)。此是朝廷料理禅门之标志,当时东林常总坚辞不赴,良有以也。至此时,辙诗云"慧林虚法席"而悟老"去有迟迟意",盖亦不欲赴之。然悟老终赴之,《五灯会元》卷十六所载"东京慧林常悟禅师",为法云善本之法嗣,当即此悟老也。辙诗又云:"君看净因楷,志以直自遂。杀身竟何益,犯难岂为智。"言曹洞宗僧道楷冒犯宋徽宗事,见《禅林僧宝传》卷十七《天宁楷禅师》:"禅师名道楷,沂州沂水人,生崔氏,为人刚劲孤硬……崇宁三年,有诏住东京十方净因禅院。大观元年冬,移住天宁,差中使押入,不许辞免。俄开封尹李孝寿奏楷道行卓冠丛林,宜有以褒显之,即赐紫伽黎,号定照禅师。楷焚香谢恩罢,上表辞之……上阅之,以付李孝寿,躬往谕朝廷旌善之意,而楷确然不回。开封尹具以闻,上怒,收付有司。有司知楷忠诚,而适犯天威,问曰:'长老枯悴,有疾乎?'楷曰:'平日有疾,今实无。'又曰:'言有疾,即于法免罪谴。'楷曰:'岂敢侥幸称疾,而求脱罪谴乎?'吏太息,于是受罚,着缝掖,编管缁州。都城道俗见者流涕,楷气色闲暇。至缁州,僦屋而居,学者益亲。明年冬,敕放令自便……"辙以道楷为鉴,勉常悟赴慧林也。释惠洪《石门文字禅》卷二十八有《请悟老住慧林》,盖当时代宰臣张商英所撰常悟住慧林之请疏也,疏称常悟为"净慈真子,瑞光嫡孙",指悟乃善本之法嗣、宗本之法孙,因善本曾住杭州净慈寺,宗本曾住苏州瑞光寺也。又,据楼钥《径山兴圣万寿禅寺记》,元祐五年(1090)苏轼请"祖印悟公"住持杭州径山寺,检《建中靖国续灯录》卷二十五,有"杭州径山承天禅院常悟禅师",为善本之法嗣。是知常悟禅师为苏轼之旧交,曾号"祖印",《苏轼文集》卷六十一《与祖印禅师一首》,当是写与此僧之尺牍。

谱云：十月二十九日雪，作诗。过次韵。

谱据《栾城三集》卷三诗题，及苏过《斜川集》卷三《次韵叔父小雪二首》。

按，辙诗第一首末句云："自笑有无今粗足，遥怜逐客过重江。"自注："时逐客有过湖岭者。"检《长编拾补》卷三十，此年八月张商英罢相，继而兴开封狱，查处党羽，十月狱成，贬商英崇信军节度副使、衡州安置，其党羽郭天信新州安置，僧德洪（觉范惠洪）配朱崖军，先是，商英门客唐庚窜惠州，辙所谓"过湖岭"，当指此数人也。自张商英败后，蔡京复入京矣。

谱云：画学董生画山水屏风，题诗。

谱据《栾城三集》卷三诗题，谓此诗叙职业画家生活。又谓"《三集》卷一《画叹》之引云及里人重赵、董二生之画，当即此董生"。

按，不然。《画叹》诗引云："武宗元比部学吴道子画佛、菩萨、鬼神，燕肃龙图学王摩诘画山川水石，皆得其仿佛，颍川僧舍往往见之。而里人不甚贵重，独重赵、董二生。二生虽工而俗，不识古名画遗意。"此段画评，盖以武、燕与赵、董相比，而取雅贬俗也。既能相比，则作品必已流传，且赵、董二人必是有一人作佛画，一人作山水。今检郭若虚《图画见闻志》卷三："赵光辅，华原人，工画佛道，兼精蕃马，笔锋劲利，名刀头燕尾。太祖朝为图画院学生，故乡里呼为赵评事。许昌开元、龙兴两寺，皆有画壁；浴室院《地狱变》尤佳。有《功德》《蕃马》等图传于世。"同书卷四："董贲，颍川长社人，工画山水、寒林，学志精勤，毫锋老硬。但器类近俗，格致非高。"此二人皆北宋前期或中期人，一在颍昌府留有壁画，一则颍昌府人，意苏辙所谓里人独重之二生，或为此二人也。至于"画学董生"，乃徽宗朝创办"书画学"之官学生，《画学董生画山水屏风》诗开篇云："承平百事足，鸿都无不有。策牍试篆隶,丹青写飞走。纷然四方集,狐兔萃林薮。"即指"书画学"而言,语含讥讽,意甚不以为然。下叙:"何人知有益,长啸呼鹰狗。奔逃走城邑,惊顾念糊口。"此必有当权者欲利用"画学董生"为其鹰犬,而董生极有骨气,宁愿奔逃四走,决不为其所用也。此生能为苏辙之客,盖亦因其气节也。

政和二年(1112)壬辰 七十四岁

谱云:游西湖,泛潩水,作诗。

谱据《栾城三集》卷三诗题。

按,陆游《老学庵笔记》卷七云:"苏子由晚岁游许昌贾文元公园,作诗云:'前朝辅相终难得,父老咨嗟今亦无。'盖谓方仁祖时,士大夫多议文元,然自今观之,岂易得哉?其感慨如此。"所引诗句,即见《泛潩水》诗,有自注云:"自潩沟泛舟至曲水园,本文潞公旧物。潞公以遗贾魏公,今为贾氏园矣。"潞公乃文彦博,贾文元(魏公)乃贾昌朝。叶梦得《石林诗话》载:"贾文元曲水园,在许昌城北,有大竹三十余亩,潩河贯其中,以入西湖,最为佳处。初为本州民所有,文潞公为守,买得之。潞公自许移镇北门,而文元为代,一日挈家往游,题诗壁间云:'画船载酒及芳辰,丞相园林潩水滨。虎节麟符抛不得,却将清景付闲人。'遂走使持诗寄北门。潞公得之大喜,即以地券归贾氏,文元亦不辞而受。然文元居京师,后亦不复再至。园今荒废,竹亦残毁过半矣。"此事又见朱弁《风月堂诗话》卷下。

谱云:是年未辞世前,晚生犹及识之,衣冠俨古,语简而色庄。

谱据张元幹《芦川归来集》卷九《跋苏黄门帖》。

按,张跋云:"苏黄门顷自海康归许下,安居云久。政和二年,晚生犹及识之,衣冠俨古,语简而色庄,真元祐巨公也。已而与其外孙文骥德称相遇澶渊,出书帖富甚。"详文意,"晚生"盖张氏自称也。张此年当访辙于颍昌府,参上文熙宁十年条订补。

谱云:(九月)壬午(二十八日),苏辙以中大夫转大中大夫致仕。

  谱据《年表》,并推测辙以疾奏请致仕。

  按,辙本月所作《坟院记》(见《栾城三集》卷十),犹自称"中奉大夫",非中大夫也。致仕事除《年表》外,亦见《宋宰辅编年录》卷十"前门下侍郎苏辙责授化州别驾雷州安置"条下,云"政和二年九月复太中大夫致仕"。然诸书皆未载辙奏请,检《长编拾补》《九朝编年备要》等史籍,此月徽宗、蔡京有更定官名事,以古三公、三孤等名改易宰执官名,或因此勘及前执政苏辙等,以其年过七十,而赐致仕也。

谱云:十月三日,卒,年七十四。

  谱据《年表》。

  按,《宋史全文》卷十四书"(政和二年)十月戊子苏辙卒",此月乙酉朔,戊子乃初四日,比《年表》差一日。

谱云:十一月乙丑(十二日),追复端明殿学士,特赐宣奉大夫。赠少保。

  谱据《年表》、刘安上所撰制文,及《苏适墓志铭》。

  按,《宋会要辑稿·仪制》一一之五,记"太中大夫苏辙(政和)二年十月赠宣奉大夫",与《年表》所记差一月,或当以《年表》为准,但参详刘安上制文,可知"宣奉大夫"确为此时追赠之官,则"赠少保"非政和二年事,不当并书也。"赠少保"见《苏适墓志铭》,乃苏迟撰于宣和五年(1123)之文,其事必在政和二年至宣和五年间也。据《宋史·职官一》云,政和二年九月,"诏以太师、太傅、太保,古三公之官,今为三师,古无此称,合依三代为三公,为真相之任……仍考周制,立三孤,少师、少傅、少保,亦称三少,为三次相之任"。苏辙曾任次相,宜可为少保,但身在党籍,故去世时止赠宣奉大夫。《宋史》徽宗本纪载,政和五年三月丁亥,"诏以立皇太子,见责降文武臣僚并与牵复甄叙,凡千五百人",辙赠少保,或在此时。

苏辙诗文研究

无论在宋人所称的"元祐学术"名家中,还是后人所定的"唐宋八大家"中,苏辙都是具有"殿军"性质的一位,他的辈分较低,而年寿却高,生存到徽宗朝的中叶,成为北宋末期文化界的最大存在。其著述中对北宋学术文章具备"终结"意义的部分,是最不能被名声更大的兄长苏轼所掩盖的。我对苏辙的研究,基本上就围绕这一定位而展开,其中有关"古文"的一些论述,已编入《唐宋"古文运动"与士大夫文学》(复旦大学出版社,2013年)第五章《晚年苏辙与"古文运动"的终结》,今拾掇当时所遗有关思想、诗歌,及后来续作有关文章之考辨,聚集于此,以为前编之补充。2008年,我曾应台北三民书局之请,纂《新译苏辙文选》,选文八十篇,注译之外,亦各予评析。因此书大陆不易见,故录出评析文字,附于此。

一 ▍北宋学术的终结
——论苏辙晚年思想

所谓苏辙的晚年,是指他元符三年(1100)北归颍昌府后,直到政和二年(1112)去世,杜门隐居的最后十二年①。此时宋徽宗采取向新党一边倒的"绍述"政策,将王安石的像树到孔庙里,以其"新学"为权威意识形态,用《三经新义》和《字说》为科举、学校考试的标准答案,来统一思想。同时对"元祐党人"施行党禁,不许其子弟进入京城,在文化学术上亦加以专制,如《宋史纪事本末》卷十一所载:

> (崇宁二年四月)乙亥,诏毁范祖禹《唐鉴》及三苏、黄庭坚、秦观文集。……戊寅……除故直秘阁程颐名。言者希蔡京意,论颐学术颇僻,素行谲怪,专以诡异聋瞽愚俗,近以入山著书,妄及朝政。诏毁颐出身以来文字,其所著书,令监司严加觉察。范致虚又言颐以邪说诐行,惑乱众听,而尹焞、张绎为之羽翼,乞下河南尽逐学徒。颐于是迁居龙门之南,止四方学者曰:"尊所闻,行所知可矣,不必及吾门也。"②

在北宋仁宗朝以来自由的学术空气下,与王安石的"新学"同时产生

---

① 苏辙自己的说法是十三年,《管幼安画赞》云:"予自龙川归居颍川,十有三年。"《苏辙集·栾城三集》卷五,中华书局,1990年。这是前后经历十三个年头,实际时间则是十二年。
② 《宋史纪事本末》卷十一,"蔡京擅国"条,上海古籍出版社,1994年。

的"蜀学"和"洛学",自此遭到历时二十年的禁锢。然而,政治压力没有能够摧灭思想文化的传播,士人以"师友渊源"的方式在民间延续着"蜀学"和"洛学"。在当时的南中国,苏门学士黄庭坚的家乡产生了"江西诗派",程门弟子杨时也把道学带往福建,形成"道南学派"。而在中原,苏辙、程颐所居的颍昌府(许州)和西京洛阳,也形成了"许洛两党",如《墨庄漫录》所云:

> 许、洛两都,轩裳之盛,士大夫之渊薮也。党论之兴,指为许洛两党。崔鶠德符、陈恬叔易,皆戊戌生,田昼承君、李廌方叔,皆己亥生,并居颍昌阳翟,时号戊己四先生,以为许党之魁也。故诸公皆坐废之久。①

虽然"坐废之久",但到了南宋后,苏、程之学便占了文化学术的主流。所以,在考察两宋文化的连接时,不能忽视苏辙和程颐晚年的影响。相比之下,程颐卒于大观元年(1107),而苏辙的生命和创作维持到徽宗朝的中叶,因此,苏辙无疑是北宋末期文化界最大的存在。

苏辙曾对其孙苏籀说:"吾暮年于义理无所不通,悟孔子一以贯之者。"②表达了他对晚年思想进展的自许,而"一以贯之"之语正可概括其要领。现在先看他的著述情况。据崇宁五年所作自传《颍滨遗老传》,他在元丰贬官南方时立志注释《诗经》《春秋》《老子》三书,又欲改写《史记》的先秦部分为《古史》,至晚岁,"居许六年,杜门复理旧学,于是《诗》《春秋传》《老子解》《古史》四书皆成"③。可见这四书是苏辙不断修订,到晚年才写定的,现在也都流传下来。原来他与苏轼曾相约分注经典,苏轼所注有《周易》《尚书》和《论语》,苏辙晚年为子

---

① 《墨庄漫录》卷四,"戊己四先生"条,中华书局,2002年。
② 苏籀《栾城遗言》,《文渊阁四库全书》本。
③ 苏辙《颍滨遗老传下》,《苏辙集·栾城后集》卷十三。

孙讲解诸经,对苏轼所注有些纠正或补充,《栾城三集》卷七、八所收的《论语拾遗》27条、《易说三首》及《洪范五事说一首》,便是记录他与苏轼不同的见解。加上他少年时所作《孟子解》(收于《栾城后集》卷六),则除三《礼》之外,苏氏兄弟对重要的儒家典籍都留下了他们的解说。道家方面,苏辙有《老子解》;佛学方面,则《栾城三集》卷九有大观二年作《书传灯录后》12条,解说禅宗著名公案的深刻含义。如此则儒、释、道三家的重要典籍,苏辙都有解说。史学方面,除了《古史》外,还有崇宁四年完成的《历代论》5卷凡45篇,收于《栾城后集》卷七到卷十一。文学批评方面则有《诗病五事》,见《栾城三集》卷八。加上数量不小的诗歌和散文,则苏辙晚年于文、史、哲各领域皆收获颇丰。在北宋文化人当中,著述之富赡和全面,可谓罕有其比。从著作情况就不难看出所谓"一以贯之"的含义,有三个层次:一是贯通儒家诸经,二是进一步贯通儒、释、道三家,三是全面贯通文、史、哲各领域,于是乃至于"无所不通",——这正是北宋百科全书式学者的典型肖像。从历史上看,苏辙是北宋最后一个具有这种特点的著名人物。宋徽宗对新旧党争的"一边倒"政策,给苏辙带来一个废弃幽居的晚年,却也给他以充足的时间来写作并整理已有的著述,使他比欧阳修、王安石、苏轼等更完备、成熟地体现出北宋学术的特点。所以,苏辙之学乃是北宋学术的终结。

一、经　　学

儒家诸经,原本是一批经过整理的历史文献,并非某种单一思想体系的表述。这批文献形成的历史过程,可能比它们形成以后经历的时间还要长久。虽然对于儒家学者来说,寻求其间的统一的思想性,是一件极富诱惑力的工作,但被阐述的这种统一的思想性,与其说是经籍的深刻内涵,还不如说是阐述者本人的思想,而这些思想也经常被认为另有其来源。比如王安石从经典引申出来的理论,在北宋曾被钦定为经典的正解,但苏轼兄弟却认定那是申商之术;而苏氏对经典的许多解释,也被朱熹认定源自佛老;程朱的道学被当作经典正解的时间比王安石的"新学"更为长久,但清代的朴学家也怀疑其来历"不纯"。不过,寻求经典的统一的思想性,是宋代"义理"之学的重要特点,它产生了一种对学术史具有深远影响的结果,就是经典中的部分篇章得到特别的关注,文本本身具有较强理论性的《礼记·大学》《礼记·中庸》和《孟子》,及作为孔子的言论最为可信的《论语》,逐渐地凸显出来,形成所谓"四书",儒学遂从"五经"中心主义转向"四书"中心主义。但这是南宋以后的情形,北宋时代曾经成为议论热点的,在"四书"之外还有另一些篇章,比如政治指导意义较大的《周礼》和《尚书·洪范》,为士人提供道德规范的《礼记·儒行》,被认为从中可以领悟"作文之法"的《礼记·檀弓》,及同样具有较强理论性的《周易·系辞》和《尚书·大禹谟》的"十六字心法"等,同时历史学者当然更重视《春秋》,而文学家无疑推崇《诗经》。相比之下,北宋人的议论比南宋人要粗略一些,但气魄往往更为宏大,力求贯穿诸经,无所不通。苏辙的情况也是如此,他对《洪范》《诗经》《春秋》都有很深的研究,对《周礼》虽抱有怀疑,那也是根据他的研究。而在哲学思想上,他主要依据《系辞》《中庸》《论语》《孟子》来展开论述,这一点说明他也处在"四书"中心主义的形成过程中。

宋代哲学思想的核心概念是"道"和"性",苏氏兄弟关于这两个概念的论述,大致以自然万物全体的统一性为"道",而以"性"为非善非恶的自然人性。对此,笔者已经作过比较详细的解析[1],此处不拟全面复述,只就苏辙晚年的思想动态作些补充说明。大致来说,"道"

---

[1] 请参考拙著《唐宋四大家的道论与文学》第五章,东方出版社,1997年;《苏轼评传》第二章,南京大学出版社,2004年。

和"性"的哲学含义,虽被宋人认为本质上完全一致,所谓"性即道","道在人为性",但他们谈论"道"和"性"的场合还是有所不同,对世上万事万物的处理谈"道",对个人的内省修养谈"性","道"向外,"性"向内。儒学是"内圣外王"之学,严格讲两方面都不能偏废,但讲的场合不同,讲的人经历、性格、兴趣不同,仍难免有所偏重。就苏氏兄弟来看,苏轼讲"道"较多,而苏辙谈"性"的兴趣更浓,到了他的晚年,"外王"的机会没有了,幽居闭门,就更着重于对"性"的思考领悟了。《易说三首》之一,是这方面比较集中的论述:

> "一阴一阳之谓道,继之者善也,成之者性也。"何谓道?何谓性?请以子思之言明之。子思曰:"喜怒哀乐之未发谓之中,发而皆中节谓之和。中也者,天下之大本也;和也者,天下之达道也。致中和,天地位焉,万物育焉。"中者,性之异名也。性者,道之所寓也。道无所不在,其在人为性。性之未接物也,寂然不得其朕,可以喜,可以怒,可以哀,可以乐,特未有以发耳。及其与物接,而后喜怒哀乐更出而迭用,出而不失节者,皆善也。所谓一阴一阳者,犹曰一喜一怒云尔。言阴阳喜怒,皆自是出也,散而为天地,敛而为人。言其散而为天地,则曰天地位焉,万物育焉;言其敛而为人,则曰成之者性,其实一也。得之于心,近自四支百骸,远至天地万物,皆吾有也。一阴一阳,自其远者言之耳。①

这一段文字很值得关注,因为它是对《东坡易传》的相关部分提出异议,如《栾城遗言》所记:

> 《易》曰:"一阴一阳之谓道。"坡公以为阴阳未交。公以坡公

---

① 苏辙《易说三首》之一,《苏辙集·栾城三集》卷八。

所说为未允。公曰:"阴阳未交,元气也,非道也。政如云一龙一蛇之谓道也,谓之龙亦可,谓之蛇亦可。"①

这"一龙一蛇"之语有些不明所指,《易说三首》则解为"犹云一喜一怒云尔"。按《东坡易传》的解说如下:

> 一阴一阳者,阴阳未交而物未生之谓也。喻道之似,莫密于此者矣。阴阳一交而生物,其始为水。水者,有无之际也,始离于无而入于有矣。老子识之,故其言曰:"上善若水。"又曰:"水几于道。"圣人之德,虽可以名言,而不囿于一物,若水之无常形,此善之上者,几于道矣,而非道也。若夫水之未生,阴阳之未交,廓然无一物,而不可谓之无有,此真道之似也。②

苏辙在《老子解》和《古史》中也曾论述过,其文如下:

> 《易》曰:"一阴一阳之谓道,继之者善也,成之者性也。"又曰:"天以一生水。"盖道运而为善,犹气运而生水也。故曰:"上善若水。"二者皆自无而始成形,故其理同。③

> 苏子曰:《易》曰:"一阴一阳之谓道,继之者善也,成之者性也。"一阴一阳,阴阳之未形也,犹喜怒哀乐之未发也。阴阳之未形也谓之道,喜怒哀乐之未发也谓之中。中则道也,其在人为性。及其发而中节,仁义礼知之用见于物,则所谓善,亦所谓和也。④

---

① 苏籀《栾城遗言》,《文渊阁四库全书》本。
② 苏轼《东坡易传》卷七,《丛书集成》本。
③ 苏辙《老子解》卷上,"上善若水"章,《文渊阁四库全书》本。
④ 苏辙《古史》卷三十四,《文渊阁四库全书》本。

之所以不厌其烦地引录以上的文字,是为了对照二苏之间及苏辙本人前后所说的不同。苏轼从万物发生的角度来理解《易·系辞》的"一阴一阳"之语,认为那指阴阳未交而万物未生的状态,可以"喻道之似";苏辙在《老子解》中几乎是完全地接受了这个说法;《古史》的说法有所不同,提到了"喜怒哀乐之未发"的话题,但仍认"一阴一阳"为"阴阳之未形",大体上还是苏轼的说法;而《易说三首》则完全转变了角度,纯以"喜怒哀乐之未发"来解释"一阴一阳",谓"所谓一阴一阳者,犹曰一喜一怒云尔。言阴阳喜怒,皆自是出也,散而为天地,敛而为人",因此,只要"得之于心",则"近自四支百骸,远至天地万物,皆吾有也"。这纯然唯心的说法,才与《东坡易传》大异其趣。当然《东坡易传》也说"道"与"性"是一回事,则"道"若能生万物,逻辑上"性"也能生万物。但毕竟没有明确地道出类似于佛家"万法唯心"的观点。苏辙晚年闭门幽居,思想无疑是朝唯心的方向发展。

这种发展,也体现在苏辙对东坡《论语解》的异议上,其《论语拾遗》云:

> 《易》曰:"无思无为,寂然不动,感而遂通天下之故。"《诗》曰:"思无邪。"孔子取之,二者非异也。惟无思,然后思无邪;有思,则邪矣。火必有光,心必有思,圣人无思,非无思也,外无物,内无我,物我既尽,心全而不乱,物至而知可否,可者作,不可者止,因其自然,而吾未尝思,未尝为,此所谓无思无为,而思之正也。若夫以物役思,皆其邪矣。如使寂然不动,与木石为偶,而以为无思无为,则亦何以通天下之故也哉。①

---

① 苏辙《论语拾遗》,《栾城三集》卷七。

按《论语拾遗》为"子瞻之说,意有所未安"①而作,东坡《论语解》原书已佚,但王若虚《论语辨惑》引录了其说,可以对照:

> 子曰:"《诗》三百,一言以蔽之,曰思无邪。"东坡曰:《易》称:"无思无为,寂然不动,感而遂通天下之故。"凡有思者皆邪也,而无思则土木也,何能使有思而无邪,无思而非土木乎? 此孔子之所尽心也。作《诗》者未必有意于是,孔子取其有会于吾心者耳。②

"无思无为"之句出《易·系辞》,孔子之语则在《论语》,东坡所解为《论语》,对于《易·系辞》之句实际上没有多少解释,检《东坡易传》,对此句也无解释。看来东坡不甚重视这类内心存省方面的微妙之言,而晚年的苏辙,则显然于此颇有深造。他用"喜怒哀乐之未发"来解"性",以有思而无思为心灵涵养的境界。前者实是一种唯心的本体论,借此为贯穿诸经的义理的基点,所谓"一以贯之"的"一"就在这里;后者则直接导向内心修养的方法论,其幽居静坐,反观省察自己的内心,为的就是捕捉和体会那有思而无思的境界,仔细存养,而觉乐趣无穷。前者是思维方面的知解,后者则更强调类似于坐禅那样一种实践的体会,它需要工夫的积累,才能益益深造。这种心灵幽微方面的深造,在苏辙有关禅宗的论述中将有更出色的表达。

二、禅　　学

三苏之学本长于推阐万物之理势,以求解决实际问题,那格调是

---

① 见《论语拾遗·引》,同上。
② 王若虚《论语辨惑》,《滹南遗老集》卷四,《四部丛刊》本。

很外向的,而东坡尤以见义勇为、嫉恶如仇著称。相比之下,苏辙的性格相对内向一些,比较注重内心的修养。从他的自述来看,其关注"喜怒哀乐之未发"的问题,本是受了禅宗的启发:

> 予年四十有二,谪居筠州。筠虽小而多古刹,四方游僧聚焉。有道全者,住黄蘖山,南公之孙也,行高而心通,喜从予游。尝与予谈道,予告之曰:"子所谈者,予于儒书已得之矣。"……予曰:"孔子之孙子思,子思之书曰《中庸》,《中庸》之言曰:'喜怒哀乐未发谓之中,发而皆中节谓之和。中也者天下之大本,和也者天下之达道也。致中和,天地位焉,万物育焉。'此非佛法而何?顾所从言之异耳。"全曰:"何以言之?"予曰:"六祖有言:'不思善,不思恶,方云是时也,孰是汝本来面目?'自六祖以来,人以此言悟入者太半矣。所谓不思善、不思恶,则喜怒哀乐之未发也。盖中者,佛性之异名,而和者,六度万行之总目也。致中极和而天地万物生于其间,此非佛法何以当之?"……①

说是禅宗讲的道理在儒书中原已有了,实际上是在禅学的启发下重新解读儒书,找了内容相近的段落来参证。不过,这"喜怒哀乐之未发"的问题,确实是宋学的重大课题,当时程颐与吕大临,后来朱熹与张栻之间,都曾就此问题反复交换意见,最后亦未必达成一致。与苏辙不同的是,他们都是就概念的辨析方面去努力,以求尽其精微,而苏辙只简单地与禅学类比,谓其道理相通而已,他更注重的是由此去引出心灵存养的方法,用禅宗的话说,是要找到"悟门"。

苏辙的"悟门"是从《楞严经》找到的,其崇宁二年所作《书楞严经

---

① 苏辙《题老子道德经后》,见其著《老子解》卷末,《文渊阁四库全书》本。"年四十有二"为元丰三年(1080),因受东坡"乌台诗案"连累而贬筠州。"南公"为临济宗黄龙派创始人黄龙慧南。道全嗣真净克文,克文嗣慧南,故谓道全为"南公之孙"。

后》云：

> 予自十年来,于佛法中渐有所悟,经历忧患,皆世所希有,而真心不乱,每得安乐。崇宁癸未,自许迁蔡,杜门幽坐,取《楞严经》翻覆熟读,乃知诸佛涅槃正路,从六根入。每趺坐燕安,觉外尘引起六根,根若随去,即堕生死道中,根若不随,返流全一,中中流入,即是涅槃真际。观照既久,如净琉璃,内含宝月。稽首十方三世一切佛、菩萨、罗汉、僧,慈悲哀愍,惠我无生法忍,无漏胜果。誓愿心心护持,勿令退失。三月二十五日志。①

所谓"六根",即眼、耳、鼻、舌、身、意,与色、声、香、味、触、法"六识"相应,人的所有心念意识皆可归结为此"六识",而"六识"之生起,则是"六根"对于外物的反应。这样,"六根"是关键,若从外物随波逐流而去,便不能自我存养,要"返流全一,中中流入",将意识逆流向内,才能慢慢省存到那内部统一着"六根"的东西,即不思善不思恶的本来面目,也就是"喜怒哀乐之未发"的本性,还得"心心护持,勿令退失",方有所结果。这个意思,苏辙在晚年曾屡次表述：

> 予读《楞严》,知六根源出于一,外缘六尘,流而为六,随物沦逝,不能自返。如来怜愍众生,为设方便,使知出门即是归路,故于此经指涅槃门,初无隐蔽。若众生能洗心行法,使尘不相缘,根无所偶,返流全一,六用不行,昼夜中中流入,与如来法流水接,则自其肉身便可成佛。②

---

① 苏辙《书楞严经后》,《苏辙集·栾城后集》卷二十一。同年所作《示资福谕老》诗并引,所述亦相近,见《栾城后集》卷三。
② 苏辙《书金刚经后二首》之一,《苏辙集·栾城后集》卷二十一。

> 予久习佛乘,知是出世第一妙理,然终未了所从入路。顷居淮西,观《楞严经》,见如来诸大弟子,多从六根入,至返流全一,六用不行,混入性海,虽凡夫可以直造佛地。心知此事,数年于兹矣,而道久不进。去年冬,读《传灯录》,究观祖师悟入之理,心有所契,必手录之,置之坐隅。盖自达磨以来,付法必有偈,偈中每有下种生花之语。至六祖得衣法南迈,有明上坐者,追至岭上,知衣不可取,悔过求法,祖诲之曰:"汝谛观察,不思善,不思恶,正恁么时,阿那个是明上坐本来面目?"明即时大悟,遍体流汗,曰:"顷在黄梅随众,实不省自己本来面目。今蒙指示入处,如人饮水,冷暖自知。"祖知明已悟,教之善自护持而已。及内侍薛简问祖心要,祖亦曰:"一切善恶都莫思量,自然得入,清净心体,湛然常寂,妙用恒沙。"简亦豁然大悟。予释卷叹曰:祖师入处,傥在是耶?既见本来面目,心能不忘,护持不舍,则所谓下种也耶?譬诸草木种子,若置之虚空,不投地中,虽经百千岁,何缘得生?若种之地中,润之以雨露,曝之以风日,则开花结子,数日可待。①

他从《楞严经》得到"所从入路",即从"六根"的"返流"做起,渐渐窥入"性海",即统一着"六根"的清净心体,将此视为六祖所云的"下种"。

依平常人的思虑心态可知,"六根"的"返流"并不是一件容易做到的事。所以,苏辙对药山惟俨的一番话特别重视:

> 昔李习之尝问戒定慧于药山,药山曰:"公欲保任此事,须于高高山顶坐,深深海底行,如闺阁中物舍不得,便为渗漉。"予欲书此言于绅,庶几不忘也。②

---

① 苏辙《书传灯录后》,《苏辙集·栾城三集》卷九。
② 同上。

药山此语确为禅家至理名言。禅的真谛并非现实生活中稍不得志,抱着消极心态来寻求安慰的人可以轻易获得的,它既须勇于割舍,又要专一精进,通过艰苦的心灵炼冶,才能迈向自由之境。晚年的苏辙深深服膺此言,也确实在经历着艰苦的心灵炼冶。他七十岁的时候作《七十吟》云:

年来霜雪上人头,俄尔相将七十秋。欲去天公未遣去,久留敝宅恐难留。六窗渐暗犹牵物,一点微明更着油。近听老卢亲下种,满田宿草费锄耰。①

这里将"六根"比喻为身心的"六窗",由于年老体衰,感觉迟钝,故谓"六窗渐暗",仿佛有助于"返流全一",但毕竟多少还被外物牵引,妨碍向内存省的功夫。"一点微明"是性体,朦胧有所体察,却犹如蒙了一层油似的,不甚明亮。已经依祖师所教下了种,但还有满田的宿草要锄去,心念间杂虑太多,未能清净。七十老人的艰苦心灵炼冶,在这首诗中表现得很清楚。

相对于心灵炼冶之实践的艰苦性,义理上的贯通其实要容易得多,《书传灯录后》有一条:

保福僧到地藏,地藏和尚问:"彼中佛法云何?"曰:"保福有时示众道:'塞却你眼,教你觑不见;塞却你耳,教尔听不闻;坐却你意,教你分别不得。'"地藏曰:"吾问你,不塞你眼,见个什么?不塞你耳,闻个什么?不坐你意,作么生分别?"或人问:"此二尊宿意,为同为不同?"颖滨老曰:六根为物所塞,为物所坐,则不见自性,不闻自性,不能分别自性。若不为物所塞,不为物所坐,

---

① 苏辙《七十吟》,《苏辙集·栾城三集》卷一。

则可以闻见自性,分别自性矣。老子曰:"视之不见名曰夷,听之不闻名曰希,抟之不得名曰微,是三者不可致诘,故复混而为一。"一则性也。凡老子之言与佛同者,类如此。①

按保福、地藏皆五代时福建漳州所建禅院,保福和尚为保福从展,地藏和尚则罗汉桂琛,都是禅门的一代高僧。苏辙仍用他得于《楞严经》的义理来参悟这个公案,并引老子之语,谓其义理相同。实际上,儒家的"性"论,他也作一样的理解。在他看来,儒释道三家在形而上的方面是并无不同的。所以,其"六根""返流"的心灵炼治,一方面固然是在参禅,同时也是在努力存省圣人之"性"。

如果以利欲斗进为生存的真实意义,就不免把苏辙晚年的心灵炼治看作一个老人的消极枯坐无聊之举,或者说是他在党禁中被锢无奈,以此聊遣岁月。果真如此,苏辙便成了消极颓唐的典范。然而,苏辙晚年如此勤奋地著述,和如此深入地思考问题,这本身就表明他并非无所关怀,他的心灵炼治看来是真诚而积极的追求。宋人身上具有的这种对生命超越性追求的真诚,从某种角度来看,正是宋代文化中最闪亮的部分。万法唯心的本体论并不是新鲜的东西,苏辙"一以贯之"的义理论证也并不很精妙,但他通过对"性"的存省,把禅宗的实践功夫全面地导入了儒学,却为"内圣"之学打开了一片极大的天地。也就是说,除了理论的知解外,如何才能使心灵真实地拥有对超越性的体会,从而获取生命的终极意义。一个知识人,倘没有机会获得政治权力,或一旦被朝廷所弃,就失去了努力的目标、生存的价值,那便是太可悲的境地。而严密的概念辨析和精致的理论构架,也并不能使心灵获得真正的自由。因此,"内圣"的真实功夫如何开展,对于徽宗朝的元祐党人来说,是现实而深刻的课题;对苏辙来说,这其实也是

---

① 苏辙《书传灯录后》,《苏辙集·栾城三集》卷九。

在完成他从早年以来一直进行着的思考,也是北宋人十分关心的一个思想课题,即所谓"颜子所好何学"或"颜子所乐何事"的问题。

三、颜 子 学

颜子——孔子最钟意的学生颜回,不幸短命而死,既无功业彪炳当时,也无著作供后人学习,只因《论语》称他居于陋巷,箪食瓢饮而不改其乐,便被尊为"亚圣"、"先师",成为历代知识人的人格楷模。这陋巷中的颜子,正标志着怀道含光而不用于世的生存状态,其学识、修养达到了何种境界,才能"不改其乐"? 北宋的"内圣"之学就围绕着这个问题来展开。"宋初三先生"之一的胡瑗,曾在太学里出过《颜子所好何学论》的试题,年轻的程颐因为答得好,受到了赏识;周敦颐的《通书》专设《颜子》一章,解释其乐于贫贱的道理,而他对程颢的启发,也是教他去寻思颜子"所乐何事";熙宁年间,孔宗翰造了一个颜乐亭,程颢为他写《颜乐亭铭》,司马光写《颜乐亭颂》,苏轼写《颜乐亭诗》①,便是"旧党"著名人物在政治上失意时以颜子之"乐"调治内心的一次集体表达;黄庭坚一生淡泊名利,今人观其言行,疑其缺乏远大的政治抱负,实际上他在实践着自己对颜子人生意义的理解,他说:"颜子以圣学者也。会万物唯己,是谓居天下之广居;常为万物之宰,是为立天下之正位;无取无舍,是为行天下之大道。具此三者,是谓闻道,是谓大丈夫。"②观乎此,确切的说法应该是他的抱负之大远远超越了政治的界限,因为"万物"、"天下"和"道"是比政治更大的东西,真正的"大丈夫"不是政治家,而是颜子那样具有终极关怀的人。所以,颜子学是北宋学术的一项非

---

① 司马光《颜乐亭颂》见《温国文正司马公文集》卷六十八,《四部丛刊》本;苏轼《颜乐亭诗》见《苏轼诗集》卷十五,中华书局,1982年;程颢《颜乐亭铭》,见《二程文集》卷一,《文渊阁四库全书》本。据司马光文,当时还有李清臣作《颜乐亭铭》,未见。
② 黄庭坚《李彦回字进徽说》,《山谷集·别集》卷三,《文渊阁四库全书》本。

常重要的内容,甚至是根本性的内容。唐宋儒学复古运动把孟子提高到"亚圣"的地位,但至少北宋学人并不轻视原来的"亚圣"颜子。

据苏辙自述,他从少年时代起就思考着颜子的问题,而其有所领悟,则在谪居筠州时,正好与他开始濡染禅学的时间相同。

> 余昔少年读书,窃尝怪颜子以箪食瓢饮,居于陋巷,人不堪其忧,颜子不改其乐。私以为虽不欲仕,然抱关击柝,尚可自养而不害于学,何至困辱贫窭,自苦如此。及来筠州,勤劳盐米之间,无一日之休,虽欲弃尘垢,解羁絷,自放于道德之场,而事每劫而留之,然后知颜子之所以甘心贫贱,不肯求斗升之禄以自给者,良以其害于学故也。嗟夫,士方其未闻大道,沉酣势利,以玉帛子女自厚,自以为乐矣,及其循理以求通,落其华而收其实,从容自得,不知夫天地之为大,与生死之为变,而况其下者乎?故其乐也足以易穷饿而不怨,虽南面之王不能加之。①

苏辙的议论不如苏洵那样独辟蹊径,令人佩服,也不像苏轼那样挟急风惊雨之势,令人容易赞同,而不见其失于周密之处,苏辙的得失都较明显。此文为突出穷居乐道的意义,把出仕从政仅仅等同于求禄,就是明显的漏洞,所以引来南宋叶适的批评(详见下文)。但苏辙确实是在思考比政治行为更高更根本的人生意义,这种意义是"虽南面之王不能加之"的。文中的"生死之为变"一语值得关注,意谓其所理想的人生境界(即颜子的境界)解决了生死的大问题。这很容易让人联想到禅,因为禅宗自称"无一法与人",只要了却生死大事。也就是说,一个人是否真正了悟,不是看理论阐述精妙与否,而是看能否"敌得生死",于生死之际能否毫无疑惑,来去自在。这个意思,苏辙到晚

---

① 苏辙《东轩记》,《苏辙集·栾城集》卷二十四。

年作《论语拾遗》时表达得更清晰：

> 孔氏之门人，其闻道者亦寡耳，颜子、曾子，孔门之知道者也。故孔子叹之曰："朝闻道，夕死可矣。"苟未闻道，虽多学而识之，至于生死之际，未有不自失也。苟一日闻道，虽死可以不乱矣。死而不乱，而后可谓学矣。①

虽未明确引入禅学，但以"敌得生死"来理解颜子之"道"，与禅很一致。

《栾城三集》卷六有《策问十五首》，是苏辙晚年教诸孙练习答策用的。其中就问及颜子的问题：

> 问：孔子称颜子箪食瓢饮，不改其乐，一时门弟子莫及之者，而韩子以此为哲人之细事；子路称千乘之国，师旅饥馑之余，可使有勇而知方，孔子目之以政事，不以仁许之，而孟子以为贤于管仲。孟子、韩子之言，果得孔子之意矣乎？②

这明显是将他自己思考的问题来问诸孙，因为实际上他自己写出过答案，就在《论语拾遗》中：

> 性之必仁，如水之必清，火之必明。然方土之未去也，水必有泥；方薪之未尽也，火必有烟。土去则水无不清，薪尽则火无不明矣。人而至于不仁，则物有以害之也。君子无终日之间违仁，造次必于是，颠沛必于是，非不违仁也，外物之害既尽，性一而不杂，未尝不仁也。若颜子者，性亦治矣，然而土未尽去，薪未

---

① 苏辙《论语拾遗》，《苏辙集·栾城三集》卷七。
② 苏辙《策问十五首》之六，《苏辙集·栾城三集》卷六。

尽化,力有所未逮也,是以能三月不违仁矣,而未能遂以终身。其余则土盛而薪强,水火不能胜,是以日月至焉而已矣。故颜子之心,仁人之心也,不幸而死,学未及究,其功不见于世,孔子以其心许之矣。管仲相桓公,九合诸侯,一匡天下,此仁人之功也,孔子以其功许之矣。然而三归反坫,其心犹累于物,此孔颜之所不为也。使颜子而无死,切而磋之,琢而磨之,将造次颠沛于是,何三月不违而止哉。如管仲生不由礼,死而五公子之祸起,齐遂大乱。君子之为仁,将取其心乎,将取其功乎?二者不可得兼,使天相人,以颜子之心收管仲之功,庶几无后患也夫。①

拿颜子与管仲并论,当然是结合"内圣"与"外王"来谈,然而"内圣"无疑比"外王"更为根本:颜子的"内圣"功夫,只差时间问题;管仲则由于没有"内圣"(仁人之心)作基础,最多只收"霸"之功而不能"王"。"内圣"优先于"外王"是很明显的。而如何做到"内圣",观"若颜子者,性亦治矣"一语,可知"内圣"就是做"治性"的功夫。

值得注意的是苏辙这里的"性"论几乎已经接近"性善"论,与苏轼及苏辙早年所持无善无恶的自然人性论②有所差异。在《古史》的序言中,他也曾说上古的圣人"其于为善,如水之必寒,如火之必热;其于不为不善,如驺虞之不杀,如窃脂之不穀"③,也有"性善论"的倾向,所以连敌视苏学的朱熹也一再地夸奖此语说得极好④。大体来说,北宋的著名学者中,王安石、司马光、程颢、苏轼都不持"性善"论,明确地持"性善"论而具有影响的只有程颐⑤,苏辙则在晚年显示了这

---

① 苏辙《论语拾遗》,《苏辙集·栾城三集》卷七。
② 参看苏辙早年所作《孟子解二十四章》,《苏辙集·栾城后集》卷六。
③ 《古史原叙》,见苏辙《古史》卷首,《文渊阁四库全书》本。
④ 见《朱子语类》(中华书局,1986 年)卷一二二、一三○,《晦庵先生朱文公文集》(《四部丛刊》本)卷五十四《答赵几道》,卷七十二《古史余论》。
⑤ 周敦颐和张载是"性善"论者,但此二人的学说在北宋几乎没有影响。

样的倾向。可以说宋代"性"论的主流从北宋的"无善无恶"转变为南宋的"性善",与北宋末期元祐党人的境遇不无关系。"外王"的不可指望使他们越来越注重"内圣"的功夫,"性善"论的优越性在于它不需要衡量善恶的社会性标准,而使心灵自身的本来面目成为标准①。如苏辙所言,水本来必清,只因有泥才显得混浊,"治性"的功夫就在慢慢去除泥土。这与他参禅的诗中说的"满田宿草费锄耰",正是异曲同工。泥土也好,杂草也好,都是"物有以害之也",即被外物诱惑所起的不正当欲念,而人身上能感应外物的无非"六根",于是苏辙的办法就是"六根""返流",使"六用不行",那就能恢复本来面目。因此,禅学的心灵炼治,正被苏辙用来完成他的颜子学。

按苏籀的记录,苏辙晚年认为自己已经真正迈入了颜子的人生境界:"公曰:颜子箪瓢陋巷,我是谓矣。"②这可看作苏辙一生思考的完成,也是北宋颜子学的完成。

四、相关的批评

南宋人对于苏辙以上思想的批评,主要来自朱熹和叶适。朱熹有个表弟程洵,对苏学和程学均有较深的研治,周必大曾为其《尊德性斋小集》作序,谓其"合苏、程为一家"③。为了苏学的问题,他曾几番与排斥苏学的朱熹争论④,还苦心编撰了《三苏纪年》十卷,却一直没有给朱熹看。直到他去世以后,朱熹才获读此书,认为"甚陋而可

---

① 苏轼《扬雄论》云:"夫太古之初,本非有善恶之论,唯天下之所同安者,圣人指以为善,而一人之所独乐者,则名以为恶。"《苏轼文集》卷四,中华书局,1986年。谓善恶是以社会性的标准来规定、判断的结果,所以并非自然人性所本有。但"性善"论所谓的"善"是先验的"纯粹至善",不具有社会性。
② 苏籀《栾城遗言》,《文渊阁四库全书》本。
③ 周必大《程洵〈尊德性斋小集〉序》,《文忠集·平园续稿》卷十四,《文渊阁四库全书》本。
④ 朱熹《晦庵先生朱文公文集》卷四十一中《答程允夫》的书信,几乎都在争论苏学的问题,可以参看。

愧","恨不及与之反复其说也",在这样的心态下写了《读苏氏纪年》一篇长文①,全文皆批判苏辙的晚年思想。按理说,批判别人的学说,应该是仔细考察其根据和理路,揭示其内在的矛盾,但朱熹的方法很奇怪,他先摘录苏辙的文字,然后就所涉及的问题大谈自己的看法,再一一指出苏辙的见解不符合自己的"正确"看法,所以是错的。他好像是小学老师批改学生的作业,自己早定下了标准答案,符合的就对,不合的就错。现在来看,朱熹的批判虽是比较两人观点差异的绝好材料,但既繁碎而又苛刻,这里没有必要讨论。

更可重视的倒是叶适的批判,虽然语调也一样苛刻,却是从苏辙的论证过程本身看出了毛病。他是就吕祖谦的《皇朝文鉴》所选的苏辙《齐州闵子祠堂记》《东轩记》《遗老斋记》三文而作出批评:

> 苏辙记闵子祠堂、东轩、遗老斋。辙以知道自许,虽求为有得之言,然与事不合……颜渊未及仕而夭,冉伯牛有疾,独闵子不为季氏宰,盖家臣其所耻也。孔子使子路复见荷蓧丈人,其言曰"不仕无义"。颜子虽少年,而孔子以成材许之,将同其进退出处,故曰:"用之则行,舍之则藏,惟我与尔有是夫。"初未尝必于不仕也。鲁男子学柳下惠,盖非义理所安,辙不考详矣。又言颜子所以甘心贫贱,不肯求升斗之禄以自给者,良以其害于学。世固无不行之道,亦安有不仕之学?……②

这里直接否定了苏辙的颜子学,而笔锋极犀利。颜子只是早死,"初未尝必于不仕",而苏辙的议论却全以颜子不肯求仕为基点。当然叶适所谓世上没有"不行之道"、"不仕之学",是出于他的功利主义观

---

① 见《晦庵先生朱文公文集》卷七十,《四部丛刊》本。
② 叶适《习学记言序目》卷四十九,中华书局,1977年。

点,但在颜子的问题上,他确实击中了苏辙议论的漏洞。

不过,颜子到底是怎么回事并不是真正的问题所在,重要的是对于抱道不仕、箪瓢自乐的人生态度的肯定与否。早在南宋之初,感受着国破家亡之痛的诗人陈与义已经大声疾呼:"中兴天子要人才,当使生擒颉利来。正待吾曹红抹额,不须辛苦学颜回!"①诗人是时代的喉舌,陈与义比叶适更早地开始清算北宋的颜子学。然而,北宋人为何要"辛苦学颜回"呢?先看下面的例子:

> 陈叔易居阳翟洞上村,号洞上丈人,无仕宦意。崇观间,朝廷召之,郡守劝驾,不得已起。晁以道时致仕居嵩山,有诗云:"处士谁人为作牙,尽携猿鹤到京华。从今邻壑堪惆怅,六六峰前只一家。"……皆讥之也。后靖康间,以道亦起,而女弟四娘适唐氏者,颇复诮其出焉。②

陈叔易就是《墨庄漫录》所谓的"许党之魁"陈恬;晁以道名说之,与陈恬、崔鷃关系密切,当也常在颍昌府活动。③ 上面的材料虽是说两人都不能坚守"不仕"之志,但显然,徽宗朝的"旧党"人士是以"不仕"为高的。这就是陈与义所谓"辛苦学颜回"吧。

这些人都是苏辙的后辈,而我们知道,在比苏辙更早的时代里,北宋士人曾经有过"先天下之忧而忧,后天下之乐而乐"的热烈淑世情怀,何以后来竟以箪瓢自乐为人生最高境界?延绵神、哲、徽、钦四朝的党争,尤其是徽宗朝长期一边倒的党禁,肯定是最重要的现实原因;但以颜子学为表达方式的那种对于人生的超越性意义的积极寻

---

① 陈与义《题继祖蟠室三首》之三,白敦仁《陈与义集校笺》卷十七,上海古籍出版社,1990年。
② 张表臣《珊瑚钩诗话》卷一,《文渊阁四库全书》本。
③ 韩淲《涧泉日记》卷上:"陈恬叔易,号洞上丈人……与崔德符、晁以道,皆以清节照映颍湖。"上海古籍出版社,1993年。

求,却也不仅仅是为了回避政治迫害。既然以天道和人性为思考对象,那么思想的目的是要解决人与自然的根本问题,而人生态度也随之由企望建功立业转向超越性的天地境界。对"万法唯心"和"性本善"的体认,使人的生存本身具有终极价值,人生价值的实现是一种内在的实现,朝廷和"明君"无与于斯。这不仅是对知识人独立价值的标举,而且是主张每一个人、每一个个体都具有自身独立价值。如此越来越关注自身的思想倾向,倘成为风尚,那就要求爵禄必须真正成为天下之公器,才能吸引高尚的人,如果君主依然以为士人贵贱皆由我一人决定,用其所喜,排斥其所不喜,那便会导致危险的局面,即知识人与朝廷的疏离。而徽宗的政策,恰恰无一不加剧这种疏离,到北宋末年,疏离的局面实际上已经达到相当严重的地步,相比之下,花石纲、万寿山还算不得大问题。南宋政权肇造,陈与义即大声疾呼"不须辛苦学颜回",显然是感到挽回疏离局面的困难性和重要性,迫使他不得不向"亚圣"挑战了。外敌的入侵、国运的危急,要求士人将自己的人生价值与朝廷紧密结合,在一定程度上消解着独立个体内在实现的人生观,后来甚至出现了功利主义观点对颜子学的清算。在这个意义上,我们也可以把苏辙贯通诸经、参合佛老而完成的颜子学,看作北宋思想的终结。自然,独立个体内在实现的人生观所带来的知识人与朝廷当局的疏离倾向,到南宋也还成为深刻的问题[①]。

[①] 关于北宋的"颜子学"及"内在实现"的人生观,请参考拙著《唐宋"古文运动"与士大夫文学》第三章第六节,复旦大学出版社,2013年。

二 箪瓢吾何忧，作诗热中肠
——论苏辙晚年诗

苏辙的《栾城集》《后集》和《三集》是他亲手编定的，其诗歌的部分除四言、六言另归一类外，通常的五、七言诗都依年编排，容易确定写作的岁月。今以元符三年(1100)遇赦北归起为苏辙的晚年，从《后集》卷二作于北归途中的《赋丰城剑》①算起，至《三集》卷四之末，共有五、七言诗368首，加上《三集》卷五的四、六言诗6首，不计集外的逸诗，已可得苏辙晚年诗374首。在此374首中，自宋徽宗登基，旧党纷纷北归的元符三年，历新旧党争相持不下的建中靖国元年(1101)，到新党大胜，蔡京入相，定"绍述"政策，造"元祐党籍"的崇宁元年(1102)，大概由于政治形势的复杂变化使苏辙不能专心创作，三年间仅存诗20首②，且有一半是挽词。崇宁二年(1103)，苏辙因身为"元祐党籍"中人，不能在京城附近居住，所以离家独居蔡州，此年作诗36首，可算恢复了正常的创作量。崇宁三年(1104)，他得以归居安顿在颍昌府的家中，从此杜门谢客，却饱看了徽宗皇帝铸九鼎、造八玺、建明堂、作大晟乐、修礼书、兴辟雍、倡八行、崇道教等层出不穷的"盛世大典"，直至政和二年(1112)去世，皆在废弃闲居之中，且处政治高压之下，但每年作诗少则20余首，

---
① 见《苏辙集·栾城后集》卷二，中华书局，1990年校点本。题下有自注："北归途中作。"
② 当然，元符三年尚有北归以前的诗，此处不计入晚年诗中。

多则40余首①,保持着稳定的创作量。

由于秦观卒于元符三年,苏轼、陈师道卒于建中靖国元年,黄庭坚卒于崇宁四年(1105),北宋诗坛的巨匠相继凋落,而苏辙则正如其侄苏过所云"造物真有意,俾公以后凋"②,同时,后起的名家吕本中、陈与义等还处在起步的阶段,故就北宋末期即徽宗朝的诗坛来说,苏辙应是首屈一指的大家。虽然目前学术界对这一时期诗歌的研究,多以江西诗派为重点,但艺术上已处于成熟境界的苏辙,加上他贯通经史的学识和曾经进入政治中枢的经验,即便按通常的说法,谓其才华逊于苏轼,其成就也非江西诗社中人可以企及的。实际上,苏辙晚年的诗歌,展现着东坡、山谷集里难以看到的一个不同寻常的世界,他经历了东坡未尝梦想的严酷而又荒唐的时代,目睹了山谷不曾看到的无数政治闹剧,体会着远远超过二人的巨大的外在压力和漫长的内心孤独,这荒唐时代里孤独的理智,直面着日新月异的"盛世"闹剧,在连绵不断的"党禁"压力之下曲折隐微而又深刻沉着的表达,为"主理"的宋诗开辟了又一种别具深长意味的境界。

然而,在北宋名家中,苏辙的诗可能是最少受人关注的。宋人本爱谈诗,胡仔《苕溪渔隐丛话》以作者为目收录相关的谈论,东坡和山谷名下都有好几卷,其他如秦观、陈师道、晁补之、张耒及许多江西诗派中人也得以列为专目,而苏辙竟不得专立一目,可见谈论之少,似乎他的诗还不足置诸齿牙。除了苏轼、秦观等关系亲密的人以外,苏辙诗的知音中要以陆游最为著名,周必大《跋苏子由和刘贡父省上示座客诗》云:"吾友陆务观,当今诗人之冠冕,数劝予哦苏黄门诗。"③既然常劝人读,必是自己读了很有体会,但具体的情况也不得而知。此

---

① 崇宁三年29首,四年26首,五年40首,大观元年42首,二年48首,三年25首,四年38首,政和元年41首,二年23首。
② 苏过《叔父生日》,《斜川集》卷一,《丛书集成》本。
③ 见周必大《文忠集》卷十六,《文渊阁四库全书》本。

后,历代的评家、选家也极少谈到苏辙诗。今人孔凡礼先生独具慧眼,对苏辙晚年的《八玺》《买炭》二诗作了专文评述①,而其所著《苏辙年谱》②的晚年部分,大致就是根据诗来编排的,对诗中的重要内容大多加以引录,间下评语,钩玄提要,等于是他解读苏辙晚年诗的成果汇集。笔者以为,这是目前研究苏辙晚年诗的最好的起点。当然,孔先生所作的都是个别诗的内容解读,而本文的目的,首先在于全体的艺术把握。

一、具有宋学特征的诗世界

宋人孙汝听《苏颍滨年表》③于政和二年(苏辙卒年)条下云:"辙居颍昌十三年④。颍昌当往来之冲,辙杜门深居,著书以为乐,谢却宾客,绝口不谈时事,意有所感,一寓于诗,人莫能窥其际。"写诗成为其晚年生活的重要内容,或者竟可说就是其生活的本身,所谓"意有所感,一寓于诗",一个生命都活在诗里。因此,从苏辙晚年诗的整体上看,它的特点异常鲜明,就是诗的世界的展开过程与生命延续过程的高度一致性。这种过程,当然伴随着自然的时间流逝,而对时间的标志,无非是年月日,及各种节气。但如果说生命的延续才是真正的"时间",那么对此"时间"的标志就是年龄,而最令人意识到年龄的就是每一年的首尾和本人的生日。观苏辙晚年诗的题目,自崇宁二年的《癸未生日》(《栾城后集》卷三)起,崇宁三年有《岁暮口号二绝》(《后集》卷四),四年有《岁暮二首》和《除夜》(《后集》卷四),五年也有

---

① 孔凡礼《苏辙的一首政治诗——八玺》,《文史知识》1999 年第 1 期。同氏《忧思深广》,《文史知识》2000 年第 8 期。按《八玺》见《苏辙集·栾城三集》卷一,《买炭》亦见同卷。
② 孔凡礼《苏辙年谱》,学苑出版社,2001 年。
③ 见《苏辙集》附录二。
④ 按据《年表》,辙于元符三年(1100)北归,居颍昌府,至政和二年(1112)卒,实计十二年,但依古人的计法,全其首尾,则为十三年。

《守岁》(《栾城三集》卷一),大观元年有《丁亥生日》(《三集》卷一),二年有《戊子正旦》和《生日》(《三集》卷一),及《除日》(《三集》卷二),三年有《己丑除日二首》(《三集》卷二),四年有《除夜二首》(《三集》卷三),政和元年有《七十三岁作》和《除日》(《三集》卷三),最后的政和二年,也作有《壬辰生日,儿侄诸孙有诗,所言皆过,记胸中所怀,亦自作》(《三集》卷三),这样每年都能找到标志着生命流逝的诗题。比较来看,写岁末的最多,生日的其次,而写元旦的只有大观二年一首,这一年苏辙似乎特别兴奋,作诗共达48首,是其晚年作诗最多的一年,其中原因应该另作探讨,总的说来是岁暮的气象更容易触动他的感兴吧。但毕竟生日乃是生命的最鲜明的标志,故此处引录《七十三岁作》一首,以见一斑:

> 一生有志恨无才,久尔萧萧白发催。力学当年真自信,初心到此未应回。旧人化去浑无几,新障重生拨不开。七十三年还住否?获麟后事转难裁。

除末句用了当时人人视为常识的典故外,全诗清淡如话,既无华丽辞藻,也无难解词语,而其实对仗灵活,格律工细,于写作艺术上可谓炉火纯青。更重要的是,在对于人生的慨叹中,仍抱着一个"有道"者的自信,虽然非常孤独,却不改初心。由于苏辙晚年禅悟颇深,我们自然可从禅学的角度,把所谓"新障"理解为心灵犹被外物所牵累,但从末句看,它含有对当年时事的一种否定。孔子作《春秋》,绝笔于获麟之年,自此以后的历史,尚未经过圣人的裁断,自己已经七十三岁了,如果还能生存,应该继圣人之志,对历史作一裁断吧。然而,如果仅指过去的历史,便没有必要感叹"旧人化去浑无几"了,对老朋友的怀念,暗示着他说的"获麟后事"乃是当代史。那么,他作诗的目的,除了感叹生命的流逝外,还要以他孤独的理性,为这荒唐的时代留下一部诗写的《春秋》吧。

《春秋》以年系月,以月系日,断礼义而见诸事实。苏辙晚年诗的诗题也经常标明日期或各种节气,今仅以《栾城后集》卷三为例,其标明时间的诗题就有:

崇宁元年所作《十一月十三日雪》;二年所作《癸未生日》,《寒食二首》,《春尽三月二十三日立夏》(小字为题下自注,下同),《梦中咏醉人四月十日梦得篇首四句,起而足之》,《立秋偶作六月二十三日》,《九日三首》,《立冬闻雷九月二十九日》,《将归二首十月初三日作》,《次迟韵对雪十一月二十七日》;三年所作《还颍川甲申正月五日》,《上巳日久病不出示儿侄二首》,《葺东斋三月十八日》),《记梦七月二十六日》。

此卷存诗70首,而以上标明时间的近20首,其他卷中也大致如此。可见这是苏辙有意识这样做的。作为一个著有《春秋集解》十二卷的《春秋》学专家,他这样做并不仅仅是为了记录写作日期吧。还有一点值得注意的是,所有晚年诗中,皆以甲子书年,并不用当时的年号。按沈约《宋书·陶潜传》云:"自以曾祖晋世宰辅,耻复屈身后代,自高祖(刘裕)王业渐隆,不复肯仕。所著文章,皆题其年月,义熙以前则书晋氏年号,自永初以来,唯云甲子而已。"这是宋人议论较多的一个话题,与陶渊明的情况虽不完全符合,但这样一种表达方式的意义则被确认下来。当然苏辙的情况与陶渊明不同,若说他不承认宋徽宗的政权,那似乎不可想象,但书甲子而不书年号,多少意味着某种疏离感或否定态度。

除上面所引诗题中的"寒食"、"立夏"、"立秋"、"九日"、"立冬"、"上元"之外,其余节候如"正旦"、"七夕"、"中秋"、"冬至"、"除日",直至"朔"、"望"、"腊"、"闰"等标示时节的名称,都曾出现在苏辙晚年诗的诗题中。与此相关的是,风、雷、雨、霜、雪、冰、久旱、溽暑及夜晚有月无月等天候的变化也经常成为他的诗题。另外,由于苏辙晚年花了很长时间建造他的"遗老斋"、"待月轩"、"藏书室"等居宅,又花了较多的时间修饰他的庭园,故有关居室和庭中的松、柏、竹、花的诗,也占了其晚年诗的相当比重。当然读书和坐禅的诗也有不少。这是只要稍翻《栾城后集》和《三集》的诗歌部分,就很容易获得的总体印象。

我们知道,诗材的日常生活化本是宋诗的总体倾向,但这个倾向在晚年苏辙的笔下则发展到某种值得深思的境地。日常生活在诗里不是随意地被写到,而是相当完整的、具有立体感的呈现。如果说对每一年的首尾和生日的关注是生命存在的自觉,详细而确定的年月日表达了作"史"的意识,那么几乎全部的节令和各种气候变化,就体现着对自然的默察,而与自然这个人类生存的大环境相比,居室与庭园则是个体生命存在的小环境。从自然、历史,到个体生命,在明确的时间标记下展开于诗中,这一定是有意营造的一个世界,而作者寓身其中。

这是一个带有鲜明的宋学特征的诗世界。没有热烈奔放的欲望,旖旎羞涩的情怀或呼天抢地的哀号,甚至也没有建功立业的雄心壮志,即便偶尔露出一点端倪,也出之以经过反思的自嘲。反思是一把理性的利刃,割弃了感性欲望,而切入生存的终极意义;反思也是过滤的网,遗落杂滓,弃华取实,去粗存精。那么,作为一个个体生命的存在,观天观地,看月看星,听风听雨,读书读人,其终极的追求究竟是什么? 也就是说,寓于这个诗世界中的苏辙本人,是何种形象? 先看下面的诗句:

> 卜宅先邻晏,携瓢欲饮颜。(建中靖国元年作)①
> 小园花草秽,陋巷犬羊俱。(崇宁二年作)②

---

① 苏辙《次前韵示杨明二首》之一,《苏辙集·栾城后集》卷三。
② 苏辙《索居三首》之一,同上书。

> 晏家不愿诸侯赐,颜氏终成陋巷风。(崇宁三年作)①
> 颜曾本吾师,终身美藜藿。(崇宁四年作)②
> 何以待君子,箪瓢容一升。(崇宁五年作)③
> 陋巷何妨似颜子,势家应未夺萧何。(大观元年作)④
> 名园不放寻芳客,陋巷希闻载酒车。(大观二年作)⑤
> 摇落南山见,凄凉陋巷偏。(大观三年作)⑥
> 佳节萧条陋巷中,雪穿窗户有颜风。出迎过客知非病,归对先师喜屡空。(政和元年作)⑦
> 陋巷正与颜生同,势家笑唾傥见容。(政和二年作)⑧

以上几乎每年吟到的箪瓢陋巷的先师颜子,就是苏辙寓于他营造的诗世界中的自我形象。其孙苏籀记录祖父晚年言论的《栾城遗言》中,也记道:"公曰:颜子箪瓢陋巷,我是谓矣。"⑨他是把自己比为颜子的。

实际上,历史上的颜子也只是一个居于陋巷,一箪食、一瓢饮而不改其乐的形象,具体的事迹或思想都不详,但长期以来,他被当做"亚圣"、"先师"来景仰。在北宋,学者们构筑"内圣外王"之学时,便把颜子当作"内圣"的典范,认为他之所以能在艰苦的条件下不改其乐,就是做到了"内圣"的缘故。然而,这颜子的"内圣"之学究竟如何,却是经典并无明文,要学者自己去探索的。苏辙就此发表的意

---

① 苏辙《初得南园》,同上书。
② 苏辙《和迟田舍杂诗九首》之三,《苏辙集·栾城后集》卷四。
③ 苏辙《次迟韵示陈天倪秀才、侄孙元老主簿》,同上书。
④ 苏辙《初茸遗老斋二首》之二,《苏辙集·栾城三集》卷一。
⑤ 苏辙《同迟赋千叶牡丹》,同上书。
⑥ 苏辙《落叶满长安分题》,《苏辙集·栾城三集》卷二。
⑦ 苏辙《冬至雪二首》之二,《苏辙集·栾城三集》卷三。
⑧ 苏辙《新作南门》,《苏辙集·栾城三集》卷四。
⑨ 苏籀《栾城遗言》,《文渊阁四库全书》本。

见,见于著名的《东轩记》:

> 余昔少年读书,窃尝怪颜子以箪食瓢饮,居于陋巷,人不堪其忧,颜子不改其乐。私以为虽不欲仕,然抱关击柝,尚可自养而不害于学,何至困辱贫窭,自苦如此。及来筠州,勤劳盐米之间,无一日之休,虽欲弃尘垢,解羁絷,自放于道德之场,而事每劫而留之,然后知颜子之所以甘心贫贱,不肯求斗升之禄以自给者,良以其害于学故也。嗟夫,士方其未闻大道,沉酣势利,以玉帛子女自厚,自以为乐矣;及其循理以求通,落其华而收其实,从容自得,不知夫天地之为大,与生死之为变,而况其下者乎?故其乐也足以易穷饿而不怨,虽南面之王不能加之。①

此文撰于元丰年间,受东坡"乌台诗案"连累而贬官筠州时。依文中的说法,自己是自少年时代即开始思考颜子人生态度的问题,在筠州初有所悟。筠州之于苏辙,正相当于黄州之于东坡,人生思想在苦难中得到提升。他把颜子之乐解释为参透天地造化之理,超越生死的终极境界,此乐为"虽南面之王不能加之"。相比于传统的"内圣外王"之学,这里有一个飞跃,就是"内圣"并不是"外王"的准备阶段,而是其本身就是人生终极价值的实现。学而优并不为仕,为的是个体生命的内在超越,用舍穷达与人生价值的实现无关。晚年的苏辙就体认着这样的人生境界,而营造了他的诗世界。

二、政治隐喻:雷雨霜雪

与竹杖芒鞋,吟啸徐行于风雨大地的东坡先生相比,孤坐遗老斋

---

① 苏辙《东轩记》,《苏辙集·栾城集》卷二十四。

记录着雷雨霜雪的苏辙似乎少了一点生动的乐趣。然而,东坡是天上的谪仙,在人间留下一串潇洒的足印后,乘风归去,承受了十二年"夜雨独伤神"的是苏辙。他们兄弟都常有"归耕"之想,但东坡自海南才获赦归就去世了;相比之下,苏辙确实多了一段"归耕"的晚年生活,如《久雨》诗所谓"闲居赖田食,忧如老农心"①,他如此热切地关注天候节气,关注自然的变化,是直接与农事相关的。所以,有时为雨而喜,作《喜雨》诗,有时又为雨而忧,作《久雨》诗。此外《收蜜蜂》《杀麦》《藏菜》《蚕麦》《秋稼》《林笋》等有关农事之诗,亦屡见不鲜。他似乎真的成了一个老农,"阴晴卒岁关忧喜,丰约终身看逸勤。家世本来耕且养,诸孙不用耻锄耘"②。在他的教导下,他的三个儿子据说都善于治田。③

自然,"闲中未断生灵念"④,忧天本是忧农,而忧农也不仅为自家的田园,观《十一月十三日雪》云:

南方霜露多,虽寒雪不作。北归亦何喜,三年雪三落。我田在城西,禾麦敢嫌薄。今年陈宋灾,水旱更为虐。闲籴斯不仁,逐熟自难却。饥寒虽吾患,尚可省盐酪。飞蝗昨过野,遗种遍陂泺。春阳百日至,闹若蚕生箔。得雪流土中,及泉尽鱼跃。美哉丰年祥,不待炎火灼。呼儿具樽酒,对妇同一酌。误认屋瓦鸣,更愿闻雪脚。⑤

按此诗作于崇宁元年,正是"新党"战胜了"旧党",而蔡京又战胜了曾

---

① 苏辙《久雨》,《苏辙集·栾城三集》卷一。
② 苏辙《泉城田舍》,《苏辙集·栾城后集》卷四。
③ 苏辙《示诸子》诗(《栾城三集》卷一):"兄弟躬耕真尽力,乡邻不惯枉称贤。"自注:"范五德孺近语迟:'闻君家兄弟善治田。'"迟是苏辙长子苏迟,范德孺是同居颍昌府的范纯粹,范仲淹子。
④ 苏辙《小雪》,《苏辙集·栾城三集》卷三。
⑤ 苏辙《十一月十三日雪》,《苏辙集·栾城后集》卷三。

布,身任右仆射,仿熙宁"制置三司条例司"而置"讲议司",复"新法",造党籍,建辟雍之时。《宋史·徽宗纪》载:"是岁京畿、京东、河北、淮南蝗,江、浙、熙、河、漳、泉、潭、衡、郴州、兴化军旱。辰、沅州猺入寇,出宫女七十六人。"可见苏辙所述灾情属实,朝廷的应付办法是"出宫女",地方官的办法则是苏辙所指责的"闭籴",就是将自己辖区内的多余粮食收购起来,以免灾区的流民到自己的辖区来"逐熟",同时也可囤积居奇,抬高粮价,以增加收入。此年十月,有河南府的一个草民裴筠,上书请"上感虫蝗水旱",对熙宁以来的各种经济政策提出批判,被责为"语言狂悖,事理诞妄","特送五百里外州军编管,所有讲议司许陈言利害文字指挥勿行"[①]。不但将裴筠本人流放,而且再不许人"陈言利害"。因为正值确定"绍述"路线的重要时际,而路线斗争显然被认为远比救灾重要,所以摆明了对灾情坚决不睬的态度。政府既如此不仁,能让苏辙感动的便只有老天的仁心了,当蝗虫的遗种像蚕苗那样到处孵育时,一场大雪将之打入土中,又随着雪水的融化流到河里,被鱼吃掉。苏辙认为这一场大雪可以免去来年的蝗灾,令"丰年"有望,所以高兴得喝起了酒。然而,他的愿望落了空,在次年(崇宁二年)十一月二十七日作的《次迟韵对雪》中,我们又能看到"今年恶蝗旱,流民鬻妻子"的句子,于是他又只好指望老天下雪来消灭蝗种:"号呼人谁闻,愍恻天自迩。繁阴忽连夕,飞霰堕千里。"[②]雪是下了,诗也写了,可他的心情并没有像去年那么高兴了。果然,崇宁三年仍受蝗害,《宋史·徽宗纪》载:"是岁诸路蝗,出宫女六十二人。"此年冬天,苏辙没有留下关于下雪的诗。但崇宁四年三月二十三日作的《喜雨》诗中,却回忆道:"经冬雪屡下,根须连地脉。"认为去冬下雪令麦子的收成有望,雪后虽有百日久旱,而三月二十三日忽得

[①] 《续资治通鉴长编拾补》卷二十,崇宁元年十月戊寅条,上海古籍出版社,1986年。
[②] 苏辙《次迟韵对雪》,《苏辙集·栾城后集》卷三。

时雨,如果再下几天,"继来不违愿,饱食真可必。民生亦何幸,天意每相恤"①。他能够指望的也只有"天意"了,所谓"时人浅陋终无益,径就天公借一丰"②,淡淡的语句含着无比沉痛。

然而,崇宁四年的冬天却令苏辙有些兴奋。此年,宋徽宗完成了定九鼎、造大晟乐的"伟业",觉得天下太平,礼乐崇兴,可以表示宽仁了,于九月下诏大赦天下,对党禁也有所放松,允许流人内徙;同时,由于蔡卞不愿附和兄长蔡京与宦官童贯勾结,而离开了朝廷,赵挺之又与蔡京不和,使蔡京及其主持的政策有所动摇。到冬至之日,预示丰年的瑞雪降下,苏辙于是作《冬至雪》一首:

> 旱久魃不死,连阴未成雪。微阳九地来,颠风三日发。父老窃相语,号令风为节。讲武罢冬夫,畿甸休保甲。累囚出死地,冗官去烦杂。手诏可人心,吾君信明哲。风频雪犹吝,来岁恐无麦。天公听一言,惟幸早诛魃。③

徽宗喜欢以不经三省签署的"御笔手诏"来下命令,表示他凌驾于政府之上的权威。这种违反"祖制"的权威本是蔡京利用来压服政敌的手段,但它一旦摆脱蔡京的控制,便也给反对蔡京的人带来期待。苏辙看到手诏停罢了他所反对的保甲法,觉得很"可人心",无异于冬至的瑞雪。但是要保证来年的麦子有收,眼前的一点雪还不够,因为长期以来肆虐的旱魃还未受诛。在这里,旱魃、雪、天公,构成了一个政治隐喻。此后不久,又作《春后望雪》,看来雪还是不多。次年春作《甲子日雨》云:"一冬无雪麦方病,细雨迎春岁有望。"④雪虽不足,雨却来

---

① 苏辙《喜雨》,《苏辙集·栾城后集》卷四。
② 苏辙《冬至雪二首》之一,《苏辙集·栾城三集》卷三。
③ 苏辙《冬至雪》,《苏辙集·栾城后集》卷四。
④ 苏辙《甲子日雨》,同上书。

得及时。他认为这时雨的到来就是"诛旱魃"所致,其《喜雨》诗云:

> 历时书不雨,此法存《春秋》。我请诛旱魃,天公信闻不?魃去未出门,油云裹嵩丘。濛濛三日雨,入土如膏流。二麦返生意,百草萌芽抽。农夫但相贺,漫不知其由。魃来有巢穴,遗卵遍九州。一扫不能尽,余孽未遽休。安得风雨师,速遣雷霆搜。众魃诚已去,秋成傥无忧。①

由首句可知,苏辙晚年诗中以月日记载的雷雨霜雪,确实隐含《春秋》之意。崇宁五年(1106)正月,毁"元祐党人碑",二月蔡京首次罢相。与此诗对照,诗中的"旱魃"非蔡京莫属。然而,他觉得蔡京的同党余孽尚多,并未扫清,故又盼望着"雷霆"震除"众魃"。这无疑也是政治隐喻。

"雷"作为某种隐喻,在大观二年(1108)所作的《春无雷》中,也很容易体会到:"天公爱人何所吝,一春雨作雷不震。雷声一起百妖除,病人起舞不须扶。"②这年元旦,宋徽宗于大庆殿举行了盛大的"受八宝"仪式,就是接受八个玉玺,以此证明自己是有史以来最伟大的君主。同时当然要大赦天下,许多"旧党"人士(包括苏辙弟子张耒)得以"出籍",就是不把他们算作"元祐党籍"中人了。苏辙也于此年意外地得到优待,连续两次获得"复官",虽无职务,而级别得到升迁③。这些大概就是诗中"雨"的喻义,可是苏辙真正盼望的是"雷",除去"百妖"的"雷"。不久后写《仲夏始雷》云:

> 阳气溟蒙九地来,经春涉夏始闻雷。麦禾此去或可望,桃李

---

① 苏辙《喜雨》,同上书。
② 苏辙《春无雷》,《苏辙集·栾城三集》卷一。
③ 见孙汝听《苏颍滨年表》,大观二年条。又,《栾城后集》卷十八有《谢复官表二首》。

向来谁使开？号令迕遵人共怪,阴阳颠倒物应猜。一声震荡虽惊耳,遍地妖氛未易回。①

天上的雷响了,麦禾有望收成,可朝廷却未有"雷",故仍觉"遍地妖氛"。苏辙所向往的"雷",是指向他所谓的"旱魃"即蔡京集团的吧。

目前难以指实苏辙晚年诗中的雷雨霜雪等天气变化——皆有隐喻,但其中不少是政治隐喻,却可以断言。所以,他的那么多标明时间之诗,并不属于中国古典诗歌中占着一大类目的"岁时节气"诗,其表层含义是忧农,其深层含义是喻政——这是苏辙创造的《春秋》诗法。

三、人格隐喻：秋扇竹柏

苏辙的隐喻并不仅限于雷雨霜雪。

蔡京的第二次罢相,在大观三年六月。此年苏辙有咏秋扇的诗：

箧中秋扇委尘埃,春晚炎风拂面来。旧物不辞为世用,故人相见莫心猜。②

诗大概作于晚春,蔡京还未罢,但《宋史·石公弼传》云："遂劾蔡京罪恶,章数十上,京始罢。"其风声必早已传出,故苏辙有"炎风拂面"之感。第三句的寓意很明显,他仍有再起从政的期待。关于秋扇的诗还有他生存的最后一年即政和二年作的《感秋扇》：

团扇经秋似败荷,丹青仿佛旧松萝。一时用舍非吾事,举世

---

① 苏辙《仲夏始雷》,《苏辙集·栾城三集》卷一。
② 苏辙《去年秋扇二绝句》之一,《苏辙集·栾城三集》卷二。

炎凉奈尔何？汉代谁令收汲黯，赵人犹欲用廉颇。心知怀袖非安处，重见秋风愧恨多。①

被废弃的政治家以秋扇自喻，在古诗中并不少见，但像"一时用舍非吾事，举世炎凉奈尔何"那样的警句却不多，上句是颜子居陋巷不改其乐之意，下句则谓不辞为世所用。

非仅如此，苏辙庭园中的花竹松柏，也经常被他赋予某种隐喻的含义。此处对其竹、柏诗稍作解析。大观四年春天，因向来常青的竹子居然枯黄凋落，作《春阴》诗云：

春后谁令百日阴，雨淫风横两相侵。天公未有惜花意，野老空存念麦心。共怪丛筠亦黄落，终怜老桧独萧森。过中不克阳安在，夏旱前知未易禁。（自注：是春所在竹林皆黄落，顷所未见。）②

将竹子的黄落归罪于"天公"不调阴阳，其寓意不待言。诗里出现的花、麦、竹、桧，当然不可一一落实所指，但它们有着超越花、麦、竹、桧本身的含义，则不难确认。令人感到奇怪的是，此年黄落的竹子，经一场雷雨后居然又有了生机，长出了新笋，于是又有《林笋复生》诗：

春寒侵竹竹憔悴，父老皆云未尝记。偶然雷雨一尺深，知为南园众君子。从地涌出长如人，一一便有凌云气。吾家老圃倦栽接，但以岁寒相妩媚。一朝纷纷看黄落，嵇阮相过无醉地。阴阳往复知有数，已病还瘳非即死。呼童径语邻舍翁，种竹未改当年意。姚黄左紫终误人，千叶重台定何事。③

---

① 苏辙《感秋扇》，《苏辙集·栾城三集》卷三。
② 苏辙《春阴》，《苏辙集·栾城三集》卷二。
③ 苏辙《林笋复生》，《苏辙集·栾城三集》卷二。

竹喻君子,在这首诗里已明白道出,并与"姚黄左紫"、"千叶重台"的牡丹花形成了对照①。但苏辙的关怀不停留于品格比照,而又指向"阴阳往复"之数,即超越一时的荣枯,在更大的时空背景上思考命运,这使他真正迈向了诗人比兴的极致之境,即太史公所谓"小雅怨诽而不乱",虽然含着怨诽,却不因此扰乱了心志,甚至失心病狂,而是自信无悔,百折不挠,以待后圣。"种竹未改当年意",便透露出坚定和沉着。此在苏辙写柏树的诗里表现得更明确,《老柏》:

> 柏根可合抱,柏身长百尺。我年类汝老,我心同汝直。我贫初无居,爱汝买此宅。索居怀旧友,开轩得三益。风中有余劲,雪后不改色。我贫不栽花,绕屋多种竹。全家谬闻道,举目无他物。晨兴辄相对,知我有惭德。②

全诗以"我"与"汝"(老柏)对白比类的口吻写出,而其要义在于"闻道"。因为"闻道",所以坚定不乱,这当然就是箪瓢自乐的颜子之道。

以上择要解析苏辙诗中的隐喻,此外如《白菊》《伐双谷》③等诗,读来也明显感觉其有所隐喻,但难以窥见其意,不拟穿凿。如果上面的解析不算牵强附会,那么,说苏辙晚年诗里隐藏了一个以雷雨霜雪等天气变化和竹柏秋扇等身边之物构成的政治或人格隐喻系统,应该不算言过其实。《春秋》记天变以褒贬时政,《离骚》咏香草美人以寄托情怀,两种传统被自觉地结合起来。可以注意的是,苏辙不写香草美人而改咏竹柏,自是宋人审美观之反映;更重要的是,他不像屈子那样一身憔悴泽畔而灵魂狂奔不已,无处安宁,终赴鱼腹,他始终

---

① 苏辙另有《谢人惠千叶牡丹》《同迟赋千叶牡丹》诗,见《苏辙集·栾城三集》卷一。但苏辙笔下的花,其喻义未必全为否定,随各诗所咏角度而有不同。
② 苏辙《老柏》,《苏辙集·栾城三集》卷二。
③ 俱见《苏辙集·栾城三集》卷二。

保持着清醒洞达的理智态度,和坚定沉着的成熟作风。毕竟,他寄寓于自己的诗世界中的是颜子式的"内圣"人格,即便有怨愤,也经了禅宗和道学思想的冲洗,写出的是宋型的《离骚》。

四、政治批判

箪瓢自乐的人生态度并不意味着对政治的漠然,否则又何必《春秋》诗法?《礼记·儒行》云:"虽危起居,竟信其志,犹将不忘百姓之病也。其忧思有如此者。"对百姓之病的真正关怀当然与求禄弄权不可同日而语,但也难以否认,这是一种"忧思",与不改其乐的"乐"多少有些矛盾。这一点苏辙自己也感觉到:"人言里中旧,独有陈太丘。文若命世人,惜哉忧人忧。"①他自己是想做到不"忧",可是《久雨》诗又明说"闲居赖田食,忧如老农心"。大观元年七月朔,作《苦雨》诗云:

> 蚕妇丝出盎,田夫麦入仓。斯人薄福德,二事未易当。忽作连日雨,坐使秋田荒。出门陷涂潦,入室崩垣墙。覆压先老稚,漂沦及牛羊。余粮讵能久,岁晚忧糟糠。天灾非妄行,人事密有偿。嗟哉竟未悟,自谓予不戕。造祸未有害,无辜辄先伤。箪瓢吾何忧,作诗热中肠。②

《宋史·徽宗纪》载:"是岁秦凤旱,京东水,河溢,遣官振济,贷被水户租。庐州雨豆,汀、怀二州庆云见,乾宁军、同州黄河清。"灾情与祥瑞并列在一起,令人哑然失笑,不知道京东路溃决的黄河流出的是清水还是浊水?看来不但是京东遭水,苏辙所在的京西路也苦于雨情严

---

① 苏辙《遗老斋绝句十二首》之十一,《苏辙集·栾城三集》卷二。
② 苏辙《苦雨》,《苏辙集·栾城三集》卷一。按末句"箪瓢"原作"箪瓢",以意改。

重,毁坏的墙垣压了老人和小孩,大水漂走了牛羊,存粮不多,田地无收,到冬天怕要饿肚子,如果灾民们知道庐州的天上会掉下豆子来,该如何感想？苏辙禁不住直言斥责:"嗟哉竟未悟,自谓予不戕。造祸未有害,无辜辄先伤。"自己箪瓢自乐,本可无忧,可是提笔作诗,不禁中肠发热。杜甫曾有诗云:"穷年忧黎元,叹息肠内热。"①这是一种无法克制的愤懑,它突破了苏辙的隐喻系统,于是出现直接批判政治的作品。

如孔凡礼先生的文章所分析的,《八玺》诗和《买炭》诗都是直接批判徽宗朝政治的力作,又如他的《苏辙年谱》崇宁五年下分析的《丙戌十月二十三日大雪》诗,与政和元年下所分析的《秋稼》诗等,也都是"热中肠"的作品。这些诗中,笔者认为最重要的是《丙戌十月二十三日大雪》,因为它不但是《栾城三集》的压卷之作,而且批评的是蔡京经济政策的支柱——大钱法：

> 秋成粟满仓,冬藏雪盈尺。天意愍无辜,岁事了不逆。谁言丰年中,遭此大泉厄！肉好虽甚精,十百非其实。田家有余粮,靳靳未肯出。闾阎但坐视,惄惄不得食。朝饥愿充肠,三五本自足。饱食就茗饮,竟亦安用十。奸豪得巧便,轻重窃相易。邻邦谷如土,胡越两不及。闲民本无赖,翩然去井邑。土著坐受穷,忍饥待捐瘠。彼哉陶钧手,用此狂且慼。天且无奈何,我亦长太息。②

丙戌是崇宁五年。依《宋史·徽宗纪》所载,之前的崇宁元、二、三年连受蝗害,四年江浙一带水灾,之后的大观元年北方水灾,唯崇宁五

---

① 杜甫《自京赴奉先县咏怀五百字》,仇兆鳌《杜诗详注》卷四,中华书局,1979年。
② 苏辙《丙戌十月二十三日大雪》,《苏辙集·栾城三集》卷一。

年没有灾情记录,可称丰年。但苏辙却道:"谁言丰年中,遭此大泉(钱)厄!"这大钱是对北宋的基本通货小平钱而言的,始于神宗熙宁年间的当二钱,蔡京于崇宁元年主政后,变本加厉,陆续推出当五、当十钱,崇宁三、四年间,几乎一力铸造当十钱。由于大钱的面值虽是小平钱的二倍、五倍、十倍,实际的重量、大小、成分却没有相当比例的优越性,所以往往得不到普通百姓的信任,且因面值和实值的差距,使私自熔毁小平钱改铸大钱有利可图,故所谓"盗铸"问题日益严重。这样一来,大钱在民间市场必然贬值。但从某种角度说,这贬值也符合发行大钱的目的,因为民间虽贬值,而大量铸钱的政府一方在第一次使用时仍可借其威力保证面值所规定的购买力,所以这大钱就像海绵一般,把民间的财富吸收到中央,令连年灾害之下的政府收入仍大大增加。反过来,种粮换钱的农民必然大受损失,几年下来,他们既不敢相信大钱,又因为朝廷推行大钱及"盗铸"的影响,令市面缺乏他们相信的小平钱,所以只好不卖粮,如此便引起城市的饥荒,闲民成为流民,而土著(有产业在当地者)不忍离去,只好挨饥。崇宁五年蔡京已罢相,赵挺之力图停止这一货币政策,但大钱带来的问题犹如此严重。苏辙谓:"彼哉陶钧手,用此狂且愎。"可谓深恶痛绝。不过,大钱也有携带方便的优点,其性质与纸币有些相似,原是商品经济发展的产物,另一方面也是当时产铜量不足以维持小平钱的铸造量所致。苏辙的意见,好像说当三、当五的程度可以接受,当十便不能接受。然而,徽宗朝虽复"新法",但王安石那些增加政府收入的老办法并不能满足徽宗,蔡京制礼作乐、造就"丰亨豫大"的盛世气象的财政需要,除了大钱政策,先后代替蔡京的赵挺之、张商英都没有更好的办法来满足徽宗,所以终徽宗一朝,蔡京屡罢屡起,徽宗想抛开他,却又离不开他。就在苏辙写此诗后不久,大观元年正月,蔡京复相,正合了苏辙所谓"天且无奈何,我亦长太息"。

确实,除了愤激外,苏辙更多的时候是感到无奈,"老人气力年年懒,世事如花种种新"①、"此心点检终如一,时事无端日日新"②,他甚至觉得自己仿佛已不属于这个世界。在徽宗,是自以为继承着他的神圣的父亲——宋神宗的事业,在世间唯一正确的理论——王安石"新学"的指导下,创造了历史上最伟大的新时代。按当时的权威意识形态,苏辙是个思想充满错误、行为相当恶劣而幸获宽赦的罪人,他的文字被视为毒草,禁止传播。而同时,在蔡京的竭力主持下,全国上下兴起了官办的学校,统一学习"新学"的《三经新义》和《字说》,并以此取士,便是苏辙的侄孙苏元老,一进入科举的考场,也必须放弃自己的家学,"读《诗》俯就当年说,答策甘从下第收"③,若不依"新学"答卷,是没有录取希望的。这样时间一长,世上不被权威意识形态卷着走的终属少数,苏辙便很难为新生的一代所理解,在世人眼中成为一个执迷不悟、孤僻古怪的老人。虽然他依然无比珍视地把东坡和自己的作品深藏起来④,虽然他还故作不解地问人"胡为窃王介甫之说以为己说"⑤,甚至也勉励年轻人中进士以后可以抛掉敲门砖,寻真正的学问来"湔洗"头脑⑥,然而,以孤独的理性壁立千仞抗拒举世滔滔的潮流,除了悲壮外也还有疲倦。即便他笔下的"日日新"、"种种新"仍带有讽刺的意味,但无奈的感觉毕竟更强。人会老,会病,会累,与一个不属于自己的世界告别,也不失为一种解脱,政和元年的除夕,是苏辙在世的最后一个除夕,有诗云:

屠苏末后不辞饮,七十四人今自稀。筋力明年应更减,诚心

---

① 苏辙《次迟韵千叶牡丹二首》之二,《苏辙集·栾城后集》卷三。
② 苏辙《岁莫口号二绝》之二,《苏辙集·栾城后集》卷四。
③ 苏辙《送元老西归》,同上书。
④ 苏辙《题东坡遗墨卷后》:"斯文久衰弊,泾流自为清。科斗藏壁中,见者空叹惊。"《已丑除日二首》之一:"《春秋》似是平生事,屋壁深藏付后贤。"俱见《苏辙集·栾城三集》卷二。
⑤ 苏籀《栾城遗言》。
⑥ 苏辙《送元老西归》云:"从此文章始自由。"苏籀《栾城遗言》记:"公言:近世学问濡染陈俗却人,虽善士亦或不免。盖不应乡举,无以干禄。但当谨择师友湔洗之也。"

忧世久知非。脾寒服药近方验,风痹经冬势渐微。得罪明时归已晚,此生此病任人讥。①

语气仍带点倔强,但毕竟已抱了放弃的打算。我们可以记得这个老人确曾"诚心忧世",而不必责备他"消极"吧。

五、艺 术 渊 源

最后谈一谈苏辙晚年诗的艺术渊源问题。赵与时《宾退录》卷六云:

> 曾端伯(慥)以所编《百家诗选》遗孙仲益(觌),仲益复书云:"……白公诗所谓辞达,大抵能道意之所欲言者。苏黄门诗已不逮诸公,北归后效白公体,益不逮,惟四字诗最善。张文潜晚年诗不逮前作,意谓亦效白公诗者。公述潘邠老言,文潜晚喜白公诗。信矣,如所料也。"②

孙觌认为苏辙和张耒的晚年诗都学白居易③。确实,白居易对宋诗的影响不限于宋初的"白体",他的诗歌语言提供了一种"辞达"的基准,用现在的话说,就是准确地表达意思而让人容易理解的"规范的汉语书面语"。不但是在中国,就整个汉字文化圈而言,白居易也具有这样的意义。宋代诗人无论追求"辞达"还是追求故意的生涩,也都离

---

① 苏辙《除日二首》之一,《苏辙集·栾城三集》卷三。
② 赵与时《宾退录》卷六,上海古籍出版社,1983年。按孙觌书见《鸿庆居士集》卷十二《与曾端伯书》,《文渊阁四库全书》本。
③ 清代汪琬《尧峰文钞》(《四部丛刊》本)卷二十七《皇清诗选序》:"且宋诗未有不出于唐者也,杨刘则学温李也,欧阳永叔则学太白也,苏黄则学子美也,子由、文潜则学乐天也。"也认为苏辙诗学白居易。

不开这个基准。就苏辙来说,白居易确实是他自觉的学习典范。据苏籀的回忆,"公曰:'唐士大夫少知道,知道惟李习之、白乐天。'喜《复性书》三篇,尝写《八渐偈》于屏风"①。宋人往往贬唐人"不知道",韩愈与李翱勉强可算例外,但也受到怀疑,而许白居易为"知道"的,可能只有苏辙一个,主要的原因是苏辙跟白居易一样喜欢参禅。既然认同其"道",则诗文创作自然也受其影响。还在贬谪岭南之时,苏辙就写过《书白乐天集后二首》②,至去世前一年(政和元年),犹有《读乐天集戏作五绝》诗③,从五个方面将自己与白居易进行对比。可见,说苏辙"北归后效白公体"是大致不错的。就其晚年诗而言,虽然内容上有不少隐喻,有时并不容易窥测其意,但在语言层面上,可以说既规范又浅近,字面意思不难理解。

然而,孙觌对苏辙"效白公体"的结果是否定的,认为那使苏辙本来就差的诗变得更差了。同时,他却肯定苏辙的四言诗为"最善"。其实,四言诗只有《栾城三集》卷五所收的四首,笔者反复阅读,也感觉不到它们与苏辙的五、七言诗有多大的风格上的差别。按通常的见解,四言诗的体制古老,与白居易的语言风格并不相配,像柳宗元《平淮夷雅》那样的作品才更易获得赞赏。如果苏辙学白体作五、七言是失败的,那么作四言应该更失败。孙觌的批评显得费解。

对苏辙诗的批评也来自朱熹,他说:"苏子由爱《选》诗'亭皋木叶下,陇首秋云飞',此正是子由慢底句法。某却爱'寒城一以眺,平楚正苍然'十字,却有力。"④所谓"慢底句法",大概是指意思进展的节奏缓慢。一首诗由几个句子组成,在句子与句子之间,或为平行铺展的关系,或为递进转折的连接,如果前一种情形出现较多,就显得节奏

---

① 苏籀《栾城遗言》。
② 见《苏辙集·栾城后集》卷二十一。
③ 见《苏辙集·栾城三集》卷三。
④ 《朱子语类》卷一四〇,中华书局,1986年。

舒展而缓慢,后一种情形则因进展快而显得"有力"。这样,由于对偶的一联经常是平行铺展的关系,节奏自然比不对偶的"十字"要慢些。但两种句式本身其实并无优劣之分,要在运用得当而已。朱熹拿偶句与"十字"作对比,有点不太合适。他的意思是怪苏辙诗的节奏太慢,但苏辙本人正是要追求从容不迫的气象吧。

尽管孙觌和朱熹都抱着否定的态度,但他们指出的两点,即浅近的语言与舒缓的节奏,确是苏辙晚年诗风的一个方面,白居易的影响在这方面体现得很明显。不过,就苏辙本人的艺术追求来说,也并不是仅以学习白居易为满足的。宋人已经注意到苏辙在诗评方面有个特殊的习惯,就是喜欢夸奖别人的诗像唐代的储光羲。这储光羲的诗在宋代并不引人注目,苏辙却至少在夸参寥和韩驹的时候都说其诗像储光羲①。可见储光羲诗在苏辙心目中有着特殊的意义,此意义在《栾城遗言》中有明确的表述:

> 唐储光羲诗,高处似陶渊明,平处似王摩诘。

由此可知,储光羲只是一个阶梯,顺着这个阶梯要走向苏辙与东坡、山谷共同心仪的艺术高峰:陶渊明。苏辙曾赞东坡的诗"比杜子美、李太白为有余,遂与渊明比"②,说明他是把陶渊明看得比李白、杜甫更高的。看来,白居易的意义可能与储光羲相似,即走向陶渊明的阶梯。当然,王维也被安置在这个系列中,如惠洪所记:

> 《书事》:"轻阴阁小雨,深院昼慵开。坐看苍苔色,欲上人衣

---

① 《风月堂诗话》(中华书局,1988年)卷下:"苏黄门评参寥诗,云酷似唐储光羲。参寥曰:'某平生未尝闻光羲名,况其诗乎?'或曰:'公暗合孙吴,有何不可?'"苏辙《题韩驹秀才诗卷》(《栾城后集》卷四):"我读君诗笑无语,恍然重见储光羲。"
② 苏辙《子瞻和陶渊明诗集引》,《苏辙集·栾城后集》卷二十一。

来。"又:"若耶溪上踏莓苔,兴尽张帆载酒回。汀草岸花浑不见,青山无数逐人来。"前诗王维作,后诗舒王(王安石)作。两诗皆含其不尽之意,子由谓之不带声色。①

这"不带声色"一语,大概可以看作苏辙对陶渊明、王维、储光羲、白居易诗的艺术特质的认识。当然不是说那四人的诗全是如此,只是苏辙看到他们之间有某方面的共同点,以此来概括。按我们的体会,这"不带声色"的明净淡泊之境,可能主要是就陶诗而言,其他的三人被看作学习的中间阶梯,就好像东坡把柳宗元当作学陶的中间阶梯。

然而,据本文前面的分析,苏辙晚年诗的内容并不一味清淡,甚至还有许多复杂深微的隐喻。虽然不能说学陶就一定清淡,但论到深微曲折的表达,诗歌史上毕竟有着更为成功的范例,如吕本中所记:"苏子由晚年多令人学刘禹锡诗,以为用意深远,有曲折处。"②笔者认为,吕本中说的这一点很重要,刘禹锡深远曲折的怨刺风调,也是苏辙晚年诗的一个艺术来源。而且,当我们把苏辙的晚年诗看作一部诗体的《春秋》,一部宋型的《离骚》时,刘禹锡的典范意义还要高于陶渊明。

自然,《春秋》和《离骚》本身是更重要的艺术渊源,而且,也不能不提到苏辙一生敬慕和追随的兄长东坡。东坡生前曾嘱咐子侄云:"《春秋》古史乃家法,诗笔《离骚》亦时用。但令文字还照世,粪土腐余安足梦。"③将此遗言付诸创作实践的,首先是他的弟弟苏辙。

---

① 惠洪《天厨禁脔》卷中,张伯伟编校《稀见本宋人诗话四种》第132页,江苏古籍出版社,2002年。
② 胡仔《苕溪渔隐丛话》前集卷二十"刘宾客"目下引吕氏《童蒙训》,人民文学出版社,1962年。
③ 苏轼《过于海舶得迈寄书酒……并寄诸子侄》,《苏轼诗集》卷四十二,中华书局,1982年。

三 关于麻沙本《类编增广颍滨先生大全文集》

《文学遗产》2004年第1期刊登了舒大刚、李冬梅先生的大作《苏辙佚文二篇：〈诗说〉、〈春秋说〉辑考》，从茅坤的《唐宋八大家文钞》录出苏辙的两篇佚文。由于资料不足，未能指出此二文的更早出处。事有凑巧，2003年在日本东京，我曾于内阁文库读到南宋麻沙本《类编增广颍滨先生大全文集》，其卷八十七收有"程试论"九篇，标为：《观会通以行典礼》《刑赏忠厚之至》《史官助赏罚》《易》《易》《易》《诗》《论洪范五事》《春秋》。其中的《诗》《春秋》二论，就是《唐宋八大家文钞》所收的《诗说》《春秋说》。

麻沙本《类编增广颍滨先生大全文集》一百三十七卷，是现存苏辙文集的较早版本，傅增湘《藏园群书经眼录》曾著录考证，值得重视。现在流传的苏辙文集《栾城集》，是苏辙亲手编定，当然最为可信，但也由于是作者自己编集，所以必然有所去取，把他认为不必或不该收入的文章删掉了。麻沙本既然号称"类编增广"，多少会加进一些《栾城集》外的作品。南宋时流行三苏文章，其手迹深受收藏者青睐，刻书的人得到几篇集外的佚文，也不奇怪。《大全集》卷八十七将所收的九篇文章归为"程试论"一类，对照《栾城集》和有关传记资料，《刑赏忠厚之至论》和《史官助赏罚论》见《栾城应诏集》卷十一，确是应试之文；三篇《易》论即《栾城三集》卷八的《易说三首》，《论洪范五事》也即该卷的《洪范五事说》，《观会通以行典礼论》则见于《栾城三集》卷六，这些都不是苏辙的"程试"之文，而是晚岁退居颍川以后，指点诸孙读书的时候所作,体式有些像应试之文,致被《大全集》编者误认为"程试论"。由此看来,《诗说》和《春秋说》也可能是晚年为指点诸孙读书而作的文字。因为苏辙另有《诗集传》和《春秋集解》两部专著详论二文中提到的观点,所以他没有将这二文收入自编的集子。

将《大全集》的文本与舒、李二先生的录文对勘,稍有不同。《诗说》中"得遗文于战国之余",《大全集》"战国"作"煨烬";"使后之学者释经之旨",《大全集》"释"作"绎";"自以为乐者",《大全集》作"自以为至乐也";"非汉诸儒相奥论撰者欤",《大全集》"奥"作"与";"何其误诗人之旨尚如此",《大全集》"误"作"悟";"江汜之间",《大全集》"汜"作"沱"。《春秋说》中"则中国几于沦胥矣",《大全集》作"则中国几为夷狄矣";"其人不足与褒贬欤",《大全集》句首多"亦"字。凡此皆是《大全集》的文本优于舒、李二先生录文之处。

二文对于苏辙研究的意义,舒、李二先生所论极是,我所作的以上补充,全因麻沙本而来,故想通过《文学遗产》,向学术界传达麻沙本的信息,也为舒、李的辑佚作一印证。

四 关于婺刻《三苏先生文粹》所载策论

12世纪前半叶,金兵破汴,宋室南渡。北宋后期对元祐学术、三苏文集的数十年禁锢政策销于无形,官方的书籍、档案管理体系也在战乱中土崩瓦解,各种难见文献四散传播,给出版业提供了前所未有的自由度和丰富性。于是,南宋境内迅速地形成了几大出版中心,被后世版本学者珍为拱璧的浙本、蜀本、建本,几乎一时登场,而流传至今或见于记载的,都有关于三苏的出版物。这使南宋初期在三苏文献出版上呈现出井喷一般的景观,到宋孝宗乾道九年(1173)朝廷追赠苏轼为太师时,已是"人传元祐之学,家有眉山之书"[1]的地步。上海图书馆所藏的婺州刻本《三苏先生文粹》,就是当时所刊的善本之一。

一、婺刻《三苏先生文粹》

从藏书印来看,此婺州刻本在进入上海图书馆之前,曾经三家收藏。"海源残阁"、"宋存书室"、"东郡宋存书室珍藏"、"东郡杨绍和字彦合藏书之印"、"杨承训印"、"瀛海仙班"等印,说明它是山东聊城海源阁的旧藏;"幼平珍秘"、"翼盦珍秘"二印,属于民国初负责为故宫

---

[1] 《苏文忠公赠太师制》,郎晔《经进东坡文集事略》卷首,《四部丛刊》本。参见孔凡礼《苏轼年谱》第1440页,中华书局,1998年。

博物院鉴定书画的朱文钧(1882—1937);而"王文进印"、"晋卿珍藏"二印,则说明它曾属民国时在北京开设文禄堂书肆的王文进(1894—1960)。据傅增湘《藏园群书经眼录》所载,1941年底,他正是在文禄堂看到此书:

> 《三苏先生文粹》七十卷,宋苏洵、苏轼、苏辙撰。宋婺州吴宅桂堂刊本,版高五寸四分,半面阔三寸九分,是巾箱本。每半叶十四行,每行二十六字,白口,四周双阑。版心下鱼尾下记字数及刊工姓名,有吴正、刘正、翁彬、何昌等。避宋讳至"慎"字止。字体俊整,镌工精湛。目后有牌子,文曰:
>
> 婺州义乌青口
> 吴宅桂堂刊行
>
> 首叶冠以御制苏文忠文集叙赞,十一行二十字。第一至十一卷老泉先生,十二至四十三卷东坡先生,四十四至七十卷颍滨先生。卷首钤有"忠孝"白文葫芦印,甚古。海源阁旧藏,有杨绍和及宋存书室诸印。(辛巳十二月十三日文禄堂取阅。)①

傅氏的所有描述,与上图的藏本一一符合,可知其所见正是此本②。避宋讳止于"慎"字,则是宋孝宗时期所刻。"字体俊整,镌工精湛"八字,此本当之无愧。

---

① 傅增湘《藏园群书经眼录》第1282页,中华书局,2009年。
② 祝尚书《宋人总集叙录》(中华书局,2004年)第87页,引用了傅氏著录后,谓"此本今藏国家图书馆",误。中国国家图书馆收藏的是另一婺州刻本,牌记作"婺州东阳胡仓王宅桂堂刊行",其中"东阳胡仓王"五字有明显的挖改痕迹,《中华再造善本》据此影印,名之为"宋婺州吴宅桂堂刻、王宅桂堂修补印本"。

除《三苏先生文粹》外，南宋的婺州刻本，现在可以知道的尚有多种，如《欧阳先生文粹》《老泉先生文粹》(十一卷，单行)、《曾南丰先生文粹》，以及《圣宋文选》《文章正宗》《精骑集》等文章选本。这些选本的主要销售对象，应该是场屋举子，故选文大致也努力服务于科举，对各种考试文类如"策"、"论"等收罗得尽量齐全。此种编辑倾向，显示出与作家个人别集的较大差异。对于作家来说，早年的科举应试文章未必是得意之作，而且贡院答题上交之后，也未必保存文稿在手，所以编辑别集时，很少会全部收入。于是，上述场屋用书由于其在收罗应试文章方面的特殊努力，往往包含了作家的许多集外之文，成为其最重要的文献价值。《三苏先生文粹》也不例外，虽是"选本"性质，但其有关科举的文章篇目，则较多溢出苏洵《嘉祐集》、苏轼《东坡集》、苏辙《栾城集》之外。

下文即取"策"、"论"二体稍作比对。

二、苏轼、苏辙的省试答策

《文粹》卷三十一收入苏轼五道策：《禹之所以通水之法》《修废官举逸民》《天子六军之制》《休兵久矣而国用益困》《关陇游民私铸钱与江淮漕卒为盗之由》。这五篇不见于《东坡集》和《东坡后集》，明人编入《东坡续集》卷九，茅维编入《苏文忠公全集》卷七，后者就是今人孔凡礼校点《苏轼文集》(中华书局，1986年)所用的底本。我们若是追究这五策的来历，它们恐怕就是由《文粹》的编者最初搜罗到的苏轼集外之文。孔凡礼又据《休兵久矣而国用益困》篇中有"自宝元以来，赋敛日繁，虽休兵十有余年"等语，计其岁时，推断此五篇是嘉祐二年(1057)省试的答策(《苏轼年谱》，第52页)。这个推断应该是不错的，可以从《文粹》本身得到的旁证是，卷六十五收苏辙的八篇策，前五篇的标题与此相同。二苏于同年进士登科，所以才会有相同题目的省试答策。比对苏辙自编的《栾城集》,这五策加上另外的三篇,整卷八篇文章都未收入,而且今人校点出版的《栾城集》(上海古籍出版社,1987年)、《苏辙集》(中华书局,1990年)乃至《全宋文》的苏辙部分,都漏辑这八篇佚文①。可见《文粹》编者努力的成果,尚未完全被今天的学界所吸收。

进一步研究苏氏兄弟的省试答策,我们还能发现更有趣的线索。欧阳修《居士集》卷四十八有《南省试进士策问三首》,其第一首云:

> 问:昔者禹治洪水,奠山川……夫禹所以通治水之法如此者,必又得其要,愿悉陈之无隐。②

对照之下,不难看出,二苏五策中的第一道《禹之所以通水之法》,就是回答欧阳修的这一首策问的。欧公是嘉祐二年省试的主考官,第一道策由他命题,自是理所当然(其余四道应是别的考官所命题)。

那么,同样是在嘉祐二年通过省试的曾巩,情况又如何呢?《元丰类稿》中同样没有这些答策,但今人校点的《曾巩集》,却从现存金刻本《南丰曾子固先生集》辑得不少佚文,其中有《黄河》一篇,实际上也是在回答欧阳修的这首策问,与二苏《禹之所以通水之法》相同。另外还有《财用》篇,细读文字,可发现其与二苏《休兵久矣而国用益困》也是相同策问的答策;还有《兵乘》篇,相当于二苏《天子六军之制》;《废官》篇,相当于二苏的《修废官举逸民》,都可以无疑③。五策之中,金刻本实际上保存了曾巩的四策,篇题不同,是因为这些答策原本并无标题,都是编者搜集刊刻之时才加上去的。相比之下,《三

---

① 请参考本文后面的附录。
② 洪本健校笺《欧阳修诗文集校笺》第1197页,上海古籍出版社,2009年。
③ 《南丰曾子固先生集》第九、十卷为"杂议"十篇,《财用》《兵乘》在卷九,《废官》《黄河》在卷十,见《曾巩集》第746、752、753页,中华书局,1984年。常见的策问,一首之中包含几个问题,而答策则随问作答,所以根据文中相近文字和陈述的顺序,可作如上判断。

苏先生文粹》所拟的篇题更为妥当,而曾巩的这四篇,从金刻本的编者到今天的辑佚校点者,都未意识到它们是曾巩的省试答策。如果没有《文粹》所录二苏的策文可资比对,我们很难看出曾文的这种性质。

接下来的问题是,婺刻本、金刻本的编者从哪里得到苏、曾的这些集外文章？苏轼的学生李廌在笔记《师友谈记》中曾云,嘉祐二年的考官之一王珪,收藏了苏轼的"论与策二卷稿本",到王珪儿子之时,"论卷窃为道人梁冲所得,今所存唯策稿尔"①。这里指示了科举程文流传的一种可能的途径,就是从与贡院相关的人员那里传出稿本。当然,苏、曾二家自己保存了稿本,虽未编入别集,却被子孙传出,这也不无可能。不过,从曾巩各篇的标题都不够妥当的情况来看,估计他本人和家属并未经手。我们可以猜测稿本流传的各种途径,但其正本,即提交给贡院而保存在政府的科举档案中的正式文本,因为两宋之交档案管理体系的崩溃而四散流出的可能性,也是存在的。这个问题还可以继续研究。

《文粹》卷十六为苏轼《三传十事》,是关于《春秋》三传之文义的十篇解答,也不见于《东坡集》,明人编入《东坡续集》卷九,今见《苏轼文集》卷六。这十篇又见宋刊本《经进东坡文集事略》卷三,题为《南省讲三传十事》,郎晔在题下注云："仁宗嘉祐二年,欧阳文忠公修考试礼部,既置公第二,复以《春秋》对义居第一,即此十事。"②可见它们也是苏轼的科举之文。接下来,《文粹》卷十七为苏轼的《尚书解》十篇、《论语解》二篇和《孟子解》一篇,这些文章连《东坡续集》也不收,在茅维编入《苏文忠公全集》之前,可以说是《文粹》所特有的,文章的性质也很像科举的程文。《文粹》在搜罗三苏有关科举的文字方面,可谓竭尽全力。还应该提到的是,嘉祐二年省试的"论",即《刑赏忠

---

① 李廌《师友谈记》"王丰甫言郁公得东坡进士举论策稿"条,第24页,中华书局,2002年。
② 郎晔《经进东坡文集事略》卷三,《四部丛刊》本。

厚之至论》,二苏虽都收入了别集,但曾巩《元丰类稿》并不收入,《曾巩集》从金刻本辑得的《刑赏论》(《曾巩集》,第759页),实际上就是这篇程文。

三、五经论和《辨奸论》

说到"论",《三苏先生文粹》所收是比"策"更多的。虽然这些"论"基本上都被今人所掌握,目前看来已经并无"佚文"可辑,但还是有不少值得注意之处。

《文粹》编辑三苏的"论",都从有关儒家经典的"论"开头,卷一为苏洵的《易》《礼》《乐》《诗》《书》《春秋》诸论,卷十二为苏轼的《易》《书》《诗》《礼》《春秋》五经论,卷四十四为苏辙的《易说》三首、《诗论》《洪范五事说》与《春秋论》。这样的编辑方针当然是可以理解的,但很可能因此就产生了问题,就是列在苏轼名下的五经论,实际上乃是苏辙之文,由苏辙本人编入了《栾城应诏集》,是嘉祐六年他参加"贤良方正能直言极谏"科考试前按规定上交朝廷的五十篇策论,即所谓"贤良进卷"的组成部分,其著作权属于苏辙,应该毫无疑问[①]。也许就因为苏轼没有关于五经的"论"文,而苏辙另外还有同类文章,所以《文粹》的编者将这一组五经论割属到苏轼名下了。由此带来的后果是,明人编《苏文忠公全集》照收五经论,延误到今人校点的《苏轼文集》,使五经论的归属问题引起了学术争论[②]。

将五经论割属苏轼后,《文粹》编者另外找到了苏辙有关经典的几篇"论",但其中《诗论》《春秋论》二文,却并不见于《栾城集》。此二

[①] 苏轼也于同年参加"贤良方正能直言极谏"科考试,也上交了"贤良进卷",即七集本中的《应诏集》,五十篇策论全,而不包括五经论。参见朱刚《北宋贤良进卷考论》(《中华文史论丛》第93期,2009年3月)。
[②] 顾永新《二苏"五经论"归属考》主苏辙作(《文献》季刊2005年第4期),刘倩《二苏"五经论"归属再考证》主苏轼作(《洛阳师范学院学报》2010年第4期)。

文又见于东京内阁文库所藏南宋麻沙本《类编增广颍滨先生大全文集》卷八十七,可能是苏辙晚年指点诸孙读书时所作模拟程试之文,因为他另外写了《诗集传》《春秋集解》两部专著详论二文中提到的观点,所以没有将这二文收入自编的《栾城集》。此麻沙本在国内并无收藏,而《文粹》则在明代屡被翻刻,估计明人从《文粹》获读苏辙二文,后来还选入了《唐宋八大家文钞》这样传播广泛的选本,致使今人又曾从《唐宋八大家文钞》去辑出苏辙的这两篇"佚文"①。

《文粹》卷四收入了苏洵的《辨奸论》,这也是传世的十五卷本《嘉祐集》(如《四部丛刊》所收影宋本)中所无的。此文的真伪问题,至今仍是学术上的疑案。《文粹》的值得关注处,在于其《辨奸论》的题下有一段话:

> 张文定公撰老苏先生墓表云,嘉祐初,王安石名始盛,党友倾一时,其命相制曰:"生民以来,数人而已。"造作语言,至以为几于圣人。欧阳修亦善之,劝先生与之游,而安石亦愿交于先生。先生曰:"吾知其人矣,是不近人情者,鲜不为天下患。"安石之母死,士大夫皆往吊,先生独不往,作《辨奸》一篇,其文曰。

这段话依据的是张方平《乐全集》卷三十九《文安先生墓表》,"其文曰"的后面便是《辨奸论》全文。这说明,《文粹》的编者是从《墓表》转录了《辨奸论》,而不是直接录自苏洵的某个文集。两宋之交的叶梦得《避暑录话》曾记:

> 《辨奸》久不出,元丰间,子由从安道辟南京,请为明允《墓

---

① 舒大刚、李冬梅《苏辙佚文二篇:〈诗说〉、〈春秋说〉辑考》(《文学遗产》2004年第1期)。稍后,顾永新《苏辙佚文两篇疏证》对此二文在南宋以来诸多刊本中的载录情况作了清理(《江西社会科学》2004年第7期)。

表》,特全载之。苏氏亦不入石,比年少传于世。①

似乎叶氏也把《墓表》视为《辨奸论》的文本来源。这一情况当然不能成为判断真伪的依据,但《文粹》的文本形态至少可以证明叶梦得所记接近事实,就是宋人多从张方平《墓表》而得苏洵《辨奸论》一文。

四、"论"的系列与文集形态

《文粹》编排"论"文的顺序,也很有特色。以卷二十至卷二十三所录苏轼的一系列以历史人物为题的"论"为例,总共三十六篇,有二十篇来自苏轼早年的"贤良进卷",见七集本之《应诏集》,也见郎晔《经进东坡文集事略》卷五至八"进论"部分;另外十六篇则见《经进东坡文集事略》卷十二至卷十四"论"的部分,郎晔有注云:"自此以下十六篇,谓之志林,亦谓之海外论。"②这是苏轼晚年在海南岛写成的。郎晔将苏轼不同时期的两组作品分开编集,而《文粹》却将它们交错混编,如下表:

《三苏先生文粹》卷二十至卷二十三	进论(据《应诏集》)	海外论(据《经进东坡文集事略》)	《苏轼文集》
《武王》		卷十二《武王论》	卷五《论武王》
《平王》		卷十二《平王论》	卷五《论周东迁》
《秦一》		卷十四《始皇论上》	卷五《论秦》
《秦二》		卷十四《始皇论中》	卷五《论封建》

---

① 叶梦得《避暑录话》卷上,《景印文渊阁四库全书》第 863 册第 646 页,台北商务印书馆,1986 年。
② 郎晔《经进东坡文集事略》卷十二总题"论"下注文,《四部丛刊》本。

(续表)

《三苏先生文粹》卷二十至卷二十三	进论(据《应诏集》)	海外论(据《经进东坡文集事略》)	《苏轼文集》
《始皇一》		卷十四《始皇论下》	卷五《论始皇汉宣李斯》
《始皇二》	卷七《秦始皇帝论》		卷三《秦始皇帝论》
《汉高帝》	卷七《汉高帝论》		卷三《汉高帝论》
《魏武帝》	卷七《魏武帝论》		卷三《魏武帝论》
《鲁隐公一》		卷十二《隐公论上》	卷五《论鲁隐公》
《鲁隐公二》		卷十二《隐公论下》	卷五《论鲁隐公里克李斯郑小同王允之》
《宋襄公》		卷十二《宋公论》	卷三《宋襄公论》
《伊尹》	卷七《伊尹论》		卷三《伊尹论》
《周公》	卷七《周公论》		卷三《周公论》
《战国任侠》		卷十四《六国论》	卷五《论养士》
《管仲一》		卷十三《管仲论》	卷五《论管仲》
《管仲二》	卷八《管仲论》		卷三《管仲论》
《范文子》		卷十三《士燮论》	卷三《士燮论》
《伍子胥》		卷十三《子胥论》	卷五《论伍子胥》
《范蠡》		卷十三《范蠡论》	卷五《论范蠡》
《商君》		卷十四《商鞅论》	卷五《论商鞅》
《乐毅》	卷九《乐毅论》		卷四《乐毅论》
《孙武一》	卷八《孙武论上》		卷三《孙武论上》
《孙武二》	卷八《孙武论下》		卷三《孙武论下》

(续表)

《三苏先生文粹》卷二十至卷二十三	进论(据《应诏集》)	海外论(据《经进东坡文集事略》)	《苏轼文集》
《范增》		卷十四《范增论》	卷五《论项羽范增》
《留侯》	卷九《留侯论》		卷四《留侯论》
《贾谊》	卷九《贾谊论》		卷四《贾谊论》
《晁错》	卷十《晁错论》		卷四《晁错论》
《霍光》	卷十《霍光论》		卷四《霍光论》
《诸葛亮》	卷十《诸葛亮论》		卷四《诸葛亮论》
《孔子》		卷十三《孔子论》	卷五《论孔子》
《子思》	卷八《子思论》		卷三《子思论》
《孟轲》	卷八《孟轲论》		卷三《孟子论》
《荀卿》	卷九《荀卿论》		卷四《荀卿论》
《扬雄》	卷十《扬雄论》		卷四《扬雄论》
《韩愈》	卷十《韩愈论》		卷四《韩愈论》
《韩非》	卷九《韩非论》		卷四《韩非论》

看来,《文粹》的编者根据这些"论"所涉人物的身份(天子、诸侯、大臣、思想家)和时代先后,自己排列了一个顺序,所以不但将两组文章混编,偶尔还改动其标题。这种编法,在今天被广泛使用的《苏轼文集》中也留下一些影响,如上表所示,大部分"海外论"见《苏轼文集》卷五,"进论"则见于卷三、卷四,但原属"海外论"的《宋襄公论》与《士燮论》(《文粹》题为《范文子》),却被插在原属"进论"的系列里。这就在一定程度上改变了苏轼别集原来的结构。

混编情况更为复杂的是苏辙有关历史的"论"。苏辙早年的"贤良进卷"中也有一批进论是史论,见《栾城应诏集》;而晚年又写作《历代论》四十五篇,见《栾城后集》卷七至卷十一;另外他还著有《古史》一书,用纪传体写秦代以前的史事,里面有不少论赞,也被后人析出,加个标题,视为单篇史论。这样,苏辙的此类文章就有三组。检麻沙本《类编增广颖滨先生大全文集》,其卷六十二为"古史帝纪论",卷六十三为"古史世家论",卷六十四以下为"古史列传论",这些是从《古史》析出的论赞;卷八十一、八十二"人君论",卷八十三、八十四"人臣论"和卷八十五"杂论"的一部分,都来自《历代论》。虽然按照分类对具体篇目加以重新排序,但《古史》论赞与《历代论》两组文章还是分别编辑的。因这部麻沙本有残缺,我们在其中找不到进论中的史论,但大抵可以推测,它们不会与前两组相混。然而,《文粹》却将这三组文章全部打散,按所论时代顺序交错混编,仅举《文粹》卷四十八的七篇"论"为例:

《三苏先生文粹》卷四八"论"	来　　源
《尧》	《古史》卷二《五帝本纪》
《尧舜》	《栾城后集》卷七《历代论·尧舜》
《舜》	《古史》卷二《五帝本纪》
《夏》	《栾城应诏集》卷一《夏论》
《商》	《栾城应诏集》卷一《商论》
《三宗》	《栾城后集》卷七《历代论·三宗》
《周》	《栾城应诏集》卷一《周论》

《文粹》从卷四八至卷五七,收录苏辙的史论整整十卷,都是以这样的方式编集的。对于南宋的应考举子来说,这样的文本等于按时代顺序汇编了苏辙的有关议论,方便其参考采择,可以说非常符合市场的需要。

除了"论"与"策"之外,《文粹》还收入了三苏的奏议、书、记、序等其他各体文章中具有代表性的作品,比较全面地展现了三苏文章写作的高度成就。而如卷三十九至卷四十一苏轼的《迩英进读》、评史、杂说之类,则是篇幅比较短小的"小品文",其数量不少,且也为《东坡集》《东坡后集》所未收,若要一一追索它们的来源,其难度将比上文所述的"策"、"论"更大。这方面也可以进一步作具体的研究。

在中国文学史上,三苏的文章无疑是"古文"的经典,除文章本身的价值外,这种经典以何种形态被历代传习,也是值得研究和思考的课题。可以说,《三苏先生文粹》的编者以服务于科举为目的,塑造了"三苏文"的一种形态,而呼应了南宋场屋举子的需要。一方面,由于《文粹》在有关科举之文的搜集上几乎竭尽全力,其成果非常出色,故能为我们提供三苏的许多集外文章;另一方面,也由于这么多集外文的加入,且跟三苏别集原有之文混编,就有可能塑造出新的文集形态。在今人整理校点的三苏文集中,苏洵、苏辙的文集是以原来的《嘉祐集》《栾城集》为底本而另附辑佚的集外文,所以整体形态变动较小,但影响最大的《苏轼文集》,则以吸收包括《文粹》在内的各种资料所提供的集外文后重新编纂的《苏文忠公全集》为底本,故《文粹》所有的集外文(如上文所述科举程文)及其编排特点(如上文所述"论"体文章的混编情况),乃至有些文章的标题、文本中的异文等,都对现今通行的文集形态起到了塑造的作用。这是除了搜辑佚文以外,我们研读《文粹》的另一种意义所在。

附录：苏辙佚文八篇（据《三苏先生文粹》卷六十五录）

禹之所以通水之法

天下之有五材，犹人之有五脏六腑也，生而寿夭疾病之变，皆其所为也。故一人之身，养之有道，而无饮食喜怒之伤，则无忧乎寿命之不长；养之而不得其道，治之而不得其法，则反以为害于吾身。盖古者五材之用于天下，莫不有患，幸而皆得圣人以治之，故至于今而无伤。今之天下，知夫江淮之所以流，山川之所以安，草木之所以生，兵刃之所以割，人之所以茹毛饮血者，何也？安知乎圣人修其教，以治五行五材之难也！五材之中，其至柔者易泄，狎而不畏之者，好以败坏天下，故尧之时，水犹逆行，泛滥于天下，得禹而后能止。方禹之治水也，而治河尤难，以为河之所从来者高，下分其势以杀其怒，不欲专以一河受其势。使后世而能守禹之所为，则何患于水之为灾？唯圣人为之甚劳，而后世败之甚易，故至于今，河水岁溢而莫之或救。盖欲决而注之于匈奴者近乎危，筑堤而守之者近乎固，多穿大渠而分其流则劳民而成功迟。求之《禹贡》之遗迹而治之，今之一河，又非若尧之天下皆水也，然欲知夫九州之高下，与禹用功之先后，则禹之行，始于北方之冀、扬，自南而还，入于天下之中，循豫而迄于雍，凡十馀载而后功乃成。使禹之治水，不先治之于崇高之地，而汲汲于卑湿之处，则水之居于高者，必反倾而赴于下，是卑湿之地未可以一用功而已。天下之大川，不过江河淮济，而其小者不可胜数也，不流而入于四渎之中至于海者盖寡矣。九江之相合，伊洛瀍涧之入于河，其势便也。若夫蓄之而不决，如大野之九泽者，则又其势也。呜呼，人之于事，幸其易成而倦其难治，则无以及远，故以嵎夷之略而较之于兖州，虽十三载而不厌也。其书之于《禹贡》而可见者大略如此，而方今之世已不可复用矣。盖古者谋之朝廷之中，而其所以使之甚亲者，皆有其职，故上古有五官以治五材，而水润下。秦汉之间，天下犹有水工郑国之属，以郑当时之谋不能为，逐之而责成于齐之水工徐伯。凡今世之议，其尤便者，不过曰缮旧堤而勿复筑，疏其壅塞而使无决溢之患。若以求其不世之谋，则必有为水工者焉。古之所以能知治水之法者，能因其性而导之，水工者亦善知水之性者。然世之患，又不患乎无水工，而患乎上之不求之也。

修废官举逸民

窃闻古者修废官、举逸民，无异道也，视其所废而修之，视其逸而举之而已耳。今明策乃退自贬损，如不之知而问之诸生，窃以为过矣。盖古者之为天下，审名实而已矣。名之存而实之亡，其与存者有几？唯圣人为能变其名而不废其实。故上古之官，炎帝以火纪，黄帝以云纪，少昊以凤纪，二帝三王纪以其事，而天下皆无废官，历秦而至于汉，以迄于唐，其名虽殊，而其事一也。及吾宋有天下，因其名而参用之，求之于古而以为无废官之名则可，而其实已差矣。盖屯田者古之屯于边而田者也，职方者总四胜之地而识之也。变名者，今以其事而复其事。若夫举逸民之说，则优其礼而重其爵禄，用其言而信其道，使之无怀其山林之乐，尽力于其位而后可也。

天子六军之制

古者为井田以网罗天下之人，而归之于农，故天下无游民，虽天子之兵卫，犹不可特设，而取之于农，使之家出一夫以为兵，而以其馀者为馀夫羡卒。盖使其为兵者止于一人，而其馀夫羡卒得以优游于垅亩之中，而不知其劳。至于田与追胥，然后使之竭作，而又累其田至于四丘之广，而后出兵车一乘。盖古者之优民，其制如此。而其军徒之众，天子至于六军，大国三军，次国二军，小国一军，一军之士万二千有五百人。其有士万二千五百人者,有地五十里者也。至于周衰,诸侯相并吞灭,取以自广其地,而大国兵车或数千乘,恶周之害己而犹未能显然以违之也,故因周之经礼而增损其文,使若大国之制固有千乘矣。千乘非诸侯之所宜有,而鲁实有之,故《春秋传》曰"大蒐于红,革车千乘"。一乘之车,其士之衣甲而射御与为右者二人,从而翼之者七十二人,公车千乘而其士乃当六军之数。夫鲁以诸侯而为天子之制,诗人又从而歌咏之者,将以美其盛而已,非与之言制度既如此矣。又曰"公徒三万",何也?夫三军之士三万七千有五百人,则所谓三万者又非指三军而言之也。是二者皆指其实而言之者也,非礼也。非礼而颂之者何也?《诗》非所以定制度之书也,玩其情而声其穷困,乐其盛大,而诗之道尽矣。古者天子之马十二闲,以应乾之策二百一十有六,而方其美卫文公也,则曰"骓牝三千",此岂其贬之之辞耶?非也。故求诗者不责其合于典礼,而求其情之所在而已。

休兵久矣而国用益困

天下之弊,莫大乎不知其端。故匹夫之家有穿窬之盗,而亡其百金之费,则不足以为忧;无故而日费一金之财,其弊可以立待。何者?其为盗之所夺者止于百金也,无故而用之者未可以量也。故景祐、宝元之间,契丹、灵夏之难相乘而作,兵役并起,而当其时,财用给而上下足者,以其用之之道止于此也。天下既安,四境之患不至,水旱之灾不足以疲弊四海,天子躬慈俭之德以令百官,取之至饶而用之有节,而反骚然有不足之忧者,有以泄之而不知止也。夫中国之所以求和于西北者,将以息民也,息之于锋镝之间而夺其衣食之用,以厚异域,是非所以息之也。今者输金缯,出币帛,岁以百万计,而匈奴之骄不为少屈,西边之士不得解甲,其势非可以久远而无变,乃恬然而不为改,亦过矣。故为今之计,莫若绝而不为交,拒而不为赂,下以休吾民,上以无遗子孙之患。使之显然为叛逆之臣于外,如此而后胜负之数乃可以决。夫匈奴之国,其实不能当中国之半,以倍人之地,选懦而不决,故彼得以邀我。诚能奋而不顾,何患不胜?如此,难者将以为构怨于匈奴,兵连祸结而不可遽解,财用之数将复益缺。窃以为不然。兴兵之弊,止于数年之困,而求和之费,蔓延以及于后世。不忍数年之不足,而不虑后世之患者,智之下也。

关陇游民私铸钱与江淮漕卒为盗之由

谷者天下之所恃以为命也,金者所以转而通之者也。居货千万,积钱盈屋,是非有益乎饥寒之用也,而举天下皆爱之者,为饥寒之权出于钱也。是以钱太重则谷甚贱,谷甚贱则利于商而害于农;钱太轻则谷甚贵,谷甚贵则利于农而伤于商。二者交病,而饥寒之患至。故观其势之极而权之以轻重,使之皆不至于病者,圣人之法也。今者患在钱太轻,惟其钱太轻,是以谷甚贵,而吏民因缘以为奸。况夫秦陇勇挚之臣,吴楚穷烟之卒,固宜其起而犯之矣。且夫钱甚轻而不私铸,则难以易夫衣食之用,谷甚贵则非杀人无以求夫口腹之利,故秦陇之铸钱而窜乎西羌,吴楚之杀人而往来乎江湖之上,其势诚不能不然也。方今远方耆老之民,自言其生而至于今,养生之物,其价十倍,此诚当更之时也。

择 郡 守

天下一体也,畿内之重、海隅之远,其重一也。虽然,畿内之事,皆上之所亲见,郡县之政,远而无以知其详。是以举郡县之政而属之吏,民之休戚喜怒,皆吏之告而吾不与知。故凡择郡县之吏者,尤难于畿内。吾宋分别天下之地以为十七道,郡县之数充满图籍,圣人忧夫民之众,生于远方,不获蒙被王泽,故置官设吏而为之长,而使之宣导盛德于无知之民,以怀其心,使之无独不获其所。盖圣人爱民之心如此其切,然而明策之中,犹以为有司考上,止循定格,外台会课,罕登第一,此谓盖漕刑之过,而非守之罪也。何者?天下之吏,孰能皆贤?不能皆贤,故举而归之漕刑。漕刑不严,故吏惰而不恭。及其不恭,然后计其课之殿最,宜乎其无成功也。昔者汉武之世,吏之贤者有汲黯之持重,郑庄之喜士,倪宽之廉平,董生之文雅,公孙之恭俭,文翁之好儒,若是其盛,而所谓居官可纪者三人参列于其间。今诚振漕刑之职以绳天下之吏,夫何患第一之课不闻,而三人者之才不复生于今哉。

任　子

甚哉儒者之言事也,诋任子而进寒士者尝有言曰,官人以世而商乱;其反者亦尝有言曰,仕者世禄而周兴。且夫人之贤不肖之分,非有常所而生也。当商之乱,其所用者不贤者也,是虽出于布衣无益也;周之兴也,其所用者贤者也,是又不可舍而求诸其下者也。盖知其才而已也,不知其世也。故皋陶出于微陋,伊尹起于畎亩,而舜、汤任之以公卿之事。父既为公卿,而益与陟亦不遂废。夫举其父于贫贱之地,而用其子于富贵之中,而皆无疑者,彼皆贤也。孟子曰:"国君进贤如不得已,将使卑逾尊,疏逾戚。"盖尊与戚者不足于用,不得已而后取之于卑与疏也,而曰固不用者末也。今宋有天下,取人之道出于进士,出于制策,出于任子,三者并用,天下之人在官者不可知数。夫朝廷郡县之位一定而不增,补荫进用之士日益而不已,是以冗官纷纭,充溢于局外,而刻削之议兴。然刻削之议可以为一时之便,而非所以罗天下贤俊之术。何则?贤俊固有出于任子者也。古者圣人患乎公卿之世,侈于耳目之欲,不知民之疾苦,而不可用也,则幼而教之以礼,使之长而不变,故《书》教胄子以九德,而命后夔使掌其乐,以和其刚柔宽猛之性。商人命乐正,崇四术,立四教于五学之中,以明其国子之得失,而其不率教者,至有屏之棘寄之法,以震惧其心。故当时卿大夫之世,雍容礼让,无异于闾阎蔬食之士,盖非待天性之贤而后用之也。教之而至于可用,斯亦可用也。及周之衰,其遗风流俗犹未甚远,故诸侯之卿皆世其位,而郑侨、季札、晏婴、范燮之徒,时出于其间。当此之时,仲尼作《春秋》,讥世卿,然至于季札,则以为有吴之君子,子产,则与之为友。由此观之,乌在其必排之哉?然则方今之便,教而观其可用以用之而已矣。

复成均之法

三代之教一出于学校,学校之制多则民劝。盖民常就于近而易见者观之,以知孝悌忠信之美。故国中有太学,四郊皆有虞庠,至于一乡一遂一党之众,亦莫不有所以广其闻见,而便其来学之子弟。至于周兴,其制度最盛,故兼立五帝之学,而谓之成均。成均法掌之于司乐,而副之以乐师,教之以六德六行中和孝友之道,又于四时示以诗书礼乐之法,而六代之乐尤著于此。周衰学废,故"青衿"之诗作。秦氏变三代之正,而学校与儒者同灭于灰烬。汉兴,稍稍葺治,至孝武元光之间,始有辕生、公孙生明王道以风天子,于是太常始议定其制,择民年十八已上兼容仪者,以充博士弟子,而受之业,以时而考其课,能通一艺者则以为文学掌故,不能者则退不复用。此其法制虽不若三代之详备,然亦颇为当时之便,是以汉之学者,经明行修,可以为天子左右顾问之大臣者,相望而出。国家开设科选以延天下之豪俊,其意亦欲得三代两汉之贤才,以与共治,然卒不能深言切论,以补益时政者,盖亦有说。周官成均之制,德行礼乐之事,远而不可详见,不复言矣;近观太常之议,使人有常师,执经据古,不忽其道以随世上下,此最为近古者。今世之俗,病于无师,无师是以教不尊,教不尊是以持之不坚,故儒者泛泛不足以属大事。今诚能用太常之议而敦奖劝之风,则天下儒者之幸。

朱刚按,以上苏辙文八篇,不见于辙自编《栾城集》,从南宋婺州刻本《三苏先生文粹》卷六十五录出，其间当有词句错讹，无他本可以校正，姑仍其旧。前五篇乃嘉祐二年省试答策，已于前文考定。后三篇《择郡守》《任子》《复成均之法》，其文体亦是答策，观《择郡守》文中"然而明策之中，犹以为"云云，可以确定。考苏轼、苏辙在参加嘉祐二年春省试之前，于嘉祐元年秋先通过开封府解试，当时亦须答策，《苏轼文集》卷四十六有《谢秋赋试官启》，为此而作，《启》中称誉试官出题之佳："观其发问于策，足以尽人之材。讲求先圣之心，考其《诗》义；深悲古学之废，讯以历书。条任子之便宜，访成均之故事……"据此可知《任子》《复成均之法》乃开封府解试之答策，《择郡守》估计也是。

五 苏辙文章评析

一、《缸砚赋并叙》(《栾城集》卷十七)

据苏辙的孙子苏籀所作的《栾城遗言》说,这篇《缸砚赋》是苏辙的幼年作品,曾得到苏洵的夸奖,并用好纸抄写、装裱了,钉在房间的墙壁上。看来,因为科举考试的需要,苏辙从幼年起就对赋体很下功夫。"叙"就是序文,因为祖父名苏序,所以苏氏兄弟作文时,都用"叙"代替"序"字。

作为幼年的习作,这篇赋具有游戏的性质,但它得到苏洵的欣赏,并非没有道理。一方面,传统的赋是一种用来铺张描写的文体,而这篇《缸砚赋》虽然也有不少拟人化的描写,其主旨却在说理,而且是说了复杂的哲理。如果说宋诗是"以议论为诗",那么宋代的赋实际上也有"以议论为赋"的特点,具有这种特点的所谓"文赋",习惯上以欧阳修的《秋声赋》为标志性的开创之作。但仔细算来,欧公虽是苏辙的老师,他写作《秋声赋》的时间却在嘉祐四年(1059),即苏辙二十一岁之时,比苏辙这篇幼年之作要晚了许多。而欣赏此赋的苏洵更是欧公的同代人,想来苏氏父子对于赋体的态度,很早就跟欧公不谋而合了。从这个角度说,《缸砚赋》虽然还不是成熟的"文赋"名作,却也值得纪念,因为它毕竟已对传统的赋体有了明显的改革。

此种改革的达成,可能借助了该赋的一部分游戏性质。正因为是小孩子的游戏,所以看来是重大的改革,却完成得轻而易举,又显得诙谐逗人。不过,如果仅仅是游戏诙谐而已,那么从前也有寓言式的"俗赋"一类作品,与此相像。所以我们还应该注意《缸砚赋》的另一个方面,就是其中的议论,即真正属于宋代士大夫式的议论,这才是"文赋"的精神所在。赋中设置了一个"客",当然与汉赋的主客对话传统有关,但这跟后来欧阳修《秋声赋》中的"童子",以及东坡《赤壁赋》中的"客"一样,都是辩论的对象。"客"的见解都以酒缸为基点,认为酒缸被毁坏是可悲的,毁坏后的一片被做成了砚台,做不回酒缸,也是可悲的。苏辙的反驳正是对这个基点的超越。在他看来,酒缸也从黄泥中来,无论其为酒缸,或为砚台,都不能保守本性,要说可悲,那是同样可悲的。然而,如果意识到变化之不可避免,那么黄泥之变为酒缸,酒缸之变为砚台,正当应顺自然而已。一味执着于怀念酒缸式的醉饱生活,而不知砚台的参与写作的意义,那才是十足可悲的想法。——这种兼含了道家和儒家因素的典型的士大夫哲理,似乎超越了苏辙作赋时的年龄,但考虑到他生活在中国士大夫文化的黄金时代,则其思想之早熟,也不足怪。

当然,作为幼年习作,此赋也有缺点,比如对缸砚的称呼,开始是第三人称,突然变作第一人称"我",再接着又突然变为第二人称"子",而第一人称"予"也作为苏辙本人出现,然后跟客人讨论的时候,应以第三人称来称呼缸砚比较合理,而赋中却又用第二人称。

二、《刑赏忠厚之至论》(《栾城应诏集》卷十一)

嘉祐二年(1057),苏辙跟兄长苏轼一起在北宋首都开封府参加了礼部举行的进士省试,这篇《刑赏忠厚之至论》就是答卷之一,是一篇命题作文。题目的意思是,朝廷对人施与刑罚或颁发奖赏,都要本着忠厚的原则,刑罚要尽可能轻些,而奖赏要尽可能重些。这次礼部考试的阅卷工作由欧阳修(1007—1072)主持,苏氏兄弟一齐通过,再经皇帝(宋仁宗)亲临的殿试之后,双双进士登第。所以,这一篇五百余字的文章,乃是苏辙迈上仕途的最关键一步。

《尚书·大禹谟》说:"罪疑惟轻,功疑惟重。"孔安国传云:"刑疑附轻,赏疑从重,忠厚之至。"本文的题目就是从此而来,所以苏辙在文章的第一段写上"罪疑者从轻,功疑者从重"的话,表示他知道这个题目的出处。对于应试的文章来说,这一点是最基本、也最重要的,如果考试阅卷的标准比较松,或者别的考生写不出来,那么仅凭这一点,就可以使文章过关了。不过,北宋中期的士子大抵熟读经典,很少可能记不得这个出处。倘若大家都记得,那么这个题目便只是个简单的道理,算不得难题,要在考试中胜出,便不得不在文章的写作上下一番功夫了。

应该说,"刑赏忠厚之至"本是圣人的道德原则,苏辙全篇的主题也是在道德原则上展开的。但他有特色的地方却在从君、民关系的角度切入,针对君主往往要控制民众的心理倾向,提出君主应当顺从民意,由此论证刑、赏何以必须忠厚。然后,退一步从控制民众的目的来说,使用这两种手段亦以有利于人民为妥。接下来才推出圣人的道德原则,将刑、赏的问题绾合"仁"和"信"的儒家理论,正面阐明重赏、轻罚之正当性。最后又提高一层,谓重赏、轻罚不仅是惠民而已,也可以劝导民风向善。如此步骤分明,节节推进,便将简单的道理讲得颇有层次,足见其思路的清晰和周密,并善于表达。

除此以外,这篇文章能够在考试中过关,可能也得益于它的文风。根据史料的记载,当时的太学里正在流行一种艰涩奇怪的文体,来显示作者的不同寻常,叫做"太学体"。主考官欧阳修对此非常反感,在这次阅卷工作中,有意黜落了风格奇僻的文章,倡导平易通畅的文风。由此来看苏辙这一篇,层次虽多,语言却平白流利,把道理讲得清楚明白,没有难解之处,应该可以比较顺利地通过欧公的法眼了。

三、《上枢密韩太尉书》(《栾城集》卷二十二)

苏辙在嘉祐二年(1057)成为新进士,当时还只有十九岁。按照北宋吏部的规定,必须等"既冠"(二十岁)后才可以分派官职,所以他还要等待一年时间,才能进入仕途。他原准备留在京城,一边交往名流,一边预习官场事务。但不久传来了母亲程氏在家乡眉山去世的消息,所以回乡服丧去了。写作这篇《上枢密韩太尉书》的时候,看来还不知道母亲的去世,一心想去拜见这位大人物。书信的目的,也就是请求拜见。枢密即枢密使,是北宋最高军事长官,相当于汉代的太尉,故习惯上也把枢密使称为太尉。当时任枢密使的是韩琦(1008—1075),字稚圭,乃北宋名臣。

年轻人走上社会,势必要拜见名流,获取教诲,但反过来,这件事也可以被表述为干谒权贵,结交势利,其间的差别真是很难说清。按照宋代士大夫社会的常情,这种干谒是不可避免的一环,请求拜见的书信在他们的文集里多少都有几篇,其中总要表达自己对受信一方的仰慕,那么总要对他加以赞美。虚假的赞美姑且不论,即便真正的仰慕,也要有个适当的表达方法,否则就无异于阿谀奉承。大致来说,这里有个"主"和"宾"的问题:如果纯粹是为阿谀奉承而写的书信,往往就以对方为"主",自己为"宾",围绕着对方来展开吹捧,而失去了自我;反过来,一种正当的申请,总是以自己为"主",对方为"宾",因为对方符合自己的条件或需要,才有必要去请求见面。——这当然也不能绝对而言,但古人所谓"平交王侯",大抵如此。并非绝不赞扬对方,因为一个不值得赞扬的人是没有必要去拜见的,关键在于自己有一个坚固的立足之点,以一种站得住的人格去跟人交朋友,所以即便是向对方请求的书信,也仍以自己为"主"的。

苏辙以一个新进士的身份,去拜见当代政界首屈一指的元勋,所表达的愿望是不能不恳切的,但整篇书信,是从自己学文养气、激发怀抱的志向说到拜见对方的愿望,从自己年轻不懂政务的现状说到听取对方教诲的必要,始终以自己为"主"。其间指点江山、抑扬文字,显出勃勃的少年英气,可谓不失"自我"的典范之作了。

四、《商论》(《栾城应诏集》卷一)

宋朝的科举制度,除常规性的进士等科外,还有皇帝下诏特别举行的"制科"。通过"制科"考试的官员,能获较快提拔。苏辙和他的哥哥苏轼都参加了嘉祐六年的"制科",即"贤良方正能直言极谏"科。按当时的规定,参加"制科"考试需要大臣推荐,还必须在考前一年,向朝廷缴上五十篇策论,叫做"贤良进卷"。苏辙的"贤良进卷"就收录在他的《栾城应诏集》中,由二十五篇论和二十五篇策组成。这篇《商论》是二十五篇论中的第二篇,据苏籀《栾城遗言》说,在苏辙十六岁的时候就写成了。但此篇文词成熟,可能是早年写成后,编入"贤良进卷"时作过修改。无论如何,至晚到嘉祐五年(1060),文章已经写定,并随整部"进卷"而上呈给朝廷了。

苏辙晚年曾回忆说:"予少而力学。先君,予师也;亡兄子瞻,予师友也。父兄之学,皆以古今成败得失为议论之要。"(《历代论·引》,《栾城后集》卷七)可见,探讨历史上的盛衰成败,以总结教训,是三苏的家学,苏洵既以此教导二子,苏辙也向父亲、兄长学习这方面的研究和写作。苏轼曾自述:"独好观前世盛衰之迹,与其一时风俗之变,自三代以来,颇能论著。"(苏轼《上韩太尉书》,《苏轼文集》卷四十八)这段话也同样适用于苏辙。他们研究历史有一个特点,就是善于探求"一时风俗"。所谓"风俗",就是某一个时代的社会总体风尚、文化特征,如这篇《商论》中,总结商代风俗"骏发而严厉"、"简洁而明肃",至为刚强,而周代则显得"优柔和易",务为阴柔。从现代的观点来看,苏辙极为出色地概括了商文化和周文化各自的特征,即便对于今天的文化史研究来说,也很有启发意义。实际上,他的这个概括在学术史上也具有相当的影响,如清初学者阎若璩,就曾将此作为判断《尚书》各篇写作时代的证据之一。同样地,对于区分《诗经》各篇的时代风格,也应该是有效的。当然,因为仅凭《诗经》和《尚书》便得出这样的结论,故在很大程度上属于一种推测或体会,但苏辙的时代还没有足够的考古文物可作依据,得出如此精审的体会,已属不易。

这样的体会,当然得益于他杰出的艺术感悟和联想能力,故明代的茅坤在《唐宋八大家文钞》中选录了这篇后,评价说:"此文如天马行空,而识见亦深到。"全文始终以商、周对比为眼目,由不同的"风俗"即文化特征,来探讨治理天下之术,解释商强而短、周弱而长的原因,再归结到任何事物都各有长短,强调关键在于运用得当。其所论皆上古茫昧之事,层层进展都全仗推理,确实像"天马行空",却被苏辙说得条理分明,而且气象宏大,让人感受到一种对于历史的深刻洞穿力,也委实不愧是史论的名作。整篇的文风优游婉转,但关键之处,则驱遣概括力甚强的语词,如谓"商人之《诗》骏发而严厉,其《书》简洁而明肃",就是一篇中最重要的判断,却用了简练而紧严的表达,不费赘词。在整篇优游不迫之中安置一两处紧严,大概便是苏辙"柔中含刚"的行文特色。

五、《唐论》(《栾城应诏集》卷三)

这也是"贤良进卷"中的一篇。"进卷"共有十二篇史论:《夏论》《商论》《周论》《六国论》《秦论》《汉论》《三国论》《晋论》《七代论》《隋论》《唐论》和《五代论》,实际上系统地表达了苏辙对于宋代以前历史的看法。一般认为,宋代的史论大抵兼具政论的性质,就这方面来说,《唐论》是较为典型的,因为唐代是刚刚过去的一个统一王朝,对宋人而言最具借鉴的意义。

宋人曾对王安石和苏轼的议论加以区别说："王荆公著书立言，必以尧舜三代为则；而东坡所言，但较量汉唐而已。"（晁说之《晁氏客语》）意思是，王安石一心致力于恢复儒家典籍中记载的圣人创设之制度，而苏轼则更乐意比较汉唐以来的制度之得失，加以汲取。看来，苏辙的态度跟他的兄长颇为一致。这并不是说苏家的学问不重视儒学经典，但他们确实更擅长于从汉唐以来比较丰富的史料中分析利害，特别是离宋代最近的李唐一朝的制度，在他们看来，很有值得借鉴之处，而且比经典中面目不清的上古所谓"圣政"要具体详明得多。

在其他的文章里，苏辙还建议恢复唐初的"租庸调"制度，认为比正在实行的"两税法"要优越，本篇也主张继承唐代的府兵制和节度使设置，认为在中央与地方的势力制衡上，唐制比周、秦以来的各朝制度都要出色。在这方面，苏轼也有相似的议论。他们之所以关注这个问题，是因为宋太祖统收军权、财权、政权于中央的集权制度，空前地削弱了地方的力量，虽然消灭了军阀割据的隐患，却也使边境的防卫功能大大减低，无法有效抵御辽和西夏的军队。这自然是当时人都看到的问题，但苏氏兄弟能够从"内重"、"外重"的内外制衡关系上，通贯历史的变迁，来论述这个问题，就显出非凡的把握能力。

本篇名为《唐论》，实际上综合比较了周、秦以来的各朝，气魄宏大而要言不烦，紧紧抓住内外制衡问题来推究其得失，又重点分析唐制的优长所在，反驳了别人对唐制的错误指责，既详尽周密，也具有针对性。就论述技巧而言，可谓无懈可击了。如果联想到北宋灭亡的时候，一旅金兵可以快速直达开封城下，沿路并无有效的防线可以阻击，则不难理解苏辙对地方势力薄弱的忧虑，是具有怎样的远见了。

六、《老聃论上》(《栾城应诏集》卷三)

此篇也属苏辙"贤良进卷"的二十五论。在十二篇史论后,紧接的就是《周公论》和《老聃论上》《老聃论下》三篇历史人物论。对照苏轼的"贤良进卷",则绝大部分是历史人物论,而苏辙只取儒家和道家的两个代表人物来发议论。看来,兄弟二人写作时各有侧重。

要理解这篇论文,必须先说明两个背景知识,一是佛老学说在六朝隋唐的流行,和中唐以来兴起的新儒学对佛老之教的排斥,二是苏辙之前的新儒学用来排斥佛老的理论形态,即韩愈所主张的著名的"道统论"。按照"道统论"的说法,儒学之所以必须成为这个社会的指导思想,是因为它从尧、舜、禹、汤、文王、周公直到孔、孟,一直承传下来,所以现在应该继续发扬,从而排斥佛老。在苏辙看来,这样的论证思路,就好像跟人辩论的时候抬出自己父亲的观点来作依据,由于别人未必也相信你的父亲,所以毫无效果。应该说,这个比况生动贴切,很能说明问题。

正像苏辙本人在文中申明的那样,这并不表明他不信从儒学,而是认为儒学本身具有足够的合理性,根据这种合理性,它不需要依仗圣人的权威,就能在有关各种事物的道理上取胜。鉴于所谓儒学的内涵并不那么清晰和单一,所以也不妨认为,苏辙实际上是把分析和阐明事物的合理性规定为儒学之"道"的真正内涵。——这是一个值得关注的思想,他的"道"其实并不诉诸圣人的教导,而是以适当处理事物的日常理性为根据。正是宋人的这种理性精神,在面对各种实际问题的时候所获得的知识,或作出的判断、提出的意见,给新儒学带来真正具有价值的新内容。当一种单线承传的系谱被抛开时,思想可以不受成见的限制,而直接面对广阔复杂的现实社会、生态万方的自然界、人类的各种精神活动及其成果,由此建立自成一家的学说。当然还必须确立一个前提,就是相信任何事物本身都具有一种合理性,都有道理可说。相传宋太祖跟他的宰相赵普之间有一段对话:太祖问"世间什么东西最大"的时候,赵普回答说"道理最大"。我们从苏辙此文中,也可以读到这种对于"道理"的信任。

七、《书论》(《栾城应诏集》卷四)

本篇也属"贤良进卷"。在十二篇史论和三篇历史人物论后,苏辙安排了"五经论",即《礼论》《易论》《书论》《诗论》和《春秋论》五篇关于儒家经典的论文。这"五经论"也曾被误收到苏轼的集子里,其实苏轼的"贤良进卷"安排了更能体现宋代儒学特色的三篇《中庸论》,可以相信他们曾经有计划地作出分工。

北宋王安石变法的时候,显示了很强硬的政治姿态,所以当事人大多觉得王安石就像是商鞅再世一般,许多批判商鞅的言论,实际上都是影射王安石的。但是,苏辙写这篇论文的时候,王安石还没有执政,苏、王之间也还没有产生明显的矛盾,所以不应该具有影射的性质,而纯粹是他研究《尚书》的心得。同时,本文对商鞅虽然是贬低的,却也没有完全否定,至少并不深恶痛绝。从写作的角度来说,关于商鞅的问题并不是本文的要旨,作为一篇议论《尚书》的文章,苏辙的主题显然是就《尚书》记载的古代政治风尚来凸显"王道",而作为"霸道"代表的商鞅只起到陪衬的作用。

我们必须注意这一篇的写法跟前面评析的那篇《商论》有所不同:在《商论》中,关于商和周的分析可以等量齐观,两方面处在互相对比的地位;而在这篇中,关于"霸道"的论述不具有跟"王道"对比的地位,它只是一种陪衬而已。对于这个陪衬因素的处理,显示了相当的技巧:在文章的开头一段和结尾一段,都先写商鞅,再写三代君主,仿佛是对比一般,但中间一段如此详细地阐述"王者"的作风,就突出了作者的主旨所在。因此通观全篇，便觉得宾主历然：开头是迎宾，最后是送客，中间纯是主人说话。如果没有这个宾客，主人的话无从说起；但主人总是主人，不可喧宾夺主。所以，这篇《书论》可以推为如何运用"主宾"之法的范文。

八、《蜀论》（《栾城应诏集》卷五）

此篇也属"贤良进卷"，而跟《燕赵论》《北狄论》《西戎论》《西南夷论》四篇一起，构成二十五论的最后一部分，都是对于各个地区（或国家）民情风俗的研究，并提供治理（或对付）方面的参考意见。蜀，即现在的四川，是苏辙的家乡，所以他的议论较为亲切。

苏辙关于四川民风怯弱的说法，可能是跟秦、晋的民风相对而言，可能得自他本人的亲身观感，这一点，现在的我们是难于深究的。但是，他说蜀地容易爆发大乱，却是事实。自古以来，就有"天下未乱蜀先乱"的说法，更重要的是，北宋初期的几次大乱都发生在四川。太祖皇帝发兵打下四川，虽然颇为容易，但此后兵变、民变连续不绝，闹得太宗皇帝差点就想放弃四川。所以，如何"治蜀"确实是北宋时代的一个重要政治课题，苏辙的文章无疑是为此而作的。

这样看来，文中关于秦、晋民风的论述，也只是作为陪衬，就此而言，跟前面的《书论》一篇较为相似。然而，《书论》中"霸道"与"王道"的宾主关系，在全文的结构布置上有明确的体现，而这篇《蜀论》显然不具备这样的结构特点，它从头到尾都是以对比的方式讨论问题，这一点倒是与《商论》相近。不过，若仔细阅读，我们仍不难体察到宾主之分，虽然在结构上是宾主一直相对，几乎可以等量齐观，可在遣词造句的语气流动之间，依然体现出抑扬的节奏。所谓抑扬，可从充满全篇的转折句来考察，转折有先扬后抑、先抑后扬两种，前者多用于对秦、晋民风的描述，而后者多用于对蜀人的描述。比如说"秦、晋之间,豪民杀人以报仇,椎埋发冢以快其意,而终不敢为大变也",语气上是先扬后抑的;说蜀人"非有好乱难制之气也,然其弊常至于大乱而不可救",语气上就是先抑后扬的。全篇的转折句,可谓无不如此,这里只举此二例,其余都可类推。与此同时,由于对秦、晋的描述总是放在蜀人的前面,又交替出现,所以全文就回荡着"扬——抑——抑——扬"的旋律。而两地民风的对比,其实可以理解为更大的一种转折结构,在整体上表现为"抑——扬"的走势。通过这样的语气抑扬,苏辙把这篇《蜀论》处理得简直像一支乐曲,以更为微妙的方式传达出宾主之分的意韵,此真是一片烟波,宛自韵胜。

九、《君术策第五道》(《栾城应诏集》卷六)

苏辙的"贤良进卷"由论、策各二十五篇组成,二十五论包含了论史、论人、论经、论地的四个部分,二十五策则分为"君术"、"臣事"、"民政"三个部分。"君术"部分讨论君主治理天下的方法,共有五篇,此篇是第五篇。所谓"策",就是谋略,要求作者针对当前的实际问题,提供对治的办法。虽然"论"也未必没有这样的功能,但就文体上说,"策"是更强调这个方面的。

两宋思想界的最具标志性的成果,可能是程朱理学,但这并不说明:在思想史的任何领域,理学家的意见都可以作为代表。目前有关宋代政治思想、教育思想、史学思想、美学思想的著述中,理学家几乎占据了跟他们在哲学史上相似的地位,是极为不妥的。就政治思想来说,宋人为应"制科"而作的"贤良进卷",尤其是二十五策的部分,理应被视为政治学著作,而这样的"进卷",有不少被完整地保留了下来,如苏辙所作,就是其中之一。苏辙当然是一个文学家,后人评论他的文章,也往往只从写作的角度来谈,但这也并不表明苏辙的意见没有政治学的价值。文学家谈政治,大多被认为不切实际,可我们必须知道,苏辙后来不但做到了相当于副宰相的大官,而且成为一个政治党派的领袖,也就是说,他比许多批评他不切实际的人更无愧于一个政治家的称号。

问题在于,宋代士大夫政治的运行体系决定了士大夫发表政见的特殊途径和特殊方式,也为他们的政见带来内容上的特点。"贤良进卷"本身就是一个特殊的途径,而讲究文章技巧便可视为特殊方式,像现代的政治文件那样的枯燥写法,在文化昌明的北宋中期,是根本行不通的。就内容上说,既然我们承认北宋的政治是士大夫政治,那么对士大夫整体的精神风貌、意识流向的关注,理所当然地成为政论的首要部分,在苏辙看来,那就是天下的大势。

在今天的中国,人们普遍觉得自己落后于某些外国,从而认定那外国的今天就是我们的明天,所以政治意识中有明显的目的论倾向,仿佛有一个确定的方向可以寻路前去。但对于宋人来说,根本没有哪一个"先进"的外国可以成为他们的路标,天下的大势被苏辙形容为难以确定流向的长江大河,是完全可以理解的。要说目标的话,儒家经典记载或虚构的三代礼乐,可能作为目标,但恢复三代礼乐,真能解决眼前这条长江大河的复杂问题吗?——这才是宋人政治思考的核心命题。在不久之后,苏辙将要面对宣称重建三代制度的"王安石变法",他会更明确地提醒人们关注这条长江大河本身所体现的"理势",是否可以通向三代礼乐,或者应以何种途径通向三代礼乐。在某种意义上说,对三代礼乐的向往跟今天的目的论倾向是相似的思考方式,而面对一条流向不明的长江大河,却须进行更为艰苦的思考。我们在本篇中不难看到:这样的思考者是如此自信,却又如此焦躁不安。

十、《臣事策第十道》(《栾城应诏集》卷八)

苏辙"贤良进卷"的二十五策,其第二部分为"臣事",共有十篇。

所谓"臣事",其实也不能跟前面的"君术"绝然区分,但大体上说,"臣事"是以有关官吏的事务为论题的。官和吏也有严格区分,在宋代,官是有进士或其他出身,有朝廷诰命,食朝廷俸禄的;吏则是衙门的办事人员,虽然也有管理的职能,掌握一部分权力,却无出身、诰命,属于当差或被雇用的性质,所以宋代把有关于吏的事务称为"役法"。本篇论述的就是吏的问题。

明代茅坤编《唐宋八大家文钞》,收入本篇,还加了一个标题,叫《禄胥吏》,就是给胥吏发薪水。他还加了一句评语:"行文如风行水上。"所谓"风行水上",本是《周易》涣卦的象辞,把它跟文章联系起来,则出于苏洵的《仲兄字文甫说》(《嘉祐集》卷十五)。苏洵讲:风能使水运动起来,水能用形态表现出风的运动,从而产生波涛或微澜等,变化无穷,是天下最好的"文",但水和风都无心要去造这个"文",它们只是自然地相遇而已。所以,苏洵的说法,一般被概括为"自然为文"。这里包含创作动机和行文过程两个方面,就动机来说,是不必强求的意思,而就行文来说,却要自然地呈现出丰富的变化。

在本篇中,作者的思路其实非常直捷:圣人做事都要名正言顺,像官员们吃天子的俸禄,农民们耕种天子的土地,他们为天子做事,那是理所应当的,但胥吏们既不吃俸禄,也没得田地,却要白白为公家服务,是名不正理不顺的,所以应该给胥吏发俸禄。这个思路当然在文章中得到了贯彻,但是,它对行文过程的控制,就好像风吹水行,并不是单调地一线流注到底的,其间还有许多变化。如河道变宽的时候,水就铺衍开来,变窄的时候就收束起来,文章第二段那些关于官员和农民的描写,就是一种铺衍,最后用"皆可得而名也"收束起来;河道上如果有阻碍的东西,水就要洄漩而过,第三、四段指出胥吏们名不正言不顺地为公家办事,却感到高兴,就给作者的思路造成了阻碍,但他分析说那是因为胥吏趁此机会非法牟利,危害更大,不能成为可以白白差使胥吏的理由,这就是一种洄漩;河道上流水将尽的时候,要有新水汇入,才能再显出风水相形的"文"来,末段提出给胥吏发俸禄的主张后,苦于国家财政不足,又另从诉讼事务上找到财源,便是一道新水的汇入。以上这些成分,相对于总体思路的贯彻来说,都不无节外生枝的危险,但行文至此,文辞本身产生的弹性,说理至此,事理本身具有的复杂性,就会自然跃现。所以,整篇风吹水行的过程中,有铺衍收束,有遇阻洄漩,有新水汇入,变化多端而又不离其宗。仔细读来,确实有"风行水上"之妙。

十一、《民政策第七道》(《栾城应诏集》卷十)

苏辙"贤良进卷"的二十五策,第三部分为"民政"十篇,涉及有关农民、市民以及军队的一些重要事务。本篇所论的是土地和借贷的问题,可以视为纯粹的施政提案。

文章的主要内容,是针对当时乡村和城市的最大问题,设计了解决的方案。乡村的农民因为租种地主的土地,而被地主所奴役;城市的贫民因为向富人借贷,而被富人所控制。这样,政府和人民之间的关系实际上已被居中割断,对于国家来说是无比危险的现象。苏辙提出了"收公田"和"贷民急"两个办法,就是由政府收置田产,出租土地,由政府确定利息,发放借贷,总之是让政府具有取代地主和富人面对城乡贫民的职能,从地主和富人那里夺回直接控制贫民的权利。

值得注意的是,他在此时设计的方案,跟后来王安石变法的思路非常相像,尤其是所谓"贷民急"一策,跟王安石的"青苗法"几乎近似,而拿出《周礼》作为根据,也跟王安石不谋而合。但是,在撰作此文的八九年后,他却成为"青苗法"的第一个激烈反对者。这其中的原因当然很复杂,而苏、王之间私人关系的恶化,便成为不可忽视的一种因素。这里应该指出的是,苏辙早年的这份"贤良进卷",客观地反映了当时士大夫多数倾向于有所变革的主张。尽管他们中的不少人后来强烈反对王安石变法,但他们的早期言论依然构成了王安石变法的舆论基础。

十二、《谢中制科启》(《苏轼文集》卷四十六)

嘉祐六年(1061)苏辙参加"制科"考试,按要求对当前的政治问题发表见解,谓之"对策"。也许是年轻气盛的缘故,他在"对策"中严厉地批评了皇帝和宰相,结果被有的考官认为"不逊",差点遭到黜落。幸亏另一位考官司马光(1019—1086)仗义执言,为他力争,才收入合格等级。据宋人孙汝听《苏颍滨年表》说:"辙有《谢制科启》。"就是中了"制科"后感谢考官们的书信。但这封书信没有收入苏辙的《栾城集》,却被明代以来刊行的苏轼文集误收,文中自称"辙"也被改成了"轼"。其实,南宋吕祖谦编的《王朝文鉴》中有这篇《谢中制科启》,署名本是"苏辙",而且文中提到"父兄",无疑是苏辙的文章。

苏辙在这次"制科"考试中遇到的挫折,还不仅仅是"对策"被指责为"不逊"而已。虽然靠了司马光的力排众议,被收入合格等级,得到了官职,但当时掌管起草官员任命状的王安石(1021—1086),却怀疑苏辙居心不正,拒绝起草。所以,这次事件还是王、苏关系恶化的开端,对苏辙的人生道路影响极大。幸亏另外一位官员沈遘起草了任命状,而且措词对苏辙比较肯定,这才让他脱离难堪的境地。按习惯,苏辙必须给考官们写一封感谢信,但他真正想感谢的可能只有司马光,《启》中所谓"羽翼盛时,冠冕多士",大概也只有司马光才能担当这样的赞美,因此这封谢启也不妨看成是专给司马光的。

整篇的语调还是比较克制,似乎一直检讨自己做得不够稳妥,但明眼人不难看出:年轻的苏辙并未屈服。他说自己之所以犯错,是因为想做忠臣;之所以敢大胆进言,是因为"策问"本身有那样的要求;之所以被某些考官所不容,是因为他们只喜欢听空洞的好话;之所以获得宽容，是因为当前的时代环境比西汉要好。——这样的检讨无疑是自我辩解。而且，除了用文章自辩外，他还付出了行动：虽然朝廷给了他一个官职，但不久，他终于以父亲年老需要待奉为理由，辞掉了这个官职。从嘉祐二年（1057）中进士以来，直到宋英宗治平二年（1065），苏辙都在家赋闲。

十三、《上皇帝书》(《栾城集》卷二十一)

宋英宗治平三年（1066）苏洵去世，苏氏兄弟归乡服丧。等服丧期满再到京城，已是宋神宗熙宁二年（1069），正值王安石开始"变法"的时候。年轻的神宗皇帝充满热情，积极召见臣僚，咨询政策，所以苏辙于二月份才到达京城，三月份便奏上这封《上皇帝书》。全文近七千字，所论主要是财政问题。

苏辙把财政问题提到治国的首要之务这样的高度来论述，很值得研究历史的人加以关注。当时神宗皇帝读过后，大概也觉得苏辙是一个财政方面的人才，可以帮助王安石进行财政改革，所以任命他到王安石主持的"制置三司条例司"工作。这是一个专门策划"新法"的机关，神宗有意让苏辙去参与讨论，不料后来却引起苏辙跟王安石变法集团的直接对立。

在宋代，这封《上皇帝书》引人关注的地方，主要是对"冗吏"、"冗兵"、"冗费"三种弊病的具体论列，以及对治的策略。有时候，本文被称为"三冗疏"，如南宋人编的《宋朝诸臣奏议》中，本文的题名就作"上神宗乞去三冗"。叶适《习学记言序目》也认为："辙三冗疏，过于平生文字，大苏亦不能及。盖犹有方略，効之，人主可以岁月待。"这是说，本文在苏辙的文章中要算最好的，甚至苏轼也比不上，因为它不是空谈，而有实际的用处，其中的建议可以让君主采纳。从政论的角度来说，叶适的话有一定的道理，今天的历史学家概括北宋中期的社会弊病时,也经常采用这"三冗"的说法,由此不难看出苏辙的政治才能。当然,"三冗"的说法也有来源,在苏辙之前,宋祁曾有《上三冗三费疏》给仁宗皇帝(《景文集》卷二十六),他所谓的"三冗"是指多余的官吏、军队和僧侣。苏辙将僧侣去掉,置换为"冗费",概括力自然更强了。

另一方面,文章的写作风格也跟内容相称,行文明白通畅,而语气委婉曲折。他总是从最容易引人首肯的话题说起,在反复回旋之中,一步一步引向主题,尽量使读者感受不到一点突兀,缓缓推进,却也环环相扣。明代茅坤读了此文以后,这样感叹:"如游丝之从天而下,袅娜曲折,氤氲荡漾,令人读之情鬯神解而犹不止。"确实道出了此文的特色。不过,细心的读者也不难看出,文中对神宗施政方式和效果的批评之语,其实也非常严厉,这便是苏辙一贯的"柔中含刚"之处。

十四、《制置三司条例司论事状》（《栾城集》卷三十五）

宋神宗熙宁二年(1069),王安石任参知政事,开始变法。他创立了一个叫做"制置三司条例司"的新机构,规划"新法"。四月遣使八人考察农田水利,五月议论科举改革,七月中旬推出"均输法",九月推出"青苗法",十一月颁布"农田水利法",十二月公布"免役法"的征求意见稿……"新法"如此逐步推出,但条例司规划"新法",应比实际执行还要早些,讨论的人员主要是该司的吕惠卿、章惇、苏辙和中书的曾布。另一方面,苏轼于五月开始反对科举改革,御史吕诲也已弹劾王安石,到八月份,苏辙就向本司缴上这封《论事状》,反对已经实行和正在计划中的几乎所有"新法",此后便退出了条例司。

从内容来看,这是一篇政论;从文体来看,这是交给上司的一封辞呈；从写作风格来看，也是原原本本地阐述意见，几乎没有任何特具文学性的修辞手段。所以，就现在的文学观念而言，此文大概不能算作文学作品。然而，恰恰是这类文章，展现了北宋作家的创作特点。自唐代中叶以后，贵族从中国的社会上消失了，科举出身的进士们掌握了领导权。他们的家庭出身各不相同，但都靠读书起家，通过考试而进入仕途，成为士大夫。由此直到清末，这个被科举制度所保障的、以进士为主体的特殊的士大夫阶层，掌管了政治运作、法律裁断、经济决策和文化创造，甚至军事指挥等一切领域的主要事务，可以说是"前近代中国的知识共同体"。由于他们是全部领域的主体，所以必然具有多方面的修养和成就，往往一身兼为思想家、政治家、诗人和学者。而这样一种格局的基本奠定，就在北宋时期，像范仲淹、欧阳修、王安石、苏轼等人，就都是"全面发展"的典型士大夫。苏辙也不例外，虽然现代人把他当作文学家来看，实际上他也留下不少经学、史学方面的著作，而且是当代政坛的重要人物。对他来说，如果要表现自己的写作能力，那么最值得花一番气力的，莫过于政论了。即便是一封简单的辞呈，他也不会敷衍了事，何况这是一封严肃地表明其政治立场的非同寻常的辞呈。

由于这封辞呈，苏辙从"新法"设计的参与者转变为"新法"的反对者，而且正由于他参与设计，所以他最早了解"新法"的各种方案，包括还未出台的某些计划，从而使本文成为当时第一篇全面驳斥"新法"的文章，为反对者开了先河，也使他本人成为反对"新法"的所谓"旧党"的先锋人物。后来苏轼反对"新法"，写了著名的《上神宗皇帝书》(《苏轼文集》卷二十五)，其中有关"免役法"、"均输法"的议论，就大量地采入了本文的内容。因为需要了解当时政治、经济方面的许多术语，我们阅读这类文章较为费力，但北宋士大夫的"文学"，是以此为核心部分的。

十五、《贺欧阳少师致仕启》
（《栾城集》卷五十）

辞去"制置三司条例司"的职务后，苏辙被陈州（治所在今河南淮阳）知州张方平聘请为州学教授，自熙宁三年（1070）起上任，当年就收了张耒为弟子。第二年，原任蔡州知州的欧阳修以太子少师、观文殿学士的官职致仕（即退休），身为门生的苏辙就送去了这封贺启。

中国传统的文言文，包括两种文体，即骈文与古文。骈文是以对偶句为主写成的文章，古文则不要求对偶的体式。从历史上看，先秦两汉时代，写的是古文；六朝隋唐流行的是骈文；从中唐兴起的"古文运动"，到北宋获得成功，此后古文复兴。但古文的复兴也并不意味着骈体的完全消失，而只是被局限在某一些文章类别上，如这里的"贺启"，就仍然要用骈体来写，而且对偶、用典的要求比从前的骈文还更为严格。由于这种严格的骈体文章，大多是四字句或六字句，故也常称"四六"。如果说"骈文"曾经是某个历史时期流行的一般文体，那么"四六"就是古文成为一般文体的时代里仍然存在的特殊文体。由于古文重新成为一般文体的时间是在宋代，因而"四六"也是在宋代形成它作为特殊文体的写作特征，通常被称为"宋四六"，跟六朝隋唐的骈文有所区别。

一般来说，跟六朝隋唐的骈文最为显著的区别，莫过于"宋四六"经常出现一些议论性的流利的长句对，比如欧阳修退休的时候苏轼也写了一篇贺启（苏轼《贺欧阳少师致仕启》，《苏轼文集》卷四十七），里面就有"自非智足以周知，仁足以自爱，道足以忘物之得丧，志足以一气之盛衰，则孰能见几祸福之先，脱屣尘垢之外"、"虽外为天下惜老成之去，而私喜明哲得保身之全"这样行云流水般的句子。然而，由此也容易失去端谨郑重之气,作为一篇写给恩师的礼节性贺文,有一点不够得体。苏辙此篇却是谨守规矩,仔细地安排句法、锻炼词语,几乎全文都由四字对、六字对与四六隔句对构成,显得精严厚重。在一组一组对偶句之间,只有"故七十致仕"一句的"故"字表示出字面上的承接,其余全是依仗意义的推进和句法的变换来暗相绾联,不露圭角。而其中所有称赞欧阳修的地方,都反过来兼具对当代宰相(王安石)的否定,所以也潜藏锋芒,一片温润中透出刚强的质地。相对于苏轼的行云流水,此篇则有坚城受降的气度,展现了"宋四六"的另一种风貌。

十六、《祭欧阳少师文》(《栾城集》卷二十六)

欧阳修于熙宁四年(1071)六月致仕,从此隐居颍州。此时,朝中的苏轼正被王安石的一个亲家谢景温诬陷,说他在私人事务上占了公家的便宜。王安石乘机大作了一番调查,虽无结果,却迫使苏轼离开中央,到杭州做通判。当年七月,苏轼在赴任途中经过陈州,与苏辙相会,然后兄弟俩一起到颍州看望过恩师欧阳修。没想到这竟是师生最后的见面。一年以后,欧公逝世,苏辙立刻再赴颍州,哭祭恩师,写下这篇祭文。

欧阳修是一代思想领袖、政治重镇、学术巨匠和文章宗师,又对苏氏父子的人生道路起过最重要的作用,他们之间的感情自然非同寻常。而且,由于他晚年反对王安石变法(其提前要求退休,并居然获得同意,也多少与此有关),所以也被苏辙引为政见上的同道知己。这篇祭文便在回顾欧阳修如何提携父子三人的同时,表达了对于当前政治改革的强烈不满。

文章把欧阳修推崇为他那个时代的领航人,也就是嘉祐以来政治局面的奠基人,于是现在王安石所实行的改革,就等于是在毁弃欧阳修所造就的事业。苏氏兄弟怀念欧阳修的文字,大多借此立意,别具怀抱。如此篇写到兄弟俩初应科举时的情形,说"有鉴在上,无所事媒",其实从现存的史料来看,嘉祐二年虽然确有欧公摒弃"太学体"文章的事,但当时似乎还并未有人说苏轼的坏话。只是,在苏辙写作这篇祭文的前一年,苏轼却因受人诬陷而离开了朝廷。可见,这分明是有感而发,意谓那个时候有欧公这样的明鉴在上,即便人家说了坏话,也不会起作用,而现在的情况却不同了。于是欧阳修的逝去,成为一个时代的终结,成为国家由盛转衰的标志,成为苏氏失去依托的开始,也成为天意的象征。文章从历历往事的回顾起篇,到结尾之处连续的悲叹,抒发出饱满的感情,也烘托出巨大的忧患。感情是热烈的,而批判时局的理性却是冷峻的,热烈与冷峻的奇妙结合,化现出浓墨重笔的"呜呼哀哉",可谓感人肺腑。

当时苏轼也写了《祭欧阳文忠公文》(《苏轼文集》卷六十三),几乎专就欧公的业绩和对当前政局的批判来一意发挥,极少情感的抒发,句法也矫健变化,伸缩自如。相比之下,苏辙的行文则严守四字句式而顾盼生姿,而且将抒情与议论结合为一体,写法宛自不同。大致来说,苏轼喜欢突破常规,任意驰骋,而苏辙则多愿在常规之中求胜。所以苏轼的亮点很夺人眼目,但仔细比照兄弟同题的文章,往往会发现那些亮点在苏辙的文章中也时有闪现,只是不够显豁。据苏轼说,这是因为苏辙不喜欢显山露水,故意把自己的亮点掩盖起来,而实际上"吾不如子由"。这话不能说毫无道理。

十七、《河南府进士策问第二首》(《栾城集》卷二十)

熙宁年间的"王安石变法",有一个至关重要的内容,就是科举制度的改革。以前进士科的考试是以诗赋为主,王安石却改以经义、策论,而废除了诗赋。这个方案是熙宁四年(1071)正式出台的,但实际上,熙宁三年举行的殿试,已经在并不预先通知的情况下,将诗题改成了策题,而且专门挑选支持变法的答卷,加以录取。这个做法引起了当时参与编排考卷的苏轼的愤怒,自己也按照题目做一份反对变法的答卷,去呈给皇帝看(《拟进士对御试策》,《苏轼文集》卷九)。从此以后,科举试策就跟北宋的党争息息相关,不但考评答卷的标准总是随当前的政策而改变,连考官出的题目也或明或暗地带有党派立场。熙宁五年,河南府的进士选拔在洛阳举行,苏辙到那里参与考评工作,拟了三首策题,此为第二首。

《论语》记孔子的教导曰"克己复礼",故三代礼乐乃是儒者的精神家园。北宋自欧阳修撰《新唐书·礼乐志》,就指出历朝历代的实际政治制度,皆从秦朝继承而来,礼乐只是虚名而已。然而时过不久,却来了一个深通"经术"的王安石,能从《周礼》等书中考究出一系列礼乐制度,据以设计出一套"新法",想用它来代替宋朝已经存在的"祖宗家法"。这"祖宗家法"是反对王安石的人经常借口的理由,但我们不必以为那对王安石会造成多大的压力,因为"祖宗家法"的来头并不太大,至多是沿着汉唐制度发展出来的东西而已,相比之下,——可从《周礼》找到依据的"新法",其本源出于三代礼乐,来头要大得多。"祖宗"虽然值得尊重,但在三代圣人面前,那又算得什么?当时信奉儒学的人如司马光,大概也不能说用圣人的礼乐来改革"祖宗家法"是错误的思路,他能做的只是千方百计否定《周礼》这本书记载的真是周代礼乐。

当苏辙发表这道策问的时候,司马光正好住在洛阳,读到后也不免觉得惊奇(见苏籀《栾城遗言》所载),因为照苏辙的说法,三代礼乐是不是真比汉唐制度要好,崇尚礼乐是不是真能实现治世理想,也都成了问题。这样,从汉唐以来实际历史进程中总结、发展出来的"祖宗家法",是否应该被王安石的那套"礼乐"所取代,也就显而易见了。

这确实是跟王氏学说的更为彻底而深刻的对立,却很可能并未获得司马光的理解,倒是一贯赏识苏辙的张方平,立刻就明白:"策题,国论也。"即关于国家政治的根本性议论。

后来,司马光的弟子晁说之曾明白地总结出王、苏两家政论的差异:"王荆公著书立言,必以尧舜三代为则;而东坡所言,但较量汉唐而已。"(见《晁氏客语》)说的虽只是东坡(苏轼),其实苏辙也跟兄长相同。这一点,在前面《唐论》一篇的评析中也曾加以讨论。虽然这并不表示苏氏兄弟不尊重儒家礼乐,但对汉唐制度的肯定与否,以及如何看待复兴三代礼乐与继承汉唐制度的关系,确实是宋代政论中的核心问题之一,后来南宋的陈亮与朱熹之间有一场著名的争论,也围绕了这个问题。对于那场争论,当时的宰相王淮一言挑明:"陈为苏学。"(见《宋元学案·龙川学案附录》)

十八、《京西北路转运使题名记》 (《栾城集》卷二十三)

从熙宁三年(1070)到六年(1073),苏辙的陈州州学教授任期已满。本来,有一个老臣文彦博聘请他到孟州继续做教授的,但这个时候,科举改革方案已经实施,王安石的"新法"政府也越来越关注各地州学的教授人选,需要赞同王氏学说的人,才能担当培养人才的责任。所以,苏辙不可以再当教授,只好改到离京城稍远的齐州(今山东济南)做掌书记(秘书官)。此年十月,很可能是在苏辙离开河南的前夕,应京西路转运副使陈知俭的请求,写了本文。宋代官僚很喜欢推寻自己所任官职的来历,及一代一代前任的沿革,而在官厅里留下"题名记"、"厅壁记"之类的铭刻,其文章则多请名家执笔。

陈知俭的祖父陈尧佐曾任仁宗朝的宰相,尧佐的哥哥陈尧叟是太宗朝末年的状元,曾任真宗朝的宰相,弟弟陈尧咨也是真宗朝的状元。这兄弟三人同时贵为将相,他们的父亲陈省华也任谏议大夫,据说陈省华在家里接待客人的时候,三个官职更高的儿子都侍立在侧,搞得客人都惶恐不安——这曾是北宋东京开封府的一道迷人风景。相比之下,苏辙所记陈氏三代有四个人曾在同一个京西转运使官署任职的事,当然也还算一道风景,但显然不那么盛大了。可以推测,陈知俭之所以要请当代的文章名家来写这一篇《题名记》刻在官署里,原本也含有夸耀陈氏家世的用意。苏辙也不是没有领会他的用意,所以文中提到了这个内容。不过,他写得十分简单,只有"君之祖、考、伯父三人在焉"一句。而且,即便是如此简单的内容,在整篇文章中也被当作苏辙的思路展开的一个环节,他要求读者通过这个现象,去知人论世,去考评时代的变化。

文章的第一段看上去像一个地方志,其实是为第二段写熙宁"变法"引起的纷乱作铺垫,使京西路的变化正好成为北宋政坛遭遇熙宁"变法"的一个局部写照,而陈氏三代四人在京西路转运使司供职,正好又成为"变法"前后之历史的一个见证。最后引用孟子的话,就是为了点出苏辙整个思路的关键,起到画龙点睛的作用。由此回顾全文,真可谓布置井然、步骤分明,显得法度森严,而作者对熙宁"变法"的态度,虽不明说,也微微可见了。

陈氏家族有幸充当了京西路的缩影,京西路则是全国的缩影,处在巨大变更的时代,一个反对这场变更的作家,通过缩影而展现了他对时代变更的无奈。但他不是消极的,他用高超的写作技巧刻画了这场变更在京西路引起的各种纷扰,作为历史的存照,留给后世去评说。一篇简单的《题名记》之所以能透露出如此深厚沉重的历史容涵,其成功的关键当然在于作者的立意之高。这大手笔的运作结果,当然是原本意在夸耀家世的陈知俭做梦也想不到的。

十九、《洛阳李氏园池诗记》
(《栾城集》卷二十四)

熙宁七年(1074),苏辙仍在齐州掌书记任上,因当地同僚兵马都监李昭叙的请求,为李家在洛阳的园池写下这篇记文。文中谈到洛阳自汉唐以来,就为士大夫安家集居之地,北宋建洛阳为西京,盛况当然延续下来。不过,对于生活在北宋中期的人们来说,洛阳还有另外一种意义。当时反对王安石"新法"的著名人士,如富弼、司马光、邵雍、吕晦、程颢、程颐,以及后来成为元祐名臣的范祖禹、刘安世等,都住在那里,所以从洛阳传出来的必然是跟朝廷不同的另一种声音,而为全国的士大夫所必须聆听。——这也是我们阅读这篇记文时不可忽略的背景。

李氏是武将世家。中国历代的武将有"爱财"的传统,这除了他们较少受到儒、道思想的教育外,也因为武将若不"爱财",就说明他胸有大志,容易受到君主的猜忌,所以即便本心并不贪欲的武将,也要装出一副满足于贪欲的样子,以保全自身和他的家庭。这是连韩世忠、辛弃疾等名将巨匠都不能例外的。在宋朝,受时代"尚文"风气的影响,武将的"爱财"表现也多从子女玉帛转向园林书画,而且喜欢向文人们征求诗文,刻石宣扬,显得颇为清雅,但本质上仍是要向当局展示出胸无大志的姿态,让上面的人放心。世代名将的李家之所以把精力花费在治理园池、镌刻诗文上面,用意也不外乎此。苏辙当然明白他们的这番用意,但洛阳乃是此时反"新法"言论的策源地,而苏辙本人也是反"新法"的重要人物,所以他写这篇记文,难免也要透露这方面的心曲。

他追叙了李家祖先的赫赫战功,说这些战功的建立是靠了"祖宗用兵任将"的高明策略,而现在的洛阳士大夫之所以为李家的园池写诗,就是为了探究和继承"祖宗"的高明策略。对"祖宗"的这种推崇,很容易令人联想到王安石的名言:"祖宗之法不足守。"而苏辙正好反其道而行之。由此看来,这一篇的写法跟前面一篇《京西北路转运使题名记》很相似,段落布置也几乎一模一样。首段对洛阳风气、形胜、园池的总体概览,是为了给次段叙写李氏的园池作铺垫,而追叙李氏先世在"祖宗"时代的功烈,也正好对照李氏后人在如今的时代只能满足于修治园池的现状。李氏一家作为时代变化的缩影,与《京西北路转运使题名记》中的陈氏一家大致相似,只是没有那么典型而已。

二十、《齐州闵子祠堂记》（《栾城集》卷二十三）

《论语·先进》载孔门弟子中以"德行"著称者有颜渊、闵子骞、冉伯牛、仲弓四人。其中闵子骞名损,以孝闻名,终生未仕。各种古史都说闵子是鲁国人,但在今山东、江苏各地有多处历代相传的闵子墓。山东历城在春秋时属齐国,北宋属齐州,城外有闵子墓,熙宁八年(1075)建了闵子祠堂,并举办祭祀典礼,当时齐州的名医徐遁(字正权,古文家石介之婿)写了《祭闵子文》,而任齐州掌书记的苏辙作了这篇《祠堂记》。据说,此文由苏轼书写后,刻石立碑,树在祠堂里。

苏辙这篇文章后来受到南宋功利主义思想家叶适的批判,认为他借孔门的三位"德行"弟子来宣扬"不仕"的高洁,是完全错误的。照叶适的说法,颜回只因为死得早,来不及出仕,冉耕只因为生了重病,不能出仕,闵子也不过是耻于做季孙氏的家臣而已,他们都不是打定主意不肯出仕的人。叶适由此批判苏辙看问题太表面化。其实他的这个批判也是相当表面化的,因为苏辙本人也未尝是个打定主意不肯出仕的人。如果说,处在南宋国家需要士人积极扶持的时代,叶适反对宣扬"不仕"的态度,还可以同情,那么处在北宋盛期而且身在仕途的苏辙,对于"仕"和"不仕"的这番议论,就应当从另外的角度去看待。

在今天浙江桐庐的富春江边,有一个著名的古迹,曰"严子陵钓台"。严子陵名光,是东汉光武皇帝的老同学,但他却不肯出仕,情愿在这里钓鱼。历代人物到此凭吊,留下的诗文碑刻不知道有多少,可惜如今已破坏殆尽。然而范仲淹写的《严先生祠堂记》,却尚有留存,而且成为这一处名胜的突出象征。范仲淹是以主动承担政治责任闻名的士大夫,其"先天下之忧而忧,后天下之乐而乐"的名言几乎家喻户晓,现在的浙江省政府把严子陵钓台建设为"爱国主义教育基地",可以说钓台的主人已经不是严光,而是范仲淹了。但其实,《严先生祠堂记》一文的主旨,却是仰慕严光"不仕"的风节,赞美"先生之风,山高水长"的。范仲淹还作了一首《钓台诗》:"汉包六合网英豪,一个冥鸿惜羽毛。世祖功臣三十六,云台争似钓台高。"认为严光比那些功臣们可敬得多。今天游钓台的人,将如何理解严光和范仲淹这两个看上去完全相反的形象在这里的叠合呢?实际上,对于北宋的士大夫来说,这正好是一个硬币不可缺少的两面:只有心中怀着"不仕"的情操,勇于超越政治,那么在从事政治活动时才能奋不顾身,不计祸福,不因势利而歪曲自己的立场。用一句俗话说,只有放得下,才能拿得起。所以苏辙之赞美闵子,正如范仲淹之赞美严光,把道德的自我完善看作出仕的前提,并非简单地宣扬"不仕"。

不过,相对于"先忧后乐"的那种热情来说,苏辙显然也比范仲淹更强调个人洁身自好的一面,我们从中可以看到北宋士大夫心理的某种转变,这当然与政治局势的变化有着深刻的关联。等到比苏辙更年轻的一代,如黄庭坚的身上,就发展为另一番面貌:个人的内在完善才是人生的本质追求,出来做官只不过是和光同尘,混口饭吃而已。

二一、《超然台赋并叙》(《栾城集》卷十七)

熙宁八年(1075),苏轼在密州(治所在今山东诸城)知州任上,修建了一个高台,苏辙给它命名叫"超然台",而作此赋。赋前有序文,说明建造和命名的始末。由于二苏的祖父名为"苏序",所以他们的文章里,"序"字都写作"叙",以避家讳。

熙宁七年华北的那场旱灾对于北宋历史的影响,也许值得充分估计。虽然天灾的发生当然不是因为实行了"新法",但"新法"政府用来表明其政绩的最大依据,就是财政收入的增加,而且这增加了的收入要被集中在京城,这是皇帝看得到的地方,所以京城的繁荣富庶进一步超越地方,当灾情发生的时候,饥民们无不选择京城为逃难之处,而正是因为无数流民进入京城的景象,动摇了宋神宗对"新法"政府的信任。一个叫郑侠的京城监门官,画了一卷《流民图》,想方设法送到了皇帝面前,让他看看这才是"新法"实行效果的真相。郑侠还大胆保证:如果废除"新法",就一定会下雨,如果不下雨,他情愿被斩。据说神宗皇帝为此焦躁了一夜,然后废罢了刚刚实行的方田法。令人惊奇的是,此法一罢,老天果真便下起雨来。于是接着被废罢的就是王安石的宰相职务了。"新法"政府的反击,当然是严厉地处分了郑侠,经过大半年的折腾,才挽回局面,王安石也于熙宁八年二月复相。但一个宰相的去而复来,难免引起"新党"内部权力分配上的失衡,在少壮派的严重打击下,王安石次年就再度罢相,从此一蹶不振。

如此看来,熙宁七、八年间的"新党",确实还不如被他们排挤在外的苏轼、苏辙那样逍遥自在。虽然苏辙没有忘记在序言中强调,身为知州的苏轼也分担了旱灾带来的困扰,但他着力描绘的,是那种超然自得的快乐,是沉埋在是非荣辱场中的"新党"们无从体会的心境。"超然台"上的登临游玩,从清晨延续到傍晚,再到月亮升起,好不容易回家了，还要享受清爽的夜色，直到夜尽。他依着时间的顺序，一段一段地描写，间以议论，显得那样中规中矩，传达出从容不迫的心态。这一切都似乎在向着当权者说："我活得很好，你们拿我没办法。"不过，真的是没办法吗？未免小看宋神宗和他的"新法"政府了。有一个三国时代的著名故事：田丰劝阻袁绍去跟曹操决战，袁绍不听，果然失败。旁人以为这一下田丰将获得袁绍的重视了，但田丰自己却很明白：如果袁绍胜了回来，不过嘲笑他几句，如果败了回来，一定杀了他出气。后来果然如此。熟悉三国历史的苏氏兄弟，本来应该明白：如果他们所反对的"新法"实行得效果甚好，他们是不妨逍遥的，如果不好，他们只会遭到惩罚。

二二、《自齐州回论时事书》（《栾城集》卷三十五）

熙宁九年（1076）十月，王安石再度罢相。就"新法"政府的角度来说，这既是他们经历了两年前的大旱所带来的动荡后，内部权力更张的结果，也意味着宋神宗的政治生命走到了不再需要指导者的阶段，至少并不表明王安石的一整套政策将被废弃。但在当时的"旧党"人物看来，这结果既然是由大旱带来的动荡演变出来，便是对现行政策有所反省的表示。所以，他们将此视为改变政策的重大契机。正好这一年苏辙的齐州掌书记任满，按惯例回到京城，去等候新的调遣。大约在年末的时候，他向神宗皇帝奏上此书，要求全面废除"新法"。在他看来，这无疑是继王安石罢相以后最符合逻辑的下一步。

要评论苏辙这封奏章的是非，现在来说是一件异常困难的事，因为我们首先必须面临一个判断：王安石变法的实际效果究竟如何？其实，从南宋直至清末，这件事未尝显得困难，大家几乎一致认定变法是北宋灭亡的原因，对变法采取否定态度，那么苏辙在这里表达的忧患和忠诚是十分令人钦佩的。不过,自从梁启超先生撰作《王荆公传》,积极评价王安石变法以来,凡反对王安石的言论,便都有几分诬蔑的嫌疑了。这是二十世纪中国史学中最大的"翻案"之一,至今令人议论纷纷。平心而论,即便在号称专制集权的时代,也很难相信一种毫无现实合理性的政策能够支撑起一个政治党派,并让这个党派获得长久存在的社会基础。如果"新法"施行的后果真的如苏辙所云,那么以"新法"为施政纲领的"新党"还能继续活跃半个世纪,便简直是个历史神话。从这个角度看,我们没有必要完全认同于苏辙的说法。当然事情也可以反过来看,在王安石力倡变法的时候,也曾经用类似的话去攻击宋仁宗时代的政治,声称再不变法就无法维持下去,果真如此,那以坚持仁宗"旧法"为特征的"旧党"又何从获得其存在半个世纪以上的社会基础呢?所以,如果我们相信一切存在的东西都各有其所以能够存在的合理性,那么新、旧两党的长期对峙,本身就是他们各有得失的证明。

从目前可以掌握的历史现象来看,"新法"比较"旧法"而言,似乎更有利于政府而不利于商人,更有利于城市而不利于乡村,更有利于京都而不利于地方。因此,"旧党"的反对言论,大致都要突出商人、乡村、地方的利益受到损害的情形。这个特点,我们从苏辙的这封奏章,也能看得出来。而熙宁七年,来自地方上的流亡农民大量进入京城的事件,之所以对"新法"政府造成如此严重的冲击,也不难理解了。从这个角度来看,我们又不应该否认苏辙发言时的那一份忧患和忠诚。而且,这忧患和忠诚,恰恰是作为士大夫的苏辙和王安石身上所共同的东西,尽管他们是真正的政敌。

既不是"新法",也不是"旧法",而是这士大夫阶层的存在和活动方式,决定了赵宋政权的盛衰存亡。无论如何,在面对一个可以对你生杀予夺的皇帝时,苏辙在此表现出的大胆无畏、刚毅坚定,是最值得肯定的。《论语》曰:"士不可以不弘毅。"确实如此。

二三、《王氏清虚堂记》(《栾城集》卷二十四)

熙宁九、十年之交,苏辙在东京等候新的调遣。他向皇帝要求废除"新法"的上书当然并无回音,虽然官衔上升为从八品的著作佐郎,进入了"京官"的行列,但作为一个反对现行政策的官员,朝廷里面显然没有合适他去担任的差事,结果还是由新任南京(今河南商丘)留守的张方平邀请他去做"签书应天府判官"(应天府即南京)。留在京城期间,他曾为王巩家的清虚堂写下这篇记文,文末署明了写作时间,是熙宁十年(1077)正月八日。

从汉魏六朝以来,中国就发展出"记"、"序"、"传"、"状"、"策"、"论"、"表"、"书"、"墓志"、"碑铭"、"诏令"、"奏议"等一整套文类,而且每一文类都有各自的写作要求和适合的风格。这可能是中国散文史最显著的一个特色。现代一般的文艺理论,按照西方的思路,把"风格"解释为作家个性的呈现,所谓"风格即人",而多少忽视了中国以文类界定风格的传统。实际上,相比于作家个人的风格,传统的文艺批评更为重视的还是一个时代的总体风尚,所以经常以时代来界定风格。这样,由关于时代和文类的分析,正好可以从纵横两个方面把握散文史。

"记"之文类,本当以记叙事情为主要内容的,但宋人有喜欢议论的风气,因此宋代的"记"基本上都被写成了议论文。苏辙此篇便表现得相当典型,前面一段记叙的内容非常简略,而且拿京都的尘嚣来反衬清虚堂的超然世外之趣,已经逗引出后面的议论了。表面上看,议论的一段还是采用了汉赋中常见的对话体,但其实问话的只有一句,便迅速转入了"客",也就是作者的议论,这才是整篇文章的主体。值得注意的是,苏辙不是从"浊"和"实"的对立面去理解"清"和"虚",而是把"清浊"和"虚实"视为一体,视为"至清"、"至虚"的不同表现形态。这就是说,他已经从形而上的意义去把握"清虚"的理念,而且认为这才是事物的本性,也是人类心灵的本来面目。就此而言,苏辙的议论实际上深入到了宋代哲学热衷于探讨的"心性"层次。固然,政治上的失意经常使士大夫向内心逃遁,苏辙之所以关怀"心性"层次的问题,也不无这方面的原因;但从形而上的层面去开掘人性内在的精神景观,也是一种严肃艰巨而且意义重大的思考。宋代士大夫留给我们的精神遗产中,要数这个方面最见精彩。

我们无须将这类形而上的真诚领悟一概划入哲学的范围,而只把浅显的抒情性、华丽的描写性文字视为文学,这正是北宋中期以来的士大夫文学所贬斥的东西。在他们看来,正确地把握人世的道理和人性的真实,"穷理尽性以至于命",才是立身、行事、作文的根基,此之谓"性命之学"。

二四、《代李诚之待制遗表》
(《栾城集》卷四十九)

元丰元年(1078)四月七日,天章阁待制李师中(1013—1078,字诚之)卒。按规定,大臣临死前要奏上一封"遗表",作为最后的政治交代。因此,如果自己病得不行,要请人代作,也总是请政见相同的人执笔。李师中本以军事才能著称,在西北边境带兵,但在神宗主动出击西北的时候,他却跟王安石意见不合,被调回内地。他曾经当过齐州的知州,是苏辙的长官。熙宁七年大旱的时候,他给神宗上书,要求起用司马光、苏轼、苏辙,被神宗斥责为"朋邪罔上,愚弄朕躬",撤职流放。他的不久去世,应与这一次所受的打击有关,苏辙为他代撰"遗表",也可谓义不容辞。

自吕惠卿、王安石相继离开朝廷后,宋神宗的身边已经没有敢于决定大事的执政官,所以神宗实际上是自己在执政。一些旧党的人物(包括苏辙)想趁机动摇"新法",不但没有成功,而且已经不宜再对"新法"大肆诋毁,因为这个时候主持实行"新法"的不再是王安石,而是神宗皇帝本人了。除了坚定地继续王安石的经济政策外,神宗对刑法的爱好和对外作战的志向也给元丰之政带来显著的特色。他认为现有的法律条文不够细密,专门设局,重新修订;他觉得开封府和大理寺无法处理重要案件,就使用御史台进行审讯,还不时地委派大臣组建临时法庭,谓之"诏狱"。熙宁八年,判处了李逢"谋反"案,被株连的宗室、官员甚多,元丰元年初,又兴起大理寺"纳贿"案,牵涉的官员更多,到李师中去世时尚未了结。与此同时,宦官李宪被派往西北主持军事,积极准备对西夏作战。——这便是苏辙代李师中起草《遗表》时所面临的局势。

全文的篇幅并不大,感叹衰病,回顾平生,推崇君主,眷恋时代,语调忠恳悲戚,感人泪下,在极尽委婉曲折之能事后,才说出两句进谏的话:"刑非为治之先,兵实不祥之器。"联系宋神宗当时的作为,这无疑是针锋相对的当头棒喝,局中之人是不难感受到它的分量之重的。但苏辙却也没有多加发挥,《遗表》中实质性的意见只有这两句。我们已经指出过苏辙行文的这种风格:反复回旋铺垫之后,要紧的话却说得简捷。此文又是一个例证。从效果来说,正因为有反复的回旋铺垫,便令读者对后文要说出的意见有较高的期待,等到意见来了,却只有两句,那么除了反复推寻这两句所包含的意思外,读者就别无满足期待的办法了。如果这两句精炼有力,含蕴丰富,就成为点睛之笔。晋代陆机的《文赋》有云:"立片言而居要,乃一篇之警策。"苏辙可谓深通其旨。

不过,宋神宗并未加以理会,不但没有停止军事筹备,而且在当年的冬天,就重建大理寺狱,增置官员,加强审判机构。到了第二年,他的御史台又兴起一桩重案,审判的不是别人,正是苏辙的兄长苏轼,史称"乌台诗案"。当苏辙写下"刑非为治之先"的话去棒喝神宗的时候,恐怕没想到回应来得这么快。

二五、《答徐州陈师仲书第一首》（《栾城集》卷二十二）

　　熙宁十年苏辙受张方平之聘,到南京应天府(治所在今河南商丘)去当签判,此时正好苏轼的密州知州任满,赴京述职,却被朝廷拒绝他进京城,直接改任徐州知州。于是,兄弟一同上路,先到徐州,留伴数月以后,苏辙才去南京。在徐州的时候,认识了当地人陈师仲(字传道)、陈师道(字履常,一字无己)兄弟。第二年即元丰元年(1078),陈师仲曾赴南京,见过苏辙,别后有书信给苏辙,此文就是给陈的回信。陈氏有三兄弟,长名师黯,师仲居次,师道即"苏门六君子"之一,是著名的诗人。

　　北宋科举改革之前,进士考试以诗赋为主,擅长古文的苏洵因为不耐烦诗赋的声律、对偶,而终生没能考上。王安石主政后,废除了诗赋,改考经义、策论,却又令陈师仲、陈师道兄弟不愿意再参加科举考试。这是因为,策论必须赞同"新法",才能通过;经义必须按照王安石在熙宁八年编成的《三经新义》去答题,才算正确。这样,在学术上和政见上有些自己看法的人,为了保持尊严,就不能进入考场了。苏辙肯定陈师仲"无意于世俗",即指此而言。但是,贫困的读书人除了通过科举去做官这条路外,似乎没有别的办法摆脱困境,所以苏辙又指出陈氏必将"困于今世"。一方面穷得安葬不了父亲,有承受"不孝"罪名的危险;一方面又放弃了走出困境的唯一道路,以免失去独立操守。——陈氏的境况确实是令人同情的,尤其是对于当前政策心怀不满的苏辙,自然很愿意为了陈氏去指责时代。

　　不过,面对陈氏的请求捐助,苏辙却也委婉地加以拒绝。这也可能是由于苏辙本人并不富裕,但此时苏轼正担任着徐州的知州,如果一定要帮忙,也未必做不到。苏辙的拒绝捐助,主要是因为他对儒家丧礼的理解,是以《礼记·檀弓》说的"称其财"为准,就是与实际的经济条件相称,不必追求隆重。如果为了安葬死者而去做超越生者能力的事,反而不合于"礼"。因此,书信的最后用"惟自勉以礼"来告诫陈氏,其实是相当严肃的提醒。由此回顾这封不足三百字的短信,真是很难相信苏辙居然能在如此小的篇幅内处理了这么丰富的内容:对交往过程的描述,对陈氏困境的揭示,明确地肯定和鼓励陈氏的操守,赞赏其文章,因同情其遭遇而指责时代,针对陈氏来信的求助而提醒他正确的葬父之"礼"。特别是最后说明葬父之"礼"的部分,他既引证经典,又列举先哲,并且连用两次"何病"来加以强调,叫陈师仲不要错误地理解"孝",叫他不要期待援助,赶快让父亲的遗体入土为安。这一切都只由短短几句来完成,粗看似乎是毫不费力,细看却是剪裁精当,委婉中含有严肃,简单的语句中含有告诫的苦心。

　　古文尚"简",因为"简"而必须细读,才能深知其意。可惜陈师仲大概没有细读,没有领会苏辙的苦心教诫,直到绍圣二年(1095),他父亲的遗体还没有下葬,这一年陈氏的母亲去世,才由陈师道将父母合葬于徐州。

二六、《黄楼赋并叙》(《栾城集》卷十七)

　　元丰元年(1078)八月,苏轼在徐州州城的东门之上造成一座"黄楼",此后就经常在楼中举行文学活动。留下来的有关作品,当然以苏辙这篇最为重要,但同时的秦观也作有《黄楼赋》,其他人也多有诗文道及。另外,司马光在洛阳造了一座"独乐园",孔宗翰在密州造了一座"颜乐亭",也引起许多诗文唱酬。总的来说,进入宋神宗亲自执政的时期后,"旧党"的人物直接批评当前政策的热情显然减低,他们更愿意通过集体性的文艺活动,来表达洒脱的胸襟,和相互之间的关怀。苏轼亲笔书写了苏辙此赋,刻石立在黄楼。据说,后来有一个地方官做了大量拓本,然后打坏此石,提升拓本的价格,由此发了不少横财。

据苏辙的孙子苏籀在《栾城遗言》中的说法,这篇《黄楼赋》是模仿汉代班固的《两都赋》而写的。现在看来,其气象宏大,格局规整,注重铺排描写,着力经营文辞,确实颇具汉赋的风采;而以徐州一地的形胜和历史为刻画对象,也跟《两都赋》之刻画长安、洛阳相似;虽然在抒情和议论之间,也用了少许散文句法,但与欧阳修《秋声赋》、苏轼《赤壁赋》等典型的宋代"文赋"相比,还是传统的成分居多。

据说,从北宋起就有人怀疑此赋是苏轼代作,因为这么绚烂的文采好像超越了苏辙的能力。尽管苏轼曾向人声明这真是他弟弟的作品,仍有人觉得他"欲盖弥彰"。其实,如果我们把"文赋"看作宋代作家突破赋体的传统写法的结果,那么这种突破性表现在苏轼的身上,本来就比苏辙更为明显,相比于苏轼的纵横驰骋,苏辙本来就更愿意遵守传统法则,而稍加变化以求佳胜。赋的传统写法,就是要放开格局、大肆铺排、熔铸词汇、设色绚烂的,所以《黄楼赋》跟苏辙其他古文作品显然相别的惊人文采,正是他遵守传统的表现。我们只要把《黄楼赋》跟他三年前所作的《超然台赋》作一比较,就可以看到许多相同之处。不但是"流枿"、"淡漫"等不常用的词语,同在二赋中出现(它们从未出现于苏轼的作品,而苏辙则在其他作品中多用"流枿"一词),而且在空间描写中寓含时间过程的构思,也实出一手。

《超然台赋》以"溢晨景之洁鲜"、"落日耿其夕躔"、"竢明月乎林端"、"徂清夜之既阑"数句,表明时间从清晨延续到傍晚,再到月亮升起,直至夜尽。这篇《黄楼赋》也是如此:登楼四望,原是白天的清晰景物;但西望的时候已经看到了落日,而北望时听到的乌鸦叫声,也证明时至黄昏;然后夕阳西下,明月东升,月光照进门户来,无疑到了深夜;最后"河倾月堕",则将近黎明了。反观班固的《两都赋》,却看不出如此明确而完整的时间结构,可见这正是苏辙在继承传统的基础上,自出手眼之处。

当然,熟悉苏轼前后《赤壁赋》的人,会记得那两篇《赤壁赋》所具有的与此类似的时间结构。从这个角度说,苏辙的《黄楼赋》正好可以被看作汉代大赋与宋代"文赋"的中间状态,而为"文赋"典范之作的出现作了不可缺少的铺垫。

二七、《为兄轼下狱上书》
(《栾城集》卷三十五)

作为监察机关的御史台,自汉代以来就是中央政府的重要组成部分。据说,汉朝的御史台里面种了许多柏树,上面栖满了乌鸦,因此御史台又有"乌台"的别称。北宋仁宗的时候,御史台曾是"舆论"的象征,以批评皇帝和宰相为天职。但到熙宁初年,它也给王安石变法带来极大的干扰。所以,"新法"政府的一项重要工作,就是改造御史台。至宋神宗亲自执政的元丰年间,御史台已经成为政府监视舆论、打击异议的有力工具。元丰二年(1079)以写诗讥讽朝廷的罪名逮捕苏轼的"乌台诗案",其实只是御史台接连兴起的几件大案中的一件,但它给苏氏兄弟的人生带来了巨大的变化。本篇是苏辙向神宗请求宽赦兄长的上书,当时他仍在签书应天府判官任上。

北宋的皇帝当中,大概以宋仁宗的性格最为宽仁,所以得了个"仁"字的庙号。这位好说话的皇帝做了四十多年,养成了官员们都敢于说话的风气。王安石"以仁庙为不治之朝",认为这四十余年的政治涣散松弛、被动消极,靠了老天帮忙才不至于发生大乱。但他以宰相之尊,又获得宋神宗的强力支持,而下令"变法"的时候,还是有那么多的官员敢于提出不同意见,并坚持抗争,直至公开地形成了党派,这就不能不归因于仁宗的宽仁政治所培植的士大夫敢言之风。大凡宽仁的政治,初看总是松弛无力的,等有人要改变它的时候,才知道它的力量有多大。苏氏兄弟在仁宗朝长大,双双进士登第,双双制科高中,可谓一帆风顺,而被他们视为人生榜样的,也是范仲淹、欧阳修、张方平等仁宗朝的大臣,所以他们原本就是仁宗朝政治文化的产物。当他们与王安石政见分歧的时候,并不顾忌对方的宰相身份,当他们对现行政策表达不满的时候,也从未想到这会涉嫌"不逊"。

苏轼的罪名是"讥讽",我们或许可以玩味一下这"讥讽"与"反对"相比如何。苏氏兄弟"反对"现行政策,那是彰明昭著写在奏章上的,都不曾被认为有罪;而写诗"讥讽"一下,就有罪了。或许很多人觉得"讥讽"比"反对"要可恶一些,元丰年间的御史们很可能就是这样想的。但必须指出的是,"讥讽"正是儒家"诗教"所提倡的含蓄温厚的"反对"方式。在苏轼下狱的时候,已经退休的张方平给神宗送去一封奏折,就指出这一点,在他看来,"讥讽"是比"反对"更合法一点的,所以,用作诗"讥讽"的罪名逮捕苏轼,本来就是一件错误的事。在目前可以看到的有关"乌台诗案"的材料中,这一位仁宗朝老臣的发言是最不给神宗留面子的。当然,到了元丰时代,仁宗朝大臣的风采就只剩下这一点鲁殿灵光了。据说,张方平写好奏折,叫儿子拿到京城去递交,结果他儿子因为害怕,并未递交上去。后来苏辙看到奏折的内容,不禁吐舌。很显然,通过"乌台诗案",苏辙已经深刻地认识到宋神宗跟仁宗的不同,看到元丰之政跟嘉祐之政的区别。

明乎此,我们就可以理解他自己的这封上书所采取的措辞方式。他承认苏轼在熙宁前期写的诗里,是有所"讥讽"的,但又不无讳饰地说,自神宗亲自执政以后,苏轼已经改正,不写那样的诗了。从后来御史台审讯苏轼的记录稿(《东坡乌台诗案》所录"供状")来看,不少被认为含有"讥讽"之意的苏轼作品,写作时间晚至熙宁末、元丰初,并不符合苏辙的说法;但苏辙采取这样的"辩解"方式,仍让人觉得意味深长。除此之外,全文没有一句话跟神宗争辩道理,从头到尾只是诉诸亲情,哀痛恳求,表达忠诚而已。百世之下,他那呼天抢地的哀号犹能感动人心,但另一方面,我们似乎也看到他作为一个政治家的心灵成长。

二八、《刘凝之屯田哀辞并叙》 (《栾城集》卷十八)

元丰二年(1079)底,"乌台诗案"以宽大处理的名义了结,苏轼被贬到黄州(今属湖北)安置,苏辙被连累,贬监筠州(今江西高安)盐酒税,成了一个劳碌的税务官,而且一做就是五年。元丰三年,苏辙先将兄长的家眷送到黄州,七月才至筠州上任,途中经过庐山,曾拜见隐居在那里的名士刘涣(字凝之)。九月刘涣去世,不久后苏辙作此文。屯田是"尚书屯田员外郎"的省称,北宋正七品官衔。哀辞是为悼念死者而作的韵文,即本文最后"辞曰"以下一段,但习惯上,前面都有一篇叙述死者生平的序,这样一来就跟墓碑的写法差不多了。自宋代以来,也确有用哀辞充当墓碑的做法(比如曾巩写的《苏明允哀辞》就曾充当苏洵的墓碑),因此序是更重要的。用现在的观点看,这样的序就是人物传记。

刘涣是刘恕(1032—1078)的父亲。刘恕是苏氏兄弟在熙宁年间最为敬重的一个朋友,他的博学强记达到了惊人的程度,自十八岁进士及第后,便全力专攻史学,贯穿古今,无所不知。当时的史学权威欧阳修、司马光都是他的长辈,但碰到疑难问题都向他求助。没有刘恕的参与,《资治通鉴》的完成是无法想象的。他只活到四十七岁就去世了,他的年轻而杰出的生命就融化在这部煌煌巨著的字里行间。显然是因为对刘恕的怀念之情,苏辙才会特地去拜见他的父亲刘涣。在这篇为刘涣而作的哀辞中,刘恕依然是重要的衬托,如果我们把它看成一篇传记,那么传主实际上是父子二人。

除了哀悼刘恕的早逝,赞叹刘涣的隐居养生而得长寿外,文章的主旨是突出概括这对父子的人品,就是所谓"冰清而玉刚"。自此以后,南康军的刘家房子,就取名为"冰玉堂",在宋人的文集中,我们可以找到张耒的《冰玉堂记》、晁补之的《冰玉堂辞》,都是为刘氏后人而作,南宋时担任南康军长官的朱熹也曾作《冰玉堂记》,以缅怀刘氏父子。不仅如此,元明以来还有不少地方官,喜欢在官署里设置一个"冰玉堂",大概是表示为官清正的意思。所以,这冰玉之喻已经成为传统文化中一道特有的风景了。

不过,就苏辙本人来看,写作此文的时候正值开始贬居生活不久,虽然具体的事因是受了兄长的连累,但这样的结果也是他们的政治态度所导致,无论怎样,总是其人生中一次巨大的变故,不难想象,此时的他应当经常考虑人生出处的问题,因此本文最后一段探讨做人的道理,显然也是有感而发。本来,苏辙跟刘恕堪称知交,他们的人生态度应属相似,但文中却特地对刘氏父子进行比较,而对刘涣的隐居养生表达了由衷的羡慕。这当然不仅仅出于把父亲写得高于儿子的俗套,我们可以从中观察到苏辙的心灵变化:从一个虎虎有生气的"不同政见者",变为深沉的人生反思者。

二九、《东轩记》(《栾城集》卷二十四)

按苏辙文末自署,此文作于元丰三年(1080)十二月初八日,也就是他到达贬地筠州之后大约半年的时候。所谓"东轩",就是在监盐酒税的官厅之东修建的开敞式廊榭,本来应该是一个休闲的处所,但据苏辙的自述,由于官务繁忙,这个休闲的处所一直没有用上。记文便由此发挥出一通人生哲学。在苏辙筠州时期的作品中,人生思考是最重要的主题,由于其他文章多是应人之作,此篇则完全为自己而写,故最为集中地体现其人生思考的境地,可以视为这方面的代表作。

　　研究苏轼的学者大都认为黄州贬谪是其思想新阶段的开始,如果我们依此类推筠州贬谪对于苏辙人生的意义,那也大致不错。比较而言,苏轼从一个堂堂知州降为放逐的罪人,起落更大一些;但苏辙在被贬筠州之前,担任的都是条例司属员、学校教授、大藩幕职之官,做的是商议政策、教育学生、掌管文书之类与文人士大夫相宜的工作,而到了筠州后,却要负责"监盐酒税"这种文人眼里繁杂鄙俗的事务,其情趣可能比放逐还要糟糕一些。而且,就当时的政治情况来说,由于坚决执行"新法"的宋神宗年仅三十余岁,谁也不可能预想他会英年早逝,所以作为"不同政见者"的苏辙大致已经没有什么政治前途可言,他能够期望的最好结果也就是放他回家而已。本文最后一段所表达的愿望,应该是没有一点虚假成分的。那么,早年读书求仕,究竟为了什么呢?或者更进一步说,人生的意义何在?

　　苏辙想起了箪食瓢饮而不改其乐的颜子,他认定颜子情愿穷饿而不肯求仕,是因为仕途妨碍学问。从而,他极具宋人特色地阐明了这学问的要旨,就是个人内在的对"道"的领悟,即传统儒学所谓的"内圣"。本来,"内圣"被看作"外王"的准备阶段,但苏辙扩大了"内圣"的意义,将它直接视为人生价值的完成。这种独立个体内在超越的人生观,与苏辙的前辈范仲淹所倡导的士大夫积极干预现实的"先忧后乐"精神已经有了显著的差异,此后将被越来越多的士大夫所接受。当然,如南宋的叶适所批评的那样,以颜子为榜样来证明这个说法,多少有些问题,因为颜子早死,客观上虽未出仕,但不能断定他主观上一定不肯出仕。

　　颜子的问题是宋人经常探讨的,比如周敦颐对程颢的启发,就是教他去寻思颜子的"乐"处究竟在哪里,程颐在太学里做了一篇《颜子所好何学论》,受到了太学老师胡瑗的激赏,孔宗翰在山东造了一座"颜乐亭",司马光为他写了《颜乐亭颂》,苏轼为他写了《颜乐亭诗》,

南宋的张栻还把有关颜子的事迹、言论专门编为一本书,叫做《希颜录》。如果说,孔子是不可企及的圣人,那么颜子就是可以企及的最好的学习榜样,对于所谓"颜子之学"的探讨,意义就在这里。苏辙从"内圣"的角度提出了他对"颜子之学"的理解,大致符合宋代士大夫学术的走向。

在旧时的中国,从京城的太学到乡间的村塾,所有的学校里都有"先圣"、"先师"两块牌位,这"先师"就是颜子。两千多年前这位好学的青年,既未建功立业,也无著书立说,却如此受到国人的尊重,本身就应该视为一个奇迹吧。

三十、《洞山文长老语录叙》
(《栾城集》卷二十五)

此文应当作于元丰三年(1080)或稍后,苏辙在筠州贬居。筠州是佛教禅宗发达之区,苏辙在此地与禅僧们交往甚多。临济宗黄龙派的创始人黄龙慧南有个弟子真净克文(1025—1102),当时任筠州洞山寺的住持,就是题中的"洞山文长老",可称当代禅林的龙象,给予苏辙的启示甚多。克文在筠州圣寿寺和洞山寺的说法内容,由其弟子法深记录下来,即题中的"语录",今存于《古尊宿语录》卷四十二。元丰八年(1085)之后,克文又投奔王安石,到金陵报宁寺等处做住持,也有语录,但苏辙为之作序的,应该只是筠州的部分。

禅宗有所谓"一花开五叶"的说法,即在唐五代时期,产生了沩仰、曹洞、临济、云门、法眼五宗。到宋代以后,临济宗成为最大的一枝,而其兴盛的标志,就是"黄龙派"的创立。翻看《五灯会元》,我们不难发觉黄龙派的一个重要特点,就是其"法嗣"中有一批著名的文人。比如,黄龙慧南的一个弟子东林常总(1025—1091),其法嗣中有苏轼;另一个弟子黄龙祖心(1025—1100),其法嗣中有黄庭坚;苏辙也被排在慧南弟子上蓝顺禅师的门下。由此可以看出黄龙派禅师与士大夫的密切交往。至于真净克文,不但主动与苏辙打交道,元丰七年还在筠州专门迎接刚刚从黄州获赦的苏轼,并通过自己做的梦来证明苏轼是五祖师戒禅师的转世,后来又专程至金陵见王安石,同时又写诗寄给苏辙,他的一个弟子清凉惠洪,则是北宋晚期最著名的诗僧,与江西诗派的诗人多有交往,另一个弟子兜率从悦,其法嗣中有徽宗朝的宰相张商英。从克文的传记和惠洪的著作来看,他们怀有一种非常明确的振兴临济宗派的意识,所以如此积极地与士大夫交流沟通,获得其发展的社会基础。反过来,处在贬谪的苦闷之中的苏氏兄弟,也正需要禅师们指点人生的迷径,用以保持心灵的宁静和旷达。相比之下,苏辙所在的筠州是禅学的一个中心,参禅的风气比苏轼所在的黄州要浓厚得多。苏轼与东林常总的相会,要到元丰七年他上庐山之时,而苏辙则自元丰三年来到筠州后,几乎就生活在一批杰出的禅僧中间,所以他对禅学的浸润其实远过于苏轼、黄庭坚,在北宋的参禅士大夫中属于造诣较深的一位。从他为克文语录所写的这篇序言,也可以看出他对"心法"和言语关系的通达了解。

在《古尊宿语录》卷四十五,有克文写给苏辙的一首五言律诗,题为《苏子由辟东轩,有颜子陋巷之说,因而寄之》,看来,他对苏辙《东轩记》所表达的颜子"内圣"之学也颇为首肯,或许我们可以由此探寻宋代士大夫对颜子生存态度的阐释与黄龙禅风之间的关系。不为"外王"作准备的"内圣",与士大夫生活混同一气的禅,这两者之间的差别,其实是相当小了。

三一、《庐山栖贤寺新修僧堂记》
（《栾城集》卷二十三）

庐山南麓的栖贤谷,历来以雄奇的胜景著称,上有五老峰和汉阳峰左右对峙，下有汇集山间溪水近百条的三峡涧奔腾咆哮，沿谷而下，忽被巨石拦截，悬空直下玉渊潭中，为天下之至观。唐代李渤(773—832)曾读书于此，并将南朝时建于浔阳(今江西九江)的宝庵寺移建五老峰下，请著名的"赤眼禅师"归宗智常(马祖道一的弟子)住持，更名为栖贤寺。北宋时，朝廷赐名"栖贤宝觉禅院"，盛极一时。苏辙于元丰三年南迁筠州时，经过庐山，曾游栖贤寺，次年应该寺住持智迁禅师的请求而作此记。僧堂即禅堂，又称云堂，佛寺的主体建筑之一，寺中所有禅僧，昼夜于此行道。按照百丈清规，禅宗寺庙不设佛殿，以住持说法的法堂和众僧修行的僧堂为主。

本文历来受到推崇的是第一段的描写，当时写成以后，苏轼在黄州马上就读到了，第一个发表了评论："子由作《栖贤堂记》，读之便如在堂中。"(《跋子由栖贤堂记后》，《苏轼文集》卷六十六)他还想亲自书写，送给智迁他们去刻石，作为他跟庐山结缘的礼物，以后去游庐山就不算陌生人了。可见他很喜欢弟弟写的这篇记文，并指出它的优点在于描写，让读者有身临其境之感。清代王士禛《香祖笔记》卷十二也说："颍滨《栖贤寺记》造语奇特，虽唐作者如刘梦得、柳子厚妙于语言，亦不能过之……予游庐山至此，然后知其形容之妙，如丹青画图，后人不能及也。"他指出了两点，后一点跟苏轼说的一样，通过亲到其地的感受来证实其描写的高明，前一点是说"造语"即语言上的创造性，认为可以企及唐代的刘禹锡、柳宗元，这当然也是苏辙此文的一个优点。

不过，按宋代文章的普遍特质，后面的议论才是作者用力的所在，而其中的关键又在于被苏辙贬斥的所谓"俗学"何所指？元丰七年，苏辙的女婿王适(字子立)到徐州去参加科举解试，苏辙写了《次韵王适留别》诗云："决科事毕知君喜，俗学消磨意自清。"意思是，考完了科举以后就高兴了，因为这就可以把为了科举而勉强学习的那套"俗学"抛弃了。由此可见，苏辙笔下的"俗学"所指非常明确，就是王安石规定为科举标准答案的《三经新义》之学。明白了这一点,我们就能领略到这段议论的力度并不比前面的描写逊色,因为照苏辙的说法,钻研这"俗学",即便勤奋一辈子,到死也毫无意义。姑且不论苏、王学术差异的是非,处在贬谪之中的一个罪人发出如此尖锐而斩绝的言论,实在是至为刚强的表现。王士禛可能不明白这一点,但苏轼应该是很清楚的,所以尽管他想过要书写了去送给栖贤寺的和尚,但最后还是没有这样做。实际上,虽然他的书法天下第一,和尚们也不敢把这篇记文拿去刻石的。

而且,苏辙的刚强也马上令他遭受麻烦。筠州的地方官觉得苏辙有学问,就让他暂代州学的教授,不料他在州学里出的几个考题立即引起了京城太学里一位教授的注意,说这些考题明显违反"经旨"。在只知道《三经新义》为标准解释的人看来,苏辙自然是违反"经旨"的。于是朝廷下令追查,幸亏江西地方官的保护,才不至于酿成祸端,只不许他再做代理教授而已。

三二、《筠州圣寿院法堂记》（《栾城集》卷二十三）

按照文末所署的时间,本文作于元丰四年(1081)六月十七日。圣寿院又称圣寿寺、圣寿禅院、圣寿广福院,在筠州高安县东南角。法堂是禅宗寺院的最重要部分,是住持说法的地方,所以住持又称为"堂头和尚",其说法称为"上堂"。当时有人出钱,将圣寿寺的法堂重修一新,苏辙应邀而作此记。

苏辙所写的"记"类古文,在元祐六年(1091)他自己亲手编辑《栾城集》五十卷时,集聚于卷二十三、二十四,此时共有十八篇。如果大致作一区分,则卷二十三所记为公共的殿堂、官署、学校、庙宇之类,而卷二十四所记是个人创置的轩、亭、堂、庵之类,恰好各有九篇。在前面的九篇中，有《京西北路转运使题名记》和《筠州圣寿院法堂记》两篇，是从某一地方的风土人情起笔的，另外《筠州圣祖殿记》和《光州开元寺重修大殿记》两篇虽不以此起笔，也写到了这方面的内容；后面九篇所记的对象属于私人，不适合多写地方的风土人情，但仍有《洛阳李氏园池诗记》一篇，是以此起笔的。如此看来，这应该是苏辙"记"类古文的一个特点，或者说是他的一种写作习惯。

按常理而论，如果是为官署作记，这样的写法是最顺理成章的，因为一个负责的官员首先应该关注这个方面；但如为私人的园亭，或者像本篇那样为寺庙的法堂作记，便无须注重于此。然而，对于苏辙这样一个宋代的士大夫作家来说，舟车所及，地方的物产、风俗已经成为难以抑制的关怀之对象，即便在废弃贬居之时，"以天下为己任"的意识仍然通过种种方式，在文字间表露出来。当然，本篇从筠州的风土人情，过渡到其地的道教、禅宗之历史，然后转向了作者个人的世界，即他从道教和禅宗学到的养生健体、安定心灵之法，与前面说的《京西北路转运使题名记》一篇之始终驰骋于公共的世界，已有显著的差异。公共的世界与个人的世界互相联结，外向的关怀与内在的领悟交融起来，而以内在的领悟为最终的基点，可以说是此文的构思之机杼，也宛然传达出苏辙这一代士大夫的精神意态。

王安石诗云："意态由来画不成。"这是指出于俗手的肖像画。其实，中国传统文艺的要旨，正在刻画意态，即便是整篇说理叙事，没有一笔描摹形容，也仍然是精神意态的微妙展示。可以注意的还有"吐故纳新，引挽屈伸，而病以少安；照了诸妄，还复本性，而忧以自去"这样一种长对的句法，本是宋代四六文的特征，但在古文中也常被运用。

三三、《上高县学记》(《栾城集》卷二十三)

北宋的筠州分为高安、新昌、上高三县。范仲淹等主持庆历新政的时候,朝廷诏令天下州县都要建立学校,于是宋英宗治平三年(1066),筠州知州董仪在高安建造了州学,请曾巩写了著名的《筠州学记》,刻在学校里。至于上高县的县学,据清代所修的《江西通志》卷十七记载:"初,学在县北,文庙在县东。宋元丰四年,县令李怀道并迁于县西,苏辙记。"按苏辙此记自署的年月,则作于元丰五年(1082)三月,而且文中还说上高县在此前并无学校。大概苏辙作文时有所夸张。但《江西通志》也说,上高县学所祭祀的历代名宦,是以李怀道为首的,这就等于把他认作县学的创始人了。李氏生平不详,此人在历史上留下的唯一痕迹,就是建造上高县学一事。

宋代知识官僚的来源本是科举,如以科举为中心,则学校不过是教人应付考试的地方。但北宋中期以后,大部分知识官僚都反对应试教育,要求学校摆脱科举的指挥棒,教人以真正的学问。与此同时,以学校选拔人才的方式来取代科举制度的设想,也被提出,并尝试实行。此虽未臻成功,但社会上尊重知识、重视教育的风气则普遍形成,其突出的标志就是以中央的太学为始,继而在全国各地都举办起大大小小的公私学校,那被认作庆历新政以来朝廷施政上最大的成就。所以,宋代的"学记"一类文章,也骤然勃兴,著名的篇章层出不穷,如欧阳修的《吉州学记》、曾巩的《筠州学记》、王安石的《虔州学记》、苏轼的《南安军学记》,等等。按古人的习惯,亭台楼阁的落成都要请人写一篇记文,则学校的建成自然更须大书特书。但"学记"的文风庄重严肃,与一般亭台楼阁之记截然不同。考其来源,唐人多有孔子庙碑,文字典雅谨饬,而议论常涉及教育与政治之关系,与宋人学记的写法极为相似。孔庙总是与学校在一起,所以孔子庙碑也偶尔会提及学校,但学校只是孔庙的附庸而已。等庆历以后学校大盛,其与孔庙的关系从附庸而上升至并立,宋人的文集中便相应地出现了一批"庙学记",如韩琦《并州新修庙学记》、蔡襄《福州修庙学记》《亳州永城县庙学记》等,接下来便发展到略去"庙"而为纯粹之"学记"。因此,"学记"虽然是一种"记",其文体风格却不同于一般的"记",实是承唐代庄重宏伟的孔子庙碑而来。

苏辙此文在北宋"学记"中尚不算名作,但明代茅坤《唐宋八大家文钞》给予了一个字的批语:"雅。"清代的张伯行重订《唐宋八大家文钞》,评语要详细一些:"醇质而有意味,亦颖滨集中之粹然者。"这当然是从理学的角度加以肯定,但也可以看出"学记"的文风特征。第一段概述古代学校与政治之关系,根据的是《礼记·王制》,第二段讲古代礼乐之效,语出《礼记·礼运》和《论语·泰伯》,第三段引述子游的典故,乃综合《论语·雍也》与《论语·阳货》而来。如此博取经典而以义理贯通之,发为文章,就是宋人所谓的"经术"。此种写法原是王安石文章的特长,但苏辙也并非没有这方面的本领。张伯行称其为"粹然",是肯定其全文都涵泳在经典的深长韵味之中,仿佛听编钟的演奏,或者进入博物院的青铜馆,或看圭璋环璧的展览,自然有醇雅之气。但其实第二段中对"后世"的严厉指责,与全文气氛不合,却可能是苏辙的本来面目。

三四、《答黄庭坚书》(《栾城集》卷二十二)

元丰三年(1080)苏辙受东坡"乌台诗案"牵连,被贬至筠州(今江西高安);而黄庭坚于此年恰值改官之期,亦因"诗案"之故,只得了吉州太和县(今江西泰和)的知县一职,次年到任。二人任地相近,故至元丰五年(1082),黄庭坚寄书求教,苏辙便以此书作答。这是二人文字来往之始。

这封信的主旨是说一个人内在的精神修养到了一定的程度,就可以无求于外物。其实,在任何时代,外在的世界都是十分强大的存在,一个人的所作所为,可能被外在世界所肯定,也可能遭到否定,而完全被否定的人生是无法维持的。因此,在必须与外在世界有所妥协的基础上，人生还有多少可以自主的余地，确实是值得思考的。儒家哲学向来有"达则兼济天下，穷则独善其身"的两可之说，但如果追问一句，"兼济与独善相比较，哪个更有价值"，则一般都会倾向于前者，因为多数人把兼济看作当然，而把独善看作无可奈何之举。然而，苏辙的意思，似乎是更强调独善，也就是说，以内在的修养为人生的最高价值。钟情于酒与钟情于琴本来很不相同，能喝酒的人只是醉鬼，能弹琴的人却是艺术家，但苏辙从内、外对立的角度看，酒与琴便同是外物而已。在他的笔下，安贫乐道的颜回被解释成内在精神完全战胜了外在世界的典范，这可能是苏辙的人生哲学中最有特色的内容。

当他把这一套哲学奉送给黄庭坚时，颇有知音相惜之感，所以，从开头的仰慕之情写起，先是为了没有主动去信感到愧恨，后来又说既然是知音就不必愧恨，委婉曲折地引出自己的观点，却又说自己这样的想法正在被鲁直身体力行，从而将原来一方请教、一方回答的行为表述为仿佛禅僧打机锋那样的互相印证之举。如此谦逊委婉、顾盼生情的行文，看来颇受其恩师欧阳修的影响；不过，仔细看去，他表述观点的部分，仍有简练、斩绝的风采，直出判断，不多阐说，于此又可看到苏洵的家风。大概苏辙文章的精妙之处，就在他把欧阳修和苏洵这两种不同的艺术风格统合起来：全篇优游不迫，而关键之处果断精悍，显出外柔内刚的气象。

三五、《答徐州教授李昭玘书》
（《栾城集》卷二十二）

本文作于元丰五年(1082)。李昭玘字成季，北宋后期的诗人、古文家，他从小就是三苏的崇拜者，元丰二年中进士，四年任徐州州学的教授。数月后，恰好苏辙的女婿王适到徐州参加科举乡试，在州学住了一年左右,考试不顺,遂经黄州而回筠州。昭玘便请他带书信给苏轼、苏辙,备述敬仰求教之意。二苏皆有回信,苏轼写得比较长(《答李昭玘书》,《苏轼文集》卷四十九),对昭玘的文章多有肯定,几乎将他与黄庭坚、秦观、晁补之、张耒(即后来所谓"苏门四学士")一视同仁,而苏辙的这封回信却简短,主要表达自谦之意。

李昭玘的诗文集现在尚有留存,曰《乐静集》,三十卷。元丰五年(1082)他托王适带给苏辙的书信,即《乐静集》卷十《上苏黄门》,对苏辙备极推崇。但是,"上苏黄门"这个题目是后来所加。"黄门"是门下省的别称,苏辙后来做到门下侍郎(相当于副宰相),所以如此称呼。而在元丰五年的书信中,李昭玘称苏辙为"筠州宣德先生",因为从这一年五月起,宋神宗正式颁布新的官制,其中有"宣德郎"这么一个官阶,据说相当于原先的"著作佐郎"。苏辙从熙宁十年(1077)起开始升为"著作佐郎",至此五年了。但由此也可看出,苏辙虽被兄长连累而贬到筠州,官阶却并未降低。收到李氏来信的时候,他也正受地方官的委托,暂时代理筠州州学的教授。应该说,相比于初到筠州时的那种狼狈境况,此时已稍为安定,有所好转。而且,他写的《东轩记》和《庐山栖贤寺新修僧堂记》也传到了徐州,李昭玘就因为读到了这两篇文章,从中看出苏辙的精神境界已经达到透彻了悟的程度,才特意来信请求指点的。这就是苏辙回信中所谓"遽以知道许之"。

什么是李昭玘要向苏辙请教的"道"呢?在《东轩记》里,苏辙阐述过颜子的内圣之学,即独立个体内在超越的生存意义;在《庐山栖贤寺新修僧堂记》里,苏辙曾根据这个"道"来贬斥"俗学",即宋神宗、王安石要求全国人民学习的"新学";而在这封回信中,苏辙虽一再表示自谦之意,说自己实在没有什么学问,巨大的名声都出于别人的过誉和误传,真实的精神境界远不能跟古人相比,但在一再谦虚之后,他还是指点了两句:"收其精以治身,而斥其土苴以惠天下。"这依然是内圣之学。内在的超越性领悟才是思想的精华,做到了这一点,放出来的渣滓糟粕都可以对天下有益。

从苏辙筠州时期的思想进展来看,虽然只有这么两句,却确是将他自己最近的心得中最精华的部分和盘托出了。对一个从不相识的人,给予如此指点,算得上殷勤厚意了;只不过,实在太简约了——我们再一次看到苏辙行文的特点:委婉周旋了许久,要紧的地方却简约得出人意料。而且,好不容易才说了这么两句,马上又转为自谦,说这当然是您应该学习的,但不是从我这里学,我没有什么可以供您学习,然后便结束了全文。我们一般认为,文章的重点要突出,关键之处要多作强调,但苏辙的做法恰好相反,似乎努力要把重点隐藏起来,不让人容易看到关键之处。容易看到的只是缓缓地回旋荡漾的一片烟波,英气逼人之处只是偶尔闪现,立刻又不见了。

三六、《光州开元寺重修大殿记》（《栾城集》卷二十三）

苏辙有五个女婿,长婿是画家文同的儿子文务光(字逸民),次婿是上篇《答徐州教授李昭玘书》中提到的王适(字子立),三婿叫曹焕(字子文)。曹焕的父亲曹九章(字演父,或作演甫)早年与苏辙相识,元丰时担任光州(治所在今河南潢川)知州,专门托人给贬谪黄州的苏轼写信,表示与苏辙结亲的愿望。经苏轼同意,元丰五年(1082)曹焕先到黄州见苏轼,再到筠州与苏辙的女儿完婚。至元丰六年(1083)五月五日,苏辙应曹九章之请而写本文。在苏氏兄弟双双获罪迁谪的时候,曹氏对他们如此有礼,可见其教养。

虽然是一篇佛寺大殿的记文,但本文的内容跟佛教基本无关,而是讨论"循吏"的问题。从第一句"古之循吏"到最后"考之循吏传",从揭示循吏"因民而施政"、"顺其风俗之宜"的原则,到后文一再强调民意和风俗,从历史上的四位循吏,到现实生活中的曹九章,除了对开元寺大殿略有几句描绘外,全文始终没有离开主题,叮咛反复,一意于此。如果与上篇《答徐州教授李昭玘书》的回旋闪避、不犯正位相比,本篇可谓单刀直入、紧追不舍,写法的不同是显而易见的。也许,地方官热心于道观、佛寺的建设,本不是怎样值得称道的一件事,苏辙受亲家所托,不可推辞,就想出这么个关于"循吏"的主题来,用随顺民意的理由来肯定曹氏的做法,而其行文也一直简单地停留在这个意思上面。

但是还有另一种可能性,就是苏辙有意借这件事来发挥他对于"循吏"的一番见解,来针砭当时不顾民情风俗,一味自以为是的"新法"政府。王安石写过一篇《送孙正之序》,里面说:"时然而然,众人也;己然而然,君子也。"如果大家都说好的,你也说好,那你只是个庸人;只有自己认为好的才说好,那才是君子。按照这样的说法,苏辙所谓的"循吏"便全然称不上君子。反过来,苏辙在这里强调的"吾无作焉","无所必为,亦无所必置"等,以及对于世上"循吏"太少的慨叹,便不啻反唇相讥。可以说,这是两种政治观的对立。一种是苏辙讲的,顺应风俗民情来施政,因地制宜,没有固定的成说;另一种是所谓"正天下之不正",根据正确的思想来制定统一的政策,指导全国人民走上正确的轨道。在儒家思想中,这两种政治观都不无根据,但后一种对于执政者的吸引力更大,而批评者则容易站到前一种的立场。由此看来,苏辙并没有因为贬谪而放弃批评的权力。无论如何,本文的写法在苏辙文章中是别具匠心的。

三七、《黄州快哉亭记》(《栾城集》卷二十四)

这是苏辙的一篇名文,作于元丰六年(1083)十一月。文中已经交代了作记的缘起,是谪居黄州的张梦得在他的住所造了一个亭子,由同样谪居黄州的苏轼命名为"快哉亭",于是苏辙为之作记,从"快哉"一名抒发其人生感慨,以及对于人生态度的思考。"快哉"的意思,当然是"真畅快呀"。苏轼有《水调歌头·快哉亭作》一词,亦同时之作,我们当取此篇记文与苏轼词共读。词云：

> 落日绣帘卷,亭下水连空。知君为我新作,窗户湿青红。长记平山堂上,欹枕江南烟雨,杳杳没孤鸿。认得醉翁语,山色有无中。　　一千顷,都镜净,倒碧峰。忽然浪起,掀舞一叶白头翁。堪笑兰台公子,未解庄生天籁,刚道有雌雄。一点浩然气,千里快哉风。

这是"快哉"心情的自白,但其中也有议论,就是对"兰台公子"的不以为然。"兰台公子"即指宋玉,苏轼对他把自然的风区分为雄风、雌风,感到可笑,说这是不理解"庄生天籁",即庄子说的自然之声。由此可见,苏辙的记文明显受到兄长此词的影响,因为楚襄王与宋玉的这个典故,也正是苏辙引出议论的根由。

就记文的整体结构来说,第一段讲亭子及其命名的来历,是"起";第二段描写亭上所见的景色和可以缅怀的历史往事,是"承";第三段引证楚襄王和宋玉的典故进行分析,就是"转";第四段点出"快哉"心情取决于人生态度的总旨,当然就是"合"。通观全文,这"起、承、转、合"的结构是如此明确,应该算不得我们强加于它的。而一般来说,在此种平衡的结构中,最为关键的就是"转"的部分,全文的精神所在,集中于此。所以,与苏轼词相同的典故,被苏辙用作"转"的部分,当然就可以说明苏辙对它的重视。

为了强调快乐心情根源于一个人内在的超越性领悟,苏氏兄弟批判了宋玉对自然的横加区分,或以为可笑,或以为这是出于讽谕目的,不是本意。这是从议论方面来看,而同时我们也不能忽略苏辙在描写方面的成功,加上全文整体结构的平衡特征,使这篇"记"显得颇有一点"赋"的味道。如果考虑到"振之以清风,照之以明月"等用语,我们就不难想起苏轼作于元丰五年秋天的《前赤壁赋》,"惟江上之清风,与山间之明月",曾被苏轼当作自然美的无尽宝藏。如果说苏辙此文也受到《前赤壁赋》的影响,应该也不算勉强吧。

黄州的苏轼与筠州的苏辙正是如此互相呼应,赤壁矶头的自然风景,与高安古城的禅宗道场,也正是从内外两方面对他们的人生给予启示。接下来,自然风景与禅宗道场融为一体的庐山,就是他们向往的地方。于是,苏轼在次年一离开黄州,就迫不及待地登庐山去了。

三八、《上洪州孔大夫论徐常侍坟书》（《栾城集》卷二十二）

以"变法"闻名的宋神宗,在他的晚年,大概致力于调和新、旧两党的矛盾。元丰七年(1084)正月,他亲自下达一封手札,说苏轼那样的人才不能老是被抛弃,将他从黄州移到汝州(今河南临汝)去居住。由于汝州比黄州更靠近京城,所以这是一个善意的表示。到该年的九月,苏辙也接到调离筠州的命令,到歙州绩溪县(今属安徽省)去当县令。这个善意是更明显了。大约在年末的时候,苏辙到达洪州(今江西南昌),给知州孔宗翰上此书。孔仲翰字周翰,以朝议大夫知洪州,故称"洪州孔大夫"。徐常侍为宋初名臣徐铉(917—992),字鼎臣,原仕南唐,入宋后官至左散骑常侍,有《徐骑省集》。他的坟墓在孔宗翰的辖区,故苏辙请求孔予以关照。

要求地方官照顾先贤的坟墓,在知识化程度甚高的北宋文官社会,并不是非常特别的事,但这篇文章的主题,实际上是表彰忠义。在苏辙看来,徐铉之所以值得纪念,是因为他忠于南唐政权;而孔宗翰之所以值得托付,是因为孔的父亲也是一个忠义的人。或许应该注意的是,徐铉所曾捍卫的南唐,原本是北宋的敌国,从宋人的立场来看，完全可以视为《尚书》所说的"殷之顽民"。徐铉降宋以后，也成为宋初的文化名臣，现存的第一部宋人文集，就是他的《骑省集》，从这个角度也不难提供纪念徐铉的理由。然而，苏辙却认为徐铉的一生"大节"，就体现在他为了捍卫南唐的尊严而抗拒本朝的行为。这说明苏辙所理解的忠义品质，并不被本朝的立场所限止。其实，北宋文化人对南唐李氏表示同情的，不在少数，如果说"譬之草木，臭味不远"的话，南唐李氏是比北宋赵氏更接近士大夫趣味的。宋初的第一批文化人，朝廷收藏的文物、书籍，直至质量最好的纸张，大都来自南唐。并不是五代的梁、唐、晋、汉、周，而是南唐，才是当时中国文化的保存者，和北宋文明的真正渊源。在南唐旧地贬居了将近五年的苏辙，对此显然有所体会。

可以证明这一点的是，他在文章的最后特意提到了"南方士人"。不少学者指出，宋初以来一直存在的南北士人的矛盾，在熙宁以后的"新旧党争"中仍有体现。支持江西人王安石实行"新法"的，是江西人曾布（曾巩弟）、福建人吕惠卿、章惇等南方士人，而反对者韩琦、司马光、邵雍、程颢等，则多数出身北方或中原。在这样的格局中，来自西蜀的苏氏兄弟可以说较为特殊，他们虽然也反对"新法"，但并无必要介入南北矛盾。当苏辙提醒政治立场倾向于司马光的山东人孔宗翰尊重"南方士人"的感情时，我们隐约可以看到超越于南北立场之外的西蜀立场，也就是后来与"洛党"（中原）、"朔党"（北方）发生矛盾的"蜀党"立场。因此，苏辙此文虽然只论徐铉的坟墓，但若放回北宋士大夫社会的语境中去阅读，则其传达的信息仍较为丰富。

三九、《南康直节堂记》（《栾城集》卷二十四）

作者自署写成时间为元丰八年（1085）正月。南康即南康军，治所在星子（今江西省星子县），宋太宗太平兴国七年（982）从洪州分出,单独置军。军是一种行政区域的名称,宋代与州、府、监并列。苏辙于元丰七年离开筠州北上,于年底经洪州,来到南康军,八年初为知军徐师回作此记。

苏辙不但为徐师回作了这篇记文,还亲自书写,刻石立在堂上。九十五年后的南宋淳熙六年(1179),朱熹来到南康军担任长官,却发现所谓的直节堂以及那些杉树,早已无影无踪。苏辙记文的石刻倒是找到了一块,但据说不是原刻,且被丢弃在别处。于是,朱熹去访问了很多老人,想知道直节堂的故址在哪里,却也一无所获。没有办法,朱熹只好把官厅西面的一个被废弃的旧堂,重新命名为直节堂,这是因为堂外的庭院中有棵老柏,虽然已经生意殆尽,却也屹立不倒,颇有刚毅凛然的风貌,所以朱熹把那块不知何人摹刻的苏辙记文搬来,嵌在这新的直节堂的墙壁中。照他的本意,还想再种些杉树,来重现前贤的遗迹,但结果没有做成,朱熹就离开了南康军。

显然,朱熹做了一件今天的文化部门大都爱做的事,就是恢复古迹。这古迹只是延续原来的名称,其实不是原物,但恢复古迹的工作却也使名称可以延续下来。实际的历史是不断地摧毁和重建,前后仿佛连续,其实点点都是断裂的。这就好像飞鸟在地面上的影子,乍看仿佛是影子在飞,其实影子在不断地消灭和重生。真正具有延续性的历史不在大地上,而在知识者的意念中,或者说只在书本上。书本上的中国有数千年的历史,而在今天的中国大地上,除了考古发现外,日常生活中能够遇到的真正具有历史的遗物是极少的。朱熹的直节堂并不是徐师回的直节堂,使这两个毫不相干的厅堂发生关系的,只有苏辙的《南康直节堂记》。进一步说,朱熹找到的记文石刻也并不是苏辙当年的原刻,使这两块毫不相干的石头发生关系的,只有苏辙记文内容的本身。在这一不算长久的历史过程中,几乎所有方面都经过了摧毁和重建,在某种意义上说都是假的,只有记文内容的本身是真实的,也就是说,只有苏辙的精神创造是真实的。从这个角度说,朱熹在他的恢复古迹的活动中,所接受并意图延续的对于"直节"的崇尚意识,是真正的历史延续。也许,这才是中国人可以拥有的真正历史。

四十、《代歙州贺登极表》
(《栾城集》卷四十九)

还不到四十岁的宋神宗,在元丰八年(1085)三月英年早逝。他的儿子,年方十岁的赵煦嗣位,就是宋哲宗。虽然神宗留下了几个"新党"的大臣辅佐新君,但由于这新君实在太小,神宗临死前又拜托他的母亲高氏临朝听政。这高氏对于哲宗来说就是祖母,称为"太皇太后"。如此一来,高太皇太后与"新党"大臣之间就容易产生冲突。"新党"大臣担心高氏不疼孙子而宠爱别的儿子(即神宗的兄弟),会威胁到哲宗的皇位。他们的这种担心令高氏大为反感,朝廷上便显出一番微妙的气象。新皇帝登上宝座,叫做"登极",各地的长官都要向朝廷上表庆贺,苏辙所在的绩溪县属于歙州(后来改名叫徽州,治所在今安徽歙县),他替歙州的长官起草了这篇贺表。

长官要求属下的官吏代作一些官样文章,是司空见惯的事,苏辙替歙州的知州起草一份庆贺新皇帝即位的表章,本属寻常。如今,我们从宋代罗愿所撰的《新安志》可以找到这位知州的姓名,叫张慎修,但其生平则不详,而苏辙起草的表章却保存在他自己的文集里。我们无从了解张氏的政治态度,也不清楚他究竟有没有使用这份表章,但表章中确实隐含着苏辙对于政局变化的某种微妙的祈求。

首先,他反复强调哲宗的皇位继承权,是神宗早就决定,并委托太皇太后保护的。他一则说"天锡成命",再则说"付与一定",三则说"明命有属",都是这个意思。也许,苏辙已经对太皇太后与"新党"大臣之间的不快局面有所耳闻,所以鲜明地表达了自己的立场。在后来根据"旧党"立场书写的史书中,"新党"大臣蔡确、章惇等并非真心为哲宗着想而怀疑太皇太后不疼孙子,他们故意制造这样的舆论,让大家以为哲宗是多亏了他们的保护才登上皇位的,如此他们便有了"定策之功"。为了这"定策之功",他们不惜牺牲太皇太后,要给她塑造出宠儿子不疼孙子的形象。后来太皇太后曾为此反复声辩:哲宗的继位原本顺理成章,那些大臣哪里来的"定策之功"?苏辙显然认同太皇太后的立场,他的写作含有明显的目的:使所谓"定策之功"无从谈起。

其次,文中"汉昭知时务之宜"一句也很值得注意。汉昭帝是汉武帝的儿子,关于这两代之间的政策变化,苏辙后来有这样的表述:"昔汉武帝外事四夷,内兴宫室,财赋匮竭,于是修盐铁、榷酤、平准、均输之政,民不堪命,几至大乱。昭帝委任霍光,罢去烦苛,汉室乃定。"(《论御试策题札子二首》之一,《栾城后集》卷十六)按他的理解,昭帝为了国家的安定,而改变了武帝的政策,这叫做"知时务之宜"。那么,古今类比,目前的"时务之宜",岂不就是改变宋神宗实行的"新法"吗?

所以,看上去纯为替人代作的官样文章,细读之下却并不简单。只是,苏辙的深意埋藏在他中规中矩的四六套语之中,运用了臻于化境的行文技巧,在表达的同时也起到自我保护的作用。这当然是四六文在特殊的政治形势下获得的一种形态,就是完全与语境化为一体,在释读的时候,若离开语境,便毫无意义。

四一、《论台谏封事留中不行状》
(《栾城集》卷三十六)

苏辙自编《栾城集》,卷三十六此篇题下有小字注:"元祐元年(1086)二月十四日。"此时苏辙经司马光推荐而从绩溪奉调进京,担任右司谏,专掌规谏朝政的阙失、用人不当以及弹劾不称职官员之类,成为颇有发言权的"言官"。这是他到任的第一天呈上的第一篇奏状。"台谏"即御史和谏官的合称,都是执掌监督、提议、弹劾之权的"言官",其奏状是密封后上缴的,所以叫做"封事",有些内容,皇帝认为不合适,就留在宫中,不交给政府去讨论或执行,就是所谓"留中不行"。苏辙认为"留中不行"的做法使是非不明,所以一担任"言官",便首论此事。

我们阅读有关宋代的史籍,最常看到的就是两类人的发言:宰相和执政合称"宰执",御史和谏官合称"台谏"。而且,这两类官员的意见,几乎天然地互相对立。一般情况下,皇帝是鼓励这种对立的。王安石变法时,也曾遭到"台谏"的猛烈反对,但在他掌权的年代里,通过清洗和重塑,他成功地把"台谏"改造为帮助宰相驱除异己的力量,从而在朝廷内消除了异议。于是,当司马光要改变王安石的政策时,他给太皇太后开出的第一个药方就是"广开言路"。此种貌似民主化的建议,其实际的意图在于引进另一种声音,而且必然是从前被压抑的对立论调。下一步,就是把对立论调纳入体制之内,那当然便是恢复"台谏"与现行政策的对立性,将苏辙这样持有对立论调的人委任为"台谏"。等苏辙到任以后,他就要发挥其作为"台谏"而在这个特定历史时期所担负的使命,就是为取缔"新法"、驱逐"新党"制造声势。出于这样的目的,他的所有意见都不是给皇帝和太皇太后提供的秘密建议或小报告,而是希望成为响彻朝堂的大声音。虽然从前的规章制度为了保护官品远低于"宰执"的"台谏"免受报复而采用了"封事"("台谏"的奏状密封给皇帝)、"留中"(皇帝知道了奏状的内容,而不予公开)等做法,但这个时候显然不适合沿袭这样的做法,否则便达不到目的。

因此,苏辙在他担任谏官的第一天,便要求"台谏"的所有意见都获得公开"行遣"。尽管这第一篇"封事"仍然表现了苏辙行文的委婉周旋之特色,从赞美和谦虚起笔,还把将近一半的篇幅让给了历史往事,到最后才进入正题,但由于叙述历史的部分从正反两方面都强调了"台谏"表述异议的正当性,就令最后部分的要求显得呼之欲出。从元祐元年(1086)二月十四日起,到该年九月十二日改任起居郎,苏辙在右司谏任上大约有七个月时间,而从《栾城集》卷三十六至卷四十,标为"右司谏论时事"的奏章共有七十四封,如果再算上许多佚文,可见其奏进封事的频率是平均两三天就有一封。从这些文章题目下注明的日期来看,则有时候一天会奏上好几封。确实,苏辙是一个称职的谏官,也可谓锋芒毕露了。但是,如果忽略历史的语境,而将苏辙在此文中的表达简单地看作对于政治开明度的诉求,则是一种非常隔膜的见解。

四二、《久旱乞放民间积欠状》（《栾城集》卷三十六）

此篇亦有题下注:"十五日。"即元祐元年(1086)二月十五日,也就是上篇《论台谏封事留中不行状》奏上的第二天。据《宋史》记载,这一年的河北等地发生了水灾,但京城周围却因为"久旱"而令皇帝也跑到相国寺去祈雨。按照某种传统的观念,天气的反常意味着当前政治中存在较大的弊端,而谏官有责任指出这些弊端,并提供改革的建议。在苏辙看来,最大的问题就在于"积欠",即因为从前施行"新法"所引起的,历年来百姓对政府欠下的债务。这样的债务逐年增多,不断积压,使归还的可能性近乎渺茫,而对于政府来说,也只是在算账的时候有此一笔抽象的收入而已。苏辙的意见是全部放免,以这样的"恩泽"来对付天灾。

翻检苏氏兄弟在元祐年间所上的奏状,就会发现放免"积欠"的主张是一个重要的主题。确实,百姓身上的这些"积欠"已经使他们不能正常地进行农业生产,荒年流离失所,自不必说,万一有幸遇到丰年,可以预期一点收获,官府就会来催收"积欠",这使百姓惧怕丰年更甚于荒年,甚至放着成熟的粮食不敢去收割,越是可以丰收的时候越想逃跑。如此恶性循环,对国家和农民个人都没有好处,而除非一概放免,也别无其他良法可以使农民解脱负担,有积极性去恢复生产。所以,苏辙上任谏官的第二天,就在这方面提出了明确的主张。

当然,他对这主张的表达是颇有艺术的,先从旱灾和"天意"谈起,然后引出哲宗皇帝已经发布的赦书,把他的要求表述为这赦书内容的扩展,使皇帝容易接受。在为民请命的同时,他又指出那些"积欠"对于政府来说也只不过是抽象的收入,不可能真正得到的,这就进一步加强了说服力。接下来,他又举出汉代的做法及其效果,加以比照,使自己的论证几乎达到了完善无缺的地步。不过,他又想到了论证之后还有执行方面的问题,故在补充性的"贴黄"中强调,皇帝要下达严厉的命令,强迫下面的官吏去不折不扣地加以实施。到此为止,苏辙才完成了他的多层次的表述。可见,包括"贴黄"部分在内的全文,都是他精心结撰的结果。

应该说明的是,苏辙所论的"积欠"问题,也跟"新法"具有密切的关系。按照宋初以来的旧法,百姓在青黄不接时可能挨饿,在轮到差役时可能立即破产,自实行"新法"之后,可以先借"青苗钱"来舒缓眼前的窘境,可以出钱代替服役,但由此也就会向国家欠债,多年无法偿还,便造成所谓"积欠"。推究原因,并非"新法"实行之前的农民就没有困难,只不过"新法"实行之后,这些困难便集中呈现为"积欠"的经济形态而已。另一方面,神宗时期的朝廷将掌管经济事务的户部分成了左右二曹,左曹掌握原来就有的"两税"等赋税收入,而右曹掌握"青苗钱"、"免役钱"等由"新法"获得的收入,在当时局势下,后者需用丰厚的收入来证明"新法"的优长,以获取有关官员的政治生命,这是可想而知的。所以,在朝廷放免"两税"作为"恩泽"时,控制着户部右曹的"新党"官员仍不愿放弃"官本债负、出限役钱"之类损害他们的政绩。苏辙的主张显然也是向"新党"挑战,而且他企图动摇的是"新党"的生命线。元祐年间的一项重要政治措施,就是将户部的两曹加以合并,而到"新党"重新执政之后,左右曹便再次分开。

四三、《乞黜降韩缜状》(《栾城集》卷三十七)

此篇题下注:"十六日。"即元祐元年(1086)闰二月十六日。韩缜(1019—1097)字玉汝,庆历二年进士,哲宗即位后任尚书右仆射(宰相),是"新党"的大臣。从元祐元年二月二十七日,历闰二月,至三月十六日,苏辙连续八次上章弹劾韩缜,本篇是第四次弹劾状。此时其他谏官也一再要求罢免韩缜,终于导致他四月二日罢相,出知颖昌府(今河南许昌)。

宋神宗晚年亲自提拔,也最为信任的两位大臣,就是蔡确和韩缜。也可以说,他们是神宗留给儿子的顾命大臣。在这位先皇帝还尸骨未寒的时候,便急不可耐地改变他的政策,罢黜他的大臣,这固然是刚刚回到朝廷的"旧党"所主张的,但对于宋哲宗来说,便大大有违于"三年不改父之道"的古训。蔡确因为得罪了太皇太后,还容易除去,韩缜的罢免则完全是党派斗争的结果。

记载北宋政事最为详细的《续资治通鉴长编》,对于燕复这个人的情况,就说需要参考苏辙的奏章。换句话说,史官并不比苏辙更多地掌握关于燕复的信息。如果燕复在熙宁八年的割地事件中果真起到了如此重要的作用,这就比较奇怪。可见,有关燕复的调查是苏辙殚精竭虑准备的结果。然而,把割地的责任全归罪于韩缜,依然是很勉强的。如果没有神宗的授意或同意,谁敢做这样的事? 如果韩缜此举违背了神宗的本意,他怎么可能在事后一直得到神宗的信任和提拔? 至于增修京城之役,以及"户马"、"保马"等政策,史书上都没有说是韩缜建议的，只不过他担任枢密院的领导工作，必须落实朝廷委派的任务而已。而韩缜之所以自割地之后，就长期负责枢密院工作，依然是出于神宗对他的高度信任。所以，要说韩缜有罪的话，这些罪全应该算在神宗的头上。或许，太皇太后没有像罢黜蔡确那样快速地罢黜韩缜，也出于这样的考虑。蔡确因为想自居"定策之功"，明显得罪了太皇太后，所以被尽快除去，而韩缜在她眼里，就并不是非罢不可的。但苏辙不管这些，他不但把韩缜形容得罪该万死，而且有意拿蔡确作对比，还要求三省、两制集议，公开讨论此事。这里面含有一种逼人的锋芒：太皇太后既然连蔡确也罢黜了，就更应该罢黜韩缜。就此目的来说，苏辙这篇奏章的表达是充满了力度的，虽然比较短小，却实在可许为精悍。当时的"新党"人物之所以痛恨苏氏兄弟，亦不为无因。

四四、《乞诛窜吕惠卿状》
（《栾城集》卷三十八）

此篇题下注："十九日。"即元祐元年五月十九日。吕惠卿（1032—1112）字吉甫，嘉祐二年进士（苏轼、苏辙的同年），熙宁二年参与设计"新法"，七年任参知政事，为"新党"大臣。后与王安石关系恶化，历任地方官。宋哲宗登基时，他正担任河东路的军事和行政长官，负责边关事务，见"新党"人物纷纷被罢，便以生病为由，主动请求解去重要职务。元祐元年三月，其请求获得朝廷同意，给了他一个闲职。但苏辙等人并未放过他，连续加以弹劾，终于使他被朝廷重处。本篇是苏辙现存三封弹劾吕惠卿奏章的第一封，也是措词最为详尽的一封。"诛窜"，是杀戮或放逐的意思。

吕惠卿是二苏兄弟的同年进士，却是他们最大的仇人。元祐元年六月，经苏辙连续弹劾，吕惠卿被贬为建宁军节度副使，本州安置，

不得签书公事,处境跟苏轼在黄州时一样。恰好他被贬的时候,苏轼担任中书舍人,于是有了一封著名的制书,全文引录如下:

> 敕:凶人在位,民不奠居;司寇失刑,士有异论。稍正滔天之罪,永为垂世之规。具官吕惠卿,以斗筲之才,挟穿窬之智,诡事宰辅,同升庙堂。乐祸而贪功,好兵而喜杀,以聚敛为仁义,以法律为《诗》《书》。首建青苗,次行助役。均输之政,自同商贾;手实之祸,下及鸡豚。苟可蠹国以害民,率皆攘臂而称首。先皇帝求贤若不及,从善如转圜。始以帝尧之聪,姑试伯鲧;终然孔子之圣,不信宰予。发其宿奸,谪之辅郡。尚疑改过,稍畀重权,复陈罔上之言,继有砀山之贬。反复教戒,恶心不悛,躁轻矫诬,德音犹在。始与知己,共为欺君,喜则摩足以相欢,怒则侧目以相噬,连起大狱,发其私书,党与交攻,几半天下,奸赃狼籍,横彼江东。至于复用之年,始倡西戎之隙,妄出新意,变乱旧章,力引狂生之谋,驯至永乐之祸。兴言及此,流涕何追?迨予践阼之初,首发安边之诏,假我号令,成汝诈谋,不图涣汗之文,止为款贼之具,迷国不道,从古罕闻。尚宽两观之诛,薄示三危之窜,国有常典,朕不敢私。(苏轼《吕惠卿责授建宁军节度副使本州安置不得签书公事》,《苏诗文集》卷三十九)

据说这封制书出来后,迅即广泛流传,读者都纷纷称快。但与苏辙的弹劾状对照一下,就可以看到其间桴鼓相应的关系。其数落吕惠卿的罪恶,首先是附和王安石,建立青苗、助役等"新法";其次是他自己执政时,又开创"手实"等法;再次是担任边帅后,改变军制,穷兵黩武,招来致命的失败;与此同时,对他背叛王安石,揭发个人信件的行为,也致以严厉的谴责。由此可见,苏氏兄弟的思路、文脉是完全一致的,只是制书言辞精炼,神气集中,诵读起来更有快感,而弹劾状条理清晰,层次分明,表达更为充分而已。

不过,吕惠卿是否真有揭发王安石"私书"的事,或者王安石是否真有"无使上知"那样的私书,却是一个疑案。后来黄庭坚要把这件事写入国史,其同僚王氏弟子陆佃便表示不信,要求朝廷查实此事,却也没有结果。如若这是谣言,那么首先将这谣言搬上历史舞台的就是苏辙。但苏辙是谏官,依宋代的规矩,有"风闻言事"的权力,仅仅是听说的事,也可以弹劾。所以苏辙这样写弹劾状是没有问题的,而黄庭坚要这样写国史,那就有问题,陆佃的质疑应属正当。同样,苏轼的制书将此尚未查实的"罪行"写入,至少也是有点过分的。到高太后去世后,苏氏兄弟被贬,连重新得势的新党人物也觉得不能让吕惠卿或他的兄弟去管理二苏所在的地区,因为二苏如果落到他们手上,后果将不堪设想。

四五、《曾肇中书舍人制》（《栾城集》卷二十八）

元祐元年(1086)九月十二日,苏辙从右司谏改任起居郎、权中书舍人。起居郎的责任是到迩英阁给小皇帝讲课,中书舍人的工作主要是起草官员的任命状,即所谓的"制"。到同年十一月,经过考试后,去掉了"权"字,于二十四日开始,正式担任中书舍人。这一天,朝廷同时任命曾肇也担任中书舍人,由苏辙起草了这篇制书。曾肇(1047—1107)字子开,是著名古文家曾巩(1019—1083)的弟弟,他和另一个哥哥曾布(1036—1107)都是曾巩抚养长大的,但曾布是"新党"的重要人物,而曾肇本人却同情"旧党"的立场,有《曲阜集》四卷传世。

此篇是身任中书舍人的苏辙起草的任命中书舍人的制书,而被任命的人又是以擅长写作制书闻名一世的曾巩的亲弟,所以读来别有意味。文中说到前代优秀诏令的感人作用,担任中书舍人所必备的素质,以及合适的榜样,等等,虽则对曾肇而言,却也无异于对职务相同的自身而言;甚至夸奖曾肇的部分,也有与自身的情形相同之处,比如"家传父兄之学",谓曾肇得到曾易占和曾巩的传授,则苏辙得自苏洵和苏轼的传授,至少并不逊色。苏、曾二人在同一天被委任为中书舍人,故我们也不妨将此篇看作苏辙为自己而作。

根据《续资治通鉴长编》的记载,这个任命刚刚发布,御史王岩叟、吕陶就严厉弹劾曾肇,反对他担任中书舍人。王岩叟说,这个任命传出来,"士大夫相顾而笑,不以为允",因为曾肇的文章写得并不好。朝廷没有听取王岩叟的意见,为此他连续不断地上章,固执地要求撤销曾肇的这个职务。于是吕陶就说,朝廷同时任命两位中书舍人,却只有一个遭到反对,这就足够说明问题了。他们对曾肇的反对,可能主要因为曾肇是"新党"曾布的弟弟,但王岩叟也同时举出曾肇不善写文章的一个例子,说他尝试写作的制书中,用了"王戎简要"去对"黄霸循良",使"搢绅士大夫无不传以为笑"。为什么呢?因为这是幼儿启蒙读物《蒙求》头上的句子,居然写到如此严肃的文件中去,可见他"窘迫,别无故事可使",掌握的典故实在太少,怎么适合担任中书舍人呢!照这样看来,北宋官场对于中书舍人学问、文章的要求确实非同寻常,连一世文豪亲手指导出来的弟弟、长期担任史官之职的曾肇,也落得被士大夫"相顾而笑"、"无不传以为笑"的结果。由此也可以想见苏辙担任此职的不易,他起草的制诰只有遭人怀恨的,没有遭人嘲笑的。比如此篇中以"事问高崔"对"文称苏李",就显示了他对《唐书》的熟稔程度,远非"别无故事可使"的人可比。

值得一提的是,此时苏轼刚刚从中书舍人转为翰林学士,而马上就由苏辙继任中书舍人。这掌管起草宫廷文书的翰林学士与掌管起草政府文书的中书舍人,当时称为"内制"和"外制",兄弟二人分掌内外制,表明苏氏文章已被公认为一代诰谟。欧阳修"苏氏文章遂擅天下"的预言,到此已完美实现。不过,曾肇是另有一番看法的,他认为北宋的文章自欧阳修以来,最值得推崇的是曾巩、王安石、王回、王无咎(《王补之文集序》,《曲阜集》卷三),根本不提三苏父子。

四六、《因旱乞许群臣面对言事札子》(《栾城集》卷四十一)

从元祐元年冬温无雪,到元祐二年春天不雨,中国广大地区遭受了严重的旱灾。朝廷除了派出官员四处赈济外,也采用应对天灾的传统办法:皇帝搬出正殿,削减饮食,反省思过。身为中书舍人的苏辙于元祐二年四月奏上此文,要求太皇太后和皇帝扩大政治咨询的范围,除了经常见面的执政大臣外,也允许百官觐见,陈述意见,便于体察群情,提高决策的开明度和合理性。苏辙认为,这样才是应对天灾的正确做法。"面对"就是百官与天子当面陈述,"札子"是有资格上殿奏事的官员所采用的一种临时性、机动性的上奏文书。

南宋吕中《大事记讲义》卷二,录"建隆三年(962)二月,诏百官每五日内殿转对,并须指陈得失,直书其事",即宋太祖创始的"转对"制度后,发表议论说:"国朝之制,宰辅宣召,侍从论思,经筵留身,翰苑夜对,二史直前,群臣召对,百官转对,监司郡守见辞,三馆封章,小臣特引,臣民投匦,太学生伏阙,外臣附驿,京局发马递铺,盖无一日而不可对,无一人而不可言也。"宋朝的政治咨询手段,大体已被总叙于此,如果全部发挥机能,则其决策的咨询面之广,是令人惊叹的。然而,通过所有这些途径而上达的意见,都是直接送到皇帝眼前的,一切都要由他独立作出处理。这一方面使皇帝成为政治运作系统的核心枢纽,起到"集权"的作用,另一方面却也使皇帝在很大的程度上被机器化,一个认真负责的皇帝将会不得片刻休闲。如果皇帝一时偷懒,或者有特殊的情况使这部机器不能正常运转,那便出现糟糕的局面。

在苏辙看来,元祐元年到二年的水旱灾害,就是太皇太后和宋哲宗未能实施"转对"制度而造成的。其间的因果关系,当然只在儒家有关"天人感应"的意识环境下才能成立,但苏辙要求恢复"转对"制度的建议,不久也确被采纳,并且获得不错的效果。就此文开头部分描写的灾情概况来说,是相当严重的,字里行间也传达出作者的强烈责任感,所以语气紧急迫促,且连贯排偶而下,几乎略无停顿。这跟苏辙惯常表现的优游不迫、委曲婉转的文风,具有较大的差异,堪称为"直言"之作。此时的苏辙已经不再担任谏官,而是掌管起草制诰的中书舍人,他对于恢复"转对"制度的期望,也是为自己争取对朝政发表意见的更多机会吧。

四七、《再论回河札子》(《栾城集》卷四十二)

北宋一朝,黄河多次决口,至仁宗时,其下游形成两条河道:一为北流,从澶州商胡埽(今濮阳东昌湖集)决出,经今滏阳河与南运河之间,下合南运河、大清河,在今天津市区入海;一为东流,在魏县(今河北大名东)决出,东北经今马颊河入海。大致来说,北流危害当时的河北路,水势较顺;东流害及当时的京东路,随着泥沙堆积,变成由低向高走,水势愈趋不顺。但时人忧虑北流可能进入辽国疆域,则辽人可在自己境内渡过黄河,对宋形成威胁,所以许多官员主张强制黄河东流,而逐渐闭塞北流,此即所谓"回河"工程。元祐二年十一月,苏辙担任户部侍郎,此后连续三次上书反对"回河"。本篇为三次上书中的第二次,元祐三年(1088)末所上。

按宋神宗的元丰新官制,尚书省的户部分置左、右二曹,左曹掌握全国户口、农田、赋税等事,而右曹专管常平、免役、水利等"新法"方面的财政出入;在户部尚书之下,设户部侍郎二员,分管左、右曹。

然而,由于"新法"的重要性和财政上的独立性,这右曹的事务专归右曹侍郎掌握,户部尚书不能过问。司马光执政后,虽逐步废除"新法",却并未撤销户部右曹,只要求尚书可以过问右曹的事务而已。元祐二年十一月,朝廷任命苏辙担任户部右曹侍郎,等于将"新法"遗留的大量经济事务委托给他。这也许说明,在旧党之中,他算得上是精通"新法"的专家了。然而,苏辙担任此职约一年半,其间最重要的事情却是连续三次上书反对"回河",即强迫黄河恢复东流的工程。按照他自己的说法,是因为身任财政大臣,不能眼看朝廷发起一个超过国家财政的承受能力,且毫无利益和成功希望的巨大工程,而不发一言。不过,到元祐四年六月之后,他已改任翰林学士,还是继续奏上《论黄河必非东决札子》(《栾城集》卷四十二)。此后出使辽国,回来又于元祐五年二月奏上《乞罢修河司札子》(《栾城集》卷四十五)。与此同时,苏轼也找出了从前欧阳修反对回河东流的奏状,上呈给皇帝(《述灾沴论赏罚及修河事缴进欧阳修议状札子》,《苏轼文集》卷二十九)。由此可见,主张放河北流,乃是蜀党政见的重要内容之一,而发言最多的就是苏辙。

　　从文章的角度来说,本篇当然属于驳论的性质,即驳斥回河东流的主张。在苏辙看来,这个工程对自然规律的违背,对人力物力的消耗之巨,以及成功希望之渺茫,已经无需多论,只有所谓"边防"之说,似乎还可以成为一个理由。所以,本篇的主要部分专门就此作出分析,来推翻这一理由。首先,他回顾了五代石晋之败与宋真宗澶渊之盟的往事,说明边境的安定与否并不决定于黄河的流向;其次,他又引证前代专家李垂、孙民先的说法,认为黄河北流正好有利于北宋的边防,而不是相反;接下来,他力图消除人们对辽军在自己境内渡河南侵的担忧,说辽人并无能力造船架桥,即使他们准备这样做,也可以通过外交手段去阻止,即使他们做成功了,也不难凭我方的力量去摧毁。如此步步为营,使这数百字的论述显得层次分明,逻辑严密。

结合整篇的结构来说,可谓竭尽全力以攻击对方的要害,使本文堪称驳论的典范之作。

四八、《元祐会计录叙》(《栾城后集》卷十五)

北宋最高财政官署,原为三司,至宋神宗改革官制后,三司的职能归入户部。元祐元年,李常担任户部尚书,二年十一月,苏辙担任户部右曹侍郎,三年四月,韩宗道担任户部左曹侍郎,他们将朝廷每年的财政收支加以统计,编撰《元祐会计录》。三年九月,李常改任御史中丞,韩忠彦继为户部尚书。据三年闰十二月韩忠彦、苏辙、韩宗道三人的联名奏状《乞裁损浮费札子》(苏辙起草,见《栾城集》卷四十二)所说,当时《元祐会计录》已经编成。所以,在宋代的文献中,此书的领衔人仍属李常。本文为其序言,收在苏辙的《栾城后集》中,题下注:"此本有六篇,时与人分撰,后又不果用。"说明原为李常委派他分撰此序,结果却没采用,其写作时间约在元祐三年。

按本篇末段的介绍,李常、苏辙等人主持编撰的这部《元祐会计录》,包含收支、民赋等五个部分。除了苏辙写的这篇总序外,五个部分都各有分序,所以苏辙说:"此本有六篇,时与人分撰。"在他的文集中,还保存了《收支叙》和《民赋叙》,故苏辙独立撰写了三篇。大概因为他撰写了总序的缘故,南宋时期有的人以为《元祐会计录》是他的著作。实际上,这是当时户部准备上呈给皇帝和太皇太后的财政报告,可以说是最枯燥乏味的一类文字。然而尽管如此,苏辙的这篇总序却成为古文的名作,明代《唐宋八大家文钞》、清代《御选古文渊鉴》《御选唐宋文醇》等,皆选入此篇。

从容不迫、婉转明畅的行文,本来就是苏辙的长处,而在这里尤其与题材相适合。在不急不慢的语调中,包含了对君主的苦心劝导,就是要注意节俭,不要好大喜功,浪费民财。有了这一番劝诫之意来统率全文,才使它超越了一般财政报告的性质,而成为经国安邦的宏论,也体现了一位官员的良心。对于宋太祖以来各位皇帝在财政事务上的得失,基本上做到了如实的评判,而这评判的标准并不是他们建立的功业如何,而是百姓在他们的时代能否过上安定富足的生活。其中对于宋神宗所实行的各项"新法"的否定,可能出于作者的"旧党"立场,但他的观点一贯如此,不足深责。

我们阅读本文的时候不难发现,作者谈的是财政问题,而且几乎句句都不离开财政,但同时,全文的意思又不限于财政,正如《御选唐宋文醇》的评论所云:"史家必志《食货》,不特一代国用之盈绌、户口之多寡可考而知,欲观君德之恭俭忕侈,臣心之义利邪正,亦思过半矣。读《会计录叙》,宋德盛衰不具可鉴哉!"这就是说,本文可以成为考察北宋政治的一面镜子。这当然有作者主观上的原因,因为他的抱负和才华,决不仅仅是做一个称职的户部侍郎而已。

四九、《乞分别邪正札子》
(《栾城集》卷四十三)

元祐四年(1089)六月,苏辙自户部侍郎改任翰林学士,不久被委派出使辽国,次年正月回朝,五月份开始担任御史中丞,即御史台的长官。此时"旧党"执政已久,被排斥在外的"新党"颇有怨言,宰相吕大防和中书侍郎(副宰相)刘挚不和,都想扩张自己的势力,竟不约而同地建议起用一些"新党"人物,以平息旧怨,叫做"调停"政策。苏辙极力反对,先后三次上书,还到延和殿面见太皇太后,要求"分别邪正",即杜绝邪恶的小人(指"新党")进入朝廷。后来太皇太后说:"苏辙疑吾君臣遂兼用邪正,其言极中理。"取消了"调停"政策。此是苏辙担任御史中丞期间的重要发言,本篇为三次上书的第一封,元祐五年六月二十二日上呈。

担任御史中丞的苏辙连续上书所要求的"分别邪正",其大意已概见于本篇:即坚定地执行"旧党"的政策,严厉拒斥"新党"的官员进入朝廷的重要岗位。他的这番发言,对于我们了解苏氏兄弟乃至蜀党在元祐时期的基本政治态度,是至关重要的。众所周知,二苏原属司马光为首的"旧党",但到元祐年间,他们的政见与司马光产生了一些差异,其中最重要的一点是:他们反对司马光一概废除"新法",而主张对"新法"要区别对待,具体来说就是要保留"雇役"之法。虽然他们的奏状中依然会攻击王安石的"免役法",但那只是针对此法向百姓收取了大量的"免役钱"、"助役钱"而被存入各地的"封桩库"禁止使用而言,就雇人代役的思路来说,他们是赞同的,所以反对司马光恢复差役法。与司马光的分歧曾经令二苏被误解为"中间派",即在司马光与王安石之间采取中间的立场。其实,正如本篇所说,在人事关系上真正想走"中间"道路,采取"调停"政策的,是当时的执政大臣吕大防和刘挚,而苏辙却表达了坚决不与"新党"人物共事的立场,对于他们进入朝廷可能引起的政局变化保持了相当的警觉。事后,在所有元祐大臣中,苏氏兄弟遭到了重新执政的"新党"最重的惩罚,贬到了海南岛和雷州半岛——除了处死,这已经是贬谪的极限了。那也说明,在"新党"人物的眼里,二苏是最为可恶的对头。所以,"中间派"的帽子是不适合他们去戴的。"新法"固然可以区别对待,新党却必须严厉拒斥:这才是他们的基本态度。

由此看来,传统上以"洛蜀党争"来描述元祐政局,说程颐为首的"洛党"与二苏为首的"蜀党"之间的矛盾构成了元祐党争的基本内容,也并不符合实际。苏辙后来写有长篇自传,提到了他在元祐政坛上的许多政敌,其中并没有程颐,无论在事后的追忆还是当时的奏状中,苏辙都明确地交代他的主要争论对象是执政大臣吕大防和刘挚。现存的刘挚文集《忠肃集》前,有另一位元祐大臣刘安世写的序言,把元祐党争的基本内容描述为刘挚跟吕大防之间的斗争。跟苏辙的文章结合起来看,我们就能大致明了元祐政局的真相。所谓"洛党",原是刘挚用来牵制二苏或者说蜀党的工具,其结果是刘挚被罢免,苏辙当了尚书右丞(副宰相),但他跟吕大防相处得也并不愉快。此种情形其实也不难理解,因为所谓"旧党",乃是因"新党"而起,"新党"有明确的政策,就是"新法","旧党"则只不过都反对"新法"而已,说到各人的主张,原本并不相同。相对于"新党"来说,"旧党"的内部自然更不统一了。

五十、《谢除尚书右丞表第一首》（《栾城集》卷四十八）

北宋的宰相,原称"同中书门下平章事",其下有"参知政事"为副宰相,又称"执政",与宰相合称"宰执"。宋神宗元丰年间改革官制后,以尚书左、右仆射分兼门下、中书侍郎,为左、右相,以门下侍郎、中书侍郎、尚书左丞、尚书右丞为副相,原则上由此六人组成"宰执"班子(实际上也有缺员的情况,或者另有所谓"平章军国重事"的老臣参与或指导决策)。元祐六年(1091)二月初四日,朝廷任命苏辙为尚书右丞,进入了执政官的行列。经过一番当事人上表辞免、朝廷下旨不允辞免的程序后,于十二日上任,随后呈上谢表。此谢表原有两篇,一篇给太皇太后,一篇给皇帝。这是给太皇太后的一篇。

苏辙是从御史中丞升为尚书右丞的。元祐年间"旧党"当政,先后担任御史中丞的官员有刘挚、傅尧俞、胡宗愈、孙觉、李常、梁焘、苏辙、赵君锡、郑雍、李之纯十人,其中有六人后来成为宰执,而且像刘挚、胡宗愈、苏辙、郑雍,都是从御史中丞直接升迁到执政官。这可以说是元祐政治的一个特点,因为要废除"新法",要惩罚和排斥"新党",便使执掌最高弹劾权的御史中丞大有用武之地,其对政局的影响力发挥到极点,进一步升为执政也就是理所当然的事了。不过,在御史中丞之上,还有六部尚书和翰林学士,原本更有资格升上执政之位的。元祐元年赶走了"新党"的大臣后,执政官有空缺,为了不让翰林学士苏轼升上执政,当时的宰相吕公著说服了太皇太后,让御史中丞刘挚超升执政。自此以后,从御史中丞到执政几乎成为惯例。反过来,除了司马光、吕公著等原本资历甚深的老臣外,元祐年间被提拔的新宰执,多数当过御史中丞。这样,我们不妨说元祐时代是一个御史中丞的时代,一个批判、弹劾的权力被极度放大的时代。

所以,在苏辙的这封谢表中,除了颂扬君主、感谢提拔的套语外,他着重强调的就是批判的权力,认为这是自古以来君臣关系中最难处理的一个方面,而自己获得的待遇,证明当前的君主能够容纳和鼓励直言,由此而值得歌颂。本篇的实际内容不外于是。当然此时的苏辙可能还没有充分体会到,从御史中丞到执政的升迁,也意味着从批判到被批判的角色、处境之转变。就在太皇太后任命他为尚书右丞的时候,谏官杨康国、刘唐老便反复上疏,认为他"天资狠戾,更事不久",不能担任执政,还整理出他的六大罪状,甚至把苏辙的升迁形容为"豺狼当路,奸恶在朝"。结果,这两人都被太皇太后罢免。第二年,即元祐七年六月,苏辙进升太中大夫守门下侍郎,这是一个离宰相只有一步之遥的职位了,但苏辙也因此不断地遭到更多的攻击,从而停滞不前,直到太皇太后去世,贬谪的命运再次降临。

五一、《王子立秀才文集引》
(《栾城后集》卷二十一)

王适(1055—1089)字子立,是苏辙的女婿。熙宁年间在徐州州学当学生时,受到知州苏轼的赏识,认为他富有文才,但喜怒不形于色,不在意于得失,性格近似苏辙,所以把苏辙的女儿嫁给他。自此以后,王适终生跟随苏氏兄弟,二苏的六个儿子,都是由他启蒙的。

元祐四年十月二十五日卒,见苏轼《王子立墓志铭》(《苏轼文集》卷十五)。本篇是苏辙为他的文集所作的序言,写作时间不详,约在元祐六年后。

苏辙元祐年间的散文作品,大多是奏议、表章之类的公文,像本篇这样纯粹私人性的文字并不多。名为文集的序言,其实更像是悼念性的文章,但全篇不满五百字,可谓简短。就文法来说,本篇的基本方法是映衬,即以苏辙另一个女婿文务光来映衬王适。从两个人的不同性格,预期他们将有不同的人生,从文务光的早逝,可以预期王适将会长寿。然而结果却是王适跟文务光一样中年夭折。作者说"理有不当然者",表现出这个意料之外的结果对于他的打击之重。

不过,由于文务光也是作者的爱婿,所以这一映衬之法并非生硬设计出来的,而是感情的自然流露。一个失去两位女婿的老人,情之所至,自然由此及彼,因为给王适的文集作序,而追想到文务光,因为同时悼念文务光,而增添了悼念王适的情感浓度。他抚今追昔,回顾往事,声泪俱下。他似乎不愿直写王适之死,所以颇费曲折地叙述他得到王适死讯的过程。他的叙述时间从元祐四年的秋天,跳到元祐五年的春天,而把元祐四年冬天发生的这一悲惨事件,交付给家人的转述。这也许依然体现出苏辙行文的一贯特点,这种曲折回旋的笔致,原本总使一气直行的流水泛起一段迷人的烟波,但如今这一段烟波正是不愿道及的伤心之处!也许作者真的无法接受王适之死的现实,他不避烦琐地写到王通、王初、王裔,似乎要在他们身上找回王适的身影。他表达了一种不算渺茫的期待,即在王通的身上看到王氏家族的希望。不难想象,他的这份期待原来是寄托在王适身上的。如此看来,他的悲伤又不仅仅是为失去一个女婿而已。文章无疑到达了精致的程度,而可贵的是这精致全出自然,没有丝毫做作的痕迹。

五二、《论御试策题札子第一首》
(《栾城后集》卷十六)

　　元祐八年(1093)九月,太皇太后高氏去世,宋哲宗亲政,一心要恢复他父亲神宗的政策。次年二月,"新党"的李清臣担任中书侍郎(执政官),三月份进士殿试(即题中的"御试"),李清臣撰作了策题,以明确的否定语调列举元祐年间的一系列政策,希望考生们继续攻击。苏辙意识到这是为政策的变化制造舆论,而力图加以阻止,所以奏上本篇札子,苦劝哲宗不要改变元祐之政。其结果是,不但苏辙被剥夺执政之位,连年号也从元祐九年改为绍圣元年,正式表明皇帝要继承他神圣的父亲制定的"新法"。历史上称之为"绍述"政策。本篇标志了一个历史的转折点,当然也是苏辙生平的转折点。

　　这位宋哲宗赵煦,在他父亲宋神宗去世的时候,年方十岁,所以由太皇太后垂帘听政。从此以后,小皇帝几乎全在"旧党"人物的包围影响下成长,而且像苏轼、程颐那样著名的文人学者都当过他的老师。但世上恐怕没有比这更为失败的教育,等太皇太后一死,宋哲宗自己掌握了权力,便急不可耐地打出继承父亲的旗号,重新起用"新党",恢复"新法",在朝廷上清洗元祐"旧党",而且把"旧党"人物折磨得死去活来。这其中的缘故,真是很难说得清楚。也许旧党不幸遭遇了赵煦的逆反心理最为强烈的年龄段,也许他真的很崇拜自己的父亲,反正他对祖母和祖母任用的人充满了怨恨,后来有的官员听到他竟在恨恨地念着苏轼的名字,看来这是一个对于老师和长辈怀有莫名情绪的"愤青"式的人物。"愤青"并不可怕,可怕的是他当了皇帝,无上的权力使他的一己私愤翻涌成席卷天下的洪水,而首当其冲的就是担任门下侍郎(第一副宰相)的苏辙。当时的两个宰相,吕大防做了安葬太皇太后的山陵使,范纯仁刚刚从外地入朝,所以企图阻挡这股洪水的首先是苏辙。

从文章来说,本文的措辞不能不说竭尽了委婉回旋之能事。首先,不直接否定哲宗的"绍述"之心,而说哲宗原本并无此意,是被小人教唆的;其次,不否定神宗的作为,反而大大夸奖,细细列举,并说值得永远继承;再次,不得不正面否定神宗的"新法"时,也自为开脱,说哪一代都会有做错的事,而且一笔带过,转而去列举历史上的事例,证明儿子可以改变父亲的政策;举例的时候,还特意举到了神宗本人。这样的回旋固然是苏辙行文的一贯风格、拿手好戏,但如此充分地运用,也传达出他写作此文时是如何用心良苦。

然而,宋哲宗早就打定了主意,毫不动心,反而从苏辙的回旋文字中找到了把柄,说他用汉武帝比拟神宗,是对神宗的侮辱。尽管苏辙本人和当时其他的大臣都不认为用汉武帝来比拟会辱没了宋神宗,但哲宗偏偏记得历史上有"秦皇、汉武"的说法,证明汉武帝是跟秦始皇并称的暴君,怎么可以用来比拟他的神圣的父皇呢?于是苏辙就以这样的罪名被罢去执政,出知汝州(今属河南)。正如苏轼擅长的诗歌讽谕笔法,为他带来了"乌台诗案",苏辙擅长的古文回旋笔法,也给宋哲宗提供了打击"旧党"的理由。苏辙的后半生因贬谪而颠沛的命运,由此才刚刚开启。

五三、《汝州龙兴寺修吴画殿记》
（《栾城后集》卷二十一）

按本篇自署的写作时间,为绍圣元年(1094)五月二十五日。此年三月,苏辙以奏状中讥讽宋神宗的罪名,被罢去执政,出知汝州(今属河南),四月二十一日到汝州任上。吴画,唐代吴道子所作的壁画。依文中所述,在汝州龙兴寺华严小殿的东西两壁。

从某种角度说,苏辙被罢去执政,赶出朝廷,并不是一件太坏的事。在朝廷的时候,他成天想着水旱灾害、财政收入、黄河流向之类的问题,还免不了遭受别人的攻击,跟别人争论,同时又要提防"新党"的复起,几乎没有时间去满足自己在艺术文化方面的爱好;而一旦离开京城,他的视野中首先就出现了吴道子的绘画,所做的第一件事就是去修理汝州龙兴寺的画壁,一下子就恢复了文化人的身份。他的回旋曲折的行文艺术,用在奏状上,也可谓花尽了心思,却从来就不曾感动过自以为是的宋神宗、哲宗父子,险些还遭遇不测;而当他用同样的笔法来记述他对绘画的理解、对画史的见解时,便显得顾盼生情,深切动人。

本篇用的全是回旋映衬之法:在说自己之前,先说父亲和哥哥;在说汝州之前,先说蜀中和岐下;在说吴道子之前,先说孙遇。这些都是大的方面,其细微处也无不如此:要强调唐画的重要性,先说隋、晋以上的作品所存无几;要描述孙遇的成就,先拈出范琼和赵公祐;要叙述重修画壁之事,也说惠真和尚原想重修大殿;甚至到全文的最后,还提起另一位姓苏的人,在自己之前也曾从事修葺。几乎无一处不回旋,无一笔不映衬,这样做的结果是把自己的家世、经历跟他对绘画史的理解自然地融会起来,仿佛一个生命融入艺术文化的长久传衍之中,使重修画壁之举获得了最高的意义。读者至此不难领会:置身于这艺术文化的传衍之流中,才是作者的真正归宿,离开朝廷的苏辙其实回家了。

当时他的哥哥苏轼也遭到厄运,被降官贬去英州(今广东英德),路过汝州时曾跟苏辙相会,也知道他出资重修画壁的事。但重修完工的时候,苏轼已经离去,听到消息后特意寄了一首诗回来,曰《子由新修汝州龙兴寺吴画壁》(《苏轼诗集》卷三十七)。诗的最后说:"他年吊古知有人,姓名聊记东坡弟。"因为苏辙做了一件很有意义的事,当哥哥的感到自己也很光荣,并且预料以后还会有人加入这传衍之流。他的预言没有错,到宋徽宗的时代,葛胜仲担任汝州知州,就再次对画壁加以修理,并给殿门加锁,把钥匙收到州府,这等于是政府出面保护文物了。再后来,他的儿子葛立方从热心编订苏轼诗集的刘洈那里读到了苏轼的寄诗,知道苏辙也曾修理画壁,就在所著《韵语阳秋》卷十四记下这段经过。此书写成的时候,已在南宋的隆兴元年(1163),汝州经历了金军、宋军、伪齐军以及土匪部队的轮番践踏,文物是不可能保存了,艺术史留在大地上的遗迹被铲除精光,正如苏辙所说,文化的传衍只能是"存乎其人"了。

五四、《汝州杨文公诗石记》(《栾城后集》卷二十一)

苏辙于绍圣元年(1094)四月至汝州,已经罢去执政之权,但随着"新党"的卷土重来,朝廷认为这样还算不上惩罚。在五六月间,不断有人对他加以弹劾,至六月五日,得到贬官改知袁州(治所在今江西宜春)的结果。由于汝州距东京不远,苏辙于十二日就得到去袁州的命令,随即上路。本文作于离开汝州之前。杨文公即杨亿(974—1020),字大年,宋真宗时代最有名的文人,文公是他的谥号。诗石是刻有杨亿诗作的石碑,因为他当过汝州知州,所以汝州人把他的诗歌刻在了石碑上,后来又为此建造了一个"思贤亭",坐落在知州官署北面的园子里。等苏辙到来时,"思贤亭"已经非常破败,诗碑也早就分散零落,一大半都找不到了。于是苏辙据杨亿的诗集加以补刻,又拓宽了"思贤亭",将诗碑镶嵌在左右两壁,然后作此记文。

苏辙的仕途生涯中,有一点跟他哥哥苏轼非常不同,就是担任地方长官的时间非常少。苏轼有较多的机会负责一个州的事务,往往做得很有声色,比如他在杭州的一番作为,至今还深深地镌刻在这座城市的形象中。苏辙的一生,却多做幕府官或朝官,要么就是贬居,做地方长官的经历只有两次:元丰八年任绩溪县令,绍圣元年知汝州。前者大约有半年时间,后者则不到两个月。从现存的资料来看,他为汝州地方做的事情大约有三件:一是出资修理龙兴寺的吴道子壁画;二是因为干旱而去祭雨,据说非常成功;三就是本文所叙的补刻杨亿诗碑,当然还包括扩建"思贤亭",以至于他在当时写的诗里改称为"思贤堂",看来原址被拓宽了不少。短短的时间内完成这三件事,其办事效率是相当高的了,而同时还顶着从京城一波一波传来的压力,一接到贬逐的命令,随即动身,似乎早就准备有素,由此可以看出他的人生之路已经走到成熟老练的境界。他的弟子张耒说,从来就没见苏辙"忙"过,他总能在不慌不忙中游刃有余地创造出惊人的效率。这是苏辙的特点。

就写作艺术来说,此篇也开始呈现他的晚年风格,结构非常简单,前一段叙述,后一段感慨,用语明畅而不繁琐,省净而不艰涩。无论叙述还是议论、感慨,都是适可而止,没有过多的铺叙、生发,只把意思表达出来而已。不过,在文章的末尾,苏辙对于自己所做的事也提出了怀疑。既然像杨亿那样具有重大精神影响的人,其物质遗迹也是根本靠不住的,那么自己如此在意地加以修复,是不是一种徒劳呢?更进一步说,既然每个人在世间留下的一切物质痕迹,都将随着时间的流逝而消亡磨灭,那么觉悟了这个道理的人,对于人生应当另有一种看法。财政大臣、外交使者、翰林学士、御史中丞、门下侍郎,这样的显官要职都已成为过眼烟云,接下来将会遭遇什么呢?其实无论是什么,此时的苏辙都已有平稳的心态去迎接了。

五五、《分司南京到筠州谢表》
(《栾城后集》卷十八)

绍圣元年六月五日,朝廷贬苏辙为袁州知州,他于十二日接到命令,随即从汝州出发赴袁州。到七月十八日,朝廷又下令:"降授左朝议大夫知袁州苏辙,守本官,试少府监、分司南京,筠州居住。"苏辙接到此令,是在九月十日,当时已行至江州,二十五日至筠,作此表。所谓"守本官",指仍为左朝议大夫(正六品官阶);所谓"分司",是在陪都设立一套与东京相似的官僚体系,实是唐宋时期闲置官员的一种名义而已。"试少府监、分司南京"意谓名义上担任少府监的长官,但实际并不领导东京的少府监。真正有内容的只是"筠州居住"四字,就是将他贬逐到筠州而已。这是苏辙生平中第二次贬居筠州。

按规定,所有的官员到任后都要向皇帝呈上"谢表",即便被贬谪放逐,也不例外。可以想象,被贬谪的官员会以什么样的心情来表达"感谢"。不过,从另一方面看,这是离开了朝廷的官员向皇帝表白的一次法定的机会,也很可能是他们唯一的进言途径。所以,谢表未必全是简单的官样文章,也可以成为政治自白。北宋的官场一直党争不断,官员之所以被贬谪,大部分不是因为行政错误,而是因为在党争中失势。一党执政,另一党便必定遭受打击,这被打击的一方往往会在谢表中泄露出不满的情绪,有节制地申诉自己的怨愤。一般来说,已经在实际斗争中获得了胜利的一方,不会在乎对方到谢表中发一点牢骚的,因为凡事总要有个平衡,人家既无法计较你的实际迫害,你又何必计较人家的口头牢骚?但宋神宗元丰年间的"新法"政府打破了这样的平衡,开始严厉地追究谢表中的不满言辞,首先成为牺牲品的就是苏轼。他在元丰二年呈上的《湖州谢上表》中有"知其愚不适时,难以追陪新进;察其老不生事,或能牧养小民"的话,被当时的御史加以纠弹,成为"乌台诗案"的直接导火线。自此以后,写作谢表就要小心了,对于心怀不满的贬谪者来说,它几乎成为文字狱的陷阱,既不能不写,又不能因表露情绪而被人抓住把柄,如果不肯真诚认罪,那便实在难以措辞。我们看苏辙的这份谢表,就能体会这种困境。

然而,苏辙几乎创造了一个典范:如何用最真诚的言辞来表达最不真诚的认罪。他催人泪下地申诉了一个家庭因党争而遭受的不幸,承认这都是因为自己的罪过深重。所谓罪过,实际上是政见与当局不同而已,但文中并不阐述这不同的政见,也没有指责任何政敌,甚至连这方面的话题也不提及,只说自己生性愚蠢却做了这么大的官,理应遭到惩罚。他反复地认着根本没有的罪,小心地回避着文字狱的陷阱,艰难地延续着他的自我表白。

五六、《〈古史〉后叙》(《古史》卷末)

本文是苏辙为其所著《古史》一书所写的跋文,见于《文渊阁四库全书》本《古史》的最后,原本没有题目。南宋人孙汝听所撰的《苏颍滨年表》把本文称为"《古史》后序",这"后序"也就是跋文的意思。现在我们接受这个题目,但按照苏氏兄弟避其家讳(二苏的祖父名苏序)的习惯,把"序"改成"叙"字。文中自署了写作的时间,是绍圣二年(1095)三月二十五日,当时苏辙贬居在筠州。

宋人对上古史有特别的爱好,流传到今天的有关著作还有好几部,如司马光的《稽古录》、刘恕的《资治通鉴外纪》、胡宏的《皇王大纪》、罗泌的《路史》等。这并不是因为他们拥有多少考古发现的独门资料,而是对包括儒家经典在内的传世古籍进行细致阅读和研究的结果。苏辙的六十卷《古史》也是其中之一,而且是唯一用纪传体写作的一部(其他大致都采用编年体)。从本篇的叙述来看,主要是用先秦典籍的记载来纠正和补充《史记》。在现代考古学兴起之前,这应该说是最为合理的一种做法了,后人也肯定他多少取得了一些成果。

无论如何,对于上古史的了解在宋人的知识结构中占有很重要的位置,这一点是无可怀疑的。那也不光是因为上古史拥有尧、舜、禹、汤等一批公认的圣人,从宋人对于政治的理解来说,几乎一切现存的政治设施都可以到上古去寻求它的起源,也就是说,不了解上古就不能正本清源地理解现实中的一切,从而也就无法正确地处理眼前的政治事务。比如说,王安石的许多"新法",按照他的自述,都是研究《周礼》一书得来的结果。所以,上古史理所当然地成为学术研究的重要领域,而且跟现实政治密切相关。当苏辙为他终于完成了《古史》的撰作而颇感自慰时,我们不难感受这个学术领域在他心目中的分量,那是对尧舜三代以来治国思想的继承,对战国君臣成败得失之经验的总结,对司马迁错误、遗漏的纠正和补充,其学术意义之重大自不待言。

不过,在苏辙的笔下,这种学术研究跟现实政治的密切关系似乎已被切断,他的从政经历被表述为对学术研究的妨碍。如果不是因为被朝廷放逐,他就无法完成这部著作,两次贬居筠州才促成了他向学者身份的回归。从"学而优则仕"到"仕而贬则学",苏辙正在完成宋代士大夫人格的自我塑造。他用交待个人履历的方式为自己的著作写下这篇跋文,并在文末向后世的读者发出了诉求。每个人在写作的时候都会拟定假想的读者,苏辙早期的文章大多以当世的君主为假想读者,后期的文章则转为后世的读者而写。这是《中庸》所倡导的君子之道:"本诸身,征诸庶民,考诸三王而不缪,建诸天地而不悖,质诸鬼神而无疑,百世以俟圣人而不惑。"

五七、《逍遥聪禅师塔碑》(《栾城后集》卷二十四)

苏辙的贬居生活,除了学术著述外,参禅也是一大内容。元丰年间在筠州时,曾跟一批著名的禅僧交往,其中有一位四川籍的云门宗僧人,法号省聪(1042—1096),前面评析的《筠州圣寿院法堂记》一文,就是为他而写。绍圣年间苏辙再来筠州,又与他相见。至绍圣三年(1096)九月,省聪去世,十月安葬,苏辙为他写作了这篇碑文。逍遥,筠州高安县有逍遥山,山上有废寺,省聪晚年居此。塔,僧人遗体火化后安放骨灰的建筑物。

苏氏兄弟很少给人写碑志,在历代著名文人中,他们不作谀墓之文的态度是极为鲜明的。苏辙的集子里仅有十篇碑志:一篇是伯父的墓表,一篇是堂姐的墓志,一篇是兄长苏轼的墓志,还有两篇是欧阳修的神道碑和欧阳修夫人的墓志铭,这些墓主都是他的至亲;剩下来的五篇都是僧人的塔碑,可见与僧人的精神交流在他的生命中具有何等的重要性!

本篇就是五篇僧人塔碑之一,而且跟其余四篇(《全禅师塔铭》《闲禅师碑》《龙井辩才法师塔碑》《天竺海月法师塔碑》)有所不同。那四篇都有一个相同的情节:有人来请他写该篇碑志,他由于各种原因不能推辞,就写了。唯有本篇,毫无这样的迹象,似乎是作者当仁不让,主动就写了。其原因也可以从本篇的叙述方式中窥知一二。如果把正文与铭文的叙事加以对照,就可以看到,它们的内容基本重复,但叙述方式不同。铭文完全按照时间顺序,从逍遥山寺庙的历史说起,到省聪禅师的生平,再到作者与他的重逢,最后叙其去世与安葬。正文则先说作者与禅师的重逢,再叙其应邀住持逍遥山,直至去世,然后追叙禅师的生平,接下来又追叙逍遥山寺庙的来历,最后回到安葬之事。如此安排,就突出了作者本人与禅师的密切关系,从而也就强调了禅师的存在对于苏辙生命的意义。具体来说,就是在他遭受贬谪的岁月里,禅师给了他无可替代的精神慰问与思想启示。

从筠州的贬居之地出发,十年之间,作者从一个县令开始,一直做到执政大臣,可谓飞黄腾达矣,但转眼之间又回到了同一个贬居之地,真可谓昔日富贵如一场春梦。这一去一来,去了又来,难免令人前思后想,感物伤怀吧。禅师却从山中出来迎接他,说我早知道你还会再来,"去来,宿缘也,无足怪者"。这都是注定了的缘分,不必为之惊怪。对于苏辙来说,还有比这更好的慰问和启示吗?禅师的存在,确实让人更正确地理解生命,更通达地看待挫折,由于他们不介入世间党同伐异的利益冲突,所以跟禅师之间才会有真正的友谊。如果苏辙要写碑志,当然更应该为这样的友谊而写。

五八、《雷州谢表》(《栾城后集》卷十八)

"绍圣"这个年号的含义,是要继承宋神宗的圣政,也就是起用"新党"。王安石的女婿蔡卞入朝,把王氏的"新学"、"新法"树立为"国是",即以国家的名义规定的正确理论和正确方针。对于士大夫,"以不仕元祐为高节,以不习诗赋为贤士",凡是元祐年间仕途顺利的人都要被排斥,凡是写作诗赋的人都有二苏党羽的嫌疑。在绍圣元年和四年(1097),两次大规模地贬逐所谓"元祐党人"。贬居筠州两年多的苏辙,于绍圣四年二月被再贬雷州(今广东海康),闰二月苏轼也从惠州(今广东惠阳)再贬儋州(今海南儋县)。兄弟二人于五月十一日在藤州(今广西藤县)相遇,然后同行到雷州。至六月十一日,苏轼出海,自此兄弟再不相见矣。

为什么绍圣四年要再次贬逐"元祐党人"呢?有人说,这是因为苏轼在惠州写了两句诗,叫"报道先生春睡美,道人轻打五更钟"(《纵笔》,《苏轼诗集》卷四十),被"新党"宰相章惇看到了,说苏子瞻还这么快活,那就再贬他一下吧。这当然只是传说。史籍记载此事的起因,是元祐宰相吕大防的哥哥吕大忠从边关入朝述职,宋哲宗在接见他时问到了吕大防的近况,说了几句安慰的话,引起了当时宰相章惇和执政蔡卞的警觉,怕"旧党"因此翻案,于是有了绍圣四年再贬"元祐党人"之举。由于其意在断绝"旧党"翻案的可能性,所以这次再贬含有"置之死地"的目的。凡在元祐时期担任过重要职务的,大部分都贬到了岭南,已经在岭南的苏轼则出了海,而苏辙到雷州,也仅仅比出海略轻而已。当年的岭云海日之间,充满了放逐的大臣,创造了中国历史上最为壮观的"贬谪文化",其中居于极端的就是苏氏兄弟,他们遭到了最重的惩罚。南宋的陆游曾经指出这次贬谪的奇异之点,他在《老学庵笔记》中说:当时被贬到新州(今广东新兴)的刘挚字莘老,贬到儋州的苏轼字子瞻,贬到雷州的苏辙字子由,"皆戏取其字之偏旁也"。按照他的说法,章惇对这几个老朋友兼政敌,在"置之死地"的同时,还开了一个恶作剧的玩笑。

其实,如从"新党"的方面来看,章惇的这种"毒辣"手段,也是在形势的驱迫下逐渐形成的。他与苏氏兄弟一起参加过嘉祐二年的进士考试,定交很早,在苏轼遭"乌台诗案"时,他还在神宗面前为朋友求情,后来苏轼主持元祐三年的进士省试,录取的第一名章援,就是章惇的儿子。他们之间的私交并不泛泛,但政见则绝然对立。从当年帮助苏轼摆脱"诗案",发展到此时极力要将二苏置之死地,真是"早知今日,何必当初"!推想其中的原因,当是章惇对于政局翻覆的畏惧。神宗任用"新党",是出于对王安石"新学"、"新法"的理解和尊重,应该说是足以信赖的;哲宗却未必具备这样的理解,他的动机只是对祖母和老师的怨恨,在章惇看来实在难以信赖。为了巩固政权,他不得不消灭政敌。

所以,当时被贬的人,大概也都能感受到此种冷酷的敌意,是针对他们的生命而来。后来有人很欣赏苏轼贬海南岛时所写的一句诗:"平生万事足,所欠唯一死。"就贬谪来说,海南岛已是极限,下一步只有死刑了。其实,苏辙的本篇谢表,也是全篇充满着对于死亡的明确意识,文中的"命微如发"、"皮骨仅存"、"性命岂常",以及"待尽"、"殒毙"、"弃捐"、"杀身"、"没齿",在在都是表示死亡之语。恐怕没有哪一封谢表,像本篇这样集中如此丰富的表示死亡之词语,简直可以称为"死亡谢表"。而所谓"蒙恩",所谓"恩造",以及诸如此类的谢表套语,在这里恰恰成为一种尖刻的讽刺,难道剥夺人的生命也是恩泽吗？格式与内容之间的巨大反差，使这篇"死亡谢表"显得如此怵目惊心。

五九、《子瞻〈和陶渊明诗集〉引》 (《栾城后集》卷二十一)

章惇可能是对岭南地区的文化史贡献最大的一个人，在他担任宰相的时期，把当代最杰出的一批文化精英贬到了这个地区，逼迫他们创造出中国历史上"贬谪文化"的一个至高点。前朝宰执刘挚、梁焘，台谏刘安世，那个时代最杰出的史学家范祖禹，诗、词、文三种文学体裁的顶尖高手苏轼、秦观、苏辙，都被安置、编管于此，再加上陪同前来的苏过(轼子)等，岭南地区从来不曾，也再不可能拥有如此豪华的创作队伍。而这一"贬谪文化"的最高象征，就是东坡的和陶诗集。本篇是苏辙为之写作的序言，文末自署其写作时间是绍圣四年(1097)十二月十九日，地点在雷州。

据南宋人费衮《梁溪漫志》卷四的记载，苏辙的这篇序言，"嗟夫"以下的一段是苏轼修改过的。有人从苏辙幼子苏逊那里得到了原稿，文字如下：

> 嗟夫！渊明隐居以求志，咏歌以忘老，诚古之达者，而才实拙。若夫子瞻，仕至从官，出长八州，事业见于当世，其刚信矣，而岂渊明之才拙者哉！孔子曰："述而不作，信而好古，窃比于我老彭。"古之君子，其取于人则然。

大抵是从陶渊明自述的"性刚才拙"一语生发开来，对照苏轼的生平，认为"性刚"的方面固然相同，而"才拙"则不然，因为他的"事业见于当世"，说明他有能力处理国家大事。这里肯定了兄长的"事业"。经过苏轼修改后,这一份肯定被掩藏起来,当然显得更为谦虚。

值得注意的是,在修改后的文本中,苏轼对于自己仕途生涯的叙述,更强调失败的方面,认为自己从前的所作所为都是执迷不悟的表现。相比之下,苏辙的原稿却没有那么悲凉,对于他们投身"事业"的意义不但没有显示出任何的怀疑,还认为这是高于陶渊明之处。或许,兄弟二人的心态在此显露出一些差异。苏轼已经趋向于对现实政治的退避,经他修改后的文本,诉说的是悔悟或者说超越的情怀,他的自我形象是向着陶渊明归依的;而苏辙的原文却透露出一份执着,当过执政大臣的他似乎并不愿意在政治方面认输,所以他塑造的兄长形象是高于陶渊明的,就像孔子对老彭有所许可一样,苏轼也只是在某一方面对陶渊明有所许可而已。联系到前文讲的苏轼贬居海南岛而"不见老人衰惫之气",以及后文讲的苏轼因为贬居而学问、诗艺大进,说明他强调的是一种伟岸的人格力量,不因困顿的遭遇而被挫败,反而壁立千仞,生气凌厉。

后来,兄弟二人同时获赦北归,苏轼在接到命令后拖延了好几个月才离开海南岛,走了大半年还没翻过南岭,其行动相当迟缓;而苏辙却像一支利箭一样,飞速奔向北宋的统治中心,当他的兄长还在广东时,他已经到达了河南。由此也可以看出他们对于政治的态度已有些不同:苏轼似乎不愿意再卷入政治纠纷,而苏辙仍想寻机回朝主政。其实,虽然当时的政敌多数对苏轼更为仇恨,但苏辙一直在这方面表现出比他兄长更为尖锐的锋芒和更为坚毅的斗争性。

六十、《书白乐天集后二首》
(《栾城后集》卷二十一)

绍圣四年(1097)苏氏兄弟被贬到海南岛和雷州半岛后,本来还可以隔海通信,但到元符元年(1098)三月,朝廷却因为雷州地方官对苏辙过于尊敬优待,而下令责罚,同时将苏辙改移到循州(今广东龙川)安置。此年六月,苏辙接到命令,便启程赴循州,八月到达。本文写于到达循州后。白乐天即唐代诗人白居易(772—846),字乐天。

据苏辙孙子苏籀的《栾城遗言》记载,被苏辙所肯定的唐代人物,以李翱和白居易为最。而在这两人的作品中,又以李氏的《复性书》和白氏的《八渐偈》最受他的欣赏,在晚年,他曾将《八渐偈》书写在屏风上。按一般的说法,苏辙晚年的诗歌也是学习白居易风格的。其实他和白居易之间的共鸣,主要是在禅学修养上。这两篇写在白居易文集后的随感,都提到了禅,尤其是后一篇,专门谈他对禅定的领会,对于我们考察苏辙的晚年思想,具有非常重要的意义。

《六祖大师法宝坛经·般若第二》记慧能语:"但净本心,使六识出六门,于六尘中无染无杂,来去自由,通用无滞,即是般若三昧,自在解脱,名无念行。"苏辙说的"六尘日夜游于六根,而两不相染",就是这种"无念行",即南禅宗的一大要旨。可见苏辙对禅定的领会,确已达到一定的深度。心灵既不执着于外界事物,也不似槁木死灰,而是一种活泼的禅心,遍知一切,却不被任何境象所束缚,从而获得真正的自由。这是身处贬谪之中的逐臣保持清醒和超越的精神自拔,也是苏氏兄弟用来互相勉励的精神境界,所以苏辙要将这段文字寄给海南岛上的兄长。当然,前一篇中考证白居易集中的三首绝句为伪作,在宋代的影响也甚大,胡仔的《苕溪渔隐丛话》就接受他的意见,已成定论,此后通行的白氏文集便都不收这三首绝句了。

六一、《〈龙川略志〉引》(《龙川略志》卷首)

苏辙于元符元年至循州,闲中作成笔记《龙川略志》,本篇是简单的自序。据宋人孙汝听《苏颍滨年表》,作于元符二年(1099)四月二十九日。近人傅增湘校影宋抄本《龙川略志》的引末,也有注云:"元符二年孟夏二十九日。"孟夏即四月。

苏辙之所以从雷州改贬循州,是因为朝廷觉得雷州的地方官对他太好了,所以到了循州后,遭遇便尤为困迫,连佛寺、道观也不许进去。他只好买了一些民房来居住,自己翻地种菜,除此之外便经常关门闭目,犹如老僧入定一般了。不过,苏辙在著述方面的成就,其实也得益于贬谪闲居。他在筠州完成了《古史》,而在循州则写作了笔记《龙川略志》十卷和《龙川别志》二卷,前者主要是追忆平生参与的各项政治活动,后者则主要记录他听说的前辈时彦之轶事。其中多少也反映出他对于许多事件的看法,但更重要的是提供了许多珍贵的历史资料。所以,在《续资治通鉴长编》等宋代史籍中,这两部笔记的引用率是比较高的。

笔记与《古史》之类的专著不同,不但全书的结构非常散漫,即便就其中每一段来看,也不怎么讲究行文技巧,而是随意舒卷,有话则长,无话则短,非常自由的。然而不同的作者写来,仍会呈现不同的风格。这一点,如跟苏轼的同类文字相比,就能看得很清楚。苏轼的笔记大抵以诙谐为特色,即使所记的内容并不十分滑稽,也被他写得妙趣横生。苏辙却似乎没有逗人一笑的兴趣,大多是原原本本的交代,即使所记的事情不乏精彩之处,也被他叙述得十分平淡。如果说苏轼的本事是化腐朽为神奇,那么苏辙却总是化神奇为平淡。我们在这一篇序言中也能看出他化神奇为平淡的功夫。他遭遇了常人难以想象的困境,而以非同寻常的毅力顽强地生存和写作,这样的经历本来可能使他作出荡气回肠的表述,但他只用几个短句,很轻易地点过去了。

就全文来看,短句的使用是最为显著的特色,虽然文言文的句子一般都不长,但像本文这样几乎全篇都用四五字的短句,最长也不过八字,却并不多见。所以本篇堪称短句艺术的典范,用短句点叙一段本不平凡的经历,简述一种本来复杂的心境,就显得超然淡泊,略无挂碍。

六二、《〈春秋集解〉引》(《春秋集解》卷首)

苏氏兄弟分注经典,苏轼所注有《周易》《尚书》和《论语》,苏辙则注《诗经》《春秋》和《孟子》。这些注释构成了"苏氏蜀学"的基干。现在,苏辙的《诗集传》和《春秋集解》都有单行本,而《孟子解二十四章》则收入《栾城后集》卷六。本文是《春秋集解》一书的序言,文末自署写作时间为元符二年(1099)闰九月八日。可见,全书的基本完成也在苏辙闲居循州的时候。

本文牵涉到经学史上的一个重要公案,就是"断烂朝报"的问题。把《春秋》说成"断烂朝报",可能是王安石的一句玩笑话,但鉴于"新党"当政时对《春秋》一经的相对轻视,则认为"新学"一派对《春秋》不够重视,也不无依据。当然,自《宋史》以来,把"断烂朝报"一语当作王安石诋毁经典的大罪,是颇有罗织之嫌的。于是,为王安石辩护的人,努力想证明他并没说过这句话,清代的李绂和蔡上翔就是代表。他们认为这是"旧党"子孙对王安石的造谣中伤,追究此语的来历,找到了南宋周麟之为孙觉《春秋经解》写的跋文,以为这就是最早的出处了。这篇跋文也就是周麟之《海陵集》卷二十二的《跋先君讲春秋序后》一文,但李绂和蔡上翔说,周麟之和他的父亲都是"妄人",说的话不可信。可惜的是,他们没有看到王安石的同时人苏辙写下的本文,所以他们的辩护词都可以作废,王安石曾诋《春秋》为"断烂朝报",当是不可更改的事实,无可怀疑了。

其实,苏辙在本文中加以批评的,不光是王安石,还有孙复,他认为王安石轻视《春秋》固然不对,而像孙复那样虽重视《春秋》却轻视《左氏传》,也不是理解《春秋》的正途。同时,他还批评了学术上固执己见的做法,虽然文中仅就《春秋》的解释而言,但其锋芒显然也指向"新党"以"新学"独断学术的现状。看来,苏辙在循州,虽说"杜门无事",实际上仍关切着整个时代的学术走向,而且毫不犹豫地以自己的文字介入其中,予以严厉的批判。他的努力也改变了宋初以来"时人多师孙明复"的局面,南北宋之交的叶梦得说过,当时人最相信的《春秋》解说,就是苏辙的《春秋集传》和孙觉的《春秋经解》。苏轼曾有诗云:"《春秋》古史乃家法。"苏门的学术精华,就集中体现在对于《春秋》的理解上。

六三、《巢谷传》(《栾城后集》卷二十四)

巢谷(1023—1099)是苏辙的眉山老乡,为了实践古人所谓"朋友之义",从眉山徒步到岭南看望贬谪中的苏氏兄弟。元符二年(1099)正月到达循州,与苏辙相见,然后又赴海南,拟看望苏轼,不幸死于途中。本篇是为巢谷所作的传记,文末提到"予方杂居南夷",说明写作此传时,作者还在循州。按苏辙于次年即元符三年离开循州,启程北归,所以此传的写作当在巢谷死后不久。

本文是苏辙深受感动,又极为悲痛的情况下,为报答朋友而着意经营的作品,不同于随意写作的一般文字。所以,结构上颇见讲究,第一段是所谓"前遇存宝",第二段是所谓"后遇予兄弟",第三段则特意举出一件历史往事,以高恭的君臣之礼为映衬,点出巢谷的"朋友之义",也以高恭最终受到赵襄子的赏拔,反衬巢谷的流落不遇,深致悲慨之意。由此反观前两段,作者之所以在巢谷的一生中,只选取"前遇存宝"、"后遇予兄弟"两件事来写,就是因为这两件事是巢谷践履"朋友之义"的最好事例,可谓重点突出,枝节删尽。但是,在对这两件事本身的描述中,作者的笔墨又极为铺张,写得颇具小说特征。一是场景拉得很开,前一段从眉山到京城,从西部边境到西南泸州,然后又写到江淮之间,第二段也涉及筠、雷、循、惠、儋、梅、新等东南诸州,几乎覆盖了北宋的全局;二是描写甚为具体,不但有对话,还引用书信,曲折回旋,反复勾勒。然后,第三段不但能以点睛之笔(即"朋友之义"数句)加以收束,还能顾盼映衬,俯仰慨叹,竭尽了高下抑扬之能事。这当然反映出作者在行文上收放自如的本领,却更是刻意安排的结果,所以显得前后勾连紧密,全文浑然一体,却又毫无境界局促之感,开阔的场景、具体的对话与曲折的描述,使文气颇为舒展,似乎甚有余裕。

如此精心结撰的一篇佳作,可以使巢谷享有千古令名,也是作者对朋友的最好回报了。时无今古,人无中外,超越势利的真正友情,是人生一世最值得珍惜的财富,儒家之所以呼唤"朋友之义",也是这个道理。然而世上能不顾势利而践履"朋友之义"的人究属难得,《史记》引翟公之言曰:"一死一生,乃知交情;一贫一富,乃知交态;一贵一贱,交情乃见。"其慨叹可谓深矣。如此看来,则苏辙写作此传,也不仅为纪念朋友而已。

六四、《复官宫观谢表》(《栾城后集》卷十八)

元符三年(1100)正月,宋哲宗去世,其弟宋徽宗继位,贬谪多年的元祐"旧党"陆续被招回起用,不能起用的也改善了待遇。此年二月,苏辙被转移到永州(今属湖南)安置,四月份又改授濠州(治所在今安徽凤阳东北)团练副使、岳州(治所在今湖南岳阳)居住。此时苏辙已在北归途中,在虔州(今江西赣州)得到岳州居住的命令。十一月初,朝廷又授予他太中大夫,提举凤翔府上清太平宫,外州军任便居住。他在鄂州(治所在今湖北武昌)得此命令,作本篇谢表。由于他贬谪之前的官衔就是太中大夫,所以说是"复官",而所谓"宫观",就是提举凤翔府上清太平宫。

为什么宋徽宗继位之初,会善待"旧党"人物呢?此事仍跟"新党"宰相章惇有关。继位之前的徽宗曾为端王,有的史料说,章惇曾在向太后面前攻击端王是个"浪子",反对立他为帝。尽管这个攻击现在看来一点都不过分,但其后果就是徽宗上台后的第一件事,便要聚集足够的政治力量去打击章惇,为此必须使用一部分"旧党"。此时,不但是章惇被贬去雷州半岛,也使海南岛上的苏轼和曾被章惇贬到雷州半岛的苏辙得以北归。当时很多人觉得二苏将会入朝执政,这样就正好跟章惇交换一下身份,简直是一出好戏。虽然这出好戏的导演——徽宗皇帝没有让人们看到预料的结果,但他确实曾给遍布岭南的元祐"旧党"一度带来希望。至少,他让苏辙等人走上了北归之途,把愿意与章惇为敌的人召唤到朝廷。按照苏轼的描述,这样的召唤传到当年的岭南大地上,几乎等同于"招魂"之声:

> 余生欲老海南村,帝遣巫阳招我魂。杳杳天低鹘没处,青山一发是中原。(《澄迈驿通潮阁二首》之二,《苏轼诗集》卷四十三)

诗中说的,就是此意。而苏辙的这篇谢表,几乎就是对"招魂"一词的具体阐释。

说实在的,谁也不会想到哲宗皇帝那样短命,更不能预料章惇的一招疏忽,会令局面几乎颠倒过来,苏辙的"自分必死"、"已若再生"等语,绝非虚饰,他确实感到自己捡回了一条老命。若与前面贬谪筠州、雷州时写的谢表对比,现在他的态度已有明显的不同,虽然还谦虚地说自己没有功劳,却不再承认自己有罪,还指责政敌对他的攻击都是诬蔑。在结束流亡生涯的时候,他开始为自己的政治态度平反,形容自己站在"公议"所肯定的一边,而将对方称为"众楚相咻"。他没有表达回朝执政的愿望,但他的行为说明他有这样的愿望。在写完这篇谢表以后,他迅速地朝京城的方向奔去,在年底之前回到了离京城只有一步之遥的颍昌府。这个时候,苏轼还徘徊在岭南,迟迟没有翻过大庾岭。对于北归,他们兄弟的态度有所不同,这使他们失去了最后见面的机会。当年的苏轼眺望北方,"杳杳天低鹘没处,青山一发是中原",这中原对他来说是前途未卜之处,但他的弟弟却像诗中矫健的鹘(鹰隼),凌厉地扑向首都而去了。苏辙惊人的北归速度,当然不是为了早一天过上"杜门可以卒岁,蔬食可以终身"的隐居生活,尽管后来他不得不这样度过余生,做了长达十余年的"颍滨遗老"。

六五、《和子瞻归去来词并引》(《栾城后集》卷五)

　　陶渊明的《归去来兮辞》是传诵千古的文学名篇,也是表达厌倦官场、归隐旧居之愿望的典范作品。苏轼晚年喜欢写"和陶诗",也创作了《和陶归去来兮辞》(《苏轼诗集》卷四十七),时在元符元年(1098),苏轼还在海南岛。至建中靖国元年(1101),苏轼在北归途中,卒于常州。十月,苏辙在颍昌府家中,追和此篇。这是作者晚年隐居生活开始的突出标志。

　　宋徽宗在元符三年(1100)继位,为了打击章惇而起用了一批"旧党"的官员,使政局有所变化。但徽宗的目的仅仅是打击章惇,而并不想改用"旧党"的政策。实际上,以庶子入嗣大统的他,决不能留下一点点不尊敬神宗的口实,而神宗又跟"新法"联系在一起,所以他不可能完全摆脱"新党"。当时的宰相曾布替他拟定了兼用新旧的中间政策,于是次年的年号也称为"建中靖国",意谓采用中间政策,谋求国家的安定。这种"建中"之政有一个特点,就是所谓"左不用京卞,右不用轼辙",即"新党"立场鲜明的蔡京、蔡卞兄弟,和堪称"旧党"代表人物的苏轼、苏辙兄弟,要同时出局,由此才能保证中间政策的顺利执行。苏辙从岭南急急赶回颍昌府,却不能继续进入京城,就是这个原因。相比之下,早就立志要归隐的苏轼就显得颇有先见之明了。事实上,就连这样的"建中靖国"之政,也只维持了不到一年的时间,据说蔡京对徽宗宠信的宦官童贯做了一番有效的工作,使他能够击败曾布,令"新党"再度掌权,次年的年号也随之改为"崇宁",即尊崇神宗的熙宁之政。自此以后,苏辙便只好安心隐居,度过他晚年的生涯。

所以,写在建中靖国元年十月的这篇《和子瞻归去来词》,便可视为他的隐居生活正式开始的标志。文中感叹苏轼的"知时",说明苏辙已经洞见政局变化的方向,其对于"归去"的呼唤,实也出于无奈。不过,自苏轼开始和陶渊明的《归去来兮辞》,一时竟形成风气,著名的文人纷纷效仿,除了苏辙外,当时秦观、张耒、晁补之、李之仪等都有和《归去来兮辞》的作品,据李之仪《跋东坡诸公追和渊明〈归去来〉引后》(《全宋文》卷二四二四)一文的记载,李廌也有和作。这似乎成为"旧党"文人的一种集体表达,也仿佛是那一代士大夫开始厌倦政治的突出标记。影响所及,后来诗僧惠洪、逐臣陈瓘,乃至南宋的胡铨等,也有同样的和作。如果把这些和陶《归去来兮辞》的作品集中起来,便可以展现出宋代士大夫精神世界中一道特殊的风景线。尤其是在北宋的末年,即徽宗一朝,由于蔡京的长期掌权,使朝政和意识形态向"新党"一边倒,从而令"旧党"士大夫及其后代、学生等一直处于在野的状态,这"归去来兮"的呼唤便成为他们的心声。如果要为这种在野的文化寻找一个具有代表性的人物,那么"唐宋八大家"中唯一还在生存和创作的苏辙,无疑是首屈一指的。

六六、《亡兄子瞻端明墓志铭》
(《栾城后集》卷二十二)

建中靖国元年(1101)七月二十八日,苏轼卒于常州。次年即崇宁元年(1102)闰六月,他的遗体被运到汝州郏城县小峨眉山下葬。依照苏轼生前的嘱咐,由苏辙写作了这篇墓志铭。苏轼生前曾担任端明殿学士,故题中称为"端明"。这是苏辙晚年所作的一篇大文字,全文近六千字,在《栾城后集》中独占一卷,研究苏轼的学者几乎无不引用。

《宋史·苏辙传》说:"辙与兄进退出处,无不相同,患难之中,友爱弥笃,无少怨尤,近古罕见。"苏轼在"乌台诗案"中濒临绝境时,也曾写诗给苏辙说:"与君世世为兄弟,再结来生未了因。"(《予以事系御史台狱,狱吏稍见侵,自度不能堪,死狱中,不得一别子由,故作二诗授狱卒梁成,以遗子由二首》之一,《苏轼诗集》卷十九)由此可见他们兄弟的相知之深。所以,苏辙为兄长写作的这篇墓志铭,不但是《宋史·苏轼传》的蓝本,也是古今一切东坡传记的祖本,记载翔实,内容可靠。然而,在意识形态方面深受新旧党争之影响的宋代,这篇最早的东坡传记却受到"旧党"人士及其后学的非议。

据说,一生景仰司马光的晁说之,曾指责这篇墓志不是"实录",他指出了其中最严重的几个问题:一是认为元祐年间的政治有赏罚不明的弊病,二是认为废除免役法破坏了神宗的元丰之政,三是说司马光因为才智不足而未吸取苏轼的意见,甚至想把苏轼赶出朝廷,四是说蔡确曾提拔苏轼,而苏轼也反对用文字狱的方式处罚蔡确,五是说苏轼曾与章惇友善,六是说苏轼曾推荐后来投靠"新党"的林希(见费衮《梁溪漫志》卷四"毗陵东坡祠堂记"条)。把晁说之指责的这些问题归纳为一句话,就是"旧党"的立场不够坚定。更为严厉的指责当然来自程颐的门下,据汪应辰《文定集》卷十六《与吕逢吉书》记载,杨时看到这篇墓志,说了这样一句话:"他只是要道我不是元祐人,可谓误用其心。"这简直是说苏辙想背叛"旧党"。

在今天看来,墓志所载的东坡生平,包括晁说之所不满的六点,都是不争的事实,无论是苏轼与司马光的矛盾,还是他与"新党"某些人物的交往,及其对于免役法的态度,都表现了东坡政治观点的特色,墓志如实记载这些方面,正可以表明他不随大流的独立风格,而且这种风格也是苏辙本人所坚持的。如果为了凸显"旧党"立场而抹煞这些方面,那才失去了"实录"的意义。

因为党争而引起的这些非议,早已成为历史,在有关东坡的评述已经汗牛充栋的今天,重读这篇最初的传记,倒是苏辙对兄长的文化成就及其为人品格的总结,最值得我们关注。他虽然也认为兄长是个天才,认为苏轼是当代最杰出的人物,但在评述其各方面的成就时,都只说苏轼比前人有所发展,搞清了不少前人没有搞清的问题,而不像当时的道学家那样,动不动就直承孔子、孟子,横空出世,否定秦汉以来的全部历史。这当然与二苏重视汉唐的历史意识相关,由此才能恰如其分地描述一个文化巨人的历史地位。

六七、《书〈楞严经〉后》(《栾城后集》卷二十一)

宋徽宗的"建中靖国"之政,没能维持多久,终于朝有利于"新党"的方向发展,蔡京入朝执政,在崇宁元年(1102)又大规模地贬谪"元祐党人"。苏辙的官阶从太中大夫(从四品)下降为朝请大夫(从六品),而且自崇宁元年末至三年初,有一年多的时间离开了颍昌府的家,单独住在蔡州(今河南汝南)。本篇作于崇宁二年(1103)三月二十五日,当时正在蔡州。《楞严经》全称《大佛顶如来密因修证了义诸菩萨万行首楞严经》,唐般剌密帝译,十卷,内容主要阐明心性之本体,历代僧人注释甚多,极受重视。

从颍昌府迁居蔡州一年有余,是苏辙晚年宁静生活中一次最大的波折,当时他在诗里说:"亟逃颍川籍,来贯汝南户。妻孥不及将,童仆具樽俎。"(《迁居汝南》,《栾城后集》卷三)显得颇为狼狈。其原因在于徽宗、蔡京对于被贬"元祐党人"采取的一项特殊措施,就是不许他们住在同一个地方。由于范仲淹的儿子范纯礼也是"元祐党人"且家居颍昌府,所以苏辙只好搬离。后来范纯礼又被贬去其他地方,苏辙才得以搬回去。

不过苏辙是一个不慌不忙的人,他有一个办法来对付纷扰的场面,就是坐禅。对于坐禅来说,这里坐或那里坐,又有什么区别呢?本篇的内容,虽是根据《楞严经》来讲佛理,其实也可以看作他坐禅的体会。与前面《书白乐天集后》的第二首相比,在说理上有明显的延续性。那一篇的主旨是:心灵能感知外界事物,却不执着于外界事物,遍知一切,却不被任何境象所束缚,从而获得真正的自由。这一篇更进一层,要将一切感知意识之流不断回注于心灵本体,从而能向内观照到纯一的本心,通过这样的修炼功夫而达到超越生死轮回的境界。将这两篇题跋合起来看,我们就能获得苏辙对坐禅的心理过程的完整描述,具有这等功夫的他,当然就不会去理会那些纷扰了。

实际上,"禅"与其说是一种理论,不如说是一种体验。北宋的文人虽都喜欢跟禅宗发生一些关系,但真正具有较长时间的坐禅实践,能够谈出切身体会的,也并不多见。苏辙是其中很难得的一位。

六八、《尧舜》(《栾城后集》卷七)

苏辙晚年作有一部历史批评方面的专著,叫《历代论》,对尧舜以来直到五代的许多历史人物加以评论。崇宁五年(1106)作《历代论·引》云:"凡四十有五篇,分五卷。"据此推测,当是崇宁三年(1104)从蔡州回到颍昌府家中后,至崇宁五年间陆续写成。现收入《栾城后集》卷七至卷十一。本文就是《历代论》的首篇。

苏辙早年应贤良方正科的制举,其进卷中也包含一系列史论,如前面评析的《商论》《唐论》《老聃论》等,就题材来说,与《历代论》相似。但进卷是为了应举而作,所以文字上着力经营,而体制则比较规整。《历代论》是晚年的私人著作,文字上可以自由挥洒,而体制上也摆脱了任何规范,随意长短,略无拘束,对于论题也直入直出,并不掉头顾尾。按他自己在《历代论·引》中的说法,是因为年纪大了,体力、脑力都衰退了,所以不能再像年轻时那样高下抑扬、出奇制胜。其实,这种"无心于为文"的平淡风格,正可视为苏辙晚年散文的艺术特征。因为不在文字上、体制上下功夫,反而使他所表达的见解不被"文章"所遮蔽,其穿透历史表象的洞见和对于现实政治的深刻讥刺,都能突现出来,有一篇神行之感。

《尧舜》作为《历代论》的开篇,就非常典型地表露出这样的文风。篇幅不大,起笔直入论题,不作铺垫,收尾也只是一声叹息,全文只是对照《尚书·尧典》记载的施政顺序,来讽刺"新党"的"富国强兵"政策。所谓"侵夺细民",是他对王安石那一整套"新法"的一贯认识;所谓"陵虐邻国",是指责北宋朝廷对西夏的用兵。按苏辙的看法,"古来伐国须观衅"(《赤壁怀古》,《栾城集》卷十),对于一个本身没有荒乱失德行为,内部团结的国家,是不能依靠军事力量的强大去进攻征服的。如果人家没有归依之心,进攻的行为就只是领土扩张而已,并非正义的战争。这个看法,对于今人论述北宋、西夏之关系史,也颇有参考意义。其实,北宋有志于征伐的人,也都只对西夏打主意,并不敢惹及辽国。原因很简单:辽国过于强大,而西夏国力较弱。如此欺弱惧强,实也不见得是多大的作为。苏辙所谓"富强之利终不可得",确是实情。虽然归隐在家中,但他并不忘怀国事。

六九、《汉景帝》(《栾城后集》卷七)

本篇也是《历代论》之一。汉景帝刘启,公元前157年即位,公元前141年去世。他是历史上评价较好的皇帝,但苏辙却提出了不同的看法。

　　与上一篇《尧舜》一样,这一篇《汉景帝》也写得非常简短扼要。但《尧舜》篇是正面论述的,此篇《汉景帝》却是从反话说起。全文的主体部分是列举汉景帝的七件无道之事,说明他在父子、兄弟、君臣等各种人伦关系上都违反了做人的基本原则,实在算不上一个好人。我们若据历史事实来作一番考察,也确乎如此。苏辙对他的数落虽然简要,却十分有力,不愧是一个做过御史中丞的人,多年前弹劾政敌的风采,在此仍依稀可见。然而,文章即将结束的时候,作者却突然掉转笔锋,追究另一个问题:为什么这样无道的一个君主,还能在历史上享有"贤君"的称号? 他的结论是:"躬行恭俭,罪不及民。"由此才导出文章的真正主旨:"此可以为不恭俭者戒也。"全文到此戛然而止。

　　不必自许为"明眼人",也可以看出这是针对宋徽宗而写的。其实,《历代论》虽然都以历史人物为论述对象,但作者的真正目的本不在评价他们的历史功过,而在于从中引出教训,为当代提供借鉴。《尧舜》篇如此,《汉景帝》亦如此。可能因为时代环境的关系,也可能真的由于苏辙年老话少,引出的教训都只点到为止,不作展开。如果是早年的策论,仅仅数落汉景帝罪过的部分,就可以写得回肠荡气。但这个时候的苏辙已经不是慷慨激昂的青年,而是饱经世故的老人,他不愿意说得太多了。

　　值得注意的是,无论《尧舜》篇还是本篇《汉景帝》,都可称意思饱满而文笔精炼的作品,但篇幅虽然精炼,用语却并不艰深,依然平白如话。其引用《尚书》《春秋左传》《论语》《史记》《汉书》的部分,因为用了原书的某些词语,稍觉滞涩,但在当时熟读此类典籍的人看来,应该毫无困难。如果把用语平白如话形容为"松",而意思饱满、行文精炼形容为"紧",那么全文就显出外松内紧、似松实紧而紧中又有松的某种弹性。此种弹性,正是苏辙晚年散文耐人咀嚼之处。

七十、《汉昭帝》(《栾城后集》卷八)

本篇也是《历代论》之一。汉昭帝刘弗陵,公元前87年继位,年方八岁,公元前74年去世,在位十三年。

在《历代论》中,这一篇是体制上相对规整的论文,而且自首至尾都用映衬之法:先以周成王的天资平凡而成就卓著,与汉昭帝的天资过人而短命夭折作对比,提出问题;其次追究霍光的责任,除了以周公为比照外,也引述了《左传》记载的医和之言,作为根据;最后重申作者的结论,又拈出自己写过的《三宗》一篇(《栾城后集》卷七)为映衬。

文章的主旨,是说年幼的君主必须有学问深厚的人每天与他接近,言传身教,启发他向善,这是大臣的责任。就此而言,作者似乎也是有感而发。当年宋哲宗即位的时候,年方十岁,去世时也不过二十出头,与汉昭帝的情形相似。哲宗有元祐、绍圣、元符三个年号,元祐年间是由他的祖母垂帘听政,废除"新法",起用苏辙等"旧党"的人物,可以说,哲宗是在"旧党"的包围影响下长大的;然而,等祖母一死,哲宗一旦亲执政柄,却能立即冲出重围,起用他不认识的"新党"人物,恢复"新法",而贬斥他已经熟悉的"旧党"臣僚。为什么宋哲宗会对他从小接触的"旧党"如此反感?这个问题大概连"新党"的人物都不曾想通,他们更愿意归结为哲宗的天生圣明。当然也有人找到一点原因,说是元祐年间的大臣们入宫商量国事,都只对太皇太后说话,把哲宗(当时还是小孩)晾在一边,令他只看到一片"臀背",非常生气。可能这股气在他心中埋藏已久,等祖母一死,就发泄了出来。对于苏辙这样的"旧党"人物来说,如果有心反思过去,大概也要追究一下哲宗讨厌他们的原因。在本文中,苏辙强调了小皇帝的教育问题,可能是在后悔当初对哲宗教育得不够。其实,元祐年间的朝廷对于小皇帝的教育问题也不可谓不重视,像苏轼、程颐那样的大知识分子,都当过哲宗的老师,苏辙也曾给哲宗上过课。也许,"旧党"不幸碰上了宋哲宗的逆反心理最为强烈的年龄段,也许正像某些笔记所载,程颐的过于严厉古板的教育引起了哲宗的反感……到底是什么原因导致了"旧党"对小皇帝教育的失败,也许是个难以猜测的谜团。后代的评论者大抵只能说,苏辙"此论甚正"。

七一、《王衍》(《栾城后集》卷九)

此篇也是《历代论》之一。王衍(256—311)字夷甫,是西晋的宰辅,位极人臣,声望甚高,却不做实事,只爱清谈。西晋灭亡时被羯族人捕获,并杀害。所谓清谈,是魏晋名士所崇尚的风气,其核心问题是要论证世界的本质为"无"。王衍在这方面很有水平,他的下场是后人经常议论的话题。苏辙的父亲苏洵也在名文《辨奸论》里举王衍为例。

不过,苏辙这篇题为《王衍》,其实全文只有两句话提到王衍。如果他的目的是批判那些崇尚虚无之说而败坏了国家的人,那么王衍确实可算一个典型;但是,读到文章的结尾处,我们才明白苏辙的真正用意:他是要从学术史的角度来清算王安石的"新学"。所以,题面的"王衍"二字不妨说是"王安石"的隐语。同样,文中"阮籍父子涨其流,而王衍兄弟卒以乱天下",也不妨看成"王安石父子涨其流,而蔡京兄弟卒以乱天下"。否则,阮籍、阮咸明明是叔侄,以苏辙的博学,决不会搞错;而把西晋之亡归咎于王衍本是传统的说法,又何必牵引他的兄弟?反过来,宋神宗时代《三经新义》的编定,固然是在王安石的领导之下,其中也确实有他儿子王雱的参与;而在苏辙写作《历代论》的崇宁年间,蔡京任宰相,他的弟弟蔡卞(王安石婿)任枢密使,兄弟二人把持了北宋的军政大权,当然要对政局的堕落负责。这样理解苏辙文中的"父子"、"兄弟",大概还不至于求之过深。

至于把"新学"归结为虚无、放荡之说,是因为它的形而上学倾向,即以"道"、"性"等抽象本体为论证的核心问题。但这本是宋学的普遍特征,即便苏氏兄弟也对此表现出浓厚的兴趣。苏辙的强烈不满,可能在于"新党"以"新学"来独断学术,树立为唯一正确之理论,与科举考试的标准,借以钳制异论。他指责"新党"以经典的条文来文饰其恶劣行为,也符合事实。比如蔡京就取《周易》的卦爻辞而提出"丰亨豫大"的说法,公开主张奢侈浪费,粉饰盛平。当时的另一位四川作家唐庚也有类似的描述,说是"一部《周礼》,举行略遍,但不姓姬尔"(《与席侍郎书》,《眉山唐先生文集》卷二十三),就是把《周礼》的条文都拿来作为当前行政的根据,好像把《周礼》一书全部都实施了,只差皇帝还姓赵而不姓姬了。可见,这确是新党的政治演变到苏辙写作此文时候的现状,令他这个身在"元祐党籍"的"罪人"感到深深的忧患,却毫无办法。尽管文中对王氏"新学"的攻击有可以商榷的余地,但他的忧国的心情是感人的。

七二、《梁武帝》(《栾城后集》卷十)

此篇也是《历代论》之一。梁武帝萧衍(464—549),字叔达,公元502年篡夺南朝齐的政权,建立梁朝。他擅长文学、音乐、书法、围棋,极度信仰佛教,最后被叛军挟持,忧愤而死。

与前一篇《王衍》一样,此篇也是借梁武帝来谈论抽象的"道"与具体的礼乐刑政之关系,全篇论及梁武帝本人的也只有几句话而已。不过,《王衍》篇的主旨在于讥刺"新学",这一篇却是正面阐述作者对此理论问题的思考,对于我们理解苏氏"蜀学"的整体构架,乃至考察宋人对儒释道三教的综合态度,具有重要的参考价值。

按照目前哲学史界一般的看法,宋代的新儒学,就本体论方面而言,无论哪一派都受到道家、佛家哲学的深刻影响,即便号称从《易传》《中庸》引申而来,也是在老佛之"道"的启发之下,才会作出这样的引申。但是,强调儒家之"道"与佛老不同,也是韩愈以来的传统,所以宋代的很多学者是表面抗拒佛老而暗暗偷看佛老,这几乎已经形成风气。像苏辙那样明目张胆地声明"老佛之道与吾道同"的,并不算多,可以许为苏氏"蜀学"的一个鲜明特色。当然他也强调"老佛之教与吾教异",否定那种孤立地讲"道"而废弃礼教规范的态度。本篇的主旨在于后者,所以梁武帝成了反面典型。

其实,苏氏兄弟对于佛教思想的濡染,苏辙本人对于禅宗修习的体会之深,在北宋的士大夫中也罕有其比。而且,他还写过《老子解》(或名《道德经解》)这样的书,说明他对道家哲学也研究甚深。在苏辙自己看来,坚持"道"与礼乐刑政的结合,就可以解决儒家与佛老之间的矛盾。也就是说,他把佛老哲学与儒家礼教论证为"道"与"器"的关系,即现代哲学所谓一般与具体的关系。今天看来,这自然是很粗疏的看法,因为佛教的"道"与老子的"道"既不能完全等同,而佛老之"道"与儒家之"器"的结合也有牛体马用的味道。不过,在苏辙的时代,这不是一个纯粹的哲学问题,它是跟现实政治密切相关的。他指出后秦姚兴和梁武帝佞佛的弊端,也指出北魏太武帝和唐武宗的灭佛政策所产生的危害,由此至少可以提醒当代政权,对于佛教问题要有妥善的处置,用今天的话来说,也就是在宗教政策上要有一种多元化的态度,就是所谓"道并行而不相悖"。

七三、《宇文融》(《栾城后集》卷十一)

此篇也是《历代论》之一。宇文融是唐代有名的酷吏,在唐玄宗时担任监察御史,核实天下的户籍田产,为朝廷增加了收入,升为御史中丞。后来官至宰相,最后被流放而死。苏辙把他看作败坏盛唐局面的人。

自《旧唐书》《新唐书》以来,宇文融就被认作盛唐的"聚敛之臣"的班头。这些"聚敛之臣"其实都是精明强干的人,目的是为皇帝多搞一些钱,自己当然也得点好处。所谓的"盛唐"时代,留在史籍中的那样一种令人眩目的繁华排场,大半也是靠这批"聚敛之臣"努力的结果来支撑的。他们像一台台抽水机一样,为皇帝从民间抽取财富,而且终生都在不知疲倦地工作,为一个五光十色的"盛世"源源不断地提供财政支持。如果认为皇室的过分奢侈的享受是国家祸乱的起因,那么这些"聚敛之臣"便罪不可恕。所以,苏辙把宇文融认作种下祸根的人。

宇文融努力去核实那些隐瞒不报的田产和户口,实际上是一件很得罪人的事情,因为拥有税籍之外的土地和佃农的家庭,肯定有权有势,责令他们多缴一些钱,对国家是有利的,但得罪他们之后,执行者的名声决不会好。在史籍记载中,"聚敛之臣"的私人品质都比较低下,多少也因为得罪的人太多。不过,苏辙贬斥宇文融的目的,明显是要讥刺王安石,而宋人也大多把王安石认作"聚敛之臣"。在《诗病五事》(《栾城三集》卷八)中,苏辙有更直接的表述:

> 州县之间,随其大小,皆有富民,此理势之所必至……王介甫,小丈夫也,不忍贫民而深疾富民,志欲破富民以惠贫民,不知其不可也。

他认为百姓的贫富不均是难免的,像王安石那样要维护绝对公平,就是"小丈夫"。这与本篇所谓"不忍天下有小不平,而欲平之"的指责相当一致。

值得注意的是,苏辙还通过对《周易》"无妄"卦的阐释,来为他的看法树立理论依据。《文心雕龙·论说》云:"圣哲彝训曰经,述经叙理曰论。"《历代论》的写作,大抵就是"述经叙理"的,几乎每篇都要引述经典。如前面几篇,《尧舜》篇引《尚书》和《论语》,《汉景帝》篇引《春秋》,《汉昭帝》篇引《左传》和《论语》,等等。但经典本身也有一个如何理解的问题,如本篇对《周易》"无妄"卦的理解,就很有苏氏经学的特点。苏辙说:"无妄之为言,无一不正之谓也。君子之处此也,亦全其大正而略其小不正而已。盖详其小必废其大……故无妄之疾,虽勿药可也。"对照苏轼《东坡易传》对"无妄"卦的解释:

无妄者,天下相从于正也……无妄之世,而有疾焉,是大正之世而未免乎小不正也。天下之有小不正,是养其大正也,乌可药哉?以无妄为药,是以至正而毒天下,天下其谁安之?故曰无妄之药不可试也。

不难看到,二人的见解完全一致。需要说明的是,这并不符合传统的《易》学,而是苏氏兄弟自己从经文中体会出来的意思。处在一个基本上还不错的时代,要维护大局的健康发展,而忽略细小的问题;如果对细小问题过于详密地加以追究,那就必然破坏大局的稳定,弄得不好捅出大漏子来。这个基本见解,似乎也有可取之处。

七四、《颍滨遗老传》上、下(《栾城后集》卷十二、十三)

苏辙晚年居住的颍昌府在颍水之滨,故自称"颍滨遗老",本篇就是他的自传,崇宁五年(1106)九月作。有上、下两篇,长达一万多字。尽管作者在文章的最后对本篇的写作意义提出了质疑,乃至自我否定,但他毕竟还是把这样一部长篇的自传留给了后世的读者。不过,从南宋起,就有人对这部自传提出批评。

一个是朱熹,他指责苏辙"作《颍滨遗老传》,自言件件做得是"(《朱子语类》卷一三〇),而不记自己做错的事。这主要是指有关元祐年间苏辙担任执政官处理各种事务的那一段。从某种意义上说,这样的指责算不上是合格的批评。苏辙正因为自己的政见被当世所否定,而自己又坚持认为正确,才以自传的方式写下来,让后人去评论。就他本人来说,自认为"件件做得是"的立场几乎是当然的;至于究竟是否正确,那是要由读者自己去判断的,本来就不能全凭作者说了算数。不光是自传,阅读一切史料都应如此。如果某个人的自传能作自我批评,也许值得称赞,但要求人家这样做,是无理的。

另一种批评来自金人王若虚,倒有点意思。他说:

> 古人或自作传,大抵姑以托兴云尔,如《五柳》《醉吟》《六一》之类可也。子由著《颍滨遗老传》,历述平生出处言行之详,且诋訾众人之短以自见,始终万数千言,可谓好名而不知体矣。(《文辨》,《滹南遗老集》卷三十七)

这里举出的古人自传,即陶渊明的《五柳先生传》、白居易的《醉吟先生传》和欧阳修的《六一居士传》,确实与《颍滨遗老传》的文体风格不同。那三篇都很简短,以萧散的笔调呈现出一个漫画化的自我形象,就是王若虚所谓"姑以托兴",大抵也足以形成一个传统。但仅此也没有理由否定苏辙的写法,从今天的观点来看,苏辙这种详尽切实的自我交代,才是真正的"自传"。至于"诋訾众人之短",文中确实是有的,比如写到元祐年间的政治纷争时,对于吕大防和刘挚的评语,就可以算作"诋訾"之语了,但这是为了替自己的政见作出辩护,若谓其动机是"好名",对于早已名满天下的苏辙来说,不免显得滑稽了。

其实,《五柳》《醉吟》《六一》虽然足以形成一个传统,但用写史的笔法详细叙述自己的生平,也并非没有先例。比如《史记·太史公自序》,虽然经常被人看作全书的序言,其实它应该算在"七十列传"之中(否则只有六十九篇了),所以也可以看作"太史公列传",那也就是自传了。其中追索家世,详叙生平经历,大段地引录其议论文章,篇幅甚大,与苏辙的写法完全一样,实可视作先例。当然更重要的不是文体上有否先例,而是记录的内容价值如何。即使在被指责为"自言件件做得是"或"诋訾众人之短以自见"的那些段落中,也可以看到苏辙对元祐党争局面的梳理,与传统所谓"洛蜀党争"的描述并不相同。对于今人探讨这一段历史的真相,应该是有参考价值的。

七五、《欧阳文忠公神道碑》 (《栾城后集》卷二十三)

欧阳修(1007—1072)谥文忠,神道碑是大人物的墓道前树立的记载其生平事迹的石碑。欧公去世时,由他的挚友韩琦写作了墓志铭,埋进墓中,而墓外的神道碑则长久未立。欧阳家曾把写作碑文的任务托付给最合适的作者,就是苏轼。苏轼当然答应,但也许因为太重视的缘故,迟迟未动笔,后来成为"罪人"乃至死去,终于没有写出。崇宁五年(1106),欧阳家又托付苏辙撰写,苏辙遂写成这篇大文字。全文约五千言,对欧公一生事迹有详细记录,对其道德文章乃至历史地位也有总评。

如果把苏辙在宋徽宗一朝度过的最后十二年(1100—1112)算作他的晚年,那么他的晚年散文的一半左右是在崇宁五年(1106)写成的。此年正月,因为彗星的出现,舆论认为这样的"天变"是迫害"元祐党人"所致,于是宋徽宗派人在夜半偷偷毁了"元祐党人碑",二月蔡京罢相,似乎给在野的"旧党"人士带来了一线希望,至少迫害方面会放松不少。老天好像也帮衬,据《宋史·徽宗纪》载,之前的崇宁元、二、三年连遭蝗害,四年犹有部分地区水灾,崇宁五年却没有灾害记录,是个难得的丰年。苏辙的心情显然比较好,闲居读书,创作欲也颇为旺盛,还开始修建住房。一直杜门谢客的他,在崇宁五年似乎乐于接待客人,而且敢于为欧阳家写作《欧阳文忠公神道碑》,这种刻石树碑的大文章,作为"罪人"一般是不敢写的。当然,欧阳修是苏氏兄弟的老师,在苏轼已经去世的情况下,只要政治环境许可,苏辙是没有理由推辞的。

不过,如果我们通读苏氏兄弟有关欧阳修的一系列文章,比如苏轼的《六一居士集叙》《祭欧阳文忠公文》,以及前面评析的苏辙《贺欧阳少师致仕启》《祭欧阳少师文》等,就会发现他们的创作意图并不简单。他们当然推崇老师,但这种推崇往往含有令别人相形见绌的目的。比如本文称赞欧公的文章,正面夸奖本已足够,却还要加上"有欲效之,不诡则俗,不淫则陋"数句。这样带刺的行文,显然是别有用心的。大抵来说,他们是以欧公的忠实继承人自居,而借推崇欧公,来贬斥当代意识形态的主导者。据说,欧阳修本来应该像韩愈那样谥号为"文",但主持谥典的"新党"要把"文"留给王安石,所以给欧阳修谥"文忠"。那么,苏辙在这篇神道碑中大谈欧阳修的"文",大概也是有所寓意的吧。

总之,崇宁五年的苏辙虽然年老体病,但专心创作,完成了《历代论》《颍滨遗老传》《欧阳文忠公神道碑》这样的大文章,可谓成就斐然。十一月八日凌晨四鼓,他居然梦见了老政敌王安石。在梦中,苏辙似乎获得了胜利,令王安石"赧然有愧恨之色"(《梦中反古菖蒲诗并引》,《栾城三集》卷一)。

七六、《遗老斋记》(《栾城三集》卷十)

本篇作于大观元年(1107)。这一年的苏辙比较忙碌,他带着几个子侄,在买来的卞氏旧居的基础上,改筑新宅,写有《初葺遗老斋二首》《初成遗老斋二首》《初成遗老斋、待月轩、藏书室三首》等诗(《栾城三集》卷一),并写了《遗老斋记》《藏书室记》和《待月轩记》三篇记文(《栾城三集》卷十)。由于这"遗老斋"在新宅的南面,所以他这个时期的诗中也称之为"南斋"。本篇的主旨是交代命名为"遗老斋"的原因。

在苏辙得到第四个孙子的时候,苏轼曾给他写诗祝贺,其中有一联名句,后来几乎家喻户晓,曰:"无官一身轻,有子万事足。"(《借前韵贺子由生第四孙斗老》,《苏轼诗集》卷四十二)其实,苏辙的这篇《遗老斋记》,表达的心情也大致如此。因为不做官了,所以一身自由,想干什么就干什么,不想干什么就用不着去干,这就叫"如意"。当然他也回顾了自己两次蒙受朝廷特殊恩遇的经历,但并不认为那就是"得志",而恰恰是"不如意"。

关于"如意"、"不如意"的这番议论,除了略带老人的颓唐情绪之外,其实也不是很奇异的想法。然而,南宋的叶适却很感不满,他说:"乐莫善于如意,忧莫惨于不如意,圣贤无此论,乃庄周放言也。古人立公意以绝天下之私,捐私意以合天下之公,若夫据势行权,使物皆自挠以从己,而谓之如意者,圣贤之所禁也。"(《习学记言》卷四十九)意谓只顾自己的心情,不顾事物的客观规则,就违反了儒家圣贤的立场,同于道家的放肆之言了。其实,苏辙并没有不顾事物的客观规则而只凭一己的心情做事的意思,他是在朝廷不让他做事的情况下,勉强追求自我心情的宽慰,难道这也是"圣贤之所禁"吗?叶适的批评至少是过于苛刻的。

到了清代,乾隆皇帝御批《唐宋文醇》,又对此文大放厥词,说苏辙只为自己打算,只顾自己高兴,没有把自己完全献给国家。这当然道出了皇帝的私心,他希望臣子们在任何情况下都死心塌地为他献出一切。不过乾隆皇帝的意见对我们也很有启发,它恰恰可以提示我们从反面去体会苏辙的心意。一个并非没有政治抱负、政治才干的人,为什么他要自称"颍滨遗老"? 为什么他要把斋室命名为"遗老斋"? 为什么他在得到了两次"古人所希有"的特殊恩遇后,还认为闲居遗老斋才真正"如意"? 作为皇帝的乾隆,其实不该指责苏辙,而应该去想一想这样的问题。

七七、《藏书室记》(《栾城三集》卷十)

本篇也作于大观元年(1107),与《遗老斋记》同时。藏书室当是苏辙的书房,据说有不少书是苏洵留下来的,苏辙准备把它们再传给子孙。

如果本篇的主旨仅仅是向自己的子孙们阐明读书的重要性,那么为此而搬出自己的父亲,本已足够,即便要引用古代圣贤的教导来加以强调,也用不着如此广泛地引证《易传》《尚书》《论语》《老子》《孟子》等经典中语。就此而言,本篇的论据显得过剩。不但如此,在"万般皆下品,唯有读书高"的风气已经基本确立的北宋时代,一篇谈论读书之重要性的文章,本身就是多余的。用过剩的论据来阐明多余的主题,这与我们了解的文风日趋简约的晚年苏辙,是极不协调的。所以,本篇的真正写作目的,值得认真推求。

文章的表层含义当然是主张读书,但为了辨明这个主张,苏辙设置了两种对立的意见加以驳斥。一种意见是子路的话:"有民人社稷,何必读书然后为学?"另一种意见是从孔子自称"一以贯之"而引导出来的:"一以贯之,非多学之所能致,则子路之不读书,未可非邪?"用现代的话来说,前者的意思是:在社会的实际事务当中也可以学习,何必一定要啃书本? 后者的意思是:掌握一种统一的思想原则,比读书得来的具体知识更为重要。在反驳的时候,苏辙没有把前者当作浅薄的实用主义来攻击,而是说,仅凭抽象的原则而进入实践的领域,必然产生各种流弊。这样看来,他的攻辩的对象,主要就是强调抽象的统一原则而忽视具体知识的人。联系当时的背景来看,苏辙的批判锋芒实际上又一次指向了"新学"。

正如王安石在《虔州学记》中所说:"先王之所谓道德者,性命之理而已。"他所建立的"新学"体系,就以这"性命之理"为核心。可以说,"新学"是中国历史上第一个具有国家意识形态之地位的形而上学体系。利用科举的指挥棒,王安石及其"新党"后辈使王氏写作的"三经新义"成为全国学校的统一教材,使"新学"形而上学成为唯一正确的思想原则。由于司马光、苏轼所擅长的史学、文学等具体学术领域内包含了与此思想原则相对抗的因素,所以"新党"政治家就不惜采取禁止传习史学、禁止写诗等极端荒谬的政策,来保持王氏思想在全国的统制地位。这等于是宣称:只要有王氏思想的正确指导,《三经新义》之外的书就不必再读了。事实上,在科举的指挥棒下,肯定有一大部分青年,是只读《三经新义》,不读其他书籍的。这样的倾向也一直维持到明清时代,只不过以《四书集注》取代了《三经新义》而已。在此背景上,我们才能明白苏辙为什么要让自己的子孙保持"读书"的家风。在一个人对于国家意识形态无计可施的情况下,退守家风是唯一的办法了。

七八、《题老子〈道德经〉后》(《老子解》卷末)

大观二年(1108)的元旦,宋徽宗在大庆殿举行了一个"受八宝"的盛典,就是皇帝获得了八个玉玺,由此证明他是自古以来最伟大的君主。闲居在家的苏辙写了《八玺》(《栾城三集》卷一)一诗加以讽刺,但他的官阶则因这番庆典而重新上升,从崇宁元年降授的朝请大夫(从六品),先升为朝议大夫(正六品),继而又升为中奉大夫(从五品)。此年的苏辙,除了养花、酿酒之外,也整理自己往日的著作。本篇作于十二月十日,是写在他所著的《老子解》书后的跋文。《老子》

又称《道德经》。

为一本注解《老子》的书写一篇跋文,却大谈儒家与佛法的相通之处,这等于是在论证儒、释、道三教的同一性。值得注意的是,作者用来跟慧能之说相比对的儒家典籍,是宋代新儒学最重视的《中庸》一书,而且他引证的段落,也是后来的道学家最重视的有关"未发"、"已发"的一段。据说,南宋的朱熹曾跟张栻讨论这"未发"、"已发"的问题,几天几夜都争论不合,而传为思想史上的美谈。由此可见,苏辙虽然对王安石的形而上学不以为然,但他对儒学的领会也并不停留在传统的理解上,不但未脱离宋代新儒学向形而上学方面发展的整体潮流,而且颇有得风气之先的地方。

当然,若放在朱熹眼里,则苏辙在本文中提供的说法自然是不可取的。但是,苏辙本人却非常自信。可以体现这一点的是,一般参禅的士大夫,在禅僧面前大致采取低姿态,仿佛学生听取老师的教诲那样;而苏辙在本文中的形象却根本不同,这里是他在教诲禅僧。而且,他依然没有忘记要讥刺一下时代的意识形态。因为这个时代有唯一正确的思想,即王氏的"新学",所有人都由此而获得了"正确"的见解,也就是跟苏辙谈不拢的见解,那么苏辙只好说"时人无可与语",只好怀念着已经去世的朋友,而孤独地书写他的一家之说了。在徽宗一朝度过晚年生涯的苏辙,其存在的最大意义,就是在全国通行唯一正确之思想的情况下,独自提供自成一家的异说,形容为壁立千仞,当不过分。

七九、《再题老子〈道德经〉后》
(《老子解》卷末)

在崇宁五年(1106),因为彗星的出现,曾使蔡京罢相,但到大观元年(1107)就复相了;至大观四年(1110),又因为彗星的出现,使第二次罢相的蔡京得到贬官的处罚,同时起用"新党"中与蔡京不和的张商英为宰相。据说,连日干旱的天气因此而下起雨来。朝廷大概想制造政局更新的气象,所以又是立新皇后,又是祭祀天地、太庙,又是大赦天下、放出四五百宫女,又宣布第二年改元为政和。但张商英只做了一年宰相,便遭罢黜,蔡京又有复起之势。不过,在苏辙的眼里,这一切都只是闹剧了。政和元年(1111)十二月十一日,他再次在《老子解》后写上本篇题跋。

在《亡兄子瞻端明墓志铭》中,苏辙记录了苏轼对他说过的一句话:"吾视今世学者,独子可与我上下耳。"就是说,他们兄弟的学问之高,是他人难以理解的。这虽然看上去颇为夸张,但苏轼说过这样的话,是可以肯定无疑的,在《送晁美叔发运右司年兄赴阙》(《苏轼诗集》卷三十五)诗中,他明确自述:"我年二十无朋俦,当时四海一子由。"同样,晚年的苏辙也觉得,除了已经去世的兄长外,没有人可以为自己的著作提出中肯的批评。由此看来,他们二人的相知之深,确实不仅仅是因为兄弟之情而已。当朝廷上"新党"内部的纷争闹得不可开交时,被迫闲居的苏辙就只好在家里怀念兄长,而至于泪流满面了。

在文中转述苏轼肯定《老子解》的那段话里,除了主张儒、释、道的一致性外,还特意否定了商鞅、韩非这两位法家思想家。自然,苏氏兄弟是一向把"新党"看作商鞅、韩非之流的,但政和元年的苏辙看到这段话,肯定别有一番滋味在心头。张商英主政后,认为蔡京的"绍述"政策只是一个名义而已,他要来一番真正的"绍述"。于是,在尚书省设立了一个"编政典局",专门编辑一部"万世不刊"的书,叫做《皇宋政典》,具体篇目有原庙、官制、新省、差除、三舍、导洛、回河、保甲、将兵、免役、青苗、吏禄、守具、礼乐、营造、茶马,等等,仿照《尚书》的体例,每篇有序,下面把神宗以来的有关诏书及执行情况的报告等材料编集起来,让天下人都懂得这些"新法"的"本原",从而都不敢怀有异心。这等于是以编集政令文献的方式,来系统地总结"新法",并再次确立其统治地位。不过,这部书还没有编成,张商英就被罢黜,皇帝下一道诏书:"神宗德业,具在信史,其《政典》无用,可罢局。"所谓的"信史",当然是蔡卞早已修定的《神宗实录》和蔡京新修的《哲宗实录》。当苏辙看到蔡家的史书打败了张商英的《政典》时,他会怎么想呢?已经"乘风归去"的苏轼,据说是在天上做神仙了,而苏辙依然枯坐在他的"遗老斋"中,修改他写的四部书。这是一位坚强的老人。

八十、《管幼安画赞并引》(《栾城三集》卷五)

本篇作于政和二年(1112),也就是苏辙去世的那一年。管幼安,名宁,三国时人。汉末避乱于辽东,三十七年始归,魏文帝、魏明帝都曾给他封官,他都不接受,八十四岁卒于家乡。《三国志·魏志》有传。画赞是以赞颂画像中的人物为主旨的一种韵文,正文前往往有说明性的序引。但宋代的画赞,有一些已以序引为主体,而成为古文的一个品种。本篇亦如此。

汉末天下大乱,中原攻杀不息,多少无辜的人成为牺牲,也有一批所谓的英雄成就了乱世的功名。管宁是特别的,他在远离中原的辽东躲了三十七年,等中原稍稍安定,才回到家乡,布衣终老。他既没有建立功名,也没有成为牺牲,而是保持了身心的健康与自由,为那个纷纷扰扰的,充满了残酷血腥的乱世提供了一道安宁自足的风景。他没有做汉王朝的殉葬品,也没有像他的同学那样去当曹魏的官,所以他不属于任何政权,而是个只属于天地的人,就是苏辙所谓的"天之逸民"。

读了作者对于这个"天之逸民"的赞美,使我们仿佛能了解他为什么自号"颍滨遗老"。如果说,从前的苏辙是属于"旧党"的政治家,那么现在他只愿当一个颍水边上的老人。他是从前的时代遗留下来的"遗老",不属于眼前这个时代,现在他只属于门前的这条颍水。就像管宁"老非魏人"一样,他的精神远离宋徽宗时代的意识形态,闲游在自己的世界里。从前的评论家对于此文,大抵都说作者经历了宦途的困踬颠簸以后,转而希慕超脱。其实,如果"明于知时",就能体会到,作者是在用自己的方式坚强地捍卫他的精神世界不受荒唐时代的玷污。在这个时代,"新学"是唯一正确的思想,王安石的遗像被供奉在孔庙里,连皇帝见了也要下拜。其子王雱曾为他作了一篇《画像赞》,说:"列圣垂教,参次不齐。集厥大成,光乎仲尼。"被其婿蔡卞书写了,刻在石碑上。宋徽宗还命令学士院撰写赞文:"孔孟云远,六经中微。斯文载兴,自公发挥。推阐道真,启迪群迷。优入圣域,百世之师。"大意是说王安石就是当代的圣人,可谓无限崇敬与赞美了。不仅如此,据陈瓘的《四明尊尧集序》说,朝廷的大臣"蔡氏、邓氏、薛氏,皆塑安石之像,祠于家庙。朝拜安石而颂之曰'圣矣圣矣',暮拜安石而颂之曰'圣矣圣矣'",已经到了近乎癫狂的状态。同时,对司马光、范祖禹的历史著作,程颐的哲学著作,三苏及四学士的文集,却严加封锁,禁止流传,造成思想文化的专制局面。这无疑是北宋文化在徽宗朝演变成的一出带有荒诞性的悲剧,而后世的读者应当了解,生活在那荒诞悲剧之中的一位七十几岁的老人,向往"天之逸民"时的一份倔强,与令人敬佩的清醒。"唐宋八大家"中的最后一家,就在这样的倔强与清醒中,走向自己生命历程的终点。

图书在版编目(CIP)数据

苏轼苏辙研究/朱刚著.—上海:复旦大学出版社,2019.6(2022.11 重印)
(复旦宋代文学研究书系第二辑/王水照主编)
ISBN 978-7-309-14186-3

Ⅰ.①苏…　Ⅱ.①朱…　Ⅲ.①苏轼(1037-1101)-文学研究
②苏辙(1039-1112)-文学研究　Ⅳ.①I206.2

中国版本图书馆 CIP 数据核字(2019)第 037119 号

苏轼苏辙研究
朱　刚　著
责任编辑/王汝娟

复旦大学出版社有限公司出版发行
上海市国权路 579 号　邮编: 200433
网址: fupnet@fudanpress.com　http://www.fudanpress.com
门市零售: 86-21-65102580　团体订购: 86-21-65104505
出版部电话: 86-21-65642845
上海盛通时代印刷有限公司

开本 890×1240　1/32　印张 15.625　字数 360 千
2019 年 6 月第 1 版
2022 年 11 月第 1 版第 3 次印刷

ISBN 978-7-309-14186-3/I·1134
定价: 85.00 元

如有印装质量问题,请向复旦大学出版社有限公司出版部调换。
版权所有　侵权必究